Für Erika

Weil du mich gelehrt hast, dass zwischen Himmel und Erde mehr existiert, als wir mit bloßem Auge erkennen können. Wie unsichtbare Zwischenspiele, zwar zum Greifen nah, manchmal auch fühlbar, aber nicht fassbar.

Für Fredi
Weil du mich bereits als kleines Mädchen in die fantastische Welt der Bücher entführt hast.

# PHOENICRUS

Band 1

## Stadt der Verborgenen

ZARA

# Prolog

*Die Mondsichel steht hoch am Firmament, umspielt von Wind und Wolken.*
*Ja, der Wind hat sich gedreht. Nun weht er kalt und verschwörerisch.*
*Deine Zeit wird kommen. Mit jedem Tag, der verstreicht, rückt das Ende meiner Suche näher. Schließlich lerne ich jede Nacht dazu und bin stärker als jemals zuvor. Bald bin ich bereit. Ich warte auf den richtigen Zeitpunkt.*
*Den Tag der Abrechnung.*
*Doch ich fühle deinen Atemhauch.*
*Und spüre, dass er schwächer wird.*
*Gib nicht auf. Kämpfe!*
*So, wie ich für dich kämpfen werde.*

# Kapitel 1

## Ein Vollpfosten auf Rollen

Bereits als ich aus dem Haus trete und den Morgenhimmel betrachte, trifft mich die Erkenntnis dieses jungen Tages. Wer auch immer diesen Satz erfunden hat:

MORGEN
**Stund**
*hat Gold*
im Mund
*hmpf*

Der ist ein echtes Arschgesicht und gehört geknebelt, gefesselt und gevierteilt!

Es regnet in Strömen.

Schon wieder.

»Öfter mal was Neues!«, schimpfe ich.

Zwar ist es nicht weit bis zur Schule, bloß ein paar Hundert Meter, die ich locker zu Fuß gehen kann, aber bei diesem Wetter ist selbst das zu viel. Ich stapfe durch Pfützen, renne den Gehweg entlang und schaue weder nach links noch nach rechts. Die Regentropfen klatschen mir ins Gesicht, und meine dunklen langen Haare kleben innerhalb weniger Sekunden an meinen Wangen fest. Damit sackt meine Stimmung endgültig unter den Gefrierpunkt.

Während ich noch dabei bin, diesen Tag so richtig zu verfluchen, bemerke ich, dass sich mir eine Gestalt in rasantem Tempo nähert. Ein Skateboard donnert auf mich zu. Als ich das erkenne, ist es längst zu spät.

Es geht alles blitzschnell.

»Hey, mach die Augen auf!«, rufe ich im letzten Augenblick und fuchtle wie wild mit den Armen, doch der Typ scheint mich weder zu sehen noch zu hören. Ich will ausweichen und mache einen großen Schritt zur Seite. Doch es nutzt alles nichts. Meine Schuhsohle rutscht über die glitschige Kante des Gehweges, ich stolpere und falle hin. In letzter Sekunde gelingt es mir, mich mit beiden Händen abzufangen. So rette ich wenigstens einen Teil meiner Klamotten, die sonst garantiert ein unfreiwilliges Vollbad genommen hätten. Allerdings bekommt die Schultasche die volle Ladung ab. Sie landet in einer Pfütze und bespritzt mein Shirt und meine Jacke mit miefendem Dreckwasser.

»Verdammt! Pass doch auf! Hast du keine Augen im Kopf! Wer skatet denn überhaupt bei Regen?«, brülle ich dem Kerl hinterher, während ich mich umständlich auf meine Knie aufraffe, um die Tasche hochzuheben. Auf den ersten Blick scheint mit dem Inhalt zumindest alles soweit okay zu sein. Gerade noch gutgegangen. Meine vor Nässe triefende Bioarbeit komplett abzuschreiben, darauf kann ich echt liebend gerne verzichten!

Der Regen verschluckt meine Silben. So hänge ich noch ein beherztes »Vollidiot!« an und realisiere im selben Moment den Schmerz an meinen Händen. Hoffentlich blute ich nicht! Sobald ich nur einen Tropfen Blut sehe, wird mir speiübel. Mit bangem Blick beginne ich meine Handflächen zu untersuchen und sehe ein ungesundes Rot. Kleine Kieselsteine haben sich millimetertief in die Haut gebohrt.

»Was für ein hirnloser Vollpfosten«, fluche ich noch einmal genervt, und noch während ich ganz vorsichtig die ersten Steinchen einzeln herauszupfe, streckt sich mir plötzlich eine Hand entgegen.

Ich blicke erschrocken auf und sehe dabei direkt in geheimnisvolle grüne Augen. Ein Funke der Belustigung tanzt in ihnen. Auf den

Lippen meines Gegenübers zeichnet sich ein schelmisches Grinsen ab. Das Gesamtpaket gefällt mir. Warum muss es ausgerechnet zu dem Typen gehören, der mich eben über den Haufen gefahren hat? Ich schätze ihn auf siebzehn, vielleicht achtzehn. Dass er unverschämt gut aussieht, muss ich ja nicht noch extra erwähnen. In dem Moment, als er mir die Hand entgegenstreckt, fallen ihm ein paar Locken in die Stirn. Sie sind so schwarz wie seine dichten Augenwimpern und bilden einen faszinierenden Kontrast zu seinen markanten Wangenknochen.

Sein Mundwinkel verzieht sich noch ein kleines bisschen mehr und ein angedeutetes Grübchen ziert seine Wange. »Der Vollpfosten bittet um Entschuldigung.«

Ich spüre, wie mir die Röte ins Gesicht schießt und wische verlegen darüber. Dann sehe ich, dass er mir immer noch versöhnlich die Hand hinhält, um mir auf die Beine zu helfen.

»Vergiss es, die Hand gebe ich dir nicht«, murmle ich.

Ist das Erstaunen in seinem Blick?

»Oh, ähm … okay«, sagt er und zieht seine zurück. »Es war keine Absicht. Ehrlich.«

Offenbar hat er nicht kapiert, warum ich das gesagt habe.

»War nicht so gemeint«, beginne ich zu erklären und verhasple mich beim Reden. Mit mürrischem Blick rapple ich mich hoch. »Meine Hände schmerzen echt höllisch, und da brauche ich nicht noch jemanden, der sie zusätzlich zerquetscht.« Zum Beweis strecke ich ihm meine geröteten Handflächen unter seine Nase – die, wie ich finde, für sein kantiges Gesicht etwas zu groß geraten ist.

Er schaut gar nicht hin.

Ein kurzes, unbehagliches Schweigen folgt und seine Füße spielen unruhig mit dem Skateboard.

»Ich habe dich nicht gesehen.«

Na toll! Ich lasse ihn nicht weitersprechen. Er trifft einen wunden Punkt. Diese dämlichen, an den Haaren herbeigezogenen Entschuldigungen habe ich so was von satt!

*Hab dich nicht gesehen … Oh, du bist auch noch hier … Hab dich vergessen … Blablabla …*

So ein Szenario hab ich zur Genüge mit meinem Ex durchgespielt und deswegen reagiere ich bei dem Thema leicht über. Eigentlich habe ich gehofft, diese Sprüche genauso aus meiner Erinnerung streichen zu können wie die gemeinsame Zeit mit Nils. Das gestaltet sich allerdings schwieriger, als mir lieb ist. Aber so ist das nun mal, wenn man dieselbe Schule besucht wie der Ex und ihm somit zwangsläufig immer wieder über den Weg läuft.

»Wie nett«, presse ich hervor. Okay, fairerweise muss ich dem Typ zugutehalten, dass er nicht wissen konnte, wie allergisch ich auf solche *Entschuldige-ich-bin-ein-wandelnder-Halbgott*-Sprüche reagiere. Dennoch braucht er mir ja nicht noch extra dick unter die Nase zu reiben, wie unsichtbar ich für ihn bin. »Aber schon okay«, füge ich hastig hinzu, um ihn endlich loszuwerden – obwohl meine Hände anderer Meinung sind und lauthals protestieren, weil sie immer noch heftig schmerzen. *Nichts ist okay!*

»Na, dann.« Noch einmal grinst er, ganz so, als ob ich nichts weiter gesagt hätte. »Man sieht sich.«

Und mit diesen Worten verschwindet er auf seinen vier Rollen unter den Füßen.

»Lieber nicht«, murmle ich leise, auch wenn er mich bestimmt längst nicht mehr hören kann.

Kurz verharre ich, schaue ihm nach, wie er zwischen dem grauen Himmel und den Regentropfen verschwindet, dann stapfe ich weiter und biege um die Ecke. Bis zum Schultor sind es nur noch wenige Schritte.

»Das gibt bestimmt eine fette Erkältung«, brummle ich und steige die steinerne Treppe empor, die zum Schultor führt.

Was gäbe ich jetzt für trockene Klamotten!

Bevor ich die Schule betrete, höre ich, wie hinter meinem Rücken jemand meinen Namen ruft.

»Hey, Zara!«

Meine Lippen verformen sich zu einem Lächeln. Es ist meine Freundin Lila. Obwohl sie ziemlich klein ist, fällt sie durch ihren geschmacksverirrten Stil in Sachen Klamotten so aus dem Rahmen, dass keiner sie übersieht – wie heute, mit ihren ständig die Farbe wechselnden Haarsträhnen, dem grell-pink-orangen Lippenstift und dem neongrünen Shirt. Okay, manchmal driftet sie auch ins Extrem ab. Wenn sie die Toleranzschwelle der Geschmacksverirrung überschreitet, schaut sie viel eher aus wie eine Miniaturversion von *Olivia Jones*. Aber trotzdem ist Lila ein Mensch, ohne den ich mir mein Leben nicht mehr vorstellen kann. Wenn es mir schlecht geht, brauche ich nur einen Anruf zu tätigen und keine Minute später steht sie vor meiner Haustür.

»Bei Hades! Was ist dir denn passiert?«, ruft sie entrüstet, während ihr Blick an meinem vor Dreck triefenden Oberteil hängenbleibt. Ihrem Ausruf der Bewunderung (oder wohl eher des Entsetzens?) ist unschwer zu entnehmen, dass sie ein totaler Fan der griechischen Mythologie ist.

»So charmant wie eh und je«, stichle ich und drücke sie kurz zur Begrüßung, besser gesagt ich versuche es, denn Lila hält einen gehörigen Sicherheitsabstand zwischen sich und meinem Dreckshirt. Oh, ich vergaß zu erwähnen, dass sie manchmal zu einer gehörigen Portion Oberflächlichkeit neigt. Aber wenn wir uns deswegen hin und wieder anzicken, vertragen wir uns meistens schon im nächsten Moment wieder. Das gehört bei uns einfach dazu.

»Nichts für Ungut, aber …«, entschuldigt sie sich mit einem schiefen Lächeln.

»Schon verstanden«, winke ich ab.

Sobald wir den Korridor betreten, beginne ich mich mühsam aus meiner Jacke zu schälen. Alles klebt auf meiner Haut und das klamme Nass hinterlässt bei jeder Bewegung eine unangenehme Kälte. Zudem sehe ich aus, als hätte ich ein Schlammbad hinter mir.

Gerade als ich zu der Überzeugung komme, dass dieser Donnerstagmorgen den Tiefpunkt bereits erreicht hat, bemerke ich einen total unheimlichen Typen im Schulkorridor. Ganz in Schwarz, fast so, als ob er bloß ein hohler Schatten seiner selbst wäre. Irgendwie gruselt es mich bei dem Gedanken. Ich kann nicht genau sagen, woran es liegt, aber mir ist schlagartig klar, dass er nicht von hier ist. Es ist nicht, weil er zu alt aussieht, auch nicht wegen seines mysteriösen Erscheinungsbildes, doch da ist so ein Gefühl, ganz tief in mir drin. Er hat die Kapuze so tief ins Gesicht gezogen, dass ich kaum was von seinem Gesicht erkennen kann. Nur seine dunklen Augen, schwärzer als die Nacht, blitzen bedrohlich unter dem Kapuzenrand hervor. (Es fehlt nur noch Pfeil und Bogen, und der Typ könnte mit *Oliver Queen* aus *Arrow* konkurrieren!)

»He, Lila«, flüstere ich in einer Zischelstimme und zerre sie ungestüm am Jackenärmel. Irgendwie ist mir plötzlich so schwindelig. Sicher eine lästige Nebenwirkung meines Beinahe-Sturzes oder des Fast-blutigen-Hände-Anblicks. Trotz des Schwindels bringe ich ein »Wer ist das?« hervor.

Doch Lila befindet sich bereits mitten in ihrem Schwafelmodus (mit der leichten Tendenz, mir damit auf die Nerven zu gehen) und registriert weder meine Frage noch mein Gezupfe, geschweige denn diesen Fremdkörper von Kerl.

Als ich erneut zu ihm rüberblicke, ist er verschwunden. Einfach weg. Vom Erdboden verschluckt.

Ich blinzle, reibe mir die Augen und für den Bruchteil einer Sekunde frage ich mich ernsthaft, ob er bloß meinem übernächtigten Hirn entsprungen ist? Denn ganz offensichtlich hat ihn keiner wahrgenommen. Bloß eine weitere erbärmliche Bestätigung dafür, dass ich immer und überall aus der Reihe tanze. Okay, okay, vielleicht habe ich ihn auch aus dem einfachen Grund als Einzige wahrgenommen, weil er genau neben meinem Spind aufgetaucht war.

»Also echt, Zara, deine Negativität verursacht bei mir Migräne«, sagt Lila gerade, aber ich höre nur mit halbem Ohr hin. Sie fängt wieder mit der alten Leier über meinen Ex Nils und seiner Geburtstagsfete an, bei der ich mich endgültig und für immer von ihm getrennt habe. Die Edelzicke Cilia hat dabei eine nicht ganz unbedeutende Nebenrolle gespielt. Ich vermute, dass zwischen den beiden etwas gelaufen ist, habe aber keinen Beweis dafür. Cilia ist bildhübsch, hat die Figur eines Topmodels, ist dementsprechend gekleidet, hat leider auch echt was im Köpfchen und geht bedauerlicherweise in meine Klasse! Aber was soll's. Das alles gehört fortan zu meiner Vergangenheit, was Lila irgendwie immer noch nicht zu akzeptieren scheint. Ich stöhne innerlich laut auf, denn sie redet bereits seit geraumer Zeit auf mich ein.

»Ich schwör dir hoch und heilig, Nils hat im *Rox* nicht mit Cilia rumgemacht. Jetzt verurteil ihn doch nicht so.«

»Verurteilen? Ich habe doch keinen Ton dazu gesagt«, gehe ich in den Verteidigungsmodus über, während ich beinahe meine Tasche verliere, weil mir plötzlich wieder schummrig vor Augen wird.

»Schweigen ist manchmal ein stärkeres Argument als ein einziges Wort«, kontert Lila, und so wie sie mich anschaut (mit diesem leidgeplagten Ausdruck im Gesicht), wissen wir beide, dass sie damit ins Schwarze getroffen hat.

Ich blinzle noch einmal und fahre mir mit meinen Händen übers Gesicht. Mensch, es wird höchste Zeit, dass die Ferien beginnen.

»Schon gut«, murmle ich abwesend und muss mich mit einem Mal festhalten. Ich taumle mehr in Richtung meines Spinds, als dass ich aufrecht gehe. Ehrlich gesagt fühle ich mich beschissen.

Als ich endlich an dem Schrank ankomme, um mein Chemiebuch aus dem Stapel aus Notizen und zerfetzten Papieren herauszukramen, bin ich heilfroh, dass ich mich an der Spindtür festhalten kann.

Auch meine Sportsachen befinden sich noch in diesem Chaos, was bedeutet, dass ich zumindest ein trockenes Oberteil anziehen könnte. Wenn ich es denn finden würde. Verdammt, in dem Durcheinander (Chi-Fluss gleich null) würde ich nicht mal einen Elefanten wiederfinden. Meine Freunde nennen mich nicht umsonst: *die wandelnde Chaosqueen.*

»Mann Zara, echt jetzt, hörst du mir überhaupt zu?«, dringt Lilas Stimme zu mir durch und schon holt sie zu einer nächsten ausschweifenden Erklärung aus. »He, ihr seid das Traumpaar schlechthin! Wie kannst du das alles einfach so aufgeben? Und mal ehrlich, er hat nur vier Mal, okay vielleicht eher sechs Mal mit Cilia geredet und ihr dabei höchstens dreimal wirklich in die Augen geschaut. Das ist aber überhaupt nicht das Problem. Garantiert hätte er *gar nicht* mit ihr geredet, wenn du ihn nur *einmal* beachtet hättest.«

»Ach, Lila, du bist echt eine unverwüstliche Optimistin«, seufze ich. »Aber sieh es doch endlich ein: Es ist aus zwischen Nils und mir. Vorbei. Ende. Aus. Basta.«

»Nur noch eines …« Lila zieht mich am Arm zurück und baut sich direkt vor mir auf. »… dein Freund –«

Ich unterbreche sie sofort. »Sorry, aber ich hab echt keinen Bock auf einen Kerl, dessen Verständnis von Erfolg darin besteht, möglichst galant von einem Bett ins nächste zu hüpfen. Außerdem weiß der Geier, was er sich dabei alles für Seuchen einfängt.« Okay, das ist eine leichte Übertreibung, aber es soll Lila endlich die Augen für Nils wahren Charakter öffnen.

»Ihhh, bei Hades!« Lila klappt die Kinnlade runter. Nur kurz, dann rümpft sie angewidert die Nase, begleitet von einem empörten Augenverdrehen. »Ein *verseuchter* Nils? Danke, diese eklige Vorstellung werde ich bestimmt nie mehr los.«

Ich hingegen muss in diesem Moment die Augen schließen und meine Finger krallen sich in das Erstbeste, was ich zu fassen kriege. Unglücklicherweise erwischt es Lilas nackten Unterarm und als der Schwindelanfall endlich überstanden ist, seufze ich schwer.

»Autsch!«, knurrt sie mich mit finsterer Miene an. »Kannst du mir nicht auf eine dezentere Art mitteilen, dass ich die Klappe halten soll?«

Ich ignoriere erfolgreich ihre Worte, wie auch den nächsten Schwindelanfall. »Und weißt du was? Sein Atem riecht wie abgestandenes Blumenwasser, vermischt mit penetrant riechenden Pfefferminzbonbons.«

Lila verzieht das Gesicht. »Okay, deine Botschaft ist angekommen. Wie hässlich. Und das auf leeren Magen.« Ein langgezogener Seufzer untermauert ihren Unmut. »Was für ein Verlust, denn er ist einfach zum Niederknien.«

Ich schüttle den Kopf und bemühe mich erst gar nicht zu überspielen, dass mir ihre typische Ausrutscher in die Oberflächlichkeit voll auf den Zeiger gehen. Schon geht es weiter – meine angeblich angekommene Botschaft scheint sich bereits wieder verflüchtigt zu haben.

»Zara, wenn du wüsstest, was für einen kläglichen Blick er draufhatte, als du ihn gestern nach der Schule einfach hast stehenlassen. Wie ein armes, verletztes Greifenbaby. Er konnte nicht mal etwas …«

Und da steht er plötzlich. Wieder. Ganz nah. Die Fata Morgana dieses Arrow-Typen.

Okay, genau genommen kann er nicht wirklich eine Einbildung sein, so viel steht fest. Keine Ahnung, wie er es angestellt hat, vorhin einfach so zu verschwinden. Hey, vielleicht ist er etwas Unmenschliches oder Überirdisches – oder weiß der Geier was sonst. Bei dem Gedanken stellen sich mir sämtliche Nackenhärchen. Auf jeden Fall besteht kein Zweifel, dass er jetzt wieder neben meinem Schließfach steht. Trotz der Distanz zwischen uns spüre ich, welche Autorität und Macht von ihm ausgeht, dazu der düstere Blick aus rabenschwarzen Augen und die gewundene Tätowierung, die sich über seine Finger schlängelt. Alles an ihm schreit: *G-e-f-a-h-r!*

Was, zur Hölle, hat er hier verloren?

Und als wenn das nicht schon reichen würde, schaut er mir nun auch noch direkt in die Augen und in dem Moment wird mir klar: Er hat es auf mich abgesehen – nur auf *mich! Fuck!*

»Zara, was ist heute bloß mit dir los?«, nörgelt Lila neben mir. »Hast du gehört, was ich gesagt habe?«

»Sei ruhig!«, zische ich Lila eindringlich an und zerre sie hektisch an den Schultern herum, in der Hoffnung, dass sie den Typen direkt neben mir endlich bemerkt. Ich selber gerate dabei ins Taumeln und pralle mit meinem Hinterkopf unsanft gegen die Spindtür. Mein Kopf fühlt sich an, als ob mein Hirn von einer überdimensionalen Pranke gepackt und gequetscht würde. Blendend helle Lichtflecken tanzen vor meinem geistigen Auge. Und da sind Worte, leise, so leise, dass ich nicht sagen kann, von wem sie kommen.

*Alles ist, wie es sein soll, Zara. Hinterfrage nicht …*

Es sind nur wenige unkonzentrierte Sekunden, aber als ich die Augen wieder aufschlage, sind die Worte wie weggewischt. Nach und nach verlieren die tanzenden Lichter an Intensität und mir kommen die Sinne wieder. Viel zu dicht vor mir erscheint Lilas Gesicht (bleich wie Kreide!) und plötzlich erkenne ich die Köpfe vom Rest meiner Clique, von Isa und Chris, und augenblicklich fühle ich mich besser.

Noch völlig benommen spreche ich die ersten stupiden Worte aus, die mir durch den Brummschädel schießen. »Lila, mach den Mund zu, es zieht.«

Überraschenderweise gehorcht sie ohne Widerworte. Und Isa weiter hinten grinst, aber nur kurz, dann kauert sie sich zu mir hin. »Ist alles in Ordnung? Du siehst echt schrecklich aus. Was war denn nur los mit dir?«

»Keine Ahnung. Mir war plötzlich so schwindelig und dann …« Ich breche ab, blicke an meinen Freunden vorbei. »Wo ist er hin?«

»Von wem sprichst du? Und wie siehst du überhaupt aus?« Chris zieht seine Brauen so hoch, dass sie beinahe seinen Haaransatz berühren.

»Na der Typ, der neben meinem Schließfach gestanden und mich angestarrt hat.« Ich blicke von einem zum nächsten. Bei allen dasselbe: sorgenvolle Gesichter.

»Da war niemand, Zara«, wispert Isa.

Ich schüttle verwirrt den Kopf. Was ist nur mit mir los? Ich erinnere mich genau an die Begegnung mit dem Skateboard-Typen, an mein Schlamm-Bad und Lilas Moralpredigt wegen Nils. Und an diesen ganz in schwarz gekleideten Kapuzen-Kerl. Aber der ist wieder wie vom Erdboden verschluckt.

Warum sitze ich eigentlich auf dem Boden des Schulkorridors?

»Aber … da …«, stammle ich. Es ist, als ob mir eine innere Stimme etwas zuwispert, aber ich verstehe es einfach nicht. »Irgendetwas war noch …«

»Was denn?«, drängen Chris und Isa simultan.

»Dieser Kerl …«, ich zucke unspezifisch mit den Schultern, »… seltsam.«

»Wen meinst du denn?«, will Chris wissen. Mir entgehen die eigenartig dreinblickenden Gesichter nicht, ebenso wenig die Blicke, die die drei untereinander austauschen.

»Ich hab irgendetwas gehört … denke ich …«

»Du denkst?«

»Sie ist schon die ganze Zeit so merkwürdig«, wispert Lila Isa zu, ohne dabei die Lippen zu bewegen.

»Hallo? Ich bin noch da und ich besitze nach wie vor ein Gehör und ein Gehirn, das Worte verarbeiten kann«, kontere ich leicht genervt, weil sich mein Schädel anfühlt, als ob er von einer viel zu langen und glühenden Nadel durchbohrt würde.

Was für ein elender Scheißtag!

»Sorry«, murmelt Lila. »Ich mach mir nur Sorgen, das ist alles.«

Die mache ich mir allerdings langsam auch. Ich presse mir immer noch leicht zitternd die Hand auf den Hinterkopf und ein Stöhnen entweicht mir. Und da ist diese unbestimmte Ahnung, gerade etwas erlebt zu haben, das mir das Gefühl gibt, dass mir mein Leben entgleitet. Es ist verrückt, ich weiß, aber genauso fühlt es sich an. Und dieser Arrow-Kerl hat irgendwas damit zu tun. Nur was?

Mein Hirn hat allem Anschein nach auf Amnesie umgeschaltet. Im Eiltempo sammle ich meine Schultasche auf, die einen glänzenden Abdruck auf dem Boden hinterlässt.

*Das ist doch alles echt toll, richtig großartig – Sarkasmus Ende.*

Offensichtlich drücken bei mir allmählich die Erbanlagen meines Opas durch und ich verliere den Verstand. Und alles, was mir geblieben ist, sind mörderische Kopfschmerzen. Ob die mir wenigstens dabei helfen, mich vor der grässlichen Englischklausur drücken zu können?

# Kapitel 2

## Held und Tragödie

Vermutlich ist Chemie das einzige Fach, bei dem ich mich komplett und völlig talentfrei durch die Klausuren mogeln muss.

Unsere Chemielehrerin Frau Malkan verteilt in diesem Augenblick die Unterlagen für ein spontanes Zwischenexperiment. Zuvor quälte sie uns mit einem ihrer berühmt-berüchtigten Vorträge über Laugen, Reagenzgläser und Erlenmeyerkolben, bei dem ich mich viel eher so gefühlt hab, als ob ich bereits den ganzen Tag und nicht erst seit bald einer Stunde hier sitzen würde.

»Was würde ich nur ohne dich tun?«, sage ich, lehne mich zu Chris hinüber und klimpere übertrieben aufreizend mit den Wimpern.

»Braucht da mal wieder jemand eine Portion meines absolut genialen Verstands?«, grinst er schelmisch und zwinkert mir nicht weniger aufreizend entgegen.

»Chris, irgendwann kriegst du einfach einen Button auf dem es in Großbuchstaben und Leuchtschrift draufsteht, damit es jeder weiß. Zudem kannst du dann immer und überall herumprahlen«, sage ich schließlich.

»Was steht da noch mal drauf?«

Ich stöhne, dann sage ich es sicher zum tausendsten Mal: »*Mein Held.*« Weil er mir so oft bei Chemie geholfen hat, verlangt er, dass ich ihn so nenne.

Chris lacht selbstgefällig und kassiert postwendend eine Verwarnung.

»Ruhe auf den hinteren Plätzen«, ermahnt uns Frau Malkan und tritt zurück ans Lehrerpult. »Sonst muss ich –«

Als sie gerade zu weiteren langweiligen Ausführungen ansetzt, was es für Konsequenzen mit sich bringt, wenn wir nicht aufmerksam dem Unterricht folgen (das ist immer der Punkt, an dem mein Hirn automatisch auf Standby schaltet), klopft es an die Tür. Ehe sie reagieren kann, streckt schon der Schulleiter Herr Grönefeld seinen roten Kopf mit Restflaumkränzchen unaufgefordert durch den Türspalt.

Langsam hebe ich meinen Blick.

Und da sehe ich ihn.

IHN!

Natürlich erkenne ich ihn sofort, obwohl ich mir nichts anmerken lasse. Es ist der Kerl, dem ich meine missratene Schlammpackung verdanke. Der Vollpfosten auf Rollen!

»Götter im Olymp, was für ein Kerl!«, höre ich Lila aufgeregt hauchen.

Während Herr Grönefeld wie ein Wasserfall plappert, hört der Typ ihm zu und nickt hin und wieder bestätigend. Er sieht sich noch nicht mal in der Klasse um. Wie er da steht, wirkt er äußerst selbstsicher, wenn nicht sogar überheblich. Und wie seine schwarzen Haare aussehen. Leicht verwuschelt, nicht etwa so, als würde er Stunden vor dem Spiegel mit Gel und Wachs verbringen, damit jede Locke in eine andere Richtung wippt. Nein, sie sehen aus, als würden sie ganz natürlich so fallen, doch genau das tun sie bestimmt nicht. Mit Sicherheit!

Herr Grönefeld beschließt offenbar, den Neuen seinem Schicksal zu überlassen, nachdem er ihn kurz als Ben-*irgendein-Nachname* vorgestellt hat. Daraufhin teilt Frau Malkan ihn ausgerechnet Cilia als Schützling zu. Und da erwische ich mich, wie ich sein Gesicht eindringlich mustere. Mann, der hat echt die schönsten grünen Augen, die ich je bei einem Typen gesehen habe.

»Ähm, Zara, lass mal«, sagt Chris und entzieht mir das Reagenzglas, das ich total verkrampft zwischen meinen Fingern halte. »Wir wollen doch niemanden umbringen.«

»Nein, heute ausnahmsweise mal nicht«, gebe ich trocken zurück.

Chris, sonst um keinen blöden Spruch verlegen, seufzt nur und ich ertappe ihn dabei, wie er zu Cilia hinüberschielt. Ohne es zu wollen wandert mein Blick zu ihrem neuen Tischnachbarn, der sofort völlig ins Experiment vertieft ist, konzentriert die Brauen zusammenzieht und dabei einfach umwerfend aussieht. Mit einem Mal, so als könne er spüren, dass ich ihn beobachte, hebt er seinen Blick und erstarrt mitten in der Bewegung. Ich kann es nicht mit Worten beschreiben, aber dieser Moment fühlt sich unglaublich an, als ob meinem Magen plötzlich Flügel gewachsen wären und ich mit ihm zu schweben beginne. Alles um mich herum gerät in Vergessenheit, zumindest für ein paar winzige Augenblicke – doch plötzlich bohren sich andere Augen in mein Gesichtsfeld.

»Muss *dein Held* heute etwa alles alleine erledigen?«

»Tut mir leid. Ich war in Gedanken.« *Bei ihm!,* hänge ich für mich noch an und hoffe nur, dass Chris mir das nicht anmerkt. Hastig rede ich weiter. »Also, was lassen wir als nächstes explodieren?«, versuche ich völlig locker rüberzukommen, aber wenn ich nervös bin, schwafle ich meist nur wirres Zeugs. Ich fühle mich irgendwie immer noch atemlos, zwinge mich aber, mich auf den Kolben und das Reagenzglas zu konzentrieren und scheine mich tatsächlich wieder unter Kontrolle zu haben. Als ich gegen meinen Willen erneut einen heimlichen Blick hinüberwerfe, ist der Neue gerade dabei, sich mit den Fingern sein wirres Haar aus der Stirn zu streifen, dann lächelt er – doch es gilt nicht mir.

Im selben Moment, als ich in seinem Anblick zu versinken drohe, endet die Tragödie (mit dem Titel *Chemiestunde und andere Katastrophen)* mit der Pausenklingel. Nicht nur ich springe auf als säße ich auf heißen Kohlen, sondern die gesamte Klasse. Dadurch verliere ich Ben auch gleich wieder aus den Augen. Es ist keineswegs so, dass mich das stört, ganz im Gegenteil, ich bin heilfroh, wenn ich nichts weiter mit ihm zu tun habe. Ehrlich.

»Was starrst du denn für überirdische Löcher in die Luft?«, stichelt Isa, die sich mit mir in den Schulkorridor hinauszwängt. »Suchst du vielleicht irgendwas? Oder *irgendwen?*«

»Suchen?«, frage ich. Warum krächze ich wie ein uraltes Großmütterchen? Und warum glühen meine Wangen, als ob mich meine Freundin bei etwas Verbotenem ertappt hätte?

»Na, vielleicht einen gewissen Kerl?«

»Ähm … ich? Sicher nicht«, empöre ich mich. Erst beim zweiten Atemzug begreife ich, dass Isa nicht auf den Neuen, sondern den unheimlichen Typen von heute Morgen anspielt.

»Okaaaaay«, grinst sie und zieht dabei das Wort misstrauisch in die Länge.

Isa ist echt ne Wucht. Ich blicke in ihr hübsches Gesicht mit den meeresblauen Augen und der beneidenswert reinen Haut. Sie hat immer einen passenden Spruch auf Lager, ja, Schlagfertigkeit liegt ihr im Blut – auch wenn ihre Wortwahl manchmal ziemlich heftig ausfällt.

»Mädels, wartet auf mich«, dringt Chris Stimme zu uns hinüber, während er sich umständlich mit beiden Ellenbogen durch die Schülerschar zwängt, um uns einzuholen. Sein Gesicht glänzt, seine Wangen sind gerötet. Man sieht wieder mal deutlich, dass er viel zu viel Zeit vor dem Bildschirm verbringt, anstatt sich hin und wieder mal eine Jogginghose überzuziehen, um eine Runde an der frischen Luft zu laufen. »Ihr habt nicht zufälligerweise gerade von mir gesprochen?«

»Du musst dein Selbstvertrauen echt einem Gott gestohlen haben«, sage ich kopfschüttelnd.

»Hey, war ich nicht eben noch dein Held?«, grinst er schelmisch. »Gebt's zu Mädels, ihr könnt nicht ohne mich leben.«

»Oh ja, wir lieben dich, Chris«, kontert Isa und setzt dabei ihr bezauberndstes Lächeln auf. »Wir sind dir mit Haut und Haaren verfallen …«

»… himmeln dich an«, ergänze ich, »und träumen jede Nacht von dir.«

»Von wem träumen wir, diesem Halbgott von vorhin?« Lila ist endlich zu uns aufgerückt. Mit dem ganzen Schulkram in den Armen, der sogar ihren Kopf überragt, brauchte sie mal wieder doppelt so lange wie eine Normalsterbliche. Nun streckt sie ihren Kopf hinter dem Stapel hervor und wendet sich mir zu. »Übrigens, Zara, du siehst immer noch aus, als hättest du eine missratene Schlammmaske mit deinen Klamotten weggewischt, das wollte ich dir schon vorhin sagen. Warum eigentlich? Was ist passiert?«

Lilas wachsamen Augen entgeht auch gar nichts. Okay – DAS wäre selbst einem unterbelichteten Vorgartenzwerg nicht entgangen – ich stehe vor Dreck! Ich weiß nicht weshalb, aber ich verschweige ihnen die Ursache der Schlammpackung.

»Ihr wisst doch, was ich für ein Pechvogel sein kann, und heute war mein Start in den Tag echt besonders missglückt«, winke ich ab.

»Alles klar!«, erklingt es simultan, und zwar dreistimmig.

»Und in der Kombination mit dem weiblichen *Mr. Bean-Gen* ist das echt lebensgefährlich!«, stichelt Chris und kommt augenscheinlich nicht gegen den Drang an, dass sich sein Mund zu einem ziemlich schelmischen Grinsen verzieht, so breit, als wäre er ein Breitmaulfrosch. Fast wirkt es herablassend. »Man müsste vielleicht mal recherchieren, ob du irgendwie mit dem Kerl verwandt bist.«

»Schon gut«, ersticke ich seine blühende Fantasie im Keim und schmeiße mein Chemiebuch in den Spind. Natürlich fliegt mir dabei wieder mein ganzes Hab und Gut entgegen.(Eigentlich nenne ich meinen Spind liebevoll meine *kreative Ablage*, aber gerade in diesem Moment kommt mir der Gedanke, ob es vielleicht nicht an der Zeit wäre, das ganze Chaos zu entrümpeln. Hmmm … Ach, Morgen ist auch noch ein Tag.) Während ich verzweifelt versuche, alles wieder zusammenzuraffen und halbwegs Ordnung in das Innenleben meines Schließfachs zu bringen, höre ich Lila schwärmen. »Bei Erato, da ist er wieder. Einfach göttlich.«

Obwohl ich bereits ahne, wem diese Begeisterung gilt, kann ich nicht anders, als mich langsam umzudrehen. Es ist wie ein innerer Zwang. Und tatsächlich – wieder dieser Ben. Wie ich gerade feststellen muss, bewegt er sich auch ohne seine vier Rollen ziemlich cool.

»Wie der stolziert«, meint Chris in diesem Augenblick, als ob er meine Gedanken erraten hätte. »So ein aufgeblasener Gockel.«

»Tja, entweder man hat's oder man hat's nicht«, sage ich schulterzuckend.

»Chris hat es nicht«, hängt Lila noch an.

»Und dieser Kerl hier, der hat's«, ergänzt Isa.

*Definitiv,* denke ich.

*Hallo?! Erde an Zara, Erde an Zara, bitte kommen!!!*

Was sind denn das für kranke Gedanken in meinen Hirnwindungen?!

»Meine Gebete wurden erhört«, sagt Lila noch einmal ehrfürchtig. »McDreamy in jung.«

Nicht nur Chris, sondern auch Isa hat Ben offenbar die Sprache verschlagen. Ich schweige ebenfalls. Aber nicht, weil ich sprachlos bin. Viel eher ärgert es mich tierisch, dass der Kerl ausgerechnet auf *meine* Schule gehen muss!

»Niemals! Er sieht Patrick Dempsey überhaupt nicht ähnlich. Schaut doch nur, seine Nase ist viel zu groß«, empört sich Chris. Offenbar hat er seine Sprache wiedergefunden, nur kümmert das keine von uns. »Okay, vielleicht die Haare, aber das ist auch schon alles.«

Der Typ schreitet gemütlich durch den Korridor, und obwohl er neu an dieser Schule ist, wirkt er keineswegs verloren oder überfordert. Ohne uns eines Blickes zu würdigen, marschiert er in unsere Richtung. Unweigerlich fährt meine Hand über mein Shirt. Ich fühle die Dreckkrusten unter meinen Fingerspitzen und beginne hastig, sie mit dem Nagel abzukratzen, als plötzlich Lila völlig deplatziert etwas zischt.

»Oh, bei Aphrodite im Olymp!«

Wie bereits erwähnt, entgeht Lilas wachsamen Augen nichts.

Ich hebe meinen Kopf und dann verstehe ich.

Ob Zufall oder Schicksal sei dahingestellt, aber just in dem Moment steuern von der anderen Seite des Korridors ein paar Schüler quer über den Korridor Richtung Treppenabsatz – dem Treffpunkt der Coolen und Beliebten, zu denen natürlich Cilia Schwartz und ihre Bediensteten gehören. In diesem Moment ist Cilia nicht nur unübersehbar, sondern auch unüberwindbar. Sie stützt die Hände in die Hüften und baut sich mit einem liebreizenden Lächeln vor dem Neuen auf, ehe dieser an ihr vorbeigehen kann.

»Eine richtige Medusa«, stöhnt Lila entnervt. »Echt typisch, wie sie immer ihre gierigen Schlangenköpfe ausstreckt, um alle männlichen Wesen mit ihren unzähligen Augen zu hypnotisieren.«

»Aber eine bildhübsche Schlange«, wirft Chris mit verträumtem Gesichtsausdruck dazwischen und kassiert dafür drei Ellenbogen. »Bildhübsch, aber herzlos. Besser?«

»Besser«, antworten wir Mädels wie aus einem Mund.

Es ist ein offenes Geheimnis, dass Chris Cilia seit langem anschmachtet, was zu seinem Bedauern auf totaler Einseitigkeit beruht.

Ihr Stimmorgan funktioniert auch heute wieder äußerst prächtig und so kriegen wir zwangsläufig mit, wie Cilia den Neuen liebreizend darüber informiert, dass der Direktor sie gebeten hätte, ihn unter ihre Fittiche zu nehmen und ihm den Weg zum Lateinkurs zu zeigen.

»Habt ihr gehört? Er kommt in unsere Klasse«, klärt uns Lila überflüssigerweise kreischend auf.

»Alle hier Anwesenden haben es bereits in der Chemiestunde angenommen«, meint Isa schnell, bevor Lila in ihren üblichen Labermodus abschweifen kann, und unterdrückt ein Grinsen. Lila kann sich manchmal richtig in Rage reden. »Cilia geht ihm bestimmt gerne zur Hand. Nicht nur beim Einleben in der neuen Schule, wenn ihr versteht, was ich meine«, stichelt sie weiter, was begleitet wird von einer eindeutig zweideutigen Handbewegung.

In diesem Augenblick begibt sich das neue Opfer in die Fänge der giftigen Medusa, was ihm scheinbar ganz gut gefällt.

»Hey Leute, ist doch egal, wenn er mit diesen eingebildeten Schnepfen rumhängt«, sage ich ungeduldig und schmettere die Tür meines Schließfaches zu. »Da passt er sowieso ganz gut hin.«

Okay, okay. Sie haben ja Recht. Er scheint wirklich cool zu sein. Und sieht umwerfend aus. Ist aber immer noch ein Vollpfosten. Ein umwerfender Vollpfosten.

Und da passiert es – offenbar hat ihn das Schmettern meiner Spindtür aufhorchen lassen. Er schaut auf und mir direkt in die Augen. Fast unmerklich zucke ich zusammen. Er hat mich erkannt. Ich sehe es daran, wie er mich mustert. Belustigt. Grinsend. Arrogant – alles auf einmal.

Nicht nur mir fällt das auf, sondern auch Cilia. Beinahe kann ich sehen, wie kleine Schlangenköpfe mit Augen voller Eifersucht und Überheblichkeit aus ihrem Kopf aufsteigen. Zorn lodert in ihren Pupillen. Aber Cilia wäre nicht Cilia, wenn sie nicht alles daransetzen würde, damit Adonis ihr wieder seine volle Aufmerksamkeit schenkt.

»Was war denn das eben?«, will Lila von mir wissen, während ich beobachte, wie Cilia ihrer neusten Eroberung die Hand auf die Schulter legt und ihn zu sich zieht, damit er endlich wieder seinen Blick von mir löst.

»Was meinst du?«, frage ich und stelle mich ahnungslos.

»Na, dieser Blick. Und dieses«, sie gestikuliert wie wild vor meinem Gesicht herum, »Funkensprühen und so?«

»Unsere Chaosqueen weiß eben, wie man sich unauffällig in Szene setzt, Schätzchen«, kontert Chris an meiner Stelle und schlägt mir gut gelaunt auf die Schulter. »Euer neu erkorener McDreamy steht offenbar auf Dreckklamotten.«

»Halt die Klappe, Chris!«, stöhne ich und verpasse ihm einen Stoß mit dem Ellenbogen – schon wieder. Dann verstummen wir alle gleichzeitig.

»Keine Panik«, posaunt Cilia laut herum, damit auch alle auf dem Korridor umherwandelnden Schüler sie hören. Und stellt den Blickwechsel zwischen mir und dem Neuen dann natürlich absichtlich falsch dar. »Solch dreckigen Abschaum gibt es zum Glück sonst kaum an unserer Schule. Dummerweise muss genau unsere Klasse mit dieser grässlichen Plage leben.«

Okay, das war eine eindeutige Kampfansage!

Alle um uns herum lachen. Und mit meinem Auftritt im Schlammshirt, was ich ausgerechnet ihm zu verdanken habe, habe ich natürlich die absolute Steilvorlage für Cilias Worte geboten. Ich beiße die Zähne zusammen und senke den Blick. Oh Mann! Für den Tarnumhang von Harry Potter würde ich glatt einen Mord begehen. Unsichtbar, für einige Sekunden. Als ich wieder aufschaue, bin ich leider immer noch hier, und zwar voll und ganz sichtbar.

»Ben«, sagt Cilia und lässt ihre Wimpern tanzen. »Ich beweis dir, dass unsere Schule wesentlich Besseres zu bieten hat als die da.«

Der Neue sagt kein Wort, aber seine Körperhaltung spricht Bände. Vertraut lehnt er sich zu Cilia, und die beiden stehen so nahe beieinander, dass kein Lüftchen mehr zwischen ihnen hindurchwehen könnte. Obwohl ich sein Gesicht nicht mehr sehen kann, ahne ich, dass sich ein Lächeln auf seinen Lippen abzeichnet.

»Ich hab genug für heute«, sage ich zerknirscht, während ich meine Tasche vom Boden klaube. Dann schreite ich wortlos an allen vorbei und nähere mich mit klopfendem Herzen dem Lateinklassenzimmer.

HIRNLOSER

**Vollpfosten**

trifft auf

*hohle Nuss...*

*Perfekt!*

# Kapitel 3

## Ein Umschlag und andere Katastrophen

Ich spüre die Wärme auf meiner Haut und die Sonnenstrahlen durch meine Augenlider, obwohl meine Augen geschlossen sind. Es ist ein Moment zwischen Wachen und Träumen und ich lasse mich treiben. In diesem sorglosen Augenblick.

Zeitlos.

Namenlos.

Unter der Bettdecke ist es kuschelig warm und ich stelle mir vor, wie die Frühlingssonne meine Fußsohlen kitzelt. Ein genüsslich fauler Zustand. Seit Langem keine schlechten Träume, die mir den Schlaf rauben. Kein Feuer, keine Schreie, keine Schatten.

Zufrieden drehe ich mich auf die andere Seite und döse weiter.

Von weit her höre ich gedämpftes Dröhnen. Irgendwelche Geräusche, die da nicht hingehören. Und ein Rabe krächzt. Krächzt immer lauter.

Ich stutze, blinzle, reibe mir die Müdigkeit aus den Augen, während ich konzentriert in die Stille hineinhorche. Moment mal, das ist kein Rabe, das ist –

»Shit!«

Schlagartig bin ich hellwach und meine flache Hand klatscht auf den krächzenden Radiowecker.

»Shit! Shit! Shit!«

Das darf doch nicht wahr sein, ich hab tatsächlich verpennt! So ein verdammter Mist! Erst letzte Woche kam ich zu spät in die Schule, weil Opa wieder einen seiner *Anfälle* hatte. (Wir nennen seine Verwirrtheit scherzhaft *Aufmerksamkeits-Entzugs-Syndrom*, aber eigentlich ist es alles andere als lustig. Er wäre viel eher reif für die Psychiatrie. Zumindest fürs Altersheim, nach Ansicht meiner Eltern.)

Papa ist wahrscheinlich schon auf der Arbeit. Oder immer noch. Er arbeitet im Tierrettungsdienst, wo er sich um verletzte Tiere aller Art kümmert. Doch seit geraumer Zeit hat er sich auf die Rettung von Labortieren spezialisiert. Was da alles abgeht, ist echt mehr als grausig. Neulich haben sie sogar ein Labor auffliegen lassen, welches auf Tierversuche verzichtete, dafür die Tests direkt an menschlichen Versuchskaninchen durchführte. (Gut für die Tiere, aber es ist trotzdem mehr als abartig!) Und ständig muss er zum Noteinsatz, weswegen er kaum noch zu Hause ist.

Mama schläft anscheinend auch immer noch tief und fest, ansonsten hätte mich der morgendliche Kaffeeduft längst geweckt. Seit einer Weile arbeitet sie selbstständig als Yogalehrerin und da kommt es schon mal vor, dass sie morgens ausgiebig ausschlafen kann, weil noch keine Termine auf dem Plan stehen.

Ächzend schleppe ich meine übernächtigten Knochen aus dem Bett, stolpere ins Bad und erledige alles im Eiltempo.

Klo. Duschen. Anziehen.

Mitten im Zähneputzen fällt mir etwas ein.

»Mist!«

Es klingt viel eher nach *Mischd* und der ganze Zahnpastaschaum, der sich eben noch in meinem Mund befand, verteilt sich jetzt großzügig über dem Spiegelschrank.

Ich wische mir notdürftig über den Mund, dann über den Spiegel, und hechte ins Arbeitszimmer meiner Mama.

»Ein Buch, ich brauche dringend ein Buch für den Literaturkurs von Perückenschaf.«

Ähm, also eigentlich heißt unser Lehrer Herr Tunker. Aber seit ihm letztes Jahr ein kleiner Versprecher unterlaufen ist, bei dem er aus *Perückenhaar* dummerweise *Perückenschaf* machte, klebt der haarige Schaf-Name nun an ihm wie eine zweite Haut.

*Letzte Chance, Zara!,* meinte er schon vergangene Woche mit theatralisch erhobenem Zeigefinger und seine Augenbrauen zuckten dabei heftig. *Alarmstufe explosivrot,* nennt Chris das scherzhaft. Und leider hat er damit absolut Recht. Auch wenn Perückenschaf sehr witzig aussieht, wenn er mit seinem Wurstfinger herumwedelt und dabei die Brauenbüschel in seinem Gesicht hüpfen lässt. Aber ich kann mir echt nicht noch eine Verwarnung einhandeln, sonst riskiere ich einen mehr als schlechten Notendurchschnitt. Also durchforste ich in Windeseile die Buchtitel in Mamas Regal.

»Ein Klassiker«, erinnere ich mich. »Ich brauche einen vorsintflutlichen und ätzend langweiligen Klassiker.«

Goethe, Schiller, Kafka … Oh, Mann! Die bringen eh schon andere mit.

Plötzlich klingelt das Telefon im Flur.

»Keine Zeit, keine Zeit, keine Zeit!«, informiere ich überflüssigerweise den Apparat und wusle mich stattdessen durch die Bücher.

*Piep* … der Anrufbeantworter ist angesprungen.

»Halli hallo, hier ist Opa!«, höre ich die markant tiefe Stimme. Unweigerlich muss ich schmunzeln. Immer wenn wir mehrere Tage nicht zu Besuch waren, ruft er bei uns an. Wer kann es ihm verübeln? Seit Oma vor etwas mehr als einem Jahr gestorben ist, fühlt er sich ziemlich einsam. Doch das ist nicht alles. Leider. Mit jedem Tag, der vergeht, benimmt er sich eigenartiger. Anfangs hofften wir alle, es sei nur seine ganz eigene Art zu trauern, aber mittlerweile …? Ich seufze. Meine Eltern diskutieren seit geraumer Zeit, ob er vielleicht nicht besser in einem Seniorenheim aufgehoben wäre. Ehrlich gesagt habe ich kein gutes Gefühl dabei. Opa liebt sein altes Haus, seinen Garten und vor allem seine kleine Tüftlerwerkstatt. Er ist fit wie eh und je, nur sein Verstand scheint nicht mehr so gut zu funktionieren.

»Na, bei euch alles gut? Sagt mal, es ist nicht zufälligerweise vorhin einer von euch vor meinem Haus herumgeschlichen?«

Ich halte in meiner Suche kurz inne und schüttle betrübt den Kopf. Der alte Verfolgungswahn.

Seit er alleine lebt, ist er total verwirrt. Ob seine Verwirrtheit davon kommt, dass er alleine leben muss und überfordert ist oder ob er eher an Altersdemenz leidet, ist noch unklar. Ständig sucht er irgendwas und plappert wirres Zeug. Er behauptet immer wieder, dass Menschen aus seinem Leben spurlos verschwinden und böse Leute ihn observieren.

»Und Kleines, bist du noch Zuhause?«, fragt er den Anrufbeantworter.

»Ja, bin ich«, murmle ich, aber ich ahne, dass er nicht wissen will, ob ich schon in der Schule bin. Er spielt auf etwas anderes an. Seinen Traum – seinen wiederkehrenden Albtraum, um genau zu sein. Er hat Angst, dass ich entführt wurde. Ich versuche mich auf meine Suche zu konzentrieren und mein Blick tastet die Buchrücken ab. Leider komme ich partout nicht dahinter, nach welchem System Mama ihre Bücher eingeordnet hat – vermutlich nach gar keinem. Viel eher ist sie für Feng-Shui und den richtigen Chi-Fluss zu begeistern als für das Alphabet. So bleibt mir wohl nichts anderes übrig, als ein Buchrücken nach dem anderen zu prüfen – Echt großartig, Mama!

»Kind, ich hab es wieder geträumt! Sie haben dich geholt! Bei Nacht und Nebel. Gib doch bitte mal ein kurzes Lebenszeichen. Du weißt ja, wo du mich findest …«

Alles klar! Das war das Codewort für: *Komm vorbei!*

»Mach ich, Opa«, verspreche ich ihm, auch wenn er mich nicht hören kann.

Mir bleibt ohnehin keine Zeit. Nicht jetzt. Selbst meine Hände sind schweißnass, weil ich so unter Zeitdruck stehe.

Dann endlich bleibt mein Augenmerk an einem Titel hängen. Ein Buch, das ziemlich alt und verstaubt aussieht. Ich stelle mich auf die Zehenspitzen und schnuppere am Einband, der bereits feine Brüche hat. Er riecht sogar leicht muffig – genau das, was ich brauche.

*Emma.*

Es ist von *Jane Austen* – definitiv ein Klassiker.

Kurzerhand schnappe ich mir den Wälzer. Als ich das Buch aus dem Regal ziehe, steigt eine dicke Staubwolke empor. Ich huste und wedle mir Luft zu, während sich die feinen Staubkörner flirrend im ganzen Zimmer verteilen. *Emma* ist offenbar schon eine halbe Ewigkeit nicht mehr bewegt worden. Ich lasse die Seiten zwischen meinen Fingern springen und nehme vage die Zahl fünfhundertneunundfünfzig wahr, als plötzlich etwas Helles zu Boden segelt.

»Was ist das denn?«, murmle ich, während ich in die Knie gehe und das Papier betrachte. Es ist ein Briefumschlag. Die Kanten sind gelb verfärbt, leicht geknickt und fleckig. Neugierig wende ich das Kuvert in der Hand hin und her.

Keine Anschrift. Kein Absender.

»Merkwürdig.«

Doch die unversiegelte Umschlagklappe lacht mich auffordernd an. Wirklich! Na ja, es kommt, wie es kommen muss. Die Neugier in mir siegt – wie immer.

Mit leicht zittrigen Fingern ziehe ich einen Brief aus der Hülle und entfalte ihn vorsichtig. Als ich die erste Zeile überfliege, bin ich verwirrt. Der oder die geheimnisvolle Unbekannte richtet das Wort direkt an meine Eltern.

*Liebe Anna, lieber Zenno,*

*Sämtliche Spuren sind verwischt.*
*Versunken in der Welt des Vergessens.*
*Des Weiteren habe ich dafür gesorgt, dass mich keiner hat kommen sehen, und dass keiner uns wird sehen, wenn wir abreisen.*
*Ich habe mein Versprechen gehalten: Ihr Name existiert nicht mehr. Weder hier noch bei den Ämtern.*
*Sobald wir in Sicherheit sind, werdet auch Ihr vergessen, genau wie Euer Kind. Ich weiß, es ist ein unsagbar schwerer Schritt, doch ich garantiere Euch, es ist der einzig richtige.*
*Wie abgemacht seid ihr verpflichtet, diese Zeilen nach Erhalt zu verbrennen. Denkt dran – es dient Eurer eigenen Sicherheit.*
*Ich wünsche Euch nur das Beste.*
*In tiefer Verbundenheit,*
*M. V.*

Für einen Wimpernschlag vergesse ich die Zeit, und dass ich eigentlich schon mit halbem Fuß in der ersten Stunde sitzen und mich von Herr Böckles mathematischen Weisheiten berieseln lassen sollte. Opas Worte hallen in meinem Kopf nach, vermischen sich mit den Briefzeilen von M. V.

*Vergessen. Verschwunden. Geholt. In Sicherheit.*

Mein Atem beschleunigt sich schlagartig. Ich spüre die Bewegung meines Kopfes, obwohl ich gar nicht den Kopf schütteln will, aber ich kann es nicht abschalten. Was soll das bedeuten? Ich verstehe nichts.

Liegt hier wirklich ein leises Geheimnis in meinen Händen? Noch ist es weniger als eine Ahnung, weniger als eine vage Vermutung, und dennoch ist es spürbar. Auf einmal ist da ein kaum hörbares Wispern tief in mir drin, dass ich hier etwas Wichtiges entdeckt habe. Etwas, das ich niemals hätte finden dürfen. Ich kann nicht erklären, weshalb ich mir da so sicher bin, aber ich weiß es. Ich weiß es ganz einfach.

Ein erregtes Kribbeln nimmt Besitz von mir. Ich liebe Geheimnisse – je verworrener, desto besser.

Wer ist dieser M. V.? Und was ist an diesem Brief so gefährlich? Offenbar so gefährlich, dass meine Eltern ihn nach Erhalt verbrennen sollten? Wieso taten sie es nicht? Eine andere Frage beschäftigt mich noch viel mehr: Wessen Name existiert nicht mehr? Arbeitet dieser M. V. vielleicht fürs Zeugenschutzprogramm? Hey, vielleicht heiße ich gar nicht Zara, sondern Astrid oder Eva. Ich lächle, während mein Blick abermals über die Zeilen huscht. Einerseits neugierig, aber zu einem nicht zu verachtenden Teil verwirrt.

Es ist sinnlos. Ich finde keine Antwort.

Einen Moment lang betrachte ich das Papier näher. Es liegt schwer in der Hand, schwerer als übliches Briefpapier. Zudem fühlt es sich rau an und bei genauerer Betrachtung ist eine leichte Struktur darin zu erkennen. Ich schnuppere an dem Blatt. Jetzt bin ich echt überrascht. Es riecht nach Öl.

»Merkwürdig«, murmle ich bereits das zweite Mal innerhalb weniger Minuten, als mein Blick unverhofft an etwas rechteckigem haften bleibt, das noch immer im Umschlag steckt. Vorsichtig ziehe ich es heraus und erstarre.

Es ist ein abgewetztes Foto von zwei Mädchen. Ich strecke meine Finger aus und berühre das Bild, gleichzeitig läuft mir ein Schauer über den Rücken, denn eines der beiden Mädchen bin ich. Als meine Hand über das Gesicht des fremden Mädchens streift, bemerke ich, wie sehr meine Finger zittern. Was hat das zu bedeuten?

Okay, okay, es ist ja nicht so, dass ich mich noch nie auf einem Bild betrachtet habe, aber das hier ist etwas anderes. Wer ist dieses Mädchen? Sie sieht aus wie eine kindliche Ausführung meiner Oma. Rotblondes Haar, feine Gesichtszüge und eine milchige Haut.

Ich versteh das nicht …

Ich komme nicht gegen den Schwall von Übelkeit an, der meinem Mageninhalt auf einmal befiehlt, immer weiter emporzuklettern. Hinter meiner Stirn vermischt sich das Bild mit den Briefzeilen und pocht wie Hammerschläge. In der Verbindung mit diesem fremden und doch furchtbar vertrauten Mädchen ist mir das Ganze unheimlich, und in mein Bewusstsein schleicht sich die Vermutung, dass irgendwas mit ihr nicht stimmt …

Überhaupt, die ganze Situation ist gruselig. Wäre es sinnvoll, meiner Mutter von diesem Umschlag zu erzählen? Sie muss ihn ja kennen – schließlich ist er an sie adressiert und lag in einem ihrer Bücher.

Mein Schädel brummt vor lauter Fragen und Stress. Eine ungesunde Mischung. Das reinste Chaos herrscht in meinem Kopf. Ich habe grad null Durchblick!

Was gäbe ich jetzt darum, Lila hier zu haben. Obwohl sie manchmal definitiv zu viel redet und ihre Vorliebe für die griechische Mythologie schon fast krankhafte Züge annimmt, so besitzt sie dennoch die Gabe, alles mit ihrem schlauen Köpfchen bis ins kleinste Detail analysieren zu können. Und genau das brauche ich jetzt – ihren messerscharfen Verstand!

Eines ist somit klar: Der Umschlag muss mit in die Schule! Meine Freunde wissen bestimmt, was zu tun ist. Ich hab zwar nicht allzu viele Freunde, dafür ergeben sie eine verdammt bunte Mischung. Bei dem Gedanken muss ich lächeln. Aber mein Mund erstarrt augenblicklich.

Ich höre, wie ein Türgriff runtergedrückt wird.

»Zara?«, ruft meine Mutter in derselben Sekunde. Zum Glück ist sie in den ersten Minuten ihrer Aufwachphase nicht wirklich das, was man unter *brauchbar* versteht.

Mein Blick fällt auf die Uhr.

Mist! Mist! Mist! Was trödle ich hier eigentlich noch rum?!

Schlurfende Schritte. Sie werden lauter.

»Bist du etwa immer noch da?«

»Nein, Mama, das bin nicht ich, das ist nur eine Astralprojektion.«

»Hm, das ist gut …«

Was hab ich gesagt – nicht wirklich brauchbar.

»Ist heute keine Schule?«, fragt sie und kommt schlurfend näher.

Es ist keine logische, keine durchdachte, sondern völlig irrationale Entscheidung: Rasch verstecke ich den Umschlag in meiner Schultasche.

»Doch, aber ich hab verschlafen«, stöhne ich und betrachte Mamas Sturmfrisur von hinten, weil sie bereits auf dem Weg in die Küche ist. Ihre blonden Haarsträhnen haben den leichten Anschein eines Vogelnestes.

»Soll ich dir noch einen Kaffee kochen?«, fragt sie murmelnd, aber gerade so laut, dass ich sie verstehen kann, und betätigt den Knopf der Kaffeemaschine.

Ich schüttle den Kopf. »Keine Zeit, ich sollte längst dort sein.«

Argh! Ich. Muss. Echt. Loooos!

Hektik. Mein Hirn funktioniert einfach nicht unter Stress, da stellt es instinktiv auf Durchzug.

Mama murmelt noch irgendwas Unverständliches, aber ich schaue sie nicht an, während ich mir hastig die Jacke überziehe und die Umhängetasche schultere. Die Gefahr, dass ich mich wegen des Briefes verplappere, ist zu groß.

»Ich geh jetzt«, rufe ich und spurte los. »Tschüssi!«

»Mach's gut, Hasi«, höre ich noch mit einem Ohr, schon fällt die Tür hinter mir krachend ins Schloss und ich stöhne laut auf.

Wo war ich stehengeblieben?

*Mann, Zara, konzentrier dich, wenigstens für zwei Sekunden!*

Ach ja, bei Hirn und Durchzug.

Also gut, Schultasche: Check.

*Emma:* Check.

Handy: Check. (OMG, zehn Nachrichten von Isa, je drei von Chris und Lila!!! Und eine, bei der sich mein Herz kurz zusammenzieht: Nils!)

Dubioser Umschlag: Check.

***

Keine Minute später flitze ich mit hastigen Schritten durch den Schulkorridor, um mein Mathebuch aus dem Spind zu kramen. Es überrascht mich nicht, dass ich kaum jemanden antreffe, denn die Stunde hat längst begonnen.

Mit klammen Fingern zerre ich das Schließfach auf. Irgendwo da drin muss das verflixte Buch – eigentlich eher *verhasste* Buch! – doch liegen. Jetzt ärgere ich mich, dass ich meine kreative Ablage gestern nicht entrümpelt habe. Chaosqueen lässt grüßen! Endlich erhasche ich zwischen einem alten Kaffeepappbecher (wie kommt der denn hier rein?) und einigen losen Blättern die Ecke des Buches. Schnell zerre ich es raus und schmettere die Tür zu.

Besser gesagt: Ich versuche sie zuzukriegen.

Sie klemmt.

Ausgerechnet JETZT. Timing ist alles – haha!

Natürlich ist es mir nicht egal, dass ich schon wieder zu spät komme, eigentlich ist es mir sogar richtig peinlich! Dafür ist es mir scheißegal, dass ich grade jetzt einen Höllenlärm fabriziere, indem ich die Tür immer wieder zuknalle. Schließlich werfe ich mich dagegen, aber das dumme Ding rastet einfach nicht ein.

Dann plötzlich: *BAM!*

Ich zucke zusammen, wirble herum und erkenne das breite Grinsen von Chris. Seine Faust verharrt auf meiner Spindtür.

»Himmel! Ich bin vor Schreck fast gestorben.«

»Stets zu Diensten, Chaosqueen«, grinst er.

Vermutlich ist er der einzige Schüler, der auf der Top-Ten-Liste im Zuspätkommen über mir steht. Im Eiltempo sammle ich Mathebuch und Schultasche auf und laufe gemeinsam mit Chris in hastigen Schritten den Korridor hinunter.

»Was würde ich nur ohne dich tun?«, sage ich übertrieben schmachtend, während wir gemeinsam den Klassenraum betreten.

»Na, wen haben wir denn da?«, fragt Herr Böckle, als ich, mich hinter Chris versteckend, zum Tisch flitzen möchte. »Zara und Chris, was für ein seltener Anblick! Soll ich raten? Oma ist zum dritten Mal gestorben, was?«, meint er trocken. Die Frage ist an Chris gerichtet.

»Nein, heute nicht«, grinst er unverfroren. »Ich musste lediglich einer wehrlosen Mitschülerin mit meiner Muskelkraft heldenhaft zur Seite stehen«, antwortet er, als wäre es das Normalste auf der Welt und zwinkert mir verschwörerisch zu. Dass er das Wort *heldenhaft* ganz besonders stark betont, entgeht mir keineswegs.

»Chris, bei dir ist echt Hopfen und Malz verloren.« Herr Böckle schüttelt den Kopf und tritt einen Schritt näher. »Und du?« Jetzt gilt die Aufmerksamkeit mir. Seine Adleraugen bohren sich in mein Gehirn und scannen es durch. »Eigentlich brauchst du keine drei Schritte bis zur Schule. Wie kommt es, dass du es dennoch schaffst, in regelmäßigen Abständen zu spät zum Matheunterricht zu erscheinen?«

Ich erwidere stumm seinen bohrenden Adleraugenblick.

»Da drängt sich mir der Verdacht allmählich auf, dass es an mir und meinem Unterricht liegt, was dich dazu ermuntert, oder wie siehst du das?«

Ich unterdrücke erfolgreich den Impuls, die Augen zu verdrehen, weil er mir diese Frage sicher zum tausendsten Mal stellt und es ist wohl keinem klarer als mir selber, dass mein Verschlafen keine Seltenheit ist. Viel eher könnte man es als lästige Angewohnheit bezeichnen. Und ja, komischerweise passiert es mir tatsächlich meistens, wenn Mathe auf dem Stundenplan steht.

»Vermutlich liegt es eher am Wochentag. Kurz vor dem Wochenende oder so …«, versuche ich mich aus der misslichen Lage rauszureden.

»Brauchst du vielleicht einen lauteren Wecker?«

Wenn er wüsste. Damit entlockt er mir ungewollt ein Grinsen, weil ich dabei an meinen rabenkrächzenden Wecker denken muss. »Das wäre keine schlechte Idee«, stoße ich zwischen zusammengebissenen Zähnen hervor, um das Lachen, das mir bereits auf der Zunge liegt, zu unterdrücken.

»Geht an euren Platz«, sagt Herr Böckle und deutet mit dem Arm zu den Tischen, »die Unterbrechung war lange genug. Dann schlagt eure Bücher auf Seite sechsundachtzig auf.«

Ohne ein weiteres Wort eile ich an meinen Platz, winke kurz Lila und Isa zu und erstarre im selben Moment für einen Herzschlag, als ich neben Cilia den schwarzen Wuschelkopf entdecke. Den Neuen hatte ich komplett vergessen! Kein Wunder: Gestern hatte er sich den restlichen Tag nicht mehr blicken lassen. Ich zwinge mich, das Buch aufzuschlagen und meinen Blick darauf zu lenken. Chris nimmt die Sache deutlich gemütlicher in Angriff. Während ich Heft und Stifte auspacke, kramt er im Vorbeigehen nach irgendetwas in seiner Tasche und macht es sich eine Reihe hinter mir bequem.

Und Herr Böckle? Der labert und labert. Es fällt mir so schwer seinen Worten zu folgen, die Augen offenzuhalten und zudem noch zu kapieren, was er uns da eigentlich vermittelt. Logarithmen. Wer zur Hölle braucht die?

Gerade als ich mir nichts Sehnlicheres wünsche, als wieder zurück in mein Bett unter meine kuschelige Decke zu kriechen, fliegt plötzlich ein zusammengeknülltes Papierknäuel auf mein Mathebuch.

Ich kann nicht verhindern, dass sich meine Mundwinkel verräterisch nach oben ziehen, während ich das Knäuel vorsichtig in die Hand nehme. Ich weiß, was das ist. Der *Wochenendplaner.* Meine Rettung! Pünktlich wie eh und je. So leise wie möglich streiche ich das Knäuel glatt.

*Rox Pub, Kino oder Disco?*
*Weitere Vorschläge werden nicht akzeptiert!!!*
*Chris*

Ich linse zu meinen Freundinnen rüber. Isa grinst und Lila deutet mir an, den Zettel weiterzulesen.

Unten auf der Liste haben die Mädels bereits ihren Senf dazu abgegeben. Natürlich ignorieren sie beide Chris Vorschläge – wie immer. So wie ich jetzt auch.

*Allesamt einer Meinung: DVD-Abend bei Lila ;)*

In einem unachtsamen Augenblick seitens Herrn Böckle fliegt der Zettel zurück zu Chris, und nur eine Sekunde später findet die Mathestunde endlich ein Ende.

»Na, warum hast du diesmal verschlafen? Schon wieder schlecht geträumt?«, will Isa von mir wissen, während ich meinen ganzen Kram achtlos zusammenpacke und in die Tasche schmeiße. Sie hakt sich bei mir unter und so schlängeln wir uns gemeinsam zu den Schließfächern hindurch.

»Wie kommst du bloß darauf?«

»Vielleicht wegen etwas, das allgemeingültig als *Augenringe* bekannt ist«, antwortet sie und verzieht ihren Mund zu einer Schnute, als ob es ihr wehtue, das sagen zu müssen. »Aber nur ein klitzekleines bisschen«, hängt sie noch an und ich lächle dankbar. Isa hat so ein gutes Herz, darin hat die ganze Welt Platz.

»Hey, was haltet ihr denn vom Wochenendplaner?«, unterbricht uns Chris, der sich wieder umständlich mit beiden Ellenbogen durch die Schülerschar zwängt, um uns einzuholen. »Ihr wisst, Gegenvorschläge werden nicht akzeptiert«, ermahnt er uns selbstzufrieden.

»Hast du dir vielleicht mal überlegt, dass deine immer wiederkehrenden Vorschläge uns so langsam auf die nicht vorhandenen Eier gehen?«, gibt Isa zurück.

Er zuckt unbeeindruckt die Achseln. »Hm, Ansichtssache. Bei Kino stimme ich dir zu, da läuft dieses Wochenende nämlich echt nur Liebesgesülze. Aber wir können uns auch alle im Rox treffen und dort mit dem Rest der Klasse abhängen?«

»Iiih!«, rufen Isa und ich gleichzeitig.

»Was kreischt ihr denn so rum?«, fragt Lila, die sich zwischen zwei Jungs hindurchdrängelt. »Übrigens, Zara, da hinten wartet jemand auf dich.«

So wie ihre eine Braue verräterisch zuckt, ist mir sofort klar, von wem sie spricht. Nur ist mein Nils-Konsum-Interesse noch immer übersättigt.

»Danke, kein Bedarf«, antworte ich knapp. Viel lieber will ich ihnen endlich von dem Umschlag erzählen. »Hört mal, ich muss euch unbedingt etwas erzählen. Heute Morgen ist mir was echt Eigenartiges passiert«, beginne ich und schmeiße mein Mathebuch zurück in den Spind. Natürlich fliegt mir schon wieder mehr als die Hälfte entgegen und ich verfluche meinen chaotischen Kreativgeist. Noch während ich höchst ungeschickt alles auffange, höre ich plötzlich dicht hinter mir die tiefe Stimme, die mich zusammenfahren lässt.

»Können wir reden?«

Ich werfe einen vorsichtigen Blick über die Schulter.

Nils. Er hat sich mir unbemerkt genähert. Mit seinem kastanienbraunen Haar und den ebenso braunen Augen sieht er einfach hinreißend aus, wie immer – okay, davon lass ich mich nicht ablenken. Nicht mehr.

*Glotz ihn nicht so an, Zara, sag etwas!*

»Ich, äh …«, stammle ich nicht gerade vor Selbstsicherheit strotzend und wende mich schnell wieder meinem Spind zu. »Nicht jetzt, okay?«, erwidere ich schließlich, ohne mich ganz umzudrehen und bin heilfroh, dass ich überhaupt einen Ton rauskriege.

»Es ist aber wichtig«, sagt Nils vor allen anderen und seine Stimme schwankt ein wenig. Sie schwankt noch mehr, als er weiterspricht. »*Du* bist mir wichtig.«

Kurz zuckt mein Herz und meine Augen beginnen verräterisch zu brennen. Wow, ich weiß nicht, was ich darauf erwidern soll. Dafür begreife ich in diesem Moment, dass meine Behauptung, nichts mehr für ihn zu empfinden, eine himmelschreiende Lüge ist. Gefühle lassen sich nicht ausknipsen wie eine Nachttischlampe. Und trotzdem. Es ändert nichts. All die Monate war ich ihm wichtig, aber eben nie wichtig genug …

Jetzt spüre ich seine Hand auf meiner Schulter, fühle, wie sie leicht zudrückt. Er will, dass ich mich zu ihm umdrehe, doch ich lasse es nicht zu. In einer resignierenden Geste senke ich meinen Kopf, presse die Augenlider zusammen und kämpfe gegen den Schwall von Emotionen, der durch mein Inneres wirbelt. »Ich muss zum Unterricht.«

»Zara, bitte«, fleht er mich an, »das mit Cilia hatte nichts zu bedeuten.«

Endlich drehe ich mich um und schaue ihn an, versuche in seinen Augen zu lesen. Nils war schon immer gut darin, den Leuten genau das zu sagen, was sie hören wollten – selbst wenn es nicht der Wahrheit entspricht?

»Lass mir etwas Zeit, okay?«, sage ich ruhig.

»Okay.«

Ich realisiere erst jetzt, dass meine Freunde wie hypnotisiert an meinen Lippen hängen. Sie standen ja die ganze Zeit neben uns. Ich beschließe, ihnen später von dem Umschlag zu erzählen, weil ich dazu jetzt sowieso nicht mehr in Stimmung bin.

Ohne ein weiteres Wort schultere ich meine Tasche und steuere entschlossen dem Treppenabsatz entgegen. Wo ich natürlich Cilia und ihren Freundinnen begegnen muss.

»Sag mal, Ben, was verschlägt einen so heißen Typen wie dich an unsere Schule?«, schnappe ich einen Teil von Cilias schmachtendem Gesäusel auf. Ihre Frage wird begleitet von drei lang gezogenen »Jaaaaa?« ihrer Bediensteten Nummer 1, 2 und 3: Agnes, Dany und Rebekka. Eines verbindet diese drei ohne Zweifel: Eine ist hohler als die andere.

Als ich den Fuß auf die erste Stufe setze und an ihnen vorbei möchte, muss ich mir regelrecht einen Weg durch sie hindurchbahnen und mich an den Herumstehenden vorbeizwängen. Dabei wirbelt meine Tasche in alle Himmelsrichtungen, weil Agnes sich jetzt noch breitbeiniger postiert und mich dabei mit dem Ellenbogen grob in die Seite stößt. »Oh, tut mir leid, das war Absicht.«

»Was soll das?«, fauche ich.

»Ich erfreue mich an deinem Absturz.«

»Schön«, sage ich zuckersüß, dabei schwirrt dieser bescheuerte Spruch durch meinen Kopf, an den ich mich gerade mit Vorliebe halte: Lächeln, nicken und *Arschloch* denken. »Darf ich mal durch?«

Widerwillig geht Agnes einen Schritt beiseite und lässt mich vorbei, während das Anhimmeln in die nächste Runde geht.

»Du hast so wunderschöne Augen«, schwärmt Rebekka den Neuen an.

»Ihr wisst doch, was man sagt?« Ben pausiert kurz, vermutlich um die Spannung zu steigern. »Die Augen sind die Fenster zur Seele.«

»Oh Mann, mir ist schlecht. Wo zum Teufel ist der nächste Abfalleimer?«

Shit! Hab ich das gerade laut gesagt? Blitzartig presse ich die Hand auf meinen Mund, doch diese Reaktion kommt zu spät. Ich kann die Augen gar nicht zählen, die mich in diesem Moment durchbohren – die meiner Freunde mit eingeschlossen.

»Was ist denn mit *der* los?«, höre ich Agnes kratzige Stimme.

Cilia dreht sich zu mir um. »Was wird das, Zara? Ein verzweifelter Versuch, dich uns anzuschließen? Das kannst du knicken!«

»Wie kommst du auf den absurden Gedanken, dass ich zu euch gehören möchte?«, frage ich und bleibe auf der Treppe eine Stufe über ihr stehen. »Damit sich mein Leben nur noch um die neusten Trends, irgendwelchen billigen Fummel und hirnloses Make-up dreht? Danke, ich verzichte, kein Bedarf. Peinlich genug, dass ihr existiert.« Es klingt hochnäsiger, als ich es wollte.

Der aufgeblasene Neuling mustert mich von Kopf bis Fuß. Ich sehe wieder sein angedeutetes Grübchen in der Wange. Und noch etwas. Sein Blick bleibt an meinem Shirt kleben.

»Wie bitte?! Du bist doch das lebende Beispiel für Peinlichkeit in Person«, faucht Cilia weiter. Dann wendet sie sich wieder ihrer Clique und ihrem neusten Fang zu. »Menschen wie wir haben es echt schwer«, seufzt sie theatralisch. »Überall diese armseligen Neider.« Nun rückt sie noch ein Stückchen näher an Bens Seite. Er macht keinerlei Anstalten, sich von Cilias Seite zu lösen.

War ja klar …

Und ich? Ich starre sie an wie eine hirnlose Dumpfbacke. Leider will mir partout keine passende Retourkutsche einfallen. Herrgott, wo bleibt die unverschämte Schlagfertigkeit, die ich schon so lange auf meiner Wunschliste stehen hab?

Ohne ein weiteres Wort lasse ich alle stehen und marschiere zum Klassenraum.

Mit halbem Ohr höre ich, dass Lila und Chris mir hinterherrufen, höre, dass Isa mir keuchend nachläuft, aber ich drehe mich nicht mehr um.

Hab ich schon erwähnt, dass der Neue ein echter Vollpfosten ist?!

# Kapitel 4

## Murphy, du elender Mistkerl

Ich betrete den Klassenraum und bin froh, dass ich ihn menschenleer vorfinde.

Das Gefühl von Weite und Ruhe gibt Luft zum Atmen.

Durch die hohe Fensterfront fallen wenige Sonnenstrahlen, die sich zwischen den tiefgrauen Wolken hindurchkämpfen. Letzte Regentropfen perlen an der Scheibe ab und ein leichter Wind weht durch den gekippten Fensterflügel.

Im Zimmer sind die Tische in Bahnen angeordnet, was ich sehr angenehm finde, weil so Lila, Isa, Chris und ich zusammen in einer Bankreihe platznehmen können. Auf dem Lehrerpult türmen sich Bücher und daneben ein Heftstapel, der mich auf unangenehme Weise daran erinnert, dass wir gleich unsere Klausur zurückbekommen werden.

Mit einem tiefen Seufzer marschiere ich an meinen Tisch, lasse mich auf den Stuhl fallen, während ich gleichzeitig die Tasche hinknalle und damit beginne, meine Schulsachen auszubreiten.

»Hey, Zara«, sagt Isa, die mich endlich eingeholt hat. Nun lässt sie sich auf den Stuhl neben mir fallen und rückt geräuschvoll näher an meine Seite. Dabei entgeht mir ihr skeptisches Stirnrunzeln keineswegs. »Was ist los? Wieso lässt du dich von dieser Schnepfe so provozieren?«

»Tu ich doch gar nicht«, verteidige ich mich.

Isas Brauen wandern in die Höhe. »Ach«, meint sie, mehr nicht. Schon schmeißen auch Lila und Chris ihre Taschen hin und hocken sich in die Reihe.

»Hast du deine Tage oder was?«, stichelt Chris. »Was bist du denn so überempfindlich?«

»Lasst mich in Ruhe«, murmle ich und vergrabe das Gesicht in meinen Händen. »Ich hab einen echt miesen Tag.« Und das ist nicht mal gelogen.

Ich wundere mich schon, dass kein Kontra kommt, vor allem nicht von Chris, als plötzlich ein Schatten auf meinen Tisch fällt. Meine Freunde verstummen alle auf einen Schlag. Eigentlich hätte ich allein deswegen sofort ahnen müssen, dass etwas nicht stimmt.

Langsam hebe ich mein Gesicht aus den Händen.

Vor mir steht Ben.

»Du bist Zara, nicht?«, möchte er von mir wissen.

Ich nicke knapp, während er seinen Hintern unaufgefordert und mit einer unnachahmlichen Coolness auf der Tischkante platziert. Er lächelt, als gäbe es kein Morgen mehr. Doch es ist nicht sein Lachen, was das Flattern in meinem Bauch hervorruft. Zumindest nicht nur. Es ist, als ob seine Augen …?

Rasch unterbreche ich mich in meinen Gedanken und reiße meinen Blick entschlossen von ihm los, denn ich will mich nicht darin verlieren, und wende mich stattdessen Isa zu, die mich ebenso entgeistert wie überrascht anstarrt. Fast so, als wäre ich irgendein überirdisches Phänomen. Sie fuchtelt nur wild mit den Armen, in der Hoffnung, ich könne ihr erklären, was Bens Auftritt zu bedeuten hat. Ich schaue sie ebenso ratlos an wie sie mich, doch sie deutet noch immer in alle Himmelsrichtungen, kriegt kein Wort heraus und auch die Fragezeichen in ihren Augen scheinen nicht kleiner zu werden.

»Hör mal, Zara«, startet Ben den nächsten Versuch und ich bemerke zum ersten Mal, was für eine tiefe und klangvolle Stimme er eigentlich hat. Seltsam, warum muss ich dabei an laue Sommernächte und Musik denken?

*Himmel, was sind denn das für Gedanken?*

Und überhaupt: Was zur Hölle will er von mir? Bin ich seine ultimative Mutprobe, damit er höchst offiziell in der blöden Elitetruppe aufgenommen wird? Das würde zu Cilia passen. Wo steckt die überhaupt?

Er beugt sich etwas vor. Wow! Er riecht echt unheimlich gut, aber ich kann nicht ausmachen, wonach. Jedenfalls nicht nach einem überdosiert parfümierten Duschgel oder so. Eher wie eine frische Frühlingsbrise, die den zarten Duft von Blüten in sich trägt. Irgendwie männlich und absolut verführerisch …

*Was soll das werden, konzentrier dich, Zara!*

»Das mit gestern tut mir leid«, sagt er und zieht dabei eine Braue neckisch in die Höhe. »Ehrlich!«

*Ehrlich* klingt irgendwie anders.

»Kein Thema«, antworte ich zuckersüß. »Hey, ich steh drauf, mich im Schlamm zu wälzen. Wann bekommt man sonst die Möglichkeit zu einem kostenloses Schönheitspeeling.«

Noch während ich antworte, höre ich, wie Isa neben mir scharf die Luft einzieht. Beinahe kann ich ihre Gedanken rattern hören: *Ah, deshalb die Dreckklamotten gestern!*

»Du solltest bloß …«, fahre ich fort und verstumme mitten im Satz. Ohne es zu wollen, habe ich die Neugier in ihm entfacht.

»Ich sollte … was?«

Er sollte sich nicht mit den falschen Leuten, Leuten wie Cilia Schwartz abgeben – die ganz nebenbei bemerkt am anderen Ende des Raumes steht und mit zerknirschter Miene zu uns rüber stiert – aber hey, nicht mein Problem!

»Ach, vergiss es«, antworte ich ausweichend und stütze mein Kinn auf der Hand ab. Für seine Geschmacksverirrung kann er vermutlich nichts, das ist bestimmt ein angeborener Gendefekt. »Wäre reine Energieverschwendung.«

Ehrlich gesagt rechne ich damit, dass er nach dieser zynischen Ansage aufsteht und verschwindet – macht er aber nicht. Mit ernster Miene und zusammengezogenen Augenbrauen verschränkt er die Arme vor der Brust. Dieser Zustand hält nicht länger an als ein flüchtiger Wimpernschlag.

»Okay, ist angekommen«, sagt er grinsend und tippt auf seinen Kopf. »Denn weißt du, zwischen diesen zwei Ohren gibt es tatsächlich Platz für so etwas wie ein funktionierendes Gehirn.«

Ich weiß nicht, was plötzlich mit mir los ist. Es ist, als wäre in mir ein Schalter umgekippt. Vielleicht liegt es aber auch an Ben und er kitzelt eine ungeahnte und dunkle Sarkasmus-Ader in mir heraus. Denn schon wieder liegt mir ein blöder Spruch auf der Zunge *(Ich dachte,*

*Männer haben ihr Gehirn nicht zwischen den Ohren),* als er fortfährt: »Zurück auf Anfang? Ich bin Ben Sewig.«

Ich ignoriere Isas unaufhörliches Piksen in meinem Rücken, die vermutlich die Welt nicht mehr versteht, denn mir geht es genauso.

Ben hält mir die Hand hin.

Ich zögere, nur eine Sekunde, doch diese kurze Zeitspanne reicht aus, um uns zu unterbrechen.

»Beeen«, schwappt Cilias schmelzendes Stimmchen aus der anderen Ecke des Raumes zu uns rüber. Dabei dehnt sie den Namen so absurd in die Länge, dass es einfach nur noch lächerlich klingt. »Kommst du?«

»Warte kurz, Cilia, es dauert nur einen Moment«, antwortet er lächelnd.

Doch da hat er die Rechnung ohne Cilia gemacht. Ein Wort wie *Warten* existiert in ihrer Welt nicht. Elegant und hinreißend zugleich setzt sie sich in Bewegung, bleibt dicht vor Ben stehen und kommt damit definitiv zu nah an mich heran! (In unserem Fall ist das bereits nahe an der Kategorie *Verletzung der Intimsphäre!)* Sie positioniert sich so, dass Ben sie unweigerlich ansehen muss.

»Weißt du, ich hab extra Dany umplatziert, um dir einen Platz freizuhalten.« Sie schenkt ihm einen lasziven Blick, streicht sich mit einer geschmeidigen Handbewegung eine Haarsträhne hinters Ohr und sieht wie gewohnt umwerfend aus. Natürlich weiß sie es und dreht leicht den Kopf, damit ihr schlanker Hals vorteilhaft unter den Locken zur Geltung kommt. »Direkt neben mir«, haucht sie ihm ins Ohr.

Sie ist sich ihrer Wirkung mehr als bewusst. Schlichtweg jeder Kerl bekommt dabei weiche Knie. Und ich kann nicht anders, als genervt mit den Augen zu rollen. Spätestens jetzt wird Ben verschwinden, da gehe ich jede Wette ein.

Na und, soll er doch. Ich weiß sowieso nicht, was er bei mir will.

»Ich muss hier noch etwas erledigen.«

Ähm, wie jetzt, Wette verloren? Nicht nur ich sehe dämlich drein, sondern auch meine Freunde.

Und Cilia? Tja, Bens Antwort bringt sie erst so richtig in Fahrt. Sie macht noch einen Schritt auf ihn zu, legt ihre Hände auf seine Knie und raunt ihm zu: »Vergiss die Schnepfe. Mit der kannst du dich doch eh nicht ernsthaft unterhalten.«

Ich hasse es, wenn sie von mir spricht, als wäre ich nicht anwesend!

»Schau sie dir mal an. Unscheinbar von Kopf bis Fuß und erst ihre Klamotten. Schlimmer als aus dem vorletzten Jahrhundert, löchrig und total heruntergekommen.«

Noch während sie das sagt, schaue ich an mir runter. Oh nein! Ich muss heute früh in der Eile das falsche Shirt erwischt haben. Was ich trage, ist ein Shirt aus der Zeit meiner völlig verdrehten Justin-Biber-Geschmacksverstauchungs-Phase – total löchrig und verwaschen.

*Bitte lass mich sterben. Oh mein Gott! Oder gibt es wenigstens irgendwo ein Loch, in das ich versinken kann?* Ich bete sehnlichst, dass dieses Schauspiel hiermit ein Ende findet.

»Sie ist einfach nur peinlich.«

Oh ja, peinlich trifft es ziemlich genau. Peinlich für mich mit peinlichen Klamotten in einer oberpeinlichen Situation.

Verlegen streife ich mir eine Haarsträhne aus dem Gesicht, doch meine Finger verheddern sich. Ach du Schreck, auch das noch, ich habe vergessen, die Haare zu kämmen. Vermutlich erlangt der Ausdruck *Bad-Hair-Day* durch meine Haarpracht eine völlig neue Bedeutung. Jetzt heißt es: *Aufstehen, Krone richten, weitergehen.*

»Weißt du, dieses widerspenstige Haarproblem ist furchtbar ansteckend«, sage ich und halte ihm ein paar Haarsträhnen hin, während ich ihn genauso breit angrinse, wie er mich vorhin – echt Zahnpastawerbung-preisverdächtig. Aber selbst ein Schwerhöriger hätte den Sarkasmus, der aus meinen Worten trieft, nicht überhören können. »Nur bei Cilia kriegst du Immunität vor dieser haarigen Seuche.«

»Siehst du, wie schräg die drauf ist?«, nervt Cilia weiter. Jetzt zieht sie Ben an beiden Händen, zwar sanft, aber sehr bestimmt, so dass er auf den Beinen zu stehen kommt. »Los, verschwinden wir von hier.«

Erst da bemerke ich, dass Ben ein Papier oder etwas Ähnliches in der Hand hält. Aber bevor ich weiter darauf achten oder etwas zu meiner Verteidigung hervorbringen kann, schrillt mein Handy und ich bekomme nicht mehr mit, wie das Szenario endet. Ein Blick zum Lehrerpult: Das Perückenschaf ist noch nicht da, also schnappe ich mir das Telefon und hebe ab.

»Zara, bist du's?«, schallt es an mein Ohr.

Die Stimme am anderen Ende der Leitung wirkt gehetzt, klingt fast schrill und irgendwie leicht übergeschnappt.

Es ist mein Großvater.

»Hallo Opa.«

»Dem Himmel sei Dank, Zara, dir geht es gut! Ich suche wieder mein geheimes Tagebuch. Ich muss es jetzt finden, ganz dringend. Du hast es nicht etwa versteckt? Wo ist es?«

Opa und seine total schräge Fantasie – etwas, das leider die Grenzen der meisten Normalsterblichen überschreitet. Nicht selten auch die meinen. »Welches geheime Tagebuch?«

Ringsum kassiere ich merkwürdige Blicke und mit halbem Ohr höre ich, wie Opa mich anschnauzt: »Willst du mich für dumm verkaufen? Du weißt haargenau, welches Tagebuch ich meine! Ich suche es seit Monaten immer wieder! Das Buch für den Notfall.«

Er klingt echt total ausgeflippt. Damit will ich sagen: noch schlimmer als sonst.

Mir ist klar, dass ich keine andere Möglichkeit habe als mich darauf einzulassen, denn wir befinden uns ganz offensichtlich in Opas Pseudowelt mit geheimen Büchern, Notfallplänen und anderen Verrücktheiten. Komischerweise erhalte ich als Einzige der Familie immer diese seltsamen Weltuntergangsanrufe.

»Vielleicht hast du das Buch nur irgendwo hingelegt oder einfach verloren.«

»Verloren?«, raunzt er mich an.

»Opa, ich habe echt keine Zeit, ich bin in der Schule.«

»Steckt Zenno dahinter? Bestimmt hat er dir aufgetragen, mich so abzufertigen.«

»Keiner hat mich gegen dich aufgehetzt.«

Opa schnaubt misstrauisch.

Ich drehe mich zur Wand, damit nicht alle dieses absurde Telefonat belauschen können, und versuche, Opa auf andere Gedanken zu bringen. »Hast du etwa deine Sitzung bei der Psychiaterin sausen lassen? Oder vergessen, deine Medikamente zu nehmen?«

»Das spielt keine Rolle, Herrgott! Nicht jetzt! Ich hab sie schon wieder gesehen. Die Verfolger. Sie sind überall und das wegen mir. Begreifst du, nur wegen mir!«

»Opa, ich –«

»Frag mich nicht, warum – es ist so. Ich traue denen nicht über den Weg. Nicht eine Sekunde.« Opa keucht nach jedem Satz. Seine Atemzüge sind kurz und schnell. »Was, wenn diese Halunken hier sind, um an dich ranzukommen? Wie soll ich dich beschützen? Wohl kaum mit bloßen Händen? Verdammt!«

Wieder die alte Leier ... überall Verfolger, geheime Machenschaften und heimtückische Menschen.

»Beruhige dich, Opa«, sage ich beschwichtigend und lehne meinen Kopf an die Wand. Es ist nichts Außergewöhnliches, dass ich ihn in solch einer Verfassung erlebe. Opa wird im Mai einundsiebzig Jahre alt, und auch wenn ich es mir nur ungern eingestehe, weiß ich, dass er allmählich durchdreht. Alles begann wie bereits erwähnt vor etwas mehr als einem Jahr, kurz nach Omas Tod. Davor haben sich die Symptome nur gelegentlich bemerkbar gemacht. Solange Oma da gewesen war, hatte sie stets ein wachsames Auge auf ihn geworfen. Doch während des letzten Jahres hat sein Erinnerungsvermögen einen herben Riss bekommen und schwindet von Tag zu Tag. Seit Kurzem wirkt er besonders gereizt und irgendwie ruhelos. Anfangs zeigten die Sitzungen bei Frau Lorenz kleine Erfolge. (Mathilda Lorenz ist Großvaters Psychiaterin und eine höchst gewöhnungsbedürftige Person. Ihre Augen sind *fade*. Ihre ganze Ausstrahlung wirkt fade. Durch und durch.) Aber nun? Auch deshalb beschäftigt das Thema Altersheim meine Eltern von Tag zu Tag mehr. Manchmal bereden sie das Problem offen, aber nur allzu oft schleicht es sich zwischen die Zeilen, tropft dann mit ihren Andeutungen in die Stille und schaukelt sich an den Wänden zu einem stummen Streitgespräch empor. Sie haben Angst, dass Opa sich selbst in ernsthafte Schwierigkeiten manövrieren könnte. Ich halte vehement dagegen, weil ich genau weiß, wie gerne Opa in seinem alten Haus bleiben möchte und wie fit er körperlich ist. Zudem befürchte ich, dass ihn solche Zukunftsaussichten noch weiter in diese apokalyptische Pseudowelt treiben, dass er noch mehr vor der Realität flüchten würde.

Ich schließe die Augen und höre zu, wie er mich anfährt:

»Und was mache ich, wenn sie in mein Haus einbrechen? Schon mal daran gedacht? Hä? Was dann? Sag schon! Soll ich sie mit einem Besenstiel in die Flucht schlagen?«

»Dir passiert schon nichts, versprochen.« Abermals versuche ich, ihn zu besänftigen und gleichzeitig dem Drang zu widerstehen, mit meinem Kopf gegen die Wand zu hämmern. »Was hältst du davon, wenn ich nach der Schule bei dir vorbeikomme? Dann können wir quatschen und Karten spielen. Oder soll ich dir einen Film mit –«

»Nein, Zara, nein!«, unterbricht mich Opa. »Mach das nicht! Halt dich ja fern von mir!«

Ich höre seine Stimme, doch da ist noch mehr. Ein leises Vibrieren, das sich in seinen Worten versteckt. Ich weiß, was es ist. *Furcht.* Blanke Furcht. Und plötzlich läuft es mir eiskalt den Rücken runter. Ich reiße meinen Blick vom Klassenzimmer los und schaue aus dem Fenster. Die alte Fichte mit ihren gewaltigen Zweigen weht unruhig hin und her. Als zerre eine unsichtbare Macht an ihr.

»Was, wenn es eine Falle ist?«, wispert Opa so eindringlich, dass ich gewillt bin, ihm für einen Augenblick zu glauben. »Ich der billige Köder, um dich zu kriegen? Ich könnte es mir nie verzeihen, wenn sie dich holen. Und alle werdet ihr vergessen, genau wie damals …«

Wie damals? Redet er wieder von Omas Tod? Keiner hat das vergessen. Ich begreife nicht, was er sich da ständig für einen Unfug zusammenreimt. Es tut weh, zu realisieren, dass Opa nicht mehr der Alte ist. So weit ich mich zurückerinnern kann, war mein Großvater der bezauberndste und zugleich geheimnisvollste Mensch überhaupt. Ich wollte immer so sein wie er. Er ist in der Nachkriegszeit aufgewachsen, hat lange Jahre in Frankreich gelebt, wo er meine Oma kennenlernte. Er wusste alles über Geschichte, wusste sowieso immer auf alles eine Antwort, erzählte die schönsten und buntesten Gutenachtgeschichten, war schon immer ein Erfindergeist und besaß die Gabe, den langweiligsten Bildern in meinem Kopf Leben einzuhauchen. Wann immer ich bei meinen Großeltern zu Besuch war, bestürmte ich ihn damit, etwas für mich zu bauen, denn dabei verzauberte er mich mit Reiseanekdoten aus seinem Leben, so als wären es magische Abenteuer.

»Wir vermissen Oma auch, aber sie war schwer krank«, beginne ich, doch er faucht giftig dazwischen.

»Nein, da ist eine Verschwörung im Gange. Gehirnwäsche! Kapierst du das immer noch nicht?«

Irgendwas stimmt hier nicht. So aggressiv hab ich Opa bisher selten erlebt.

»Opa, es ist alles okay«, sage ich und es entgeht mir nicht, dass meine Stimme zittert. Ich klinge alles andere als beruhigend. »Vielleicht ist es doch besser, wenn ich kurz vorbeikomme.«

»Nein. Nein. Nein! Bleib weg! Weg von meinem Haus!«

Opas Stimme bebt und ich gebe keine Antwort. Keineswegs weil ich eingeschüchtert bin, nein: weil ich mich längst entschieden habe.

»Noch etwas, Zara: Vertraue niemandem! Hörst du? Keiner Menschenseele!«

Ich lehne wieder den Kopf an die Wand und stöhne auf.

»Zara, hast du gehört?«, fragt er ungeduldig nach, als ich nicht gleich reagiere. »Versprich es mir.«

»Okay, okay. Ich versprech's.«

»Ich werde schon mit ihnen fertig, Kind.« Erst jetzt realisiere ich, dass Opa wie ein Irrer mit hektischen Schritten durchs Haus rennt. Ich höre, wie er immerzu etwas murmelt, Möbel verrückt, Türen aufreißt und wieder zuschlägt. Er verliert offenbar wirklich den Verstand. »Wenn ich nur dieses verdammte Tagebuch finden könnte. Aber Moment mal, vielleicht ist es ja bei euch Zuhause?«

»Opa, hör mir zu«, sage ich, weil ich ihm klarmachen muss, dass er bleiben soll, wo er ist, aber er scheint mich gar nicht mehr wahrzunehmen. »Opa?«, rufe ich ziemlich energisch.

Mit einem Mal poltert es so laut am anderen Ende der Leitung, dass ich das Handy ein Stück vom Ohr weghalten muss. Gleichzeitig macht mein Magen Anstalten, sich einmal um sich selbst zu drehen.

»Scheiße!« Mehr sage ich nicht, klemme das Handy zwischen Ohr und Schulter und schnappe mit einer hektischen Handbewegung meine Umhängetasche.

Ich muss zu Opa. Und zwar sofort.

»Zara, was ist los?«, fragt Isa. Ihre Augen mustern mich besorgt. »Du bist kreidebleich.«

»Stimmt, du siehst echt beschissen aus«, meint Chris und kassiert für diese charmante Bemerkung gleich einen charmanten Fußtritt von Lila.

Zwar fixiere ich meine Freunde mit den Augen, bekomme auch mit, wie besorgt sie mich ansehen, aber meine Gedanken sind bei Großvater.

»Opa? Hörst du mich?« Meine Worte verhaspeln sich, weil mir so viel gleichzeitig durch den Kopf geht.

Keine Reaktion.

Plötzlich ein Knacken.

Die Leitung ist tot.

Einen Atemzug lang steht die Welt still.

Ich lasse meinen Arm sinken, stiere auf den Boden und realisiere nicht mehr, wie die anderen auf mich einreden, verstehe auch nicht, was sie sagen. So schnell wie möglich stopfe ich die restlichen Schulsachen in meine Umhängetasche und mache auf dem Absatz kehrt.

»Hey, Zara!«, ruft Lila und packt mich grob an den Schultern. Erst da erreicht ihre Stimme auch mein Gehirn. »Was ist plötzlich los? Und wo willst du hin?«

Ich halte inne, blinzle und schaue sie an. »Ich muss weg. Familiärer Notfall. Entschuldigt mich für den Rest des Tages, ja?«

Alle drei nicken unisono.

Ich schenke ihnen ein dankbares Lächeln, dann renne ich los. Ohne ein Wort zu sagen jage ich an meinem Lehrer vorbei, der in diesem Moment das Zimmer betritt, eile weiter den Korridor entlang und hole abermals mein Handy aus der Tasche. Hastig wähle ich die Nummer meines Vaters. Hoffentlich steckt er nicht wieder in irgendeiner ach so wichtigen Besprechung oder gar Rettungsaktion.

Es klingelt. Einmal. Zweimal. Dann ein Knacken.

»Opa tickt völlig aus«, keuche ich atemlos, während ich die Treppe hinunterstürme. »Ich habe eben mit ihm telefoniert!«

»Was ist es diesmal? Hat er wieder seine Sitzungen verweigert?«

»Keine Ahnung, aber vermutlich schon. Er hat diese Verfolgungsängste und er hat das Telefongespräch einfach abgebrochen, nachdem irgendwas bei ihm total laut gepoltert hat!«

»Nicht schon wieder«, seufzt Paps mir ins Ohr. »Vermutlich räumt er wieder alle Möbel vor die Türen, um sich vor seinen angeblichen Verfolgern zu schützen. Schaust du nach der Schule kurz bei ihm vorbei, um sicherzugehen, dass er sich beruhigt hat und ihm nichts passiert ist? Ich kann unmöglich weg, wir haben hier einen –«

»– Notfall«, beende ich Paps Antwort, denn es ist immer dasselbe. Bei seinem Job hat er wie gesagt ständig mit Notfällen zu tun.

»Zara?«, fragt Paps, weil ich seine Frage nicht beantwortet habe.

»Ich bin schon auf dem Weg zu ihm.«

»Nein Zara, geh bitte erst, wenn die Schule aus ist, du kannst doch nicht andauernd Fehlstunden sammeln. Ich verspreche dir, dass diese leidige Sache bald geklärt ist.«

*Diese leidige Sache.*

»Er ist kein lebloses Ding! Wieso kannst du ihn nicht beim Namen nennen? Er ist dein Vater!«, antworte ich trocken. Ich liebe Paps, er ist ein herzensguter Mensch und kann keiner Fliege was zuleide tun, aber wenn es um Opa geht, sind wir definitiv nicht gleicher Meinung. Zwischen Opa und mir herrscht eine Verbindung, die wir selber nicht wirklich begreifen können. Wir verstehen einander ohne Worte. Etwas, das mehr Wert ist als alles Geld der Welt. »Und was soll das heißen? Wollt ihr Opa tatsächlich ins Altersheim abschieben? Irgendwohin, wo er von lauter Fremden umsorgt wird?! Dann sehen wir ihn gerade mal noch an Feiertagen und seinem Geburtstag.«

»Zara, ein Altersheim ist kein Gefängnis. Da kannst du ihn jederzeit besuchen gehen, genau wie jetzt auch. Und Frau Lorenz meinte beim letzten Gespräch auch, dass es vielleicht an der Zeit wäre –«

»Alles klar!«, falle ich ihm ins Wort. »Ihr hört lieber auf den Rat einer Psychiaterin als auf mich.«

»Beruhig dich, Zara. Es ist weder etwas beschlossen noch haben wir irgendwas Konkretes ins Auge gefasst.«

Ich will mich nicht beruhigen! »Klar habt ihr.«

»Zara, lass uns –«

»Wieso macht ihr das? Ich schaff das schon mit Opa«, unterbreche ich ihn abermals, weil ich weiß, dass ich seine Erklärung nicht hören möchte. »Ich rede mit ihm, ich habe alles im Griff. Wirklich.«

»Möglicherweise. Mag sein, dass du es momentan im Griff hast. Noch … Aber was, wenn sich sein Zustand verschlechtert? Und das wird er, das merkst du ja selber. Bei aller Liebe, du kannst nicht ständig von der Schule wegbleiben.«

»Und wenn schon«, blaffe ich ihn an und fühle mich irgendwie um einige Jahre zurückversetzt, in die gute alte Zeit der hochpubertierenden Zara-Ära. »Was ist wichtiger? Die Familie oder die Schule?«

Die Frage schwebt noch unbeantwortet in der Luft, als mein Finger bereits die rote Auflege-Taste berührt.

Mein Herz pocht heftig gegen meine Rippen.

In einem Punkt gebe ich Paps allerdings Recht: Diese verquere Frage, wie es mit Großvater weitergehen soll, muss endlich geklärt werden, damit Opa wieder sorgenfreier leben kann.

Ohne es zu merken, bin ich auf den steinernen Treppenstufen vor dem Schultor stehengeblieben.

In meinem stylischen Justin-Biber-Lochshirt, dem Bad-Hair-Day-Look und dem hochroten Kopf, bilde ich einen echt bizarren Kontrast zu dem grauen Gemäuer der Schule und dem Regenwetter. Ich fühle mich gerade wie eine Art Subkultur, die so nur in London oder Paris anzutreffen wäre. Aber egal.

Ich muss schleunigst hier weg.

Zu Opa.

Zwischen zwei kräftigen Atemzügen begreife ich noch etwas. Etwas Entscheidendes. Seit ich diese Briefzeilen gelesen und das Foto in den Händen gehalten habe, warte ich auf eine Antwort. Oder ein Zeichen. Da ist dieses Gefühl tief in mir drin, dass ich etwas finden muss. So, als ob ich etwas Wichtiges verloren hätte. Deshalb warte ich auf ein Zeichen. Ein Zeichen, das mir Klarheit bringen soll. Es wird kommen, da bin ich mir sicher. Aber ich weiß jetzt schon, dass es genau dann zuschlagen wird, wenn ich es am wenigsten gebrauchen kann.

*Murphy du Mistkerl, mit deinem elenden Gesetz.*

Mit gemischten Gefühlen trete ich hinaus in den dunstigen Vormittag. Alles um mich herum verstummt. Nur die pochenden Gedanken hinter der Stirn drängen mich. Drängen mich dazu, loszurennen.

Und dann tue ich es.

# Kapitel 5

## Eine fette Sau, ein Gartenzwerggelage, eine Föhnfrisur und ein Fremder

Während ich den Schulhof verlasse, nimmt der Himmel die Farbe von Schwefel an, ich nehme es jedoch kaum wahr. Gejagt von tausend Gedanken hetze ich die Straße entlang, vorbei an etlichen Häusern in Richtung Opas Zuhause. Beunruhigt frage ich mich, was mich dort wohl erwarten wird? Das Poltern und die Tatsache, dass von einer Sekunde auf die andere das Gespräch abgebrochen wurde, verheißt nichts Gutes. Meine blühende Fantasie lässt allerhand Horrorbilder in meinem Kopf Tango tanzen. Opa, der kreischend von Haus zu Haus rennt und immerzu ruft: »Sie sind da! Sie sind da!« In der nächsten Schreckensvorstellung metzelt er mit einem Säbel alles nieder, was sich bewegt. Doch die schlimmste Vorahnung von allen verdränge ich so gut es geht. Trotzdem flackert sie beharrlich immer und immer wieder auf: Opa, blutverschmiert und bewusstlos am Boden liegend.

Was werde ich antreffen?

Keine Ahnung …

Und genau diese Ungewissheit ist es, die mich halb verrückt werden lässt.

Als ich endlich die Kreuzung zu dem Quartier voller verwinkelten Gässchen erreiche, erhasche ich einen Blick auf den rosafarbenen Dachgiebel des Häuschens meines Großvaters. Nur kurz, dann versteckt es sich bereits wieder hinter den kolossalen Häuserkulissen, die ringsum in den Himmel ragen. Zum Glück kenne ich mich in dem Straßengewirr so gut aus, dass ich den Weg mit schlafwandlerischer Sicherheit finde. Bei dem rostigen Kupferbriefkasten, der aussieht wie eine uralte, zerknitterte Schultasche aus dem vorigen Jahrhundert biege ich rechts ab, laufe dann ein paar Schritte weiter bis zu dem exzessiven Gartenzwerggelage, deren Zipfelmützen mit den Grashalmen um die Wette wuchern; danach abermals rechts, bis zu der aus Stein gemeißelten fetten Sau. Nachdem ich schließlich hinter dem pummeligen Steinschwein abzweige, verlangsame ich meine Schrittgeschwindigkeit und betrachte skeptisch die Häuser, die sich dicht an dicht drängen.

Alles wirkt ruhig. Niemand geht über die Straße, kein Laut ist zu vernehmen, weder Musik noch Gesprächsfetzen, und weit und breit ist kein Fahrzeug in Sicht.

Ziemlich eigenartig für diese Tageszeit.

Auch wenn das Durchschnittsalter der Siedlung mit rasantem Tempo in die dreistellige Richtung geht und die Leute hier mit einem Fuß schon so gut wie im Grab stehen, so erscheint es mir in diesem Moment doch auffällig ruhig.

Ich ignoriere gerade gekonnt das Gefühl, dass hier irgendwas nicht stimmt, schlucke trocken und gebe mir einen Ruck. Gerade als ich ein paar Schritte mache, schlägt hinter mir plötzlich eine Tür zu.

Erschrocken zucke ich zusammen und wirble herum.

»Hallo, Zara«, begrüßt mich Frau Bonnerlein. Die gute Frau hat eine ziemlich lichte Kopfbehaarung. Auch wenn sie diese Tatsache verzweifelt zu kaschieren versucht, was wiederum in einer peinlich voluminösen Föhnfrisur endet, ist es dennoch nicht zu verbergen. Heute trägt sie dazu äußerst hässliche Manchesterhosen und einen lachsfarbenen Strickpullover mit grünem Karomuster. Mein Blick wandert zu ihrem Gesicht.

Was für ein Zufall, dass sie sich ausgerechnet jetzt zu ihrem Briefkasten begibt. Sie gehört zu der Spezies Mensch, der nichts, aber auch gar nichts entgeht. Selbst wenn bloß ein Vogel auf das Autodach eines Nachbarn kackt oder ein Floh hustet – sie hat es garantiert mitbekommen. Das Haus hinter ihr ist abgedunkelt und wirkt genauso verlassen wie der Rest der Siedlung.

»Besuchst du deinen Opa?«, will sie wissen und die krankhafte Neugier strahlt mir aus ihren blassen Augen entgegen.

»Hallo, Frau Bonnerlein«, sage ich, lächle höflich und nicke nur, um das aufkommende Gespräch im Keim zu ersticken.

»Ist Alois denn zu Hause?«, fragt sie mich und irritiert mich damit das erste Mal, so dass ich fast versucht bin, stehenzubleiben. »Ich hab ihn heute gar nicht gesehen und seinen morgendlichen Rundgang hat er auch ausfallen lassen. Sogar die Fensterläden sind verschlossen. Womöglich ist er krank.«

»Ja, es geht ihm nicht besonders.«

»Sag mal, Kindchen, hat dein Besuch womöglich mit diesem Fremden was zu tun?«

»Was für ein Fremder?«, krächze ich und bleibe augenblicklich stehen. Jetzt hat sie mich doch an der Angel!

Mein Puls rast, hämmert bis in die Schläfen empor und ich weiß nicht mal genau, weswegen.

»Vorhin war ein Mann hier, der nach deinem Großvater gefragt hat. Der sah sehr merkwürdig aus, sag ich dir, Kindchen. Hoffentlich ist Alois da nicht in was hineingeraten. Man hört doch immer wieder von solchen korrupten Versicherungshaien, die alte Leute über den Tisch ziehen, nicht wahr?«

Mein gequältes Lächeln muss als Antwort reichen.

»Oder hat ihn diese Grippe erwischt? Mathilda hat mich vor wenigen Tagen schon vorgewarnt.«

»Mathilda?«

»Unsere neue Nachbarin, Kindchen. Eine ganz liebe Frau, leider dauernd im Stress und auch momentan schon wieder auf irgendeiner Geschäftsreise.«

Ich nicke desinteressiert und Frau Bonnerlein plappert redselig weiter, während ich mich zwinge, einen Fuß vor den anderen zu setzen, um schnellstmöglich einen angemessenen Abstand zwischen uns zu bringen. Der schmale Weg aus Kopfpflastersteinen endet vor einem kleinen Kiesplatz, an dessen Grenze allerlei Sträucher und Grasbüschel wuchern.

Opas Haus sieht aus wie immer. Nichts Auffälliges. Die Hausfassade, vermutlich einst altrosa, ist über die Jahre gealtert und so ist der Rauputz von einem leichten Moosgrün übersät.

Ich schreite über den Vorplatz, dabei knirschen meine Schuhsohlen im Kies. Aus den wenigen Stufen, die zur Haustür führen, sind winzige Steinstücke herausgebröckelt und auch die Fußmatte sieht genauso mitgenommen und zerfranst aus wie bei meinem letzten Besuch.

Ich klingle.

Und lausche.

Doch es ist nichts zu hören, außer dem Maunzen einer Katze in der Ferne. Ich kann nicht genau ausmachen, woran es liegt, doch der Laut wirkt irgendwie surreal in der sonst so monotonen Mittagsstunde.

Sonst regt sich nichts.

Also klopfe ich gegen die Tür. Möglicherweise hat Opa die Klingel gar nicht gehört.

»Na, was habe ich dir gesagt?«, höre ich Frau Bonnerleins Stimme hinter meinem Rücken. »Alois ist nicht zu Hause.«

Am liebsten würde ich ihr sagen, dass es sie einen feuchten Dreck angeht und sie sich zum Teufel scheren soll, aber ich schlucke die Worte hinunter – wie immer. Zudem schnürt mir die Sorge um Opa mehr und mehr die Kehle zu.

Ich lasse mir nicht anmerken, wie sehr mich ihre Aussage verunsichert, und versuche stattdessen mit klarem Verstand die vergangenen Minuten zu rekonstruieren.

Zuerst Opas panischer Anruf. Dann war die Telefonleitung tot. Jetzt kommt noch ein Fremder ins Spiel. Und Opa ist nicht da …

*Argh!*

Das ergibt irgendwie alles keinen Sinn. Ich versuche meine Gedanken in eine andere Richtung zu spinnen um wieder klarsehen zu können, stattdessen zerreißt der Faden, bevor ich den verschwommenen Gedanken fassen kann.

»Er macht sicher nur ein Nickerchen«, antworte ich, während ich gleichzeitig die Türklinke herunterdrücke – abgeschlossen. Ich gebe mich absichtlich gelassen, um meine Sorge zu überspielen und krame mit unruhigen Fingern den Ersatzschlüssel unter dem pummeligen, blauen Keramikfrosch hervor.

Diese Stille ist furchtbar und das plötzliche Klackern des Schlüssels darin viel zu laut.

Ich schließe die Haustür auf und öffne sie vorsichtig. Gleichzeitig kann ich nicht verhindern, dass mein Herzklopfen zunimmt.

»Opa, ich bin es, Zara«, rufe ich zaghaft, während ich eintrete. Die Tür fällt krachend hinter mir ins Schloss und verwehrt Frau Bonnerlein den neugierigen Blick ins Innere.

Obwohl das Licht nur spärlich durch die Lamellen der verschlossenen Fensterläden fällt, erkenne ich, dass das Haus in etwa so chaotisch aussieht wie das Innenleben meines Schließfachs. Nein, schlimmer. Definitiv keine kreative Ablage mehr, es kommt viel eher einem Schlachtfeld gleich.

Ist hier eingebrochen worden?

Mit schnellen Schritten gehe ich in die Küche.

»Opa?«

Immer noch keine Reaktion von ihm.

Überall stehen Geschirrberge und offene Dosen herum. Die Tür des Kühlschranks steht einen Spaltbreit offen, einige Lebensmittel liegen umgekippt in den Kühlregalen und die Milch tropft als große Pfütze auf den Klinkerboden. Der alte Bauernschrank im Wohnzimmer steht sperrangelweit offen, auch die Bücherregale sind halb leergefegt und alle *Mechanikus Zeitschriften* und die komplette *Hobby-Heft-Reihe* liegen zwischen dem Chaos von Couchkissen auf dem Fußboden verstreut.

Es herrscht ein heilloses Durcheinander.

Als ich die Unordnung zu meinen Füßen betrachte, bekomme ich eine Heidenangst. Stimmt es, was Paps sagt? Ist mein Großvater wirklich nicht mehr fähig, für sich allein zu sorgen?

»Opa?«, rufe ich erneut, aber meine Stimme schwankt so stark, dass kaum mehr als ein heiseres Krächzen herauskommt. Ich schlucke den Kloß im Hals hinunter. »Opa, bist du hier?«

Keine Antwort.

Also hetze ich von einem Raum zum nächsten, zerre die Fensterläden auf und suche wie eine Verrückte nach ihm. Im Wandschrank, unter dem Küchentisch, schlichtweg in jeder Ecke, ja sogar in der kleinen Werkstatt vor dem Haus. Opa ist nirgendwo zu finden.

Da bleiben nur noch das Obergeschoss und der Dachboden.

Ich steige die Treppe empor, und mein Herz hämmert, weil ich nicht weiß, was mich da oben erwartet. Ich gebe es ungern zu, aber zum ersten Mal habe ich Panik davor, dass an Opas verrückten Geschichten vielleicht doch etwas Wahres dran sein könnte. Die hölzernen Stufen knarzen bei jedem Schritt und mir wird immer mulmiger zumute.

Schnell durchsuche ich das Schlafzimmer, das als einziger Raum von dem Chaos verschont geblieben scheint. Ich lasse nichts aus, zerre jede Schranktür auf, schaue unters Bett und nehme sogar das Bad genau unter die Lupe. Da hingegen sieht es aus, als hätte eine Bombe eingeschlagen. Opas Pillen und Medikamente sind ausgekippt und liegen wild durcheinander im Waschbecken. Die leeren Schachteln liegen zwischen allerlei Beipackzetteln auf dem Boden.

Ich greife nach einem zerknüllten Papierfetzen, als plötzlich etwas über mir laut kracht, gefolgt von einem heftigen Poltern.

Mir rutscht das Herz in die Hose.

Was ist das?

Mit rasendem Puls wandert mein Blick nach oben.

Durch die Ritzen in der Luke zum Dachboden fällt flackerndes Licht.

# Kapitel 6

## Verrückt, verzweifelt, verloren

»Opa?«, rufe ich halb hysterisch und lasse augenblicklich den Papierfetzen zu Boden fallen.

Egal was da oben ist, ich muss dort hin.

Kaum ist dieser Entschluss gefasst, stürme ich ohne zu zögern die steile Dachbodentreppe hoch.

Das Erste, was ich erblicke, ist eine lädierte Armeetaschenlampe, die auf den uralten Holzdielen liegt. Ihr flackernder Lichtstrahl fällt auf den ramponierten Ledersessel (Opas selbsternannter Lieblingssessel), den Oma noch eigenmächtig aus dem Wohnzimmer verbannte hatte, weil ein Bein des guten Stücks abgebrochen war. Jetzt wirft der Sessel einen grausigen Schatten in die hintere Ecke, in der allerlei ausrangierter Plunder eine Bleibe gefunden hat.

»Opa«, rufe ich mit klopfendem Herzen. »Bist du hier?«

Eine geisterhafte Stille breitet sich aus. Mein Brustkorb wird mit jedem Atemzug enger. Mich beschleicht eine dunkle Ahnung … Oh ja, die schlimmste aller Befürchtungen holt mich mit überdimensionaler Lichtgeschwindigkeit ein.

Vorsichtig mache ich einen Schritt auf den morschen Holzdielen.

»Opa?«, hauche ich erneut. Da fällt mir etwas auf, was ich im ersten Moment übersehen habe. Eine große Kiste. Ganz viel Krempel liegt im Schatten des Monstersessels neben ihr auf dem Holzboden verstreut.

Ein Geräusch reißt mich aus dem bangen Gefühl. Unten auf der Straße bricht wildes Hupen aus. Unweigerlich zucke ich zusammen und blicke nervös zum Fenster. Der Gedanke, dass böse Kreaturen an der Hausfassade emporklettern und sich hinterhältig anschleichen, durchfährt mich wie ein Blitz.

Das Hupen erstirbt und wird im selben Moment von einem metallischen Klackern abgelöst. Offenbar ist mein Fuß gegen ein Blechspielzeug gestoßen. Wie hypnotisiert beobachte ich, wie es quer über die holperigen Dielen kullert, dann ein Weilchen hin und her schaukelt, ehe es schließlich zum Stillstand kommt.

Schweißtropfen perlen auf meiner Stirn, ich wische mit dem Ärmel über mein Gesicht, der Stoff schabt über meine Haut, doch ich nehme es kaum wahr. Ich muss mich beruhigen, einfach den Gedanken von der alptraumhaften Vorstellung aus dem Kopf verbannen und tief durchatmen. Aber die Luft unter dem Dach ist nicht nur stickig, sondern unangenehm feucht und drückend.

*Reiß dich zusammen, Zara!*

Ich bücke mich, hebe die Taschenlampe vom Boden auf und nähere mich zögernd dem Sessel. Irgendetwas hindert mich daran, gleich hinzustürmen, doch ich weiß nicht so recht, was. Vielleicht ist es das Zucken in meiner Brust oder Opas zischelnde Stimme im Hinterkopf:

*Sie sind da! Bleib weg! Sie kommen, um dich zu holen!*

Mit jedem Schritt wird mir mulmiger zumute, fast als ob meine innere Stimme versuche, mich davor zu bewahren. Aber da ist auch die Sorge um Opa, und auf einmal kann ich keine Sekunde länger warten. Ich hechte über die Holzkiste, während ich mit der Taschenlampe den Fußboden ableuchte.

Was zum Teufel ist das?

Ein dunkles Rinnsal.

Mir stockt der Atem.

Blut?

Beim bloßen Gedanken daran zieht sich mein Magen krampfartig zusammen.

Noch während ich heraneile, lasse ich meinen Blick weiterschweifen, und plötzlich scheinen meine Knie unter meinem Gewicht wegzuknicken.

Sind das Beine zwischen all dem Kram?

Meine Kehle wird trocken.

Ich nehme den kümmerlichen Rest Energie zusammen, den ich aufbringen kann, und folge der Spur aus Blechspielzeugen und dem undefinierbar dunklen Rinnsal.

Das dazwischen sind eindeutig Füße. Oh ja, ich erkenne die Socken sofort, als der Lichtstrahl der Taschenlampe über die Beine fällt. Himmel! Mit klopfendem Herzen stürze ich zu Opa.

Er liegt auf einem unbequemen Stapel Bücher, allerlei Kisten und jede Menge Staub, die Arme seltsam abgewinkelt, als hätte er etwas abwehren müssen. Sein graues Haar ist schweißnass, das Unterhemd verschmutzt und fleckig.

Eine endlose Sekunde starre ich ihn an, nur das schwache Licht der Taschenlampe flackert über seinen Körper, bis es letztlich ganz erlischt. Ich würge die Tränen runter und flüstere atemlos seinen Namen.

»Opa?«

Er bewegt sich nicht.

»Opa, kannst du mich hören?«

Ein fremdes Gefühl steigt in mir hoch. Es fühlt sich kalt an. Als würde ich von innen heraus erfrieren. Am liebsten würde ich einfach abhauen, aber ich bleibe.

Unsicher gehe ich in die Knie, lege meine flache Hand auf seinen Bauch und versuche das Beben meiner Finger zu unterdrücken. Ich brauche einige Atemzüge, ehe ich realisiere, dass sich sein Brustkorb hebt und senkt.

Er lebt. Erleichtert atme ich auf.

Dann fasse ich nach seiner Hand und drücke sie leicht. Erst da bemerke ich den schmierigen Saft, der an meinen Fingern klebt. Aber ich wische ihn nicht ab, obwohl ich den metallisch süßlichen Geruch rieche. Speichel sammelt sich in meinem Mund und mir wird übel.

Mein Magen rebelliert.

Wie er da liegt … Ich fühle mich hilflos und mit dieser Situation völlig überfordert. Paps hat Recht, ich kann nicht länger alleine auf ihn aufpassen.

»Opa?«, flüstere ich. »Kannst du mich hören?«

Eine gefühlte Ewigkeit tut sich nichts und ich will mich gerade aufrichten um einen Krankenwagen zu rufen, da blinzelt Opa. Ich beuge mich vorsichtig über ihn. Stöhnend bewegt er seinen Kopf und schlägt die Augen auf. Erleichterung durchströmt mich. Ich kann gar nicht beschreiben, wie unendlich froh ich bin, diesen mickrigen und stöhnenden Laut von ihm zu hören.

»Opa? Was ist passiert?«

Erneut stöhnt er, während er langsam beginnt, sich aufzurichten. So weit, dass er sich mit dem Rücken an die Wand lehnen kann. Dann reibt er sich benommen mit der Hand über die Stirn. Eindringlich mustere ich sein Gesicht. Es ist schmerzverzerrt.

»Opa?«, sage ich noch einmal und drücke seine Schulter, diesmal etwas kräftiger. Da, endlich heftet sich sein Blick auf mich. Er saugt ruckartig die Luft ein und murmelt mit rauer Stimme meinen Namen: »Zara.«

Meine klebrigen Finger streifen über seinen Handrücken »Alles in Ordnung?«

»Mir geht's gut, Kleines.«

»Ach, tatsächlich?«, frage ich skeptisch. (Opa ist übrigens der einzige Mensch auf der Welt, der mich *Kleines* nennen darf.)

»Überhaupt, Kleines«, ignoriert er meine Frage, genau wie mein genervtes Kopfschütteln. Jetzt zieht er sich endgültig in eine aufrechtere Sitzposition. »Was machst du hier? Hab ich dir nicht verboten, herzukommen?«

»Mensch, Opa! Ich hab mir echt Sorgen gemacht! Zuerst dieses Poltern, dann ist plötzlich die Telefonleitung tot und jetzt finde ich dich bewusstlos auf dem Dachboden. Was ist denn bloß passiert?«

»Nichts weiter, mach dir keine Gedanken«, winkt er ab.

»Keine Gedanken machen?«, schnaube ich entnervt. »Opa, du warst weggetreten, bewusstlos, von der Rolle, nicht bei dir. Natürlich mache ich mir Sorgen! Du gehörst zum Arzt. Außerdem blutest du.«

»Ich blute?« Für einen Augenblick verliert Opa die Fassung.

»Sieh doch, hier ist überall Blut«, sage ich, deute auf den Fußboden und strecke dabei auch meine Hände unter seine knollige Nase.

»Papperlapapp«, unterbricht mich Opa und feine Lachfalten zieren seine Augen. Er greift nach etwas, das unter seinen Beinen liegt. »Das ist Öl, mehr nicht. Bitte glaub mir, wenn ich dir sage, dass es meinem Kopf prima geht. Ich habe bloß eine dicke Beule abbekommen, als die Kiste runtergefallen ist. Aber du weißt doch, dass ich einen Schädel aus Stahl habe.«

Tja, das hat Opa im wahrsten Sinne des Wortes. Die Kurzfassung einer seiner unvergessenen Anekdoten, die ich schon in allerhand Variationen genießen durfte: Eine feine Silberplatte wurde ihm nach einem Motorradunfall wegen einer schweren Kopfverletzungen implantiert.

Ich beiße die Zähne zusammen. Er ist wirklich ein unverbesserlicher Dickkopf.

»Sei es, wie es sei. Ich war bis vorhin damit beschäftigt, dieses verflixte Tagebuch zu finden. Und nur zur Berichtigung, das Netz war nicht tot, sondern der Akku war einfach leer. Diese moderne Technik taugt nicht viel«, sagt er und wuselt dabei unruhig mit beiden Händen durch die Luft. Als er meinen skeptischen Gesichtsausdruck bemerkt, schweigt er einen Augenblick. »Also alles in bester Ordnung. Mir geht es gut.«

»Und wieso liegen deine Medikamente im Waschbecken?«

»Sie wegzuschmeißen war längst überfällig!«

»Opa!«

»Diese Scheißdinger nehme ich nicht mehr. Damit ist jetzt ein für alle Mal Schluss! Ich bin erwachsen und kann sehr gut auf mich alleine aufpassen.«

»Oh ja, das sehe ich«, sage ich und es klingt genauso zynisch, wie ich es meine. Mein Blick gleitet über all das herumliegende Zeug. »Eindeutig.«

»Ach, das. Das ist doch in Nullkommanichts aufgeräumt. Heinzelmännchen sei Dank«, sagt er jetzt schmunzelnd.

»Mach dich ruhig lustig über mich, ich bin keine fünf mehr, und zu deiner Enttäuschung muss ich dir sagen: Ich glaube weder an den Osterhasen noch an den Weihnachtsmann und schon gar nicht an irgendwelche unsichtbaren Heinzelmännchen, also such dir eine andere, die du veräppeln kannst, alles klar?«

»Oha, was ist dir denn über die Leber gelaufen?«

Müde vergrabe ich mein Gesicht in den Händen.

*Vielleicht eine Laus namens Ben?,* wispert meine innere Stimme leise, die ich augenblicklich abwürge.

Beim bloßen Gedanken an ihn steigt mein Puls. Vor Wut natürlich. Doch das werde ich jetzt sicherlich nicht vor Opa ausbreiten.

Ich hole tief Luft. »Nichts.« Um von mir abzulenken, füge ich noch hinzu: »Und bei dir? Ist wirklich alles wieder gut?«

Ich betrachte das Gesicht meines Großvaters, das plötzlich einen ernsten Zug angenommen hat. Die Stirn in Falten gelegt und den Mund zusammengepresst, erhebt er sich ächzend auf die Beine.

»Komm, Kleines, setzen wir uns.« Mit diesen Worten fasst er mich an den Schultern und steuert mich auf den ramponierten Sessel zu. Ich lasse mich ohne Widerworte nieder und lege meine Schultasche auf die Oberschenkel. Der Sessel kippelt ein wenig, als ich mich hinsetze.

Während Opa die Lamellen der Fensterläden einen Spaltbreit aufzieht und in der Mitte des Raumes an einer kettenähnlichen Schnur zieht um das Licht einzuschalten, fahre ich mit den Fingerspitzen über die wuchtigen Armlehnen, spüre die feine Maserung. Das Leder ist angenehm kühl und duftet schwach nach Tabak.

Dann warte ich. Neugierig auf das, was gleich kommt. Aber auch verunsichert, weil ich nicht weiß, ob ich überhaupt hören möchte, was er mir zu sagen hat, geschweige denn, ob ich es verstehen werde.

Opa knetet unentwegt seine Hände und schreitet dabei unruhig auf und ab, bis er schließlich abrupt vor dem Fenster stehenbleibt. Sein Blick ist stur geradeaus gerichtet. Mattes Licht scheint durch die staubigen Fensterläden und fällt als gleichmäßiges Muster an ihm vorbei auf den Fußboden. Mit einem tiefen Seufzer reibt er sich mit den Händen über das ölverschmierte Gesicht. Seine Finger zittern und sein Haaransatz ist immer noch schweißnass. Endlich schaut er mich an.

»Ich musste die Pillen absetzen«, stößt er zwischen seinen Zähnen hervor und sein Kiefer spannt sich an. »Weil ich davon immer so konfus wurde, verstehst du? Nicht viel anders erging es mir mit diesen unnützen Sitzungen bei Frau Lorenz. Was bin ich froh, dass sie für einige Tage verreist ist, so bin ich sie eine Weile los«, gibt er zu. »Ich weiß, du hältst mich für einen alten Spinner. Aber sind wir doch mal ehrlich, war ich das nicht schon immer? Ein Erfindergeist muss doch irgendwie leicht neben der Spur sein, nicht wahr?« Bei diesen Worten zwinkert er mir zu und ich komme nicht gegen das Gefühl an, dass ich endlich wieder meinen alten Opa vor mir stehen habe. »Sei es, wie es sei. Ich habe eine ganze Weile gebraucht, bis ich verstanden habe, dass ich mit dieser Pillen-Orgie niemals einen klaren Gedanken fassen kann. Genau wie mit dieser Gedankenverdreherin von Psychiaterin.« Opa schnaubt und schüttelt den Kopf. »So ging es nicht weiter, ich musste endlich wieder Herr der Lage werden. Ganz dringend. Damit ich endlich mit dir reden kann und gleichzeitig hautnah und mit glasklarem Verstand miterlebe, was du dabei denkst und fühlst. Ja, Kleines, ich muss begreifen, was in dir vorgeht, wenn ich dir sage, was so wichtig ist. Um dich anschließend in das geheime Wissen einzuweihen.«

»Geheimes Wissen? Einweihen?«, hauche ich.

Ein stummes Nicken.

Plötzlich erscheint mir alles so skurril. Vielleicht ist dieser alte Mann ja auch gar nicht so verwirrt, wie wir immer geglaubt haben. (Es gäbe noch eine andere Möglichkeit: Womöglich ist er noch viel viel verrückter, als ich mir vorstellen kann. Doch diesen Gedanken dränge ich weit von mir weg.) Opa scheint es ernst zu sein und ich will versuchen, ihn ernst zu nehmen. Ich wippe unruhig mit den Beinen, während ich ihm zuhöre. In diesem Augenblick fühle ich mich wieder wie das kleine Mädchen, das Opas geheimnisvollen Geschichten lauscht, leicht ängstlich und zugleich neugierig gespannt, weil es möchte, dass ihr Großvater sie mit seinen Abenteuern füttert. Ich hänge gebannt an seinen Lippen.

»Schreib dir eines hinter die Ohren, Zara«, beginnt Opa, streift sich konzentriert über sein Kinn und bemüht sich zu lächeln. »Unser Leben ist nicht das, wonach es aussieht. Es existiert mehr als das, was du mit bloßem Auge erkennen kannst. Bedeutend mehr. Und glaube mir, es verbirgt sich nicht nur Gutes hinter den Grenzen der Vorstellungskraft. Oh ja, ich habe es gesehen. Mit eigenen Augen.«

»Was?«, frage ich atemlos.

Opa presst die Lippen zusammen, so fest, dass sie nur noch eine schmale Line bilden. Dann kommt er auf mich zu. Irgendwie wirkt er ziemlich nervös. »Du willst wissen, was hier los ist?« Er wartet meine Antwort nicht ab. »Wie bereits am Telefon gesagt, habe ich das Tagebuch gesucht. Ich brauche es ganz dringend. Einerseits, weil darin viele Notizen und wichtige Informationen drinstehen, aber es gibt noch einen Grund. Ich brauche es –«, mein Großvater kniet sich vor mich hin und legt mir sanft seine Hände auf meine Knie, »– wegen dir.«

»Wegen mir? Aber wieso?«, frage ich und meine Stimme schwankt, weil ich selbst kaum glauben kann, was ich jetzt aussprechen werde. Aber ich *muss* ihn einfach nach der Zeit fragen, als Oma Rosie im Sterben lag. »Opa, ich muss es jetzt einfach wissen. Ich weiß, dass es dir schwerfällt, über diese schwere Zeit zu reden, aber bitte, sag es mir. Was ist vor einem Jahr mit dir geschehen?«

Sofort werden seine Augen glasig, als ob er sich vor mir verschließe. Er spricht nicht gerne über Omas Ableben. Sie hatte Krebs und ihr Weg bis zum Tod war kein leichter. Ich würde ihn bestimmt nicht daran erinnern, wenn es nicht zwingend notwendig wäre.

»Sie haben sie mitgenommen«, wispert er, während das Lächeln in seinem Gesicht allmählich verblasst.

Ich will gerade sagen, wie klar mir ist, dass er seine große Liebe verloren hat – doch bevor ich die Worte aussprechen kann, die mir auf der Zunge liegen, reißt sich Opa abrupt von mir los und geht zurück ans Fenster. Mit einer energischen Handbewegung öffnet er den einen Flügel und schaut eine ganze Weile in den Himmel. Er wirkt ungeduldig, genau wie der Windstoß, der durch den Dachstock weht. »Sie kommt wieder, sie hat es versprochen«, wispert er.

Okay. Opa ist doch übergeschnappt. Definitiv! Oma kommt nicht zurück. Niemals! Nicht mal als Zombiebraut …

Entschlossen dreht er sich mir zu und stützt sich mit den Händen auf der schmalen Fensterbank ab.

»Opa, sie kommt nicht –«

»Ja, die haben sie einfach mitgenommen.« Er hört gar nicht zu, denn er spricht bereits weiter und setzt wieder ein Lächeln auf, während er langsam zu mir zurückkommt – es wirkt gequält. Als ich ihn mustere, bemerke ich, wie er am ganzen Körper zittert. »Und wir haben dabei zugeschaut, erinnerst du dich wirklich nicht? Bitte, Zara, versuch dich zu erinnern, es ist unsagbar wichtig. Wir alle waren da und so machtlos«, sagt er nun und senkt sein Haupt.

Ich schweige. Will endlich eine Antwort auf meine Frage. Und bekomme immer nur dieselben ausschweifenden Antworten.

»Die sind überall.«

»Wer, Opa? Von was sprichst du?« Auch diesmal geht er nicht auf meine Frage ein.

»Die nehmen dir, was dir lieb und teuer ist. Stehlen deine Erinnerungen. Und Gott steh uns bei, diese Wesen sind wahrhaftig grausam und gefährlich.« Seine tiefe Stimme klingt geschwächt, fast fahrig.

Ich weiß nicht genau, woran es liegt, doch plötzlich schleicht sich ein flaues Gefühl in meine Magengegend. Heißt es nicht, die Grenze zwischen Wahnsinn und Genie ist schmal? Opa scheint in dem Moment genau auf dieser Schwelle zu stehen. Als wandele er auf dieser überaus schmalen Grenze, schwankt wie ein Betrunkener mal hier rüber und mal da rüber. Kaum, dass ich denke, Opa sei wieder ganz der Alte, entpuppt er sich wieder als durchgeknallter Spinner.

»Nur ich, ich habe nicht vergessen. Manchmal wünschte ich, ich hätte es. Es wäre so viel einfacher. Das ist wie ein Fluch, der auf mir lastet. Ich befürchte, bei ihrem Hokuspokuskram ist etwas schiefgelaufen.«

Ich tue nichts weiter, als Opa anzustarren und unruhig zu atmen. Jetzt kommt er mir ganz nah, so nah, dass ich seinen Atem auf meiner Wange fühlen und riechen kann.

»Ich habe es miterlebt. Alles. Zwar hat er manche Erinnerungen getrübt, aber was er gesagt hat, höre ich immer noch wie durch eine dicke Schicht Watte gedämpft.«

Er seufzt, schließt die Augen, und noch bevor ich etwas sagen kann, beginnt er weiterzusprechen. Es hört sich an wie eine Art Reim. Die Worte gleiten durch mich hindurch und erfüllen das Dachgeschoss. Geheimnisvoll und mystisch, ganz anders als seine Anekdoten.

*»Die Gottheit Ruuh erwählte einst vier Gebrannte.*
*Beschenkte sie je mit einer mächtigen Gabe.*
*Eine gedeiht in dir, so lerne und gehorche.*
*Das Schicksal erwartet dich, in das du geboren.«*

Ein Schauder rieselt über meinen Rücken. Das höre ich zum ersten Mal von Opa. Wo hat er das her? Was soll es mit Omas Tod zu tun haben? Klar, ich spüre, dass mein Mund aufgeklappt ist, aber ich kriege ihn weder zu noch bringe ich irgendeinen Laut über meine Lippen.

»Ich halte die wenigen Bruchstücke ganz fest in mir verschlossen, und zwar da drin«, fährt Opa fort und klopft mit der Faust auf seinen

Schädel. »Das kann mir niemand nehmen. Niemand!« Er seufzt. »Und alles, was ich damals gesehen habe, steht auch in meinem Tagebuch.« Opa nimmt meine Hände in seine und schaut mich mit seinen trüben und so vertrauten Augen an. »Verstehst du jetzt?«

Nein, ich verstehe nicht. Ich frage mich viel eher, ob mein Großvater total verrückt oder völlig verzweifelt ist.

»Da ist noch etwas … ich werde das Gefühl nicht los, dass du das Unmögliche geschafft hast – nicht wahr?«

Mein Atem geht schneller.

»Sag, hast du ihn? Den Brief? Und mein Foto?«

Opa redet doch nicht etwa von diesen Brief, den ich heute gefunden habe? Warum weiß er denn davon? Ich verstehe nicht …? Wie …? Ich schlucke, nicke eifrig.

»Heureka!«, jubelt Opa und drückt mich an sich. Seine Ernsthaftigkeit ist verschwunden. Seine Mundwinkel verziehen sich zu einem Lächeln. Es ist, als ob sich all seine Gesichtszüge auf einmal entspannen. »Ich wusste, dass sie deswegen kommen! Dass du den Brief und das Foto gefunden hast ist der Grund, weswegen sie kommen und dich holen wollen! Dummerweise wusste ich nicht mehr, wo ich damals den Umschlag in der Hitze des Gefechts versteckt hatte. Dieser Brief war neben ihrem Gesicht und seinen Worten das Einzige, an das ich mich *immer* erinnern konnte, egal wie vernebelt mein alter Geist auch war. Eigentlich hatte ich gehofft, dass ich im Tagebuch einen nützlichen Hinweis hinterlassen habe wegen des geheimen Verstecks des Umschlags. Du ahnst nicht, wie verzweifelt ich überall nach ihm gesucht habe. All die Monate. Bei euch zu Hause, hier im Haus, in der Werkstatt, im Briefkasten, im Bücherregal …«

Oh. Mein. Gott! DAS hat Opa die ganze Zeit gesucht!

»… sogar bei Frau Bonnerlein. Hast du eine Ahnung, wie viele Kaffee-Einladungen ich deswegen über mich ergehen lassen musste?« Ein schelmisches Zwinkern untermauert seine Worte. »Und jeden verflixten Morgen hab ich einen Rundgang gemacht und danach Ausschau gehalten, den Umkreis sukzessive erweitert. Aber nun ist alles gut.«

Ich starre ihn an. Abermals ist mir bewusst, dass ich ziemlich meschugge aussehen muss, aber ich bringe keine vernünftige Reaktion zustande.

»Hör zu«, sagt Opa und senkt seine Stimme, als ob er befürchte, es könnte uns jemand belauschen, »der hat sie mitgenommen vor mehr als einem Jahr.« Opa legt seinen rauen Zeigefinger auf meinen Mund, ehe ich etwas erwidern kann. »Und nein, verdammt, ich rede nicht von Oma, wann geht das endlich in deinen Dickschädel?«

Ich blinzle einige Male, bin verwirrt. »Was? Von wem sprichst du dann die ganze Zeit?«

»Von diesen seltsamen Menschen, die hier immer wieder rumschleichen. Sie sehen aus wie du und ich, aber irgendetwas stimmt mit ihnen nicht …«

Da flimmert dieser merkwürdige Typ aus dem Schulkorridor wie ein Blitzlicht vor meinem geistigen Auge auf. Ich schüttle ungeduldig den Kopf. »Nein, nein. Wen haben sie sich geholt?«

»Herrgott noch mal, hört mir denn keiner zu? Was erzähl ich euch schon seit Monaten? Ich versteh nicht, wie ihr das immer wieder aufs Neue vergessen könnt?!« Opas Nasenflügel blähen sich auf. Dann schnaubt er einmal kräftig durch.

Ganz unverhofft wirken Opas Worte unheimlich. Doch das ist nicht alles. Es ist, als ob der kühle Wind die Wörter der Briefzeilen hochwirbelt, sich mit der Erinnerung an diesen merkwürdigen Kerl aus der Schule und dem fremdvertrauten Gesicht des Mädchens vermischt und diese Mischung an mich heranträgt. Erst streift er ganz sachte meine Haut, umspielt meine Wangen, bis sie letztlich voller Wucht einschlägt. Sie pocht hinter meiner Stirn und stellt sich dem Zweikampf mit Opas Worten.

*Spuren sind verwischt – Sie haben sie mitgenommen.*

*Name existiert nicht mehr – Sie sind wieder da!*

*Vergessen – Gekommen, um dich zu holen.*

*Sicherheit – Bleib weg!*

Aber wo bleibt die Erkenntnis? Ein Chaos herrscht in meinem Innern und doch weiß ich, dass sich darin die Antwort versteckt. Ich suche sie vergeblich. Gepaart mit Opas wirrem Gerede, bekommt das alles bloß einen bitteren und unverständlichen Nachgeschmack.

Mühsam würge ich den Kloß hinunter, der mir schon wieder im Hals steckt.

»Sag es! Wen haben sie sich geholt, wenn nicht Oma gemeint ist?« Meine Stimme ist kaum hörbar, weniger als ein Flüstern, denn die leise

Ahnung, die in meiner Frage mitschwingt, drängt sich immer stärker empor. Es muss etwas mit diesem Mädchen zu tun haben.

Mein Großvater presst die Lippen zusammen und schaut mir direkt in die Augen und mir ist, als husche ein Schatten über sein Gesicht. »Yosephine.«

Mein Herz klopft. Klopft wie wild gegen die Rippen.

»Was, von wem redest du?«, keuche ich atemlos, denn ich kenne keine Yosephine.

»Von Yosephine. Sie haben sie mitgenommen. Yosi ist deine Schwester! Erinnere dich an sie!«

Eine scheinbare Ewigkeit lang starre ich ihn einfach nur an. Als sich mein Herzschlag beruhigt, krächze ich: »Ich habe keine Schwester.«

Oder?

Die Fremde auf dem Foto …?

Das kann nicht sein. Unmöglich. Opa sagt das nur, weil er momentan seine Medis verweigert. Jawohl! Aber warum ist da tief in mir drin der leise Wunsch, dass es wahr sein möge?

Opa mustert mich, beobachtet jede meiner Bewegungen und nickt in diesem Moment eindringlich, als ob er meine Gedanken erraten könnte.

»Yosephine *ist* deine Schwester.«

In einem Anfall von Schwäche sinke ich in die Sessellehne zurück und presse meine Schultasche gegen meine Brust, als wäre sie mein letztes bisschen Verstand.

»Ich versteh das nicht«, flüstere ich und die Worte ersticken in meiner Tasche. »Das ist unmöglich!«

Opa zieht scharf die Luft ein. »Unmöglich?« Er lacht auf, es klingt verbittert. »Ich wünschte, das wäre es.«

Er muss sich irren. Ich meine, anders geht das einfach nicht. Das ist undenkbar … verrückt … utopisch … wahnsinnig … krank … abwegig … und hey, ich kann mich beim besten Willen an keine Schwester erinnern. Höchstens …

Mich fröstelt es.

*In Sicherheit …? Vergessen …? Sie kommen …?*

Die Worte hämmern so massiv hinter meiner Stirn, dass ich am liebsten laut losschreien würde. Wieso wirken sie wie eine Mahnung?

*Werdet auch ihr vergessen, genau wie euer Kind.*

Ja, höchstens ICH bin dieses Kind. Das Kind, das vergessen hat. Ich drücke meine Finger gegen die Schläfen, weil jeder Gedanke schmerzt.

»Opa«, krächze ich. »Weißt du eigentlich, was du da sagst?«

Er packt mich an den Schultern, drückt mit beiden Händen zu und schüttelt mich, als ob er mich zur Besinnung bringen möchte, weil er meine Gedanken genau durchschaut.

»Kind, hör mir zu. Hör mir zu.« Er wartet so lange, bis mein unruhiger Blick den seinen findet. »Ich bin nicht verrückt. Vertrau mir, ich weiß, was ich gesehen habe. Du hast dir doch das Foto angeschaut? Es ist Yosi, neben dir. Ich träume jede Nacht von ihr. Oh, was gäbe ich darum, wenn das alles nur ein grausamer Traum wäre.« Er beißt seine Zähne so fest zusammen, dass sein Kiefer hervortritt. »Aber es ist, wie es ist. Sie haben Yosi mitgenommen. Und wir haben nicht viel Zeit. Wir müssen schnell sein, sonst kriegen sie dich und sorgen wieder dafür, dass du Yosi, das Foto, den Brief und alles, was ich dir erzählt habe und du zusammengefügt hast, erneut vergisst. Also vertrau mir. Bitte!«

Nun erhebt er sich, fährt sich mit den Händen durch sein schütteres Haar, bis es zerzaust in alle Himmelsrichtungen steht. Aufgebracht. Wütend.

»Kleines, denkst du ich merke nicht, wie sehr ihr alle an meinem Verstand zweifelt? Ihr denkt, der alte Spinner redet nur wirres Zeugs. Fantasiert mal wieder rum. Hirngespinste. Erhöhen wir doch die Medikamentendosis und verdoppeln die Stunden bei der Psychiaterin. Und wenn das nichts mehr nützt, stecken wir ihn ins Altersheim, wo er Tag und Nacht versorgt wird.«

Ich weiß nicht, was ich sagen soll und kaue wie ein Kleinkind schuldbewusst auf meiner Lippe rum. Woher soll ich wissen, dass er die Wahrheit sagt?

»Von all den Pillen, die mir immer und immer wieder verabreicht wurden, wusste ich irgendwann tatsächlich nicht mehr, was richtig ist und was falsch. Da wird man ja ganz plemplem.«

Jetzt lächelt er. Sein Lachen trifft mich mitten ins Herz.

Wie kann ich ihm *nicht* vertrauen? Es ist dieser Augenblick, in dem ich (noch ganz unbewusst) beschließe, dass ich Opas utopischer Geschichte eine Chance geben und dem zumindest auf den Grund gehen werde. Irgendeinen Hinweis auf die Wahrheit muss ich doch finden können. Vielleicht sind dieser Brief und das Foto sogar schon Beweise genug?

Ich weiß nicht, wie viele Sekunden oder gar Minuten verstrichen sind, ehe Opa sich zu mir auf die Armlehne setzt. Mein Zeitgefühl hat sich in ein verrostetes Zahnrad verwandelt und durch das Chaos in meinem Kopf kann ich immer noch nichts sagen. Dabei habe ich so viele Fragen. Weiß Opa, wer M.V. ist? Und warum sollte der Yosi, falls es sie denn gibt, mitgenommen haben? Meine Gehirn fühlt sich an wie eine Sanduhr, durch die gigantische Felsbrocken anstelle von feinem Quarzsand rieseln. Erst das leichte Wackeln des Sessels holt mich in die Realität zurück.

Offenbar errät Opa meine Gedanken – einmal mehr – denn er fragt: »Hast du den Umschlag bei dir?«

Ich nicke und greife in meine Tasche. Meine Finger zittern vor lauter Aufregung. Zum Zittern gesellt sich alsbald ein neues Problem.

»Shit!«

Opas Brauen wandern nach oben. Er duldet solche Kraftausdrücke nicht in seiner Gegenwart, aber das hier ist ein echter Notfall.

»Der Umschlag ist weg!«

»Wie, weg?«

»Ich weiß auch nicht«, sage ich unruhig, während ich abermals die ganze Tasche durchwühle. Doch zwischen *Emma* und dem restlichen Schulkram ist nichts als gähnende Leere. »Ich hab ihn verloren.«

Kein Brief, kein Foto, kein Anhaltspunkt, nur das unbestimmte Gefühl in der Magengegend, dass etwas verdammt Wichtiges hinter diesen Zeilen steckt. Etwas, das mit meiner angeblichen Schwester zu tun hat und endlich aufgedeckt werden will. Ich ärgere mich über mich selbst!

»Na, da stellst du uns aber vor eine ultimativ schwere Aufgabe. Meine ganze Rettungsaktion baut auf diesen Brief auf.«

»Rettungsaktion? Habe ich irgendwas nicht mitgekriegt?«

»Wir müssen Yosi retten. Ich befürchte, sie ist in großer Gefahr.«

»Wir?«, frage ich. Fast fange ich an zu kichern.

»Natürlich, das ist der Plan. Doch zuallererst muss der Brief her, damit wir einen Anhaltspunkt haben. Vielleicht finden wir darauf einen brauchbaren Hinweis, wo sie Yosi hingebracht haben, wenn wir ihn noch mal genau untersuchen«, sagt Opa mit einer Bestimmtheit, die keine Widerworte duldet.

»Und wie soll ich das anstellen?« Mit dieser Frage steigen nun doch Zweifel in mir hoch. Nicht nur wegen der Suche nach dem Umschlag, nein, wegen der ganzen fantastischen und total verrückten Geschichte. Erst ganz zaghaft, dann immer stärker. Sie werden so mächtig, dass sie alles andere verdrängen. »Und überhaupt, kannst du mir vielleicht mal erklären, wie es sein kann, dass schlichtweg alle *Yosi*«, sage ich und gewichte dabei den Namen absichtlich übertrieben stark, während ich dazu Gänsefüßchen in die Luft male, »vergessen haben, nur du nicht? Das ergibt doch alles keinen Sinn?«

»Meinst du, diese Frage hätte ich mir nicht auch schon gestellt? Es vergeht kein Tag, an dem ich diesem Gedanke nicht nachgehe.«

Fast unmerklich schüttle ich den Kopf. »Das alles klingt einfach zu abgefahren«, spreche ich meine Zweifel laut aus, und dadurch erlangen sie nur noch mehr an Gewicht.

»Ich kann es mir nur so erklären: Als dieser Fremde prophezeite, dass wir sie alle vergessen werden, habe ich einfach ganz fest die Luft angehalten. Das muss geholfen haben«, erklärt Opa.

»Hä?! Welcher Fremde?«, frage ich verblüfft und gleichzeitig werde ich sauer. Veräppelt mich Opa etwa die ganze Zeit? Das darf doch alles nicht wahr sein. »Und wo hat Yosi gelebt? Was ist mit ihrem Zimmer passiert? Wo sind ihre ganzen Klamotten hin? Wieso ist sie auf sonst keinem Foto mehr drauf? Und was ist mit ihren Freunden und der gesamten Schule?«

»Das heutige Arbeitszimmer deiner Mutter war Yosis Zimmer, die haben alles verschwinden lassen. Haben alles akribisch genau durchplant und durchgeführt. Nur das Foto haben sie übersehen, weil ich es in meinem Portemonnaie in der Hosentasche trug. Frag mich nicht, wie die das alles anstellen, ich verstehe diesen Hokuspokus nicht. Aber ich sag ja schon lange, dass die gefährlich sind. Warum begreifst du das nicht endlich?« Ich bemerke, wie sich Opas Kiefer verkrampft, er muss sich anstrengen, nicht die Beherrschung zu verlieren. Er atmet einmal tief durch, ehe er erneut das Wort ergreift. »Ich weiß nur noch, dass sie für eine ganze Weile alleine in eurem Haus waren. Und danach war es, als hätte Yosi nie existiert. Nicht mal mehr auf den anderen Fotos war sie zu sehen. Einfach ausgelöscht. Im Leben. Und in den Erinnerungen. Und offenbar ergeht es allen Leuten genau wie dir. Niemand erinnert sich, wirklich niemand.«

Der Verdacht, dass das alles nur Opas Fantasie entsprungen ist, liegt immer eindeutiger auf der Hand. Und diese Erkenntnis tut weh.

»Einmal traf ich Elli. Die kennst du doch sicher noch, die Freundin von Yosi?«

Klar kenne ich Elli, die ist zwei Klassen über mir.

»Natürlich habe ich das Mädchen sofort nach Yosi gefragt. Aber auch sie erinnerte sich an nichts. Weder an ihren Namen noch an mich. Sie sah mich lediglich mit diesem grässlich vertrauten Blick an, der mir ständig widerspiegelt, was ihr von mir haltet. Ihr alle.«

Ich schließe die Augen, nicht etwa wegen Opas Vorwurf, sondern weil ich mich an den Tag erinnere. Elli kam in der Pause zu mir und berichtete von dem bizarren Gespräch mit einem alten Mann, der offenbar mein Großvater sein müsse. *Der hat doch echt ein Rad ab,* meinte sie und ich lächelte beschämt, obwohl mein Herz dabei schmerzte.

So frage ich Opa ein letztes Mal. Nicht wütend, nicht fordernd, sondern ruhig und bestimmt. »Opa, wie kann es sein, dass sogar die eigene Mutter ihr Kind vergessen haben soll, nur DU nicht?«

»Ich habe darauf keine Antwort, Kleines.«

Ich schüttle den Kopf, verärgert, dass ich bereit war, Opas verrückte Geschichte zu glauben und zornig, weil ich nicht mehr weiß, was ich mit ihm machen soll. Enttäuscht nehme ich meine Schultasche, da spüre ich Opas Hand an meinem Arm.

»Erinnerst du dich vielleicht noch an den Brand in Yosis Zimmer? Das Bücherregal, das lichterloh brannte? Das war kurz, bevor sie verschwunden ist.«

»Du irrst dich, Opa. Bei uns hat es nie gebrannt.«

»Was ist mit den Albträumen, die dich Nacht für Nacht heimsuchen?«, wirft er eine Frage auf, die ich nicht beantworten kann. »Überleg doch mal, wann hat das alles angefangen? Kannst du mir außerdem verraten, warum Zenno sich wie ein Verrückter in die Arbeit stürzt, oder weshalb deine Mutter plötzlich völlig verzweifelt den inneren Frieden sucht?«

Ich starre ihn an, spüre, wie ich bei seinen Worten die Augen aufreiße; ich kann das alles nicht glauben, und ich will es auch gar nicht mehr.

»Hast du nicht hin und wieder ganz tief in dir drin das Gefühl, dass irgendetwas in deinem Leben fehlt? So als wärst du nicht mehr vollständig?«, sagt er ganz leise. »Denk mal drüber nach.« Seine Stimme hat einen flehenden Ton angenommen, aber ich schüttle nur stumm den Kopf und dadurch seine Worte von mir ab. »Tut mir leid, Opa, aber ich habe keine Schwester.«

»Zara«, stammelt er. »Versuch dich zu erinnern.«

Abermals mein Kopfschütteln.

Für einen Augenblick schweigen wir beide.

Dann drehe ich mich wortlos um, gehe zur Treppe und lasse ihn stehen, zwischen all dem Kram und Staub.

# Kapitel 7

## Mein Brief, mein Foto, meine Parkbank

Mit schnellen Schritten bringe ich den Gehweg hinter mich und überquere einen schmalen Rasenstreifen. Doch so schnell ich auch laufe, dieses Gefühl, das mich quält und mir schwer im Magen liegt, werde ich nicht los.

Erst im Schatten der Bäume bleibe ich stehen und atme einmal tief durch.

Ich muss alleine sein.

Meinen Kopf freikriegen.

Gedanken sortieren.

Momentan schwirren mir definitiv zu viele Fragezeichen durch den Kopf. Nur leider keine einzige Antwort.

Was nun?

Ich schaue mich um. Eine weite Wiese liegt vor mir, an deren Ende einige Parkbänke platziert sind. Büsche hocken neben den hübsch angelegten Kieswegen und irgendwo schwirrt das Gebell eines Hundes durch die Luft. Zwischen den haushohen Birken weht ein schwacher Wind, in dem ihre Äste kaum merklich wippen.

Ich weiß, wo ich bin. Meine Füße haben mich, ohne dass ich es gemerkt habe, an meinen Lieblingsplatz getragen. Zum kleinen Stadtpark, der nur wenige Meter hinter der Schule liegt. Überraschenderweise ist er fast menschenleer. Nur ein verliebtes Pärchen sitzt eng umschlungen am anderen Ende der Wiese auf einer Parkbank, doch für die existiert sowieso nichts anderes, außer ihrer eignen kleinen Welt aus rosa Wölkchen.

*Menschenlosigkeit tut Entscheidungen gut.* Eine Lebensweisheit von Opa. Und schon bin ich wieder bei meinem eigentlichen Problem. Opa und seine verdrehten Wahrheiten.

Wie soll ich herausfinden, was richtig und was falsch ist? Was soll ich tun? Auf die Stimme meines Herzens hören? Nun gut, aber was flüstert sie mir zu? Im Augenblick wird sie von meinem rasenden Pulsschlag übertönt. Vielleicht ist an Opas Geschichte tatsächlich was Wahres dran? Ich muss gestehen, dass ich nicht gegen das Bauchgefühl ankomme, dass er die Wahrheit sagt. Zumindest *seine* Wahrheit, so wie er sie in den vergangenen Monaten erlebt hat. Dass ich mich an nichts von seinem Erzählten erinnere – nicht, als ich das Foto angeschaut habe, nicht einmal, wenn ich *diesen Namen* laut ausspreche, lässt mich allerdings nach wie vor stark an Opas Geschichte zweifeln.

»Yosephine. Yosephine. Yosephine.«

Nein. Da ist nichts. Absolut nichts.

Vielleicht ist wirklich einfach die Fantasie mit Opa durchgegangen. Oder es sind unerwünschte Nebenwirkungen der Medikamente. Möglich ist beides. Doch der bittere Nachgeschmack, der mich seit dem Besuch bei Opa eingefangen hat, der bleibt.

Und da ist noch etwas. Etwas, das ich einfach nicht verdrängen kann. Mag Opas Geschichte auch noch so utopisch und dubios klingen, wenn ich ehrlich bin, passt sie perfekt zu dem Inhalt des Briefs. Zu perfekt, um es zu ignorieren? Zweifelsohne, ja!

*Verdammt!*

Bislang war mein Leben immer ganz einfach gestrickt. Aus den vielen Farbklecksen formen sich Bilder. Wie ein buntes Kinderbuch, das

mir das Gefühl gab, weniger unscheinbar zu sein. Nicht zuletzt dank Opa. Jedes Bild hatte seinen Platz und Tag für Tag wuchsen neue heran. Allesamt miteinander verwoben durch den Faden namens Erinnerung. Und so erzählten sie zusammen eine Geschichte. *Meine* Geschichte. Doch jetzt fühlt es sich an, als hätte irgendwer das Buch gestohlen, um darin herumzupfuschen und es zu manipulieren. Hunderte von bunten Bildern sind mit einem schwarzen Filzstift übermalt und vollgekritzelt worden und die unversehrten Farbkleckse zerfließen zu einem eintönigen Grau. Nichts passt mehr zu meiner Geschichte. Alles verloren. Alles kaputt. Irreparabel. Und das wirklich Katastrophale an der ganzen Sache ist, dass ich weiß, wer dieser Dieb ist. Der Name beginnt mit »Z« und endet mit »A«. Ja, niemand geringerer als ich. Ich habe das Buch entwendet und verwüstet. Zwar unbeabsichtigt, einfach nur, indem ich den Umschlag gefunden habe, aber dadurch stimmt meine Geschichte leider nicht mehr mit meinen Erinnerungen überein. Und jetzt? Jetzt brauche ich ein neues Buch, eines, dessen Seiten noch unberührt sind. Aber ich ahne bereits, wie ich die erste Seite mit Farben füllen kann.

Mit einem tiefen Seufzer lasse ich mich auf der Parkbank nieder. Auch wenn ich es mir nicht eingestehen will, so bin ich mir bewusst, dass eine schwierige Entscheidung ansteht und ich fürchte, ich brauche ein bisschen Mut dafür.

Im Augenblick ist nichts verlockender als der Gedanke, meine Tasche zu packen und weit, weit wegzufahren. Vielleicht an die Nordsee? Nichts als die Weite des Meeres, der Wind, der über das Wasser peitscht und das Glitzern der aufgehenden Sonne in den Wellen und deren Gischt den Sand umspült. Bloß für einen Tag. Oder vielleicht zwei. Vielleicht schaffe ich es, schneller zu sein, als diese verfluchten Fragen, die an mir zerren. Aber nur vielleicht.

Was ist hier los? Mit mir? Und mit Opa? Und vor allem, was verdammt soll ich denn jetzt tun? Noch etwas wird mir erst jetzt richtig bewusst. Wenn Opa wirklich Recht hat und ich eine Schwester habe – eine SCHWESTER!!! – würde das bedeuten, dass diese *Kreaturen* tatsächlich existieren. Wie völlig absurd das klingt. Sonderbare Menschen, die Erinnerungen auslöschen. Einem alles nehmen und ein ganzes Leben verschwinden lassen, als hätte dieser Mensch nie existiert.

Logisch betrachtet ist das schlichtweg unmöglich.

Das kann einfach nicht wahr sein.

Ich schüttle meinen Kopf.

Aber weshalb wusste Opa dann von diesem Brief und dem Foto?

Und wieso, verdammt, sagt mir mein Bauchgefühl, dass Opas Geschichte stimmt?

Ich seufze schon wieder, viel zu schwer und viel zu laut und drehe die Musik am Handy auf.

»Bye, bye«, singt *Sunrise Avenue* mir ins Ohr. Auf einmal verstehe ich etwas Entscheidendes. Ja, ich weiß jetzt, was ich tun werde.

*Bye, bye* … das ist ein Zeichen! So ist es! Es gibt nur einen Weg um herauszufinden, ob das mit diesen sonderbaren Menschen stimmt oder ob sie und meine angebliche Schwester nur dem Hirngespinst eines alten Mannes entsprungen sind. Und eigentlich liegt die Lösung auf der Hand. *Ich muss Yosephine suchen.* Und Opa wird mir dabei helfen. So einfach ist das.

*Yosephine, wenn du wirklich existierst, dann finde ich dich!*

Und wenn du nicht existierst, hat Opa endgültig den Verstand verloren.

Gerade als ich im Begriff bin, diese Entscheidung zu treffen, überkommt mich das Gefühl, beobachtet zu werden. Ein leises Kribbeln im Rücken macht sich bemerkbar und meine Muskeln versteifen sich.

So wie neulich in der Schule … Sofort hab ich es wieder vor Augen, das Bild dieses mysteriösen Arrow-Typen. Langsam hebe ich meinen Blick und wende meinen Kopf zu den Büschen, aber da ist niemand.

*Oh Mann! Ich bin schon genauso verrückt wie Opa.*

Ich muss so auf die Büsche hinter mir fixiert sein, dass ich die Schritte, die sich nähern, gar nicht bemerke.

»Hi.«

Die tiefe und klangvolle Stimme lässt mich zusammenfahren, obwohl sie mir allzu vertraut ist.

»Dachte ich mir doch, dass ich dich hier finde.«

Widerwillig werfe ich einen Blick über die Schulter.

»Was machst du hier, Nils?«

»Oh, du hast mich vermisst«, sagt er, ohne mit der Wimper zu zucken. Vermutlich sollte es witzig sein, aber mir ist nicht nach Lachen zumute.

»Träum weiter«, sage ich ziemlich kratzbürstig, denn meine Innereien sind auf dem besten Weg sich zu verknoten, bei der bloßen Vorstellung von Nils und mir.

»Das war ein Scherz.«

»Ich habe innerlich ganz laut gelacht.«

»Und was wird nun mit uns?«

»Moment, ich muss mich erst noch von meinem Lachflash erholen«, gebe ich trocken zurück und stelle ihm stattdessen eine Gegenfrage. »Also, was willst du wirklich hier?«

»Ich bin dir gefolgt«, sagt er schließlich. Seine Direktheit ist ein Charakterzug, den ich immer an ihm geschätzt habe. Leider ist er nicht unbedingt mit seiner Ehrlichkeit verheiratet.

»Was willst du?« Meine Stimme klingt eisiger als ich es will.

»Ich muss mit dir reden, weil –«

»Deswegen verfolgst du mich?«, falle ich ihm ins Wort.

»Nein, aber –«

»Ich hab dir doch schon in der Schule gesagt, dass ich Zeit brauche.«

»Ja, aber –«

»Akzeptiere doch meine Entscheidung, dasselbe mache –«

Nun ist es Nils, der mich unterbricht. »Verdammt, Zara, hör mir nur eine Sekunde zu!« Seine Augen funkeln, als er einen Schritt auf mich zukommt. »Ich habe dich nicht verfolgt, sondern bin dir gefolgt, als ich zufällig mitbekommen hab, dass dir ein Kerl aufgelauert hat.«

»Ein Kerl?«, frage ich und kann es nicht verhindern, dass sich mein Puls beschleunigt. Der Typ mit der Kapuze?

»Genau, und er kam mir echt schräg vor. Deshalb bin ich hier, verstehst du das nicht?«

Ich traue meinen Ohren kaum. Gerade Nils, mit Zweitnamen *Selbstverliebtheit-in-Person,* macht sich auf einmal Sorgen um mich? Oder ist es nicht viel eher sein verletztes Ego (weil ich mit ihm Schluss gemacht habe und nicht er mit mir), das sich beim Anblick eines fremden Kerls nicht eingestehen will, nicht unfehlbar zu sein?

»Er muss hier noch irgendwo sein.«

Es ist, als ob er mit diesem Satz etwas in mir ausgelöst hat, denn plötzlich kann ich mein eigenes Herz hämmern hören.

»W-wie sah er aus?« Na toll, jetzt stottere ich auch noch in Gegenwart meines Ex' – nicht gerade unwiderstehlich.

Nils, wie immer völlig unbeeindruckt, mustert mich von oben herab aus tiefbraunen Augen. »Wenn du jetzt eine detaillierte Gesichtsbeschreibung erwartest, bist du bei mir an der falschen Adresse. Hey, ich interessiere mich nicht für Typen, das solltest du doch wissen.«

»Nils, tu nicht so doof. Es geht hier nicht um eine billige Partnervermittlung oder irgendwelche verliebten Einzelheiten. Ich will nur wissen, was er für Klamotten trug, ob er groß oder klein war. Das wirst doch selbst du noch zusammenbekommen.«

»Steckt mein Mädchen in Schwierigkeiten?«, fragt er und beugt sich unerträglich nah zu mir. Ich kann es auf den Tod nicht leiden, wenn er mich so nennt. Außerdem ist er mir so nah, dass es definitiv unter die Kategorie *Verletzung der Intimsphäre* fällt. Er lässt mir ja kaum Platz zum Atmen! »Vergiss nicht, Schätzchen, ich bin immer für dich da.«

Ohne zu wissen wie mir geschieht, befindet sich mein Gesicht plötzlich in seinen kräftigen Händen (verdammt, wieso fühlt sich das immer noch so gut an!) und Nils beugt sich zu mir. Sein rauchiger Atem ist mir viel zu vertraut und weckt verdrängte Emotionen an seine leidenschaftlichen Küsse. Ich schließe die Augen, drehe aber dann den Kopf zur Seite und rücke ein Stück von ihm weg. »Nein, Nils.«

»Aber, Zara …«, beginnt er, verstummt jedoch, als er sieht, wie ich die Augen verdrehe.

»Versteh doch, ich will allein sein«, sage ich möglichst emotionslos. Aber meine Gedanken überschlagen sich und ich weiß nur eines: Ich brauche dringend ein wenig Abstand von ihm – mein Magen wird es mir danken.

Himmel, was ist denn nur los mit mir?

Das alles kann ich mir nur so erklären: Ich bin momentan einfach nicht ich selbst.

Also reiße ich mich zusammen, bitte ihn ruhig zu gehen und warte, bis er den Park verlassen hat. Ich schaue ihm nicht nach, drehe mich nicht um, horche nur seinen Schritten, die immer leiser werden. Je weiter er sich von mir entfernt, desto ruhiger wird mein Atem. Ich vergrabe mein Gesicht in den Händen (sie sind unangenehm feucht) und seufze. Irgendwie ist das alles langsam mehr als genug für einen Tag. Der Abwärtstrend scheint heute unerbittlich.

Leider hält der ruhige Moment nicht lange an und der Abwärtstrend geht in die nächste Runde.

Nicht weit von mir raschelt es.

*Böse Kreaturen*, ist alles, was ich denken kann. Dass ich nicht noch hysterisch herumschreie, ist ein Wunder. Ich bin echt so ein Angsthase.

Aus den Augenwinkeln sehe ich eine Bewegung und erstarre.

Erst ist es nur die Silhouette einer Gestalt. Einer menschlichen Gestalt. Sie steht nur wenige Meter von mir entfernt, mit gesenktem Kopf, und kommt jetzt aus den Schatten der Büsche hervor. Super. Genau der hat mir gerade noch gefehlt.

»Hey«, sagt er mit seiner tiefen, unwiderstehlichen Stimme. Obwohl ich es zu verdrängen versuche, fühlt sich mein Herz sofort zu ihm hingezogen.

Es ist Ben.

Mit seinen grauen Klamotten hebt er sich kaum von den Umrissen der Büsche ab, dennoch sieht er im Licht des wolkenverhangenen Himmels fast aus wie ein edler Ritter.

Schon mischt sich meine Stimme der Vernunft ein.

Wie zur Hölle konnte er wissen, dass ich hier sein würde? Das wusste ich bis vor wenigen Minuten ja selbst nicht. Augenblicklich bin ich auf hundertachtzigtausend. Was will er hier? Seit der in meinem Leben aufgekreuzt ist, ist man ja nirgends mehr vor ihm sicher.

*Vertraue niemandem,* pochen Opas Worte in meinem Hinterkopf. Meine Augen blitzen ihn an, woraufhin er beschwichtigend die Hände hebt, aber irgendwas sagt mir, dass er darauf steht, mich herauszufordern, denn ein freches Grinsen kann er sich nicht verkneifen.

»Du schon wieder«, murmle ich desinteressiert und stöpsle die Kopfhörer ins Ohr. Bleibt nur zu hoffen, dass er die dezente Aufforderung, sich zu verziehen, auch versteht. Besser, ich drehe die Musik noch etwas lauter. Das schadet garantiert nicht.

Ben bleibt stehen.

Obwohl ich ihn nicht mehr anschaue, registriere ich, dass sich seine Füße keinen Millimeter von mir wegbewegen. Widerwillig hebe ich abermals meinen Blick und stelle überrascht fest, dass sich Bens Lippen bewegen.

»Hä?«, frage ich gereizt und ziemlich unhöflich, obwohl ich das eigentlich überhaupt nicht ausstehen kann, und zerre die Stöpsel heraus.

»Ich war zuerst hier.«

Wie er das sagt. So als rede er von … von … Ach, ich weiß auch nicht. Aber der Kerl hat sie auf jeden Fall nicht alle.

»Spinnst du?«, motze ich ihn auch sofort an. Was für ein Vollpfosten – ich wiederhole mich, ich weiß, aber sorry, der benimmt sich echt wie ein Typ ohne Sinn für Anstand und Moral. Als wäre er nie dem Trotzalter entwachsen. Ärgerlicherweise entlockt er eben diese Eigenschaften auch bei mir. »Hey, ich sitze schon eine halbe Ewigkeit hier und jetzt kommst du hier angeschlichen und behauptest rotzfrech, du warst zuerst hier? Lebst wohl immer noch in deiner kindlichen Fantasiewelt, was? Ach nein, vermutlich in deinem *Fenster zur Seele!* Ähm … komm doch mal wieder, wenn du weniger Zeit hast.«

Endlich setzt er sich in Bewegung.

Uff! Echt!

Ich hab mehr als genug Probleme am Hals, da kann ich auf diesen eingebildeten Schönling gern verzichten. Liebend gerne!

Ich schaue ihm nicht nach, konzentriere mich stattdessen auf die Musik und hab dabei auch sicherlich kein schlechtes Gewissen. Nö! Wer sich mit Cilia anfreundet, hat es nicht anders verdient!

Dann rumpelt es heftig neben mir, so dass mir ein leichter Schreckensschrei entweicht.

Bevor ich zur Seite blicke, presse ich kurz die Augen zu, denn ich ahne bereits, wer dafür verantwortlich ist. Okay, ist auch nicht weiter schwierig zu erraten. Und tatsächlich. Der Lackaffe hat die Frechheit, es sich neben mir auf der Bank gemütlich zu machen. Verächtlich schüttle ich den Kopf, während ich abermals einen Stöpsel aus dem Ohr ziehe, weil er offenbar mit mir redet.

»Genau hier hab ich gesessen«, sagt er. Dabei wirkt er total ruhig und gelassen. »Als ich schnell hinter den Busch ging, um mich … na ja, du kannst es dir ja denken …«

»Üäh, bitte, keine Details!«

»… in der Zwischenzeit hast du dir mit einer filmreifen Inszenierung meine Parkbank geschnappt. Nur, weil du diese Romeo-und-Julia-Nummer abziehen musstest, habe ich gewartet. Ich wollte euch bei eurem Liebesgetuschel nicht stören, sonst wäre ich womöglich hinterher noch Schuld, wenn es mit euch beiden nicht klappt.«

»*Deine* Parkbank?« Den zweiten Teil seiner Moralpredigt überhöre ich komplett. »Ha, dass ich nicht lache. Steht da vielleicht irgendwo dein Name drauf? Oder hast du eine Besitzurkunde?«

»Ja, hab ich«, sagt er unverfroren und beginnt, nach etwas in seiner Jackentasche zu suchen.

Und damit hat er mich voll erwischt. Ich gaffe ihn mit offenem Mund und undefinierbarem Gesichtsausdruck an. Tja, ich sehe vermutlich in etwa so aus, als wäre ich aus der Klapse abgehauen. Nach dem ersten Überraschungsmoment bin ich in der Lage zu kontern: »Okay, dann her damit.«

»Moment.« Ben kramt weiter in seiner Jacke und zieht schließlich einen Umschlag heraus. Ich schnalle es nicht sofort, erst als er den Umschlag öffnet, kapiere ich, was hier eigentlich gespielt wird.

»Das ist *mein* Brief und *mein* Foto!«

»Ach ja? Steht da irgendwo dein Name drauf oder hast du eine Besitzurkunde?«, wirft er mir mein eigenes Argument um die Ohren. Der Typ treibt mich echt in den Wahnsinn!

»Aber ich brauche beides unbedingt!«, sage ich drängend, während ich blitzschnell danach greife. Dummerweise besitzt Ben eine verflucht kurze Reaktionszeit. Er springt auf, streckt seinen Arm mit dem Umschlag in der Hand hoch und grinst mich frech an. Und ich? Ich klatsche mit meinem Oberkörper auf die leere Parkbank. *Autsch!*

»Du willst diesen Umschlag?«

»Mann, sind wir im Kindergarten oder was!«, keife ich ihn an.

»Ähm, Moment mal, ich glaube, du befindest dich nicht in der Position, in der du irgendwelche Forderungen stellen kannst.« Seine Braue wandert höher. »Richtig?«

Mein Blick verfinstert sich.

»Ich erklär dir mal kurz, wie das hier ablaufen wird. Du erzählst mir, was es mit diesem mysteriösen Brief auf sich hat und dafür gehört er anschließend, *vermutlich,* wieder dir.« Sein Grinsen wird noch eine Spur breiter. »Deal?«

Er hat ihn also gelesen.

Ich schweige.

»Okay. Lass mich dein Schweigen mal eben interpretieren.«

Hört der denn nie auf zu labern?

»Entweder hast du selber Null Ahnung, wovon hier drin die Rede ist, oder …?« Ben pausiert, schaut mich erwartungsvoll an.

Ohne mit der Wimper zu zucken, sage ich: »Wenn ich dir das verrate, muss ich dich töten.«

»Töte mich!«

Jetzt muss ich doch schmunzeln. Dann reib ich mir in gespielter Freude die Hände und schenke ihm ein fieses Grinsen. »Wie hättest du es denn gerne? Ich würde für dich ja den qualvollen Foltertod bevorzugen.«

»Ach, ich bin da nicht so wählerisch. Solange die Einweihungsgeschichte phänomenal wird, darfst du an mir gerne deine wildesten Fantasien ausleben«, kontert er und lässt anzüglich seine Brauen tanzen.

Typisch Männer, denken immer nur an das Eine! »Pass auf, was du versprichst, Freundchen. Du könntest es eines Tages bereuen.«

»Ist das eine Drohung?«

»Vielleicht.«

Ben beugt sich zu mir runter und ist mir so nah, dass ich sein Grübchen in der Wange berühren könnte, wenn ich meine Finger ausstrecken würde.

»Ich steh auf geheimnisvolle Frauen«, raunt er mir zu und zieht sich im selben Moment zurück, um sich kurzerhand wieder neben mir auf der Parkbank niederzulassen. »Also, weihst du mich nun in die Geschichte ein?«

Obwohl ich spüre, dass meine Wangen leicht erröten, ignoriere ich seine Anspielung und schaue nachdenklich in den Park. Eine Weile überlege ich, weil ich nicht weiß, wo und wie ich anfangen soll.

»Und so ganz nebenbei bemerkt: Ich bin ein guter Zuhörer.«

Ich starre ihn an, als ob er gerade behauptet hätte, er sei Mutter Theresa höchstpersönlich. »Oh, danke, Doktor Freud! Aber zu einem guten Zuhörer gehört, dass er schweigen und zuhören kann. Dazu redest du definitiv zu viel.«

Er quittiert es mit einem schiefen Grinsen. Kurz blitzt der Gedanke in mir auf, dass diese Begegnung hier nur einem Zweck dient: mich in Cilias Auftrag zu verarschen. Ich versuche in seinen Augen zu lesen, doch da ist nichts Verräterisches, nichts, was unruhig aufflackert, einfach nur ein intensives Grün, und für einen Moment vergesse ich zu atmen. Verdammt, kann er nicht einfach verschwinden? Ich muss meine Gedanken sortieren. Und meine Gefühle. Auch jene, die diesen Kerl betreffen.

»Das hab ich drauf. Wirklich.« Mit diesen Worten unterbricht er diesen kurzen, aber intensiven Moment.

»Klar.« Jetzt lässt er tatsächlich noch den Psychiater raushängen.

»Versuchs«, fordert er mich auf und sein Mundwinkel verzieht sich ein klein wenig nach oben.

Ich senke meinen Blick. »Du würdest es sowieso nicht verstehen.«

»Autsch! Der Seitenhieb saß.«

Wie könnte es auch anders sein. Natürlich hat er das wieder völlig missverstanden. »Es war nicht so gemeint«, sage ich knapp und hoffe, dass sich die Sache damit endgültig erledigt hat. Dumm nur, dass er meinen Umschlag immer noch mit beiden Händen festhält. Gerade lässt er ihn zwischen seinen Fingern hin und her gleiten und ich bemerke, dass er mich verstohlen mustert.

»Dann klär mich doch auf«, fordert er mich auf. »Wie war es gemeint?«

»Das ging nicht gegen dich als Person. Es ist …« Ich zögere und frage mich, wie zur Hölle ich etwas erklären soll, von dem ich sicher bin, dass er es nicht verstehen wird. Ein durchgeknallter Großvater, böse Kreaturen, eine verschwundene Schwester, verlorene Erinnerungen und dieses unbestimmte Gefühl tief in mir drinnen, dass es womöglich stimmt und es etwas gibt, das ich unbedingt finden muss. Und das zu allem Übel größtenteils mit diesem Umschlag zu tun hat. Also wie erkläre ich das am besten, ohne mich in eine weitere Diskussion zu verstricken? »… kompliziert.«

»Kompliziert? Genau meine Kragenweite.«

Auch das noch.

»Ich meinte, du würdest es nicht verstehen, weil nicht mal *ich* das verstehe.« Das klingt schon wieder unglaublich überheblich. Noch ein Versuch. »Und damit will ich nicht zum Ausdruck bringen: Ich, die über alles Erhabene. Ich will damit sagen: Obwohl ich irgendwie in die ganze Sache verwickelt bin und es mich selber betrifft, kann ich es dennoch nicht verstehen.«

Er nickt. »Aber es hat mit diesem Brief zu tun?«

»Okay, wenn du es unbedingt wissen willst. Ja, es hat mit diesem Brief zu tun. Ich habe einen Großvater«, beginne ich und sehe, wie seine Mundwinkel zucken. »Moment, das war ja noch nicht alles«, sage ich kopfschüttelnd. »Mein Opa ist, wie soll ich das höflich ausdrücken, geistig leicht angeschlagen.«

»Du meinst, dement? Na, und?«

»Nein, nicht wirklich dement. Doch, vielleicht schon.« Ich kratze mich am Hinterkopf. Ist das nicht genau die Frage? Ist Opa nun verrückt, dement oder keins von beidem? Ein paar Sekunden muss ich überlegen, wie ich die Antwort formulieren soll. »Meine Eltern hofften immer, dass seine Verwirrtheit bloß mit dem Tod von Oma zusammenhängt. Anfangs zeigten die Sitzungen bei der Psychiaterin auch Wirkung, doch jetzt ...«, ich verstumme und male mit meinen Fingern über die Parkbank. »Sein Zustand wird zusehend schlimmer. Vielleicht ist Opa wirklich dement.«

»Muss ziemlich anstrengend sein.«

»Es geht«, murmle ich. Wenn er wüsste. Es gibt Tage, da treibt es mich fast in den Wahnsinn. »So ist es eben«, sage ich und zucke die Achseln.

Für ein paar Augenblicke sitzen wir auf der Parkbank und tun nichts anderes, als uns anzuschweigen. Es ist nicht so, dass es Ben peinlich ist. Ich fühle seinen Blick auf mir ruhen, wartend, bis ich weiterspreche. (Er ist tatsächlich ein guter Zuhörer, wer hätte das gedacht.) Und ich rede weiter, als wäre es das Selbstverständlichste auf Erden.

»Opas Verwirrtheit zeigt sich nicht unbedingt darin, dass er alles Wichtige vergisst. Natürlich kommt das auch vor, aber viel eher spricht er ständig von sonderbaren Wesen. Leuten, die kommen um Erinnerungen zu manipulieren.«

»Wie bei *Men in Black?*«, grinst Ben.

»So ungefähr«, antworte ich leicht amüsiert, »doch es geht noch weiter. Angeblich kommen sie, um irgendwelche Menschen verschwinden zu lassen. Völlig absurd, denkst du?« Ich schnaube verächtlich. »Dachte ich eigentlich auch.«

»Bis du einen Zusammenhang mit diesem Brief und dem Foto gefunden hast.«

Ich nicke und presse die Lippen zusammen.

»Laut Opa beschreiben diese Zeilen hier den Tag, an dem *böse Kreaturen* meine Schwester geholt haben. Ha! Nur habe ich vorher noch nie von einer Schwester gehört, geschweige denn eine gesehen! Das soll sie sein, auf dem Foto.« Noch immer kann ich es nicht fassen. Es ist furchtbar, erkennen zu müssen, dass mein Leben vielleicht auf einer wackeligen Spitze im Gleichgewicht gehalten wird, gebaut aus Karten mit falschen Erinnerungen, die die ungeheure Macht besitzen, alles innerhalb einer Sekunde wie ein Kartenhaus in sich zusammenfallen zu lassen.

Oder sitze ich bereits mitten im Kartenchaos?

»Soll das bedeuten, du glaubst deinem Opa und somit an die Existenz deiner Schwester und dieser Wesen?«

Ich atme einmal tief durch, fahre mit den Händen über mein Gesicht und schließe die Augen. Ben muss mich für eine völlig durchgeknallte Spinnerin halten. Durch die geschlossenen Lider hindurch merke ich, wie er mich keine Sekunde aus den Augen lässt, neugierig wartend, was ich darauf antworte.

Ich fühle den leisen Wind, der mein Gesicht umspielt und meine heißen Wangen abkühlt. Schwach seufzend schlage ich die Augen wieder auf, und während ich die Birken betrachte, die sich unaufhaltsam im Wolkenhimmel hin und her wiegen, flüstere ich: »Wenn ich nur wüsste, ob ich ihm glauben kann. Mein Opa behauptet, Yosephine sei in Gefahr. Er will sie vor diesen mysteriösen Menschen retten.«

Yosephines Namen auszusprechen macht die Sache erschreckend realistisch. Verdrängt die Tatsache, dass ich erst vor wenigen Minuten von ihr erfahren habe, diesem Menschen, den ich schon mein Leben lang kenne – kennen sollte.

»Aber?«

Ich löse meinen Blick von den Bäumen, schaue ihn direkt an und stelle die alles entscheidende Frage. »Woher soll ich wissen, ob Opa die Wahrheit sagt?«

»Das ist die falsche Frage.«

Ich runzle verwirrt die Stirn.

»Die richtige Frage lautet: Glaubst du daran, dass es auf dieser Welt mehr gibt, als du mit bloßen Augen sehen kannst?«

Hat Opa nicht fast dasselbe gesagt?

Ich blinzle einige Male, als helfe es mir dabei, die ganze Situation zu verstehen. Tue ich das? In Fernsehserien liebe ich es, wenn paranormale Phänomene oder fantastische Wesen vorkommen. Gut gegen Böse, Hexen gegen Dämonen, Jäger gegen Gejagte, alles Geschichten, in denen die unmöglichsten Dinge wahr werden.

Aber hier? Im richtigen Leben?

»Du hast doch das hier.« Ben wedelt mit dem Umschlag vor meinem Gesicht herum und grinst so breit, dass man seine weißen (und wahnsinnig perfekten!) Zähne in voller Größe bestaunen kann. »Hey, weißt du, was das ist? Das ist so etwas wie ein Beweis.«

Soll das bedeuten, dass er Opas Geschichte glaubt?

»Du willst deine Schwester suchen, stimmt's?«

Meine Mundwinkel verziehen sich verräterisch. »Ja!«

»Ha! Ich wusste es! Ich wusste es!«, sagt er und klatscht sich mit der flachen Hand auf die Beine. Plötzlich nehmen seine Pupillen einen herausfordernden Glanz an. »Und außerdem – ich weiß etwas, das du nicht weißt.«

Kann der Typ denn niemals mit seinen dummen Sprüchen aufhören? Ich schenke ihm einen wenig erwartungsvollen Blick, lehne mich etwas weiter in die Bank zurück und nutze die Gelegenheit, ihn genauer zu betrachten. Sein Gesicht wirkt im Halbschatten der Bäume noch kantiger und eine feine Narbe verläuft schräg über sein Kinn. An ihm ist etwas Draufgängerisches und Faszinierendes zugleich.

Auch sein freches Grinsen entgeht mir keineswegs und das Grübchen in der Wange vertieft sich, als er bemerkt, wie intensiv ich ihn gerade in allen Einzelheiten mustere.

»Mach's nicht so spannend. Spuck's schon aus!«, sage ich schließlich ungeduldig.

Ben verunsichert das allem Anschein nach nicht im Geringsten. »Schau, ich hab etwas entdeckt.« Mit diesen Worten holt er den Brief aus dem Umschlag und hält ihn gegen das matte Licht der untergehenden Frühlingssonne.

»Wow!« Ich bin überwältigt. »Hammer!« Ich vergesse für einen Augenblick, dass Ben ein Vollpfosten ist. »Was ist das?« In dem Briefpapier ist ein sonnenähnliches Wasserzeichen eingelassen, wie ein Symbol.

Mein Herz klopft.

»Das ist noch nicht alles«, meint er.

»Wie, noch nicht alles?«

Als unsere Blicke sich treffen, zwinkert er mir zu.

»Ich war eben in der Bibliothek und habe recherchiert.« Bevor ich darauf reagieren kann, hängt er auch schon die Erklärung an. »Reine Neugier.«

»Soso.« Ha, ich habe schon immer gewusst, dass nicht nur – wie den Klischees nach – das weibliche Geschlecht vor Neugierde platzt.

»Anhand verschiedener Begriffe habe ich nach der Herkunft des Symbols gesucht. Sonnensymbol, sternförmige Sonne, im Zeichen der Sonne und noch vieles mehr. Leider vergebens. Ich konnte nichts Brauchbares ausfindig machen. Mir kam aber noch eine Idee. Was, wenn es sich dabei nicht um ein Symbol handelt, sondern es viel eher eine Art Stempel oder ein Wappen darstellt?«

Guter Einfall, denke ich. »Und?«, frage ich laut, dabei beschleunigt sich mein Herzschlag rapide.

»Auch dazu gibt es in der Stadtbibliothek absolut nichts. Leider. Doch im Internet wurde ich fündig. Ein fast identisches Zeichen, nur die Schrift des Wappens konnte ich nicht entziffern. Und nun rate mal?«

»Was?«, bohre ich nach.

»Ich habe dem Seiteninhaber eine Mail geschrieben und nachgefragt«, Ben schüttelt den Kopf, »dummerweise blieb das bislang ohne Erfolg.«

»Und wo bleibt die tolle Neuigkeit?«

»Ich habe nicht gesagt, dass sie toll ist.«

»Klugscheißer.«

»Dankeschön«, sagt er mit angedeuteter Verbeugung, die ich wissentlich ignorierte.

»Okay, was ist das für eine Schrift?«

Ben lacht auf. »Genau diese Fragen habe ich dem Herrn auch gestellt. Ich bin mir fast sicher, der Kerl kann die Worte selber nicht entziffern. Doch so schnell gebe ich nicht auf«, meint er, als gerade sein Handy piept. Er zieht es aus der Hosentasche, wirft einen Blick darauf und lächelt zufrieden. »Denn ich habe noch eine Kleinigkeit herausgefunden.«

Ich komme mir vor, als hätte ich einen Sprung in der Platte. »Was?«, höre ich mich abermals fragen.

»Den Namen dieses Zeichens.«

»Wie lautet er?«

»*Schwarze Engel.*«

Ohne zu wissen weswegen, stockt mir der Atem. Die Atmosphäre hat sich verändert. Etwas liegt in der Luft.

Dann spüre ich, wie sich ein Schwall Resignation in meinem Körper ausbreitet. Ich habe mir mehr erhofft, mehr erwartet. »Und nun, wie weiter?«

»Du willst doch jetzt nicht etwa schon aufgeben, Baxa? Das ist erst der Anfang unseres Abenteuers.«

Sehr komisch. Wieso kennt er meinen Nachnamen? Und hey, er spricht fast so, als würden wir das zusammen durchziehen. Eigentlich gibt's kein WIR, das ist viel eher ein Zara-Problem.

»Ich habe eine Fährte, eine heiße Spur –« Ben hält mir das Display seines Handys vor die Nase und bricht mitten im Satz ab. In diesem Augenblick frage ich mich, wann er all das recherchieren konnte, wenn er doch eigentlich in der Schule hätte sein sollen. Vermutlich hat er schon wieder blaugemacht. Doch bevor ich die Nachricht in seinem Handy lesen kann, zieht er es wieder zurück.

»Was für eine Fährte?«, frage ich schließlich, als er nichts weiter dazu sagt, und liefere ihm damit genau das, was er von mir hören wollte.

Er schaut über die Wiese, schiebt sein Handy in die Tasche und mustert das Liebespärchen in der Ferne. Als er sich mir wieder zuwendet, wirkt er, als würde er überlegen, ob er es mir wirklich erklären soll. Aber er zögert und zum zweiten Mal frage ich mich, was er hier eigentlich sucht. Eines ist schon mal klar, grundlos sitzt dieser Kerl mit diesen umwerfend grünen Augen nicht neben mir.

»Okay, was willst du von mir?«, frage ich und kann nicht verhindern, dass es ein wenig feindselig klingt. »Eigentlich habe ich auch ohne dich schon mehr als genug, worüber ich mir klarwerden und in den Griff bekommen muss.«

Sein Blick fällt auf mein löchriges Justin-Biber-Ausrutscher-Shirt und er grinst. »Das seh ich.«

Ich rolle mit den Augen. »Also sagst du mir jetzt, warum du mich hier belagerst?«

Er grinst immer noch ein wenig, doch seine Mundwinkel zucken leicht. »Ich will mit.«

»Was?«, krächze ich völlig überrumpelt.

»Du hast mich richtig verstanden. Ich begleite dich auf deiner Suche.«

»Nein! Niemals!«

Mein ungläubiger Ausdruck bringt ihn zum Lachen. Ein sehr faszinierendes Lachen, wie ich finde und zu meinem Ärger werden meine Wangen heiß.

»Irritiert dich das so? Ich finde es echt spitze, dass du nach deiner Schwester suchen willst – obwohl du nicht weißt, ob sie überhaupt existiert. Außerdem reizt mich das gigantische Abenteuer, das sich dahinter verbirgt.«

»Und du glaubst, dass ich es alleine nicht schaffe, und willst mich dabei scheitern sehen, stimmt's?«

Sein Lächeln verblasst.

Ich atme tief ein und seufze in einer resignierten Geste. »Vermutlich hast du Recht. Es ist völlig absurd, nach jemandem zu suchen, der vielleicht gar nicht existiert.«

»Nein. Natürlich musst du sie suchen.« Er sieht mich eindringlich an, dass ich gar nicht anders kann, als ihm zuzustimmen. »Das bist du dir schuldig. Und deinem Opa und deiner möglicherweise existierenden Schwester. Und wer weiß, vielleicht finden wir sie gemeinsam.«

Seine Worte zaubern mir gegen meinen Willen ein Lächeln ins Gesicht.

»Ein wenig Unterstützung kann ich bei meinem Vorhaben wirklich gut gebrauchen«, flüstere ich. Ich fühle mich mit all dem sowieso schon total überfordert. Und einsam. Nicht nur, weil mir keiner weiterhelfen kann, nicht mal meine Eltern, die würden ausflippen, wenn sie das erfahren – außer vielleicht Opa? – aber sonst kann ich niemanden einweihen. Meine Freunde scheiden definitiv aus, das würde in der reinsten Katastrophe enden. Und mein Instinkt rät mir, nicht völlig alleine loszuziehen. *Vertraue niemandem.* Auch das habe ich Opa versprochen. Doch, was ist mit Ben?

Ich sehe auf, direkt in Bens strahlende Augen.

»Wieso willst du mit?«, frage ich und verstehe wirklich nicht, weshalb er ausgerechnet *mich* begleiten will. »Cilia hat dich bestimmt schon fürs ganze Wochenende verplant.«

Er lacht auf. »Ich stehe mehr auf geheimnisumwitterte Abenteuer.« Sein Blick wirkt herausfordernd und abenteuerlustig zugleich.

»Falsche Antwort«, sage ich einsilbig. Das reicht mir nicht. »Ich stell die Frage nur noch einmal, wenn du dann kein überzeugendes Argument lieferst, lautet meine Antwort Nein. Also, wieso willst du ums Verrecken mit?«

»Okay, ich versuch es dir zu erklären.« Er beißt sich auf die Unterlippe und fährt sich mit dem Zeigefinger über seine markante Nase. »Schau dir die Menschheit an. All die Leute, die durch ihr Leben hetzen. Man muss überall dabei sein, um ja keinen Trend zu verpassen. Und dennoch … Kaum einer ist zufrieden und keiner wagt es, das zu zeigen. Im Gegenteil! Alle leben ein Scheinleben, geben vor, was für coole Freunde sie haben. Alles bestens. Total happy. Schließlich ist man hip und angesagt. Doch jedem fehlt etwas. Leider wissen sie nicht einmal, was ihnen fehlt. Sie spüren nur diese Leere in sich. Und weißt du, was das ist?«

Ich schüttle den Kopf.

»Man selber zu sein. Sich selber zu finden.« Ben schließt die Augen, schweigt für einen Moment. »Und diese Leere ist es, die mich antreibt. Ich will auf der Suche sein und die Dinge hinter der Oberfläche entdecken. Verstehst du?«

Shit! Ich versteh's tatsächlich.

Hallo, wo ist der arrogante Schnösel hin? Der oberflächliche Schönling? Ich mustere ihn. Neugierig und irritiert zugleich. Entweder ist Ben ein verdammt guter Redner oder er hat mir gerade eine Facette seines Wesens gezeigt, die auf den ersten Blick nicht erkennbar ist.

»Wie gesagt: Ich verrate dir meine heiße Spur nur dann, wenn wir zusammen losziehen.«

*Aha, willkommen zurück, du arroganter Mistkerl!*

Ich verpasse ihm einen heftigen Stoß mit dem Ellenbogen, während ich ihn gleichzeitig anlächle – dafür hasse ich mich jetzt schon.

»Okay, du darfst mit«, sage ich mit erhobenem Zeigfinger, weil ich mein Aber noch anbringen will. »Unter einer Bedingung.«

Ein knappes Nicken von Ben, als Zeichen, dass ich sagen soll, was ich verlange.

»Wenn wir Yosephine nicht finden, haben diese Begegnung und unsere Suche niemals stattgefunden.« Ben verzieht keinen Muskel und ich werde wirklich nicht schlau aus ihm, so frage ich nach. »Deal?«

»Deal«, sagt Ben und schlägt jetzt mit einem fetten Grinsen im Gesicht ein. Er hält meine Hand einen Augenblick länger als nötig, doch ich ziehe sie auch nicht zurück. Ein angenehmes Kribbeln breitet sich bei seiner Berührung in mir aus, ich will es ignorieren, aber es gelingt mir nicht. Seine Haut fühlt sich zart an und die Form seiner Hand passt perfekt zu meiner (ganz anders als Nils starke Hände), komischerweise fühlt es sich an, als wären sie füreinander geschaffen.

»Wann geht es los?«, ist das Nächste, das er wissen will, während ich meine Hand aus seiner löse. Es ist, als ob mit seiner Frage ein Tropfen Klarheit mitschwingt, denn ich weiß plötzlich, was ich unbedingt als Nächstes tun muss.

»Nur einen Moment, ich muss dringend noch etwas erledigen.«

Kurz ziehe ich mein Handy aus der Tasche und wähle die Nummer, dabei entferne ich mich mit ein paar Schritten von Ben.

Es klingelt und ich nehme die kurze Pause, um in mich hineinzuhorchen. Es fühlt sich richtig an. Und fast, als würde mir die ganze Welt offenstehen.

Nachdem ich auf der anderen Seite der Leitung ein Knacken höre, sage ich: »Opa, ich bin dabei. Ich habe den Brief und das Foto wieder. Ich werde Yosephine suchen. Mit dir.«

»Zara, soll das etwa heißen –«

Ich lasse Opa nicht ausreden. Nicht nur, weil ich keine Zeit verlieren möchte und ich mich unter Bens musterndem Blick zusehends unwohler fühle, nein, auch das schlechte Gewissen nagt an mir. Noch nie zuvor hatte ich so an Opa gezweifelt wie vorhin auf dem Dachboden – noch schlimmer: ihm das sogar an den Kopf geworfen. Okay, er mag ein alter Spinner sein, aber er ist und bleibt mein Opa. Und trotzdem … Es ist eine absurde, ja fast wahnwitzige Vorstellung, er könnte mit seiner Vermutung Recht behalten und irgendwo da draußen existiert tatsächlich eine *Yosephine,* die meine Schwester ist. Doch nur aus einem Grund traue ich mich, diesen nächsten Schritt zu gehen. Wegen des Schmerzes und der Verletzung, die in Opas Augen schimmerten, als ich ihm klarmachte, dass ich ihm kein Wort glaubte – ja, das alleine ist Grund genug, um mich auf das ungewisse Abenteuer einzulassen und ihm damit das Gefühl zu schenken, dass ich ihm vertraue.

»So ist es, Opa«, sage ich rasch und lächle bei der bloßen Vorstellung, wie sich sein Gesicht erhellt. »Es gibt nur ein klitzekleines Problemchen«, bringe ich hervor. Okay, so klein ist es eigentlich nicht. Es ist ziemlich groß und beäugt mich nach wie vor kritisch, fast lauernd und es hört auf den hübschen Namen *Ben.*

»So lange das Problemchen kein Hinderungsgrund ist, um noch heute Abend aufzubrechen, ist mir alles recht.« Ich suche noch nach den richtigen Worten, da fragt Opa nach: »Sag nur, wir können nicht heute aufbrechen?«

»Nein, nein, das ist es nicht«, entgegne ich hastig, drehe mich von Ben ab und senke automatisch meine Stimme. »Aber als ich vorhin sagte, dass ich den Brief wiedergefunden habe, entsprach das nur zur Hälfte der Wahrheit. Eigentlich hat ein Typ aus meiner Klasse unseren Brief gefunden und leider rückt er ihn nur raus, wenn er mit uns mitkommen darf. Und ich weiß nicht …«

Nun ist es Opa, der mich unterbricht. »Wenn es nur das ist? Dann nehmen wir den heldenhaften Brieferpresser eben mit. Drei Augenpaare sehen mehr als zwei und sechs Ohren hören mehr als vier. Um neunzehn Uhr bei mir, alles klar?«

»Alles klar«, schließe ich kommentarlos, obwohl sich vor meinem geistigen Auge bereits die abstrusesten Streitszenen zwischen Opa und Ben abspielen. Erst als ich das Handy in die Tasche stopfe, bemerke ich das breite Grinsen von Ben. Offenbar hat er mein Gespräch richtig interpretiert, denn er reibt sich freudig die Hände und sagt: »Na dann, Baxa, auf ins Abenteuer!«

# Kapitel 8

## Reisefieber

Nicht mehr lange.

Ich hetze durch mein Zimmer, erkläre zwischen Kleider zusammensuchen und Umhängetasche bepacken meinen Eltern, dass ich mit Opa auf einen spontanen Wochenendtrip gehen werde.

»Es wird ihm gut tun«, sage ich zum dritten Mal.

»Und wohin soll die Reise gehen?« Diese Frage kommt von Mama.

»Weiß ich noch nicht. Opa will mich überraschen«, schummle ich mich mit der Halbwahrheit durch.

»Bist du dir sicher, dass das gut geht? So, wie Opa heute drauf war, finde ich das überhaupt nicht gut.«

»Gerade nach dem, was heute vorgefallen ist, wird es ihm gut tun«, wiederhole ich mich, während ich verzweifelt versuche, ein zweites Paar Socken ganz nach unten in die Tasche zu stopfen. »Tapetenwechsel und so.«

»Was machst du, wenn er einen seiner Anfälle bekommt?«

»Dasselbe wie immer«, blaffe ich Paps an. »Mit ihm reden.«

»Frau Lorenz war nicht gerade begeistert«, gibt Paps zu bedenken.

»Ihr mit eurer blöden Frau Lorenz«, ärgere ich mich und fühle mich dabei wie das trotzige Kind, das Ben im Park in mir entfacht hat. »Ich verstehe sowieso nicht, weshalb ihr sie anrufen musstet? Muss sie künftig bei allen familiären Zwischenfällen involviert werden und ihr Veto einlegen?«

»Das machen wir doch nur, weil wir besorgt sind«, versucht Mama zu schlichten.

»Mal ehrlich«, mache ich weiter. Es ist, als ob sich ein Schalter in mir umgelegt hätte. »Du, Paps, hast garantiert einen unglaublich wichtigen Rettungseinsatz, der im Laufe des Wochenendes ungeplant dazwischenkommen wird. Und du, Mama, gibst sowieso immer irgendwelche Yogastunden.« Der Gesichtsausdruck, der sich sowohl auf Mamas wie auch auf Papas Gesicht widerspiegelt, ist Antwort genug. Hat Opa tatsächlich Recht und dies ist ihre Art und Weise, wie sie diese unerklärliche Leere ganz unbewusst zu verarbeiten versuchen? »Also kann ich genauso gut etwas mit Opa unternehmen.«

In Windeseile rupfe ich ein paar Klamotten aus der Tasche, damit ich endlich diese blöden Socken verstauen kann. Während ich gleich danach alles wieder reinstopfe, rennt mir Mama wie ein aufgescheuchtes Huhn von Zimmer zu Zimmer hinterher.

»Sollen wir dich zu Opa rüberfahren?«, will Mama wissen.

Ich schüttle den Kopf, gehe vom Wohnzimmer zurück in mein Zimmer – Ladekabel fürs Handy vergessen! – und marschiere weiter ins Bad. »Ist schon gut, ich nehme mein Rad«, antworte ich. Ein Blick auf die Uhr. Es ist schon beinahe 19 Uhr. Ich komme zu spät. Überhaupt. Dieser Tag scheint wiedermal ein einziges Zuspätkommen zu sein.

»Passt gut auf euch auf, ja?« Mama sieht besorgt aus. »Und melde dich zwischendurch.«

»Na klar, du kennst mich doch.«

Ein schwaches Lächeln von ihr.

Nun erscheint Paps in der Tür, lehnt sich mit seinen breiten Schultern gegen den Rahmen und mustert mich. Skeptisch, aber irgendwie auch neugierig.

»Ist heute Nachmittag irgendwas Besonderes vorgefallen?«

Ich erstarre mitten in der Bewegung und meine Finger krallen sich um die Zahnpastatube. Aber ich drehe mich nicht zu ihm um und stopfe stattdessen schnell Zahnbürste und Paste in die kleine Innentasche.

»Nö«, sage ich möglichst beiläufig, dabei wandern meine Gedanken zu Yosephine und Opa. Und als ich mich dabei ertappe, dass mir gleichzeitig auch Bens Gesicht durch den Kopf schießt, beiße ich mir auf die Lippen. »Warum fragst du?«

»Hm, nur so.« Paps Finger trommeln auf den Türrahmen.

Ich schenke ihm einen flüchtigen Seitenblick, doch der reicht aus, um zu verstehen: Wir beide wissen, dass wir nicht aufrichtig zueinander sind.

»Für mich ist das doch etwas eigenartig, dass ihr so mir nichts dir nichts verschwinden wollt. Zudem war Opa schon lange nicht mehr auf Reisen. Wieso gerade jetzt?«

»Wieso nicht? Er liebt es, zu reisen.«

»Hmmm«, sagt Paps abermals und streift mit den Fingern durch seine Bartstoppeln, die mittlerweile außergewöhnlich lang sind. Offenbar hat er momentan wirklich mächtig viel um die Ohren.

»Vielleicht tut es ihm wirklich gut«, meint Mama. »Und wer weiß, vielleicht findet er auf der Reise wieder mehr zu sich selber, Zenno.«

»Hmmm«, brummt Paps schon wieder, als ob sein Wortschatz gerade auf das Minimum von einem Laut zusammengeschrumpft wäre.

Kurz ist es still.

Es ist ein seltsamer Augenblick.

Meine Tasche liegt gepackt zu meinen Füßen, wir alle stehen im Badezimmer, das nicht gerade durch seine Größe punktet, und doch ist jeder in seiner eigenen Welt voller Gedanken und Probleme gefangen.

Irgendwann nistet sich Ungeduld ein. Ich räuspere mich. »Also, ich muss wirklich los.« Mit diesen Worten schultere ich meine Tasche und gehe langsam Richtung Haustür.

Mama nickt und nimmt mich liebevoll in die Arme. Sie fährt mir mit den Händen übers Haar und drückt mir einen Kuss auf die Stirn.

*Hast du vergessen, dass du noch eine Tochter hast?*, frage ich sie in Gedanken und schaue in ihr Gesicht. Hoffe darin etwas zu finden. Ein Zeichen. Ein leiser Hinweis. Erfolglos.

»Genießt die Zeit«, raunt sie mir ins Ohr.

»Werden wir«, wispere ich und schlucke die Frage hinunter, obwohl sie mir bleischwer auf dem Herzen liegt.

Auch Paps schaut mich an – irgendwie wirkt er traurig. Ich lächle ihn aufmunternd an und er schließt mich in seine kräftigen Arme.

»Hier«, murmelt er. »Für irgendwas wirst du es schon brauchen können.« Mit diesen Worten drückt er mir ein bisschen Geld in die Hand und schmunzelt.

»Danke, Paps«, sage ich und küsse ihn auf die Wange.

Ein letzter Blick zurück, dann trete ich hinaus und schwinge mich hastig aufs Rad.

Ein komisches Gefühl hockt in meiner Brust. Neugierde, auf das, was kommt. Dazu mischt sich Angst, weil ich nicht weiß, ob alles gut geht. Trotzdem bleibt auch viel Platz für Vorfreude auf das bevorstehende Abenteuer. Und noch etwas bringt mein Herz zum Hüpfen. Viel eher *jemand.* Wie jetzt, ich freu mich tatsächlich auf Ben, den Vollpfosten?

Ich radle über die Straße, vorbei am rostigen Briefkasten, lasse die Gartenzwergorgie hinter mir, und als ich hinter dem dicken Schwein abzweige, stiehlt sich ein Lächeln in mein Gesicht.

»Na endlich«, begrüßt mich Opa, der gerade aus seiner Tüftlerwerkstatt heraustritt und damit beschäftigt ist, eine kleine Kiste in seinem Rucksack zu verstauen. »Ich hab schon vor einer halben Stunde mit dir gerechnet. Hat Zenno Schwierigkeiten gemacht?«

Ich schüttle den Kopf, stelle mein Rad in Opas Werkstatt und schließe zu ihm auf. »Papa macht sich Sorgen. Das ist alles.«

»Mein Junge.« Er schmunzelt. »War nicht anders zu erwarten«, sagt er, dann legt er mir die Hand auf den Rücken und schiebt mich zurück auf den Weg. »Haben wir auch alles?«

Ich nicke.

»Dann auf zu deinem *besonderen* Helden.«

»Er ist weder ein Held, noch gehört er zu mir«, informiere ich Opa über den Stand der Dinge. »Außerdem habe ich bereits einen Helden«, grinse ich beim Gedanken an Chris und den geplanten Helden-Button.

»Redest du von diesem Dummschwätzer Nils Hausen?«

»Ähm … nein …«, stammle ich. Tatsächlich

habe ich dabei keinen Gedanken an ihn verschwendet. Ein gutes Zeichen. »Und der Möchtegern-Erpresser-Held erwartet uns bei der alten Kapelle. Es ist also noch ein ganzes Stück bis dahin.«

»Ja, Kleines. Ich bin weder schwer von Begriff noch taub.« Kaum gesagt, schon schultert er seinen Rucksack und seine hageren Beine eilen über das Kopfsteinpflaster. »Komm mit, ich kenne eine Abkürzung.«

Eine Abkürzung?

Ähm, alles klar.

»In diesem Irrgarten aus Sackgassen in dieser Stadt kann man nur eines: sich verirren.«

Mein Großvater scheint amüsiert und zupft an meinem Jackenärmel. »Hier entlang.«

»Aber Opa, die Kapelle liegt genau in der entgegengesetzten Richtung«, widerspreche ich. »Wir müssen über die Hauptstraße und dann zur Bahnunterführung.«

»Nicht trödeln«, sagt er knapp. Dabei läuft er unbeirrt in die falsche Richtung. Er umrundet das Haus mit dem rostigen Briefkasten, vorbei an der alleinstehenden Scheune und steuert auf ein kleines Häuschen zu. So klein, da drin kann unmöglich jemand wohnen.

»Hier rein.«

»Nie im Leben«, empöre ich mich. Wir sind eben erst gestartet, schon hege ich ernsthafte Zweifel an Opas geistiger Verfassung. »Hast du deine Pillen mitgenommen?«

»Stell dich nicht so an«, meint er kopfschüttelnd und öffnet die Tür. Mit energischen Schritten verschwindet er im Innern und langsam schließt sich die Tür wieder hinter ihm. Unwillkürlich schnellt meine Hand nach vorne und hält sie fest, bevor sie ins Schloss fallen kann.

Was soll ich anderes tun, als ihm nachzugehen?

Drinnen empfängt mich schummriges Licht und ein dunkler Raum, kaum größer als ein Gartenschuppen. Allerlei Kabel und Schnickschnack stechen mir ins Auge. Staub hockt in jeder Ritze, klebt an den Kabeln und bedeckt den ganzen Kram mit einer gräulichen Schicht. Doch das ist nicht alles.

Wo steckt denn Opa?

»Pass auf, wo du hintrittst!«, ruft er mir in diesem Moment zu und die Stimme klingt seltsam gedämpft.

Unter mir gähnt ein schwarzer Schlund.

Außer des vagen Umrisses meines Großvaters und den Ansatz einer schmalen Eisentreppe kann ich nichts erkennen, dafür strömt mir ein Geruch ganz anderer Art in die Nase.

»Na, toll«, murmle ich, schaue in den Schlund, während ich widerwillig die Treppe hinuntersteige und meinen Opa folge. »Meine Abenteuerreise mit Opa beginnt in der stinkigen Kanalisation.«

»Alles klar?«, will er wissen, weil er mein Gemurmel nicht verstanden hat. Ich sehe es daran, wie angestrengt er seine Augen zusammenkneift.

Als ich neben ihn trete, mustere ich meine Umgebung überrascht. »Wo sind wir hier?«

»Das ist die Abkürzung«, meint Opa trocken. »Los, hier entlang. Wenn wir etwas schneller laufen, stinkt es nicht mehr allzu lange.«

Ich schaue mich um und versuche das Ende des Tunnels auszumachen, doch das dürftige Licht von oben reicht nicht weit. »Wieso kennst du dich hier unten aus?«

Opa hebt die Schultern. »Ich habe viel Zeit.«

Er hat nie ein Wort darüber verloren! Weder über seinen außergewöhnlichen Zeitvertreib, sich in geheimen Gängen unter der Stadt rumzutreiben, noch über diesen Ort. Er scheint noch viel mehr Geheimnisse zu haben, als ich dachte.

Ich beeile mich dann um Schritt mit ihm zu halten, was gar nicht so leicht ist. Ich kann kaum glauben, was hier gerade passiert!

Eigentlich leide ich nicht an Klaustrophobie, wirklich nicht, trotzdem kann ich in diesem Augenblick das erste Mal nachempfinden, was es bedeutet, Panik in engen Räumen zu bekommen. In dem dürftigen Licht scheint es, als würden sich die gewölbten Steinwände langsam auf mich zubewegen.

»Was, wenn wir uns hier unten verirren?«, frage ich kleinlaut, während meine Gedanken weiterwandern: Wie lange wird Ben auf uns warten? Den leisen Wunschgedanken, dass er sich vielleicht Sorgen um mich macht, verbanne ich vehement.

»Papperlapapp.«

Bilde ich mir das ein oder werden die Gänge zusehends enger? *Spinn hier nicht rum!*, ermahne ich mich und zwinge mich, durchzuatmen. Dann stolpere ich hinter meinem Großvater weiter durch den dunklen Gang. »Opa, was ist das hier?«

»Verbindungskanäle des allerersten Kanalisationsnetzes aus dem neunzehnten Jahrhundert. Nicht alle sind noch intakt, doch dieser hier schon, zumindest zu einem Großteil.«

Ich muss mich bereits wieder sputen, um Schritt halten zu können. Opa scheint fast sportlicher zu sein als ich! Oder die Motivation, Yosephine zu finden, verleiht ihm Flügel.

»Eins, zwei, drei … beim vierten links«, murmelt Opa und verschwindet auch schon hinter der nächsten Ecke.

Wir lassen Zwischengang um Zwischengang hinter uns, klettern über heruntergefallenen Schutt und laufen durch weitere uralte Gänge. Da es hier unten kein einziges Fenster gibt, herrscht eine merkwürdige Dunkelheit zwischen den Wänden.

Zudem müffelt es nach verbrauchter Luft und abgestandenem Wasser. Ich habe längst die Orientierung verloren. Jeder Tunnel und dessen Umgebung sieht gleich aus: raue Steinmauern und sickernde Rinnsale unter den Schuhsohlen. Trotzdem findet Opa den Weg mit einer so spielerischen Sicherheit, als wäre ein Nachtsichtgerät in seinem Augapfel implantiert.

»Wie findest du dich hier unten nur zurecht?«, frage ich mit ehrlicher Bewunderung. »Gibt es dazu irgendwelche alten Aufzeichnungen oder Lagepläne?«

»Die habe ich alle im Tagebuch eingetragen, das ich endlich gefunden habe.« Bei diesen Worten tippt er auf ein braunes ledergebundenes Büchlein, das mit einer Ecke aus seiner Jackentasche lugt. Und wie Opa das sagt: Es ist Stolz, der in seiner Stimme liegt. »Es lag übrigens bei meinen alten Reiseplänen auf dem Dachboden. Das mir das nicht eher in den Sinn gekommen war! Aber ich musste mir ja andauernd neue Verstecke einfallen lassen, damit *DIE* es nicht in die Finger bekommen. Trotzdem hätte ich schwören können, dass ich auf dem Dachboden schon mindestens einmal nachgeschaut habe.«

»Aber ehrlich, hast du keine Angst, dich zu verirren?«, frage ich erneut, denn gerade ist mir bei der Vorstellung daran, dass wir hier unten unser Ende finden könnten, unbehaglicher zumute als bei dem Gedanken an *DIE*. Auf meinem Grabstein wird so etwas stehen wie: *Viel zu jung von uns gegangen. Schade, hätte sie doch nur etwas mehr Orientierungssinn oder Verstand gehabt.* Was ja nicht mal unberechtigt wäre. Hey, wer zum Henker, der noch bei klarem Verstand ist, geht freiwillig mit seinem verrückten Großvater in die gammelige Kanalisation?

»Mit meinem Wissen, einem Kompass und dem dazugehörigen Abenteuergeist finde ich mich überall zurecht.« Seine Stimme dringt ein paar Meter weiter vor mir durch die Dunkelheit. »Vorsicht, Steine!«

Ich klettere über den Steinhaufen und verdränge den Gedanken, wie wir hier unten verrotten könnten, als ich mit Schrecken realisiere, dass bei einem abbiegenden Gang mehr als die Hälfte der Tunnelwand eingestürzt ist. Opa scheint das allerdings kein bisschen zu beunruhigen. Ruhig wartet er ab, bis ich das Hindernis überwunden habe, dann setzt er unbeirrt seinen Weg fort. Ich laufe dicht hinter ihm und die gewölbten Steinwände spielen sich unsere matschigen Schrittgeräusche zu.

»Da ist es.«

Mein Großvater bleibt so abrupt stehen, dass ich ungebremst in ihn hineinpralle.

Er starrt auf eine Tür, die zu unserer Rechten fast unscheinbar in die raue Steinwand eingelassen ist. Nun kramt er in einer Seitentasche seines Rucksacks und holt ein dünnes Metallteil raus, um gleich darauf mit konzentrierter Miene murmelnd am Schloss herumzuwerkeln. »Mistding, jetzt komm schon!«, schimpft er leise vor sich hin. »Verflixt und zugenäht, warum geht das –«

*Klack.*

Die Tür springt einen Spaltbreit auf und es ist, als ob der Tag neu erwacht. Fahles Licht erhellt Opas Gesicht und ich sehe, wie er selbstzufrieden schmunzelt.

Mit einem grässlichen Ächzen, so als wäre die Tür Jahrzehnte nicht mehr bewegt worden, setzt sie sich in Bewegung.

Kurz bin ich versucht den Boden abzuküssen und zu schreien: *Freiheit!*

Aber als ich bemerke, dass Opa mir einladend den Arm entgegenstreckt, trete ich auch ohne Euphorieanfall gerne hinaus. »Bitte sehr, Madame«, schmunzelt er. Feine Lachfalten zieren seine Augen und ich hoffe, in ihm tickt wieder die normale Opa-Konfiguration.

»Wo sind wir?«, frage ich und begreife es im selben Augenblick. Das leise Schmunzeln stiehlt sich auch in mein Gesicht. Noch einen Schritt und dann stehen wir auf dem Gehweg mitten in der Bahnunterführung. »Opa, du alter Fuchs«, sage ich und strahle ihn an.

Wir lassen die Unterführung hinter uns, während der Himmel dämmrig und grau vor uns liegt. Die Nässe des vergangenen Regentages hockt noch in den Kanten des Gehweges und Gesteins.

Bevor wir die Kapelle erreichen, schnuppere ich verstohlen an meiner Jacke. Nichts. Lieber auch noch an ein paar Haarsträhnen. Urteil: unauffällig. Ich stinke nicht.

Die letzten Meter gehen wir stumm nebeneinander her. Von Weitem erkenne ich die kleine Kapelle, deren sechseckiges Spitzdach zwischen lichten Baumwipfeln in den Himmel ragt. Unweit daneben befindet sich eine Bushaltestelle, deren Umrisse von der Dämmerung verschluckt werden. Was mir aber nicht entgeht: Von Ben fehlt jede Spur …

Kurz bevor wir am Treffpunkt angelangen, hält mich Opa zurück. »Kleines, bist du dir auch absolut sicher, dass wir diesem Burschen trauen können? Nach allem, was du mir über ihn erzählt hast?«

*Diesem arroganten Kerl trauen? Nein, ganz und gar nicht.* »Ja klar«, sage ich mit aufgesetztem Lächeln. »Und er hat unseren Umschlag, schon vergessen?«

Opa grunzt mürrisch, während wir wieder ein gemächliches Schritttempo aufnehmen. »Verflixt noch mal, wo steckt denn nun dein heldenhafter Brieferpresser?«, fragt er angriffslustig.

Das fängt ja schon gut an. Ich übernehme seine Stimmung sofort. »Keinen Schimmer, woher soll ich das wissen? Ich habe keine transzendente Verbindung zu ihm oder dergleichen.«

»Er ist *dein* Freund, Kleines, nicht meiner.«

»Wir sind gar nichts«, stelle ich richtig.

»Natürlich. Ich vergaß, er kommt nur mit, weil er uns rein zufällig erpresst.« Opas Schultern zucken verräterisch.

»Genau! Außerdem war es deine Entscheidung, dass wir ihn mitnehmen und nicht meine. Auf jeden Fall rate ich ihm, möglichst schnell hier aufzutauchen, sonst –«

»Sonst was? Gehen wir ohne ihn?«, fällt mir Opa ins Wort.

»Nein. Wir wissen ja noch nicht mal, wohin wir gehen sollten, und er hat immerhin eine Spur«, beginne ich und will ihm gerade klarmachen, dass nur Ben diese heiße Spur kennt, als plötzlich mein Handy surrt. Schnell hebe ich ab.

»Wo bleibst du?«, schallt es an mein Ohr.

Shit! Das habe ich total verschwitzt – der DVD Abend!

»Hey, Lila«, sage ich und klinge mindestens so heiser wie March Simpson. »Tut mir leid, ich … ich kann heute leider nicht. Ich bin übers Wochenende mit meinem Opa unterwegs.«

»Oh ne! Komm schon, Süße, das kannst du uns doch nicht antun.«

»Das ist noch nicht alles«, zwinge ich mich, weiterzureden. »Du errätst nie, wer mich begleitet.«

»Wer, sag schon! Etwa Nils?«, quietscht Lila.

»Wann geht das endlich in deinen Dickschädel. Nils und ich gehören nur noch in die Vergangenheit.« Noch während ich Lilas schnaubende Reaktion mitbekomme, höre ich hinter meinem Rücken ein paar Schritte. »Leider ist es der arroganteste Kerl, den die Welt je gesehen hat.«

»Du schwärmst von mir?«, blafft mich eine tiefe Stimme von hinten an und mir wird kalt und heiß zugleich.

Ich werde rot.

»Reden wir hier von dem Halbgott auf zwei Beinen?«, kreischt Lila fast hysterisch. »Sag schon? Der hat sich nämlich heute Nachmittag wieder nicht in der Schule blicken lassen«, plappert sie munter weiter, dennoch höre ich nur mit halbem Ohr hin.

Was schleicht der sich auch einfach so an. Okay, eigentlich ist er ziemlich laut schlurfend hier aufgekreuzt, aber trotzdem. Vollpfosten hoch zehn! Mindestens! Ich weiß auch nicht, wie er das immer anstellt, aber wieder, kaum dass er den Mund aufmacht, bin ich auf hundertachtzig. Und das nur, weil ich offenbar meine Gefühle nicht in den Griff bekomme. Warum muss immer alles so scheißkompliziert sein?

»Hallo? Zara?« Wie Lilas Stimme zu entnehmen ist, ruft sie nicht zum ersten Mal ins Telefon. »Bist du noch dran?«

»Sorry, Lila, ich muss auflegen –«

»Untersteh dich!«, ermahnt mich Lila. »Du –«

»Hier brennt gleich die Luft«, werfe ich dazwischen, weil ich mir bildhaft vorstellen kann, wie Opas Temperament bei Bens Anblick mit ihm durchgehen wird, weil der Kerl sich erlaubt hat, den Umschlag als Erpressungsmittel gegen uns zu verwenden. »Genießt das Wochenende, wir sehen uns am Montag.« Schnell stopfe ich das Handy in die Hosentasche.

»Ob Zara von dir geschwärmt hat, willst du wissen?«, höre ich Opa in dieser Sekunde fragen. Dabei mustert er Ben interessiert, wenn nicht gar angriffslustig. »Wenn du dieser heldenhafte Brieferpresser sein solltest, dann hat meine Enkelin tatsächlich von dir gesprochen.«

Einmal mehr überrascht mich Bens Reaktion. Weder eingeschüchtert noch genervt lacht er Opa an, streckt ihm freundlich die Hand entgegen und sagt: »Wahrhaftig, der bin ich. Und Sie müssen Zaras Großvater sein.«

»Wahrhaftig, der bin ich«, sagt Opa amüsiert, und wie ich finde, viel zu lieb, und schlägt ein. »Aber nenn mich doch einfach Alois.«

Okay, okay … alles klar. Da waren meine Bedenken wohl etwas zu voreilig. Die zwei verstehen sich anscheinend ganz gut. Ich weiß nicht, ob ich über diese Tatsache erfreut oder besorgt sein soll. (Na ja, ich habe nun zwei Tage Zeit, um mich diesbezüglich zu entscheiden.)

»Kommt, hier rein«, sagt Ben und deutet auf den Bus, der eben an uns vorbeirauscht. Dann schaut er mich zum ersten Mal richtig an. Kurz hüpft mein Herz. »Wir müssen erst ein paar Stationen mit dem Bus fahren, für die weitere Fahrt habe ich uns ein Auto organisiert.«

»Cool«, sage ich ehrlich erfreut, während ich in eine Art Laufschritt übergehe. »Aber du musst uns jetzt schon sagen, was wir eigentlich vorhaben. Wohin fahren wir?«

Ben, der locker mit mir Schritt halten kann, betrachtet mich von Kopf bis Fuß, wobei er meinem Shirt ganz besonders viel Beachtung schenkt. (Natürlich habe ich Justin mittlerweile ins Jenseits befördert, unter mein Bett, um genau zu sein.)

»Frankfurt am Main. Mehr wird nicht verraten«, antwortet er knapp.

Schon drückt Opa den Knopf der Bustür, die sich ächzend öffnet, während Ben mit etwas vor meiner Nase herumwedelt. Kurz denke ich, es handle sich dabei um Bustickets, aber in der nächsten Sekunde wird mir klar, was es ist: der Umschlag.

»Rein mit euch!« Es ist nicht Ben, der das sagt, sondern Opa, der uns wildentschlossen herumkommandiert. Ben grinst mehr als erfreut, hüpft hinter Opa in den Bus und streckt mir die Hand entgegen. »Bereit für ein unvergessliches Abenteuer, Miss Zara?«

»Jederzeit«, antworte ich. Meine Finger umschließen die seinen, ehe sich mein Verstand einmischen kann. Ich müsste doch eigentlich sauer auf ihn sein, immerhin erpresst er uns! Aber erst, als sich der Bus in Bewegung setzt, verblasst das Lächeln auf meinen Lippen.

Als die Bustüren sich neben uns schließen, höre ich eine Frauenstimme über die Köpfe der Fahrgäste hinwegrufen: »Fahrscheinkontrolle!«

Ein verräterisches »O-h-o« entfährt Ben und schon befinde ich mich wieder im Wut-im-Bauch-Modus. »Gehe ich richtig in der Annahme, dass du keine Tickets besorgt hast?«

»Was tuschelt ihr denn da?«, mischt sich Opas Stimme dazwischen. Mein Blick zuckt zwischen den beiden Männern hin und her und mir entgeht keineswegs, dass Bens Braue emporwandert und sich simultan dazu sein Mundwinkel verzieht.

»Wie weit ist es?«, zische ich.

»Nur zwei Stationen.« Jetzt bricht sein Lächeln durch.

Nur zwei Stationen? Zwei Stationen voller Bibbern und Hoffen! Mit flauem Gefühl im Magen stelle ich fest, dass uns nur noch zwei Fahrgäste von der Kontrolleurin trennen.

In diesem Moment beugt Ben sich zu mir. Ganz nah, so dass ich seinen warmen Atemhauch auf meiner Haut fühlen kann. »Wo bleibt dein Sinn fürs Abenteuer?«, raunt er mir ins Ohr und übersät meinen Rücken mit einem Schauer. Ob aus Angst oder Freude, weiß ich nicht.

Nach einer gefühlten Ewigkeit erreichen wir die erste Haltestelle. Ein paar Leute steigen aus, neue kommen hinzu und ich bete, dass sich wenigstens einer der Neuzugestiegenen dazu entschließt, sich vor uns zu platzieren – Tja, Pech gehabt.

Während sich der Bus ruckelnd wieder in Bewegung setzt, nehme ich verschwommen wahr, dass bereits die alte Dame neben uns kontrolliert wird. Sie ist der letzte Fahrgast, der uns von der Katastrophe trennt und ihr schneeweißer Haarschopf versinkt beinahe in der Handtasche, weil sie so tief und dennoch seelenruhig darin herumkramt.

*Lasst sie das Ticket nicht finden, lasst sie es nicht finden,* wiederhole ich den Wunsch wie ein Mantra, und schon zieht sie die Fahrtkarte aus der Tasche.

Großartig! Das Abenteuer endet, bevor es wirklich begonnen hat.

Nun sind wir an der Reihe. Die Kontrolleurin steht vor mir. Mit gesenktem Blick halte ich ihr ein altes Ticket hin, das ich in meiner Hosentasche gefunden habe.

Plötzlich quietschen die Bremsen des Busses, die erlösende Haltestelle ist nur noch wenige Meter entfernt.

»Tut mir leid, meine Liebe«, unterbricht die Kontrolleurin meinen leicht panischen Moment. »Aber das Ticket ist ungültig.«

Mehr bekomme ich nicht mehr mit. Die Bustür geht ächzend auf und ich spüre, wie mich eine starke Hand hinausschiebt. Ben sagt kein Wort, aber sein Grinsen ist breiter als das eines Glücksbärchi auf Zuckerschock und es verschwindet auch nicht, als wir wieder festen Boden unter den Füßen haben.

»Tja, was soll ich sagen: No risk, no fun«, grinst er unaufhörlich schelmisch und nimmt endlich seine Hand von meiner Taille.

»Nein, das war einfach nur das unverschämte Glück eines Volltrottels.«

»Lieber ein glücklicher Volltrottel, als eine unglückliche Intelligenzbestie«, sagt Opa. »Wo lang?«

Ben steht immer noch dicht vor mir und eine endlose Sekunde lang rührt er sich nicht. Dann beugt er sich zu mir hinunter, ganz langsam, und streift mir eine Haarsträhne hinters Ohr. »Dein Opa hat Recht, lächle mal, Miss Zara«, raunt er.

Er zieht sich so schnell zurück, dass ich nicht in der Lage bin zu reagieren.

*Lächle mal?*

»Immer geradeaus, Alois.«

Ben lotst uns zwischen unzähligen Häusern hindurch und über ebenso viele Querstraßen, während sich der Himmel langsam zu einem düsteren Nachtgrau verfärbt.

»Wir sind da«, verkündet er endlich.

Überrascht bleibe ich stehen. Und da sehe ich es.

Ein Auto, das unter einer flackernden Straßenlaterne parkt. Blau. Alt. Klein. Wenn nicht gar winzig.

Kurz gesagt: eine richtige Schrottkarre.

»Was ist das?«, frage ich skeptisch. Die Vorstellung, dass die beiden Männer (beide wohlgemerkt nicht gerade kleingewachsen), sich mit mir (sehr wohl ziemlich klein gewachsen), in das winzige Gefährt quetschen, will mir nicht in den Kopf gehen.

»Darf ich vorstellen: Bluestar. Unser fahrbarer Untersatz.«

»Ein Mini«, ergänzt Opa und ein zartrosa Schimmer belegt seine Wangen.

»Korrekt«, nickt Ben und macht sich an dem Wagen zu schaffen.

»Deiner?«, will ich von ihm wissen.

»Nicht direkt«, antwortet Ben ausweichend.

Opa läuft bereits das zweite Mal um den Wagen herum, schaut ihn aus allen möglichen Blickwinkeln an und ich zerre Ben entschlossen ein Stück vom Wagen weg. »Was wird das?«, frage ich skeptisch.

»Jemand will seine Schuld bei mir begleichen.«

»Indem er sich seine Schrottkarre klauen lässt?«

»Nicht klauen.« Ben klimpert mit dem Wagenschlüssel. »Nur für unbestimmte Zeit *borgen*.«

»Borgen?«, frage ich schrill und definitiv einen Tick zu laut. »*Borgen* nennst du das?!«

»Schhh …«

»Bei Nacht und Nebel zwischen Häusern hindurchschleichen und sich dann ein Auto zu eigen machen … das … das …« Mir fehlen die Worte!

»Es ist doch bloß für ein Wochenende.« Schon wieder befindet sich sein Gesicht extrem dicht vor meinem. Hat der keinen Sinn für den nötigen körperlichen Abstand? »Sei mal etwas locker, Baxa!«

»Aha!«, kontere ich äußerst intelligent. »Du denkst, ich bin verklemmt?«

»Dazu muss ich nicht mal denken.«

»Boah! Du bist echt die Härte!« Kurz presse ich die Lippen aufeinander, dann frage ich: »Hast du etwa einen Führerschein?« Das würde bedeuten, dass er schon älter als achtzehn wäre – nicht dass es mich interessieren würde.

»Noch nicht ganz«, antwortet er.

Das gibt's doch nicht! »Und was sollen wir dann damit?«

»Ich kann doch fahren«, meint Opa schlichtend.

Argh! Ich ahne schon, wo das hinführt. Ben krallt sich Opas Gunst und ich? Ich kann schauen, wo ich bleibe. Ich beiße meine Zähne so fest zusammen, dass sie knirschen, und verdränge das Wissen, dass Opa seit Jahren keinen Fuß mehr auf ein Gaspedal gesetzt hat.

»Siehst du, alles bestens«, grinst Ben.

Opa läuft zum Wagen, tätschelt das Dach, während er murmelnd ein paar Worte an den Wagen richtet. Schließlich schaut er auf.

»So einen hatte ich auch«, sagt er. »Damals in Frankreich, als ich meine Rosie kennenlernte. Eine unsagbar schöne Zeit war das. Da werden Erinnerungen wach.« Er strahlt wie ein kleines Kind.

»Also ein richtiger Volltreffer«, freut sich Ben.

»Wahrhaftig, mein Junge, wahrhaftig«, freut sich Opa nicht weniger. »Und es ist wichtig, dass man zu seinem Gefährt eine gute Bindung aufbaut.« Bei diesen Worten nimmt Opa Ben behände die Wagenschlüssel aus der Hand, schmeißt seine Tasche in den Kofferraum (der damit auch schon komplett voll ist), und keine Sekunde später sitzt er im Wagen, die Hände griffbereit am Steuer, und die freudige Anspannung steht ihm ins Gesicht geschrieben.

»Worauf wartet ihr?«, bestürmt er uns. »Los, los! Einsteigen, Kinder.«

Ben und ich machen zeitgleich einen Schritt, stoßen zusammen und scheuchen wie zwei wilde Tiere auseinander. Jetzt kratzt er sich verlegen am Hinterkopf.

»Ich sitze hinten«, verkündet er schließlich und ich lasse ihm den Vortritt, warte, bis er sich am Sitz vorbeigezwängt hat, und lasse mich neben Opa fallen.

Erstaunlicherweise bietet dieses winzige Auto von innen mehr Platz, als es von außen den Anschein erweckt.

»Auf ins Abenteuerland«, grinst Opa und juchzt voller Freude, als der Motor aufheult. Es wirkt so ansteckend, dass auch ich vom Freudenrausch erfasst werde.

Vielleicht, aber nur vielleicht, wird dieser Trip doch gar nicht so übel, wie ich befürchtet habe.

Der Mini rüttelt und scheppert und setzt sich mit einer abrupten Bewegung in Fahrt.

»Entschuldigt, ich bin von der Kupplung gerutscht«, verkündet Opa.

»Soso«, grinse ich und es überrascht mich nicht, dass das Holpern auch nicht nachlässt, als Opa in den zweiten und dritten Gang schaltet. Unterdessen studiere ich das alte Radio, drehe an dem pummeligen Knopf, aber es gibt keinen Mucks von sich.

»Sorry«, meint Ben. »Das hat das Zeitliche gesegnet.«

»Schade«, seufze ich. (Ich bin ein kleiner Musik-Junkie und brauche Musik fast so dringend wie die Luft zum Atmen.) Kurz entschlossen stecke ich mir den einen Stöpsel meines Handykopfhörers ins Ohr und lasse mich von der Playlist berieseln, während wir gemächlich über die dämmrige Landstraße Richtung Frankfurt rollen.

Plötzlich fällt ein Schatten über meine Rückenlehne. Es ist Ben, der sich über meinen Sitz beugt, mich unverschämt angrinst und mir mit einer schnellen Handbewegung den Stöpsel aus dem Ohr zieht.

»Das ist aber gar nicht nett, Miss Zara«, sagt er neckisch und drückt sich kurzerhand den Stöpsel ins Ohr. »Aha, *Bye, bye,* passt ja perfekt.« Sein freches Grinsen wird – wenn überhaupt möglich – noch breiter und ich mag mir in diesem Moment gar nicht vorstellen, was (mit ihm an meiner Seite) noch alles auf mich zukommen wird. Eines weiß ich jedoch schon jetzt: Die Charaktereigenschaft der Zuverlässigkeit scheint ihm bei der Geburt offensichtlich nicht geschenkt worden zu sein.

Ich gebe das Musikhören auf und winkle die Beine auf dem Sitz an, so dass ich eine gute Sicht auf Opa und Ben habe.

Letzterer hält den Kopf schief. »Erzähl mir etwas von dir, Zara.«

»Was soll ich dir erzählen?«, frage ich ehrlich irritiert.

Opa schmunzelt, sagt aber keinen Ton dazu.

»Irgendwas.« Ein feines Licht tanzt in Bens Augen. »Was tust du in deiner Freizeit? Wann hast du Geburtstag? Was hörst du für Musik? All so ein Zeug eben.«

Ist er ernsthaft daran interessiert, was ich so mache oder ist es nur ein Zeitvertreib, weil die Fahrt ansonsten total langweilig würde? »Klar, wenn du mir auch von dir erzählst?«

»Deal!«, grinst er. »Schließlich werden wir nun Tag und Nacht zusammen verbringen.«

»Ich habe eine Idee, Kinder«, wirft Opa dazwischen und Bluestar macht einen heftigen Satz, weil Opa vergessen hat, den Fuß auf dem Gaspedal zu lassen. »Jeder darf dem anderen eine Frage stellen, abwechselnd. Einverstanden?«

»Einverstanden«, sagt Ben. »Ich mache den Anfang.«

Das war ja klar.

»Also, liebe Zara, zum Starten eine einfache Frage für dich. Wann hast du Geburtstag?«

Die zunehmende Lautstärke des Motors lässt mich aufhorchen und schon poltert und knattert es so laut, dass ich befürchte, Bluestar wird dem Radio nacheifern und in dieser Sekunde den Lebensgeist aufgeben.

»Komm schon, Bluestar«, muntert Opa den Wagen auf und streichelt liebevoll übers Lenkrad. »Gib alles, mein Mädchen, du schaffst das.«

Tatsächlich beruhigt sich das Auto und tuckert nun ganz anständig über die Straße. »Braves Mädchen«, lobt er und strahlt übers ganze Gesicht.

Ben und ich kichern über Opas Verhalten. Manchmal ist er schon ein sonderbarer Kauz, aber dabei sehr liebenswürdig. Und gerade jetzt bin ich Ben dankbar, dass er ihn offenbar einfach akzeptiert, wie er ist.

»Du schuldest mir noch eine Antwort«, holt mich Ben aus meinen Gedanken.

»Oh, hätt ich doch beinahe vergessen«, stichle ich. »Am 9. August.«

»Eine Löwin«, grinst Ben.

»Wenn du wüsstest«, wirft Opa dazwischen. »Und was für eine!« Diesmal ist er es, der von mir einen Klaps mit der Hand kassiert.

»Ich bin an der Reihe«, sage ich, um von dem Thema und meinen glühenden Wangen abzulenken. Es fällt mir total schwer, ihn nicht nach der heißen Spur zu fragen, aber ich beherrsche mich. »Von wem hast du diese Schrottkarre?«

Erst grinst Ben, dann verzieht er seinen Mund. »Tut mir leid, dieses Thema ist tabu. Ich passe.«

»Hey! Das gilt nicht.«

Opa räuspert sich. »Erweiterte Regeln. Jeder darf einmal passen.«

»Opa!«, empöre ich mich.

»Na gut, noch eine Erweiterung gefällig? Wenn der Befragte passt, muss er sich einer erneuten Frage stellen. Einverstanden?«

»Einverstanden«, sage ich schnell, denn ich halte es nicht mehr aus und muss ihn fragen. »Wo genau in Frankfurt müssen wir hin?«

»Du wirst es jeden Moment erfahren.«

»Stimmt, denn wir passieren soeben die Stadtgrenze von Frankfurt«, informiert uns Opa. »Wo muss ich parken?«

Bens Antwort fällt leider weniger informativ aus. »Beim Bahnhof.«

Nachts ist es nicht gerade einfach die Schilder zu lesen, und die Suche nach einem freien Parkplatz gestaltet sich als echte Herausforderung. Dreimal fahren wir über den Bahnhofplatz, bis wir endlich Glück haben. Ben wirkt zusehend ungeduldiger, dauernd schaut er auf sein Handy und wippt nervös mit den Beinen.

Kaum dass Bluestar stillsteht, rapple ich mich hoch und klettere aus dem Wagen, dicht gefolgt von Ben. Er quetscht sich an mir vorbei, viel näher als notwendig und sein Arm umfängt mich an meiner

Taille. Kurz schließe ich die Augen und atme den Geruch seiner Haut. Er riecht einfach göttlich. Ich kann nicht genau ausmachen, wonach. Irgendwie erinnert es mich an einen frischen Sommerregen … Als ich wieder aufschaue, zwinkert er mir zu, als ob er meine Gedanken erraten hätte.

Verlegen wende ich mein Gesicht von ihm ab und strecke meine steifen Gliedmaßen. Es kommt mir vor, als hätte ich Tage in dem Gefährt verbracht. Jeder Knochen schmerzt.

»Hier geht's lang«, meint Ben schließlich, als auch Opa startklar ist.

Es bleibt kaum Zeit, um Bluestar abzuschließen. Schnell folgen wir Ben, der mit großen Schritten vorauseilt. Vermutlich gehört das alles zu seinem brillanten Gesamtplan, denn wir kommen nicht mal dazu, irgendwelche Fragen zu stellen. Während er den Bahnhof betritt, lässt er seinen Blick suchend durch die Halle und über die vorbeihetzenden Passanten schweifen. Die Ungeduld hat ihn fest im Griff und fällt auch nicht ab, als er unverhofft stehenbleibt.

»Wartet hier«, sagt er fordernd und macht einen Schritt weiter, aber Opa hält ihn zurück.

»Nein«, sagt er ruhig, aber sehr bestimmt. »So läuft das nicht, mein Junge, wir kommen mit.«

Ben schaut ihn an. Die Lippen zusammengepresst, der Ausdruck im Gesicht streng. Für ein paar Sekunden schweigt er. Es scheint, als hätten Millionen Augenblicke dazwischen Platz. Dann nickt er.

Als geschlossene Gruppe steuern wir auf Bahnsteig siebzehn zu. Ist das unser gewünschtes Ziel?

Ben deutet mit einer Kopfbewegung in die Richtung eines Fremden. »Das muss er sein.«

Ein Mann, drahtig und groß, mit aschblondem Haar, steht mit dem Rücken zu uns gewandt, nur wenige Meter von uns entfernt. Er trägt einen billig aussehenden, rotgetupften Regenschirm bei sich, der so gar nicht zu seinem übrigen Erscheinungsbild passen will: dunkle eng anliegende Hosen, schwarze Jeansjacke und ausgelatschte Chucks.

»Unser Erkennungszeichen«, murmelt Ben und deutet auf den Regenschirm.

Ehe Ben und ich reagieren können, baut sich Opa vor uns auf und tippt dem Mann auf die Schulter. Dieser wirbelt mit einer nervösen und ziemlich übereilten Bewegung herum. Seine kleinen Augen liegen tief in den Augenhöhlen und wirken wie zwei Stecknadeln in dem sonst so flachen Schädel.

»Habt ihr das Geld?«, zischt er Opa an und zeigt uns ein schmieriges Grinsen.

»Hier«, sagt Ben, der sich an Opa vorbeizwängt. Seine Stimme klingt hoch und unsicher, als er dem Kerl ein Kuvert entgegenhält. »Alles drin.«

Mit zusammengekniffenen Augen zerrt der Fremde Ben den Briefumschlag aus der Hand, reißt ihn auf und zählt die Scheine.

»Jetzt du«, fordert Ben ihn auf.

Die Mundwinkel des Mannes zucken fahrig.

Irgendwas stimmt hier nicht. Nicht mit dieser Situation. Und nicht mit diesem Kerl.

Mit einer schnellen Handbewegung zieht der Typ den Schirm und wirft ihn in unsere Richtung. Unwillkürlich schrecken wir zurück, und ehe einer reagieren kann, flieht der Kerl zur nächsten Rolltreppe.

»Was für ein Halunke!«, flucht Opa, ballt wütend die Hände zu Fäusten und donnert sie gegeneinander.

Bens Blick schnellt zu Opas Händen und ich bilde mir ein, dass er kurz zusammenzuckt. Fast ist es, als husche ein Schatten über sein Gesicht. Dann hechtet er dem Kerl hinterher, dabei ist dieser schon nicht mehr zu entdecken. Es dauert keine Minute, bis Ben einsieht, dass eine Verfolgungsjagd keinen Sinn hat. Der angebliche Informant ist längst auf und davon.

»Grandios recherchiert!«, schnauze ich ihn an, als er atemlos und mit hochrotem Kopf zurückkommt. Meine Verachtung trifft ihn, ich sehe, wie sein Mundwinkel zuckt.

»Wie hätte ich wissen sollen, dass dieser Kerl ein Betrüger ist, hä? Ich hab in einem Forum ein paar Einträge von ihm über Engelssymbole gelesen. Ich dachte, er könnte uns mehr Infos über *Schwarze Engel* geben«, verteidigt er sich. »Immerhin hab ich etwas über deinen Brief herausgefunden, was du hingegen nicht wirklich behaupten kannst, oder?«

»Wie auch, wenn du mir den Brief geklaut hast«

»Geklaut? Du hast sie nicht alle!« Bens Stimme donnert über den Platz und seine Augen funkeln mich böse an. »Du hast ihn auf der Treppe verloren und ich wollte ihn dir im Literaturkurs zurückgeben.«

»Ja, klar. Das kann jeder behaupten.«

Bens Nasenflügel beben. »Weißt du was?«, sagt er gepresst und greift in seine Jackentasche. Er sieht aus, als würde er jeden Augenblick explodieren. »Damit will ich nichts mehr zu tun haben.«

»Ich bin beeindruckt, ein Kerl mit Prinzipien.«

»Menschenskinder! Beruhigt euch!«, geht Opa dazwischen, schnappt sich den Umschlag aus Bens Händen und verstaut ihn schnell in der Innentasche seiner Jacke.

Pah! Es ist mir unmöglich, mich so schnell zu beruhigen.

Wut. Frust. Ärger. Enttäuschung. Alles zusammen. So fühle ich mich. Auch wenn es mir irgendwie schon wieder leidtut, dass ich Ben angeschnauzt habe, meine Gefühle kann ich nicht verleugnen.

All das spiegelt sich auch in Bens Gesicht. Er schnaubt wütend, kickt gegen eine zerdrückte Cola Dose, die auf dem Bahnsteig liegt. Und während er dem Cola-Geschoss zuschaut, wie es klackernd auf die Gleise prallt, stopft er seine Hände in die Hosentaschen. »So ein Arschloch!«

Ich bin zu gefrustet um etwas zu sagen, ohne gleich wieder in die Luft zu gehen. Wobei, *Arschloch* passt schon ziemlich gut – nur wem ich es zuordne, darüber bin ich mir noch unklar.

»Junge«, beginnt Opa. Als spreche er mit einem Enkel, legt er ihm großväterlich die Hand auf die Schulter. »Es gibt Schlimmeres als das. Und das verlorene Geld bekommst du von mir zurück.«

»Nein, verdammt«, schimpft Ben und schüttelt Opas Hand weg. Seine Finger beben vor Wut. »Dieser hinterhältige Mistkerl hat mich über den Tisch gezogen. So ein dreckiger Lügner.« Mit einem Mal scheint seine ganze Wut verflogen zu sein, stattdessen macht sich Resignation breit. Entmutigt lässt er sich auf die drahtige Bank auf dem Bahnsteig sinken und vergräbt sein Gesicht in den Händen. »Wie sollen wir denn jetzt jemals diese *Schwarzen Engel* finden?«

In mir drinnen brodelt es immer noch. Mit kritischer Miene beobachte ich, wie Opa sich zu Ben hinunterbeugt, als ich plötzlich hinter mir ein zischelndes Geräusch wahrnehme.

»Psst«, macht es und ich fahre erschrocken herum, weil sich mein Körper noch voll im Adrenalinschub befindet.

Ein paar Schritte hinter mir steht eine gebückte Frauengestalt, deren Gesicht praktisch nur aus Runzeln besteht. Irgendwo dazwischen hocken zwei Augen und eine flache breite Nase. Ihr schneeweißes Haar ist von einem seidigen Kopftuch verdeckt, nur ein paar Strähnen fallen ihr lose ins Gesicht.

Was will sie von mir?

»Komm mal her«, wispert sie und schaut mich aus überraschend wachsamen Augen an. Sie sind so blass wie Wasserfarben und ich bin mir nicht sicher, ob ich ihr trauen kann. (Zugegeben, im Moment bin ich sowieso nicht gut auf die Menschheit zu sprechen.) Kurz schaue ich zu Opa, der sich soeben neben Ben auf die Bank setzt und unaufhörlich auf ihn einredet. Dann nähere ich mich ihr langsam.

»Hab keine Angst, mein Kind«, sagt sie mit heiserer Stimme und winkt mich auffordernd zu sich. »Ich tue dir nichts.«

Sagt das nicht immer die böse Hexe in den Märchen?

Ich mustere sie eindringlich und da bemerke ich, dass ihre Schuhe von Plastiktüten umhüllt sind, die oben mit einem Gummiband zusammengehalten werden. Eine bunte Flickenjacke spannt sich über ihren buckeligen Oberkörper und mit knochigen Fingern umklammert sie den Griff eines Einkaufstrolleys, unter dessen Klappe eine kleine Fellnase und zwei dunkelbraune Knopfaugen hervorlugen.

Abermals winkt sie mich zu sich heran. »Ich kann euch helfen«, schmunzelt sie.

»Wobei?«, frage ich begriffsstutzig (vielleicht will ich auch einfach nicht begreifen) und gehe unsicher auf sie zu.

»Geht zu Herrn Knorr. Dem Bibliothekar in der Altstadt. Er ist einzigartig«, fährt sie unbeirrt fort und tippt sich mit dem Finger an die Schläfe. »Und erfasst Dinge mit seinem Geist, die andere nicht mal in ihren kühnsten Träumen wahrnehmen. Auf dem Gebiet ist er eine wahre Koryphäe.«

Ich verstehe immer noch nicht so richtig, was sie mir sagen will. »Woher kennen Sie uns? Und wie kommen Sie darauf, dass dieser Herr Knorr uns helfen kann?«

»Dein Freund sprach eben von *Schwarzen Engeln* – und Herr Knorr kennt sich aus, Kind«, zwinkert sie und macht umständlich einen Schritt auf mich zu. Es raschelt bei jeder ihrer Bewegungen. »Ihr findet ihn in der Zaubernussallee 60.«

»Zaubernussallee?« Welch Ironie des Schicksals. Schwarze Engel und Zaubernussallee, das alles kann doch nur ein schlechter Witz sein!

Die Alte nickt langsam und bedächtig. »Geht zu ihm, Schätzchen. Ihr habt doch nichts mehr zu verlieren, nicht wahr?«

Offenbar hat sie das Falscher-Informant-Szenario hautnah miterlebt. »Das ist wohl wahr«, stoße ich zwischen den Zähnen hervor.

»Na, siehst du«, sagt sie, langt nach meiner Hand und tätschelt sie liebevoll. Ich bin überrascht, wie weich und warm sich ihre Haut anfühlt. »Die Menschen sind nicht immer das, was sie scheinen. Vergiss das nie.« Mit diesen Worten lässt sie mich los. Es scheint alles gesagt worden zu sein.

»Danke«, wispere ich und lächle sie zum ersten Mal an.

»Was stehst du hier noch rum«, fordert sie mich auf. »Husch, husch, geh schon. Und gute Reise wünsche ich euch.«

Ein Kopfnicken, ein letzter Blick auf das runzelige Gesicht, dann setze ich mich langsam in Bewegung.

Plötzlich kommt mir etwas in den Sinn. Ich mache auf dem Absatz kehrt, krame etwas aus der Hosentasche und bin mit wenigen Schritten abermals an der Seite der sonderbaren Frau.

»Vielen Dank«, lächle ich sie an und drücke ihr das Geld in die Hand, das mir Paps mitgegeben hat. Irgendwas in mir sagt mir, dass ich es gar nicht besser einsetzen könnte.

Als ich schließlich bei Opa und Ben stehe und ihnen aufgeregt von der sonderbaren Begegnung berichte, ist die alte Frau mit den Wasserfarbenaugen verschwunden.

# Kapitel 9

## Bücher, Bücher, Bücher überall

»Bist du dir wirklich sicher, dass wir hier richtig sind?« Opa schaut kritisch von mir zur Haustür.

Wir stehen vor dem Eingang eines Hauses, das älter aussieht als seine benachbarten Bauten. Schummerlicht sickert durch das mit Gusseisen verzierte Bleiglas der Tür. Aus dem grün bemalten Holz sind über die Jahre etliche Fasern herausgesplittert.

Ich erwidere Opas Blick. Was ist los? So kenne ich ihn gar nicht.

»Ja«, sage ich und schaffe es zu meinem Erstaunen, dass es überzeugend rüberkommt. »Du hast das Straßenschild doch selber gelesen. Da steht Zaubernussallee. Und das ist die Nummer 60.«

Wir wären schon längst hier gewesen, wenn wir Internetempfang mit unseren Smartphones gehabt hätten und wir uns nicht etliche Male verfahren hätten. Bei diesen beiden Sturköpfen brauchte ich einiges an Überredungskunst (Opa und sein kompassartiger Orientierungssinn, Ben und die irrwitzige Überzeugung: Ein echter Kerl findet IMMER den Weg), bis die beiden Herren schließlich dem Vorschlag zustimmten, einfach jemanden nach dem richtigen Weg zu *fragen,* damit wir endlich, ENDLICH, die verflixte Straße finden. Natürlich waren sie erst damit einverstanden, nachdem sie mindestens noch hundert Mal betonten, dass eine Straße mit solch einem bescheuerten Namen garantiert in ganz Frankfurt nicht existieren konnte.

Und sie existiert doch.

Der Mond schwebt über den Hausdächern und versteckt sich hinter einer dichten Wolkenwand, nur eine Laterne flackert müde hinter uns auf und wirft einen schwachen Lichtkegel auf die steinerne Treppe und die morsche Haustür. Dennoch reicht es aus, um den Namen neben dem Türrahmen zu entziffern.

Ich verlagere das Gewicht von einem Fuß auf den anderen und betrachte Ben dabei aus dem Augenwinkel. Warum ist er so schweigsam? Tatsächlich hat er kaum mehr etwas gesagt, seit wir in die Straße eingebogen sind. Zumindest nicht direkt zu mir.

In diesem Moment greift seine Hand nach dem Messingknauf, der im Schnabel eines massiven Adlerkopfes befestigt ist, und klopft damit gegen die Tür.

Dann warten wir.

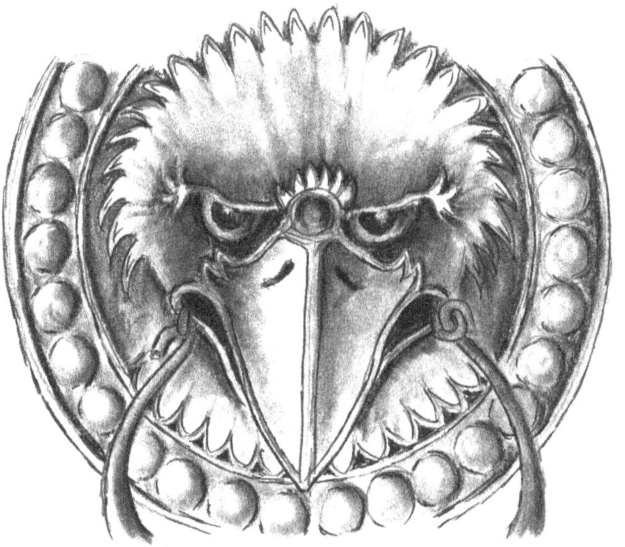

Mein Magen knurrt und erinnert mich höchst dramatisch daran, dass ich heute eindeutig zu wenig gegessen habe. Im Angebot wären eine zerquetschte Milchschnitte, eine Dose Energydrink und jede Menge stimmungsgeladene Reiseluft.

Wir warten immer noch.

»Vielleicht ist er nicht zu Hause?«, meint Ben schließlich durch zusammengepresste Zähne.

»Doch«, sagt Opa. »Es brennt Licht.«

»Das muss noch lange nicht bedeuten –«

»Dann klopf noch mal!«, unterbreche ich Ben wirsch und bin selber überrascht, wie gehetzt meine Stimme klingt. Es muss der Hunger sein, der mich ungeduldig werden lässt.

Ben fixiert mich mit seinen grünen Augen, dabei wirken seine schwarzen Pupillen so groß, dass sie beinahe das ganze Grün zu fressen scheinen. Ausnahmsweise lassen mich seine Augen nichts anderes fühlen als seine schlechte Laune. Oder ist es etwas anderes? Vielleicht so etwas wie Unbehagen? Trotzdem tut er, wozu ich ihn aufgefordert habe und klopft abermals gegen die Tür.

Ein weiteres Licht geht an, sonst geschieht leider nichts.

»Lasst uns gehen«, murmelt Ben und wendet sich bereits von der Haustür ab. »Probieren wir es morgen noch mal.«

Seine Laune hat sich seit dem falschen-Informanten-Fiasko nicht mehr gebessert, obwohl ihm Opa mehrfach bestätigte, dass diese Lappalie schlichtweg jedem hätte passieren können. *Gier der Menschen,* nannte er es. Zudem fielen die Worte: *neuzeitliche Krankheit und so.* Ich habe keinen Ton dazu gesagt, denn ganz ehrlich, erst macht er einen auf Oberdetektiv und dann löst sich alles in Rauch auf. *Puff* … Wenn wir es genau nehmen, hat er hier nichts mehr verloren. Vermutlich ist genau dies der ausschlaggebende Grund, dass ich jetzt den Mund nicht mehr halten kann.

»Sind wir vielleicht den weiten Weg hierhergefahren, nur um lediglich zweimal an irgendeine bescheuerte Haustür zu klopfen und gleich darauf wieder zu verschwinden? Sagte da nicht jemand erst vor wenigen Stunden zu mir, dass er auf geheimnisumwitterte Abenteuer steht? Oh, Moment mal, das warst ja *du!* Davon merke ich gerade herzlich wenig.« Mit diesen Worten schiebe ich mich entschlossen an ihm vorbei, nehme den Messingknauf selber in die Hand und hämmere energisch gegen die Tür.

Zwar schweigen Ben und Opa um die Wette, trotzdem könnte ich fast mit hundertprozentiger Sicherheit schwören, dass sie in dieser Sekunde vielsagende Blicke hinter meinem Rücken austauschen.

»Gut gebrüllt, Löwin«, wispert Opa. Gleich darauf dringt Bens Kichern an mein Ohr.

Na, was hab ich gesagt?

*Männer!*

Ich rolle genervt mit den Augen, erwidere aber nichts darauf, weil ich einen kurzen Moment in die Stille horchen möchte. Alles unverändert. Nur der Adlerkopf glotzt mich mit seinen bernsteinfarbenen Augen an und erneut muss der Messingknauf dran glauben. Mein immer heftiger werdendes Gepolter prallt an den Steinmauern der benachbarten Häuser ab.

»Kleines, komm schon, das hat keinen Sinn.« Opa zupft an meinem Jackenärmel. »Wahrscheinlich genießt der gute Mann längst seinen wohlverdienten Feierabend oder liegt im Bett und schläft. Lass uns gehen. Morgen ist auch noch ein Tag.«

»Nein!«, zische ich und wirble herum. »Ich will jetzt mit diesem Herrn Knorr reden und endlich wissen, was es mit den Schwarzen Engeln auf sich hat! Verdammt noch mal, ich gehe hier nicht eher weg, bis ich mit ihm gesprochen habe.«

Ausnahmsweise bin nicht ich es sondern Ben, der genervt die Augen verdreht. Tja, soll er ruhig mal am eigenen Leib spüren, wie es ist, wenn jemand einen nur stresst.

Als ich mich zurück zur Tür drehe, beäugen mich die grünen Augen des Adlerkopfes unbeirrt. Ähm, Moment mal, waren die nicht eben noch bernsteinfarben?

»Gut, Kind, dann warte du hier. Ich brauche dringend etwas zwischen die Zähne und deshalb –« Opa spricht nicht weiter.

Ein leises und metallisches Klicken lässt uns alle drei aufhorchen.

Es hört sich an, als ob ein Schlüssel ins Schloss gesteckt und gedreht würde. Schon öffnet sich die Tür und ein schlaksiger Mann mit hagerem Gesicht steht im Flur. Sein rotbraunes Haar steht zerzaust vom Kopf ab und sein finsterer Blick schaut uns durch schmutzige Brillengläser an.

»Was wollt ihr?« Grimmig ist gar kein Ausdruck für seine Miene. Während sich die rotbraunen Augenbrauen immer stärker zusammenziehen, zeichnet sich auf seiner Stirn eine steile Falte ab und die wenigen Sommersprossen auf den Wangen wirken wie schwarze Pfeilspitzen.

»Guten Abend, Herr … Herr Knorr«, sage ich und verhasple mich bei seinem Anblick, dabei vergraben sich meine Finger nervös in meinem Jackensaum. »Ich bin Zara. Und das sind mein Großvater Alois und Ben.«

Opa neben mir macht einen halben Schritt und begrüßt den Mann mit einem kräftigen Handschlag. »Wir kommen mit einem – wie soll ich sagen?«, sucht Großvater nach den richtigen Worten und schaut mich Hilfe suchend an. »Sagen wir einem sehr speziellen Anliegen zu Ihnen, werter Herr, in der Hoffnung, dass Sie uns weiterhelfen können.«

Erfreut über unsere nächtliche Störung scheint der gute Mann definitiv nicht zu sein. Daran ändert auch Opas Erklärung nichts.

»Um was geht's?«

Noch während er die Frage stellt, streckt ihm Ben die Kopie des Bildes der Schwarzen Engel aus dem Internet entgegen.

Ich wusste gar nicht, dass Ben einen Ausdruck dabei hat, und erhasche nun zum ersten Mal auch einen kurzen Blick darauf. Das Bild ist schwarz und von einigen Worten umrandet, aber ich kann die Buchstaben nicht entziffern.

»Meine Schwester ist vor gut einem Jahr verschwunden, und ihr Verschwinden muss irgendwie mit diesem Bild zusammenhängen«, erkläre ich, doch der Mann scheint mich gar nicht zu hören. Mit der einen Hand greift er nach der Kopie, und während seine andere Hand die Brille ein Stückchen die Nase hochschiebt, flüstert er leise: »Die Schwarzen Engel ...«

Ich beobachte seine Augen. Sie sind von hellen Wimpern umsäumt, die fast grenzenlos in die Augen überzufließen scheinen. Seltsam. Hinter seiner dicken Hornbrille huscht der nun wachsame Blick über die Kopie und deren Schrift. Und das mit einer Geschwindigkeit, in der wir ein alltägliches Buch lesen würden.

Schnaubend lässt er die Hände sinken. »Kommt rein«, sagt er brüsk und marschiert zügig wieder ins Innere des Hauses.

Opa schreitet als Erster voran, dicht gefolgt von Ben. Nur ich zögere einen Augenblick, ehe ich ihnen folge. Ein komisches Gefühl breitet sich beim Eintreten in meiner Magengegend aus. *Ach, stell dich nicht so an, Zara, das ist gewiss nur das Hungergefühl.*

Trotzdem bin ich heilfroh, dass ich Opa bei mir habe. Und selbst wenn ich es mir höchst ungern eingestehe, so bin ich irgendwie auch froh, dass Ben in diesem Moment hier ist.

Der Eingangsbereich wirkt eng und chaotisch und im Vorbeigehen erblicke ich hinter der verstaubten Glasscheibe der Tür einen vergilbten Fetzen Papier:

*Nicht klingeln, nicht klopfen – Eintreten!*

Deswegen hat Herr Knorr uns zunächst nicht aufgemacht!

Opa und Ben verschwinden bereits in einem schmalen Durchgang, nur ich zögere immer noch und bleibe unschlüssig im kleinen Eingangsbereich stehen, der über und über mit Büchern vollgestopft ist. Zwischen den Regalen thront eine altmodische Kasse aus schwerem Metall. Sie ist übersät von eingelassenen Verzierungen und steht auf einem unscheinbaren Tischchen. Ringsum sind dicht behangene Metallständer mit bonbonbunten, nahezu kitschigen Lesezeichen platziert, die so gar nicht zur restlichen Einrichtung passen wollen.

Ich schlucke eine Menge Fragen hinunter, weil plötzlich aus irgendeinem Grund mein ganzer Körper kribbelt. In diesen vier Wänden fühle ich mich so fremd, schlimmer noch, als würde ich mit Cilia als beste Freundin shoppen gehen. Ich wandle zwischen den meterhohen Bücherbergen hindurch, die sich kreuz und quer bis unter die Decke stapeln. Ja, vielleicht ist es das – all das verborgene Wissen, das hier drinnen ruht und mich kitzelt. Es lockt mich, nach einem Buch zu greifen. Ich strecke meine Hand aus, streife über die Buchrücken. Staub wirbelt auf und flirrt vor meinen Augen. Plötzlich steht Herr Knorr vor mir und seine weit geöffneten Augen leuchten silbern in der Dunkelheit der Bibliothek.

Ich erstarre mitten in der Bewegung.

»Komm«, sagt er schroff und deutet mir an, ihm zu folgen.

So wandeln wir durch den schmalen Gang, durch den Opa und Ben bereits verschwunden sind. Es ist nicht *irgendein* Gang. Wie ich gerade feststelle, ist er komplett aus Büchern gebaut. Wahnsinn!

»Ich hab mich schon gefragt, ob ihr wohl noch aufkreuzen werdet«, murmelt Her Knorr leise.

Wie bitte? Er wusste, dass wir kommen würden? Woher denn?

»Sie haben uns erwartet?«, fragt Opa sofort und bleibt in dem schmalen Durchgang stehen.

»Das Buschtelefon funktioniert auch in Frankfurt schneller als jedes Auto fahren kann.«

War das ein Witz? Es scheint, als husche ein Lächeln über Herrn Knorrs dünne Lippen. Keiner von uns reagiert.

»Die liebe Bahnhofs-Louise hat mich davon in Kenntnis gesetzt«, klärt er uns auf.

Wir drei nicken verstehend. Das muss die alte Frau sein, die mich angesprochen hat. Behände werden wir in den vermutlich größten Raum der Bibliothek dirigiert.

Eine steile Wendeltreppe aus geschwärztem Gusseisen schlängelt sich daraus ins obere Stockwerk empor. Es ist nicht ersichtlich, ob die Bücher, die bergeweise auf den Stufen deponiert sind, auf der Treppe Platz finden, oder ob vielmehr die Bücher der Treppe den nötigen Halt geben. Gleich darunter versteckt sich ein hübscher Sekretär aus maserigem Holz. Es ist so dunkel, dass er beinahe so schwarz schimmert wie die Treppe über ihm. Unzählige Schubladenfächer zieren das Möbelstück, die schmale Tischplatte ist aufgeklappt und mit allerhand Papieren und anderem Kram bedeckt. Ich bin von der Fülle an Büchern so überwältigt, dass ich das Fenster erst entdecke, als mein Blick erneut durchs Zimmer gleitet. Es wirkt, als quetsche es sich zwischen die voll bestückten Regale. Auf der breiten Fensterbank flackert eine Kerze und etliche Wachstropfen bekleckern einen silbernen Kerzenständer, der ein absolutes Vintage-Fundstück ist.

»Also«, beginnt Herr Knorr und kommt mir so nahe, dass sich unsere Nasenspitzen beinahe berühren. Dafür nutze ich die Gelegenheit, um ihn etwas genauer zu betrachten. Ich schätze ihn auf etwas älter als meinen Vater, aber er ist kaum größer als ich. Seine Nase ist kantig und an Kinn und Wangen lässt sich flaumiger Bartwuchs erkennen. Schweigend mustert er mich mit seinen gräulichen Augen und zeigt mir darin mein eigenes verzerrtes Spiegelbild. Gruselig. Während sein abgestandener Kaffeeatem meine Wangen beschlägt, legt er seinen Kopf schief und zieht die Brauen zusammen, so stark, dass nur noch ein einziger rot behaarter Balken zu erkennen ist. Auf einmal zieht er sich blitzschnell zurück.

»Setzt euch, ich bin gleich zurück.«

Setzen? Wo um Himmelswillen soll man sich hier denn hinsetzen? Jetzt erst erblicke ich ein Stuhlbein, das hinter einem quergestellten Bücherregal hervorlugt und ein Stück weiter steht ein betagter Sofasessel, über dessen Lehne eine Flickendecke hängt. Zwischen den beiden Sitzgelegenheiten kauert ein kleiner Elektroofen und daneben ein weiterer Stapel Bücher.

Während Opa und ich uns setzen, tigert Ben inmitten des Bücherchaos auf und ab. Mir ist, als ob seine Coolness gerade gewaltig bröckelt.

»Ben, was ist los?«, will Opa von ihm wissen.

»Ich weiß nicht. Irgendwie habe ich ein ganz eigenartiges Gefühl. Schon vorhin, als wir vor der Tür der Bibliothek standen«, antwortet er und rauft sich die Haare.

»Ich kapiere schon, du denkst, es ist eine Falle, stimmt's?«, spreche ich seine Sorge beim Namen aus.

»Kommt es euch nicht auch seltsam vor? Das alles hier? Warum zum Teufel hat uns die alte Frau hierher geschickt? Warum hat sie uns überhaupt bemerkt? Das kann doch kein Zufall sein?«

In diesem Augenblick bröckelt seine Coolness nicht nur, sie scheint gänzlich verloren. Keine lässigen Sprüche mehr. Sein Gesicht ist blass, die Bewegungen wirken unruhig.

»Es war doch deine Idee, nach Frankfurt zu fahren«, sage ich und beobachte seinen unruhigen Gang.

»Frankfurt – ja! Aber nicht das hier«, korrigiert er mich. »*Du* hast mit dieser durchgeknallten Alten gesprochen.«

Opa zieht die Augenbrauen in die Höhe. »Durchgeknallte Alte? Soso …« Dabei lacht er herzhaft. »Dann will ich deine Meinung zu meiner Wenigkeit lieber gar nicht erst hören.«

Ich unterdrücke ein Grinsen. Wobei, neben der Wasserfarbenfrau ist Opa ein richtiger Jungspund. Was hingegen die Anspielung auf *durchgeknallt* angeht, das lasse ich mal lieber offen im Raum stehen.

»Bestimmt hast du nur ein ungutes Gefühl, weil vorhin alles in die Hose ging«, spricht Opa weiter, doch Ben schüttelt ungehalten den Kopf.

»Was stört dich denn?«, stelle ich ihm nun die Frage, um die es eigentlich geht.

Abermals sein Kopfschütteln. »Nicht hier. Nicht jetzt.« Dann deutet er in Richtung Wendeltreppe und schon taucht Herrn Knorrs roter Haarschopf hinter dem davorstehenden Bücherregal wieder auf.

»Ihr Unwissenden kommt mit Fragen zu mir?«

»Ja, das kommen wir.« Ich springe sofort auf die Füße. »Wir hoffen sehr, dass Sie uns weiterhelfen können. Wir suchen meine Schwester.«

Bei meinen Worten stellt er eine Wasserflasche und Gläser auf einen Regalboden, schenkt ein und drückt jedem ein Glas in die Hand. Mit gierigen Schlucken schütte ich es meine Kehle runter.

»Ja«, sagt er knapp, während er mir Wasser nachschenkt. »Und nein.«

Sein nebliger Blick mustert mich eindringlich. Ich weiche ihm aus und warte ab, ob noch eine Erklärung folgt. Die Ungeduld ist auch in seiner Körpersprache zu erkennen. Mit seinem Finger tippt er auf das Symbol der Kopie. »Das Wappen, wo habt ihr es her?«

»Dieses Wappen hier ist von der Angel.«

»Es ist von … was?«, fragt Herr Knorr sichtlich irritiert.

Ben und ich glucksen amüsiert.

»Er meint das Internet«, erklärt Ben.

»Opa, das heißt *aus dem Netz,* nicht *von der Angel*«, kläre ich meinen Großvater im gleichen Moment auf.

»Netz? Ist ja dasselbe«, verteidigt sich Opa. »Na schön, wir haben dieses Wappen *aus dem Netz.*«

Herr Knorr, völlig unbeeindruckt, stellt sofort die nächste Frage: »Wer hat es ins Netz gestellt?«

»Wenn wir das wüssten, dann stünden wir jetzt nicht hier«, kontert Ben. Sein ungutes Gefühl Herrn Knorr gegenüber verhilft ihm offensichtlich zur Schlagfertigkeit.

»Ihr seid also Suchende?« Eigentlich ist es keine Frage, sondern viel eher eine simple Feststellung.

Ben nickt langsam, sagt aber nichts dazu.

»Wie merkwürdig. Wirklich äußerst merkwürdig«, murmelt Herr Knorr, rümpft die Nase, wodurch seine Brille wieder gefährlich weit zur Nasenspitze rutscht, während er sich gedankenverloren übers Kinn streift.

Meine Nackenhärchen stellen sich auf.

»Entschuldigen Sie«, sage ich, »aber was finden Sie so merkwürdig?«

Aus dem Augenwinkel erkenne ich, dass sich Opa ein paar Schritte von uns entfernt hat und nun die Wendeltreppe inspiziert. Vermutlich hat ihn gerade ein fabelhafter Einfall ereilt. Schon trommelt er auf das Geländer und legt dabei seinen Kopf horchend auf eine der unteren Stufen.

Herr Knorr bemerkt von alldem nichts. Als ob er mich gerade jetzt zum ersten Mal erblicken würde, erforschen mich seine Augen, und ich traue mich kaum zu atmen.

»Ich erinnere mich an jeden einzelnen der geschriebenen Sätze. An jedes einzelne Wort. Mit keiner Silbe ist im Buch die Rede von Menschen wie euch. Es ist in der Tat merkwürdig, dass ihr zu mir finden konntet. Drei Unwissende, die ihr seid.« Er reißt seinen forschenden Blick von mir los und nimmt Ben unter die Lupe, dabei werden seine Augen zusehend schmaler. »Es sei denn –« Ein lang gezogener Atemzug folgt. Das letzte Wort ist nur noch ein zischelnder Atemhauch. »Dimicru.«

# Kapitel 10

## Wahrhaftige Illusionen

»Dimicru«, zischelt Herr Knorr erneut, wie um sich selbst zu bestätigen.

Ich erschaudere bei diesem Wort. Was mag es bedeuten?

»Was sagen Sie da? Welches Buch? Und was ist Dimicru?«, frage ich verwirrt.

Keine Antwort.

Wie versteinert krallen sich meine Finger um das Wasserglas und ich wage es nicht zu blinzeln, geschweige denn ein weiteres Mal zu fragen, was er uns damit sagen will. Dieser Mann hat etwas Seltsames an sich.

Scheinbar begegnet man jeden Tag irgendeiner Variante von Irrsinn. Oder ist die Welt voll von Durchgeknallten, Spinnern und Verrückten?! Tz, langsam werde ich echt paranoid. Fehlt nur noch, dass mich tausend weiße Mäuse verfolgen und ich beginne, mit irgendwelchen Geistern zu reden.

Herr Knorr murmelt vor sich hin und schiebt seine Brille zurecht. Dann kräuselt er seine Stirn und diese Geste wird von einem mehrfachen Nicken begleitet.

»Rührt euch nicht vom Fleck«, befiehlt er ungehalten. Mit einer übereilten Bewegung dreht er sich von uns ab und verschwindet abermals zwischen Bücherregal und Wendeltreppe.

Ben wirft mir einen Blick zu, der mir mehr als verdeutlicht, dass er am liebsten sofort die Flucht ergreifen würde. Ehrlich gesagt ergeht es mir nicht anders.

Wo steckt eigentlich Opa? Er ist nicht mehr bei der Treppe. Ist er auf Erkundungstour gegangen?

Mit wenigen Schritten bin ich an Bens Seite. Schon seltsam, wie ein eigentlich fremder Mensch – scheint er auch noch so arrogant und unzuverlässig – einem das Gefühl von Sicherheit geben kann.

»Ich trau ihm nicht«, haucht Ben. Obwohl er so leise wispert, dass ich ihn kaum hören kann, durchschneiden die Worte die Luft wie Messerstiche. Vermutlich nur deshalb, weil ich genauso empfinde.

Er schaut mich an, kommt noch einen winzigen Schritt näher und legt seine Hand sanft in meinen Rücken. »Hauen wir ab?«, raunt er mir ins Ohr und sein Atem lässt mich angenehm erschaudern.

Über sieben Ecken ist ein Gerumpel und Poltern, dann ein Schleifen und Scheppern zu hören, was mein mulmiges Gefühl nicht im Geringsten mindert. Am liebsten würde ich mich so nah an Ben schmiegen, dass ich seine warme Haut fühlen und er beschützend seine Arme um mich legen kann, um so das Gefühl von Sicherheit zu bekommen.

»Ich kann hier nicht weg«, flüstere ich. »Noch nicht.«

Ben zögert eine Sekunde. Sein Blick verdunkelt sich kaum merklich, dann nickt er.

Schon nähert sich der Lärm.

Zu meinem Erstaunen ist es nicht Herr Knorr, der hinter der Bücherwand auftaucht, sondern Opa. Rasch löse ich mich von Bens Seite, und als ich Opas Blick bemerke, streife ich mir verlegen ein paar Haarsträhnen aus dem Gesicht. Weder Opas Schmunzeln noch das neckische Zucken seiner Brauen entgeht mir. Unter seinen Armen hat er je einen Klappstuhl geklemmt. Zwei Schritte hinter ihm erscheint Herr Knorr, der einen Klapptisch und ebenfalls einen Stuhl hinter sich herzieht. Mich überkommt der Eindruck, dass sein bisher mürrisches Gesicht einen leichten Anflug von Freundlichkeit ausstrahlt.

Ben eilt den Männern zur Hilfe und auch ich schnappe mir einen Stuhl aus Opas Armen.

»Na, Kleines, wie läuft es denn mit dir und deinem *besonderen* Helden?«, stichelt er. »Hat dein Herz sich umentschieden?«

»Opa!«, empöre ich mich, stupse ihn mit dem Ellenbogen an und spüre mein Gesicht rot werden. »Das ist nicht der richtige Zeitpunkt! Nils steht hier nicht zur Debatte«, fauche ich unterdrückt in seine Richtung und bemerke, wie Ben verstohlen zu mir hinüberschielt.

»Nils? Wer redet von Nils?«, fragt Opa.

Schnell klappe ich die Sitzgelegenheit auf, während Herr Knorr abermals verschwindet, und mich überkommt das dringende Bedürfnis, mit meiner Stirn die Tischplatte zu küssen.

Keine Minute später kommt er mit einem Stapel Büchern auf den Armen und einer Schale Kekse zurück.

»Nehmt euch alle einen Stuhl und setzt euch«, sagt er. Und bevor er sich selber niederlässt, platzt er mit einer Frage heraus, die er offenbar schon die ganze Zeit loswerden wollte: »Was wisst ihr über die alte Mythologie des Phoenixes?« Noch während er die Frage stellt, greift er nach einem dicken dunkelbraunen Buch, schlägt es auf und lässt eifrig die Seiten zwischen seinen Fingern tanzen.

Ich schüttle den Kopf, nicht etwa, um die Frage zu beantworten, sondern weil ich ihn nicht verstehe. Okay, ich habe mit vielem gerechnet, aber nicht mit solch einer Frage.

»Phoenix?«, frage ich schließlich verwirrt. »Was um alles in der Welt hat das mit meiner Schwester zu tun?«

»Über die Mythologie wissen wir so gut wie nichts«, antwortet Opa anschließend für uns alle. »Ein Phoenix ist ein Fabelwesen in Gestalt eines Vogels, der über besondere Gaben verfügt.«

»Hm, das habe ich beinahe befürchtet. Gänzlich Unwissende. Das ist in der Tat sehr merkwürdig«, wiederholt sich Herr Knorr. »Gut, dann beginnen wir ganz am Anfang.« Mit diesen Worten schließt Herr Knorr das Buch, hält es in die Höhe und präsentiert uns seine Titelseite. Eine archaische Maserung umkleidet die unzähligen Blätter. Es wirkt alt. Nein, nicht einfach nur alt, viel eher *ururalt.* Und wie der Buchdeckel aussieht – brüchig und an den Kanten abgenutzt, selbst der Buchrücken weist eingerissene Stellen auf. Ich betrachte das Buch genauer. Kupferne Letter zieren die Vorderseite. Sie sind umrahmt von gewundenen Linien, die zu allen Ecken hin fein auslaufen.

Ich reiße meinen Blick los und betrachte Herrn Knorr. In sich versunken betrachtet er das Buch. Aus jeder seiner Poren strömt pure Leidenschaft und es

scheint, als könnten die wenigen Sommersprossen auf seinen Wangen plötzlich tanzen.

»Verzeihung«, sage ich. Warum bin ich denn plötzlich so heiser? Ich räuspere mich befangen, denn ehrlich gesagt komme ich mir bei der Frage ziemlich dämlich vor, »aber, was steht denn vorne auf dem Buch geschrieben?«

»Oh ja natürlich, ihr könnt die antiquierte Schrift nicht entziffern«, sagt Herr Knorr mit einem entschuldigenden Lächeln. Er streift mit dem Finger Wort für Wort ab und übersetzt die kupferne Inschrift. »*Das Buch der Phoenicrus: Mythologie & Wissenschaft.*«

Obwohl ich keinen blassen Schimmer habe, was *Phoenicrus* sind, versuche ich ansatzweise ein Wort in der Schrift zu erkennen, doch es gelingt mir überhaupt nicht.

»Also, ich muss ein wenig ausholen. Viele Jahre ist es her, dass ich dem Buch der Phoenicrus das erste Mal begegnet bin«, spricht Herr Knorr weiter. »Es war während meines Geologiestudiums. Nie werde ich jenen Tag vergessen, der mein Leben für immer verändern sollte. Damals hatte ich ganz frisch eine Anstellung in der städtischen Bibliothek angenommen. Es war März, ein Tag, an dem es wie aus Eimern schüttete, als unverhofft eine Frau die Bibliothek betrat. Sie legte uns den Nachlass ihres verstorbenen Mannes vor und bat um unsere Unterstützung. Ich half beim Durchforsten der guten Stücke, sortierte und katalogisierte und stolperte dabei über dieses Buch.« Bei diesen Worten streicht er sanft über den ramponierten Einband. Wie redselig er auf einmal ist! »Die Faszination, die es von Beginn an ausstrahlte, war unbeschreiblich. Ich wollte es haben. Nein, ich *musste.* Daher konnte ich nicht anders, als die Frau persönlich darum zu bitten, dieses Exemplar käuflich zu erwerben. Auch ihre Antwort werde ich nie vergessen. Sie schaute mich an, lächelte müde und sagte: *Dieses Strahlen sah ich das letzte Mal in den Augen meines Jakobs, als er das Buch mit nach Hause brachte. Wissen Sie was, junger Mann, es soll fortan Ihnen gehören.*« Herr Knorrs schlanke Finger greifen um das Buch und heben es an. Alles um ihn herum scheint in Vergessenheit geraten und die Vergangenheit mit einem Mal zum Greifen nah zu sein. »Ich besuchte das Fach Symbolismus, studierte die antiquierten Schriften, autodidaktisch, füllte unzählige Notizbücher mit möglichen

Herleitungen und Deutungen, forschte in den Mythen der Griechen und Antiken, so lange, bis ich die Texte dieses Buches entschlüsseln konnte. Sobald ich mein Studium absolviert hatte, machte ich mich auf die Suche. Auf die Suche nach den gebrannten Kindern, nach der Akademie und natürlich den Phoenicrus selbst. Doch zuerst besuchte ich die Frau, die mir das Buch überlassen hatte. Ich brauchte Antworten. Ihr müdes Lächeln und der traurige Ausdruck in den Augen irritierten mich. Dann legte sie mir ein vergilbtes Foto hin. *Ich weiß nicht, woher mein Jakob dieses Bild hatte. Aber es hat sein Leben verändert. Unser Leben. Sein Leben lang rannte er hinter dem Mythos dieses Bildes her. Mehr als diese Abbildung des Symbols hat er nie gefunden und trotzdem zweifelte er nie an der Existenz der* besonderen Menschen, *wie er sie nannte. Manchmal denke ich, ein Teil seines Herzens stammte von diesen Wesen.* So unglaublich es sich auch anhört: Als ich hörte, was sie sagte, spürte ich es sofort. Eine innere Unruhe breitete sich in mir aus und ich wusste, dass es meine Aufgabe ist, *sie* zu finden. Ich war überzeugt davon, dass die besonderen Menschen existieren, und wollte Beweise dafür finden.«

*Besondere Menschen? Gebrannte Kinder? Akademie? Phoenicrus?*

Es ist unmöglich, all das aufzunehmen, was Herr Knorr in seinem Eifer erzählt. Noch weniger, all das zu verstehen. Ben scheint es auch so zu gehen, denn er schaut ebenso überfordert und ungläubig drein wie ich. Er kneift Augen und Mund leicht zusammen, dennoch wirken seine Lippen weich. Meine Finger zucken, weil es mich lockt, sein Gesicht zu berühren, seine sanfte Haut unter meinen Finger zu spüren. Da sitzt er, atemberaubend und hinreißend, und dazu noch absolut geheimnisvoll. In diesem Moment rechne ich es ihm hoch an, dass er nicht einfach abgehauen ist.

*Himmel, Zara, was ist nur mit dir los? Verdammt, konzentriere dich auf Herrn Knorr und drifte nicht ständig mit deinen Gedanken zu Ben ab!*

»Ihr müsst wissen«, holt mich Herr Knorr aus meinen Gedanken, »in den allgemein verbreiteten Sagen ist der Phoenix bekannt als ein mythischer Vogel, der verbrennt, um aus seiner eigenen Asche wiedergeboren und zu neuem Leben erweckt zu werden. Diese Vorstellung findet sich heute noch in der Redewendung *Wie ein Phoenix aus der Asche* und steht für etwas, das als verloren geglaubt wird, aber in neuem

Glanz wieder erscheint. Soweit so gut. Doch –« Herrn Knorrs blassgraue Augen beginnen zu strahlen, feine Falten umranden sie. »Was, wenn sich einst einer der prächtigen Phoenixe mit einem Menschen vereinte?«

»Was?«, frage ich perplex. »Das ist unmöglich. Ein Mensch und ein Vogel?«

»Richtig«, schmunzelt er. »Aber auch wieder falsch. Denn der Ur-Phoenix *Ruuh* war der Sage nach göttlich. Das heißt, er konnte sich transformieren und so Menschengestalt annehmen. Genau diesen Ansatzpunkt nehmen wir als Ausgangslage für die *wahre* Mythologie des Phoenixes. Die in diesem Buch festgehalten wurde.«

»Können Sie uns denn vielleicht in wenigen Sätzen erklären, was in Ihrem weisen Buch über diese Phoenixmenschen geschrieben steht?« Ben unterbricht ihn und bringt mit seiner Frage die Sache auf den Punkt.

»Ich versuche es.« Herr Knorr schmunzelt. Mit einem kräftigen Atemzug fährt er fort. »Wenn wir davon ausgehen, dass die Phoenixmenschen tatsächlich existieren, dann ist es einfach erklärt. Wie gerade erwähnt erzählt der Mythos, dass sich einst ein göttlicher Phoenix mit Menschen verband. Vier Menschen sollen es gewesen sein. Mit einem im Osten. Einem im Westen. So wie jeweils mit einem im Norden und im Süden. Ruuh war der Name des Göttlichen und die Verbindung beruhte nicht lediglich auf Freundschaft, seine Seele verschmolz mit denen der Menschen, sie gingen eine unzertrennliche Symbiose ein. Fortan wurden die Nachkommen der Auserwählten mit Gaben beglückt. Jeder der Vier gab eine andere Gabe des göttlichen Phoenix weiter.

Der Glisco, er beherrscht die vier Elemente Feuer, Wasser, Luft und Erde.

Der Mederio, er besitzt die Kunst des Heilens.

Der Susurro versprüht Magie mit seinen Worten.

Und der Sentio, er fühlt das Ungesagte und die Zukunft.«

»Ich verstehe immer noch –«

»Geduld, mein Junge, Geduld.« Herr Knorr tätschelt Bens Unterarm und setzt abermals zur Erklärung an. »Viele Jahrtausende sind seit dieser Symbiose verstrichen, die Nachfahren über den ganzen

Globus zerstreut. Keine Berechnung kann bestimmen, welches ungeborene Kind ihrer zahlreichen Nachfahren ein Phoenicru – das heißt ein gebrannter Phoenixmensch mit besonderer Gabe – wird. Ob es mit der Kombination des Erbgutes zusammenhängt oder noch andere Faktoren eine Rolle spielen, ob ein Nachfahre als Gebrannter geboren wird oder nicht, blieb bisher ungeklärt und wird es vermutlich auch immer ein Rätsel bleiben. Fest steht: Die Phoenixmenschen sind unter uns. Und genau das möchte ich beweisen. Ja, ich bin ein Suchender – so wie ihr.« Nun blickt Herr Knorr auf und schaut mir direkt in die Augen.

»Sie, Sie … meinen, Sie sind auf der Suche nach demselben wie wir? Ist auf dem Bild von diesem Jakob dasselbe Wappen wie auf unserer Kopie? Ist es das, was wir suchen? Können wir das Bild mal sehen?«, hauche ich atemlos.

Er zögert. »Das Bild würde ich euch liebend gerne zeigen. Doch es ist seit langer Zeit verschwunden. Eines Tages war es einfach weg. Die Suche danach habe ich mittlerweile aufgegeben. Nicht so die Suche nach den Phoenixmenschen! Jahre, sogar Jahrzehnte habe ich mit der Suche verbracht. Doch findet mal etwas, das nicht gefunden werden möchte. Ha!« Sein Lachen strotzt vor Bitterkeit. »Ich wollte doch nur einen Beweis für die Existenz der Phoenixmenschen. Dass der Mythos wahr ist. Ich recherchierte bis tief in die Nächte, reiste durch die Weltgeschichte und erschuf mir diese Bibliothek, um mir die Expeditionen der Suche nach den Phoenicrus finanzieren zu können.«

»Ich weiß nicht, ob es nur mir so geht«, Ben schaut mich fragend an, »aber ich verstehe überhaupt nichts von dem, über das Sie hier sprechen. Eigentlich sind wir wegen Zaras Schwester und den Schwarzen Engeln hier.«

»Ich bitte um Verzeihung«, sagt Herr Knorr und lächelt abermals entschuldigend, »ich schweife ab. Am besten erkläre ich euch, was das alles mit dem Wappen auf sich hat. Der Sage nach gibt es seit langer Zeit eine Akademie der Phoenicrus, genannt *Die Stadt der Verborgenen,* in der sie ausgebildet werden. Die Eingangshalle dieser Akademie soll dem Mythos nach ein Wappen zieren, das in keinem der gelisteten Geschichtsbücher zu finden ist. Es ist ein Wappen, das für ihre vereinten Gaben, aber vor allem für ihre Existenz steht. Das Wappen, das auch auf Jakobs Bild zu sehen war. Wenn ich es irgendwo, oder sogar die

Akademie selbst entdeckt hätte, dann, ja dann hätte ich meinen Beweis erlangt, nach dem ich bereits mein Leben lang suche.« Mit einem tiefen Seufzer sackt er in sich zusammen, richtet sich aber augenblicklich wieder auf, als er unsere Blicke auf sich spürt. »Und was denkt ihr, wie dieses Wappen aussieht?«

»Ich habe da so eine Ahnung«, meint Ben.

Herr Knorr schlägt das Buch auf einer Seite auf. »Und? Erkennt ihr es wieder?«

Das Wappen im Buch ist in bunten Farben bemalt, dennoch erkenne ich es auf den ersten Blick. Eine sternförmige Sonne, in deren Mitte sich zwei Vögel berühren. Exakt das Symbol, das als Wasserzeichen auf dem Brief eingelassen ist.

Als ob Opa meine Gedanken erraten hätte, holt er den Brief aus seiner Tasche, faltet ihn auf und legt das Papier flach auf den wackeligen Klapptisch. »Weil Sie so offen zu uns sind, möchten wir Ihnen etwas zeigen«, erklärt er an Herrn Knorr gewandt. Ohne ein Wort zu sagen schiebt er den Brief näher zu dem Bibliothekar hinüber.

Der Bibliothekar starrt wie versteinert auf das Stück Papier, kneift dabei seine schmalen Lippen so fest zusammen, dass sie nur noch eine weiße Linie bilden, und rührt keinen Finger.

»Sie dürfen den Brief gerne lesen«, sagt Opa und rückt ihn noch ein winziges Stück näher zu ihm hin, so weit, dass seine Fingerspitzen das Blatt berühren.

Herr Knorr schließt seine Augenlider und schüttelt kaum merklich sein Haupt.

In diesem Augenblick wird mir bewusst, dass sich mein ungutes Gefühl ihm gegenüber fast gänzlich verflüchtigt hat. Zwar ist er wohl kaum ein Sympathieträger, zumindest nicht auf Anhieb, doch an ihm ist etwas Spannendes, gar Fesselndes. Und das, was er von seiner Vergangenheit preisgegeben hat, lässt mich beinahe Mitleid für ihn empfinden.

»Geht's Ihnen nicht gut?«, frage ich vorsichtig nach.

Als er die Augen öffnet, zeichnet sich ein leiser Glanz auf den Pupillen ab. »Ihr macht euch keine Vorstellung, wie lange ich mir diesen Tag herbeigesehnt habe. Mein ganzes Leben habe ich mir diesen einen Augenblick ausgemalt, an dem ich einen Beweis in den Händen halte. Und dieser Brief scheint echt zu sein.« Seine Finger beben, als sie nach dem Blatt greifen. Ehrfürchtig streichelt er über das Briefpapier, überfliegt, was in ihm geschrieben steht und versucht zu lächeln. »Unsagbar schön! Schöner, als ich es mir erträumt habe.« Er wischt sich mit dem Handrücken über die Nase und ein verstohlenes Lächeln huscht über seinen Mund.

Ich sehe zu Opa und lese in seinem Gesicht, wie berührt er ist. Als ich Ben anschaue, verfangen sich unsere Blicke. Ein Kribbeln rieselt durch mein Inneres und ich seufze fast unmerklich. Dann bemerke ich das feine Nicken von Ben. Es ist eine Geste voller Zufriedenheit und Stolz. Allein für diesen Moment hat sich die Suche nach meiner Schwester bereits gelohnt.

Endlich traut sich Herr Knorr, den Brief in die Hand zu nehmen. Er hebt ihn hoch zum Fenster, so dass der schummrige Kerzenschein die Zeilen beleuchtet und dadurch den Umriss des Wasserzeichens offenbart.

»Es gibt sie«, haucht er ehrfürchtig. »Es gibt die Phoenicrus tatsächlich. Meine Arbeit, die jahrelange Suche, die akribische Übersetzung des Buches, all das war nicht umsonst.« Während er redet, tippt er auf das Wasserzeichen – für ihn der langersehnte Beweis. Seine Worte werden immer leiser und ein Schwanken stiehlt sich in seine Stimme. Dabei zucken seine Mundwinkel verräterisch. »Mein größter Traum, der bislang reine Illusion zu sein schien, ist real geworden – das ist der Beweis. Ihr könnt euch nicht vorstellen, was mir das bedeutet.«

Sein zaghaftes Kopfschütteln verdeutlicht, dass er noch nicht begreifen kann, was gerade geschehen ist. Und ich kann es ihm nachempfinden. Denn es ist auch für mich noch immer unfassbar. Mit einem gewaltigen Unterschied. Jener, dass dieser Mann die Existenz der besonderen Wesen keine Sekunde angezweifelt hat.

»Unfassbar«, haucht er.

»Darf ich Sie etwas fragen?« Eigentlich unterbreche ich höchst ungern den unvergesslichsten Moment seines Lebens, aber Herr Knorr ist schon wieder so weit vom Thema abgeschweift und die Frage brennt mir so sehr auf der Zunge, dass ich es nicht mehr länger aushalte.

Herr Knorr nickt.

»Wie Ben würde ich gerne wissen, was genau die Schwarzen Engel und meine Schwester mit all dem zu tun haben?«

»Eine sehr gute Frage, Zara«, sagt er und ist augenblicklich wieder in seinem Element. »Durch den Brief verstehe ich jetzt, wie ihr die

Schwarzen Engel mit deiner Schwester in Zusammenhang gebracht habt. Es ist nämlich so: Die Phoenicrus *sind* die Schwarzen Engel! Wie schon erwähnt befindet sich dieses Wappen in der Akademie der Phoenicrus. Wohl bemerkt, ich habe diese Informationen über Jahre zusammengetragen, wirklich gesehen habe ich leider nie etwas – außer in meinem Buch und auf Jakobs Bild natürlich. Aber zurück zu deiner Frage. Das Wappen schmückt den Fußboden der Eingangshalle der Schule in einer gigantischen Größe. Es muss wahrlich beeindruckend sein. Schließlich ist es das Wahrzeichen der Stadt der Verborgenen und gleichermaßen das der Phoenicrus. Man erkennt Sonne und Stern vereint in einer Form, und wer genau hinsieht, entdeckt sogar den Mond, gebildet aus den beiden Phoenixen. Ein Brief, der von diesem Wappen geschmückt wird, muss aus der Akademie abgeschickt worden sein und ist demnach ein Beweis für die Existenz der Phoenixmenschen. Was ihr noch nicht wisst: Bevor ein Phoenicru das Licht der Welt erblickt, wird es der oberste Sentio vorhersehen, kurz bevor die Gabe in dem Gebrannten erwacht. Dann werden sie das Kind zu sich holen. Meist schicken sie einen Susurro. Denn sind wir mal ehrlich, welche Mutter gibt freiwillig ihr eigen Fleisch und Blut her? Keine. Und ohne die Hilfe des Zaubers, der in den Worten eines Susurros liegt, ist das ein unvorstellbares Unterfangen. Dieser Phoenicru schenkt ihnen das Vergessen. Ihre Erinnerungen werden getrübt, ohne dass sie es bemerken. Der Zirkel der Phoenicru nimmt das Kind bei sich auf, in die Stadt der Verborgenen, der Akademie der Phoenicrus.«

Ich brauche ein paar Atemzüge, ehe ich die Frage formulieren kann. »Dass ich das jetzt richtig verstehe«, ich tippe auf den Brief, »soll das heißen, die Schwarzen Engel haben meine Schwester geholt, damit sie bei ihnen in die *Schule* geht?«

»Vollkommen korrekt.«

»Und wozu? Um sich einer Gehirnwäsche zu unterziehen oder was?« Ben schaut noch skeptischer drein, als ich mich fühle.

»Um unterrichtet zu werden«, sagt Herr Knorr als wäre es das Selbstverständlichste auf der Welt, dann nimmt er den Brief erneut in die Hand und schüttelt den Kopf. »Darf ich fragen, wann genau deine Schwester geholt wurde?«

»Das weiß ich nicht«, sage ich betrübt. »Ich kann mich leider an nichts erinnern.«

»Natürlich, wie dumm von mir«, entschuldigt er sich.

»Aber *ich* kann«, meldet sich Opa zu Wort und damit gehört ihm schlagartig die volle Aufmerksamkeit.

»Ist das wahr?«

»Wahrhaftig«, antwortet Opa äußerst zufrieden. »So wie ich hier sitze.«

»Äußerst faszinierend! Vielleicht der besondere Fall eines Tutamina, so, wie es einst die Sage berichtete.« Die Mimik in Herrn Knorrs Gesicht lässt ihn gerade stark danach aussehen, als ob er am liebsten Opas Hirn aus seinem Schädel entwenden möchte und es bis in die kleinste Gehirnzelle sezieren zu wollen.

»Was ist denn ein Tutamina?«, frage ich nach – das alles sind einfach zu viele Fremdwörter für mein übermüdetes Gehirn.

»Ein Begriff, der nur ganz selten in den Aufzeichnungen vorkommt. Die Schriften berichten kaum darüber«, beginnt der Bibliothekar seufzend und seine Brille rutscht ihm beinahe von der Nase. »Das lässt zwei Möglichkeiten zu: Entweder hat bisher schlicht und einfach noch nie ein Tutamina existiert – und deswegen gibt es diesbezüglich kaum Aufzeichnungen. Und jene, die ich finden konnte, waren alles andere als informativ. Oder, und das wäre in unserem Fall weitaus dramatischer, die Phoenicrus fürchten den Tutamina, weil sie seine Gabe nicht einordnen können, und löschen ihn und alle Informationen über ihn aus.«

»Auslöschen?«, krächzt Opa wie ein uraltes Großmütterchen.

»Leider ja. Aber Alois, sagen Sie, was mich ja sehr interessiert: Wie kann ich mir Ihre Erinnerungen vorstellen? Sind sie klar oder viel eher wie verschwommene Bruchstücke?«, will Herr Knorr wissen.

»Teils, teils«, meint Opa. Ich sehe ihm sichtlich an, wie der Schrecken aus seinem Gesicht schwindet und er es sehr genießt, endlich jemandem zu begegnen, der seinen Worten uneingeschränkt Glauben schenkt. »Manchmal sind es einzelne Bildfetzen, dann gibt es Phasen, in denen rätselhafte Worte in meinen Träumen auftauchen. Doch da gibt es eine Erinnerung, die ist so klar, als wäre sie stets bei mir.«

»Und was für eine?«, fragt Herr Knorr sofort und Neugier blitzt hinter seinen Brillengläser auf.

»Das Gesicht meiner Enkelin. Das ist sie, das ist Yosi.« sagt Opa leise, während er Herrn Knorr das Foto von uns beiden hinschiebt.

»Wie ist das möglich?«, raunt der Bibliothekar überrascht, nachdem er einen Blick darauf geworfen hat. »Meines Wissens lassen die Phoenicrus alle schriftlichen wie auch bildlichen Beweise der gebrannten Kinder verschwinden. Soweit ich informiert bin, bewahren sie alle Erinnerungen an einem ganz besonderen Ort auf.«

»Das Foto steckte immer in meinem Portemonnaie. Vielleicht wurde es schlichtweg vergessen?«

Herr Knorr schüttelt den Kopf. »Nein, die Phoenicrus vergessen nicht. Niemals. Aber das verhärtet nur meine Theorie des Tutamina.« Er reibt sich seufzend über die Stirn und schweigt einen Augenblick, dann richtet er den Blick abermals auf Opa und wechselt abrupt das Thema. »Kommen wir noch einmal auf Ihre Enkelin zu sprechen. Wie alt ist sie heute?«

»Sie ist achtzehn, wird bald neunzehn.«

»Dann befindet sie sich in der Sequium.«

Ich merke selber, dass sich meine Stirn in Falten legt, aber ich kann nicht anders, weil ich den Worten wieder einmal nicht mehr als ein gigantisches Fragezeichen abgewinnen kann.

»Im mittleren Studiengang«, hängt Herr Knorr erklärend an, als er meinen Gesichtsausdruck bemerkt. »Im Alter von siebzehn Jahren kommen die gebrannten Kinder in die Akademie, da in dieser Zeit die Gabe erwacht. Dort bleiben sie für drei Jahre. Das erste Jahr, die Einschulung, wird Initium genannt. Dann folgt die Sequium und im Abschlussjahr besuchen sie den Studiengang Eventum. Mit neunzehn, spätestens zwanzig vollenden die Gebrannten ihre Ausbildung und werden nach der Absolvierung der letzten Prüfung in den Zirkel der Phoenicrus aufgenommen.«

Wie das klingt. *Sequium* und *Zirkel der Phoenicrus.* Eigentlich rechne ich damit, dass ich jede Sekunde aus einem Traum gerissen werde, die Augen aufschlage und einen hysterischen Lachanfall kriege und all das wie eine Seifenblase zerplatzt – doch ich habe die Augen längst offen.

»Sie können uns nicht zufälligerweise verraten, wo wir diese Akademie finden? Denn dann würden wir Zaras Schwester bestimmt finden können.« Diese Frage kommt von Ben.

Bereits als die Worte über Bens Lippen kommen, flüstert mir mein Bauchgefühl zu, dass diese Frage sinnlos ist. Herr Knorr wird uns nicht weiterhelfen können. Wenn er bis jetzt keinen Beweis für die Existenz der Phoenicrus gefunden hat, kann er auch nicht wissen, wo ihre Akademie liegt.

»Ich täte es, wenn ich es wüsste.« Er schüttelt betrübt sein Haupt. »Die Schriften berichten zwar von der Stadt der Verborgenen, doch niemals über ihren Standort. Ich suche ja selbst seit Jahrzehnten danach. Und zwar vergebens. Es heißt, sie kann nur von seinesgleichen gefunden werden, dass Ungebrannte von dem Ort abgestoßen werden.«

»Wie – abgestoßen?«, fragt Opa und kratzt sich am Kinn. Ich sehe seiner knolligen Nasenspitze an, dass ihm bei dieser Formulierung bereits wieder Millionen von Ideenpartikeln durch den Kopf flimmern.

»Man muss sich das vorstellen wie bei einem imaginären Magnetfeld. Die Akademie, und insbesondere die Mauern, umgibt ein starkes Energiefeld. Die Gebrannten fühlen sich von diesem Energiefluss angezogen, weil er auf sie abgestimmt ist. Wir hingegen werden von dem Ort abgestoßen. Selbstverständlich ohne dass es uns bewusst wird.«

Ben rauft sich die Haare und ich kann ihn gerade sehr gut nachempfinden. Ich fühle mich in der Tat selber so, als würde mir demnächst der Schädel explodieren.

Mit leicht zusammengekniffenen Augen betrachtet uns Herr Knorr. Es ist Bedauern, das sich auf seinem Gesicht widerspiegelt. »Es tut mir leid, dass ich euch nicht weiterhelfen kann. Aber es ist euch hoffentlich bewusst, dass diese Abschirmung gewollt ist? Ich muss euch vielleicht noch erklären, wie die Phoenicrus mit ihren Fähigkeiten umgehen. Sie haben es sich zur Lebensaufgabe gemacht, mit ihren Gaben der Menschheit zu helfen. Das ist ihr ehrenvoller Kodex, dem sie Folge leisten. Die Akademie ist eigentlich nur das Regelwerk, das die gebrannten Kinder zu vollwertigen Phoenicrus ausbildet. Ihr Kodex ist ihr eigenes freiwilliges Gesetz, welches sie über Jahrhunderte erschaffen haben und mit aller Macht bewahren. Sie greifen ein, wenn ihre Hilfe gebraucht wird. Sei es bei Katastrophen wie Überschwemmungen, Waldbränden, bei Epidemien, oder vielleicht Unglücken, die vorhergesehen und abgewendet werden können. Doch wenn eine Katastrophe nicht zu verhindern oder ein Mensch unheilbar krank ist, halten sie sich fern.

Ihre Gaben sind nicht unfehlbar. Ihre Kräfte begrenzt. Versteht ihr, wie ich das meine?«

Wir sind alle mucksmäuschenstill. Ich versuche vergeblich, das Gedankenwirrwarr in meinem Kopf zu sortieren.

»Soll das bedeuten, dass diese Kreaturen nicht böse sind?«, krächzt Opa.

Für eine oder zwei Sekunden schweigt auch Herr Knorr. »Das ist nicht so einfach«, antwortet er mit gedehnter Stimme. »Was ist böse? Was ist gut? Viele Menschen könnten die Entscheidungen, die die Phoenicrus fällen müssen – wann wird eingegriffen, wann halten wir uns zurück – nicht treffen, geschweige denn nachvollziehen. Für die Allgemeinheit ist *nicht helfen* gleichbedeutend mit *böse.* Und genau diese Frage würde zur Debatte stehen, wenn die Öffentlichkeit von der Existenz der Gebrannten erfährt. Und ich sage das nicht nur so, denn die Mutmaßung, die Phoenicrus entscheiden willkürlich über Leben und Tod, ja, sogar der Vorwurf, dass sie Gott, wenn nicht sogar Teufel spielen, prägte ihre Vergangenheit. Denkt mal an die Hexenverfolgungen, Verbannungen oder andere Hetzjagden. Diese Zeit hat sie schmerzlich gelehrt, wie viel Angst die Menschen vor ihrer Andersartigkeit und ihren Gaben haben, so sehr, dass sie deswegen gejagt und vernichtet wurden. *Schwarze Engel* nannte man sie, weil man dachte, sie bringen den Tod«, sagt Herr Knorr, während er mit dem Finger auf Bens Kopie tippt. »Seit jener Hetzjagd schreibt der oberste Kodex vor, dass die Phoenicrus ihre Gaben nur noch im Geheimen einsetzen dürfen. Was ihnen offenbar gelingt. Doch für die gebrannten Kinder musste eine Lösung her, denn die Phase, in der die Gabe heranwächst, ist besonders kritisch. In diesen Jahren sind sie verwundbar, weil ihre Fähigkeiten nicht ausgereift sind und die Kinder sie noch nicht im Griff haben. Und die Lösung fanden die Phoenicrus mit der Erbauung der Akademie, der Stadt der Verborgenen.«

Das erste Mal überhaupt wird mir bewusst, was für eine ungeheure Macht in diesen Menschen heranwächst. Ist diese Abgrenzung womöglich das einzig Richtige? Nicht nur für uns, sondern auch für die *Schwarzen Engel?* Ich kann mir nur schwer vorstellen, wie es wäre, wenn die Menschen von ihnen erfahren. Aber eines weiß ich sehr wohl. Es gibt immer besonders dämliche, von Macht besessene Exemplare, die damit nicht klarkommen würden. Aus geschürter Angst. Aus kranker Gier. Aus falschen Überzeugungen. Dazu brauchen die Menschen nicht mal besondere Fähigkeiten, es reicht schon Geld, Glaube und das Abweichen von der Norm in jeder Variation. Das beweist die Geschichte der Menschheit eindrucksvoll.

»Und trotzdem haben Sie die Phoenicrus ihr Leben lang gesucht?«, fragt Ben irritiert, der anscheinend in eine ähnliche Richtung denkt wie ich.

»Kannst du dir nicht vorstellen, weswegen?« Herr Knorr schmunzelt. »Wenn du kurz davor stehst, die Existenz für etwas Übernatürliches und Unfassbares beweisen zu können, dann lässt dich das nicht mehr los. Genauso war es bei mir. Zu tief steckte ich bereits in dieser Phoenicrus-Existenz-Spirale. Die Verlockung war zu stark, zu mächtig. Ich musste sie einfach finden, das war mein Schicksal. Obwohl es sich ehrlich gesagt manchmal anfühlt wie ein gottvergessener Fluch, das könnt ihr mir glauben.«

»Aber es muss doch in Ihren schlauen Büchern irgendeinen Hinweis geben, wo diese Akademie steht? Es ist schlichtweg unmöglich, dass ein Ort über Jahrhunderte im Verborgenen verweilen kann«, sage ich verzweifelt, schüttle verzagt den Kopf und flüstere noch einmal: »Unmöglich.«

Herr Knorr schaut mich schweigend an. Ich sehe das Mitleid in seinen Augen. Es ist Mitleid, entstanden aus jahrelang gesammelten Misserfolgen, das mir entgegenblitzt.

»Einen klitzekleinen Hinweis?« Meine Stimme gleicht einem kläglichen Wimmern.

Der Mann seufzt. »Es war mir bisher in der Tat unmöglich, ein Indiz oder Zeichen zu finden. Die Akademie wird nicht umsonst Stadt der Verborgenen genannt. Der Brief ist wie gesagt der einzige Hinweis, den ich neben Jakobs Foto je bekommen konnte. Weder öffentliche Bibliotheken, Zeitungen, noch alte Berichte offenbaren irgendwelche nachhaltigen Informationen dazu. Ich habe keine Erläuterung, wie das möglich ist, aber ich erkläre es mir so: Die Phoenicrus verwischen ihre Spuren sehr gewissenhaft, damit kein Ungebrannter je irgendetwas in die Hände bekommt. Vermutlich arbeiten manche ausschließlich zu diesem Zweck, dem Zweck der Geheimhaltung. Heute leben sie in einer Zeit, in der sie in Vergessenheit geraten sind und das ist ihr bester Schutz.«

»Aber wie konnte ich dann dieses Wappen im Internet finden?«, wirft Ben dazwischen. Die Frage ist mehr als berechtigt, wie ich finde.

»Zugegeben, das Wappen deiner Kopie ist sehr ähnlich, aber nicht zu hundert Prozent identisch mit den Abbildungen im Buch«, wendet Herr Knorr ein. Mehr kriege ich nicht mit, weil auf einmal mein Handy total unpassend dazwischen schrillt.

»Sorry«, murmle ich. Während ich umständlich das Handy aus der Hosentasche ziehe und die SMS lese, sehe ich aus dem Augenwinkel, wie Opa neugierig den Brief in die eine und Bens Kopie in die andere Hand nimmt. Sein Blick huscht musternd zwischen den beiden Wappen hin und her, und meiner über die Zeilen auf dem Display.

*Nachricht von Isa Neumann*
*Hasi, du errätst nie, wer hier ist!!*
*Dein Obermacker N.I.L.S.*
*Aber keine Sorge, er weiß nicht, mit welchem heißen Kerl du um die Häuser ziehst.*
*Bussi & bis bald :-**
*PS: Nur dass das klar ist: Wir wollen jede Einzelheit erfahren! *lechz**

Ich lächle versonnen. Die SMS tut echt gut, weil mir Isas Zeilen ein Stück Normalität zurückgeben. Doch schlagartig bin ich wieder in der verrückten Welt, die mich seit Stunden gefangen hält.

»Trotzdem muss ich dir zustimmen, Ben, es ist schon sehr außergewöhnlich, dass du dieses Wappen entdeckt hast«, höre ich Herrn Knorr sagen und stecke das Telefon weg. Die steile Falte erscheint wieder auf seiner Stirn, und während er die Brille zum Nasenansatz zurückschiebt, betrachtet er Ben mit zwiespältigem Gesichtsausdruck, als würde er ihm am liebsten die Seele aus dem Leib saugen. Sein Mundwinkel verhärtet sich merkwürdig.

Plötzlich ist das ungute Gefühl zurück – mit Lichtgeschwindigkeit. Was, wenn wir ihm doch nicht trauen können? Und das alles hier nur dazu dient, um uns in die Irre zu führen? Kann ein einzelner Mensch, ohne fremde Hilfe, wirklich so viel über eine verborgene Welt in Erfahrung bringen? Zwar haben wir viele Infos bekommen und dennoch sind wir, wenn ich ehrlich bin, keinen Schritt weitergekommen … es ist zum verrückt werden!

»Junger Mann«, meldet sich Opa und hält immer noch den Brief und Bens Kopie in der Hand. »Darf ich Sie fragen, ob diese winzigen Punkte rund um das Wasserzeichen des Briefes etwas zu bedeuten haben?«

»Wie … Was … was für Punkte?«, stammelt Herr Knorr sichtlich verwirrt. Verdutzt zieht er die Brauen hoch, hält kurz inne, um dann wie verrückt zwischen den Büchern nach etwas zu suchen.

»Ach, nicht so wichtig«, winkt Opa ab. »Vermutlich haben mir meine alten Augen bloß einen Streich gespielt.«

Schon zieht der Bibliothekar eine kleine Holzschatulle hervor, kramt darin rum und zum Vorschein kommt eine kleine Lupe. Er betrachtet abermals den Brief. Nur kurz, dann schaut er mit ungläubigem Gesichtsausdruck zu Opa. »In der Tat … d-da steht etwas.« Plötzlich lässt er den Brief sinken. »Äußerst merkwürdig.«

»Was?«, fragen Ben und ich simultan.

Die vorherige Unsicherheit, die mich bei Herrn Knorrs Anblick überkam, verflüchtigt sich zu einem Großteil, was zurückbleibt ist nur ein leiser Schatten.

Ben und ich bekommen keine Antwort. Zumindest nicht auf unsere Frage.

»Holst du mal eben die Kerze, Ben?«

Kaum dass Ben den silbernen Ständer zwischen zwei Stapeln Bücher auf dem Tisch platziert hat, wiederholt Herr Knorr das Prozedere mit Brief und Lupe, doch diesmal kommt noch eine entscheidende Zutat hinzu. Der Kerzenrauch berieselt das Papier und innerhalb weniger Sekunden zeichnen sich dunkle Konturen rund um das Wappen ab. Jedoch bleibt das Ergebnis von Herrn Knorrs Wortwahl dasselbe. »Wirklich merkwürdig.«

»Was ist denn so merkwürdig?«, platze ich mächtig ungeduldig in diesen atmosphärischen Moment.

Mit dem Zeigefinger umrandet der Mann das Wasserzeichen. »Es ist ein Vers«, murmelt er mehr zu sich selbst, blinzelt einige Male und verstummt.

»Lesen Sie vor«, drängt Opa und klopft seinem Tischnachbarn auffordernd auf die Schulter. Dann knetet auch er ungeduldig seine Hände, während Herr Knorr mehrfach und schnell nickt.

*»Die Farbe der Nacht ist nur ein Wort,*
*bildet den Anfang in einem fort.*
*Heim des Kauzes, erwähnt solls sein,*
*füg beides zusammen, zerbricht der Schein.«*

Langsam lässt er den Brief und die Lupe zurück auf den Klapptisch sinken und schaut uns der Reihe nach an. Ich weiß nicht, wer verwirrter dreinschaut, Herr Knorr oder wir.

»Äußerst faszinierend«, haucht er.

»Ich versteh kein Wort«, gestehe ich.

Opa neben mir fährt sich übers Kinn und murmelt einzelne Bruchstücke des Verses vor sich hin. »*Nur ein Wort … in einem fort.*«

»Was soll daran faszinierend sein? Das hilft uns kein bisschen weiter«, brummt Ben, aber Herr Knorr hört gar nicht hin.

»Ich frage mich eins«, raunt er, springt auf und schreitet im Raum auf und ab, während er seine drahtigen Arme hinter dem Rücken verschränkt. »Wäre es vielleicht möglich, dass …? Dass …? Hm, vermutlich ja«, beantwortet er sich auch gleich seine unausgesprochene Frage. »Nur so ergibt das Sinn. Es ist eine Anweisung. Versteht ihr?« Seine Augen leuchten durch das Schummerlicht.

»Nicht so ganz«, muss ich abermals gestehen und komme mir langsam aber sicher ziemlich dämlich vor. Erst recht, als ich Opas Antwort höre.

»Vollkommen«, kontert der und steht so abrupt auf, dass er beinahe den wackeligen Tisch mitsamt den Büchern und der Kerze zu Fall bringt. (Zum Glück reagiert Ben auch in dieser Situation verdammt schnell!) Rückwärtsgehend baut Opa sich vor Herrn Knorr auf und schreitet mit ihm im Gleichtakt. »Dieses Wasserzeichen ist eine Art Stempel«, führt er an.

»Korrekt. Ein Wegweiser, um genau zu sein.«

»Verborgen in den Zeilen des Verses.«

Okay … So langsam beginne auch ich zu begreifen.

Ben offensichtlich auch, denn er äußerst soeben seine Bedenken: »Aber wir können unmöglich die ganze Welt nach der Stadt der Verborgenen absuchen.«

»Nein, nein, das verstehst du falsch, Ben. In den Zeilen sind weit mehr Hinweise versteckt, als du erahnst«, sagt Herr Knorr eifrig und stürzt zu Ben. Dort stützt er sich mit beiden Händen auf den Tisch, beugt sich über ihn und seine Augen leuchten vor Begeisterung wie Monde. »Ich erkläre es euch. Nehmen wir die ersten beiden Zeilen.«

»*Die Farbe der Nacht ist nur ein Wort, bildet den Anfang in einem fort*«, wiederhole ich murmelnd die Zeile wie ein Papagei und verstehe dennoch absolut nichts.

»Es ist gar nicht so schwierig«, ermutigt uns Herr Knorr. »Ich helfe euch dabei. Welche Farbe hat die Nacht?«,

»Schwarz«, rufen wir unisono.

»Na, ist der Groschen gefallen?« Herr Knorrs Wangen strahlen eine eifrige Röte aus. »Wir erfahren sogar noch mehr, nämlich in der zweiten Zeile. Die verrät uns, dass dieses eine Wort den Anfang bildet.«

»Oh, ich verstehe, wie eine verschlüsselte Botschaft«, verfalle ich in denselben Eifer. »Echt cool.«

Herr Knorr lächelt und nickt. »Also, wir wissen nun zwei Dinge: Es geht um das Wort *Schwarz,* und dass es zugleich der erste Teil der Botschaft ist. Soweit klar? Jetzt müssen wir den zweiten Teil herausfinden.«

Ich schaue Hilfe suchend zu Ben, der gerade versucht ein Schmunzeln zu unterdrücken, dann zuckt er mit den Achseln. Auch ich muss grinsen, weil wir uns beide total ungeschickt anstellen, was das Deuten von verschlüsselten Botschaften angeht.

»Den Anfang von was?«, fragt Ben schließlich.

»Exakt, das ist hier die Frage.«

»Sein oder nicht sein …«, zitiert Ben raunend Shakespeares *Hamlet* in mein Ohr. Ich kann gar nicht anders, als den Satz zu ergänzen. »… das ist hier die Frage.«

Wir grinsen uns an und obwohl wir ganz nah an der Lösung eines Geheimnisses zu sein scheinen, gibt es für wenige Herzschläge nur noch Ben und mich. Alles andere um mich herum verblasst.

Leider scheint Herr Knorr von diesem magischen Moment nicht das Geringste mitzubekommen, denn seine Stimme dringt gerade ziemlich fordernd in meinen Gehörgang. »Gehen wir einfach mal davon aus, dass es eine Art versteckter Wegweiser ist, also der Anfang einer Ortsbezeichnung«, erklärt Herr Knorr, dann stutzt er und schaut in die Ferne. Offenbar hat er doch etwas bemerkt. »Wartet kurz«, sagt er und geht mit flinken Schritten zum Sekretär hinüber. Es raschelt und klimpert, dann wird die Schublade auf- und wieder zugeschoben und er kommt mit Stift und Papier zurück. »Schreibt«, befiehlt er.

»Sie meinen, wir sollen den Vers aufschreiben?«, frage ich.

»Ach Kind«, sagt Herr Knorr und legt seinen Kopf schief, »das kann doch nicht so schwierig sein. Du sollst das erste Wort mit dem zweiten verbinden. Den ersten Teil haben wir ja bereits, nun nehmen wir uns den Rest des Verses vor: *Heim des Kauzes, erwähnt soll's sein.* Na, was fällt euch dazu ein? Wo ist das Heim des Kauzes?«

»Auf einem Baum«, rät Ben ins Blaue hinein und stützt den Kopf auf der Handfläche ab, weil sich offenbar die Müdigkeit bemerkbar macht. Und es ist ansteckend. Ich gähne, während wir weiterhin jedes Wort zerpflücken.

»Nicht nur auf einem Baum«, sagt Opa und schüttelt den Kopf. In meinen Augen entwickelt er gerade eine lästige Tendenz zum Schullehrer. »Das reicht nicht.«

»Wieso reicht ein Baum nicht?« Ben wirkt allmählich nicht nur müde, sondern auch genervt.

»Die letzte Zeile besagt, dass wir die beiden Worte zusammenfügen müssen, damit der Schein zerbricht«, versucht Opa zu erklären. »Schwarz ist das erste Wort. Baum passt also nicht.«

Herr Knorr nickt Opa zustimmend zu. »Eure Interpretation ist im Ansatz nicht schlecht, doch habt ihr sie nicht zu Ende gedacht. Das Heim des Kauzes liegt zwar in einem Baum, aber da müsst ihr etwas weiterdenken.« Während Herr Knorr die Deutung erklärt, kritzelt er eine Anhäufung von Bäumen auf das leere Blatt Papier und vor unseren Augen entsteht die Lösung. »Also heißt es nicht: Schwarzbaum, sondern ...?«

»Schwarzwald«, sagen Ben und ich wie aus einem Mund.

»Herr Knorr, Sie sind ein Genie!« Ich kann nicht anders, als ihn vor Freude zu umarmen.

»Na dann, auf in den Schwarzwald?« Ben grinst mich breit an.

»Auf in den Schwarzwald«, antworte ich und ahne, dass sich ein ähnlich breites Grinsen in meinem Gesicht abzeichnet. Wir haben einen Hinweis gefunden. Einen richtigen Hinweis, mit Händen und Füßen. »Begleiten Sie uns, Herr Knorr, es wäre uns eine wahre Freude.«

Ein langsames Kopfschütteln. Es wirkt unsicher, fragend. »Ich schlage vor, wir schlafen erst einmal eine Nacht darüber. Morgen ist auch noch ein Tag.«

»Einverstanden«, sagt Opa mit einem zufriedenen Schmunzeln auf den Lippen. »Die Kinder können eine ordentliche Mütze voll Schlaf vertragen.«

»Darf ich euch einladen, bei mir zu nächtigen?«, fragt Herr Knorr. Seine Augen strahlen immer noch vor Begeisterung, doch gleichzeitig zeichnet sich in seinem Gesicht der müde Ansatz von Augenringen ab. »Es wäre mir eine Ehre.«

# Kapitel 11

## Träumereien

*Eine Melodie, so leise und zart. Sie scheint mich mit ihren Klängen zu bezirzen und umgarnen. Irgendwie vertraut und trotzdem fremd. Ich verstehe nicht, was sie spielt. Sie lockt mich, zerrt an meinem Herzen, als bestehe eine feine Verbindung zwischen mir und diesen Klängen. Wie ein unsichtbarer Faden, der tief in meiner Seele verankert scheint. Flötenklänge, so wunderschön, dass ich mir wünsche, sie würden ewig weiterfließen. Ich möchte mich in ihnen wiegen, mich in den Tönen baden.*

*Doch gerade als ich mich in die Federdecke, gesponnen aus diesem unsichtbaren Faden, fallenlasse, kommt ein beißender Wind auf und zerreißt die Melodie. Und lässt nichts als gähnende Leere zurück. Ich falle und falle in bodenlose Schwärze. Wenn ich doch nur fliegen könnte! Meine Arme rudern wie wild durch die Luft, doch da ist nichts, woran ich mich festhalten kann.*

*»Hilfe!«, möchte ich schreien, aber der Fall in die Tiefe raubt mir die Luft zum Sprechen, und schon pralle ich unsanft auf dem sumpfigen Boden auf. Beim Aufprall zerbirst beinahe mein Brustkorb, es verschlägt mir den Atem. Lungen, Rippen und Kopf, alles tut weh. Ich brauche einen kurzen Augenblick, bis ich mich aufrappeln kann und vage Umrisse meiner Umgebung erkenne. Noch ehe ich wieder auf den Beinen stehe, überkommt mich ein ekelhaftes Kribbeln im Rücken.*

*Ein langgezogener Schatten fällt über mich und zeichnet hässliche Muster auf den Boden. Ich erschaudere und schaue mit klopfendem Herzen in den düsteren Himmel.*

*Spitze Krallen und ein knochiger Schnabel sind das Erste, was ich erkenne.*

*»Nein«, hauche ich. »Nein, du kriegst mich nicht.«*

*Schon stürzt der gewaltige Vogel mit einem lauten Krächzen auf mich herab. Er spreizt gierig seine Krallen, und ich weiß, dass mir nicht viel Zeit bleibt um ihm zu entkommen. Ich drehe mich nicht um, flüchte und höre seine geifernden Schreie. Ich renne und renne, so schnell es meine Beine zulassen. Seine heiseren Rufe werden lauter, kommen näher und ich wage es nicht, einen Blick zurückzuwerfen.*

*Plötzlich packt mich etwas an den Schultern und ich schreie auf. Spitze Klauen, scharf wie Messerspitzen, bohren sich tief in meine Haut. Ich will um Hilfe rufen, doch alles was aus meiner Kehle rinnt ist Blut. Heißes Blut, wie Lava.*

*Mit letzter Kraft schaffe ich es, mich ihm zu entreißen und tue das einzig Richtige. Ich ergreife wieder die Flucht vor diesem Ungeheuer, das abermals nach mir grapscht. Mein Herz hämmert, hämmert schmerzhaft gegen meinen Brustkorb. Ich muss hier weg, einfach nur weg, und plötzlich öffnet sich ein stählerner Torflügel unweit von mir. Ich zögere, denn dort drinnen erwartet mich Finsternis, schwärzer als die Nacht, und droht mich mit ihrem gähnenden Schlund gierig zu verschlingen.*

*Wo soll ich hin?*

*Die Finsternis oder das Ungetüm?*

*Schon renne ich, hetze hinein in die Dunkelheit und der stählerne Torflügel kracht hinter mir zu.*

*Ich sitze in der Falle.*

*Vielleicht gibt es am anderen Ende dieses Korridors einen Ausgang? Ich taste mich durch die Dunkelheit, kann nur erahnen, wie lange dieser Gang sein muss und je schneller meine Füße über den Boden jagen, desto stärker beginnen die Wände rund um mich herum zu wackeln. Sie bewegen sich auf mich zu. Kommen näher und näher.*

*»Hilfe!«, schreie ich. »Hört mich denn keiner?«*

*Nichts. Nur die Wände werfen mir meinen eigenen panischen Schrei zurück.*

*Wo ist der Ausgang, verdammt? Wo das Licht?*

*Ich kriege keine Luft mehr.*

*Ich keuche.*

*Hechle.*

*Wimmere.*

*Und wieder nur dieses verzerrte Echo meiner Schreie, die mich halb wahnsinnig werden lassen. Ich höre mich an wie ein gejagtes Tier. Doch da ist noch etwas. Ein wisperndes Gezischel.*

*Ein ängstlicher Blick zurück. Und ich erstarre.*

*Zügelnde Flammen, die mit ihrem glühenden Armen nach mir grapschen. Sie kleben an den Wänden. Lechzen nach mir.*

*Ich muss hier raus. Raus!*

*»Zara«, knistert das Feuer meinen Namen.*

*Ich darf nicht stehenbleiben, muss das Ende des Korridors finden.*

*»Zara.«*

*Das Zischeln wandelt sich. Wird tiefer.*

»Zara, wach auf.«

Mit einem erstickten Schrei schlage ich die Augen auf, doch meine Lider wiegen schwer. Ich blinzle angestrengt und schaue aus zusammengekniffenen Augen verwirrt umher.

Im ersten Augenblick verstehe ich nicht, wo ich eigentlich bin und ich brauche einen weiteren, bis ich mich erinnere, warum ich auf einer dürftigen Fußmatte, inmitten von Bücherbergen auf dem Boden liege. Erst als ich in das geheimnisvolle Grün blicke, das sich dicht vor meinem Gesicht befindet und mich halb belustigt, halb besorgt mustert, fällt mir alles wieder ein.

*Yosephine, Opa, Herr Knorr, die Schwarzen Engel.*

Und Ben.

*Mann, diese Augen!*

Ein leiser Seufzer entweicht mir und holt mich endgültig in die Realität zurück, die nicht weniger verrückt ist als mein Traum. Aber ich sitze auf dem Fußboden und flüchte nicht durch einen brennenden Korridor. Und da sind auch keine Krallen, sondern nur Bens Hand, die auf meiner Schulter ruht. Allerdings lässt auch sie mich erschauern, wenn auch aus einem völlig anderen Grund.

»Guten Morgen, du Löwin«, sagt er mit seiner tiefen Stimme.

»Guten Morgen, du Angeber. Weißt du –«

Noch während ich weitersprechen möchte, legt mir Ben die Fingerspitzen auf den Mund. »Sag jetzt nichts, das du später bereuen würdest.« Seine Mundwinkel verziehen sich zu einem schiefen Lächeln. Ich weiß nicht genau, woran es liegt, doch ich spüre, dass er verlegen ist. »Ist bei dir alles in Ordnung?«, will er wissen.

»Alles klar«, lüge ich und wische mir verstohlen mit der Hand übers Gesicht. Ach du meine Güte, was klebt denn da an meinem Mund? Ist das Speichel? Wie peinlich!

»Ehrlich gesagt siehst du nicht so aus.«

»I-ich hab nur schlecht geträumt«, sage ich hastig, um von meinem nervösen Mundabwischen abzulenken.

»Okay, ich wollte dich nicht aufwecken.« Sein Lächeln vertieft sich und bewirkt, dass mein Herz aufgeregt in der Brust flattert. Er ist schon dabei, sich abzuwenden, da verselbstständigt sich mein Mund – vermutlich vor lauter Müdigkeit.

»Ich freue mich, dass du mich geweckt hast.«

*Ich freue mich?* Wo ist bitteschön die Rückspultaste?

»Du freust dich?« Seine Augen funkeln schelmisch und er deutet mit dem Kinn auf den leeren Fußboden neben mir. »Wenn das so ist, setze ich mich gerne zu dir.«

»Schön, ich brauche dringend etwas Ablenkung.« *Von dir!* »Sonst werde ich noch paranoid.« Himmel, was labere ich denn da für einen Blödsinn zusammen? Bitte lass mich sterben!

Er lacht, zieht die Wolldecke glatt und lässt sich mit einer unnachahmlichen Coolness darauf nieder. »Gib Bescheid, wenn du eine Zwangsjacke brauchst …?«

Warum kichere ich denn so selten dämlich?

Kann mich bitte jemand schütteln?

Okay, ich muss ganz dringend ruhiger werden und tief durchatmen. Das sollte doch zu schaffen sein. Einfach den Umstand, dass er der hinreißendste Kerl ist, den ich je getroffen habe, aus meinem Bewusstsein streichen. Und daran denken, wie arrogant er sein kann und dass er mich mit seinem Board angerempelt hat.

»Wieso, hast du noch eine im Gepäck?«, frage ich.

»Stets griffbereit, und mit dir würde ich sie sogar teilen«, grinst er unverblümt. Er kreuzt die Beine und stützt den Kopf auf seinen Fäusten ab.

»Wie überaus nobel von dir.« Mein rasendes Herz beruhigt sich allmählich, doch der beklemmende Schmerz in der Brust bleibt und vermischt sich mit den gestrigen Erinnerungen.

»Alles wieder in Ordnung?«

»Ja, alles okay«, murmle ich immer noch verlegen.

Oh Mann, was gäbe ich darum Isa, Lila und Chris bei mir zu haben. Einfach, um mir mit ihrem Herumgealber und ihren typischen Neckereien ein Stück Normalität zu geben.

Ben streckt den Arm nach mir aus, als wolle er meine Hand nehmen, lässt ihn aber wieder sinken, ohne mich zu berühren. »Du weißt, ich bin ein guter Zuhörer«, sagt er mit gesenkter Stimme und ein schiefes Lächeln erscheint auf seinem Mund. »Wenn dir etwas auf dem Herzen liegt oder du vielleicht dein Romeo-und-Julia-Liebesdrama bei mir ausbreiten möchtest …?«

»Bewahre! Nur das nicht«, grinse ich und verpasse ihm einen spielerischen Hieb in den Oberarm.

Und wo steckt eigentlich Opa?

Noch während mein Blick suchend durch die Bibliothek schweift, höre ich ein Räuspern hinter mir.

»Dein Großvater ist oben und inspiziert die Orgel.«

Irritiert hebe ich meinen Kopf und drehe mich um.

Herr Knorr schreitet, ohne mich dabei eines Blickes zu würdigen, an mir vorbei. Dann rückt er sich den Stuhl neben dem Elektroofen zurecht, legt die Flickendecke über die Beine und greift nach einem Stapel Bücher.

Ich richte mich auf. »Wie –?«

»Du wolltest bestimmt fragen wo dein Opa ist, nicht wahr?« Jetzt schenkt er mir seine Aufmerksamkeit und mustert mich mit seinen blassgrauen Augen. Bei Tageslicht betrachtet wirkt sein Gesicht weniger hager, doch ist er mir auch heute genauso suspekt wie gestern Nacht. Irgendwie bin ich bei diesem Mann einer ständigen Gefühlsschwankung ausgesetzt (ähnlich wie bei Ben, nur auf einer ganz anderen Ebene). Mal ist es Mitgefühl, dann Misstrauen und in dieser Sekunde empfinde ich Verwirrung. Wie konnte er wissen, was in meinem Kopf für Gedanken durch die Synapsen sausen?

»Ben«, unterbricht er die Stille, »gib Zaras Großvater kurz Bescheid, dass seine Enkelin eben aufgewacht ist. Dann könnt ihr zeitig aufbrechen.«

Ich frage mich, warum Herr Knorr ihn und nicht mich nach oben schickt, aber Ben nickt bereits, steht auf und geht zur Treppe hinüber – nicht ohne mir dabei einen vielsagenden Blick zuzuwerfen, den ich leider weder deuten noch verstehen kann.

Als die Schrittgeräusche im oberen Stockwerk angekommen sind, klappt Herr Knorr das Buch zu. »Ben ist ein guter Junge, pass gut auf ihn auf.«

Meine Verwirrung nimmt zu.

»In ihm schlummert viel mehr, als er zu zeigen vermag.«

Ich will ihn fragen, woher er das weiß und was denn an Ben so besonders ist, aber er lässt mich nicht zu Wort kommen.

»Und noch etwas, Zara.« Nun beugt er sich vor und senkt mit erhobenem Zeigefinger seine Stimme. »Ohne ihn wirst du niemals ans Ziel kommen, sei dir dessen stets gewiss. Du brauchst ihn. In der Tat mehr als du ahnst.«

Mich fröstelt es bei seinen Worten. Nicht unbedingt wegen dem, was er sagt. Viel mehr liegt es daran, *wie* er es sagt. »Was wollen Sie damit andeuten?«

»Wenn der richtige Augenblick gekommen ist, wirst du es wissen und an meine Worte zurückdenken. Und sie auch begreifen«, lächelt er sanftmütig. »Die Zeit ist noch nicht reif. Aber bald, glaube mir, wird dich eure Reise zu den Antworten führen.«

*Eure* Reise?

»Soll das bedeuten, dass Sie uns nicht begleiten?«

»Ich habe lange darüber nachgedacht.« Mit einem tiefen Seufzer legt er das Buch zur Seite, stützt sein spitzes Kinn auf der Hand ab und dabei werden seine Augen zusehend schmaler. »Mein Standpunkt, dass die Phoenicrus nicht gefunden werden wollen, war nicht lapidar daher gesagt. Ich bin der festen Überzeugung, dass dies seine Richtigkeit hat.« Kurz presst er die Lippen zusammen, ehe er weiterspricht. »Zumindest auf mich und meine Suche bezogen.«

»Aber so dürfen Sie das nicht betracht-«, beginne ich, verzweifelt darum bemüht, einen überzeugenden Ton anzuschlagen. Aber er unterbricht mich mitten im Satz und nimmt mir dadurch gänzlichen den Wind aus den Segeln.

»Euch gelang es, diese Kopie im Internet zu entdecken und den Brief, auf dem der alles entscheidende Hinweis abgebildet ist. Deshalb bin ich mir sicher: Das soll *eure* Reise bleiben.«

»Das stimmt so nicht ganz. Die Recherche über die Phoenicrus ist *ihr* Lebenswerk.« Eigentlich war ich mir sicher, dass er mitkommen wird, und deshalb kann ich nicht verstehen und will es auch nicht akzeptieren, dass er so kurz vor dem Ziel einen Rückzieher macht.

»Manchmal ist es an der Zeit, Altes loszulassen. Weil nur so Platz für neue Visionen geschaffen wird. Sie brauchen das, um wachsen und Gestalt annehmen zu können.« Er hält inne. »Es gibt Menschen, deren Lebensaufgabe darin besteht, den Weg zu ebnen. Als Wegbereiter. So wie eine einzelne Schneeflocke, die vom Himmel fällt. Erst wenn sich die Flocken verdichten, werden sie zu greifbarem Schnee. Verstehst du?«

»Klar.« Und das tue ich wirklich. Zumindest was die Schneeflocke angeht. Herr Knorr ist die einsame Schneeflocke, die sich in der Weite der Natur verliert. Würde man sie fangen, schmilzt sie augenblicklich. Trotzdem ist sie der leise Vorbote des Winters. Wir hingegen sind die, welche den Schnee greifbar machen. Himmel, wenn meine Freunde meine Gedanken hören könnten, sie würden mich auf der Stelle für verrückt erklären. Verrückt? Ja, irgendwie ist es das. Denn ich durchblicke Herrn Knorrs Entscheidung immer noch absolut nicht. »Aber gestern Nacht klang das irgendwie anders.«

»Das ist das Faszinierende an der Nacht«, lächelt er mit einem Augenzwinkern. »Während des Schlafs nagt sie an allem, was man über die Stunden des Wachseins im Unterbewusstsein voller Fantasie und Motivation zusammengesponnen hat.«

»Verstehe«, lüge ich. Nur eines ist mir klar. Er hat Angst. Ich sehe es in seinem Gesicht. Die Furcht hockt in den Mundwinkeln, die leicht zucken, obwohl er schweigend neben mir sitzt. Es ist die Angst davor, sich dem größten Traum zu stellen. Und ich weiß nicht genau, was es ist, aber tief in mir drin spüre ich, dass er es bereuen wird.

»Manchmal ist ein Abschied nicht nur das einzig Richtige, sondern erforderlich, Zara.«

Ich erwidere seinen Blick. Er spricht nicht nur von Opa, Ben und mir. Er meint seine Suche nach den Phoenicrus.

»Auch wenn es sich so anfühlt, als wäre es der falsche Weg?«

»Auch dann.« Die letzten Worte flüstert er und seine Stimme ist so heiser, dass ich ihn kaum noch verstehen kann. »Selbst wenn es schmerzt.«

# Kapitel 12
## Zufallsgeschichten

Normalerweise dauert es mit dem Auto von Frankfurt am Main bis in den Schwarzwald nicht so lang. Doch bestimmt wird etwas schiefgehen – denn was ist bei unserer Reise bisher schon normal verlaufen? Ich wage sogar zu behaupten, dass mir der Zustand des Normalseins bereits entglitten ist, als mir an jenem Morgen der Brief zwischen die Finger kam.

Natürlich akzeptieren Opa und Ben die Entscheidung des Bibliothekars genauso wenig wie ich, und natürlich können sie ebenso wenig gegen sie ausrichten wie ich.

So verabschieden wir uns mit gemischten Gefühlen von dem Mann, mit dessen Hilfe wir vielleicht den alles entscheidenden Hinweis enträtseln konnten und der uns unser gesamtes Hintergrundwissen zu den Schwarzen Engeln geliefert hat. Wenn ich es recht bedenke, war es schon ein echt glücklicher Zufall, dass uns die Bahnhofs-Louise den Geheimtipp mit der Zaubernussallee unterbreitete, und das auch noch genau zur richtigen Zeit. Gerade werde ich das unbestimmte Gefühl nicht los, dass da irgendwer seine Finger im Spiel hatte. Hm, in dem Fall wäre ich über die glücklichen Zufälle vielleicht gar nicht mehr so glücklich …

Während wir gemächlich über die Hauptstraße tuckern und ich meinen Eltern ein kurzes Lebenszeichen in Form einer SMS sende, blitzt das Bild von drei Marionetten und einem Marionettenspieler über ihnen in meinem Hinterkopf auf. Er lässt seine Fäden spielen, und plötzlich taucht die Erkenntnis in meinem Hinterkopf auf, dass sich

Murphys Gesetz unabwendbar an unsere Fersen geheftet hat. Vorausgesetzt es gibt wirklich jemanden, der unser Schicksal beeinflusst (ob Freund oder Feind, darüber wird die Zukunft entscheiden).

Langsam hebe ich meinen Blick und stelle überrascht fest, dass wir angehalten haben. Ich habe es gar nicht mitbekommen. So wie ich meinen Gedanken nachhänge, haben auch Opa und Ben die ganze Zeit vor sich hin geschwiegen.

Opa stellt den Motor ab, streichelt liebevoll über Bluestars Armaturenbrett und sagt: »Du bekommst jetzt erst mal ein ordentliches Frühstück.«

Kurz bin ich verwirrt, verstehe aber im selben Moment. Alles klar, wir stehen an einer Tankstelle.

Ich klettere umständlich aus dem Wagen, und kaum dass ich einen Fuß auf den Asphalt gesetzt habe, falle ich um ein Haar der Länge nach hin. Es übermannt mich urplötzlich Schwindel, wie damals im Schulflur. Wo kommt der jetzt her, oder besser: Warum kommt er gerade in diesem Moment zurück?

Als ich wieder zu mir komme bin ich heilfroh, dass ich mich noch in der Senkrechten befinde. Irgendwie komme ich mir gerade vor wie bei einem Déjà-vu, denn wieder schaue ich in Bens Gesicht, das nur wenige Zentimeter von meinem entfernt ist.

»Wie gut, dass ich zurzeit immer in deiner Nähe bin«, grinst er. Dabei streift seine Hand zärtlich über meinen Rücken.

Wie bin ich denn nur in seinen Armen gelandet? Anscheinend wäre ich fast umgekippt.

»Geht's wieder?«, fragt er immer noch lächelnd, während seine Hand zu meinem Arm wandert und meinen Puls wie verrückt zum Tanzen bringt.

Was ist das nur, das er in mir hervorruft? Dass mir nur schon seine Nähe den Atem raubt? So habe ich mich noch bei keinem Typen gefühlt. Nicht einmal bei Nils, dem *Obermacker* der gesamten Schule. So zumindest nannte ihn Isa die ganze Zeit. Bis vor kurzem habe ich ihr immer vehement widersprochen und beteuert, man würde merken, dass Nils keiner dieser oberflächlichen Abschlepp-Typen ist, wenn man ihn besser kennt. Weswegen mir Nils Spitzname ausgerechnet in diesem Moment mit Ben in den Sinn kommt, ist mir allerdings schleierhaft.

»Oh … ähm … danke«, bringe ich endlich hervor und beeindrucke ihn mal wieder als Intelligenzbestie. »Ich denke, ich kann jetzt wieder eigenmächtig auf zwei Beinen stehen.« *Weiche Knie bekommt in Bens Nähe eine völlig neue Bedeutung,* denke ich grinsend.

»Was grinst du so?«, fragt er prompt.

»Ach nichts, ich war nur in Gedanken«, weiche ich aus. *Bei dir und deiner umwerfenden Wirkung,* hänge ich für mich noch an.

»Und was denkst du gerade?«, beginnt Ben, als sich Opas Stimme dazwischendrängt.

»Was steht ihr da noch rum wie bestellt und nicht abgeholt?«, ruft er und ist eifrig dabei, Bluestar zu *füttern.* »Denkt ihr vielleicht, unser Proviant hüpft mir nichts dir nichts in den Wagen? Na los, kauft eine Kleinigkeit. Für euer Geturtel habt ihr später noch genug Zeit.«

»Opa, wir turteln hier nicht –«, verfalle ich sofort in den Verteidigungsmodus, als Ben etwas tut, das mir komplett die Sprache verschlägt. Seine Finger gleiten an meinem Arm hinunter und schon umschließt seine Hand die meine.

»Komm, Baxa«, sagt er und zieht mich sanft an der Hand. »Wir haben einen Auftrag zu erledigen.«

»Tust du immer, was man dir sagt?«

»Wenn der Auftrag mit einer solch schönen Begleitung verbunden ist?« Ben lässt seine Brauen tanzen. »Klar.«

»Tatsächlich?«, frage ich und es klingt mal wieder selten dämlich, weil sich meine Stimme leicht überschlägt.

»Tatsächlich«, lächelt er – so unwiderstehlich. »Findest du deinen Opa etwa nicht unwahrscheinlich schön?«, neckt er mich weiter, aber es entgeht mir nicht, dass seine Wangen rot anlaufen.

»Kinder!« Wieder Opas Stimme, diesmal deutlich energischer. »Da wäre ja ein Rentner mit Rollator schneller als ihr beide. Ach ja, bezahlt auch gleich Zapfsäule Nummer drei, hört ihr?«

Wir machen, dass wir wegkommen und betreten kichernd den Laden, kaufen innerhalb weniger Minuten einiges an Essen und Getränken.

Beim Verlassen des Tankstellenshops überkommt mich das Gefühl, dass wir beobachtet werden. Unwillkürlich halte ich den Atem an und wirble herum.

»Zara, was hast du?«, fragt Ben, während er einen großen Bissen seines Schinkensandwiches abbeißt.

»Ich hätte schwören können … « Mehr sage ich nicht. *Ich hätte schwören können, jemanden gesehen zu haben, der sich hinter der Hausecke des Eingangs versteckt,* so oder so ähnlich wäre der Satz weitergegangen.

Vorsichtig gehe ich ein paar Schritte zurück, spähe um die Ecke, entdecke aber nur einen schwarzen Schatten, der sich in dem Augenblick verflüchtigt. Sonst ist da nichts. War er vielleicht bloß eine Täuschung? Okay, ich verliere nicht nur meinen Verstand, sondern leide offenbar auch noch an Halluzinationen. Einfach wunderbar!

»Ach, ich dachte nur –« Abermals breche ich mitten im Satz ab, weil Bens Handy klingelt. Zwar will ich nicht aufs Display schauen, aber ich komme nicht gegen den Drang an und schiele heimlich hinüber.

*Lili.*

»Sorry, ich muss da kurz ran«, erklärt er und zieht sich zurück. Seine Augen bekommen dabei einen ganz eigenartigen Glanz.

»Kein Problem«, bemühe ich mich um einen lockeren Tonfall und gehe zurück zum Wagen.

»Habt ihr alles geklärt?«, fragt Opa neugierig.

»Was? Von was redest du?«, gebe ich zurück und ich muss gestehen, dass es ein bisschen zu schroff rüberkommt.

»Diese ganze *ich-Tarzan-du-Jane*-Angelegenheit.«

»Dazu hat Ben definitiv die falsche Garderobe an«, kontere ich salopp. Und während ich mich daran mache, die ganzen Einkäufe auf den Rücksitz zu schmeißen, ist Ben bereits wieder zur Stelle.

»Wollt ihr hier noch Wurzeln schlagen?«, fragt Opa. Ungeduld liegt in seiner Stimme. Dann werde ich grob von ihm ins Auto geschubst. Kurz danach bugsiert er Ben von der anderen Seite auf den Rücksitz. »Wir müssen los!«

Opa klettert behände in den Mini und startet ihn, noch ehe er sich angegurtet hat. Er drückt das Gaspedal so heftig, dass wir mit einem lauten Aufheulen von der Tankstelle wegrauschen.

»Alois, warum hast du es denn auf einmal so eilig?«, versucht Ben von ihm zu erfahren, doch Opa richtet zur selben Zeit ernst das Wort an mich. »Hast du mit irgendwem gesprochen, Zara?«

»Wie gesprochen?«, frage ich begriffsstutzig.

»Hast du telefoniert, bist angetroffen oder angesprochen worden?«

»N-nein«, stammle ich verunsichert von Opas plötzlicher Stimmungsschwankung.

»Was ist mit dir, Ben?«

»Nein, mit niemandem«, antwortet er.

Wieso verschweigt er den Anruf?

Unsere Blicke finden sich über den Seitenspiegel und ich weiß nicht, was ich erschreckender finde, dass er Opa gerade angelogen hat oder dass ich darüber schweige und ihn dadurch decke.

Ich reiße mich von Bens Anblick im Spiegel los und betrachte Opa besorgt. Seine Gesichtszüge wirken plötzlich so hart, fast gehetzt und wir preschen viel zu schnell über die Straße.

War dieser Schatten vielleicht doch keine Täuschung?

»Vorhin, als wir die Tankstelle verlassen haben, da dachte ich, jemanden gesehen zu haben«, sage ich leise. »Was ist denn los, Opa? Hat es damit zu tun?«

Ein kurzer zuckender Blick in meine Richtung, sonst bekomme ich keine Reaktion, aber er schaltet aggressiv in den vierten Gang und quält Bluestar über die Landstraße.

Plötzlich kriege ich Paranoia. »Alois Zenno Baxa, du sagst mir auf der Stelle, was los ist oder ich springe aus dem fahrenden Wagen!«

Zuerst entweicht ihm ein aufgebrachtes Schnauben. »Sie haben uns gefunden«, zischt er und seine Stimme klingt noch eisiger als der Ausdruck seines Gesichts. »Die Schwarzen Engel, sie sind hinter uns her.«

Wieso fröstle ich bei seinen Worten? Ich schlucke den Kloß im Hals hinunter. »Aber, Opa«, beginne ich. »Wir versuchen sie doch zu finden, also wäre das doch gut?«

»Nicht, wenn sie uns zuvorkommen«, brummt er ernüchternd. »Kleines, du hast immer noch nicht verstanden, wie mächtig diese Menschen sind. Wenn sie uns finden, lassen sie euch beide garantiert vergessen, um ihre Existenz zu bewahren. Und das darf nicht passieren.«

Es gefällt mir nicht, was er sagt, doch das wirklich Verheerende, das Schlimme, das kaum greifbar zwischen den Worten mitschwingt, hat er nicht ausgesprochen, und das wird mit Bens Worten nur noch deutlicher.

»Wir haben ja dich«, meint Ben. Er klingt noch unsicherer als ich mich fühle. »Dich können sie nicht vergessen lassen.«

»Ich befürchte, das wird diesmal nicht so einfach. Wenn sie tatsächlich hinter uns her sind, haben sie in der Zwischenzeit bestimmt Mittel und Wege gefunden, um mich auszuschalten«, spricht Opa aus, was er eben noch unausgesprochen ließ.

Bitteres Schweigen macht sich in dem kleinen Wagen breit, genährt von Angst. Angst vor der Macht der Schwarzen Engel und die unheimliche Ahnung, dass sie womöglich über Leichen gehen würden, um ihre Existenz geheimzuhalten.

Ben sagt in diesem Moment das einzig Richtige. »Drück auf die Tube, Alois! Die werden uns nicht kriegen, dafür sorge ich, so wahr ich hier hinten sitze.«

Ohne es zu wollen, pruste ich los. Weil das Bild zu paradox ist. Ben mit seiner heldenhaften Aussage und wie er leicht zusammengekauert auf dem Rücksitz des Minis hockt. Ben und selbst Opa stimmen in das Lachen mit ein, und das tut in dieser bedrückenden Stimmung unendlich gut.

»Los, Mädchen«, redet Opa den Wagen an. »Dann zeig mal, was in dir steckt!«

Wir brausen jetzt durch strömenden Regen (schön, öfter mal was Neues!), und die Gegend vor der Autoscheibe wird zusehend ländlicher, die Straße kurvenreicher und die Stimmung bessert sich mit den Metern, die wir hinter uns lassen, und schenkt uns das trügerische Gefühl von Sicherheit.

***

Ben schneidet das Thema Musik, Lieblingsband und absolute No Goes an. (Er ist für *Nickelback.* Tz! Der hat doch keinen blassen Schimmer von guter Musik.)

»Sunrise Avenue!« Das kommt von mir.

Obwohl mich der leise Verdacht beschleicht, dass diese Diskussion lediglich dazu dient, um von unserer eigentlich prekären Lage abzulenken, bin ich darauf eingestiegen.

Trotz allem ist diese schleichende Unsicherheit geblieben. Ist dieser Kampf gegen die Schwarzen Engel nicht ein Kampf, den wir nur verlieren können? Unser Wissen um sie ist so bruchstückhaft und wir können sie gar nicht einschätzen!

»Du hast absolut keine Ahnung von guter Musik, was? Die Typen spielen doch ständig denselben Scheiß«, unterbricht Ben meine Gedanken.

»Ach komm, Samu ist echt unschlagbar!«

»Ich sag nur: gähn. Echt, Zara, sterbenslangweilig.«

»Du bist doch nicht etwa eifersüchtig auf Samy?«, mischt sich Opa ein und Ben und ich brechen in Gelächter aus.

»Samu, Opa, nicht Samy«, erkläre ich immer noch kichernd, als unverhofft etwas auf die Straße springt – Nein, nicht *etwas*. Jemand!

Es geht so schnell, dass ich vor lauter Schreck aufschreie. Zuerst erkenne ich nicht wirklich, wer oder was es ist. Nur die Farbe Schwarz.

»Achtung!«, schreie ich völlig entsetzt.

Blitzschnell presst Opa seinen Fuß auf die Bremse (jetzt mit einer Reaktionszeit, die mit einem Halbwüchsigen konkurrieren könnte), so fest, dass Bluestar auf dem nassen Asphalt ins Schlingern gerät und mit einem ohrenbetäubenden Quietschen quer auf der Straße vor dem *Jemand* zum Stehen kommt.

Es sind schwarze Kleider, welche die Gestalt von Kopf bis Fuß umhüllen. Als mein Blick die tief ins Gesicht gezogene Kapuze fixiert, setzt mein Herz für einen Schlag aus. Unverkennbar der Kerl aus dem Schulkorridor. Wie hat er uns gefunden? Und was zur Hölle will er hier? Es gibt nur eine logische Erklärung dafür, doch mein Hirn weigert sich strikt, diese zuzulassen – Verdrängungsmechanismus. Was nicht ausgesprochen wird, kann auch nicht passiert sein.

Für den Bruchteil einer Sekunde verharrt der Typ direkt vor der Stoßstange. Dann macht er einen Schritt auf uns zu und legt die flache Hand auf die Motorhaube.

Hilfe! Was soll das werden?

Mein Herz klopft so stark, dass ich das Pochen bis zum Hals spüre.

*Kehrt um!*, höre ich eine fremde Stimme wispern.

»W-was war das?«, krächze ich entgeistert. »Spinn ich oder war das etwa *er?*«

Aus dem Augenwinkel nehme ich vage Opas stummes Kopfnicken wahr. Himmel, wie ist das möglich? Alle Fenster sind zu, er steht garantiert einen Meter entfernt und dennoch höre ich seine Worte, ohne dass er seine Lippen bewegt? Hä?! Und zwar in mir drin. Soll das bedeuten, er kann in meinen Kopf eindringen, in meine Gedanken?

Ich bin unfähig nur einen Muskel zu rühren (definitiv zu viel Hysterie im Spiel!), starre den unheimlichen Arrow-Typen mit offenem Mund und aufgerissenen Augen an.

*Ihr gehört nicht hierher!* Sein Wispern hat sich in ein bedrohliches Zischeln verwandelt. *Kehrt um, solange ihr noch könnt!*

Ich stiere in seine Augen, schwärzer als die Nacht, und sie blitzen finster unter der Kapuze hervor. Dann verschwindet er mit einem atemberaubenden Sprung zwischen den Bäumen.

»Was um Himmels Willen hat das zu bedeuten?«, hauche ich und bemerke, wie sich meine Fingernägel verkrampft in das Armaturenbrett von Bluestar krallen.

»Dass ich Recht hatte, und sie jeden unserer Schritte, jedes Wort und jeden Atemzug beobachten«, sagt Opa. Er ist blass, wenn nicht sogar weiß. Selbst seine Lippen scheinen farblos.

Mein Herz rast immer noch wie verrückt. Es pocht so sehr, dass ich mir wünsche, ich hätte Opa durch das Pochen hindurch falsch verstanden.

»Dann ist die Akademie bestimmt ganz in der Nähe.« Diese überaus nüchterne Schlussfolgerung kommt von Ben. Irgendwie scheint er bedeutend weniger geschockt als Opa und ich. »Verfolgen wir ihn!«

Opa und ich starren ihn an. Ich verblüfft, Opas Gesichtsausdruck ist nur schwer zu deuten, vielleicht so etwas wie geschockt? Auf alle Fälle ist er so kreidebleich, dass ich mir ernsthaft Sorgen um ihn mache.

»Verfolgen, niemals!«, posaune ich. »Das war kein zufälliges Aufeinandertreffen. Dieser Kerl hat mir bereits in der Schule aufgelauert.«

»WAS?«, krächzt Opa entsetzt. »Davon hast du gar nichts erzählt. Ist denn irgendetwas passiert? Kam es zu einem Zwischenfall?« Nun schüttelt er energisch den Kopf. »Auch wenn es so wäre, hat er dich bestimmt längst vergessen lassen.«

»Möglicherweise«, gebe ich ihm Recht. »Aber an die Aktion gerade eben sollen wir uns offenbar sehr genau erinnern können.«

»Vielleicht wollte er uns nur Angst machen«, wirft Ben dazwischen. »Wahrscheinlich hätte er nicht die Macht gehabt, uns etwas anzutun, oder?« Unsicherheit schwingt in seinen Worten mit.

»Hmmm«, murmelt Opa. Er ist immer noch kreidebleich um Nase und Mund. »Da wäre ich mir nicht so sicher. Aber wenn sie uns was antun wollten, wäre er mit ziemlicher Sicherheit nicht allein gekommen. Als sie Yosi holten, kamen sie auch zu zweit, wenn mich meine Erinnerung nicht trügt.«

Allmählich beschlagen Bluestars Scheiben. Die angestaute und von Panik getränkte Hitze prallt an dem Glas auf kühles Nass.

»Okay«, überlege ich laut. »Selbst wenn es nur eine Einschüchterungstaktik gewesen sein sollte, bleibt die Frage, was wir nun machen?«

»Was schlagt ihr vor?«, drängelt Ben ungeduldig.

»Wir suchen in der nächsten Ortschaft eine Bleibe.« Opa sagt es so leise und zittrig, dass weder Ben noch ich wagen, zu widersprechen. »Dort horchen wir uns um. Irgendwer wird vielleicht wissen, ob es in der Gegend so was wie ein sonderbares Internat gibt.«

Warum sollten wir so ein Glück haben? Der Schwarzwald ist riesig! Ich zweifle zwar stark an Opas Theorie, aber dennoch lege ich ihm zustimmend die Hand auf den Arm. »Einverstanden.«

Ben nickt schweigend.

»Und was ist, wenn wir die Akademie gefunden haben?«

Jetzt ist es Opa, der meinen Unterarm tätschelt. »Immer eines nach dem anderen, Kleines, eines nach dem anderen.«

»Aber Opa, das könnte verdammt gefährlich für uns werden.«

»Schon, aber du vergisst eine nicht zu verachtende Kleinigkeit: den wohl wichtigsten und ehrenvollsten Kodex der Phoenicrus, der sie dazu verpflichtet, den Menschen zu helfen. Wir müssen hoffen, dass sie sich an ihn halten werden«, antwortet er und es wird deutlich, dass er keine Sekunde lang an Herrn Knorrs Berichten zweifelt.

Noch immer klopft mir das Herz bis zum Hals, als Opa den Schlüssel im Zündschloss dreht.

Bluestar macht keinen Mucks.

»Komm schon, Mädchen«, redet Opa auf den Mini ein, während er erneut versucht ihn anzulassen.

Keine Reaktion. Nicht mal ein leises Stottern.

»Bluestar hat allem Anschein nach noch einen größeren Schrecken davongetragen als wir«, sage ich.

Ben lächelt. »Zu Tode erschreckt, meinst du?«

»Vielleicht auch nur eine autoähnliche Schockstarre«, gebe ich leise kichernd zurück.

Opa hingegen ist nicht zum Lachen zumute. Er schüttelt betrübt den Kopf. »Tut mir leid, altes Mädchen«, raunt er und zieht den Schlüssel raus.

»Aber Opa, du kannst den Wagen sicher im Handumdrehen reparieren.«

Wieder sein Kopfschütteln, während die Regentropfen, die blechern aufs Autodach prasseln, immer schwerer zu werden scheinen. »Das war *er.*«

»Der Kerl, der vor den Mini gesprungen ist?«, frage ich ungläubig.

»Nennen wir ihn doch beim Namen«, sagt Opa trocken. »Der Schwarze Engel.«

Schweigen nistet sich im Wagen ein, schleicht in unsere Köpfe und lässt ein unbehagliches Gefühl zurück. Haben wir gerade wirklich die Macht der Phoenicrus zu spüren bekommen? Leise, wie ein bedrohlicher Seitenhieb. Aber die Botschaft, die darin mitschwingt, ist beängstigend. Und das Unheilvolle bekommt schleichend ein Gesicht.

*Wagt es nicht, unsere Existenz zu entlarven, sonst …!*

Keiner spricht den Gedanken aus. Es ist, als ob er dadurch noch schwerer wiegen und an Macht gewinnen würde.

»Und jetzt?«, frage ich stattdessen.

»Schieben«, meint Ben mit einem resignierten Achselzucken.

»Hallo? Das kannst du dir abschminken«, antworte ich und ein Blick zu Opa bestätigt, dass er dafür von dem ganzen Schrecken noch viel zu mitgenommen ist. »Vorher trampen wir bis in die nächste Ortschaft.«

»Und was ist mit Bluestar?« Erstaunlicherweise will das nicht etwa Ben wissen, sondern Opa.

»Wir stellen den Wagen in den Schutz der Bäume und lassen ihn später abschleppen«, schlägt Ben vor.

Ich nicke und Opa bringt keine Widerworte vor.

Umständlich schieben wir das Gefährt von der Straße und parken ihn unter einer großen Fichte.

»Bis bald, altes Mädchen«, murmelt Opa. Er scheint das Auto wirklich sehr liebgewonnen zu haben.

Dann marschieren wir los, die Straße entlang, durch fallenden Regen. Opa läuft mit gesenktem Blick vorneweg.

»Wenn ein Wagen kommt, hältst du den Daumen raus«, sagt Ben und stupst mich auffordernd in die Seite.

»Wieso *ich?*«

»Na, weil du ein Mädchen bist.«

»Klar! Vermutlich soll ich dabei den Ausschnitt meines Oberteils noch bis zum Bauchnabel runterziehen und mich möglichst aufreizend positionieren? Ah, und den anzüglichen Hüftschwung nicht vergessen.«

Auf wen ich dabei anspiele, ist uns beiden klar, ich brauche den Namen nicht auszusprechen.

»Klingt nach einem guten Plan«, grinst Ben schelmisch und kassiert dafür prompt einen Stoß meines Ellenbogens. Schön zwischen die Rippen, da wo es schmerzt.

»Autsch«, beschwert er sich. »Ich meine ja nur, dass wir bessere Chance haben, wenn eine junge hübsche Lady am Straßenrand steht als irgendein unrasierter Kerl. So müssen wir vielleicht nicht völlig pitschnass bis in die nächste Ortschaft wandern.«

Dass er mich gerade *hübsch* genannt hat (schon wieder!) entgeht mir keineswegs, und dass ich mich darüber freue, ebenso wenig. Dennoch gehe ich nicht darauf ein.

»Machen wir es so«, schlage ich vor. »Wenn ein Mann am Steuer sitzt, bin ich an der Reihe. Wenn es hingegen eine Frau ist, schmeißt du dich in Szene.«

Ein paar Sekunden mustert er mich von der Seite, während wir gemächlich weiterschlendern. Doch dann bleibt er dicht vor mir stehen und beugt sich zu mir runter. Sofort geht mein Atem schneller.

»Erhöhen wir doch den Einsatz«, raunt er mir zu. »Für einen Kuss bin ich dabei.«

Mein Herz pocht, es fühlt sich leicht an, als schwebe es auf einer Wolke, und das lässt mich die grässliche Begegnung von vorhin für einen kurzen Moment vergessen.

»Na, was sagt die Löwin in dir, Miss Zara?«

Ich atme schnell, im Gleichtakt zu meinem rasenden Puls.

»Bin dabei«, höre ich mich selber sagen, ehe ich begreife, zu was ich da eigentlich zugestimmt habe.

Himmel, ich habe auf unserer Reise definitiv den Verstand verloren. Vielleicht liegt er noch irgendwo am Bahnhof oder irrt bei Herrn Knorr zwischen den Bücherregalen hindurch.

Bens Grinsen holt mich auf den Boden der Tatsachen zurück und ist Antwort genug.

Eine Weile bleibt er dicht vor meinem Gesicht, doch auch ich ziehe mich nicht von ihm zurück, viel zu sehr genieße ich diesen Moment. Regen fällt auf meine Haut, rinnt über meine Wangen und verfängt sich zwischen Bens Bartstoppeln. Ich würde sie gerne mit meinen Fingerspitzen auffangen, stattdessen lächle ich ihn nur an und rieche den erdigen Duft des Waldes. Es fühlt sich verdammt gut an. Das Kribbeln im Körper, das Gefühl zu schweben. Einfach alles.

Erst als Opa, der ein paar Schritte weiter gewandert ist, stehenbleibt und uns anspricht, senke ich meinen Blick.

»Kinder, ich brauche eine Verschnaufpause.«

Ein letztes Grinsen von Ben (verdammt, wieso muss er auch noch so verführerisch grinsen?), dann zieht er sich zurück.

»Hier, Alois, setz dich ein paar Minuten auf meine Tasche.«

»Nein, mein Junge, es geht schon.«

Doch Ben hat bereits seine Tasche auf den Straßenrand geschmissen und drückt Opa sanft darauf.

»Ein Auto, ein Auto«, kreische ich halb hysterisch, als ich in der Ferne einen roten Punkt entdecke. Mit zusammengekniffenen Augen spähe ich durch den fallenden Regen, während Ben an meine Seite hechtet.

Der Wagen kommt näher und dennoch kommt es mir vor, als bewege er sich in Zeitlupe. Der rote Punkt entpuppt sich als alte Rostkarre mit ungepflegtem Kerl am Steuer.

»Bitte sehr, Baxa«, sagt Ben äußerst höflich und ein amüsiertes Grinsen bricht durch. »Zeig, was du drauf hast.«

Ich atme einmal tief durch und versuche mich höchst aufreizend hinzustellen. Aber spätestens als ich Opas und Bens unterdrücktes Gekicher hinter meinem Rücken höre, das sich alsbald in schallendes Gelächter verwandelt, ist mir klar, dass ich lächerlich aussehe.

Ich wirble herum. »Haltet die Klappe!«, fauche ich – ja, echt löwinnenlike! – obwohl ich froh bin, Opa wieder lachen zu hören.

Und der Wagen rauscht an uns vorbei.

Ihr Gelächter wird noch lauter und ich verziehe meinen Mund zu einer Schnute.

»Nicht schmollen«, meint Ben und hebt zärtlich mein Kinn an.

»Stimmt«, ruft Opa dazwischen. Er sieht bedingt besser aus. Wenigstens nicht mehr kreidebleich, wenn auch immer noch blass. »Die nächste Gelegenheit rauscht heran!«

Ich wirble herum.

»Ein Jeep«, meint Ben. »Tja, dein Part. Da hockt sicher wieder ein Kerl am Steuer.«

»Vorurteile, lebet hoch! Wir können nicht erkennen, wer hinter dem Steuer sitzt«, entgegne ich, als der Geländewagen heranrauscht, und schubse Ben ein Stück nach vorne. »Dein Part! Wir wechseln uns ab!«

Kurz lässt er die Schultern hängen und vergräbt seinen Kopf in den Händen. »Da hab ich mir was Schönes eingebrockt. Aber na gut.«

Mit diesen Worten strafft er die Schultern und ich hänge wie hypnotisiert an jeder seiner Bewegungen. Sehe, wie seine Jacke sich über seinen Oberkörper und die Muskeln spannt.

Er hat einen traumhaft durchtrainierten Körper.

*Mann, Zara, konzentrier dich!*

»Okay, da bin ich mal gespannt«, stichle ich.

»Du packst das, Junge«, ruft Opa völlig unerwartet dazwischen.

Ich schüttle den Kopf. Haben Männer eigentlich so was wie einen unausgesprochenen Ehrenkodex, oder was?

Der Jeep kommt näher und Ben hält bereits in eleganter Coolness seinen Daumen raus.

»Sieh zu und lerne«, grinst er mir über die Schulter zu.

Nur noch wenige Meter.

Gleich ist der Wagen hier. Gleich. Gleich. Gleich …

*Himmel, sieht dieser Kerl sexy aus!*

Das laute Quietschen der Bremsen reißt mich aus den sich verirrenden Gedanken und Opa rappelt sich umständlich hoch, als die Wagenscheibe runtergelassen wird.

»Wo soll's denn hingehen?«, fragt die junge Frau. Ihr burschikoser Haarschnitt unterstützt ihr freches Erscheinungsbild und die helle Stimme ist wie ein wärmender Sonnenstrahl in der nassen Kälte.

»Zur nächsten Ortschaft«, sagt Opa. Er klingt immer noch leicht angeschlagen. »Hätten Sie Platz für drei Gestrandete?«

»Aber sicher«, sagt sie liebenswert. »Springt rein.«

Das lassen wir uns nicht zweimal sagen. Schon klettern wir ins Innere des Jeeps, dankbar, dem Regen für ein paar Minuten zu entkommen.

»Macht ihr Urlaub im Schwarzwald?«, will die Fahrerin von Ben wissen, der sich samt des kompletten Gepäcks auf der Beifahrerseite niedergelassen hat.

Opa legt seinen Kopf auf die Nackenstütze und schließt die Augen. Auch nachdem sich der Wagen wieder in Bewegung gesetzt hat (ohne Ruckeln, ganz anders als Bluestar. Aber diesem Wagen fehlt eindeutig etwas: eine ganze Wagenladung voll Charakter!), bleibt Großvater auffallend ruhig.

»Geht es dir gut?«, frage ich leise.

Sein Lächeln wirkt müde und trotzdem tut es gut, ihn lächeln zu sehen. »Alles bestens, Kleines.«

So sieht er definitiv nicht aus, aber ich widerspreche nicht, obwohl sich meine Zweifel verhärten, als ich ihm nun gegenübersitze und ihn aus nächster Nähe betrachten kann. Seine Haut glänzt von Schweiß und feine Adern schimmern durch seine Wangen wie bei einem feinen Stück Pergament. Er sieht nicht gut aus. Schnell krame ich eine Wasserflasche aus meiner Tasche und halte sie Opa hin.

»Trink.«

Opa tut, was ich ihm sage. Das verdeutlicht leider, dass ich mich mit meiner Einschätzung bezüglich seines Gesundheitszustandes nicht getäuscht habe, denn auf mich hören tut er selten genug.

Ich unterdrücke einen Seufzer und fühle mich, als hätte ich einen bleischweren Stein im Magen. Nicht nur wegen Opa, auch wegen des ganzen merkwürdigen und echt gruseligen Zwischenfalls. Er hat uns nicht nur viel Zeit gekostet, sondern auch enorm viel Energie. Möglicherweise macht sich außerdem auch der wenige Schlaf bemerkbar.

Der Wagen biegt in einen unscheinbaren Weg ein und wir sind alle zu müde und zu erschöpft, um in eine aktive Unterhaltung mit der Fahrerin zu verfallen.

Ich sehne mich danach, aus diesem Gefährt zu steigen, das mir plötzlich viel zu eng erscheint. Bedrückt, ja, das trifft meine Gefühlslage ziemlich gut. Und hier drin wirkt alles viel beklemmender als im Bluestar, obwohl dieses Auto so viel größer ist. Nun lässt sich der Seufzer nicht länger unterdrücken.

Da bemerke ich, dass mich die Frau durch den Rückspiegel beobachtet. Irgendwie erinnert mich der Ausdruck in ihren Augen ganz stark an Frau Bonnerlein. Vor Neugier zerfressene Pupillen.

Habe ich sie nicht mehr alle? Alles klar: Weiße Mäuse, wo seid ihr? Meine geistige Verfassung bereitet mir allmählich echt Sorgen und ich kann nicht leugnen, dass ich mir die nächste Ortschaft herbeiwünsche.

»Wir sind da«, meint sie in diesem Augenblick.

Hey, Wünsche gehen eben doch in Erfüllung!

Noch einmal baut sich ihr Blick über den Rückspiegel auf, und diesmal suche ich die Verbindung zu Opas Nachbarin vergeblich. Eigentlich sieht sie doch sympathisch aus, überlege ich, als wir uns bedanken und die Wagentür hinter uns zuschlagen. Mit ihrem lachenden Gesicht. Ein Vollmondgesicht, umrandet von rabenschwarzen Haarsträhnen.

Ich verharre an Ort und Stelle, beobachte mit gemischten Gefühlen, wie sie ihren Geländewagen wendet und sogleich hinter der nächsten Hausmauer verschwindet.

Wir stehen mitten in einem kleinen Dorf im Nirgendwo.

»Ob sie auch zu *denen* gehört?«, raunt mir Ben ins Ohr.

Ich zucke fast unmerklich zusammen, weil ich mich in meinen Gedanken ertappt fühle, und gleichzeitig geht mir ein zartes Kribbeln über Wangen und Nacken, da, wo Bens Atem meine Haut berührt hat. Ich drehe mich zu ihm um, versinke in seinem Grün und vergesse beinahe, was ich ihm sagen will. Ich blinzele einige Male, besinne mich. »Wir müssen eine Unterkunft finden. Opa geht es nicht besonders gut.«

Er nickt.

Warum geht er nicht weiter?

Dieses Lächeln, und wie er sich durch die Haare streift ... Ist er etwa verlegen? Dann streckt er die Hand nach mir aus, berührt mich sachte am Arm. Und da ist sie wieder, diese tanzende Spirale, die sich meinen Bauch schnappt und in mir dreht, so schnell, dass es sich anfühlt, als könnte ich schweben.

Unerwartet beugt er sich zu mir, kommt mir ganz nah, und drückt mir einen zarten Kuss auf die Lippen. Kurz schließe ich die Augen, fühle seine Wärme. Und als er sich zurückzieht, klopft mein Herz mit dem Regen um die Wette.

»Wow«, hauche ich atemlos.

Er lächelt noch immer. »Den warst du mir noch schuldig, Miss Zara!« Mit diesen Worten dreht er sich von mir weg, geht zu Opa und nimmt ihm sein Gepäck ab.

Meine Finger fahren gedankenverloren über meine Lippen. Sie prickeln und mir ist, als könnte ich immer noch Bens Kuss auf meinen Lippen schmecken und ihn riechen.

»Kleines, kommst du?«, ruft Opa.

Okay, jetzt reicht es. Dieser eine Kuss, mehr gibt es nicht. Ich verpasse mir eine virtuelle Ohrfeige, damit meine Sinne wiederkommen. So, und jetzt müssen wir dringend eine Bleibe für die Nacht finden.

# Kapitel 13

## Ich habe dich, Babe – oder doch nicht?

Bereits seit über einer Stunde suchen wir nach einem Hotel.

Leider stellen wir uns dabei so ungeschickt an wie *Bridget Jones* auf der Suche nach der großen Liebe. Dabei ist dieser Ort wirklich nicht groß!

»Den nächsten Menschen, der uns begegnet, frag ich nach einer Übernachtungsmöglichkeit«, bestimme ich. Die Situation erinnert mich sehr an unsere Suche in Frankfurt, als auch ich es war, die die Initiative ergreifen musste. Und ich habe auch bereits ein Opfer gefunden. »Den Mann mit dem Hut schnapp ich mir.«

Kaum gesagt, schon laufe ich los, als ich mit voller Wucht gegen Bens muskulösen Rücken pralle. Meine Nase dankt es mir mit einem höllischen Schmerz, der hoch bis zur Nasenwurzel sticht.

»Warte«, sagt Ben eine halbe Ewigkeit zu spät.

»Was bleibst du denn so abrupt stehen?«, frage ich. Erst als ich mit tränenden Augen hochblicke, bemerke ich vor uns das Häuschen, das sich zwischen die übrigen Bauten quetscht. Über der Tür ist ein halb abgeblätterter, petrolgrüner Schriftzug zu entziffern.

*Motel.*

Es ist ein kleines, schmuddelig wirkendes Haus.

Die meisten vorbeieilenden Passanten würdigen es keines Blickes. Ihre Augen wandern von dem großen Café auf der einen Straßenseite direkt weiter zu der Buchhandlung auf der anderen Seite.

»Versuchen wir unser Glück?«, fragt Ben, doch seine Finger umschließen bereits den Griff und drücken die Tür auf.

»Klar, rein in die gute Stube«, sage ich. Mir ist mittlerweile alles recht. So schiebe ich Opa über die Schwelle, um gleich hinter ihm in den warmen Eingangsbereich zu huschen, und endlich dem ungemütlichen Nass zu entkommen. Auch von innen wirkt das Haus nicht wirklich geräumig, eher eng, fast schon schäbig und ein unangenehmer Geruch sticht mir in die Nase. Eine Mischung aus verqualmter und alkoholgetränkter Luft. Aber bei Opas Zustand (und bei dem Hundewetter) bin ich nicht wählerisch. Hauptsache ein Dach über dem Kopf.

Der kleine Raum neben dem Eingangsbereich bietet gerade mal Platz für eine Handvoll Gäste. In der Ecke sitzen ein paar ältere Herrschaften und trinken ihr Wochenendbierchen. Und welche Überraschung, darunter entdecke ich auch den Fahrer der roten Rostlaube.

Sobald Ben die Tür hinter uns ins Schloss drückt, verstummt das leise Murmeln, scheint aber noch einige Sekunden in der Luft zu hängen. Kaum einer nickt uns zum Gruße zu, geschweige denn bringt einen Laut über die Lippen, dafür beäugen uns alle kritisch. Der Rostkarren-Kerl kaut auf einem Kippenstummel herum, ohne zu merken, dass der längst erloschen ist.

Unzählige Augen starren uns wissbegierig durch den Qualm an und ich stiere zurück, während sich Ben besinnt, weswegen wir hier sind.

»Guten Abend, wir brauchen zwei Zimmer für eine Nacht«, richtet er das Wort an den rundlichen Mann mit Halbglatze und Winzerschürze, der hinter der Theke steht und einen Zahnstocher zwischen seinen Zähnen wippen lässt. »Wir haben nur noch ein Doppelzimmer frei«, presst der hervor.

Mein wenig begeisterter Gesichtsausdruck ringt ihm ein hämisches Grinsen ab. »Nehmt es, oder lasst es bleiben.« Dabei mustert er mich vorwitzig. Pfft! Ein guter Geschäftsmann scheint er nicht zu sein.

Ich ignoriere ihn, betrachte die Regale hinter ihm an der Wand, die über und über mit Gläsern und Flaschen vollgestellt sind. Sie reflektieren das gelbe Licht der Lampen.

»Wir nehmen es«, entscheidet Opa über unsere Köpfe hinweg, dreht sich sogleich zu mir um und murmelt: »Das Platzproblem kriegen wir schon irgendwie geregelt.«

Seufzend fahre ich mir mit den Händen übers Gesicht. Ich bin echt zu erschöpft um zu widersprechen und sehne mich nach ein paar Stunden Schlaf.

»Ist gut«, sage ich matt, mehr nicht. Was mich in diesem Moment viel mehr beschäftigt, ist dieser merkwürdige Blick von Opa, und wie er ihn zwischen mir und Ben hin und her wandern lässt. Ähm … was soll das?

»Folgt mir«, brummt der Motelbesitzer. Er führt uns über drei Ecken zu einer verwinkelten Treppe. Auf dem Weg dahin entdecke ich vor einer Tür eine aufgeklappte Papptafel. Von Hand bemalt steht in krackseligen Buchstaben drauf geschrieben:

*Karaoke tonight*

Karaoke? Hier, an diesem seltsamen Ort? Puh! Eine dieser Abendbeschäftigungen, auf die ich liebend gerne verzichten kann und um die ich garantiert einen großen Bogen machen werde. In Gedanken stelle ich mir vor, wie der Rostkarren-Kerl mit einem möchtegern-hinreißenden-Hüftschwung *Billie Jean* von Michael Jackson zum Besten gibt. Urks!

Wir lassen eine Tür nach der anderen hinter uns und schreiten über den abgetretenen Dielenboden. Von der Decke hängt ein einsamer Lüster, doch er spendet kaum genug Licht, um die Nummern an der Tür entziffern zu können. Schließlich sind wir am Ende des Korridors angelangt.

»Nummer sieben«, knurrt der Fremde und schaut uns der Reihe nach an, als zähle er uns ab, und drückt mir schließlich schmierig grinsend den Schlüssel in die Hand. Zum Glück lässt er uns auch gleich wieder alleine. Schnell schließe ich auf, trete ein, während ich mir gleichzeitig meine feuchte Jacke abstreife.

Es ist ein kleines Zimmer, kaum größer als mein Zimmer zu Hause, mit wenigen Möbelstücken. An die Längswand ist ein dunkles Holzbett gestellt, das beinahe das ganze Zimmer in Anspruch nimmt. Es gibt einen Nachttisch an jeder Kopfseite mit je einem Lämpchen, die mit ihren verstaubten Lampenschirmen nicht gerade zu brillieren vermögen. Auf der Matratze, die schon auf den ersten Blick ungemütlich wirkt, liegen eine schäbige Wolldecke und zwei platt gedrückte Kissen. Ein hölzernes ablageähnliches Gestell, auf der sich weitere Decken befinden, steht am Fußende.

Ich durchquere mit wenigen großen Schritten den Raum und zerre zuerst energisch die Vorhänge beiseite und reiße dann den Fensterflügel auf. Ich hab das dringende Bedürfnis nach frischer Luft.

»Besser?«, fragt Opa und setzt sich unterdessen aufs Fußende des Bettes. Seine Wangen sind blassrosa und seine Augen wirken wieder lebendiger.

»Viel besser«, lächle ich ihn an.

»Seid mir nicht böse, Kinder«, beginnt er, »aber ich würde mich sehr gerne ein Momentchen hinlegen.«

Ben und ich schauen zeitgleich zu Opa und danach kreuzen sich unsere fragenden Blicke.

Wie jetzt? Opa schmeißt uns aus dem Zimmer? Ich hatte mich so auf ein paar Stunden Schlaf gefreut!

»Aber, Opa«, beginne ich. »Du willst uns –«

»Komm, Zara«, fällt mir Ben ins Wort. Schon fühle ich, wie sein Arm meine Taille umfängt und mich sachte Richtung Tür und damit aus dem Zimmer schiebt. »Schauen wir mal, was an einem Samstagabend in dieser Bude so los ist.«

Reflexartig klammern sich meine Finger am Türrahmen fest, so heftig, dass ich befürchte, Kratzspuren zu hinterlassen. Skeptisch schaue ich abermals von Ben zu Opa.

»Viel Spaß!«, zwitschert Großvater in diesem Augenblick und macht es sich auf dem Bett gemütlich.

»Ich schaue dann später nach dir, ja?«, sage ich und bin mir nicht sicher, was hier eigentlich gespielt wird. Opa winkt mir noch kurz, dann dreht er mir demonstrativ den Rücken zu.

Ich bewege mich keinen Millimeter, auch nicht, als Ben mir die Tür vor der Nase zuzieht.

»Okaaaay«, sage ich gedehnt und lasse mich höchst widerwillig von ihm zur Treppe schieben.

»Nicht wirklich die feine englische Art, die Alois an den Tag legt, was?«, grinst Ben und hüpft leichtfüßig die ersten Stufen hinunter.

»Tja, was soll ich sagen? Mein Opa, wie er leibt und lebt«, stammle ich ziemlich unbeholfen, denn ehrlich gesagt bin ich mehr als überrascht über Opas sonderbares Verhalten.

Kurz halte ich am Treppenabsatz inne.

Von irgendwo her dringt Musik zu uns hoch.

Ich verstumme. Nicht nur, weil mir das mit Opa peinlich ist, sondern vor allem, weil mir wieder einfällt, dass heute diese Karaokenacht angesagt ist. Im Schneckentempo steige ich die Treppe runter. »Du willst nicht allen Ernstes da rein?«

»Wo bleibt deine Spontaneität, Miss Zara?«

»Wer sagt, dass ich spontan bin?«

»Etwa nicht?«

»Doch, ja, eigentlich schon … denke ich«, zucke ich undefiniert mit den Schultern. »Aber das hier?«

Der Bass hämmert durch das Gebäude und zeigt, dass der Abend bereits in vollem Gange ist.

»Magst du keine Musik?«, fragt Ben. Es muss das spärliche Licht des Zwischengangs sein, denn Bens Gesicht verdunkelt sich bei seinen Worten.

»Ich liebe Musik.«

Jetzt kommt er einen Schritt auf mich zu. »Verrätst du mir wieso?«

Ich denke kurz nach. »Sie berührt mein Herz.«

Ben lächelt so merkwürdig.

»Ich weiß, es klingt kitschig, aber so ist es«, spreche ich schnell weiter, weil ich nicht sicher bin, ob er mich anlächelt oder meine Worte eher *be*lächelt. »Musik beruhigt mich, wenn ich wütend bin und genauso belebt oder muntert sie mich auf, wenn ich traurig bin. Musik heilt ein Stück weit meine Seele!« Verlegen fahre ich mit den Fingern über die biedere Blümchentapete an der Wand. »Aber ich steh nicht auf Katzenmusik von talentfreien Provinz-Sängern.«

Unwillkürlich flimmert wieder der Rostkarren-Kerl vor meinem geistigen Auge auf. Diesmal nur im dürftigen Rippshirt und schlabberigen Boxershorts. Die Fantasievorstellung scheint von Mal zu Mal schlimmer zu werden.

Es schüttelt mich.

»Okay, verstehe«, murmelt Ben und beugt sich leicht zu mir hinunter. »Vielleicht haben sie auch Samu?«, feixt er.

Ich kneife ihn in den Bauch, nicht fest, vielleicht ist es auch nur, um ihn zu berühren?

»Hey, es geht ja nicht drum, wer am besten singt«, fährt er fort. »Es geht um den Spaß und das Mitmachen. Einfach die Freude an der Musik. Und dass wir auf andere Gedanken kommen.«

»Ähm … klar. Hast du dir die Leute mal angeschaut?«

»Alles klar: Vorurteile, lebet hoch!«, wiederholt er die Worte, die ich ihm vorhin an den Kopf geworfen habe. Gleichzeitig hebt er mit einem Finger mein Kinn an, aber ausnahmsweise zeichnet sich kein anzügliches Grinsen auf seinen Lippen ab. Dafür wandern seine Brauen empor. »Da gibt es nur eine Lösung.«

Eigentlich bin ich mir sicher, dass ich sie nicht hören will. Doch schon höre ich mich fragen: »Welche?«

»Dieser Abend existiert nur einmal.« Bei diesen Worten greift er nach meiner Hand.

Das Kribbeln im Bauch steigt hoch zu meinem flatternden Herzen. Wenn er mich nicht festhalten würde, würde ich entweder in die Luft abheben oder zu Boden sacken, weil sich meine Knie so weich anfühlen wie Pudding. Er schafft es überraschend schnell, mich auf andere Gedanken zu bringen. Ben zieht mich hinter sich her und die Musik wird immer lauter.

Hinter dem winzigen Raum neben dem Eingangsbereich versteckt sich ein kleiner Saal – okay, *Saal* ist vielleicht nicht das richtige Wort, eher so was wie größeres Zimmer, aber im Vergleich zu den übrigen

Räumlichkeiten deutlich größer. In der hinteren Ecke steht ein altes Klavier, davor mehrere kleine Tische mit Stühlen, alle dicht besetzt. Nur der vorderste Bereich ist freigehalten, natürlich, es ist ja auch die Bühne der Möchtegerns.

Kaum einer bemerkt, dass wir eintreten. Die Musik schwappt an uns heran und lullt uns vollkommen ein.

Meine Begeisterung hält sich allerdings nicht nur in Grenzen, sie scheint eher so was wie scheintot. Genau genommen bin ich auch viel zu müde und möchte einfach nur schlafen.

*Warte hier,* deutet mir Ben mit einem Handzeichen an, wobei ich nicht sicher bin, ob ich es richtig deute. Dann verschwindet er zwischen den Schaulustigen.

Erschöpft lehne ich meinen Oberkörper an die Wand, lasse erst desinteressiert meinen Blick nach vorne schweifen und muss dann unweigerlich grinsen. Ich kenne den Sänger auf der Bühne. Haha! Tatsächlich der Rostkarren-Kerl! Aber hey, der ist gut. Verdammt, wer hätte das gedacht. Er singt *Pokerface* von Lady Gaga und die Gäste toben vor Begeisterung.

»Bist du bereit?«, ruft mir Ben zu.

»Bereit wofür?«, krächze ich. Mir schwant Übles.

»Ich verspreche dir, dass ich diesen Abend zu einem deiner unvergesslichsten Augenblicke deines Lebens machen werde.« Sein anzügliches Grinsen hat zurückgefunden.

Obwohl mir klar ist, dass seine Bemerkung auf die Musik abspielt, werde ich rot. (Innerlich danke ich der spärlichen Beleuchtung.) »Ohne Samu läuft gar nichts«, kontere ich schließlich.

»Tut mir leid, Miss Zara, Samu haben sie leider nicht auf Lager, meinte Paul. Der übrigens gar nicht mehr so grantig ist wie vorhin.«

»Wer ist Paul?«

»Na, der Besitzer der Bude«, sagt er und hebt gleichzeitig entschuldigend die Arme. »Da musst du wohl mit mir vorliebnehmen.«

Die Musik verklingt und die männliche Lady Gaga suhlt sich im Applaus. Jetzt entdecke ich auch Paul, der skurriler Weise immer noch seine Winzerschürze trägt. Er bedankt sich gerade bei dem Rostkarren-Kerl (Henry heißt er) und kündigt voller Freude an, dass ein frisch verliebtes Pärchen den nächsten Song übernimmt.

»Tja, das sind dann vermutlich wir beide.«

»Träum weiter!«

»Solange ich von dir träume«, sagt Ben gelassen und nimmt mich mit einem festen Griff in den Arm. »Hey, ich bin echt gut. Ehrlich.«

Was für ein gottvergessenes Ego!

Woher holt er nur dieses Selbstbewusstsein? Kann man das vielleicht kaufen? Das will ich auch. Gleich eine ganze Tonne. Nein, lieber zwei. Ach was, ich brauche eine ganze Lastwagenladung voll!

Ich. Will. Nicht. Singen.

Nicht vor all den fremden Leuten, nicht vor dem Besitzer, nicht vor Rostkarren-Henry und vor allem nicht vor Ben.

Während der mich entschlossen zur bühnenähnlichen Fläche vorschiebt, suche ich verzweifelt nach einer Ausrede.

»Sorry, aber manchmal ist das Retten der Welt wichtiger als das Date mit dem schönsten Kerl«, grinse ich schief und versuche mich aus seinem Klammergriff herauszuwinden. »Ich muss also dringend weg.«

»Du bleibst schön hier.«

Hirnzellen, schmeißt euch in Action und zwar übermotiviert. Ich brauche eine Ausrede!

»Du wirst dich nicht blamieren, ich kann echt gut singen.«

»Yeah!«, ruft jemand in den vorderen Reihen. Natürlich wieder Rostkarren-Henry.

Ich lächle gequält.

Wie Ben zu dem Ganzen steht, muss ich wohl nicht ausführen. Er ist mehr als bereit. In der einen Hand hält er bereits das Mikro, die zweite hält mich fest an der Schulter umklammert, als ob er befürchte, ich könnte sonst jeden Moment die Flucht ergreifen – wie wahr!

Kopf an Kopf reiht sich das Publikum. Wo kommen denn all die Leute her? Dieses Event scheint in dem Kaff hier der letzte Schrei zu sein! Und wo bleiben die Schwarzen Engel, wenn man sie braucht?

»Ben«, flüstere ich. Sein Gesicht ist nur wenige Zentimeter von meinem entfernt. »Ich habe schlechte Nachrichten. Meine Singstimme ging vorhin meine Motivation suchen und jetzt sind sie zusammen nach Vegas durchgebrannt.«

»Jaja, und meine Motivation tanzt nackig über die Wiese«, sagt er kopfschüttelnd. »Okay, wie gesagt, kein Samu, aber den Song kennst du bestimmt.«

Sein Kopfnicken in Pauls Richtung signalisiert, dass wir jetzt anfangen können. Also, das gilt nur für Ben. Ich bin alles andere als startklar.

»Nein!«, kreische ich. »Weißt du, in deinem hübschen Kopf mag das vielleicht alles ganz einfach sein, aber hey, ich bin hier draußen.« In einem Anflug von Verzweiflung wedle ich mit meiner Hand vor seinem Gesicht herum.

Er sagt nichts zu meiner beinahe-Panikattacke und Paul beginnt zu meinem Elend bereits an der Anlage herumzuhantieren.

Mir wird übel.

»Ich bitte um einen kräftigen Applaus für unsere zwei Turteltauben, Zara und Ben!«, ruft Paul voller Inbrunst ins Publikum, welches seine Worte mit kräftigem Klatschen honoriert.

Auch das noch!

Ich schaue zu Ben. Er scheint kein bisschen nervös zu sein. Dazu hat er noch dieses unwiderstehliche Grinsen auf den Lippen und wirkt unvergleichlich cool.

Rostkarren-Henry winkt mir aufmunternd zu, streckt beide Daumen in die Höhe und ich hebe aus einem Reflex heraus die Hand, so dass man den Ansatz eines Möchtegern-Winkens erahnen könnte.

»Zara, wink hier nicht rum, du musst gleich loslegen und singen!«

Singen, singen. Klar! Kein Problem, wenn die Stimme versagt! Meine Augen funkeln ihn böse an. Der Kerl spinnt! Anders kann ich das nicht erklären. Was denkt der sich bloß dabei? Das wiederum ist schnell erklärt. NICHTS! Ich werde nie im Leben singen …

Die Musik beginnt.

Ach, verdammter Mist …

Ich kenne den Song. Vermutlich. Ein Oldie? Aber wie heißt er? Natürlich will mir der Titel nicht einfallen, das wäre auch zu schön gewesen.

Ich schaff das nicht. Ich schaff das nicht. Ich schaff das nicht!

»Und, bist du jetzt soweit?« Vorsichtig lässt Ben mich los und grinst mich frech an. (Vielleicht sollte es auch aufmunternd sein, das kann ich in dem Nervositätsschub nicht genau erkennen!) Und in dieser Sekunde beginnt der Farbbalken, den Songtext zu untermalen.

Ich unterdrücke ein Seufzen und, ähm ja, den Einsatz verpatzte ich schon mal gründlich! Ben blickt zu mir, ich mache den Mund auf, aber meine Stimme ist offenbar tatsächlich abgehauen!

Hey, Arrow-Typ, ich könnte dich und deinen Hokuspokus so langsam echt ganz gut gebrauchen.

Oh, weiter geht's.

Ich krächze ein paar hässliche Töne ins Mikro, mehr bringe ich nicht zustande.

Wie war das noch mal mit talentfreien Sängern? Diese Liste hat gerade eine Nummer eins bekommen. Zara Baxa! Schweißperlen säumen meine Stirn.

Ich bin mehr als erleichtert, als nun Bens Part beginnt. Er übernimmt das Singen mit sichtlicher Freude, denn er grinst total unverschämt.

Endlich ist bei mir der Groschen gefallen, der Song ist von Sonny and Cher. Aber wie lautet der Titel?

Ben singt äußerst selbstsicher und strahlt dabei pure Leidenschaft aus. Ich merke, wie die Panik allmählich von mir abfällt und dass sich meine verkrampften Muskeln langsam lösen.

*Ähm … okay … könnte es sein, dass Bens Begeisterung irgendwie ansteckend ist?*, frage ich mich, während ich zu singen beginne.

Jetzt ist es wieder an ihm. Wow! Seine Stimme geht echt unter die Haut. Tief, melodisch – ich bin total geflasht!

Ben fordert mich singend dazu auf, meine Hand in seine zu legen und streckt seine Hand gleichzeitig nach mir aus. Als wäre es das Selbstverständlichste auf der Welt, lasse ich meine in seine gleiten. Er drückt sie sanft und zieht mich ungestüm ein Stück näher zu sich heran, während wir gemeinsam den Refrain singen.

Fein streift er mit dem Daumen über meine Hand und schaut mich mit einem Ausdruck in den Augen an, der mich fast wahnsinnig werden lässt, ganz so, als ob es für ihn keinen anderen Menschen außer mir auf dieser Welt gäbe.

Wieso wird mir dabei nur so warm ums Herz? Und dieses Kribbeln im Bauch …

Es existiert kein Publikum mehr, kein Rostkarren-Henry, kein kleiner Saal. Nur noch Ben und ich. Ich kann nicht anders, als meinen Arm während der nächsten Songzeilen um Bens Hals zu schlingen, und er zieht mich noch näher zu sich heran. Nun bin ich ihm so nahe, dass sich unsere Körper berühren.

Wir singen gemeinsam die langgezogenen Schlussworte ins Mikro. Die Musik ist jetzt ganz leise und von einem Moment auf den nächsten steht die Welt plötzlich still. Ich vergesse die Schwarzen Engel vollkommen und dass Ben ein echter Vollpfosten sein kann. Vor mir steht ein anderer Ben, mit verführerischem Lachen und verflucht schönen Augen.

Langsam neigt er seinen Oberkörper mir entgegen, so dass seine Stirn beinahe meine berührt. Mein Herz pocht immer heftiger und ein stürmisches Kribbeln rast von meinem Bauch hoch bis zu meinem Herzen. Ich schließe die Augen, spüre seine starken Arme um meine Taille und die Wärme seines Atems. Er berührt meine Wangenknochen, nähert sich langsam meinem Mund.

Ein magischer Moment.

*Küss mich einfach, du Vollpfosten,* denke ich, halte den Atem an und zieh ihn noch näher an mich heran, als die Musik überraschend noch einmal auflebt …

… und der ganze Zauber mit einem Wimpernschlag verfliegt.

# Kapitel 14

# Herzensklänge

Ich blinzle.

Begreife erst allmählich, was gerade geschehen ist. Bens Gesicht direkt vor meinem. Sein Atem geht schnell, genau wie meiner, aber ich wage es kaum, seinen Blick aufzufangen und noch weniger, ihn zu küssen. Was ist mit ihm los? Plötzlich ist da kein Strahlen mehr, kein Lächeln, einfach nichts. Er sieht mit einem Mal verwirrt und ratlos aus. Sein Gesicht ist ein einziges Rätsel aus unzähligen Emotionen.

Von einer Sekunde auf die andere ist alles wieder da. Der kleine Saal voller fremder Leute, unsere schwierige Suche – und der arrogante Ben. Und trotzdem, ich muss es wissen. Ich muss wissen, was sich in diesem Augenblick für ein Ausdruck in seinem Blick abzeichnet. Ein flüchtiger Augenaufschlag in seine Richtung. Es ist sinnlos, ich werde nicht schlau aus ihm und traue mich nicht zu fragen. Die Gäste applaudieren, allen voran mein neuster Verehrer, Rostkarren-Henry. Er springt auf die Füße und jubelt uns zu. »Was für eine Stimme, Schätzchen, was für eine Stimme!«

Ich nehme es nur aus dem Augenwinkel wahr, denn ich kapiere einfach nicht, was mit Ben los ist. Ist er verwirrt? Oder nervös? Vielleicht eher enttäuscht? Wo ist sein übergroßes Ego geblieben?

Langsam winde ich mich aus seinen Armen und bilde mir ein, bei ihm den flüchtigen Reflex zu spüren, mich festzuhalten. Vermutlich bloßes Wunschdenken, denn schon lässt er die Arme sinken.

»Zugabe!«, schreit mein neuster Fan, aber ich will nur noch weg.

Meine Beine zittern, als ich mich von der Bühnenfläche entferne. Die zauberhafte Stimmung von vorhin ist einer peinlich berührten gewichen. Vielleicht empfinde auch nur *ich* so?

Plötzlich entdecke ich zwischen all den Gästen ein bekanntes Gesicht.

Was tut Opa hier? War er etwa die ganze Zeit schon da? Oh bitte nicht!

Mittlerweile befinde ich mich nicht mehr im Bereich der normalen Peinlichkeit, nein, der Abwärtstrend hat einen Zahn zugelegt. Das wird ja immer besser, zumindest, wenn man danach lechzt, sich zu erniedrigen.

Mit unsicheren Schritten gehe ich auf Opa zu.

Komischerweise wirkt er putzmunter, hat drei voll beladene Teller auf dem kleinen Tisch vor sich stehen und drückt mich freudig an seine Brust.

»Was machst du hier unten?«, frage ich ihn sofort.

»Ihr wart großartig, Kleines«, freut er sich und ignoriert meine Frage. »Wahrhaftig großartig!« Jetzt klopft er Ben anerkennend auf die Schulter, während dieser sich auf den freien Stuhl fallen lässt.

Ich lächle, kriege kein weiteres Wort heraus und traue mich nicht, Opa anzuschauen.

Verdammt noch mal, ich kann doch froh sein, dass die Musik uns unterbrochen hat. Sonst hätte ich … Oh! Mein! Gott! … sonst hätte ich Ben vor versammeltem Publikum geküsst. Hallo? *Geküsst!* Schon wieder! Lustlos kaue ich auf dem Sandwich herum. Wo bleibt die Erleichterung?

Verdammt noch mal, sollte ich nicht erst einmal die Situation mit Nils klären, ehe ich mich dem nächsten Typen an den Hals schmeiße? Herrgott, ich bin doch keine fünfzehn mehr!

Anstandshalber esse ich das Sandwich auf. Und ich bin froh, dass Opa die Unterhaltung am Leben hält. »Weißt du, mein Junge, meine Rosie hat auch für ihr Leben gern gesungen«, schwärmt er. Doch die Musik spielt so laut, dass ich nur mit halbem Ohr hinhöre. Er plappert wieder von seiner großen Liebe (was für ein komischer Zufall), und dass er meine Oma nicht nur bis zu ihrem Tod geliebt habe, sondern darüber hinaus immer noch liebe.

Irgendwann erhebe ich mich, schließlich kenne ich Opas Lebensgeschichte in und auswendig. Die Müdigkeit muss als Begründung herhalten.

»Ich geh schlafen«, sage ich matt und lasse die Männer, ohne Augenkontakt zu Ben zu suchen, alleine und verschwinde aufs Zimmer.

***

»Kleines, schläfst du schon?«, trällert Opa und ich glaube beinahe, ein Lallen herauszuhören. »Wir sind wieder da-h-aaa!«

Es ist weit nach Mitternacht, als die beiden ins Zimmer kommen.

»Schö-hö-n!«, versuche ich seinen Ton zu imitieren, um ebenso fröhlich zu klingen – es misslingt gründlich. Obwohl ich so tue, als würde ich lesen, ertappe ich mich dabei, wie ich verstohlen zu Ben hinüberschiele.

Wir wechseln kein Wort, weichen uns aus, als wir im Bad aufeinandertreffen, und vermeiden jeden Blickwechsel und erst recht jegliche Berührung. Beim Zähneputzen streift er mit dem Ellenbogen leicht meine Schulter und entschuldigt sich dafür viel zu überschwänglich. Ich komme mir vor wie im Kindergarten. Himmel, ich wusste gar nicht, wie anstrengend es sein kann, jemanden wie Luft zu behandeln.

Als ich endlich neben Opa im Bett liege (Ben hat sich mit den Zusatzdecken auf dem Boden eingerichtet – ganz gentlemanlike), kriege ich kein Auge zu, denn in meinem Kopf schreien tausend Gedanken. Sekunden verstreichen, werden zu nicht enden wollenden Minuten. Eine Weile suche ich verzweifelt nach Worten, einem Witz, einfach irgendwas, das diese Stille beendet. Es gibt nichts, weil jedes Gespräch nur in irgendwelchen Peinlichkeiten enden würde. Oder interpretiere ich diese Situation womöglich völlig falsch und müsste mich für irgendetwas entschuldigen? Aber hey, für was? Es ist ja nichts passiert. *Leider.* Argh! Wieso leider?!

Mir wird abwechselnd kalt und heiß und jetzt kann ich erst recht nicht einschlafen.

Ich habe keine Ahnung, wie viel Zeit verstrichen ist. Alles, was ich sehe, ist Opas breiten Rücken und seine Schultern, die sich regelmäßig heben und senken. Offenbar bemerkt er die bedrückte Stimmung nicht, die zwischen Ben und mit vorherrscht.

Ich hohle Nuss, was habe ich mir bloß dabei gedacht, ausgerechnet Ben zu küssen? Cilias neuster Fang. Das sollte doch Abschreckung genug sein, denn ihr Geschmack für Arschlöcher ist unfehlbar. Eigentlich verstehe ich wirklich nicht, was ich an ihm finde.

*Er ist ein Vollpfosten, schon vergessen?*

Dazu arrogant, selbstverliebt und auf einem nie endenden Egotrip. Er ist derselbe Kerl, der mich über den Haufen gefahren hat. Derselbe, der sich von Cilia Schwartz einlullen lässt. Der immer coole, Schule schwänzende, oberflächliche Ben!

In diesem Moment strahlt die Matratze eine solche Hitze aus, dass ich keinen kühlen Winkel und keine gemütliche Schlafposition mehr finde. Gereizt zerwühle ich die Wolldecke, betrachte das Wolkenspiel vor dem Fenster und zähle die Sterne, die dazwischen aufblitzen. Besser gesagt, ich versuche es, doch es ist sinnlos.

Ben gefällt mir, und alles Schlechtreden ist reine Energieverschwendung.

Seufzend rolle ich mich von einer Seite zur anderen und frage mich, was meine Freunde wohl machen? Ob Chris die Mädels dazu gebracht hat, ins Rox zu gehen? Vielleicht sogar mit Nils? Bei diesem Gedanken vermisse ich ihn seit Langem das erste Mal. Nicht den Nils, mit dem ich mich nur noch gefetzt habe, sondern den Nils, in den ich mich damals verliebte. Und obwohl mir in diesem Moment klar wird, dass dieser Nils nicht mehr existiert, nehme ich mein Handy vom Nachttischchen und tippe eine kurze Nachricht.

*Hey Nils!*
*Muss mit dir reden, wenn ich zurück bin.*
*Bis bald!*
*Zara*

Mein Finger schwebt bereits über dem grünen Senden-Icon, als ich mein schwaches Kopfschütteln bemerke. Mir wird klar, dass ich die Nachricht nicht abschicken kann – und auch nicht möchte. Mag die Zukunft auch noch so verwirrend und unsicher erscheinen, Nils gehört in die Vergangenheit.

Leise seufzend lösche ich die Zeilen. Und mit dem Beiseitelegen des Smartphones verbanne ich auch die Gedanken an Nils aus meinem Kopf.

***

Als ich die Augen aufschlage, erblicke ich als erstes Opas Rücken neben mir. Ich war wohl doch eingeschlafen. Großvater hat sich großzügig auf der Matratze ausgebreitet, ich hingegen liege höchst verkrümmt auf der äußersten Bettkante und drohe jeden Augenblick runterzuplumpsen. Langsam richte ich mich auf, dabei knarzt das Bett viel zu laut in der Nachtstille.

*Geht's noch lauter!*

Prompt gibt Opa einen grunzenden Laut von sich, dreht sich auf die andere Seite und schnarcht.

Kurz schaue ich aus dem Fenster. Es ist immer noch stockfinster. Und dann verharrt mein Blick auf dem Fußboden. Da, wo vorhin Ben gelegen hat, ist niemand mehr.

Kurz zuckt mein Herz. Hat er sich davongeschlichen?

So leise wie möglich klettere ich aus dem Bett, schlüpfe in meine Jeans und schleiche zum Bad.

Alles ist dunkel und von Ben keine Spur.

Sehr seltsam. Wo ist er?

Viele Möglichkeiten bleiben nicht übrig, also öffne ich vorsichtig die Zimmertüre und spähe in den Flur.

Dasselbe Bild: Alles ist dunkel. Alles ist still.

Ich weiß nicht wieso, doch ich habe eine Ahnung in mir. So wage ich ein paar Schritte in die Dunkelheit.

Als ich meinen Fuß auf die erste Stufe der Treppe setze, höre ich sie. Die Musik. Eine Melodie, so leise und zart, dass ich erst überzeugt bin, mich verhört zu haben. Obwohl der Verstands-Teil in mir es auf meine übernächtigten Sinne abschiebt, drängt mich die Stimme meines Herzens, weiterzugehen.

Ich lausche den Klängen und versinke darin.

Nein, ich täusche mich nicht.

Die einzelnen Töne tanzen mir entgegen, als hätten sie mich bereits erwartet. Sie nehmen mich an die Hand, führen und umhüllen mich.

Mit leisen Schritten erreiche ich den kleinen Eingangsbereich, und hier höre ich die Musik deutlicher. Ohne zu überlegen gehe ich ihr nach. Sie wird nicht nur lauter, jetzt höre ich heraus, dass es Klavierklänge sind. Sie führen mich zu dem kleinen Saal, seit Kurzem unter dem Zweitnamen *Raum der verdrängten Peinlichkeit* bekannt. Auch er liegt in völliger Dunkelheit.

Mein Herz macht einen Satz, ehe mein Verstand begreift weswegen. Und dann sehe ich es. Die Gestalt, die am Klavier sitzt, ist Ben. Trotz der Finsternis erkenne ich seine schwarzen Locken, die feucht in seinem Nacken kleben. Das helle Shirt spannt sich über seine gewölbten Schultern und lässt seine angespannten Muskeln erahnen.

Ich hatte keine Ahnung, dass er so gut musizieren kann.

Wow! Ich bin echt fasziniert. Und hingerissen.

Gerade spielt er voller Wehmut, als würde die Melodie den Schmerz aus seinem Innern weinen. Ich kann es nicht anders beschreiben, als: Es berührt etwas ganz tief in mir.

Mit zögerlichen Schritten gehe ich auf ihn zu und strecke meine Finger nach ihm aus, doch im letzten Moment ziehe ich meine Hand zurück.

Irgendetwas hält mich davon ab, ihn zu berühren.

Völlig unerwartet hämmert er mit allen Fingern gleichzeitig auf die Tasten, hält in der Bewegung inne und lässt den Missklang verstummen. Eine Weile starrt er die schwarz-weißen Tasten an, dann ballt er seine Hände zu Fäusten und schreit auf.

Ich zucke zusammen, wage es kaum, zu atmen.

Nun umklammert er die Abdeckung der Klaviertasten krampfhaft mit beiden Händen und die Knöchel treten vor Anspannung weiß hervor. Doch offenbar kümmert Ben weder den Schmerz, noch die Abdrücke der Kanten, die in seinen Handflächen zurückgeblieben sind.

Was ist bloß mit ihm los?

Er schüttelt seine Hände, legt die Finger auf die Tasten, verharrt kurz, ehe er erneut zu spielen beginnt.

Die Melancholie von vorhin ist einer rebellischen Leidenschaft gewichen und seine Finger greifen lebhaft nach den Tasten, bis sie schließlich fließend über das Schwarz-Weiß tanzen.

Alles fällt von mir ab. Mein ganzes Gefühlschaos, die Gedanken an meine Schwester, auch mein Ärger verraucht und ich weiß nicht einmal mehr, weswegen ich hier stehe. Innerhalb von Sekunden ist alles wie weggefegt, fortgetragen von dieser Musik.

Es mag kitschig klingen, doch genauso empfinde ich, denn mit der Musik öffnet Ben mein Herz. Die Töne, die seine Finger dem Klavier entlocken, bezirzen mich und ich fühle für ihn wieder dasselbe wie vor wenigen Stunden auf der Bühne. Diese Musik geht mitten ins Herz, und mit diesem Kerl ist es am Ende gleich. Ich vergesse, dass ich barfuß auf dem kalten Parkettboden stehe, vergesse, wie ich heiße, vergesse sogar zu atmen. Federleicht flattert mein Herz, schmiegt sich in die Flügel dieser Melodie und legt sich in Bens Hände.

Auf Zehenspitzen begebe ich mich an seine Seite, denn ich möchte ihn nicht unterbrechen. Erst als ich mich zu ihm auf den schmalen Klavierhocker niederlasse, blickt er auf.

Er lächelt, ohne dabei sein Spiel zu unterbrechen und ich schließe die Augen, lausche und genieße, bis die Klänge verstummen.

Als ich Bens Hand plötzlich an meiner Wange spüre, bin ich nicht überrascht. Es fühlt sich richtig an. Und gut. Verdammt gut, um ehrlich zu sein.

Im selben Augenblick weiß ich, er fühlt wie ich. Musik berührt auch sein Herz. Eine Leidenschaft, die uns verbindet.

Weiter komme ich mit meinen Gedanken nicht. Ich spüre seinen warmen Atem auf meinen Wangen und seine Stirn, die auf meiner liegt. Mein Atem geht schneller, als ich die Augen aufschlage und mir das Verlangen in seinem Blick entgegenblitzt. Der Blick seiner

grünen Augen tastet vorsichtig über mein Gesicht und bleibt an meinen Lippen hängen.

Er atmet tief, schiebt seine Hand in meinen Nacken und zieht mich zu sich heran. So nah, dass ich in seinem Grün zu versinken drohe. Selbst wenn ich mich darin verliere, es ist mir in dieser Sekunde egal.

Ich hebe meinen Kopf leicht an. »Ben?«

»Ja?«, haucht er.

Ich rieche seine Haut, spüre, wie er seine Muskeln anspannt. Sehe, wie weich und sanft seine Lippen aussehen.

»Küss mich einf-«

Noch bevor ich den Satz zu Ende gesprochen habe, liegen seine Lippen auf meinen. Das Kribbeln, das meinen Körper erfasst, das Gefühl von Schwerelosigkeit – wer kann dabei noch denken?! Ich möchte diesen Augenblick einfach nur festhalten. Für immer.

Als ich meine Augen öffne, lächelt Ben mich an. Nicht nur mit seinem Mund, mit jeder Faser seines Körpers.

»Musik heilt die Seele«, flüstert er mir zärtlich ins Ohr und seine Worte bringen mein Herz zum Pochen, stärker als es ohnehin schon schlägt. Etwas Schöneres hätte er nicht sagen können. Ja, er fühlt wie ich.

Sachte strecke ich meine Finger aus und berühre sein Gesicht. Meine Hand zittert vor Aufregung, als ich seine feine Haut unter meinen Fingern fühle. Ich fahre die Konturen seiner markanten Nase nach, weiter über seine Wangenknochen. Er schließt die Augen, genießt meine Berührung. Als ich über seine Narben am Kinn streiche, zuckt er kaum merklich zusammen, nicht, weil es ihn schmerzt, viel eher scheint es ihm unangenehm zu sein. Ich beuge mich vor, küsse seine Narbe, vergrabe mein Gesicht in seinen Locken und atme seinen Duft.

Ich will ihn. Ich will ihn mehr, als ich es je für möglich gehalten habe.

Für eine Weile bleiben wir eng umschlungen und ich kann spüren, wie sein Herz vor Erregung schlägt. Gleichmäßig und kraftvoll. Ein beruhigendes Geräusch, ich schmiege mich an seine Brust.

»Du spielst wundervoll«, wispere ich. »Weißt du das?«

Er drückt mich ein Stück von sich weg.

Zuerst bin ich irritiert, aber als ich sehe, dass er seine Finger erneut auf die Tasten legt, lächle ich. Ohne den Blick von mir abzuwenden, beginnt er zu spielen.

»Na, erkennst du's?«

Ob ich es erkenne? Ich bin überwältigt, schlucke hart und bringe ein schwaches Nicken zustande. Meine Augen brennen. Und schon kullert eine heiße Träne über meine Wange. Ich wische sie nicht weg, denn Ben beugt sich zu mir und küsst die Träne weg.

»Für dich, Zara«, raunt er mir ins Ohr. »Das spiele ich nur für dich.«

Es ist *Hollywood Hills* von Samu, aber in einer Interpretation, die so viel Gefühl in sich trägt, dass ich glücklich erschaudere.

»Du bist der Wahnsinn!«

Ben schüttelt seinen Kopf, dabei fallen ihm seine Locken ins Gesicht. Obwohl die Geste traurig wirkt, bahnt sich sein leidenschaftliches Lächeln, mit dem er mich anschaut, in mein Herz.

Shit! Wann genau habe ich angefangen, mich in Ben zu verlieben? Ich weiß es nicht mehr. Ich weiß nur, dass es längst zu spät ist, sich diese Frage zu stellen. Mein Herz hat seine eigene Stimme. Es geht seinen eigenen Weg und will dahin, wo es glücklich ist.

Mit einer schnellen Bewegung löst er sich vom Klavier, dreht sich so, dass er den Hocker zwischen den Beinen hat, und rutscht näher. Zuerst streicht er mir ein paar verirrte Strähnen aus der Stirn, dann wandern seine Hände über meine Schulter, weiter über den Rücken, bis hin zu den Hüften. Mit einer leidenschaftlichen Bewegung zieht er mich zu sich, so nah, dass ich meine Beine um seinen Körper schlingen kann.

Er riecht nach frisch gemähtem Gras und Frühlingsregen. Sein Duft wickelt mich so um den Finger, dass ich mich mit allen Sinnen in ihm verliere.

Als Ben seinen Kopf zu mir neigt, küsse ich ihn. Langsam öffnet er seinen Mund und unsere Zungen liebkosen sich. Vorsichtig gleiten seine Finger unter mein Shirt, hinauf zu meinem Rücken. Ich küsse ihn weiter, fühle seine Wärme, genieße die Leidenschaft und trotz der kühlen Nachtluft wird mir warm, wenn nicht gar heiß.

Behutsam löse ich mich von Ben und drücke ihn von mir weg. Nicht weit, nur so viel, dass er mich ansehen kann.

»Zara, was ist los?«, haucht er atemlos.

»Das war nicht der Plan.«

»Was meinst du?«

»Eigentlich wollte ich mich nicht verlieben«, flüstere ich. »Ich wollte nur meine Schwester finden.«

»Und ich wollte dich nicht mit Samus Musik verführen«, grinst er und kommt mir wieder näher. »Passiert ist es trotzdem.«

Obwohl ich mir nicht sicher bin, ob ich gerade im Begriff bin, eine Riesendummheit zu begehen, lache ich. Wie kann man bei einem Kerl nicht in Versuchung geraten, wenn er Musik mit Liebe vergleicht?

Ich will abermals etwas sagen, komme aber nicht dazu. Ben legt seine Fingerspitze auf meine Lippen, streift meine Haare zur Seite und bedeckt meinen Hals mit Küssen. Gleichzeitig streichen seine Finger über meine Schultern und meine Träger. Sanft zieht er sie herab und sein Mund wandert über meine nackte Haut.

Ich schließe die Augen und mein Herz flattert, oh ja, ich habe längst die Kontrolle darüber verloren.

Dann sind seine Lippen wieder auf meinem Mund. Als er mich mit so viel Leidenschaft küsst, vergesse ich mich komplett. Unsere Oberkörper schmiegen sich aneinander, lassen keine Luft dazwischen und ich bemerke, wie sich all seine Muskeln erregt anspannen. Ich will ihm einfach nur nahe sein. Ihn riechen, ihn fühlen. Und während mein Zungenspiel immer stürmischer, fast fordernder wird, suchen auch meine Hände den Weg unter sein Shirt. Mit einem leisen Aufstöhnen presst Ben mich auf seine Hüften und ich spüre, wie mir das Atmen immer schwerer fällt.

In der Finsternis erkenne ich bloß schemenhafte Umrisse seines Oberkörpers, doch ich fühle die glatte Haut unter meinen Fingern und seine Muskeln. Fühle, wie sie sich ungestüm und erregt anspannen.

Ben hält inne, lächelt mich an, dann küsst er mich wieder. Leidenschaftlicher, inniger und heftiger.

Und ich?

Ich ziehe ihn noch enger an mich, will mit ihm verschmelzen, presse mich so fest an ihn heran, dass ich jedes Pochen seines berauschten Herzens fühlen kann. Es schlägt mit meinem im Gleichtakt.

Ich will diesen Moment inhalieren mit jeder Faser meines Körpers, um ihn mit in die ungewisse Zukunft zu nehmen.

Schon morgen kann alles anders sein.

# Kapitel 15

## Neues Kapitel aufschlagen

»Warum bist du so still?« Diese Frage kommt von mir.

Wir liegen auf dem Parkettboden. Unter uns jener Teppich, der gestern Nacht noch auf der bühnenähnlichen Fläche lag, neben uns das Klavier und hinter uns unzählige zusammengeklappte Tische und Stühle. Mit meinem nackten Bauch liege ich auf Ben und er streift mir gedankenverloren über den Rücken.

*Heute Nacht habe ich Ben geküsst.* Ach, was heißt hier *geküsst,* wir haben kaum die Finger voneinander lassen können. Die Küsse waren heiß, die Berührungen verführerisch. Ich habe keine Ahnung, wie lange wir uns nicht mehr voneinander lösen konnten. Es können wenige Minuten oder auch Stunden gewesen sein. Doch seit einer Weile ist Ben eigenartig schweigsam.

Draußen zieren erste helle Schlieren den frühen Morgenhimmel. Vielleicht bin ich zu weit gegangen? Wollte Ben das alles vielleicht gar nicht? Aber wäre es dann wirklich so schön gewesen? So gefühlvoll? So zärtlich? Und doch … es ist ein Gedanke, der in dieser Stille an Kraft gewinnt. Ich mustere ihn. Er hat diesen Ausdruck in den Augen, den ich nur allzu gut von mir selber kenne. Das explosive Gemisch aus Unruhe, Reizbarkeit und dieser nagenden Unzufriedenheit. Es ist ein Gefühl, das mich manchmal halb wahnsinnig macht.

»Einfach so«, murmelt er endlich.

»Einfach so?«, frage ich ungläubig und klinge dabei viel zu verunsichert. »Weißt du eigentlich, dass es verdammt anstrengend ist, mit dir zu reden?«

»Dann lass es doch.« Jetzt zieht er seine Hand zurück, fährt sich über sein unrasiertes Gesicht und stöhnt auf.

Nur langsam erhellt der erwachende Tag den kleinen Saal, aber es ist, als ob in mir gleichermaßen etwas erwacht und mir dabei hilft, klarzusehen. Ich bereue nichts. Auch wenn sich Ben nun ziemlich merkwürdig benimmt. Diese Nacht mit ihm war schön. Mehr als das. Sie war unbeschreiblich und hat mich auf eine Weise berührt, wie es noch kein Kerl zuvor geschafft hat.

»Liegt es an der Sache, die wir heute Nacht gemacht haben?«, bohre ich nach.

»Es liegt nicht an dir, okay?«

O-h-o, wenn das nicht der Kuss des Todes ist! »Oh, alles klar. Es liegt nicht an mir, es liegt an dir, was?«, frage ich gereizt und reagiere, wie ich immer reagiere, wenn ich mich in die Ecke gedrängt fühle. Ich werde kratzbürstig. Tja, nun spiegelt sich besagter Ausdruck mit Garantie auch in meinen Augen. Das war so ziemlich die dümmste Antwort, die er von sich geben konnte.

Unwillkürlich ziehe ich mich von ihm zurück. (Wo liegt eigentlich mein Shirt?)

»Hey.« Ben berührt mich an den Schultern, doch ich schüttle seine Hand ab. »Zara, es ist nicht so, wie du denkst.«

»Klar«, lache ich tonlos. »*Es ist kompliziert* – den Standard-Satz hast du noch vergessen bei deinen dämlichen Ausreden.«

Jetzt lacht er leise.

»Was ist?«, zische ich.

Mit einer energischen Bewegung schiebt er seine Hand in meinen Nacken und zieht mich zu sich zurück, so dass ich wieder auf seiner Brust liege. Und selbst in diesem Moment, obwohl ich sauer auf ihn bin, kribbelt bei seiner Berührung alles in mir.

»Aber so ist es«, sagt er, hebt seinen Kopf und drückt mir einen raschen Kuss auf den Mund. »Kompliziert.«

»Okay …?«, hauche ich verwirrt. »Dann erklär es mir. Ich wage zu behaupten, dass genügend Gehirnzellen durch meinen Schädel schwirren und ich durchaus in der Lage bin, eine etwas kompliziertere Situation zu verstehen.«

Er grinst nun. »Deine Botschaft ist angekommen, Baxa.«

»Und untersteh dich, noch eine dieser kryptischen Andeutungen anzubringen«, rede ich weiter, wie immer, wenn ich nervös bin. Entweder schwafle ich oder meine Sätze sind einfach nur dümmlich. Da blitzt ein Name in meiner Erinnerung auf. *Lili.* »O-oder hast du eine andere?«

»Was?«, krächzt er.

Ist das ehrliche Überraschung, die in seinen Augen aufblitzt, oder gibt er sich absichtlich so entsetzt?

»Nein, natürlich nicht.«

»Und wer ist dann Lili? Sie hat dich doch angerufen?«, bohre ich weiter.

Jetzt lacht er. Und wie! Ich komme nicht gegen den Verdacht an, dass er mich gerade auslacht.

»Lili ist meine Mama«, grinst er noch immer amüsiert.

»Oh«, sage ich völlig unsexy. »Ähm … okay.« Wieder einmal gelingt es mir hervorragend, ihn mit meiner Intelligenz zu beeindrucken. Ich sehe ihn scharf an. »Dann hilf mir auf die Sprünge. Einerseits küsst du mich so leidenschaftlich, dass ich dir komplett verfalle«, beginne ich und Ben schmunzelt, »und andererseits hältst du mich auf Abstand. Hey, das geht nicht, hörst du? Wirklich nicht. Dann schau mich gefälligst auch nicht mehr so an, als wäre ich *die Eine* für dich!«

Er schließt die Augen. »Aber das ist genau das Problem.«

»Was?«, krächze ich, denn irgendwie wird das hier immer konfuser. Was meint er damit? Dass er sich nicht nur auf eine einlassen möchte oder dass ich ihm hier gerade eine Szene mache?

Zweifelnd richte ich mich auf, und dabei kommt mir eine Erkenntnis: *Manche Dinge ändern sich nie.* Denn da ist sie wieder, seine Vollpfosten-Seite, die sich selbstgefällig und unnahbar gibt. Und entfacht damit in mir erneutes Gefühlschaos. Tja, er ist und bleibt ein gottverfluchter Egoist. Leider ist es genauso mit der gottvergessenen und unwiderstehlichen Wirkung, die er auf mich ausübt. »Wieso wolltest du denn unbedingt mit mir mitkommen?«

»Das weißt du«, murmelt er hinter meinem Rücken. »Diese Frage hast du mir bereits im Park gestellt.«

»Aber du hast sie nicht ausreichend beantwortet«, gebe ich schnippisch zurück und schlüpfe in mein Oberteil, das ich auf dem Hocker entdecke und herunter fische.

»Oh doch, Miss Zara, was bitteschön ist nicht ausreichend an der Erklärung, dass ich diese Leere in mir füllen möchte? Und keinen Bock auf diese ätzende Oberflächlichkeit habe? Das zeugt sogar von einem gewissen Tiefsinn. Ergo war meine Antwort damals sehr ausführlich. Und ehrlich …«, sagt er und muss sich räuspern, weil seine Stimme plötzlich belegt wirkt, »… diese Frage wird jetzt gestrichen. Ganz einfach.«

»Gestrichen?« Ich habe das Gefühl, dass er irgendetwas vor mir verbirgt. »Das hättest du wohl gerne. Denkst du, ich merke nicht, dass du mir etwas verschweigst? Okay, ich mache es dir etwas einfacher. Es ist doch so: Niemand, der noch bei klarem Verstand ist, was zugegebenermaßen bei unserer hübschen Reisetruppe eher ein seltenes Gut zu sein scheint, würde mit jemandem, den er gerade mal einen Tag kennt, eine solche Reise ins Ungewisse antreten.« Ich wirble herum. »Richtig? Also raus mit der Sprache!«, fordere ich und überfalle ihn mit einem Kitzelangriff. Zumindest ist das so angedacht, aber im Handumdrehen liege ich unter ihm und er hält meine Arme mit seinen starken Händen auf den Boden gepresst. Er atmet schnell und ist mir schon wieder so verdammt nah. Nun beugt er sich mit einem breiten Grinsen über mich.

»Gestrichen, einverstanden?«

»Ich gebe mich geschlagen«, fiepe ich und japse nach Luft. Dabei gleitet mein Blick über seine weichen Lippen und ich unterdrücke erfolgreich den Impuls, ihn zu küssen.

Auch seine Augen unterziehen mich einer Musterung, während sein Mund langsam näher kommt.

Ich werde ihm widerstehen, jawohl!

Seine Locken streifen meine Wangen und er riecht einfach himmlisch. Warum muss dieser Kerl auch so verdammt gut küssen? Ich seufze. Ach, was soll's …

Schon schlinge ich die Arme um seinen Hals und vergrabe die Finger in seinem Haar. Seine Lippen berühren meine. Wild, fast verzweifelt drückt er seinen Mund auf meinen und viel zu schnell ist der Kuss vorbei. Als ich aufblicke, ist es Ben, der seufzt. Er hat die Augen noch immer geschlossen und auf seinen Lippen zeichnet sich der Ansatz eines Lächelns ab.

»Mist!«, flüstert er und lässt sich auf die Seite fallen. »Ich wollte das nicht. Ehrlich. Es ist nur so …« Er bricht ab.

»… kompliziert?«, übernehme ich und weiß nicht, ob ich lachen oder weinen soll. Verdammt, was soll das hier werden? Mit zwiespältigen Gefühlen kaue ich auf meiner Unterlippe rum. Denn ich begreife erst jetzt, was mich wirklich stört. Etwas, das schon Nils hervorragend beherrschte. Ich fühle mich von ihm ausgenutzt.

Ben schaut mich mit seinen verflucht grünen Augen an. Kein Lächeln im Gesicht, kein Necken kommt ihm über die Lippen. Plötzlich wirkt er todernst. Errät er, was ich eben über ihn gedacht habe?

»Okay. Willst du wissen, weshalb ich so gut Klavier spielen kann?«

Ich bin irritiert. Will er vom Thema ablenken? Ich habe mit vielem gerechnet, aber nicht damit und ich frage mich, ob ich womöglich den Sarkasmus in seiner Stimme überhört habe? Aber alles, was ich heraushöre, ist bittere Enttäuschung.

»Ja«, sage ich und nicke unsicher, während ich beobachte, wie Ben gedankenverloren nach einer meiner Haarsträhnen greift und sie sich um den Finger wickelt. Dabei zuckt sein Mundwinkel nervös, ehe er zu sprechen beginnt.

»Ich spiele Klavier, soweit ich mich zurückerinnern kann.« Kurz hält er inne. »Ja, Musik heilt die Seele, daran glaube ich, und zwar aus tiefstem Herzen. Immer wenn es mir schlecht geht, setze ich mich ans Klavier und spiele. Es ist fast so, als könne ich all meinen Kummer aus mir herausspielen. So lange, bis der Schmerz endlich verstummt.«

Ben blickt auf, noch immer lächelt er, aber es ist kein fröhliches Lachen, Schmerz liegt darin, und ich komme nicht umhin mich zu fragen, wie viel Kummer er in seinem Leben ertragen musste, dass er heute so gut spielen kann?

Abermals scheint er meine Gedanken zu erraten. »Wie du dir jetzt vielleicht zusammenreimen kannst, hatte ich eine ziemlich beschissene Kindheit.« Er seufzt und richtet seinen Oberkörper auf, umklammert mit seinen Armen seine angezogenen Beine, während sein Blick durchs Fenster in den trüben Frühlingshimmel gleitet. »Streit und Wutausbrüche waren bei uns Zuhause an der Tagesordnung. So viele, dass ich sie nicht einmal mehr zählen kann – schon lange nicht mehr. Es war kaum zu ertragen. Ich hasse es, ich hasse es so!« Er schluckt und presst seine zitternden Lippen zusammen. Dann wandert sein Blick zurück zu mir.

Ob ich was sagen soll?

»Mein Vater ist spielsüchtig.«

Ich nicke stumm, dabei suche ich fieberhaft nach den richtigen Worten, doch ich finde sie nicht, also schweige ich.

»Wenn er nicht spielen konnte, zerrte die Sucht an ihm. Sie war sein ständiger Begleiter, wie ein hungriges Raubtier, jeden Moment bereit, sich auf ihn zu stürzen. So hetzte sie ihn durch sein Leben und hatte ihn fest im Griff.« Ben beginnt unruhig mit seinem Oberkörper vor und zurück zu wippen. »Ja, die Sucht beherrschte ihn immerzu. Meine Mutter und ich litten sehr darunter. Es war längst nicht mehr der übliche Respekt, es war Angst, mit der ich von ihm erzogen wurde. Echt beschissen, das kannst du mir glauben.« Ben lacht auf, schüttelt seinen Kopf.

»Scheiße«, entweicht es mir. Ich würde ihn gerne in die Arme nehmen, aber ich weiß nicht, ob er es zulassen will oder überhaupt kann.

»Leider war das nicht alles. Wegen der Sucht erschien mein Vater kaum noch bei der Arbeit, kam – wenn überhaupt – erst in den frühen Morgenstunden nach Hause und verpulverte das ganze Geld für seine verfluchte Sucht. Natürlich musste er mit diesem asozialen Verhalten auch ständig einen neuen Job suchen, und wir ständig eine andere Wohnung. Irgendwann blieben die Umzugskartons ein Bestandteil der Einrichtung und gegen Ende hin packten wir sie nicht einmal mehr aus. Wieso auch? Wir mussten sowieso bald wieder umziehen. So wechselte ich von einer Schule zur nächsten, das einzige was Beständigkeit in meinem Leben erlangte, war meine Mutter.« Ein Lächeln huscht über sein Gesicht. »Und das Klavierspiel.«

Jetzt schweigt er. Da wage ich es, ihn vorsichtig zu berühren. Ohne hinzuschauen, greift er nach meiner Hand und drückt ihr einen sanften Kuss auf den Handrücken. Dann verschränkt er seine Finger mit meinen, bevor er weiterspricht. In diesem Moment fühlt sich diese schlichte Berührung unendlich gut an, einfach, weil er mich festhält, obwohl es ihm sicher schwerfällt, über all das zu sprechen.

»Jeder Neuanfang war von Schuldgefühlen seitens meines Vaters begleitet und natürlich von langen Gesprächen mit Besserungsversprechen.« Sein Kiefer spannt sich so sehr an, dass seine Muskeln hervortreten. »Alles hohle Phrasen. Wertlose leere Worte.«

Kurz zuckt seine Hand in meiner und mein Daumen streift beruhigend über seine Finger.

»Meine Mutter musste einen Aushilfsjob annehmen, um uns finanziell über die Runden bringen zu können und die immer prekärer werdende Lage für meinen Vater zu mindern. Aber mit den Jahren, die vergingen, blieben schmerzliche Narben der bitteren Erfahrungen zurück. In ihrer Verzweiflung meldete sie ihn bei Selbsthilfegruppen an und vereinbarte Termine bei Psychologen – die Hoffnung stirbt bekanntlich zuletzt. Klar, er verschwand aus dem Haus, wenn ein Termin anstand, doch er ging nie zu den Sitzungen.« Ben lacht tonlos, schließt die Augen und seufzt erneut. Langsam schüttelt er sein Haupt. »Und wozu das alles? Damit das ganze Spiel von vorne beginnt? Ein Teufelskreis. Ein echt beschissener Teufelskreis! Manchmal durfte ich für einen kurzen Augenblick glauben, dass alles gut werden wird. Diese Momente als Familie waren flüchtig, aber voller Zuversicht. Und dann, irgendwann war mir klar, dass es so nicht weitergehen konnte. Vor allem nicht so weitergehen durfte. Nein. Meine Mutter wäre daran zerbrochen. *Er war nicht immer so. Im Grunde seines Herzens ist er ein guter Mensch,* versicherte sie mir immer und immer wieder. Aber das ist verdammt schwer zu glauben, wenn du deinen Vater nur so kennst.

Auf mein Drängen hin stellte ihm meine Mutter ein Ultimatum mit der Forderung: entweder die Sucht oder Frau und Kind. Nach Ablauf des Ultimatums ließen wir ihn alleine zurück. Es wurde Zeit, ein neues Kapitel aufzuschlagen, eines, in dem mein Vater nicht mehr vorkommt.«

Eine Weile schweigt Ben. Ich betrachte seine Züge und frage mich, ob er diese Narbe am Kinn etwa einer Auseinandersetzung mit seinem Vater zu verdanken hat?

»Es ist noch nicht lange her, erst in diesen Ferien, dass wir ihn verlassen haben. Ich bin mir sicher, sie liebt ihn noch. Was gäbe ich darum, wenn ich ihr diesen Schmerz nehmen könnte. Nachts höre ich sie weinen. Es gibt Tage, da geht es ihr so schlecht, dass ich die Schule sausen lasse, um bei ihr zu bleiben.«

Shit! Was für ein Schlag ins Gesicht. Wie war das noch mal mit Vorurteilen? Bei Ben scheine ich mich auch getäuscht zu haben. Von wegen er schwänzt leichtsinnig die Schule.

»Wie neulich Nachmittag?«, frage ich leise.

Er nickt. »Wie neulich Nachmittag.«

Damit habe ich nie im Leben gerechnet. Spätestens jetzt bekomme ich ein schlechtes Gewissen. Nicht nur, weil ich die ganze Zeit dachte, dass Ben ein verdammter Egoist wäre, sondern auch, weil er für diese Reise seine Mutter allein gelassen hat.

»Wo ist deine Mutter jetzt?«, stammle ich und hoffe inständig, dass er sie nicht einfach alleine gelassen hat.

»Letzte Woche hat sie sich zu einer Therapie angemeldet. Verdacht auf Nervenzusammenbruch, Depressionen mit Verlustängsten. Sie will endlich ihr Leben in den Griff bekommen. Deshalb ist sie für einige Zeit in der Klinik, und das ist gut so. Ich habe ihr versichert, dass ich schon alleine klarkomme. Schließlich habe ich früh gelernt, mich durchzuschlagen und für mich selbst zu sorgen.«

Ich will etwas sagen, ihn etwas fragen, aber er spricht schon weiter. Fast scheint es, als ob er sich all das endlich von der Seele reden müsse.

»Ich weiß, den coolen Typen, den gebe ich perfekt. Klar, ich kann schnell Kontakte knüpfen und oberflächliche Beziehungen sind doch sowieso schnell gemacht. Zu mehr hat es leider nie gereicht, weil ich nie lang genug an einer Schule war, um echte Freunde zu finden.« Sein schiefes Lächeln verstärkt mein schlechtes Gewissen zusätzlich.

»Aber das hat sich nun geändert«, flüstere ich.

Einen Augenblick zögert er, aber dann nickt er.

Auf der einen Seite tut es mir schrecklich weh, unter welchen Umständen Ben aufwachsen und was er alles durchmachen musste. Bestimmt fällt es ihm schwer, anderen zu vertrauen. Auf der anderen Seite bewundere ich ihn für seine Reife. Er ist definitiv anders als alle Kerle, die ich kenne. Herrn Knorrs Worte hallen in meinem Kopf wider. *Ben ist ein guter Junge, pass gut auf ihn auf. In ihm schlummert viel mehr, als er zu zeigen vermag.* Wie blind ich doch war. Es heißt: Liebe macht blind. Mag sein. Aber gerade scheinen mir meine eigenen Vorurteile mehr die Sicht vernebelt zu haben als alle liebevollen Gefühle dieser Welt. Viel eher bin ich hier der arrogante

Volltrottel, blind vor falschen Überzeugungen und unschlagbarer Oberflächlichkeit.

»Du brauchst kein Mitleid mit mir zu haben«, holt er mich aus meinen Gedanken. »Ich bin immer noch derselbe coole und unwiderstehliche Kerl, nach dem du dich verzehrst.« Sein verführerisches Lächeln hat zurückgefunden.

Ich weiß nicht, was ich sagen soll. So spreche ich mal wieder den ersten dummen Gedanken aus, der mir in den Sinn kommt. »Und ich dachte immer, ich sei ein Pechvogel.«

»Du, ein Pechvogel?«

»Ach, nicht so wichtig. Meine Freunde sagen immer, dass ich garantiert jedes Fettnäpfchen erwische, das es zu erwischen gibt. Weißt du, so wie an jenem Morgen mit den Schlammklamotten. So was ist echt typisch für mich.«

Ben streift mir eine Haarsträhne hinters Ohr, die sich sogleich wieder löst. »Deine Freunde liegen falsch. Du bist kein Pechvogel, Zara«, entgegnet er. »Für mich bist du wie eine zärtliche Melodie in der Nacht.«

»Eine Melodie?«, frage ich verlegen.

Er nickt. »Eine Melodie, nach der ich mich sehne und die ich begehre.« Während er spricht, malt er unsichtbare Muster auf meine Hand und seine Stimme wird immer heiserer. »Zusammen mit meiner Musik spielen sie ein Duett. Es ist eines, dem ich nicht widerstehen kann, selbst wenn ich es wollte.«

»Eine Melodie«, hauche ich immer noch ergriffen.

»Und wie du siehst, Miss Zara«, wechselt Ben unerwartet das Thema und seine Wangen glühen rot. Offensichtlich ist das Herzausschütten hiermit abgeschlossen, »brauche ich dringend etwas Nachhilfe, was das Finden von echten Freunden angeht.«

»Nur Freunde?«, feixe ich.

»Tja, vielleicht hinke ich auch in Liebesdingen etwas hinterher«, grinst er wieder so unwiderstehlich, als wäre nichts gewesen. »Wobei … wenn ich es recht bedenke … auf diesem Gebiet bin ich bisher ganz gut alleine klargekommen«, stichelt er zurück. Unverhofft kommt er mir so nah, dass ich spüre, wie sein warmer Atem über meine Wange wandert.

»Ich verstehe schon«, beginne ich. »Es ist kompliziert.«

»*In der Tat …*«, mimt er Herr Knorrs Stimme nach, legt mir seine Hand auf die Wange und bleibt mit seinem Gesicht dicht vor mir, »… *äußerst kompliziert.*«

Ich schließe die Augen. Sein Atem wandert weiter, ist nun auf meinen Lippen …

»Da seid ihr ja, Kinder!«, lässt uns eine Stimme zusammenfahren.

Mein Kopf wirbelt herum.

Opa steht im Türrahmen des kleinen Saals und grinst amüsiert, als er uns in dieser eindeutig zweideutigen Stellung vorfindet.

Verlegen zupfe ich an meinen Klamotten rum und streiche meine Haare glatt. Ben springt auf und zieht sich hastig sein Shirt über den Kopf. Auch ich rapple mich auf, was nicht leicht ist, weil mir ein Bein eingeschlafen ist. Doch Ben stützt mich am Arm und hilft mir sanft auf die Beine. Er steht einfach da, so nah, dass ich die Wärme, die von seinem Körper ausgeht, spüren kann. Ein blasses Rosa zeichnet sich auf seinen Wangen ab, dennoch findet er als erster die Sprache wieder.

»Ähm … guten Morgen, Alois«, sagt er schließlich, räuspert sich und schiebt den Hocker des Klaviers zurück.

»Na, alles wieder gut?«, will Opa wissen. Wieso schaut er dabei zu Ben und nicht zu mir? Ein nervöser Blick wird zwischen Ben und mir ausgetauscht, dann nickt Ben. Sein Gesicht ist immer noch leicht gerötet, als Opa ihm großväterlich auf die Schulter klopft.

»Damals, als ich meine Rosie kennenlernte, hab ich auch nächtelang mit ihr wachgelegen.« Er nickt bedächtig. »O je, wie ich sie vermisse, mon Amour.«

»Sprichst du fließend Französisch?«, fragt Ben, vermutlich um geschickt von uns beiden abzulenken. Ein Trick, der bei Opa wunderbar funktioniert, vor allem dann, wenn man irgendwie seine Rosie ins Spiel bringt.

»Nicht mehr, mein Junge, nicht mehr. Eigentlich sprach Rosie meist deutsch mit mir. Nur wenn wir uns geliebt haben, ist das französische Temperament mit ihr durchgegangen.«

»Uäh! Opa! Definitiv zu viele Informationen!«, beschwere ich mich, während ich mich in meine Jeans zwänge.

»Kleines, stell dich nicht so an. Das ist schließlich die schönste Nebensache der Welt«, schwärmt er unbeirrt weiter.

»Tja …«, seufze ich und beiße mir auf die Lippen. Wo er Recht hat, hat er Recht. Aber diesen Gedanken behalte ich schön für mich. Dennoch freue ich mich, dass Ben sich gerade wieder für einige Sekunden in meinem Anblick zu vergessen scheint. Was ihm wohl gerade durch den Kopf geht?

Nun zucken Opas Mundwinkel, dann kommt er zu mir und legt seinen Arm um meine Schultern. »Und Rosie war eine Löwin, wie du!«

»Okay, Opa, es reicht«, unterbreche ihn. »Schön, dass wir darüber gesprochen haben.«

Ben linst hinter Opas Rücken zu mir rüber und ich sehe, wie er sich angestrengt ein Grinsen verkneift, während Großvater uns beide energisch Richtung Eingangsbereich schiebt. Erst da schaue ich mich um und bin verblüfft. Wow, hier herrscht bereits reges Treiben. Offenbar waren Ben und ich so ins Gespräch vertieft, dass wir davon nichts mitbekommen haben.

»Kinder, beeilt euch, da wird soeben ein Tisch frei«, ruft Opa entzückt und eilt voraus.

»Eine Löwin, definitiv!«, gurrt Ben mir ins Ohr, ehe er sich den Stuhl neben Opa schnappt. Und da ist sie wieder – seine unnachahmliche Coolness, die mich verträumt seufzen lässt. Ich bin noch knallrot, als ich mich setze.

»Geht es dir nicht gut, Kleines?«

»Alles bestens«, murmle ich. »Alles bestens.«

Nun bin ich diejenige, die dringend einen Themenwechsel braucht. So besinne ich mich darauf, weswegen wir eigentlich hier sind. »Und wie wollen wir heute vorgehen?«, frage ich schnell zwischen zwei Bissen Brot, um von mir und meinem Tomatengesicht abzulenken.

»Das ist doch sonnenklar«, sagt Opa, richtet sich auf und reibt sich die Hände. »Jetzt startet die Operation Wir-finden-Yosephine.«

# Kapitel 16

## Allein, allein …

Der Rest des angebrochenen Morgens verging wie im Fluge, und in dieser Sekunde scheucht Opa uns mit Sack und Pack die Treppe hinunter.

»Habt ihr alles, Kinder?«

»Ja-h-a«, sagen Ben und ich gedehnt, weil Opa diese Frage zum unzähligsten Mal stellt. Er hat es plötzlich total eilig, und mit der Hektik kommt das ganze Bewusstsein über die Macht der Schwarzen Engel zurück. In mir entsteht der irrwitzige Gedanke, dass dieses heruntergekommene Loch eine Art Schutzwall für uns war, ja, eine Festung, in der wir trotz der anfänglichen Feindseligkeit sicher waren. Vermutlich nur ein weiteres Hirngespinst, das meinem kranken Geist entspringt.

»Ich hoffe, ihr hattet einen angenehmen Aufenthalt«, brummt Paul und klingt dabei überraschenderweise dennoch höflich. »Schaut doch wieder mal vorbei, wenn ihr in der Nähe seid.«

»Machen wir«, verspricht Ben. (Der hat sie doch nicht alle!)

Wir sind bereits auf dem Weg zur Tür, als Paul hinter seinem Tresen hervorkommt und abermals zu murmeln beginnt. »Jeden letzten Samstag im Monat ist Karaoke-Night.« Jetzt boxt er Ben kumpelhaft in den Oberarm und ein amüsiertes Grinsen bricht durch.

»Gut zu wissen«, grinst Ben nicht weniger breit und schultert seine Tasche.

»Moment!« Wir sind schon fast draußen, als Opa so abrupt stehenbleibt, dass wir wie beim Autoskooter der Reihe nach aufeinanderprallen. »Verzeihung«, richtet er das Wort an Paul, der uns freundlicherweise die Tür aufhält. »Gibt es hier in der Nähe irgendein Internat?«

»Nicht dass ich wüsste«, murmelt er, während er sich an seinem dicken Bauch kratzt. »Nur im Nachbardorf, da gibt es eine Gesamtschule. Vielleicht hilft euch das weiter?«

»Nein, wir suchen eher so etwas wie eine Akademie«, versuche ich zu erklären. »Eine Akademie für besondere Kinder.«

»Ihr meint hochbegabte Kinder?«, fragt er sichtlich irritiert.

»Ja. Ja, so was in der Art«, stimme ich zu.

Paul schüttelt den Kopf. »Nein, tut mir leid, da kann ich euch nicht weiterhelfen. Aber fragt doch mal in dem kleinen Café an der Ecke. Ida kennt die Umgebung hier wie ihre Westentasche.«

»Danke«, sagt Opa, »das ist sehr hilfreich.«

Es ist bereits später Nachmittag, als wir das Motel schließlich verlassen und die Straße betreten. Ich werfe einen letzten Blick zurück. Seltsamerweise wirkt das Häuschen jetzt weder schmuddelig noch ungemütlich. Viel eher fallen mir Worte wie *schnuckelig* und *heimelig* dazu ein.

»Auf geht's«, holt mich Opas euphorischer Aufruf aus meinen Gedanken. »Wir durchkämmen systematisch den Ort.«

Bei dem Gedanken, Yosephine zu finden, bekomme ich ein Kribbeln im Bauch, das ich sofort zu unterdrücken versuche. Denn selbst wenn wir wirklich die Stadt der Verborgenen finden sollten, heißt das noch lange nicht, dass Yosephine wirklich da sein wird.

»Wo fangen wir an?«, fragt Ben.

»Wie Paul vorgeschlagen hat: beim kleinen Café um die Ecke. Und da heute Sonntag ist, werden kaum Geschäfte geöffnet haben.«

Leider bleibt uns nichts anderes übrig, als Opas Vorschlag nachzugehen und uns hier etwas umzuhorchen.

Und das tun wir auch.

Das Café liegt am Ende der Straße, genau an der Ecke zwischen der Bibliothek und dem kleinen Supermarkt und sieht eher aus wie ein typischer Tante-Emma-Laden als ein Café.

»Nur einer geht rein und quetscht diese Ida aus, die anderen beiden lassen in der Zwischenzeit keinen vorbei, ohne ihn ebenfalls zu befragen. Das wird die effizienteste Vorgehensweise sein«, bestimmt Opa. »Zara, du übernimmst das Café, klar?«

»Vollkommen klar«, kontere ich und verdränge den Anflug von Stress, der aufzukommen droht. Nicht etwa, weil ich die Tante-Emma-Frau nicht ausquetschten kann, viel eher stresst mich Opas Befehlston.

Ich betrete den Tante-Emma-Laden, während Opa und Ben draußen Schmiere stehen. Die grauhaarige Frau, die hinter der Theke steht und gerade damit beschäftigt ist Süßgebäck einzuräumen, blickt mit einem herzlichen Lächeln auf, als die Türklingel bimmelt. »Womit kann ich dienen? Etwas Süßes oder einen Kaffee?«

»Eigentlich habe ich gehofft, Sie könnten mir mit einer Information behilflich sein. Ich suche ein bestimmtes Gebäude oder vielleicht einen Ort … so genau weiß ich es selber nicht.«

»Und was ist das für ein Ort? Kennst du vielleicht den Namen?«

»Es ist ein Internat, vermutlich liegt es ziemlich abgeschieden«, sage ich und merke selber, dass meine Stimme immer leiser wird.

»Nein, ein Internat gibt es hier keines«, meint sie mit nachdenklicher Miene. »Klar lungern hier immer mal wieder Kinder rum, vor allem am Wochenende. Kinder und Süßigkeiten ziehen sich magisch an, vermute ich«, sagt sie und lächelt zuckersüß.

Ich verabschiede mich dankend und kann die Enttäuschung nicht verbergen, als ich Opa und Ben gegenübertrete.

Leider bleibt unsere Erfolgsquote konstant miserabel. Entweder stellen wir uns selten dämlich an oder es ahnt tatsächlich keiner der Einwohner etwas von der Stadt der Verborgenen – was gemäß Herrn Knorrs Erläuterungen ziemlich wahrscheinlich scheint. Wenn alle die Akademie kennen würden, wäre sie nicht geheim. Aber es ist echt deprimierend. Und frustrierend. Ich habe keine Ahnung, wie viele Leute wir bereits abgefangen und nach einer *Schule im Wald* befragt haben. Von *Gibt es nicht* über *Haha, schon bessere Witze gehört* bis hin zu *Bei den sieben Zwergen hinter den sieben Bergen* war jede mögliche Antwort dabei. Nur eine brauchbare leider nicht.

Es muss also dringend eine neue Strategie her, doch ich warte noch immer auf einen phänomenalen Geistesblitz.

Opa will derweil seine neue Taktik ausprobieren, von der ich sicher bin, dass sie scheitern wird. Er glaubt tatsächlich, wenn er den ahnungslosen, verlorenen Touristen mimt, komme er an die gewünschten Informationen heran, die wir sonst nie kriegen würden. Gerade ist er in einer Art Kiosk verschwunden, um die Verkäuferin in ein angeblich unverfängliches Gespräch zu verwickeln, und diesmal haben Ben und ich den Part des Schmierestehens übernommen.

»Es dauert nicht lange«, meint Opa und verschwindet auch schon im Krimskrams-Paradies.

Ben schaut mich an und grinst schief. »*In der Tat ein schwieriges Unterfangen*«, äfft er Herrn Knorrs Stimme nach und macht einen großen Schritt auf mich zu. Als er ganz dicht vor mir steht, verschränken sich seine Finger wie selbstverständlich mit meinen. »Das könnte in der Tat noch mehr Zeit in Anspruch nehmen, als wir gedacht haben. Nicht wahr, Miss Zara?«

»Du bist und bleibst eben doch ein Idiot«, kichere ich. *Mein Idiot,* hänge ich in Gedanken an, stelle mich auf die Zehenspitzen und hauche ihm einen zärtlichen Kuss auf die Wange. Dann erstarre ich. Mit einem Mal ist mir, als könne ich tatsächlich die Stimme des Bibliothekars hören.

»Zara, was ist mit dir?«

»Komisch ...«, beginne ich.

»Was?«

»Hörst du diese Stimme auch?«

»Was, etwa wieder in deinem Kopf?« Ben schaut sich nervös um und mir ist klar, dass er den Arrow-Typen sucht.

»Nein, nein, das ist es nicht«, winke ich ab. »Ich dachte, da wäre ...« Ich schüttle meinen Kopf. »Ach, ich habe es mir wohl nur eingebildet.«

Ben beugt sich zu mir runter, packt mich mit beiden Händen an den Schultern und starrt mich an. »Wenn du beginnst weiße Mäuse zu sehen, Baxa, gibst du aber bitte Bescheid.«

Ich boxe ihm spielerisch in die Seite. »O Mann, du bist echt ein Vollpfosten.«

»Danke«, grinst er neckisch. »Weißt du eigentlich, wie anstrengend es ist, diesen Ruf aufrechtzuerhalten?«

»Tatsächlich? Das gelingt dir erstaunlich gut.«

»Ich gebe mein Bestes –« Ben erstarrt mitten im Satz. Sein Blick geht an mir vorbei, hinüber zur anderen Straßenseite.

Mit einem undefinierbaren Gefühl in der Magengegend drehe ich um.

Es war keine Täuschung! Unweit von uns entfernt steht wahrhaftig Herr Knorr, scheinbar in eine lebhafte Diskussion vertieft. Als würde er unsere Blicke spüren, dreht er den Kopf.

»Na, was für ein Zufall!«, ruft er über die Straße und überquert sie mit großen Schritten.

Wieso ist er hier? Und wie hat er uns gefunden?

In einer hektischen Handbewegung schiebt er seine Hornbrille die Nase hoch und ich bin mir nicht sicher, ob er eben versucht, uns mit einem Lächeln zu beglücken. Falls ja, muss er daran noch ordentlich rumfeilen. »Endlich habe ich euch gefunden.«

»Herr Knorr«, stammle ich. »Was machen Sie hier?«

»Das ist in der Tat eine gute Frage«, meint er, macht abermals den Mund auf, um eine Erklärung anzubringen, aber in diesem Moment ertönt Opas tiefe Stimme hinter meinem Rücken.

»Was für eine angenehme Überraschung!« Mit einem erfreuten Gesichtsausdruck reicht er dem Bibliothekar die Hand. »Was führt Sie zu uns, wenn ich fragen darf? Hat die Neugier gesiegt?«

»Ich war ein Narr«, murmelt Herr Knorr kaum verständlich vor sich hin. »Ein unvergleichlich dummer Narr.«

»Weil Sie im letzten Moment einen Rückzieher gemacht haben?« Diese Frage kommt von Ben.

Eine, vielleicht zwei Sekunden schweigt Herr Knorr. »Ihr habt mich mit der ganzen Sache total überrumpelt. Ich fühlte mich, als wäre ich aus allen Wolken gefallen. Und gleichzeitig war ich mir sicher wie nie, dass dieses Mal alle Hinweise präzise zusammenpassen.« Kurz presst er die flache Hand gegen die Stirn. Mein Gefühl, dass er es mit der Angst bekommen hat, war wohl gar nicht so falsch. Und tatsächlich bestätigen seine nächsten Worten meine Einschätzung. »Und ja, ich gebe es zu, das machte mir Angst. Ungeheure Angst sogar. Nicht zu wissen, was tatsächlich passieren würde, wenn wir die Stadt der Verborgenen finden sollten …« Er unterbricht sich selbst.

»Sie meinen …« Auch ich beende den Satz nicht, weil ich anders beginnen muss. »Sie haben Angst davor, wie die Schwarzen Engel reagieren werden, wenn sie von uns gefunden werden?«

Ein stummes Nicken. »Aber nicht nur das. Stellt euch vor, ein Sentio durchlebt eine Vision unserer Suchaktion … weiß der Geier, was für überirdische Hebel sie in Bewegung setzen, um genau dieses Szenario zu verhindern. Ich weiß nicht, wie sie sich dann verhalten, wie sie reagieren ... ich ... ich ...«

»Bestimmt nicht euphorisch«, meint Ben. Seine Stimme klingt zynisch und seine Augen, die sich zu Schlitzen verengen, verleihen seiner Aussage noch mehr Stärke. »Wenn ich da zum Beispiel an unsere Fahrt hierhin denke.«

»Wie meinst du das?« Herr Knorrs Miene verdunkelt sich schlagartig. »Ist bereits etwas vorgefallen?«

»O ja, das können Sie laut sagen«, wirft Opa dazwischen. »Wir haben ihre Macht bereits zu spüren bekommen.«

»Um Himmels Willen, was ist passiert?«, fragt er betroffen und fasst nach meinem Arm. Dennoch versteht er, ohne dass einer von uns etwas erklären muss. »Das war doch nicht etwa *euer* Mini am Straßenrand?«

»Leider doch. Einer von ihnen ist uns vor den Wagen gesprungen und hat uns gedroht, wir sollen ja nicht weiterfahren«, murmelt Opa.

»Ich habe es befürchtet.« Gedankenverloren streift Herr Knorr sich übers Kinn und das kratzige Geräusch durchdringt die Stille. »Und genau deshalb bin ich hier.«

»Wegen Bluestar?«, fragt Ben ungläubig.

»Wer ist Bluestar?«, will Herr Knorr wissen.

»Na, der Wagen«, antworte ich.

»Der Mini, der am Straßenrand steht?«

»JA!«, erklingt es dreistimmig.

Trotz der Bedrohung, vor der sich nicht nur Herr Knorr fürchtet, muss er lachen. Es mag eigenartig klingen, aber dieses Lachen ist wie Medizin und gibt mir gerade unendlich viel. Kraft und Zuversicht. Mut.

Aber dann sagt der Bibliothekar etwas, das mich erschaudern lässt. »Sie ahnen es«, zischt er, presst seine Lippen zu einer einzigen schmalen Linie zusammen und knetet dabei unentwegt seine Hände.

»Was?«, frage ich und mein Herz schlägt plötzlich schneller. »Etwa, das wir auf der Suche nach der Stadt der Verborgenen sind?«

Herr Knorr nickt bedächtig. »Das, und vermutlich noch mehr«, spricht er geheimnisvoll. Doch bevor ich nachfragen kann, teilt er uns seine Entscheidung mit: »Ich begleite euch, denn sie werden alles daran setzen, um ihre Existenz geheim zu halten«, sagt er mit schwacher, aber sehr bestimmter Stimme. Es wird deutlich, wie schwer ihm diese Entscheidung fallen muss. »Und seid euch gewiss: Ihr könnt jede Hilfe gebrauchen, die ihr kriegen könnt. Falls es eng für euch wird, und das wird es mit ziemlicher Sicherheit, kann es bestimmt nicht schaden, wenn ihr noch jemanden an eurer Seite habt, der mit Wissen punkten kann.«

»Ha, sehr schön!« Opa klatscht in die Hände und freut sich sichtlich über die Verstärkung. »Jetzt kann uns nichts mehr aufhalten.«

»Sie vielleicht nicht, das ist richtig«, raunt Herr Knorr und senkt dabei seine Stimme. Mit diesem Satz wird alles noch viel rätselhafter. »Meine Sorge gilt da vor allen Dingen jemand anderem.«

Bei diesen Worten wandert sein Blick langsam zu mir hinüber und die Hand, die immer noch auf meinem Unterarm liegt, drückt plötzlich kräftiger zu. Mir ist, als schwebe ein unsichtbares Damoklesschwert über mir.

»W-wie meinen Sie das?«, stottere ich und spüre kaum, dass Ben mit unruhigen Fingern nach meiner Hand sucht.

Mein Herz hämmert. Hämmert immer heftiger.

Da lässt Herr Knorr den Arm sinken und verlagert unruhig sein Gewicht von einem Fuß auf den anderen. »Mir ist es jetzt vollkommen klar. Dein Opa muss ein Tutamina sein. Und Ben ist, genau wie ich wahrscheinlich auch, ein Dimicrus. Aber du … Du bist eine Ungebrannte, Zara.«

Das Atmen fällt mir schwer. Und die Gedanken, die hinter meiner Stirn hämmern, schmerzen regelrecht. Nur langsam beginne ich die Bedeutung, die in diesen Worten steckt, zu erfassen. Ich habe es schon in Herrn Knorrs Bibliothek geahnt und wollte es nicht wahrhaben.

Opa ist nicht wie ich …?

Und Ben, er ist kein Ungebrannter?

»Ihr müsst wissen: Ein Tutamina ist eine Art Abschirmung oder Neutralisierung gegenüber der Gaben der Schwarzen Engel. Vielleicht könnt ihr es euch besser unter der Funktion eines Schutzschildes vorstellen.«

Jetzt verstehe ich, warum uns der Schwarze Engel die vergangenen Tage nicht einfach hat vergessen lassen, was wir vorhaben: Opas

Schutzschild muss dieses Mal nicht nur ihn, sondern auch uns vor dem Vergessen geschützt haben. Anders kann ich es mir nicht erklären.

Herr Knorr legt mir wieder seine Hand auf die Schulter, und sie wiegt unendlich schwer. »Dein Opa ist etwas ganz Besonderes, Zara.«

Etwas Besonderes? Es fühlt sich an, als würde mir der Boden unter den Füßen weggezerrt. Alles um mich herum scheint sich zu drehen.

»Und was zur Hölle ist ein Dimicru?« Das Wort, das Herr Knorr uns partout nicht erklären wollte. Es ist nur noch ein zaghaftes Wispern, das aus meinem Mund kommt. Ich ahne, dass ich es nicht hören will, aber dazu ist es zu spät. Ich stecke längst mittendrin in dieser Spirale aus übersinnlichem Wahnsinn, der kein Ende nehmen will und mich mit Haut und Haaren verschlingt.

»Ein Halbgebrannter.«

»Nein«, hauche ich und entziehe Ben unwillkürlich meine Hand. Obwohl ich fühle, dass er sie versucht festzuhalten, lasse ich es nicht zu.

»Ein Mensch, oft mit besonderer Begabung im musischen Bereich«, spricht Herr Knorr weiter, »sei es Zeichnen oder Musizieren oder eine andere Kunst. Darüber hinaus besitzt er in abgeschwächter Form eine der Gaben. Wie stark diese ist, hängt auch bei uns Dimicrus davon ab, welchen Grad wir in uns tragen. Aber die Gaben der Halbgebrannten sind nie so stark, als dass sie als Phoenicrus ausgebildet werden könnten. Ihre Besonderheit liegt viel mehr in ihrem musischen Talent. Meist verbringen Halbgebrannte ihr ganzes Leben inmitten von Ungebrannten – ohne auch nur zu ahnen, wer ihre Vorfahren sind.«

Ich weiche zurück, starre sie an, einen nach dem anderen. Von Dimicru, zu Tutamina, zu Dimicru. Mein Magen zieht sich krampfartig zusammen und fühlt sich bleischwer an. »Nein. Nein. Nein. Nein. Nein«, stammle ich immer und immer wieder.

Opa scheint es die Sprache verschlagen zu haben, aber Ben kommt auf mich zu – dieser Ausdruck in seinem Gesicht …

»Wieso hast du nichts gesagt?«, will ich ihn anschreien, aber da ist nur ein grässliches Krächzen, das aus meiner Kehle kommt.

Er schüttelt den Kopf. »Zara, es ist nicht so, wie du denkst! Klar, vor ein paar Wochen habe ich irgendwie gemerkt, dass ich anders bin … Mir fällt es so leicht, Leute zu überzeugen, und die Sache mit dem Klavierspielen … Das macht jetzt alles irgendwie Sinn … Aber ich wusste wirklich nicht, was *genau* an mir anders ist! Es ist so wie Herr Knorr sagt, ich wusste nichts von der Dimicrus-Geschichte. Das musst du mir glauben!«

»Erzähl keinen Scheiß! Ihr alle habt mir die Wahrheit verschwiegen! Ich …« Ich fühle mich, als ob das Schwert, das eben noch über mir hing, mich in zwei Stücke zerschnitten hat und zu Boden gesackt ist. Warum habe ich das nicht schon lange gemerkt? Ich habe doch immer gespürt, dass Opa anders ist, warum habe ich das nicht weiter hinterfragt? Vor allem im Bezug zu Yosi und ihrem Verschwinden.

Und warum verdammt noch mal, bin ich die einzige Ungebrannte? »Ich muss hier weg.«

»Zara«, beginnt nun Opa, schweigt aber augenblicklich, als meine Augen ihn böse anfunkeln.

*Ihr seid anders. Ihr seid besonders!*, brülle ich sie in Gedanken an.

Nur ich.

Ich nicht.

Ich fühle mich wie ein Spielball. Und es ist, als ob sie alle etwas geschafft haben, das ich nie schaffen werde. Sie haben die Fäden ihres Marionettenlebens durchtrennt, nur ich hänge immer noch an diesen einengenden und bestimmenden Fäden, die mir sagen, was ich zu tun habe. Was zur Hölle wird hier gespielt?

Plötzlich wirkt alles surreal, als spiele ich die Ahnungslose in einer Realityshow. Alles Kulisse. Alles nur reingepflanzte Schauspieler.

Und ich hohle Nuss habe Ben gesagt, dass ich mich in ihn verliebt habe. Und er? Er hat es nicht erwidert. Ich starre ihn an. Mein Herz bricht in der Mitte durch.

Scheiße! Warum habe ich nicht viel eher die Notbremse gezogen?

Die Atmosphäre hat sich verändert.

Etwas liegt in der dämmrigen Luft.

Wütend presse ich die Augen zu und ich höre, wie jemand einen Schritt auf mich zukommt. Als ich die Hand auf meinem Unterarm spüre, weiß ich, dass es Ben ist. Ich schaue ihn an und seine Lippen verformen sich zu einem müden Lächeln. Ich drehe mein Gesicht in eine andere Richtung und schüttle leicht den Kopf.

»Zara, bitte …«

Ich sehe zu ihm auf und mustere ihn. Traurig, weil es einfach nur verdammt wehtut, von jenem Menschen hintergangen zu werden, dem man sein Herz geöffnet hat, und wütend, weil ich mir in diesem Moment absolut sicher bin, dass dies der wahre Grund war, weswegen er mitkommen wollte. Er wollte herausfinden, wer er wirklich ist und hat es mir wissentlich verschwiegen. Und was war das mit seiner Familie, eine Mitleid-Inszenierung oder was? Ben hat mich ausgenutzt und ist ein verdammter Lügner!

Abermals macht er einen Schritt auf mich zu. Doch ich ertrage seine Nähe nicht. Nicht mehr.

Ich muss hier weg!

Einfach nur weg!

Ich weiche zurück, stolpere rücklings über den Gehweg und falle beinahe über meine eigenen Füße.

Hastig drehe ich mich um.

Und dann renne ich.

Hinter meinem Rücken höre ich leise, ganz leise, wie Opa zu Ben sagt: »Keine Bange mein Junge, sie wird schon wieder zur Besinnung kommen.«

»Aber, was ist, wenn die Schwarzen Engel kommen …«, stammelt Ben.

Opas Antwort höre ich bereits nicht mehr, es ist auch nicht nötig. Meine Füße jagen über die Straße, doch meine Gedanken in eine völlig andere Richtung.

Dann sollen sie mich finden, die Schwarzen Engel!

Wenn es so etwas wie eine kosmische Ordnung, Schutzengel oder eine übergeordnete Gerechtigkeit gibt, dann, verdammt noch mal, *helft mir!* Ich fordere euch dazu auf, für Gerechtigkeit zu sorgen.

»Es reicht!«, schreie ich aufgebracht 'gen den dämmrigen Abendhimmel. »Hört ihr mich? Es reicht!«

*Und wenn ihr kommt, Schwarze Engel, dann bin ich darauf gefasst. Wenn ihr kommt, dann bin ich bereit und kämpfe.*

*Ich kämpfe für dich, Yosephine!*

# Epilog

*Ich lauere im Hinterhalt.*

*Beobachte. Notiere. Lerne wissbegierig, so lange, bis ich die Schwäche jedes Einzelnen entlarve. Meine habe ich längst erkannt und zu meiner größten Waffe umgewandelt. Keiner darf es erfahren, hörst du?*

*Im Sturm erobere ich ihre Herzen, gewinne ihre Gunst, dabei dämmert ihnen nicht, dass ich ihre blinde Offenheit missbrauche, sie beraube und in die Irre führe.*

*Sie ahnen nicht, welcher Gefahr sie sich aussetzen.*

*Alle so naiv und dumm. Diese Narren!*

*Ich mache mir ihre Leichtgläubigkeit zunutze, und wenn sie es bemerken, ist es längst zu spät.*

*Was für ein fataler Fehler.*

# PHOENICRUS

Band 2

## Akademie der Gebrannten

YOSEPHINE

# Prolog

*Der Mond steht in vollem Glanze, kein Lüftchen weht durch die Baumwipfel. Noch habe ich sie nicht gefunden, die eine, die so blau ist wie die Nacht.*
*Doch ich werde sie finden. Bald. Denn die Zeit drängt.*
*Ich höre, wie dein Herz schlägt.*
*Flach und schnell. Viel zu schnell.*
*Dein Wehklagen schmerzt mich bis ins tiefste Innerste.*
*So darf es nicht enden. Nein!*
*Deine Zeit auf Erden ist noch nicht vorbei.*
*Ich rette dich mit meiner verfluchten Gabe.*
*Versprochen.*

# Kapitel 1

## Hinter der Mauer

Das Glas vor ihren Augen wirkt milchig. Nicht des Schmutzes, sondern seines Alters wegen. Feine Risse zerkratzen die sonst so glatte Oberfläche des Fensters und trüben die Sicht. Es ist früh am Morgen, aber Yosephine ist schon vor den ersten Sonnenstrahlen aufgestanden.

Gedankenverloren kämmt sie ihr langes Haar, das in der aufgehenden Sonne wie ein Flammenmeer leuchtet, während sie beobachtet, wie die Akademie langsam aus dem Schlaf erwacht. Sie liebt diese Tageszeit, wenn alles noch ruhig ist und niemand die Schönheit des Morgens durch Hektik zerstört. Genau wie das Schillern des Morgenlichts, wenn es sanft zwischen den Baumwipfeln des Waldes aufblitzt und die Äste dabei kaum merklich im Wind wiegen. Die Weite des Waldes gibt ihr ein Gefühl von Freiheit, ebenso wie die krächzenden Raben, scheinbar über alles erhaben. Nur die dicke Schlossmauer in der Ferne wirkt trotz ihrer gewaltigen Größe farblos und merkwürdig unscheinbar neben allem anderen. Fast wie ein Fremdkörper, obwohl sie schon seit Jahrhunderten hier steht.

Langsam stößt Yosi den Fensterflügel auf, zieht die Luft ein und setzt sich auf die breite Fensterbank. Sie kann den Frühling förmlich riechen. Als der frische Morgenwind ihre Wangen umspielt, fröstelt sie und schlingt die Arme um ihren Oberkörper.

Dann erblickt sie auf dem Hinterhof zwei Gestalten. Ein Junge und ein Mädchen. Er macht wild gestikulierend einen Schritt auf sie zu, woraufhin das Mädchen ihm einen Schubs verpasst. Der rote Wuschelkopf des Jungen sieht aus wie ein bunter Farbklecks, passend zur Morgendämmerung. Den würde sie überall wiedererkennen. Es sind Thaddeus und Maya, zwei aus ihrer Klasse.

Yosi kann sich ein Lachen nicht verkneifen. Es ist ein offenes Geheimnis, dass Thaddeus' Herz für Maya schlägt.

Mit angezogenen Beinen lehnt Yosi ihren Kopf an den Rahmen des Fensters und während sie in den erwachenden Tag blickt, kehren die Traumbilder zurück. Jene, die sie wieder durch die Nacht gehetzt haben. Nicht das Feuer brachte ihr Herz zum Rasen, damit hat sie gelernt zu leben. Sie weiß, dass es ihr nichts anhaben kann. Es ist viel mehr dieses beklemmende Gefühl ihrer Träume, das in ihrer Brust hockt. Schon oft sprach Yosi mit Professorin Agon über ihre Träume, die sie heimsuchen, seit sie in die Akademie gekommen ist. Agon ist eine Mederio, eine hHeilerin, unterrichtet sie im Fach Meditation und Kampfsport und ist zudem ihre Vertrauensperson.

»Mach dir keine Sorgen, Yosephine«, sagte sie mit ihrer melodischen Stimme, als Yosi vor einigen Tagen zu ihr kam. »Die Träume werden verblassen mit der Zeit, die vergeht. Du wirst lernen mit dem Feuer umzugehen und dann werden auch die beängstigenden Träume weniger, du wirst sehen.«

»Es ist nicht das Feuer, das mich verängstigt«, antwortete Yosi. Das versuchte sie ihr auch nicht zum ersten Mal zu erklären. »Es ist mir nur so schwer ums Herz, so schwer, dass ich kaum atmen kann.«

Sanft strich Professorin Agon über ihr gewelltes rotes Haar. In dieser zarten Berührung lag das Wissen, dass die Zeit alle Wunden heilt.

Doch darauf wartet Yosi bis heute. Ein tiefer Seufzer entweicht ihr und unterbricht ihre Erinnerung.

»Tja, auch Professorinnen können sich irren!«, sagt sie nun laut und reißt mit diesen Worten ihren Blick entschlossen vom Fenster weg. Sie erhebt sich, legt die Bürste auf das Nachttischchen und wandert zum Schreibtisch.

Ihr Zimmer ist spärlich eingerichtet. Keineswegs weil sie nichts besitzt, viel eher ist es so angedacht, dass keine üppige Einrichtung ihre Aufmerksamkeit mindern soll. Nichts soll sie unnötig aus dem Gleichgewicht bringen. Ein großes Bett ist an der Längswand platziert und an der Kopfseite steht das Nachttischchen. Neben dem Fenster befindet sich ein kleiner Schreibtisch, voll beladen mit

Büchern, und in der Ecke ist ein eintüriger Kleiderschrank. Das war's auch schon.

Ihr Zimmer bietet viel Platz. Platz, um Ruhe und um zu sich selbst zu finden. Eine der wichtigsten Grundvoraussetzungen der Sequiumstudenten. Seit einigen Wochen befindet Yosi sich im zweiten Studienjahr der Phoenicrus. In einigen Monaten hat sie die Halbzeit ihres Studiums erreicht, doch Yosi hat das Gefühl noch so viel lernen zu müssen, um letztlich zur großen Prüfung antreten zu können. Schon bald steht eine fiktive Prüfung an – ein Testlauf, der ihnen zeigen soll, wo sie mit ihrem Können stehen. Davor graust es ihr alleine beim Gedanken daran.

Und in dieser Woche starten auch die Viritimstunden, um die Studenten spezifisch auf das Leben danach vorzubereiten. In diesen Einzelstunden lernen sie mit ihrer Gabe umzugehen. Was wiederum bedeutet, dass sie ein paar höchst ungemütliche Monate vor sich hat. Schließlich hat sie das große Los gezogen. Sie alleine mit dem Professor der Paraphysik. Ähm … nicht gerade ihre erste Wahl. Aber die Entscheidung liegt nicht bei ihr, sondern hängt von der Gabe ab, die in ihr heranwächst. Und ihre Gabe ist nun mal das Bändigen des Feuers. Sie gehört zu den Gliscos. Genau genommen kann sie sogar froh sein, denn es gibt keinen talentierteren Glisco als den ihr zugeteilten Professor Phasmo.

Was sie in den Viritimstunden wohl erwartet? Keiner der älteren Studenten spricht darüber.

Irgendwie gruselig.

Bevor Yosi runtergeht, um zu frühstücken, greift sie zu ihrem Block. Manchmal versucht sie, die Zerbrechlichkeit der Morgenstunden einzufangen, nur mit Stift und Papier. Sie liebt es, mit ihren Händen und ihrer Vorstellungskraft etwas zu erschaffen und kritzelt übers Papier, so lange, bis die Striche Gestalt annehmen. Das Bild ist nicht perfekt, aber stimmungsvoll. Während sie die Skizze betrachtet, lässt sie langsam ihre Hände in den Schoß sinken und streicht mit dem Finger übers Papier.

Etwas mehr als ein Jahr ist es her, seit sie an die Akademie gekommen ist. Niemals hatte sie damit rechnen können, dass sich ab jenem Tag alles in ihrem Leben ändern würde. Aber das tat es. Bei der Erinnerung schüttelt es Yosi. Immer noch fällt es ihr schwer, das Vergangene zu verstehen. Doch damals gab es diesen alles entscheidenden Moment, in dem sie begriff, dass niemand anderer als sie etwas Schlimmes verursacht hatte. Sie selbst war es, die ein Bücherregal zum Brennen gebracht hatte –, und zwar mit ihren bloßen Gedanken. Das war eine der schlimmsten Erkenntnisse ihres jungen und bis dahin unbeschwerten Lebens. Nun hatte sie es schwarz auf weiß: Sie war anders. Und ihr Leben war fortan ein gut behütetes Geheimnis, für das sie mit vielen ihrer Erinnerungen bezahlte, und sie begann es nun Schicht für Schicht zu öffnen wie ein in Metall geschweißtes Geschenk.

Aber sie weiß, irgendwann wird sie sämtliche Erinnerungen und damit auch ihr altes Leben zurückbekommen. Wie es wohl sein wird, nach drei Jahren wieder nach Hause zu kommen?

*Zuhause.* Ein Wort ohne Bedeutung. Das hier ist ihr Zuhause geworden. Die Stadt der Verborgenen. Hier und nirgendwo anders fühlt sie sich heimisch.

Doch nicht zu wissen, von wo man kommt, zu wem man gehört, aber dennoch zu spüren, dass da ein Leben vor diesem hier war, treibt sie auch heute noch fast in den Wahn, wenn sie zu viel darüber nachdenkt. Zerrissenheit vom Feinsten. Außer der Erinnerung an das brennende Bücherregal – einfach alles verschwunden. Mehr noch, ein Leben davor scheint nie existiert zu haben.

Ziemlich unheimlich, sollte man meinen. Aber das war es nicht. Keine Sekunde hat sie sich gefürchtet, als sie mit Milo Voxx vor einem Jahr die Reise antrat. Zwar sieht der Kerl auf den ersten Blick etwas eigenartig aus, wie er seine schwarze Kapuze immer tief ins Gesicht gezogen hat, dazu seine dunklen Jeans und schwere Lederstiefel, aber der Eindruck täuscht. Unter der Kapuze verbirgt sich ein ziemlich sympathisches Gesicht. Ach was, sympathisch! Er ist der tollste Typ aller Nova-Phoenicrus. Er ist nicht viel älter als sie selbst, vielleicht einundzwanzig oder zweiundzwanzig, hochtalentiert und arbeitet bereits im Außendienst. Seine wirren, blonden Haare bekam sie erst zu Gesicht, als sie gemeinsam die Akademie betraten. Genau wie sein schönes Lachen. Sie hatten sich auf Anhieb total gut verstanden und nicht nur viel miteinander geredet, sondern auch viel zusammen gelacht. So ist es auch, wenn sie ihn heute unerwartet in der Akademie antrifft. Dann ist da sofort wieder diese Vertrautheit. (Und ein leises

Kribbeln in ihrem Bauch, das ihr Herz höher schlagen lässt. Ob er es auch spürt?) Leider ist er hier nicht oft anzutreffen (wenn es nach ihrem Geschmack geht, viel zu selten!), weil er etliche Stunden damit verbringt, die gebrannten Kinder aufzusuchen. Für Yosi investierte er auch viel Zeit. Eine Weile beobachtet er, wie die Kinder leben, was sie tun, wer ihre Freunde sind. Er versetzt sich in ihre Lage, ihre Gedanken, um ihnen den Abschied so leicht wie möglich zu machen. Und das gelang ihm in Yosis Fall ganz gut. Außerdem ist er ein unendlich talentierter Musiker. Bestimmt dauert es nicht mehr lange, bis er in die Elite der anderen Nova-Phoenicrus wie Justin Timberlake, David Garrett oder Samu Haber aufsteigen wird. Zudem ist Milo total lieb – was ihn nur noch unwiderstehlicher macht.

Deshalb versteht es sich von selbst, dass es dank Milo für Yosi deutlich einfacher war hier anzukommen. Es gab ihr ein Gefühl von Sicherheit. Trotzdem war ihr ein bisschen unheimlich zumute, vor allem fühlte sie sich bei der Ankunft in dem kolossalen Gebäude und dem Empfang einsam. Der große Saal liegt im mittleren Teil der Akademie und nimmt fast die Hälfte des unteren Stockwerks ein. Am Ende des Raumes schließen die vier Rundtürme an, die jeweils für ein Studienjahr als Schlafräume eingerichtet wurden. Im vierten sind die Lehrer einquartiert. Die Türme sind an das Gemäuer angebaut, wie bei vielen Burgen. So sieht die Akademie übrigens auch insgesamt aus – wie ein Schloss aus alten Zeiten. In dem hinteren rechten Turm wurde Yosi damals einquartiert. Das Gefühl der Einsamkeit begleitete sie dabei. Trotz der Vertrautheit mit Milo war es kaum auszuhalten. Doch einen Moment nach ihrer Ankunft hatten sie sich alle zur Begrüßung der neuen Initiumstudenten im großen Saal eingefunden. Viele neue Gesichter. Viele offene Fragen. Und seit diesem Augenblick war sie nicht mehr allein gewesen. Ein Gefühl, das ihr gut tat und das sie dringend gebraucht hatte. Noch am selben Abend wurde ihr für das erste Initiumjahr eine Mitbewohnerin zugeteilt. Livia, ein Mädchen mit rotbraunem Haar und blassblauen Augen. Zu Beginn war Yosi ziemlich schüchtern gewesen und hatte unsicher aus ihren grünen Augen im Zimmer umhergeschaut, während sie sich immer wieder die Strähnen aus dem Gesicht gestrichen hatte.

»Fühlst du dich auch, als ob jemand in deinem Leben rumgepfuscht hätte?«, flüsterte ihre neue Mitbewohnerin, als sie schließlich in ihren Betten lagen. Das war der Augenblick, in dem Yosi realisierte, dass sie eine Seelenverwandte gefunden hatte. Eine, die fühlte und dachte wie sie. Das war der Beginn ihrer Freundschaft und es entstand zugleich eine Verbundenheit, die bis heute nicht abgebrochen ist.

Ja, seit Yosi an die Akademie gekommen ist und damit ihr altes Leben hinter sich gelassen hat, ist Livia zu ihrer neuen Familie geworden. Ach ja, und Aaron nicht zu vergessen. Groß gewachsen, dunkelblonde Haare, eine schmale Nase und kantige Gesichtszüge. Obwohl er ein unverbesserlicher Klugscheißer sein kann, ist er ein echter Freund und verbringt jede freie Minute mit den beiden.

Das Klappern des Fensterflügels reißt Yosi aus den Gedanken der Vergangenheit. Erst da bemerkt sie, dass sie mit kalten Fingern den Stift umklammert.

Schnell legt sie alles beiseite, greift nach dem Fensterflügel um ihn zu schließen, dabei gleitet ihr Blick nach unten. Etliche Meter liegen zwischen ihr und dem Rasen des Hinterhofs. Entsetzliche Meter. Ihr Magen verkrampft sich und der Boden beginnt, sich zu drehen. Sie hat höllische Höhenangst.

Verflucht, wieso musste ausgerechnet sie das höchste Zimmer im Turm bekommen?

Mit dem Übergang zur Sequium kam auch der Umzug aus dem Initiumturm in den Sequiumturm und in ihr eigenes karges Zimmer. Und somit das Lernen, mit sich alleine klarzukommen. Unbewusst klammern sich ihre Fingernägel am Fensterrahmen fest.

Einmal tief durchatmen.

Von einer Sekunde auf die andere ist da plötzlich dieses leise Kribbeln im Bauch, während ihre Finger unruhig auf den Fensterrahmen drücken. Ein Kribbeln, das nichts mehr mit der Höhenangst zu tun hat.

Was ist nur los mit ihr?

Yosi versucht sich mit der Planung des Wochenendes abzulenken. Vielleicht kann sie Livia überreden, nächstes Wochenende mit ihr ins Dorf zu gehen? Doch irgendwie kann sie sich auf Nichts konzentrieren. Das komische Gefühl in ihrem Bauch geht einfach nicht weg. Völlig genervt sieht sie abermals durchs Fenster – und erstarrt.

Nur wenige Meter unter ihrem Turmfenster, bei der Laterne neben dem Brunnen, steht jemand.

Sie kann nicht verhindern, dass ihr Herz wie wild zu klopfen beginnt. Aber nicht nur ihr Herz, auch ihr Verstand erkennt ihn sofort.

Milo Voxx.

*Was sucht er hier?*

Offenbar hat er sie nicht bemerkt, denn er ist dabei, etwas in ein Buch zu kritzeln und hält es umständlich gegen die gewölbte Steinmauer des Brunnens. Obwohl sie viele Meter entfernt ist, kann sie sein Gesicht hervorragend betrachten und ist verblüfft, wie gut er aussieht. Okay, klar, wie unverschämt gut er aussieht, hat sie schon mitbekommen, als sie ihn kennenlernte. Aber so, wie er da kauert, mit konzentrierter Miene und einer Sturmfrisur, ziemlich unrasiert und ohne den Ansatz eines Lächelns, hat sie ihn noch nie gesehen. Irgendwie wirkt er erwachsener. Vielleicht auch eher männlicher – und deswegen gefällt ihr sein Anblick in dem Moment besonders gut. *Verdammt gut!* Milo ist groß, hat hohe Wangenknochen und ein markantes Kinn. Selbst aus dieser Entfernung kann sie seine dichten Wimpern erahnen und sie erinnert sich noch ganz genau an die Farbe seiner sanften braunen, fast schwarzen Augen, die von ihnen umsäumt werden.

Yosi sollte besser endlich nach unten gehen, wo ihre Freunde bestimmt bereits auf sie warten. Aber nein, sie bleibt völlig fasziniert an den Fensterrahmen gelehnt und sieht zu, wie Milo weiter in sein Buch schreibt, das er gerade ungeschickt hin und her wendet. Schon fällt es ihm aus der Hand und klatscht wie ein schwerer Stein in den Brunnen.

»Mist!«, hört sie ihn fluchen und sieht ihm zu, wie er den Jackenärmel hochkrempelt und mit einer hastigen Bewegung das Buch herausfischt. Kurz verweilt ihr Blick auf den feinen Tätowierungen seiner Hand, die sich den Arm hochschlängeln, und da wendet er – als hätte er ihren Blick gespürt – die Augen von dem vor Nässe triefenden Buch ab, schaut nach oben und richtet seinen Blick auf sie. Sein Gesicht wirkt von einem Moment auf den anderen vollkommen starr, dann erzittert er fröstelnd, so als durchfahre ihn eine eisige Kälte, aber er rührt sich nicht von der Stelle.

Automatisch hebt Yosi die Hand und winkt ihm lächelnd zu.

Und Milo? Er steht einfach nur da, ohne ein Wort zu sagen oder ihr auch nur zuzunicken. In diesem Moment kommt sie sich ziemlich bescheuert vor und weiß nicht, was sie tun soll, vor allem deshalb, weil sie das Kribbeln im Bauch halb wahnsinnig werden lässt.

Schließlich kann sie diese eindringliche Stille nicht mehr ertragen. Fast scheint es, als ob der Himmel ihre Gefühle widerspiegelt, denn immer dunklere Wolken schieben sich vor die aufgehende Sonne. Kurz schließt Yosi die Augen und wendet sich dann mit einer entschlossenen Bewegung vom Fenster ab.

Ihr nächster Blick wandert auf die Uhr und zeigt ihr, dass es höchste Zeit wird. Sie muss sich beeilen.

Während sie mit schnellem Griff ihren Pullover vom Bettgestell zieht und sich ihn über den Kopf stülpt, klatschen bereits erste schwere Regentropfen gegen die Fensterscheibe. Hastig schnappt sich Yosi ihre Schultasche und stößt die Zimmertür auf.

»Verdammt Yosi, schlag dir Milo endlich aus dem Kopf!«, befiehlt sie sich, während sie immer zwei Stufen auf einmal nehmend die enge Wendeltreppe hinunterhechtet. Ohne auch nur zu erahnen, wie sehr sich ihr Leben in den nächsten Tagen wieder verändern wird.

# Kapitel 2

## Gespenstischer Vladimir

»Bin ich froh, wenn das Studium vorbei ist«, stöhnt Livia, lässt sich mit dem Rücken auf die Wiese fallen und streckt alle Viere von sich. »Endlich mal was anderes sehen, als tagein tagaus nur diese Mauer hier!«

Es ist mittlerweile halb zwei. Der Vormittag liegt hinter ihnen, doch leider gilt das auch für die Mittagspause.

Immerhin haben sich die dunklen Wolken am Horizont etwas gelichtet und fast scheint es, als könnte es noch ein angenehmer Frühlingnachmittag werden.

Aaron ist in seinem Element und macht aus rhetorischen Bemerkungen die reinste Podiumsdiskussion, während Livia und Yosi amüsiert neben ihm liegen und mit den Gesichtern versuchen, die wenigen Sonnenstrahlen einzufangen, die sich ihnen hier im Innenhof bieten. Das Thema *Zweifelhafte Viritimstunden* meiden sie und reden stattdessen über Gott und die Welt. Besser gesagt: Studium und die Akademie.

»Und ich sag euch, wenn wir den Abschluss endlich in der Tasche haben, tanz' ich mit jedem, der mir über den Weg läuft, Rock'n Roll und trällere dazu im Takt Halleluja«, beendet Livia ihre kleine Rede.

»Wem sagst du das.« Yosis Blick schweift über das endlos wirkende Gemäuer der Akademie. »Mir kommt es vor, als nehme das Ganze kein Ende, genau wie diese Mauer um die Stadt der Verborgenen.«

»Wobei *Stadt* ja nicht wirklich passt«, stellt Livia fest. »Okay, es ist eine wahrhaft stattliche Burg, aber …«

»… schon im Buch *Entstehungsgeschichte der Stadt der Verborgenen* aus dem 18. Jahrhundert wird die Akademie so genannt«, wirft Aaron, wie immer überkorrekt, dazwischen. »Das Thema haben wir schon oft genug ausdiskutiert. Wir werden nie rausfinden, warum sie ihr damals diesen Namen gegeben haben. Wer weiß – vielleicht war mal eine ganze *Stadt* für Gebrannte wie uns geplant? Ich finde jedenfalls, der Name passt ganz gut. Schließlich sind wir hier im Verborgenen. Und das soll immerhin der Sinn der Akademie sein.«

»Allerdings! Noch verborgener geht nicht. Aber die wöchentliche Freizeit wäre echt ausbaufähig.« Yosi zupft einen Grashalm ab, ohne ihn wirklich zu betrachten. »Bist du die Mauern mal wieder abgelaufen, um zu schauen, ob es nicht doch irgendwo ein Schlupfloch gibt?«

In Aarons Augen tanzt etwas Verheißungsvolles.

»Und?«, fragen die Mädels simultan.

Doch er schüttelt den Kopf. »Nichts.«

»Irgendwann finden wir eines«, überlegt Livia mit zusammengekniffenen Augen. »Es gibt *immer* ein Schlupfloch oder eine Schwachstelle, das kann man doch in jedem Film sehen.«

»Und dann schleichen wir uns nachts raus«, stimmt Yosi schief grinsend in Livias Schlussfolgerungen mit ein.

»Das wäre eher suboptimal«, meint Aaron trocken. »Denn selbst in der Entstehungsgeschichte wird mehrfach erklärt, dass die Mauer undurchdringbar ist. Zur Abschirmung und so, ihr wisst schon. Es wird wohl seinen Sinn haben, dass sie uns nicht rauslassen.«

»Ob die Mauer uns *wirklich* Schutz bietet? Und vor was genau soll uns ihr Energiefeld bewahren?«, fragt Yosi. Sie hat keine Ahnung, wie oft sie sich diese Frage im vergangenen Jahr schon gestellt haben.

»Solange wir unsere Erinnerungen an die Zeit davor nicht zurückerlangen und nicht mehr wissen, wie es sich da draußen lebt, ist es wahrscheinlich schlichtweg unmöglich, diese Frage ausreichend zu beantworten. Wir können nicht wissen, ob, und wenn, welchen Gefahren wir da draußen ausgesetzt wären. Ich habe irgendwie das Gefühl, die Welt ohne meine Erinnerungen nicht richtig erschließen zu können.«

*Der sentimentale Klugscheißer wieder*, denkt Yosi belustigt.

»Erinnern kann ich mich nur noch an wenige Sequenzen meines vorherigen Lebens«, sagt Yosi. »Ich sehe einen Raum, neben mir Voxx, doch die Menschen, die mir gegenüberstehen, sind alle verschwommen.

Aber Angst vor den Ungebrannten hatte ich, glaube ich, keine Sekunde lang. Auch nicht das Gefühl, dass ich in Gefahr schwebe.«

»Schooon, jaaa«, beginnt Aaron und dehnt die Worte unnötig in die Länge. »Trotzdem kann ich mir nicht vorstellen, dass die Professoren uns all die Jahre in dem Glauben lassen, dass wir hinter den Mauern in Sicherheit sind, ohne dass es wichtige Beweggründe dafür gibt. Vergesst die ganzen Hetzjagden nicht, vor allem nicht die letzte von 1749! Die ist schließlich geschichtswissenschaftlich belegt und hat dazu geführt, dass die Stadt der Verborgenen überhaupt gebaut wurde«, meint Aaron mit nachdenklicher Miene. »Muss ich euch daran erinnern, was damals passierte?«

»Oh Mann, Aaron, das ist doch nur eine Legende«, stöhnt Livia. »Es gibt keinerlei Beweise für die Existenz eines Tutaminas. Und auch in den Schriften steht kaum was darüber.«

»Jedem Gerücht, genau wie jeder Legende, liegt ein Funken Wahrheit zugrunde«, beginnt Aaron und sein Gesicht nimmt einen ähnlichen Ausdruck an wie Bezolds, ihrem Geschichtsprofessor. »Oder wie erklärt ihr euch die Tatsache, dass die sogenannten Delinquenten des 18. Jahrhunderts allesamt enthauptet wurden? Kein Phoenicru entkam dem Fürstensohn, denn keiner war ihm gewachsen. Nie herrschte eine solche Angst unter den Gebrannten wie im Jahr 1749. Die einzige logische Schlussfolgerung lautet: Der heuchlerische Fürst selbst fürchtete die Schwarzen Engel und nur sein Sohn war auf unerklärliche Weise immun gegen ihre Gaben. Wie Tiere wurden die Gebrannten in diesem Jahr von dem Sprössling gejagt und zur Schlachtbank geführt. Er *muss* ein Tutamina gewesen sein«, erläutert Aaron seine Schlussfolgerung und will gerade zu einer weiteren ausgedehnten Erläuterungen ansetzen, als ein Schatten auf die Wiese fällt.

»Na, wenn das nicht unser Dream-Team ist?«, schwappt die Stimme von hinten an sie heran. »Schmiedet das Möchtegern-Superheldentrio wieder unnütze Pläne?« Diese charmante Bemerkung kommt von Ophelia. Sie zeigt ihnen ihr hämisches Lächeln, dann wirft sie ihr makelloses blondes Haar zurück und bleibt mit erhobenem Kinn hinter ihnen stehen. Doch selbst damit sieht sie beneidenswert gut aus. Dicht in ihrem Windschatten folgen Carmen und Dana. »Habt ihr es immer noch nicht kapiert? Wir sitzen hier fest, bis wir unsere Ausbildung durchgestanden haben.«

»Stell dir vor, das haben wir begriffen«, giftet Livia zurück. »Oder denkst du –«

»Weißt du was?«, fällt ihr Ophelia ins Wort und ihre Stimme trieft vor Spott. »Das Denken kannst du getrost mir überlassen. Selbst ohne Hirn wäre ich darin um Längen besser, als du es je sein wirst.«

Vielleicht mag es fies sein, aber Yosi will Ophelias blödes Grinsen wenigstens für den Bruchteil einer Sekunde aus dem Gesicht wegradiert sehen. »Oh, ich vergaß, du und deine beiden Anstandswauwaus, ihr bringt zusammen ja tatsächlich ein *ganzes* Hirn zustande.«

Es misslingt.

»Das ergibt immer noch mehr, als wenn man eure drei mit zwei multipliziert«, sagt Ophelia schnippisch, begleitet von einer herablassenden Handbewegung, als wolle sie ein lästiges Insekt wegwedeln.

Yosi kann nicht anders, als Ophelia für ihre Schlagfertigkeit zu bewundern. Zeit für einen Gegenangriff bleibt ihr nicht, denn Ophelia wendet sich bereits zum Gehen.

»Und Ophelia, heute schon eine Vision gehabt?«, zischt Aaron.

Ophelia wendet minimal den Kopf. »Meine Visionen gehen dich gar nichts an! Kümmere dich gefälligst um deine eigenen Angelegenheiten«, klatscht sie ihm die Worte wie eine verbale Ohrfeige ins Gesicht. Mit einer eleganten Bewegung dreht sie sich um und stolziert davon. Dana und Carmen tun es ihr gleich.

»Boah! Was für eine elende Zicke«, schimpft Livia, während sich die drei Freunde ebenfalls aufrappeln. Nicht etwa um Ophelia wie Carmen und Dana hinterherzudackeln, sondern weil die nächste Unterrichtsstunde ruft. *Soziologie* bei Professor Ductus. Ein wichtiges Fach, doch so was von langweilig, dass echt keiner der Studenten länger als zehn Minuten zuhören kann – nicht einmal Aaron und das will schon was heißen!

Yosis Lieblingsfächer sind *Menschliche Mythologie* und *Geschichte der Phoenicrus*, leider stehen in dieser Woche nur zwei Lektionen dieser Fächer auf dem Stundenplan. Erst im letzten Jahr der Ausbildung – genannt Eventum – kann Yosi das Hauptgewicht darauf verlegen. Wahrscheinlich erst so spät, damit sie sich nicht zu früh auf eine Spezialisierung festlegen. Bis zum letzten Studienjahr sollen sie in allen Fächern Basiswissen erlernt haben und sich dadurch ihrer Wahl sicher sein.

Zu den Pflichtfächern gehören neben *Geschichte der Phoenicrus* und *Menschlicher Mythologie* die *Paraphysik* und *Allgemeine Wissenschaft, Philosophie des Kodexes, Thai Chi, Meditation* und einige frei wählbare Fächer wie *Literatur, Fremdsprachen, Mathe, Zeichnen* oder *Musik.*

»Du, Yosi«, sagt Livia, während sie die Wiese überqueren, »hast du vielleicht meinen Glücksbringer irgendwo gesehen?«

»Deinen silbernen Schlüssel?« Yosi sieht sie erst irritiert an, dann schüttelt sie den Kopf. Schließlich ist Livias Schlüssel, den sie um den Hals trägt, so gut wie mit ihrer Freundin verwachsen. »Du hast ihn bestimmt nur verlegt.«

»Keine Ahnung.« Livia verzieht ihren Mund zu einer Schnute. »Im Bad gestern hatte ich ihn noch um, da bin ich mir absolut sicher.«

»Wenn du willst, helfe ich dir nachher suchen«, beruhigt sie Yosi.

»Ich natürlich auch«, sagt Aaron schnell.

»Danke, ihr seid die Besten!« Mit diesen Worten hakt sie sich bei ihren beiden Freunden unter.

Ein paar Schritte gehen sie schweigend nebeneinander her, während sie auf den Seiteneingang zusteuern, einen der vier Zwischeneingänge. Dieser hier führt direkt vom Innenhof zum großen Eingangsbereich der Akademie. Als Yosi die Tür aufdrückt, entweicht ihr ein leiser Seufzer.

»Alles okay bei dir?«, fragt Aaron. Allein für solche Momente liebt sie ihn wie einen Bruder. Aufmerksam, mitfühlend und hilfsbereit wie kein Zweiter.

Sie lächelt ihn liebevoll an. »Ja ja, alles bestens«, antwortet sie rasch und schlingt fröstelnd die Arme um den Oberkörper. Die dicken Schlossmauern sorgen für eine konstante Kälte und die wenigen Fenster für abgedunkelte Lichtverhältnisse. Zumindest in den Korridoren.

*Sozio* findet im oberen Stockwerk im hintersten Raum des Schlosses statt. Es liegt direkt neben den Schlafgemächern der Professoren und deren Aufenthaltsräumen.

»Ich hab nur null Bock auf Ductus«, erklärt Yosi, als sie laut seufzen muss.

»Wer hat das schon«, sagt Livia, zieht ihre Freundin energisch weiter und stimmt in das Seufzen mit ein. Leise hallt es an den Mauern wider und sie erklimmen gemächlich die breite Steintreppe. »Und dann auch noch eine Doppelstunde. Es wird höchste Zeit, dass der werte Herr in seinen wohlverdienten Ruhestand abtreten darf.«

»Du hoffst doch nur, dass er von einem unverschämt gut aussehenden Professor abgelöst wird, stimmt's?«, stichelt Aaron.

»Hey, was für eine Frage, klar!«

In Yosis Gesicht zeichnet sich ein amüsiertes Grinsen ab. »Du meinst nicht zufälligerweise so ein Exemplar wie unseren Mythologie-Professor?«

»Exakt, ein zweiter Moltino«, grinst Livia. »Wir sind definitiv Schwestern im Geiste.«

»Typisch Frauen!« Aaron schüttelt den Kopf, während sich die Freundinnen begeistert abklatschen. »Gönnt dem armen alten Mann doch die letzten Stunden, die ihm als Professor noch bleiben.«

»Ach komm«, kontert Livia und stupst ihn in die Seite. »Sag jetzt nicht, dass du in seinem Unterricht nicht eindöst?«

»Ein signifikantes Argument«, kontert Aaron.

»Hey, es ist ja nicht einmal eine Überraschung, was er heute anhaben wird«, fügt Yosi amüsiert hinzu.

»Was ist heute, Mittwoch?«, fragt Livia kichernd.

Aaron nickt.

»Olivgrünes Hemd mit gelber Karokrawatte«, glucksen Livia und Yosi gleichzeitig.

»Genau! Und das blaue Hemd mit der hässlichen bunten Krawatte ist morgen an der Reihe. Natürlich immer mit dabei ist seine grüne hässlich Teekanne, sein wohl unersetzlichstes Accessoire!«, erwidert Aaron auf ihr Gelächter hin, während er die Tür zum Soziologiezimmer aufzieht. Das Klassenzimmer ist leer, nicht einmal die Adlernase des Professors ist zwischen Pult und Tafel zu entdecken. Obwohl Ductus der oberste Sentio und somit das Oberhaupt der Akademie ist, hat es keiner der Studenten eilig in den Unterricht zu kommen. Was völlig widersprüchlich ist, da er in anderen Zusammenhängen durchaus eine starke Autoritätsperson verkörpert. Die Leitung der Akademie meistert er einwandfrei, wie auch die ganze Koordination und Organisation des Außendienstes der Phoenicrus. Doch eine Horde Studenten bei Laune zu halten ist für manche vielleicht schwieriger, als heikle Katastrophen auf der Welt zu verhindern.

Im Vorbeigehen streift Yosi mit den Fingerspitzen über das große Pergament, das an der Längswand hängt. Schemenhafte Szenen von

Figuren, allerhand Symbole und deren Erläuterungen sind darauf abgebildet. Unter anderem auch jenes, das die Eingangshalle ziert: eine sternförmige Sonne, in deren Mitte sich zwei Vögel berühren. In einem gesonderten Rechteck auf der Leinwand sind der Oberste, der Grundsatz- und der Motiv-Kodex der Phoenicrus aufgelistet.

*Oberster Kodex: Unsere Gabe darf nur im Verborgenen und mit größter Sorgsamkeit eingesetzt werden.*
*Grundsatz-Kodex: Die Gaben sind ein Geschenk und unser Werkzeug, also behandelt sie mit Ehrfurcht.*
*Motiv-Kodex: Mit unseren Gaben wollen wir der Menschheit helfen und damit Gutes vollbringen.*

Yosi ist sich sicher, dass dieses Stück Papier alles Wissen bündelt, mehr bräuchten sie nicht zu lernen. Leider ist Ductus da ganz anderer Ansicht.

Schlendernd durchquert Yosi den Raum und begibt sich zu ihren Freunden, die bereits neben dem Tisch stehen.

»Warum kommt Vladimir eigentlich nie, wenn wir bei Ductus Unterricht haben?«, jammert Livia, während sie geräuschvoll den Stuhl nach hinten zieht und sich drauffallen lässt.

Yosi lacht und fragt sich, wer sich Vladimir, den spukenden Schlossgeist, eigentlich ausgedacht hat? Noch nie hat ihn irgendwer wirklich gesehen. Doch hin und wieder ist ein unheimliches Stöhnen in den Korridoren, ganz selten in einem der Klassenräumen, zu hören – und niemand kann erklären, wo dieses Geräusch herkommt oder wer genau dahintersteckt. Echt unheimlich!

»Vermutlich bevorzugt auch er die unterhaltsameren Lektionen«, überlegt Yosi und zuckt ratlos mit den Schultern.

»Wer kann es ihm verübeln«, sagt Livia grinsend. »Hey, vielleicht ist er ein echter Gentleman und lässt sich nur blicken, wenn man ihn höflich darum bittet.«

»Guter Einfall«, lächelt Yosi und lässt ihre Brauen in die Höhe wandern, dann hebt sie flehend ihre Arme in die Höhe. »Vladimir oh Vladimir? Lass uns nicht vor Langeweile sterben!«

»Vergiss es, Yosi! Auf die Schlossgeister von heute ist kein Verlass mehr«, meint Aaron trocken und breitet seine Schulsachen auf dem Tisch aus.

»Ein Versuch war es wert«, kontert Yosi und lässt sich schließlich zwischen ihren Freunden nieder, während sich der Raum langsam, aber sicher füllt. Letztendlich eilt auch Ductus auf seinen kurzen Beinen herein. Wie erwartet in Olivgrün und Gelb gekleidet und in Begleitung seines wichtigsten Utensils. Yosi fragt sich nicht zum ersten Mal, ob in dem Gefäß tatsächlich einfach nur Tee oder vielleicht nicht doch ein anderes Gebräu drin verborgen ist. Seine gekrümmte Nase, die beinahe so lang ist wie sein ganzes Gesicht, rümpft sich, als er zu sprechen beginnt. Yosi wird das Gefühl nicht los, dass etwas mit ihm nicht stimmt. Vielleicht ist es der leichte Glanz auf seiner Stirn. Möglicherweise aber auch die Wangen, die blasser scheinen als sonst.

»Setzt euch, Kinder, setzt euch«, ruft er über die Köpfe hinweg und wedelt mit den Händen in der Luft herum.

Nur allmählich kehrt eine Ruhe ein, die fast nahtlos in gähnendes Schweigen und kaum nennenswerter Beteiligung am Unterricht übergeht. Leere Gesichter, schlafende Blicke – das Übliche. Nicht nur Yosi ist mehr als glücklich, als die Doppelstunde ein Ende findet und sie endlich ihre Sachen zusammenpacken kann. Auch der Rest der Klasse springt wie von der Tarantel gestochen auf und eilt hinaus.

»Treffen wir uns später im Gemeinschaftsraum?«, fragt Livia und hastet bereits den Korridor entlang.

»Warte, wo gehst du hin?«, ruft ihr Yosi hinterher.

»Viritimstunde bei Moltino«, gibt sie über die Schulter zurück, ehe sie auf der nächsten Treppe verschwindet.

Shit! Das hat Yosi völlig vergessen. Sie weiß nicht warum, doch vor ihrer eigenen Einzelstunde graust es ihr tierisch. Und gleichzeitig wünscht sie sich, dass sie nicht noch länger warten müsste, bis sie endlich an der Reihe sein würde. Doch ihre erste Viritimstunde findet erst am Donnerstag statt, also morgen. Dann darf sie endlich den gut behüteten Rundturm direkt neben dem Eingangsbereich betreten. Den Viritimturm.

Was sich wohl im Innern verbirgt?

Schon seit vielen Wochen betrachtet sie ihn von außen. Nein, sie betrachtet ihn nicht nur, sie beobachtet ihn sogar heimlich. Doch leider hat sie nie etwas Besonderes dabei herausgefunden.

Das Einzige, was sie mit Sicherheit weiß, und was leider unumstößlich ist, ist die Tatsache, dass ihr Mentor Professor Phasmo sein wird. Sein Name klingt genauso fies, wie er aussieht. In einem Wort zusammengefasst: unsympathisch. Sowohl wie er spricht und sich bewegt als auch seine Ausstrahlung. Einfach grässlich. Sie und ihre Freunde haben dafür ein eigenes Wort kreiert, abgeleitet von seinem Namen: phasmotisch.

# Kapitel 3

## Purpurlicht

Ein rötlicher Schimmer, ein seidiger Glanz, das ist alles, was Yosi an der Holzplatte der verschlossenen Tür erkennen kann. Wartend steht sie in der Eingangshalle vor der Tür, die ihr Zutritt ins Innere des Turms der Viritimstunden gewähren wird.

Nun ist es soweit.

Kurz nach dem Unterricht wurde Yosi von Phasmo angewiesen, vor dem rechten der beiden Türme zu warten. Das tut sie nun. Aber von Phasmo keine Spur.

Unruhig geht sie auf und ab.

16:30 Uhr zeigt die Uhr. Pünktlicher könnte sie nicht sein. Womöglich wartet er im Turminnern auf sie? Leider hat sie keine Ahnung, wie sich diese Tür öffnen lässt. Vorsichtig tastet sie mit den Händen über die Maserung, sucht nach einem eingelassenen Griff, und ist erstaunt. Das Holz ist rau und fühlt sich kalt an. Aber kein Griff, kein Schlüssel, nicht mal ein Schloss ist zu sehen. Eine schlichte rötliche Holzplatte, mehr nicht.

»Was soll der Scheiß!«, flucht sie ungeduldig.

Mal davon abgesehen, dass sich Yosi nur schwer mit dem Gedanken abfinden kann, ausgerechnet von Phasmo diese alles entscheidenden Viritimstunden gelehrt zu bekommen, trägt diese Warterei nicht dazu bei, dass sich ihre Stimmung verbessert. Genervt kickt sie mit dem Fuß gegen die Tür. Der dumpfe Schlag gegen das Holz verliert sich zwischen den gigantischen Mauern der Eingangshalle, deren Decke so hoch ist, dass sie endlos scheint.

Hätte sie die freie Wahl, wüsste sie sofort, wen sie sich als Mentor aussuchen würde. Milo Voxx. Dummerweise ist er nicht nur viel zu jung und unerfahren, um an der Akademie unterrichten zu können, sondern er trägt auch die falsche Gabe in sich. Er ist ein Susurro. Ein leiser Seufzer entweicht ihr, während sie nervös ihr Gewicht von einem Fuß auf den anderen verlagert. Ihre zweite Wahl würde auf Agon, oder noch besser Moltino, fallen.

*Livia hat echt Glück!*

Gut, wer hätte nicht zu Moltino gewollt? Er ist witzig, zudem charmant und sieht auch noch verdammt gut aus, selbst der Unterricht bei ihm macht Spaß.

Aber Phasmo …?

Unruhig reibt sich Yosi mit den Händen übers Gesicht. Dieser Mann strahlt etwas Unbeschreibliches, besser gesagt Unbehagliches aus. Es ist schwer in Worte zu fassen. Fest steht, dass ihn seine Autorität trotz seiner Schmächtigkeit von der Fußsohle bis hin zur Haarwurzel zu durchdringen scheint. Dabei reizt er die Grenze zwischen angemessenem Respekt und ungesunder Angst bis aufs Äußerste aus.

Sicherlich tragen seine fettigen blonden Haarsträhnen, die ihm meist störend ins Gesicht fallen, auch ihren Teil dazu bei. Sowie seine breite Boxernase, die ausschaut, als hätte sie die eine oder andere gewalttätige Konfrontation mit einer Faust abgefangen. Und da wäre noch die blasse, fast ungesunde Hautfarbe. Aber neben seiner geringen Körpergröße ist es vor allem seiner ruppigen Art zu verdanken, dass sein Erscheinungsbild ein abgerundetes Ganzes erlangt. Wie bereits erwähnt: phasmotisch!

»Hier unten steckst du«, hört sie im selben Moment die kratzige Stimme, die sie zusammenfahren lässt. Phasmo weht in seinem schwarzen Ledermantel die breitgeschwungene Eingangstreppe hinunter. »Haben wir nicht vereinbart, dass wir uns vor dem Thai-Chi-Raum treffen?«

Yosi schüttelt verunsichert den Kopf, während sich ihr Herzschlag in einer schmerzhaften Geschwindigkeit beschleunigt. Sie will jetzt endlich wissen, was sich hinter dieser Tür verbirgt.

»Die Tür ist verschlossen und keiner hat hier Zutritt«, murmelt er und ein selbstgefälliges Grinsen zeichnet sich auf seinen Lippen ab, gleichzeitig drückt er seine flache Hand gegen das Holz. »Außer mir natürlich.«

Schon ist ein leichtes Knacken zu hören und die Tür springt einen Spaltbreit auf.

Okay, da hätte Yosi noch lange rumprobieren können. Und obwohl Phasmo kein Sympathieträger ist, so hat er eines, was ihn aus der Masse hervorhebt. Er ist nicht nur ein Phoenicru ersten Grades, sondern einer der wenigen gebrannten Gliscos, der *alle* Elemente bändigen und beherrschen kann. Also nicht nur Feuer, nein, auch Wasser, Wind und Erde. Nicht zuletzt ist das der ausschlaggebende Grund, weswegen er hier Professor geworden ist. Doch seit geraumer Zeit geht das Gerücht um, dass er wieder in den Außendienst zurück möchte.

Skeptisch, aber auch ehrfürchtig mustert ihn Yosi, während er die Tür aufdrückt.

Der Professor beachtet sie nicht weiter, doch es ist dieser Moment, in dem es ihr mit voller Wucht bewusst wird: Der Augenblick ist gekommen. Der Augenblick, dem Yosi seit Wochen zwiegespalten entgegenfiebert. Sie lässt ihren Blick schweifen, voller Neugier, doch sie sieht nichts als Dunkelheit, die zwischen der Tür und dem Turminnern lauert. Vorsichtig tastet sie sich vor und fühlt den kalten und rauen Stein der dicken Mauer unter ihren Fingerkuppen. Ohne es zu wollen, zieht sich ihr Magen zusammen.

»Tritt ein in die gute Stube«, sagt Phasmo und es klingt für seine Verhältnisse beinahe höflich, wären da nicht seine Augen, die sie eindringlich mustern. In dieser Sekunde streckt er ihr seinen kurzen, drahtigen Arm entgegen und bittet sie mit dieser Geste stumm, aber unmissverständlich, einzutreten.

Mit flauem Gefühl wagt Yosi den Schritt über die Schwelle und wie durch Zauberhand findet mit ihr das Licht an den Wänden Einzug. Vor ihr liegt ein schmaler Korridor. Fast wirkt es, als ob er sich zwischen den Wänden regelrecht ein Platzrecht zur Wendeltreppe erkämpfen muss. Das kennt sie ja bereits von ihrem eigenen Turmzimmer. Und trotzdem … es gibt einen gewaltigen Unterschied: der Geruch, der hier in jeder Nische und Ritze hockt. Gesättigt mit moderiger und abgestandener Luft. Als wäre hier seit Ewigkeiten kein frischer Wind mehr durch die Turmmauern gefegt.

»Moment«, unterbricht Phasmo schroff ihre Schritte, als sie gerade dabei ist, die Wendeltreppe emporzusteigen.

Verwirrt hält Yosi in der Bewegung inne und dreht sich um. Was ist los?

*Mann, das fängt ja schon gut an,* denkt sie und seufzt innerlich, während sie Phasmo einen zögerlichen Blick schenkt. Schon seltsam, eigentlich sind seine Augen so tiefbraun wie Milos und trotzdem haben sie nichts von seiner Wärme.

»Nicht rauf, runter!«, befiehlt er.

»Die Türme sind unterkellert?«, krächzt Yosi.

Damit hat sie nicht gerechnet. Sie bekommt keine Antwort, denn ihr Lehrer schreitet unbeirrt weiter. Mit vorsichtigen Schritten geht Yosi die wenigen Stufen zurück und folgt dann dem Professor.

Und tatsächlich, nur knapp einen Meter weiter klafft ein rechteckiges Loch im Boden. Schwarz, tief und unheimlich. Unbehaglich tastet Yosi nach dem Geländer und trippelt schließlich die Treppe hinunter. Der Abstand zwischen ihr und Phasmo vergrößert sich bei jedem Schritt. Wie ein flinkes Wiesel geht er voran und wird von der Dunkelheit verschluckt. Endlos lang reiht sich Stufe an Stufe, raubt Yosi sämtliche Orientierung – und schon ist es wieder da, das unangenehme Gefühl der Höhenangst.

Wie tief sind sie und geht es noch weit?

Plötzlich hört sie unter sich ein metallisches Klackern, dann ein lautes Scheppern. Als sie endlich wieder ebenen Boden unter den Füßen spürt, befestigt Phasmo eine massive Stahlkette an der Wandhalterung. Hat er damit höchst mittelalterlich ein schweres Eisentor hochgezogen?

*Puh, das kann ja noch heiter werden …*

Vor ihr liegt das Zimmer zur Viritimstunde, hinter ihr die steile Wendeltreppe, die sich in der Schwärze verliert. Nur ein Schritt trennt sie noch von dem Raum, aber irgendwas hält sie zurück. Vielleicht allein das Wissen, das es Phasmos Reich ist? Unruhig kaut sie auf ihrer Unterlippe und blickt in den überraschend weitläufigen, schwach beleuchteten Raum. Yosi weiß nicht genau, wie sie sich den Raum der Viritimstunden vorgestellt hat, aber das, was sie hier erblickt, passt definitiv zu Phasmo. Ein dunkles Rot strahlt von den Wänden – oder kommt es vom Boden? Längs der Turmmauer ragen mächtige Stützpfeiler in einem gigantischen Zirkel zur Decke empor und werfen lange schwarze Schatten durch das seltsame Purpurlicht. Zur Rechten bilden große Balken die Stützen einer Art Zwischenboden, auf dem sich allerhand Plunder türmt. Kisten, Wolldecken, Ordner und Bücher. Der ganze Raum riecht nach Metall und Holz und irgendetwas Undefinierbarem. Einige gefüllte Lederbeutel baumeln von mehreren Haken eines Balken herab und in einer Ecke liegen haufenweise Lederhandschuhe, Beinschoner und Schutzbrillen.

Während Phasmo längst durch das Tor verschwunden ist, steht Yosi reglos an Ort und Stelle. Verkrampft klammern sich ihre Finger am rauen Gemäuer fest und ihr Herz rast. Dabei lauscht sie in die merkwürdige Atmosphäre des Raumes. Jeder von Phasmos Schritten hallt an den Steinwänden wider und mit jedem Schritt verkrampft sich ihr Magen noch ein bisschen mehr. Vielleicht auch wegen des Geruchs.

»Mein Labor«, verkündet ihr Professor in dieser Sekunde. Er deutet nach draußen und holt mit der Hand zu einer Geste aus. Als wolle er die gesamte Akademie einschließen, von den Rundtürmen im Eingangsbereich bis hin zum Wald, der die gesamte Mauer umschließt. Nun tritt er zwischen das letzte Pfeilerpaar. Hinter ihm ragt eine steinerne Skulptur in die Höhe, die Yosi erst jetzt bemerkt und die so hoch ist wie der Raum selbst. Ihr Blick wandert über das riesenhafte Geschöpf. Es trägt einen Vogelkopf auf seinen breiten Schultern und ruht auf einer gemusterten Säule. An deren Ende kommen nicht etwa Vogelklauen zum Vorschein, sondern menschliche Füße, die auf dem kupferfarbigen Kammerboden stehen. Das Schlummerlicht bemalt die Skulptur mit grässlichen Schattenfratzen. Und genau zwischen diesen gigantischen Füßen steht Phasmo.

Das Bild ringt Yosi gegen ihren Willen ein schwaches Lächeln ab, denn neben dieser Skulptur wirkt Phasmo noch schmächtiger als ohnehin schon.

Nun schreitet er in die Mitte der Kammer. Dann breitet er die Arme aus, schließt die Augen und zieht scharf die Luft ein. In diesem Augenblick scheint er nichts mehr um sich herum wahrzunehmen. Langsam dreht er sich im Uhrzeigersinn und ohne jegliche Vorwarnung schnellen rund um ihn herum purpurne Flammen in die Höhe.

Erschrocken hält Yosi den Atem an und weicht ein Stück zurück.

Zwar erlöschen die Flammen gleich wieder, doch auf dem Boden ist ein dunkelrotes Muster zurückgeblieben. Ein großer Kreis durchkreuzt von Schnörkel und Ranken in regelmäßigen Abständen, so dass ein barockartiges Muster entsteht. Ja, Yosi erkennt es sofort, es ist eines der Symbole des Pergaments aus Ductus' Klassenraum. Und es steht für die Gabe der Elementenbändiger. Das Symbol der Gliscos.

»Das Siegel der Mederios entflammt in einem Jadegrün«, beginnt Phasmo mit fester Stimme. »Das der Susurros in einem Azurblau und das der Sentios in einem Bernsteingelb. Unser Siegel leuchtet in prächtigem Purpurrot.« Während er redet, schreitet er im Kreis auf und ab. »Anders wie das Wappen in der Eingangshalle, das für alle Phoenicrus gleichermaßen steht, so symbolisiert dieses Siegel allein die Fähigkeit der Gliscos.«

Ein Anflug eines Lächelns ziert Phasmos Mund und blitzt zwischen den Haarsträhnen hindurch. Yosi ist sich nicht sicher, ob es seinen Stolz zeigt. In dem schummrigen Purpurlicht, das auch sein Gesicht mit Schatten zeichnet, sieht er erst recht zum Fürchten aus. Als er sie nun mit einer energischen Handbewegung zu sich heranwinkt, wagt sie endlich auch den Schritt über diese Schwelle.

»Wozu dieses Siegel, fragst du dich?«

Yosi schluckt und nickt. Irgendwie bringt sie gerade kein Wort heraus.

»Das Siegel existiert nur aus einem Grund.« Er winkt sie noch ein Stück näher zu sich. »Um deine Energie in dir zu einem geballten Strang zu verdichten. Den brauchst du, damit du deine Gabe in den Griff bekommst.« Kurz hält er inne und tippt mit dem Fuß auf den Boden. Als er fortfährt, hat seine Stimme etwas Andächtiges bekommen. »In meinem Reich lernst du, deine Macht als Glisco bis zur Perfektion zu beherrschen.«

Yosi nickt ehrfürchtig, während Phasmo sie keine Sekunde aus den Augen lässt und gleichzeitig mit erhobenem Zeigefinger das Wort ergreift. »Doch wisse, mit dem Beginn der Viritimstunde wird deine Gabe als Glisco für alle Zeit besiegelt.«

Obwohl das alles für Yosi nichts Neues ist, zuckt ihr Herz bei Phasmos Worten. Hat sie denn eine Wahl? Für sie gibt es keine andere

Möglichkeit, als das, was sie gerade tut. Sie ist eine Gebrannte – das ist ihr Schicksal.

»Komm!« Fordernd winkt er sie erneut näher heran.

Mit zögerlichem Schritt tritt Yosi über die purpurne Linie des Musters und stellt sich an Phasmos Seite.

Er betrachtet sie eindringlich, fast prüfend. Eine, vielleicht zwei Sekunden, dann verbeugt er sich. Mit feierlichem Klang in der Stimme und einem Glanz in den Augen sagt er: »Mein Name lautet Parzival Ficil Phasmo. Ich bin ein Gebrannter und Glisco aller Elemente des ersten Phoenicru-Grades.« Kurz schließt er seine Augen, atmet tief durch. Fast wirkt es, als ob er diese Aussage selbst genieße und ihr durch die Unterbrechung mehr Gewicht verleihen möchte. Dann schaut er wieder auf und nickt. »Und ab diesem Augenblick bin ich dein Mentor.«

Yosi schluckt trocken.

»Alles, was du bei mir erlernst, wird diese Turmmauern nicht verlassen.«

Ehe sich Yosi versieht, umklammern Phasmos Finger ihr Handgelenk. »Ist es erst ausgesprochen, wird es nie mehr gebrochen.« Unwillkürlich schließen sich auch Yosis Finger um das Handgelenk ihres Professors und machen damit ihre Verbindung endgültig. »Hiermit besiegeln wir unseren Bund.«

Ein schiefes Lächeln ziert Phasmos Mund und seine fettigen Haarsträhnen fallen ihm tief ins Gesicht. Wie aus dem Nichts überkommt Yosi ein eigenartiges Gefühl. Ein Kribbeln erfasst ihren ganzen Körper. Zu ihrer eigenen Überraschung ist es nicht unangenehm, sondern wohlig und fast vertraut.

Phasmo erhöht den Druck an ihrem Handgelenk und zieht sie ruckartig zu sich heran. »Führe dir stets vor Augen, dass deine Gabe kein Spielzeug ist, nein, sie ist dein Werkzeug. Wie du weißt, besitzt du die Fähigkeit, den elektrischen Energiefluss deines Körpers zu bündeln und kannst ihn nach Vollendung der Ausbildung in die Außenwelt projizieren. Um das zu beherrschen, brauchst du einerseits sehr viel Zeit, doch vor allen Dingen erfordert es von dir Disziplin und harte Arbeit. Ohne diese zwei Attribute, wirst du es nicht schaffen. Hast du verstanden?«

»Verstanden«, stammelt Yosi.

»Um dir die völlige Herrschaft darüber zu erarbeiten, sind *zwei* Dinge unentbehrlich.« Zwei Finger schnellen bei diesen Worten vor ihr Gesicht und gleichzeitig verengen sich Phasmos schwarze Augen zu Schlitzen, während seine andere Hand ihr Gelenk noch immer fest umschließt.

Yosi wagt es kaum, zu atmen.

»Erstens: dein Instinkt«, sagt er mit anschwellender Stimme und deutet mit dem Zeigefinger auf ihren Bauch. »Zweitens: dein Herz«, sein Finger wandert empor zu ihrer Brust. »Arbeiten die beiden im Einklang, so leiten und führen sie dich an. Lerne darauf zu hören. Aber vor allen Dingen, darauf zu vertrauen. Deshalb ist es so wichtig, dass ihr in der Sequium ein Zimmer für euch alleine bewohnt. Ihr sollt lernen euch zu spüren, zu fühlen, und zwar hier drin in, in deiner Mitte.« Erst jetzt lässt Parzival sie los und drückt sich seine Hand flach auf die Brust, als er weiterspricht. »Du musst mit deiner inneren und deiner äußeren Welt im Einklang sein, um den Weg zu dir selbst zu finden.«

Yosi fragt sich gerade, ob sie sich im Einklang befindet, doch Phasmo scheint erst richtig in Fahrt zu kommen.

»Heute fangen wir mit den Grundlagen an. Dem sogenannten Basiswissen. Einführung in die Fähigkeiten der Gliscos: Lektion eins.« Phasmo schmeißt seinen Ledermantel in die Ecke und krempelt die Ärmel seines zerknitterten braunen Hemdes hoch. »Du weißt aus Professor Moltinos Unterricht bestimmt, dass ein Ungebrannter nicht imstande ist, seine Energie mit seinen Gedanken zu lenken, weil er beides nicht verknüpfen kann?«

Yosi nickt.

»Nicht so bei uns. Phoenicrus können die Energie fühlen, sie beeinflussen, sie lenken, sie mit ihren Gedanken verknüpfen. Mit viel Übung kann ein Phoenicru sie sogar sichtbar werden lassen für Gebrannte und vielleicht auch für manche Dimicrus – aber das sei nur nebenbei erwähnt und tut hier eigentlich nichts zur Sache.«

Yosi schaut ihn irritiert an. Ist das Stolz in seinem Gesicht? Sie geht jede Wette ein, dass er die Energie sichtbar werden lassen kann.

*Tz, so ein alter Angeber!*

»Manche bösen Zungen behaupten, wir beeinflussen nicht, sondern wir manipulieren, aber da streiten sich die Geister.«

»Moment«, unterbricht Yosi den Redeschwall des Professors. »Soll das heißen, unsere Fähigkeiten bauen einzig darauf, dass wir den Energiefluss beherrschen? Das klingt irgendwie so … so …«

»… banal?«

»Ja! Ich dachte immer, ich besitze eine besondere Gabe und jetzt –«

»Das tust du auch. Die Gabe, die Energie zu lenken, und zwar exakt so, wie du es möchtest. Unterschätze das nie! *Du* entscheidest. *Du* beherrschst deine Energie – und vielleicht sogar noch etwas darüber hinaus. Das wird sich zeigen.«

»Ich versteh' nicht –«

»Zwischen deinem DNA-Strang befindet sich das kleine Zusatzgen der Gliscos, das sich kaum von dem eines Sentios, Mederios oder Susurros unterscheiden lässt. Doch eines haben wir Phoenicrus alle gemeinsam: Dieses Gen haben wir, ob wir wollen oder nicht. Aber eigentlich weißt du das längst, denn das ist Stoff, den wir bereits in meinen Initiumstunden durchgenommen haben.« Kurz presst er seine dünnen Lippen zusammen und betrachtet sie eindringlich. »Wie dem auch sei, du erinnerst dich vielleicht an den ersten Tag, als dir ein Tropfen Blut entnommen wurde?«

Ja, Yosi erinnert sich vage daran. Aber es ist seltsam, da ist eher so etwas wie ein feines Aufflackern der Erinnerung. Eigentlich sieht sie nur den einen Moment, als die Spitze der Nadel vor ihren Augen aufblitzte, kurz danach kam der Einstich. An den Namen des metallischen Geräts kann sie sich auch noch erinnern. Es wird *Aciu-Metrum* genannt, ja, damit stachen sie ihr am obersten Halswirbel in die Haut.

»Die Wissenschaftler der Phoenicrus arbeiten seit Jahrzehnten fieberhaft daran, die DNA zu entschlüsseln. Seit geraumer Zeit können sie mittels Bluttest definieren, welche Gabe und welcher Grad in einem gebrannten Kind heranwächst. Aber das ist nicht alles, es geht um mehr«, er wischt mit der Hand vor ihrem Gesicht herum, als wolle er die Worte wegwischen, die unweigerlich folgen müssen. »Das zu erläutern, würde definitiv zu weit gehen. Nur so viel: Manchmal finden zwei Gaben in einem Körper Platz. Dabei zeigt sich die eine dominant, die andere tritt meist nicht in Erscheinung, ist also rezessiv. Noch seltener passiert es, dass sich ein Pheonicru als Cubo herausstellt, das heißt seine Gabe niemals erwacht und für immer im gebrannten Körper schlummert. Leider gelingt es bislang nicht, mit dem Aciu-Metrum zu bestimmen, ob die ruhende Gabe des Cubos irgendwann noch erwachen wird oder nie. Aber wie gesagt, daran wird gearbeitet und das Thema gehört nicht hierher.«

»Versteh' ich es richtig, dass Wissenschaftler diverse Versuche und Tests an Gebrannten durchführen? Das klingt echt abartig! Wir Phoenicrus sind doch keine Versuchskaninchen!«

»Wie gesagt, das ist ein anderes Thema«, weicht Phasmo aus. »Ebenso umstritten wie gelobt.«

Es dauert eine, vielleicht zwei Sekunden, ehe Yosi erkennt, dass er anscheinend nicht im Sinn hat, noch mehr darüber zu debattieren. Doch sie benötigt einen weiteren Augenblick, um eine Frage herauszubringen. »Aber wozu?«

Yosi hofft vergeblich auf eine weitere Erklärung.

»Weiter geht's«, sagt er und lässt damit im Dunkeln, wie er dazu steht. Wieder eine seiner äußerst hilfreichen und sonderbaren Antworten.

Yosi hakt ein weiteres Mal nach. »Kann es sein, dass diese Wissenschaftler die DNA vielleicht sogar verändern wollen?«

Zwar bekommt sie diesmal eine Antwort, aber keine auf die Frage. »Unterbrich mich kein weiteres Mal, wenn ich mit dir rede.« Ein grimmiges Lächeln kräuselt seine Lippen, die leicht beben. »Wir führen hier keine Debatte über Sinn oder Unsinn der Wissenschaft und dies ist erst recht keine Plauderstunde, soweit klar?«

»Vollkommen klar«, bringt Yosi zwischen zusammengebissenen Zähnen hervor.

»Fürs Erste erlernst du eine einfache Handhabung des Feuers.« Phasmo zieht ein leeres Blatt Papier aus seiner Hemdtasche, entfaltet es und hält es Yosi vors Gesicht. »Frage: Was ist zwingend erforderlich, um Energie so sehr zu verdichten, dass sie die Erde, das Wasser oder die Luft beeinflusst, oder in deinem Fall entflammt?«

Yosi verdrängt angestrengt die Gedanken an das Gesagte von vorhin und wirft einen unsicheren Blick in seine Richtung. »Reibung …?«

»Korrekt.« Er macht beinahe einen Satz in die Luft. »Alles, was in dir ist und alles, was um dich lebt, befindet sich in Eigenschwingung. Und genau diese Energie musst du dir zu eigen machen. Das führt mich zu der alles entscheidenden Frage«, sagt Phasmo und sein

Redefluss steigert sich, ohne dabei seinen besserwisserischen Tonfall einzubüßen. »Auf welchem Weg kannst du die Energie des Papiers und dessen Eigenschwingung so intensivieren, dass es letztendlich zu brennen beginnt?«

Yosi zuckt mit den Achseln. »Durch meine Gedanken?«

Phasmo tippt sich an die Schläfe und nickt. »Allein durch deinen Geist. Du verstärkst die existierende Energie durch deine Willenskraft. Und das wirst du bei mir lernen.«

»Aber … aber … ich kann das nicht bewusst steuern.« Klar kann Yosi hin und wieder den Ansatz eines kleinen Feuerballs entfachen, aber es geschieht unkontrolliert. »Es passiert einfach –«

»Keine Zweifel«, unterbricht Phasmo kopfschüttelnd Yosis Gestotter. »Die sind Gift für deinen Energiefluss. Keine Zweifel, hörst du? Du wirst es lernen. Dazu sind wir hier. Also merke dir, die erste Lektion gliedert sich in drei Aufgaben. Zuerst musst du deine innere Balance finden.«

»Innere Balance«, wiederholt Yosi murmelnd und es hört sich an wie ein eingeschüchtertes Echo.

»Dann fokussierst du die Materie. Und zum Schluss intensivierst du die existierende Energie.«

Von einer Sekunde auf die andere beginnen feine Linien Phasmos nackte Unterarme zu überziehen. Wie purpurne Blutbahnen schimmern sie schillernd unter der Haut und ganz unverhofft brennt das Blatt Papier in seinen Händen lichterloh. Nur für den Bruchteil einer Sekunde. Mit einem zweiten Aufschimmern erlöschen die Flammen so schnell, wie sie entflammten.

So viel zum Thema: *Energie sichtbar werden lassen.*

*Ähm ja … wie war das noch mal mit dem alten Angeber?*

»Bist du so weit?«, fragt er, lächelt widerlich süffisant und hält ihr das Papier hin.

»Nein!«, krächzt Yosi verzweifelt. Da ist dieses Gefühl, all das niemals, nicht einmal im Ansatz, beherrschen zu können. Und dieses Gefühl lähmt sie. Dummerweise ermutigt sie Phasmos überhebliche Stimme keineswegs.

»Übung macht den Meister.« Mit diesen Worten drückt er ihr das leicht angesengte Blatt in die Hand und ignoriert ihre zitternden Finger.

»Ruhig atmen, sammle dich und behalte die Kontrolle. Fokussiere das Papier, intensiviere langsam und sachte die Energie. Und nicht vergessen: Es gibt keine Angst, keine Nervosität, keine Zweifel. Nur dich und das Papier.«

Yosis zerknirschte Miene nimmt zu. »Nur mich und das Papier«, gibt sie die Worte ihres Mentors leise wieder, in der Hoffnung, dass es ihr etwas Selbstsicherheit schenkt.

»Vielleicht hilft es dir, wenn du dir zu Beginn überlegst, was dich ins Gleichgewicht bringt?«

»Okay«, sagt Yosi und bemüht sich um einen saloppen Tonfall, was ihr gründlich misslingt. Nervosität pulsiert mit jedem Herzschlag durch ihre Adern und das bebende Papier in ihren Händen macht es sichtbar.

»Du bist nicht bereit«, bemerkt Phasmo trocken. »Entspanne dich. Es kann nur funktionieren, wenn du dich auf deine innere Balance verlassen kannst, verstehst du?«

»Eigentlich schon, aber ich kann das nicht auf Kommando«, stammelt Yosi unbeholfen.

»Also gut, dann überlege dir, wie du deinen Kopf freikriegst.« Seine Worte wären ja durchaus nett gewesen, wenn da nicht dieser fiese Unterton durchdrücken würde. Dennoch stöbert Yosi fieberhaft in ihrem Gedächtnis nach einer Stütze, etwas, woran sie sich festklammern kann, um ihr Gleichgewicht zu finden. Sie weiß im selben Moment, dass das völliger Blödsinn ist. Wer kann schon völlig verkrampft ins Gleichgewicht finden? Schließlich entscheidet sie sich für die Ruhe der Morgenstunde. Ja, was kann sie besser beruhigen als die Ruhe selbst?

»Okay, okay«, sagt sie abermals und ruft sich die Bilder des gestrigen Morgens und ihre entstandene Skizze in Erinnerung. Sie fühlt es, erinnert sich an jeden Zeichenstrich. Sie ist umgeben von dieser friedlichen Stille.

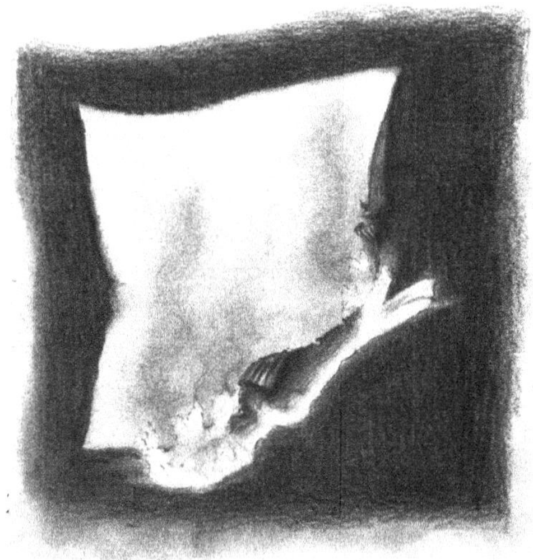

»Nun zu Aufgabe zwei.« Parzival räuspert sich und zieht gleichzeitig Yosis Arm etwas in die Höhe, so dass das Papier nur wenige Zentimeter vor ihren Augen in Position kommt. »Fokussiere die Materie.«

Yosi konzentriert sich so gut sie kann, spürt wie sich ihre Augen verengen und sie stoßweise atmet.

»Hast du dir die Materie veranschaulicht und hältst dabei deine innere Balance aufrecht?«

»Oh, ähm – natürlich«, sagt Yosi und lenkt ihre Gedanken rasch zurück zur ruhigen Morgenstunde und ihrer Zeichnung.

»Dann intensiviere die Energie«, ruft Parzival.

Mit seinem Ausruf zischt ein kleiner Funke am unteren Rand des Papiers auf und erlischt im selben Moment schon wieder.

»Haben Sie das gesehen?«, sagt Yosi aufgeregt. »Da ist etwas passiert!«

»Nun, für den ersten Versuch war das gar nicht mal so übel, es hätte weniger kommen können«, meint Phasmo und klingt dabei wie gewohnt kalt und beinahe unbeteiligt. »Aber du musst konzentriert bleiben, Yosephine.«

»Ich versuch's.«

»Versuchen reicht nicht aus! Das hier ist kein Spielplatz«, donnert seine Stimme durch das Labor und hält unbeirrt ihren Arm in die Höhe. »Wo ist deine Disziplin? Weiter geht's, konzentriere dich!«

Yosi versucht angestrengt ihren Kopf zu entleeren, an nichts zu denken, sich an nichts zu erinnern, nichts zu fühlen, die Ruhe zu finden. Doch es geschieht gar nichts mehr. Kein Funke, kein Aufglimmen, nicht einmal ein feiner Rauch ist zu sehen.

»Reiße dich zusammen, Yosephine«, knurrt Phasmo auffordernd. Was denkt er eigentlich, was sie hier tut?

Als immer noch nichts passiert, beschließt er offenbar die Taktik zu ändern. »Schließe die Augen.«

Yosi wirft ihm einen gehässigen Blick zu, bevor sie tut, wie ihr geheißen wird. Es gefällt ihr überhaupt nicht, mit geschlossenen Augen vor Phasmo zu stehen.

»Finde deine Balance«, bellt er den nächsten Befehl.

Doch Yosi fühlt sich nur noch gestresst. Und in die Nervosität mischt sich leiser Zorn – eine wahrlich explosive Mischung, die jegliche Ruhe wegschwemmt. Wie zum Teufel soll sie sich von diesen Gefühlen lösen? Genauso gut hätte sie sich von ihrem Kopf lösen können.

Natürlich kommt es, wie es kommen muss, und auch dieser Versuch scheitert kläglich. Sie kann es nicht ändern: Das unversehrte Weiß des Papiers verhöhnt sie!

»Noch einmal!«, brüllt Phasmo.

Sie schnaubt ungehalten, bemüht sich dann aber, das Papier zu entflammen. Nichts geschieht. Nur ihr Gehirn schmerzt vor Anstrengung, als ob jemand versucht es mit einer glühenden Nadel aus ihrem Schädel zu zerren.

»Beherrsche dich! Sonst gerät es außer Kontrolle«, faucht Phasmo. »Was denkst du, wie damals dein Bücherregal zu brennen begann. Du warst wütend, aufgebracht, außer dir.«

*Er weiß von dem Bücherregal?*

»Ich weiß alles über dich, Yosephine«, beantwortet er ihre unausgesprochene Frage. »Du bist mein Schützling und es ist meine Aufgabe, dich auszubilden. Deine Gabe ist an deine Gefühle gekoppelt, das ist völlig normal. Aber du musst lernen, sie zu zügeln, sonst macht sie mit dir, was sie will.« Er macht einen Schritt auf sie zu und packt sie an den Schultern. »Wieso, denkst du, ist das brennende Bücherregal die einzige Erinnerung, die wir dir gelassen haben? Also lass sie zu, erinnere dich und lerne daraus!«

Auch wenn Phasmo Meister des überheblichen Tonfalls geblieben ist, schwingt in seinen Worten ungeheure Macht und Wissen mit. Eine Mischung, die Yosi nicht nur beeindruckt, nein, sie lässt keinerlei Zweifel zu. Yosi nickt knapp. »Ich versuch's.«

»Bringe deine Gefühle unter Kontrolle und entledige dich ihrer«, erwidert Phasmo, strafft die Schultern und reckt seinen Kopf hin und her. »Versuchen wir es noch einmal.«

Wieder nichts.

Ihr Herz pocht heftig. Phasmo wirkt in dem rötlichen Licht noch blasser als sonst und seine Augen sprühen vor Ungeduld, doch es ist nichts im Vergleich zu dem Zorn, der in Yosi aufblüht.

»Stell dich aufrecht hin!«, sagt Phasmo scharf und schüttelt den Kopf. »Ich habe das Gefühl, du bemühst dich nicht.«

»Ich strenge mich an«, presst Yosi zwischen den Zähnen hervor. »Wirklich.«

»Habe ich dir nicht ausdrücklich gesagt, du sollst mich nicht unterbrechen?« Phasmo kommt ihr so nahe, dass seine Haarsträhnen ihr Gesicht berühren. Es schaudert sie am ganzen Körper. »Du sollst dich aller störenden Gefühle entledigen! Verstanden? Das war keine Bitte.«

»Ja, leider fällt mir das im Augenblick ziemlich schwer«, knurrt Yosi.

»Ich hätte dich nicht für solch einen unfähigen Taugenichts gehalten«, sagt Phasmo grimmig. »Das hier hat nichts mit Sympathie oder Antipathie zu tun. Komm über deinen verletzten Stolz hinweg und lerne stattdessen die Energie des Zorns zu bündeln. Verdammt, nutze sie!«

»Ich bin nicht unfähig«, protestiert Yosi verärgert, allerdings mit Zweifel in der Stimme. Die Wut kocht in ihr.

»Dann beweise es mir!« Das dunkle purpurfarbene Licht, das wie ein Schleier über den Boden wabert, spiegelt sich in Phasmos hagerem Gesicht und hebt sein scharfes Profil hervor. »Zügle deinen Zorn!«

Der Blick ihres Mentors liegt auf ihr und sein Gesichtsausdruck wird undurchdringlich, wie ein eintönig graues Ölgemälde. Er hat die Arme vor der Brust verschränkt und starrt mit verkrampftem Kiefer auf sie herab.

Yosi versucht, ihn zu ignorieren. Die Härchen an ihren Armen stellen sich auf, als wäre sie ein Raubtier, dessen Pelz sich sträubt. Wie soll sie je diese Viritimstunden meistern, wenn Phasmo solch ein Unbehagen in ihr auslöst? Jede Faser ihres Körpers strotzt vor Zorn. Ihre Hände beginnen unkontrolliert zu zittern. So kann sie sich nie und nimmer konzentrieren. Verdammt!

Sie schließt die Augen und schnaubt aufgebracht, als die Stimme von Phasmo dazwischen donnert.

»Stopp. So wird das nichts.« Auch er schnaubt kräftig durch die Nase und seine Nasenflügel blähen sich auf, während er sie wieder mit beiden Händen an ihre Schultern greift.

»Aber ich –«

»Wie stellst du deine innere Balance her?«

»Ich versuche mich …« Die Frage verunsichert Yosi und bringt sie aus dem Konzept. »Ich erinnere mich an die Ruhe des Morgens.«

»Nein, Yosephine, nein!« Phasmo lässt sie los und wirft die Hände über den Kopf und schreitet unruhig auf und ab. »Kein Wunder, so wird das nichts.«

Doch schon kommt er wieder einen Schritt näher, wieder liegt seine Hand auf ihrer Schulter und er drückt kräftig zu. »Ich befürchte, für den Anfang brauchst du etwas Stärkeres. Vielleicht sogar ein Hilfsmittel, das von außen kommt. Lass mich überlegen ...« Er tippt sich mit dem Finger auf den Mund und sieht Yosi direkt an. Er wirkt zum ersten Mal etwas weniger gereizt, ja, seine Augen funkeln sogar lebhaft in dem Purpurlicht. Es kommt Yosi vor, als ob sie die Gedanken im Kopf ihres Professors rattern hören kann.

»Wie meditierst du?«

Sie versteht nicht, wie ihr das jetzt weiterhelfen soll. Als sie zum Antworten ansetzt, merkt sie selbst, wie steif sich ihre Stimme anhört. »Ich sitze im Schneidersitz –«

»Nein, nein. Nicht in welcher Position sich dein Körper befindet«, unterbricht sie Phasmo. Er holt zu einer Geste aus, als trage er die Welt in seinen Händen. »Brauchst du absolute Ruhe, um in dich zu kehren? Beruhigt dich der Duft der Natur, die Weite der Wälder? Summst du monotone Klänge oder hörst du Musik?«

»Ich höre mir Panflötenmusik an.«

»Tatsächlich?«

Ist das Erstaunen in seinem Gesicht?

»Das ist gut, sogar sehr gut! Damit lässt sich arbeiten.« Mit wenigen Schritten ist ihr Mentor hinter der steinernen Gestalt verschwunden und nur einen Atemzug später fließt Musik, umhüllt die Pfeiler und vermischt sich mit dem Purpurlicht.

Panflötenmusik. Balsam für Yosis wutentbranntes Inneres.

Sie atmet ein und wieder aus. Ein und aus.

Mit den Klängen verfliegen die zornigen Gefühle. Eine Weile steht sie einfach nur da, schließt die Augen und lauscht der Melodie. Sie lässt sich von den Klängen umhüllen, zerfließt mit ihnen, als entspringen sie ihrer Seele.

Sie weiß nicht, wie viel Zeit verstrichen ist. Als sie die Augen öffnet, schiebt Phasmo ihren Arm mit dem leeren Blatt in die Höhe, und ehe Yosi sich versieht, züngeln feine Flammen am Papier empor.

Für einen Wimpernschlag schweigt er, doch bald zieht er scharf die Luft ein, die zarten Flammen erlöschen und er sagt matt: »Geht doch.« Seine Stimme klingt bei Weitem nicht mehr so unfreundlich. Unbeholfen tätschelt er Yosi auf die Schultern. Dann entfernt er sich lautlos ein paar Schritte.

»Kann ich es noch mal probieren?«

»Nicht jetzt«, sagt ihr Mentor ruhig, aber sehr bestimmt. Und da ist sie bereits wieder, diese nervige Überheblichkeit in seiner Stimme. »Das war genug für heute.« Damit zerknüllt er den Rest des angebrannten Papiers und schmeißt es in die Tonne, die ganz unscheinbar zwischen dem ganzen Plunder aus Schutzbrillen, Lederhandschuhen und dem Pfeiler kauert. »Du findest dich in vier Tagen zur selben Zeit wieder hier ein. Dann werden wir unsere Arbeit fortsetzen.«

»In Ordnung«, sagt Yosi, froh darüber, die erste Stunde hinter sich gebracht zu haben. Schnell macht sie sich daran, von hier zu verschwinden. In diesem Augenblick sehnt sie sich nach Livias Unbeschwertheit und Aarons kühlem Verstand.

»Moment, nicht so hastig«, unterbricht Phasmo ihren Gang. In seinem Augenwinkel erscheinen Hunderte kleiner Linien, wie Risse in vertrocknetem Beton. Yosi fragt sich nicht zum ersten Mal, wie alt er sein mag. Trotz der Falten um seine Augen und der Furchen auf der Stirn hat er etwas Altersloses an sich. Phasmo zieht skeptisch eine Augenbraue hoch. Es durchzuckt Yosi wie ein Geistesblitz: Kann er etwa Gedanken lesen?

»Ich gebe dir eine Aufgabe mit auf den Weg«, fährt er fort. »Du übst jede Nacht vor dem Einschlafen, dich von deinen Gefühlen zu befreien. Finde deine innere Balance und lerne auf dein Herz und deinen Instinkt zu vertrauen. Verstanden?«

»Verstanden«, erwidert Yosi, hört aber kaum noch hin.

»Sei gewarnt, Yosephine, ich werde es merken, wenn du nicht geübt hast.«

Sie nickt ungeduldig, als sie seine kräftige Hand am Losrennen hindert. »Und vergiss nicht, was hier unten passiert, verlässt diese Mauern nicht!«

»Alles klar«, murmelt Yosi, nickt mehrfach und eifrig, und hastet endlich auf das Eisentor zu.

Als sie über die Schwelle tritt, hört sie ein ihr fremdes Rauschen hinter sich. Einem inneren Zwang folgend dreht sie sich um und wirft einen Blick zurück in die Kammer, auf das Purpurlicht und ihren Mentor. Er hat ihr bereits den Rücken zugewandt, vertieft darin, die Kunst der Elemente in Perfektion auszuüben. Sie sieht, wie er in sanften Bewegungen die Arme durch den Raum gleiten lässt, mit lautlosen und tiefen Schritten über den Boden schreitet und dabei dennoch jeden Muskel angespannt und unter Kontrolle hält. Seine Bewegungen sind umringt von goldenen Feuerschwingen, die von silberglitzernden Wasserperlen umhüllt werden. Die explosive Mischung schwebt nun mit einer zarten Windböe zu Boden und verschmilzt dumpf zischelnd mit der Erde.

Für einen Wimpernschlag herrscht absolute Stille, bevor das ganze Elementenschauspiel wieder von vorne beginnt.

Fast scheint es, als vollführe er einen Tanz oder eine abgewandelte Form des Thai-Chis. Und Yosi kommt nicht umhin, ihn in diesem Moment ehrfürchtig dafür zu bewundern.

Einen letzten Blick, dann hetzt sie die Wendeltreppe empor, glücklich darüber, dass sich die Tür von innen mittels einer feinen Eisenkette durchaus öffnen lässt. Sie will so schnell wie möglich zum Gemeinschaftsraum der Sequium, dem untersten Raum im Sequiumturm. Sie ist schon viel zu spät dran. Ihre erste Einzelstunde hat bedeutend länger gedauert, als sie gedacht hat.

Als sie nun im Eiltempo am Thai-Chi-Raum vorbeiflitzt, lassen sie zischelnde Wortfetzen eines Gesprächs aufhorchen. Obwohl sie sehr seltsam, wenn nicht gar gespenstisch klingen, können sie keinesfalls von Vladimir stammen. Unverhofft hält Yosi mitten in der Bewegung inne, verharrt eine kurze Weile und lauscht, während sie sich langsam der Tür nähert. Abrupt bleibt sie stehen, weil die Person erneut zu sprechen beginnt. Sie weiß, wer da spricht.

»Dieser Gedanke ist grauenvoll!«, wispert Agon. Ihre Stimme würde Yosi überall heraushören, auch wenn ihre Melodie gerade von Furcht verzerrt zu sein scheint.

Die Tür steht nur einen schmalen Spalt offen, doch es reicht aus, um die vertrauliche Unterhaltung verstehen zu können.

Yosi zwingt sich lautlos noch einen winzigen Schritt näher zu gehen, damit sie durch den Türspalt etwas erkennen kann. Sie ist selbst praktisch unsichtbar im Schatten hinter der Tür, kann jedoch fast alles mit ansehen und anhören.

Tatsächlich, es ist Agon, aber ihr Gesicht ist von Sorge geprägt. Yosi wird es mulmig. Mit wem spricht ihre Professorin?

»Das ist nicht möglich«, haucht Agon und es klingt gespenstisch.

Irgendwas muss vorgefallen sein, so kennt sie ihre Professorin gar nicht.

Himmel, was ist hier los?

# Kapitel 4

## Teuflische Anspielung

»Bitte sag, dass das nicht wahr ist!« Agons unruhige Schritte huschen über das polierte Parkett und erst als sie sich ein Stück nach links bewegt, erhascht Yosi die Umrisse einer weiteren Person im Raum. Sie lehnt an dem massiven Bücherregal, deren Regalböden zur Stärkung mit Messingkanten versehen sind, um die schwere Last der ledergebundenen Bücher tragen zu können. Obwohl Yosi nur den breiten Rücken und die geraden Schultern der Gestalt betrachten kann, die mit dem Schatten des Regals zu zerfließen scheint, weiß sie sofort, um wen es sich handelt. Ihr Herz klopft schnell. Milo. Kurz verweilt ihr Blick auf seinem muskulösen Oberkörper, doch dann bemerkt sie noch jemanden. Es ist Ductus. Ruhig sitzt er in dem gerippeähnlichen Gesundheitssessel, der in der hinteren Ecke des Raumes steht. Die Ellbogen hat er auf der Armlehne abgestützt und er presst die Fingerkuppen beider Hände gegeneinander, während seine Augen über die kantigen Brillengläser hinweg an der Gestalt seiner Kollegin haften.

Noch immer wandert Agon unentwegt im Raum auf und ab.

»Dir ist doch bewusst, dass sich nach Milos Bericht unsere Vermutungen verhärtet haben, Briana?«, erwidert Ductus mit unterdrückter Stimme.

»Ja, das ist mir klar. Mehr als klar«, sagt sie aufgebracht und wirft die Hände in die Luft. Sie senkt jedoch augenblicklich die Stimme, als sie weiterspricht. »Aber eine *Verschwörung?* Wer genau sollte uns plötzlich schaden wollen? Und aus welchen Motiven? Angst? Rache? Bosheit? Oder reine Machtgier?«

»Ich weiß es nicht, aber es sieht stark danach aus, dass es irgendjemanden gibt, dem wir ein Dorn im Auge sind«, wirft Milo murmelnd dazwischen. Er gehört nicht zu der Sorte Mensch, der in umschweifende Diskussionen und Argumentationen verfällt.

»Mit jedem weiteren Bericht der Phoenicrus aus dem Außendienst spitzt sich der Verdacht weiter zu. Irgendjemand gibt geheime Informationen an Ungebrannte weiter, wie zum Beispiel das Wissen um den Standort des Forschungslabors. Wie sonst hätte es auffliegen können? Unsere Lage verschlimmert sich zusehends.« Ductus lässt die Arme sinken und seinen Blick von Milo zu Briana wandern. »Fest steht: Jemand fügt uns absichtlich Schaden zu und die Akademie scheint in ernsthafter Gefahr zu sein. Wenn die Menschen draußen von uns und unseren Gaben erfahren, werden sich die schrecklichen Hetzjagden aus der Vergangenheit wiederholen. Ihr wisst das ganz genau.«

Agon bleibt abrupt neben dem halbrunden Fenster stehen. Das matte Licht des Abends schimmert durch das farbige, von Eisen eingefasste Bleiglas und erhellt einen Teil ihres Gesichtes. Ein Gesicht, das plötzlich um Jahre gealtert scheint. Angst liegt in feinen Falten um ihre Augen. Panik ist verankert in ihren zuckenden Mundwinkeln. Sie schüttelt ihre aschblonden Haarsträhnen, doch ihre Gefühle kann sie damit offensichtlich nicht abschütteln. »Ich sage es nicht gerne, Damian, aber das alles lässt nur einen Schluss zu. Wenn geheime Informationen weitergegeben und unsere Maßnahmen gezielt manipuliert und vereitelt werden, dann pflegt der Feind ein Bündnis mit einem Verräter, der in unserer Mitte weilt. Wie sonst soll er an all das geheime Wissen herankommen?«

»Was denkst du, weshalb wir uns in diesem kleinen Rahmen darüber austauschen? Genau deshalb müssen wir auch unbedingt Stillschweigen bewahren. Der Verräter darf nicht erfahren, dass wir von ihm wissen. Die Wände haben Ohren«, sagt Ductus und deutet mit seinem Kinn zur Tür.

Yosi weicht erschrocken zurück und presst sich an die Wand. Hat Ductus sie etwa bemerkt? Eigentlich ist ihr selbst klar, dass sie hier nicht stehen sollte. Okay. Besser, sie geht. Sie sollte sich umdrehen und ganz leise davonstehlen. Es ist absolut falsch, hier zu stehen und zu lauschen.

Sie nickt, um sich zu bestätigen und schleicht auf Zehenspitzen wenige Zentimeter davon, als Ductus weiterredet. »Ich verspreche euch, ich werde alles tun, was in meiner Macht steht, um den Widersacher zu entlarven und die Katastrophe zu verhindern.«

»Aber Damian, deine Gabe. Du weißt doch –«

Schlagartig bleibt Yosi stehen.

»Natürlich, ich arbeite daran«, fällt er Agon schroff ins Wort.

Himmel, das wird ja immer schlimmer. Was ist denn bloß mit Ductus' Gabe? So wie er Agon das Wort abgeschnitten hat, wirkte er alles andere als Herr der Lage. Eines wird Yosi in diesem Moment klar: Irgendwas stimmt hier nicht. Ganz und gar nicht. Sie sollte nicht, nein oh nein, sie sollte wirklich nicht, aber es ist wieder ein innerer Zwang, der sie dazu drängt, abermals durch den Türspalt zu spähen.

»Was sollen wir den Studenten sagen?« Agon klingt äußerst beunruhigt.

»Noch ist es nicht an der Zeit, sie zu informieren. Lassen wir ihnen das Gefühl von Sicherheit so lange, wie es möglich ist.«

»Ähm … da wäre noch eine Sache«, beginnt Milo, räuspert sich, stößt sich dann in eleganter Lässigkeit vom Bücherregal weg und macht einen Schritt auf Ductus zu. »Ich weiß nicht, wie lange ich das Mädchen vergessen lassen kann.«

Das Mädchen …?

»Du redest von deinem *Problemfall?*«, fragt Agon.

Milo nickt.

»Gab es irgendeinen außergewöhnlichen Zwischenfall?«

»Noch außergewöhnlicher als ohnehin schon?«, grinst Milo mit zynischem Gesichtsausdruck. »Das ist nicht der Punkt. Tatsache ist, dass die Nebenwirkungen stärker werden, gefährlich stark.«

»Was willst du damit sagen?«, fragt Ductus und schiebt seine Brille hoch.

»Okay, es ist doch so. Noch nie mussten die Erinnerungen eines Menschen so oft manipuliert werden wie bei diesem Mädchen. Wir wissen also nicht, wie viel sie noch aushalten wird.«

»Ja, Milo, das bereitet mir auch Sorgen«, stimmt Ductus Milo zu. »Die ständigen Eingriffe bei dem Kind sind wirklich heikel, und doch … wir dürfen nicht riskieren, entdeckt zu werden.«

»Es wird mit jedem Mal schwieriger. Sie fällt jedes Mal in Ohnmacht. Heute in der Schule ist sie deswegen unglücklich gestürzt und hat sich den Kopf gestoßen.« Milo hebt entschuldigend die Arme in die Höhe, dabei wird seine Stimme mit jedem Wort leiser. »Und ich musste vorzeitig abbrechen.«

Ductus nickt bedächtig. »Kann sie sich an etwas erinnern?«

Milo seufzt laut, kratzt sich am Hinterkopf und verschränkt die Arme vor der Brust. »An zu vieles, definitiv.«

»Das bedeutet?«

»Mein Gesicht«, presst Milo zwischen zusammengebissenen Zähnen hervor. »Aber solange wir keine Lösung für diesen *gewissen Mann* finden …«

»Ich habe mit dir, Milo, einen der stärksten Susurros eingeschleust und selbst Mathilda ist an der Sache dran«, wirft Ductus dazwischen, doch sein ruhiges Wesen scheint erste Risse zu erleiden.

»Nicht sehr erfolgreich, wie mir scheint«, erwidert Milo und hebt abwehrend die Hände in die Höhe, weil Agon ihn böse anfunkelt. »Ich meine ja nur.«

»Milo, du weißt, sie ist die Beste –«

»– ja ja, und unsere letzte Hoffnung«, beendet Milo den Satz, damit er endlich sein Anliegen anbringen kann. »Wird es nicht endlich Zeit, der Wahrheit ins Auge zu sehen?«

»Milo!«, weist ihn Agon zurecht.

»Mann, ehrlich! Wir verdrängen alle das Offensichtliche. Nennen wir das Kind doch beim Namen. Dieser *gewisse Mann* ist ein Tutamina und nichts, wirklich nichts auf der Welt kann ihn aufhalten. Wir haben keine Möglichkeit, seine Erinnerungen zu löschen. Er ist derjenige, der das Wissen um uns unkontrollierbar auf der ganzen Welt verbreiten kann.«

»Doch«, entgegnet Agon matt. »Du täuschst dich. Wir können ihn aufhalten.«

»Nein!« Milo scheint das erste Mal die Fassung zu verlieren. »Nein, nein, nein. Diese Option steht uns nicht zu! Das ist gegen unseren Kodex!«

Von was reden sie?

Yosis ungutes Gefühl im Magen nimmt zu.

»Ich weiß, mein Junge, ich weiß«, sagt nun Ductus und erhebt sich aus dem Skelett-Stuhl. »Doch manchmal bringt es das Schicksal mit sich, ein Opfer bringen zu müssen. Für das Wohl des übergeordneten Ganzen, mag das auch noch so grauenvoll sein.«

Milo schüttelt vehement den Kopf und schiebt schnaubend seine Hände in die Hosentaschen.

»Milo, du weißt selber, dass dieser äußerst seltene Fall seit Jahrhunderten kein einziges Mal mehr aufgetreten ist«, beginnt nun Agon, doch ihre melodische Stimme hat jeglichen Klang verloren. »Oder müssen wir dich daran erinnern, dass wir dem letzten Tutamina diese Hetzjagd des Grauens verdanken?«

»Na toll! Und nicht einmal mehr das Labor kann weitere Forschungen für das Gegenmittel anstellen«, brummt Milo. »Es ist so furchtbar, dass es genau zu diesem überaus heiklen Zeitpunkt aufgeflogen ist. Sie standen so kurz vor dem Durchbruch, das Tutamina-Serum zu entwickeln … was leider den schrecklichen Verdacht erheblich bestätigt, dass einer von uns als Maulwurf fungiert. Aber ich –«

»Milo, verstehst du denn nicht?«, fällt ihm Ductus ins Wort.

»Natürlich versteh' ich«, antwortet Milo trocken, dann nimmt das Volumen in seiner Stimme mit jedem Wort zu. »Aber i-ich weigere mich, diese letzte Maßnahme auch nur in Betracht zu ziehen!«

»Du willst mir nicht weismachen, dass du nach all den Monaten angefangen hast, diesen alten Kauz zu mögen?«, fragt der Professor und legt ihm seine Hand auf die Schulter. »Oder spielt hier weit Wichtigeres eine nicht ganz unbedeutende Nebenrolle? Eine Herzensangelegenheit?«

Moment, was meint Ductus damit? Geht es um Milos Familie oder hat er vielleicht sogar eine Freundin da draußen?

Natürlich hat er das, was sonst …

Mit der plötzlichen Stille stockt auch Yosi der Atem. Sie muss hier weg.

Endlich schafft sie es sich loszureißen, als unverhofft die Tür des Thai-Chi-Raums aufgestoßen wird. Ihr bleibt keine Zeit, genügend Abstand zur Tür zu gewinnen, und so klebt sie mit gesenktem Blick wie eine alte abgeblätterte Tapete an der Korridorwand.

Die schwarzen Stiefel, die aus dem Raum treten, bleiben direkt vor ihr stehen. Mit einem leisen Stöhnen zwingt sie sich, ihren

Blick zu heben. Milo schenkt ihr ein blendendes Lächeln, das seine scharfen weißen Zähne zum Vorschein kommen lässt. Sein goldblondes Haar schmeichelt seinen kantigen Wangenknochen und seiner schmalen Nase. Und auch wenn Yosi Ductus' Worte nicht vergessen kann, so überkommt sie in seiner Nähe ein Gefühl von Schwerelosigkeit.

»Alles in Ordnung? Du siehst aus, als würdest du gleich umfallen.«

Yosi blinzelt und setzt eine ahnungslose Miene auf. »Oh … ähm, was? Nein, alles bestens.«

Doch anscheinend nimmt Milo ihr das nicht ab. Er macht einen Schritt auf sie zu, streckt den Arm nach ihr aus, ganz so, als ob er sie stützen möchte, und beugt sich leicht zu ihr runter. »Du bist so weiß wie eine frischgestrichene Wand.«

Sie schüttelt den Kopf und atmet schwer, als sie unverhofft seine warme Hand auf dem Unterarm spürt. Vor ihrem inneren Auge taucht eine Erinnerung auf, streift sie ganz zart, wie das Gefieder eines Vogels. Die Erinnerung an etwas aus ihrem früheren Leben. Ob es ihre ist oder eine fremde, kann sie in diesem flüchtigen Augenblick nicht einordnen, denn als sie sich darauf konzentriert, löst sie sich auf, wie ein Bild aus losem Rauch. Nicht greifbar. »Nein, es ist nichts.«

*Eine himmelschreiende Lüge,* denkt Yosi und ignoriert den Stich im Herzen, *denn du bist vergeben!*

Mit diesem Gedanken reißt sie sich von ihm los. Ohne ihm einen letzten Blick zu schenken, hechtet sie übereilt den Korridor hinunter. Sie muss weg von ihm, damit sich ihr Atem beruhigen und der schmerzende Herzschlag abklingen kann.

Verdammt! Nimmt dieser Albtraumtag denn nie ein Ende? Sie kann nicht glauben und noch weniger verstehen, was sie gehört hat. Fieberhaft verdrängt sie den angestauten Druck in der Brust und konzentriert sich auf die Fragen, die hinter ihrer Stirn pochen. Die Akademie ist in Gefahr? Soll das bedeuten, dass der Schutz der Mauer nicht mehr gewährleistet ist, weil ein Maulwurf unter ihnen weilt?

Gefangen im Chaos ihrer schreienden Gedanken jagt Yosi den Korridor hinunter, geradewegs in Moltinos Arme.

»Hoppla! Immer langsam mit den jungen Pferden«, lächelt er und richtet seine ebenholzfarbenen Augen auf sie. Er wirkt nicht böse, eher belustigt, und legt seine Hände auf ihre Schulter, um sie ein Stück von sich wegzudrücken. »Yosephine, alles in Ordnung?«

Irgendwie kommt sie sich vor wie in einer Déjà-vu-Schleife – schon wieder diese Frage. Hat sie irgendwas auf der Stirn stehen, dass ihr alle dieselbe Frage stellen?

»Ich … ähm …« Auch ihr Gestotter hört sich verdächtig vertraut an. Immer noch verstört schaut sie in die besorgten Augen des Professors.

»Du siehst aus, als hättest du einen Geist gesehen. Ist etwas passiert?«

*Ähm ja, auch das hatten wir schon.*

Aber die tiefe Stimme von Moltino tut in diesem Moment echt gut und ist wie Balsam (wohl eher wie das Beruhigungsmittel Baldrian) für ihr aufgewühltes Gemüt. »Sag nur, ist dir etwa Vladimir über den Weg gelaufen?«

Kurz presst Yosi die Augen zu und schüttelt den Kopf. Bevor sie die Augen wieder aufschlägt, atmet sie einmal tief durch. Allmählich beruhigt sich ihr rasendes Herz, das eben noch bis in die Schläfen hämmerte.

»So ist es gut, erst einmal tief durchatmen. Und jetzt noch mal von vorne. Was ist los, Yosephine?«

»Ich komme gerade von der Viritimstunde bei Professor Phasmo –«, beginnt Yosi, stockt kurz, weil sie nicht weiß, wie sie weitererzählen soll. Schließlich hat sie heimlich an der Tür gelauscht – also wie soll sie das elegant verpacken? Gerade macht sie den Mund auf, um erneut anzusetzen, als Moltino ihren Erklärungsversuch mit einem spitzbübischen Schmunzeln unterbricht: »War's wirklich so schlimm?«

»Das würde ich auch gerne wissen.«

Na großartig! Richtig großartig!

Phasmo.

Wieder einmal ein tragischer Beweis dafür, dass sie diese Tage, die eindeutig auf dem Kalender gestrichen werden sollten, regelrecht anzieht. Sie spürt das Kribbeln im Rücken, fühlt Phasmos Blick auf sich ruhen. Aber sie wagt es nicht, ihn anzusehen. Obwohl, eigentlich hat sie nichts Schlechtes über seinen Unterricht gesagt und hatte es auch nicht vor. Trotzdem gehört diese Situation in die Kategorie *Bitte lasst mich sterben!*

»Parzival«, sagt Moltino und rettet sie mit einem Augenzwinkern aus der misslichen Lage. »Wir haben gerade von dir gesprochen.«

»Wie heißt es so schön, wenn man vom Teufel spricht ...« Ein seltsames Lächeln kräuselt Parzivals Mundwinkel.

»Allerdings«, erwidert Moltino, ohne mit der Wimper zu zucken. Sein freundliches Lächeln ist nicht nur von seinen Lippen weggewischt, sondern auch aus den Augen verschwunden. Es ist kalte Wut, die in Moltinos Augen lodert. Dennoch bleibt er ruhig, als er fortfährt: »Das ist wohl wahr, Parzival, der Teufel. Schließlich bist du sehr vertraut mit dem teuflischsten Element, das es gibt. Und vor allem mit der tödlichen Macht, die sich darin verbirgt.«

Phasmo tritt ins Licht und sein Groll durchdringt ihn von Kopf bis Fuß. »Mag sein, Curdin.« Seine Stimme klingt fest und duldet keinen Widerspruch. »Doch es gibt einen bestimmten Kodex, welchen ich offenbar mehr achte als gewisse andere Leute.«

»Die Kodexe sind bekanntlich kein Gesetz, das hast du doch meisterlich bewiesen.«

»Dass du es wagst!« Phasmo knurrt ungehalten.

»Tu nicht so scheinheilig!«, sagt Moltino gepresst, verzweifelt darum bemüht, nicht die Beherrschung zu verlieren, doch seine Nasenflügel beben.

»Vergiss nicht, dass du vor Jahren einen Bund mit deinem Mentor eingegangen bist! Dieser Bund bindet dich an die Kodexe und gleichermaßen an uns Phoenicrus.« Phasmo schreitet auf ihn zu und stößt Yosi dabei grob beiseite. Er sieht aus, als würde er jeden Moment explodieren. Sein Gesicht läuft knallrot an, dann zieht er scharf die Luft ein und öffnet seine dünnen Lippen, wahrscheinlich um eine widerliche Moralpredigt vom Stapel zu lassen (vielleicht wieder darüber, wie wichtig der Kodex und wie untragbar es ist ihn zu missachten), doch Moltino kommt ihm zuvor.

»Sei vorsichtig mit dem Urteil, das du über deine Mitmenschen fällst, Parzival.« Nicht, dass Moltino den Tonfall im gleichen Maße laut werden lässt, doch auf einmal schwingt darin die majestätische Kraft eines Phoenicrus mit. Yosi erschaudert, obwohl seine Wut nicht ihr gilt. »Vielleicht solltest du zuerst vor deiner eigenen Tür kehren, ehe du so ehrenvolle und glorreiche Töne spuckst.«

Mittlerweile sind erste Schaulustige stehengeblieben und Yosi wird schlagartig klar, dass es für die Umherwandelnden wirken muss, als ob sie der Grund des Streites wäre. Sie wünscht sich nichts Sehnlicheres, als im Boden zu versinken.

»Ob es dir nun gefällt oder nicht, man kann die Vergangenheit nicht mehr ändern. Und erst recht keine Toten zum Leben erwecken.« Phasmos Augen verengen sich boshaft und sein Kiefer spannt sich krampfartig an.

»Du kannst sicher sein, dass die Vergangenheit auch dich einholen wird, Parzival. Und noch ein gut gemeinter Rat«, raunt Moltino ihm zu und beugt sich vor. »Entweder du verhältst dich, wie es sich für einen Professoren gehört. Oder du gehst dahin zurück, wo du hergekommen bist. Ewig wird dir dein Liebling nicht den Rücken freihalten können.« Bei den letzten Worten zischelt seine Stimme mehr als das sie klingt. »Also entscheide dich.«

Yosi sieht, dass alle um sie herum Phasmo und Moltino mit großen Augen anstarren. Einige recken neugierig die Hälse, doch die meisten spüren die geballte Ladung Zorn, die über ihren Köpfen knistert. Auf Phasmos Gesicht zeichnet sich der gegenteilige Ausdruck ab: zu Schlitzen verengte Augen und potthässlich rot gefleckte Wangen. Die Männer taxieren einander, Moltino berechnend, Phasmo fuchsteufelswild. Eine, vielleicht zwei Sekunden. Als Phasmo die Stimme erhebt, gelten seine Worte nicht Moltino.

»Wir sehen uns Morgen im Unterricht«, knurrt er aus zusammengebissenen Zähnen in Yosis Richtung. Seine mühsam aufrechterhaltene Beherrschung scheint jeden Moment zu kippen. »Habt ihr alle nichts Besseres zu tun?«, fuchtelt er ungehalten in die Menge. »Los! Los!«

Das ist Aufforderung genug. Yosi lässt es sich nicht zweimal sagen. Höchste Zeit zu verschwinden.

Dass sich Moltino und Phasmo auf den Tod nicht ausstehen können, ist ein offenes Geheimnis. Weswegen, weiß keiner. Es kursieren einige Gerüchte. Eine alte Fehde, die zwischen den beiden wuchert und gärt, eine unglückliche Liebesgeschichte, ein tragisches Familiendrama. Man munkelt sogar, dass sich die beiden von früher kennen und seinerzeit gemeinsam die Akademie besuchten. Wobei das nur schwer zu glauben ist, denn Moltino scheint bedeutend jünger als ihr Mentor. Na ja, Phasmo wird sowieso so manch üble Sache nachgesagt. Er spiele seine Macht aus, manipuliere gezielt zu seinen eigenen Gunsten, was natürlich dem obersten Kodex widersprechen würde … Yosi hat ihren Mentor nie dabei erwischt, aber vorstellen kann sie sich das alleweil. Vielleicht auch ein Grund, weswegen er vom Außendienst abgezogen wurde?

Sie wirft ihrem Mentor einen flüchtigen, aber sehr kritischen Blick zu, dann macht sie, dass sie wegkommt. Zu ihren Freunden. Nicht nur, um ihnen von ihrer ersten Viritimstunde zu berichten, vor allem wegen der Gesprächsfetzen, die sie vorhin von Ductus aufgeschnappt hat.

Umständlich zwängt sie sich zwischen den anderen Studenten hindurch, sprintet hastig die letzten Meter zum Sequiumturm, läuft dann den Korridor runter und steht endlich vorm Gemeinschaftsraum.

Sie will jetzt nur noch eines: Mit Livia und Aaron reden, weil sie sonst das Gefühl hat, jede Sekunde zu zerplatzen!

Doch so schnell sie auch rennt, in ihrem Kopf kreisen unaufhörlich die drei Worte, rauschen im Gleichtakt mit ihrem hämmernden Herzschlag, als wolle es sie verhöhnen.

*Milo ist vergeben.*

# Kapitel 5

## Tutamina und andere Probleme

»Mensch, wo warst du denn so lange?« Die Worte ihrer Freundin fliegen ihr entgegen, noch ehe die Tür hinter Yosi ins Schloss fällt.

Livia und Aaron sitzen am Tisch, der im hinteren Bereich des Gemeinschaftsraums der Sequium steht. Links von ihnen sitzt Thaddeus mit seinen Kumpeln. Doch der hat sowieso nur Augen für Maya, die plappernd mit ihren Freundinnen auf dem Sofa hockt, das unterhalb des unscheinbar wirkenden Turmfensters und zwischen allerhand Kisten, Regalen und Krempel Platz gefunden hat.

»Wir warten hier schon eine halbe Ewigkeit!«, entrüstet sich Livia, aber als sie nun einen prüfenden Blick auf Yosis Gesicht wirft, hängt sie an: »Sag nicht, die Stunde bei Phasmo war wirklich so grauenvoll, wie du befürchtet hast?!«

Yosi gibt keine Antwort und geht langsam auf die beiden zu, wobei sie Livias neugierige Augen auf sich spürt. Dann schüttelt sie den Kopf – weiter kommt sie nicht.

»Geht's dir nicht gut?«, fragt Aaron dazwischen und rückt den Stuhl geräuschvoll beiseite. »Du siehst ein bisschen blass um die Nasenspitze aus.«

»Lass sie doch erst mal Luft holen«, unterbricht ihn Livia und verpasst ihm einen nicht gerade charmanten Hieb mit dem Ellenbogen.

»Ich darf meine Freundin wohl noch fragen, ob alles in Ordnung ist«, verteidigt sich Aaron. Er unterdrückt erfolgreich ein mürrisches Schnauben und grinst dabei schräg.

»Hey Leute«, stößt Yosi hervor, doch die beiden ignorieren sie.

»Wenn du ständig dazwischen quatscht, kann sie ja nie erzählen, was los war«, setzt Livia abermals an und fuchtelt mit den Händen vor Aarons Gesicht herum, so nah, dass er unweigerlich ihre Hände abwehren muss.

Yosi verdreht entnervt die Augen. Manchmal ist die ewige Neckerei zwischen Aaron und Livia echt zum Haareraufen. Wie war das noch mal: Was sich liebt, das neckt sich? Dem gibt's nichts hinzuzufügen. Oder vielleicht doch: »Haltet die Klappe!«, faucht Yosi und knallt mit der flachen Hand auf den Tisch. Augenblicklich gehört ihr die volle Aufmerksamkeit. Mit gesenkter Stimme spricht sie weiter: »Ich muss unbedingt mit euch reden.«

»Also doch«, stöhnt Livia wenig beeindruckt und rechnet mit einem Horrorbericht über Yosis Viritimstunde.

»Was genau ist los?«, will Aaron stattdessen wissen. Auch er senkt instinktiv seine Lautstärke.

»Nicht hier«, zischt Yosi und geht nicht weiter darauf ein. Stattdessen beugt sie sich vor, zupft die beiden an ihren Ärmeln und schleift sie aus dem Gemeinschaftsraum. »Das, was ich euch zu sagen habe, fällt definitiv unter die Kategorie *Höchste Stufe der Geheimhaltung*, wenn ihr versteht, was ich meine?«

»Innenhof oder Hinterhof?«, fragt Livia.

»Innenhof«, nickt Yosi.

Ohne ein weiteres Wort zwängen sich die drei aus dem Raum und treten aus einem Seiteneingang in den Innenhof. Der Himmel nimmt bereits die Farbe einer Schleiereule an, aber davon lassen sie sich nicht beirren. Wie selbstverständlich steuern sie auf den Pavillon neben dem Brunnen des Innenhofs zu, der eine kreisförmige Sitzgelegenheit aus einigen steinernen Parkbänken bietet.

»Okay«, fordert Livia ihre Freundin auf, während sich die drei auf einer der Bänke niederlassen. »Raus mit der Sprache! In was für ein sagenumwobenes Geheimnis willst du uns unbedingt einweihen?«

Yosi schaut erst nach links, dann nach rechts. Sie muss sich vergewissern, dass die Luft auch wirklich rein ist, dann senkt sie ihre Stimme zu einem leisen Raunen. »Okay, es ist so«, beginnt sie. Dann räuspert sie sich und rückt noch ein Stück näher zu ihren Freunden. »Vorhin, als ich von der Viritimstunde zum Gemeinschaftsraum unterwegs war, habe ich etwas Merkwürdiges erlebt.«

»Bestimmt Vladimir?«, quiekt Livia. Aufgeregt klatscht sie in die Hände und ihre Augen leuchten bei der bloßen Vorstellung. »Ich wusste doch, dass er existiert!«

»Nein, Livia!«, schüttelt Yosi ungehalten den Kopf. »Hör mir doch einfach einen Augenblick zu, das kann doch nicht so schwierig sein?«

Livia deutet an, mit einem imaginären Schlüssel ihren Mund zu verschließen und Yosi ergreift erneut das Wort. »Folgendes ist passiert: Agons Tür zum Thai-Chi-Raum stand einen Spaltbreit offen. Klar, nichts Besonderes«, winkt Yosi schnell ab, als Livia den Mund aufmacht, um etwas zu erwidern. »Aber als ich gerade vorbeihechtete, hörte ich ihre aufgebrachte Stimme. Ihr Ton ließ mich stutzig werden.« Und dann erzählt Yosi ihnen die ganze Geschichte. Von dem Gespräch zwischen Agon, Milo und Ductus, von der Verschwörung, dem Verdacht eines Maulwurfs und dem legendären – existierenden? – Tutamina. Nur Ductus' Bemerkung über Milos vergebenes Herz erwähnt sie lieber nicht, obwohl ihre Gedanken erneut zu ihm abschweifen.

»Und?«, fragt Yosi ungeduldig, weil beide sie nur schweigend anstarren. Aaron scheint wie vom Donner gerührt und Livia hat die Hände gegen den Mund gepresst. Sie sind wachsbleich und sitzen mit weit aufgerissenen glasigen Augen auf der Bank. »Was meint ihr dazu?«

»In unserer Akademie befindet sich tatsächlich ein Verräter?«, empört sich Livia. Offenbar hat sie ihre Sprache wiedergefunden. Nur ihr Stimmorgan scheint noch irgendwo umherzuirren, denn sie krächzt so rau wie ein Reibeisen. »Einer, der nichts Besseres zu tun hat, als mit einem korrupten Tutamina-Psycho da draußen zusammenzuarbeiten?« Das leise Zittern in ihrer hauchenden Stimme verrät die Angst, die sie überkommt.

»So sieht's aus.« Yosi nickt und presst die Lippen zusammen. »Was ich jedoch nicht wirklich verstanden habe ist, welche Rolle der Tutamina bei dem Ganzen genau spielt.«

»Und du bist dir absolut sicher, dass du dich nicht verhört hast?«, hakt Aaron nach. Typisch Aaron: alles infrage stellen. Aber ausnahmsweise wirkt er weder besserwisserisch noch selbstsicher. Er schaut sie viel eher so entsetzt an, als hätte sie ihm verboten, je wieder in einem Buch zu lesen.

Yosi nickt erneut. »Ich kann es euch auch gerne buchstabieren: T.U.T.A.M.I.N.A.«

Stille kriecht wie eine Schlange zwischen den Grashalmen zu ihnen empor. Schweigen, das kaum zu ertragen ist.

»Hey!« Völlig unerwartet setzt Livia ein Lächeln auf. Es wirkt so künstlich und aufgesetzt, dass es die Situation nur noch bizarrer erscheinen lässt, als sie ohnehin schon ist. »Alles halb so wild«, versucht sie die Sache herunterzuspielen. Eigentlich sollte es locker rüberkommen, aber ihre Pupillen fressen die Farbe ihrer blassen Augen und veranschaulichen überdeutlich ihre Furcht. »Ductus macht den Kerl doch im Handumdrehen ausfindig, nicht wahr? Er als oberster Sentio entlarvt ihn, ehe er was ausrichten kann.«

»Ich denke, das ist eine sehr heikle Angelegenheit«, antwortet Aaron gedehnt, ehe Yosi reagieren kann. Scheinbar ist er bereits wieder Herr der Lage, denn sein Tonfall besitzt wieder die vertraute, fast zu selbstsichere Arroganz. »Überlegt doch mal, der Komplize könnte schlichtweg jeder von uns sein und Ductus kann auch nicht mal eben über jeden einzelnen Student eine Vorhersehung herbeizwingen. Dazu braucht er Zeit. Viel, viel Zeit.«

»Was, wenn er die Zeit nicht hat?«, stellt Yosi die alles entscheidende Frage. Eigentlich spielt sie damit auf Agons Bemerkung an, aber im Endeffekt ist das tatsächlich ihr größtes Problem. *Was, wenn …?* Zwei Worte, die in Verbindung eine grauenhafte Wirkung bekommen können …

»Für was verdammt noch mal ist denn diese Gabe gut, wenn nicht für unseren eigenen Schutz?«, kontert Livia entrüstet.

»Leute, ihr versteht nicht. Es gibt noch ein Problem«, rückt Yosi heraus.

»Was denn noch?«, fragt Livia mit einem Unterton, der nicht deutlich macht, ob Yosi es auf der Stelle herausschreien oder vielleicht besser verschweigen sollte. Aber dazu ist es sowieso längst zu spät.

»Irgendwas ist mit Ductus' Gabe.«

»Was-wie-wie meinst du das?«, stammelt Aaron. Beinahe scheint ein feiner Grünschimmer sein Gesicht zu zeichnen.

»Ehrlich gesagt habe ich keinen Dunst«, gesteht Yosi und verzieht missmutig ihren Mund. »Aber Agon hat ihn so merkwürdig auf seine Gabe angesprochen. Besser gesagt, sie hat es versucht. Denn Ductus hat ihr in einem äußerst sonderbar schroffen Ton das Wort abgeschnitten. Und mein Bauchgefühl sagt mir, dass da irgendwas im Busch ist.«

Livia nickt. »Mein Bauchgefühl hakt sich bei deinem unter, Süße!«

»Ja, das ist unmissverständlich!«, stimmt Aaron zu, dabei kneift er sein linkes Auge so eigenartig zu, dass Yosi sofort klar wird, dass er in seinen Gehirnwindungen etwas analysiert. »Aber mal ehrlich, Mädels, so schlimm kann es eigentlich nicht um Ductus' Gabe stehen, hab ich Recht? Immerhin spürt er, dass sich etwas zusammenbraut und das ist auf jeden Fall ein Schritt in die richtige Richtung.«

Yosi muss sich ein Schmunzeln verkneifen. Ha, da ist der Alleswisser in seinem Element. Und gleichzeitig ist und bleibt Aaron ein unverbesserlicher Optimist.

»Was machen wir nun?«, fragt Yosi. Ihr Kopf schnellt zwischen ihren Freunden hin und her. Erwartungsvoll, einer möge ihr die ultimative Antwort geben, aber auch ängstlich dem gegenüber, was sie sagen könnten.

»Ich befürchte, uns bleibt nichts anderes übrig, als die ganze Situation heimlich im Auge zu behalten und abzuwarten, was passiert«, meint Aaron nachdenklich.

»Abwarten?«, ruft Yosi aufbrausend. Sie hat mit vielem gerechnet. Damit, dass ihre Freunde Angst, ja sogar Panik kriegen und vielleicht schlimmstenfalls direkt zu Ductus rennen, um ihn nach allen Einzelheiten zu befragen und zu verstehen, was hier los ist. Aber das? Einfach nichts tun? Verdammt! Dazu hat sie ihre Freunde bestimmt nicht eingeweiht. »Alles, nur das nicht!«, empört sie sich. »Wir müssen, *müssen* irgendwas tun, sonst dreh' ich noch durch!«

Livia nickt mehrfach und wirkt dabei wie ein Wackeldackel mit Kurzschluss. »Wir haben etwas übersehen. Es gäbe durchaus noch eine Alternative, die wir in Betracht ziehen könnten«, sagt sie mit verheißungsvollem Gesichtsausdruck. »Eine Möglichkeit, die … wie soll ich es charmant ausdrücken …?«

»Die … was?«, drängt Yosi.

»Die *dir* Yosi, besonders gut gefallen könnte«, kichert sie und kneift ihre Freundin in den Oberarm.

»Autsch!«, mault Yosi und reibt sich theatralisch die malträtierte Stelle am Oberarm. Natürlich ahnt sie bereits, auf was Livia abzielt, also fügt sie noch ein argwöhnisches und langgezogenes »Okaaay?« an.

»Betrachten wir die Angelegenheit distanziert und vom logischen Aspekt her, so bleibt nämlich genau eine Person übrig, die uns sehr wohl aufklären und helfen könnte«, redet Livia weiter. »Ductus deswegen zu belästigen, fällt schon mal flach aus, genau wie Agon. Aber da war ja noch jemand im Raum, nicht wahr?« Livias Braue wandert anzüglich in die Höhe.

»Und dass diese Person reinzufällig ziemlich heiß und gut aussehend ist, beeinflusst deine Entscheidung nicht im geringsten, wie?«, stichelt Aaron.

»Dass diese gewisse Person reinzufällig ziemlich heiß und gut aussehend ist, soll uns garantiert nicht daran hindern, aktiv zu werden. So seh' ich das«, grinst Livia breit.

In diesem Moment ist Yosi echt froh, dass keiner der beiden zur Kenntnis zu nehmen scheint, wie schweigsam sie ist.

»Es könnte funktionieren«, meint Aaron geistesgegenwärtig und nickt mit konzentrierter Miene. »Ja, das könnte tatsächlich funktionieren.«

»Wenn ihr meint«, erwidert Yosi schließlich und entfacht mit ihrer wenig begeisterten Antwort sofort Skepsis bei ihrer Freundin.

»Ähm, Moment mal«, sagt Livia und richtet sich auf. »*Wenn ihr meint?* Mehr hast du nicht zu sagen? Hallo, Erde an Yosi, Erde an Yosi? Wir reden hier von *Milo*. Oder ist irgendetwas vorgefallen, von dem ich nichts weiß?«

»Hä … was … nein«, antwortet Yosi höchst überzeugend und schluckt leer. »Nein, es ist nur so, dass euer Wahnsinnsplan einen kleinen Haken hat. Milo ist nicht allzu oft in der Akademie. Außerdem ist er wahrscheinlich zu Stillschweigen verpflichtet.« *Und er ist vergeben!*

»Ach, lass das mal meine Sorge sein. Das kriegen wir schon hin –«, spricht Livia redselig weiter und wird im selben Augenblick von Aaron unterbrochen.

»Seid mal still«, zischt er, hebt mahnend die Hand, dabei huschen seine Augen wachsam durch die Dämmerung. »Habt ihr das auch gehört?«

»Nein, was denn?«, fragt Livia irritiert.

»Dieses Geräusch«, raunt Aaron und deutet mit dem Kinn zu den Büschen hinter ihrem Rücken. Die Stelle, die er meint, ist ganz und gar nicht wie der restliche gepflegte Innenhof, der beinahe einer Parkanlage gleicht. Hier wuchert das Gestrüpp wirr und wild und verdeckt die maserige Holztür, die zu einem schmalen Durchgang gehört. Er führt unterhalb der Erde zum linken Rundturm im Eingangsbereich, quasi dem Zwilling des Viritimturms. Ihn zu betreten ist den Studenten strikt untersagt. Sie nennen ihn deshalb den *Verbotenen Turm*. Soweit Yosi weiß, haben ihre Professoren nur in Ausnahmesituationen Zugang zu ihm. Doch nur selten hat Yosi einen von ihnen seine Schwelle übertreten sehen. Und wenn, dann über den Eingang im Inneren des Turms und nicht über diesen verborgenen Durchgang. Wer sollte sich also in diesem Dschungel aus Gestrüpp herumtreiben? Ein kurzer, aber bedeutungsvoller Blick wird untereinander ausgetauscht, während sie alle drei in die Dämmerung lauschen.

Und tatsächlich. Jetzt hört Yosi es auch. Ein leises Rascheln dringt von den Büschen zu ihnen hinüber. Sofort klopft ihr Herz wie verrückt, weil die folgenschweren Worte von vorhin noch immer in der Luft hängen und sich alles zusammen zu einer bedrohlichen Mischung vereint. Mit jedem Herzschlag träufelt es in ihr Bewusstsein.

*Gefahr … Verschwörung … Verräter … Tutamina …* pochen die Worte dumpf hinter ihrer Stirn.

»Himmel! Das kommt tatsächlich vom verbotenen Eingang her«, flüstert Livia, rappelt sich umständlich von der Bank hoch und geht einige Schritte auf die Büsche zu.

Eigentlich geht Yosi davon aus, dass ihnen hier im Innenhof keine Gefahr droht. Schließlich beschützt sie die Mauer mit ihrem Energiefeld. Doch was, wenn sie wirklich Gefahr aus dem Inneren der Akademie zu befürchten haben?

Ihr Atem beschleunigt sich.

Ohne weiter darüber nachzudenken, erhebt sie sich, während sie gleichzeitig mit bangem Blick beobachtet, wie Livia die Büsche inspiziert.

»Irgendwelche Spuren?«, wispert Aaron, der ebenfalls zu ihr aufgeschlossen hat.

»Moment.« Livia bückt sich und tastet vorsichtig den Boden unter dem Gestrüpp ab. Dann schüttelt sie den Kopf. »Nein, da ist nichts.«

»Hoffentlich hat uns niemand belauscht«, murmelt Yosi geistesabwesend und nimmt ihrerseits eine Buchenhecke in Augenschein. Die Äste knacken viel zu laut, als sie sie auseinanderdrückt. »Hier ist auch nichts Auffälliges«, flüstert sie und betrachtet die abgewetzten, teils brüchigen Steine der Mauer, die die Holztür einfasst. Sie streckt die Finger aus, ignoriert das leise Zittern und streift über einen Stein. Er fühlt sich an, wie sich ein Stein anfühlt. Kalt und rau. Aber trotzdem hat sich für Yosi *alles* verändert. Der Gedanke, dass jemand unter ihnen weilt, der sie ans Messer liefern möchte, schnürt ihr regelrecht die Kehle zu. Erst recht, als sie dumpfe Schrittgeräusche bemerkt, die über die Wiese in ihrem Rücken schleichen.

Wie auf Kommando wirbeln die drei Freunde herum.

Vor ihnen steht Miss Perfekt. Hinter ihr Dana und Carmen – klar!

»Was erzählt man sich?«, höhnt Ophelia angriffslustig, noch bevor sie bei den dreien angelangt ist. »Phasmo hat dich total zur Schnecke gemacht in seiner Stunde?« Ophelia macht noch einen Schritt auf Yosi zu und stößt Livia grob mit dem Ellenbogen beiseite, damit sich ihre beiden Zierpüppchen auch typisch signifikant neben ihr platzieren können. Ophelias Gesicht wirkt unter dem Wolkenhimmel nicht weniger makellos als sonst, aber da ist noch etwas. In den Augen tanzt grenzenlose Schadenfreude mit einem tückischen Aufblitzen um die Wette. »Erzählt Maya die Wahrheit, dass du dich bis auf die Knochen blamiert hast?« Ophelias Lippen kräuseln sich sonderbar.

»Hast du sie noch alle!«, faucht Yosi. Sie ist sichtlich irritiert und liefert Ophelia genau die Reaktion, die sie provozieren wollte. (Eine hinterhältige Schlange kriegt eben immer, was sie will – oder verdient?)

Wie kommt sie bloß darauf? Hat Maya tatsächlich etwas aufgeschnappt oder entstand dieses Gerücht beim Aufeinandertreffen von Phasmo und Moltino, das irgendwer (absichtlich) fehlinterpretierte?

»Zisch ab!«, knurrt Livia aus zusammengebissenen Zähnen und macht einen Schritt auf Ophelia zu. Dummerweise ohne nennenswerte Wirkung, denn das verunsichert sie nicht im Geringsten. Im Gegenteil. Ophelia schaut hämisch auf Livia herab und näselt: »Na, haben wir einen wunden Punkt getroffen? Weil auch du dich bei Moltino angestellt hast wie der letzte Volltrottel?« Dana und Carmen grinsen so selten dämlich und das wiederum heizt Ophelia erst so richtig an. »Tja, nicht jeder kann in den Viritimstunden mit seiner überragenden Gabe glänzen. So trennt sich eben die Spreu vom Weizen.« Nun beugt sie sich zu Yosi hinunter, die gut einen halben Kopf kleiner ist, und legt ihr die Hand auf die Schulter. Die Hand fühlt sich so kalt an wie ein toter Fisch. Aus der Ferne betrachtet wirkt die Geste vielleicht freundschaftlich, aber eben nur *aus der Ferne* betrachtet.

Yosi schüttelt angewidert ihre Hand ab und hält ihrem Blick stand. *Was lacht die denn so selten dämlich?*

»Keine Sorge, Yosephine, ich erzähle es garantiert keinem«, fährt Ophelia mit einer abschätzigen Handbewegung fort. »Ach, höchstens der ganzen Akademie.«

»Boah, du Miststück!«, zischt Yosi und stürzt auf sie los. Wäre Aaron nicht heldenhaft dazwischen gegangen, wäre sie Ophelia an die Gurgel gesprungen.

»Sie ist es nicht wert, Yosi, hörst du? Sie ist es echt nicht wert«, wispert er, doch es geht in derselben Sekunde in einem heiseren Räuspern unter. Für einen kaum greifbaren Moment ist es, als ob alles menschliche Leben versteinert wäre. Der flüchtige Augenblick verfliegt, als sich Agon an ihnen vorbeischiebt und die Gruppe prüfend mustert.

»Gibt es ein Problem?«, möchte sie wissen.

Stumm lässt Ophelia ihren Blick über das braune Flickenjäckchen der Professorin wandern, verharrt an dem kleinen Loch am Saum und wirft ihr daraufhin ein abschätziges Augenrollen zu. Mit leisem Spott in der Stimme antwortet sie: »Nein, Professorin, keinerlei Probleme.« Kurz grinst sie selbstgefällig und wendet sich dann ihren Freundinnen zu. »Kommt Mädels, es ist alles gesagt.«

Ohne ein weiteres Wort abzuwarten, wirft sie ihr lockiges Haar über die Schulter und stolziert mit den beiden Zierpüppchen, die dämlich tuschelnd und kichernd neben ihr herlaufen, ins Innere des Gebäudes zurück.

Es ist einer jener Momente, die von peinlicher Stille erfüllt sind. Keiner scheint passende Worte zu finden, also wird stumm nebeneinandergestanden, hoffend und wartend, jemand möge irgendwas sagen.

Yosi nutzt die Gelegenheit und dreht unauffällig den Kopf. Befangen betrachtet sie ihre Vertrauensperson. Nicht etwa wegen des Szenarios mit Ophelia, sondern wegen dem, was sie vor wenigen Minuten vor der Tür ihres Thai-Chi-Raumes aufgeschnappt hat. Agons halblanges Haar fällt zerzaust über ihre Schultern, aber es ist nicht das, was Yosi Bedenken bereitet. In den Gesichtszügen der Professorin versteckt sich Hektik und in den Mundwinkeln Sorge. Eine Mischung, die Yosi nicht nur beunruhigt, nein, sie macht ihr Angst.

Mit kaum merklichem Kopfschütteln schaut Agon Ophelia hinterher, ihr Unterkiefer verkrampft sich dabei. Als sie schließlich den Blick von der Studentin losreißt, weil sie von der zufallenden Tür verborgen wird, huscht ein seltsames Lächeln über ihr Gesicht.

»Gut«, sagt sie knapp. »Es scheint wirklich alles in Ordnung zu sein. Aber ist es nicht Zeit für euch, zum Abendbrot aufzubrechen?«, fragt sie und macht schließlich auf dem Absatz kehrt.

Dann verschwindet sie ebenfalls durch den Seiteneingang, durch den zuvor Ophelia verschwunden ist. Nur die drei Freunde bleiben zurück im Innenhof, dessen Farben von der grauen Dämmerung verschluckt werden.

***

Es sind erst wenige Minuten verstrichen, als Yosi und Livia vom Gemeinschaftsraum rüber zum Speisesaal schlendern, wo Aaron bereits auf sie wartet – wie jeden Abend.

»Hast du zufälligerweise Milo irgendwo gesehen?«, fragt Livia. Die Freundinnen betreten den Korridor, als ihnen plötzlich etwas auffällt: Ophelia, umringt von einem Haufen Studenten. Oh ja, wie ein Superstar thront sie in der Mitte der Schar.

Notgedrungen zwängen sich Livia und Yosi an den anderen vorbei (denn leider führt kein weiterer Weg zum Speisesaal) und die wenigen Sekunden reichen aus, um zu kapieren, was Ophelia hier abzieht. Sie hält ihr Versprechen und gibt gerade eine vergnügliche Vorstellung von Phasmo zum Besten. Es wäre ja durchaus witzig, aber es ist nicht irgendeine, sondern eine freie Interpretation von Yosis allererster Viritimstunde.

»Warum kann diese blöde Schnepfe nicht einmal die Klappe halten?«, regt sich Livia auf und versucht Yosi so schnell wie möglich vorbei zu lotsen.

Rundherum lachen alle auf. Wie bei einer Sitcom scheint Ophelia die Lacher per Knopfdruck anschalten zu können.

»Echt großartig!«, stöhnt Yosi entnervt. »So viel zu: Ich erzähl' es höchstens der ganzen Akademie. Dass sie das tut, war mir ja klar, aber hallo? Geht's noch dreister?« Sie seufzt noch einmal, viel zu laut, und schließt die Augen.

»Vergiss die hinterhältige Zicke«, meint Livia und zieht ihre Freundin energisch weiter. Doch Yosi braucht nicht umherzuschauen, sie bemerkt all die hämischen Blicke auch so, die sie fixieren und durchbohren.

*Oh Mann! Die Kategorie* Bitte lasst mich sterben *kriegt momentan echt reichlich Futter!*

Wo ist das nächste Loch, in das sie sich verkriechen kann?

Gerade ist sie heilfroh über die Hand in ihrem Rücken, die sie kräftig weiterschubst, weil sie scheinbar den letzten Funken Verstand verloren hat, der ihr sagt, was sie tun oder lassen soll.

»Nicht beachten«, raunt ihr Livia zu. »Genau das bezweckt sie mit dieser Vorstellung. Siehst du denn nicht, wie sie ständig zu dir rüber schielt? Hey, die Tussi soll nicht immer kriegen, was sie will. Klar?«

»Unmissverständlich klar«, murmelt Yosi. Obwohl sie genau weiß, dass Livia Recht hat, geht sie mit hochgezogenen Schultern und gesenktem Kopf weiter. Die letzten Meter zum Speisesaal scheinen nicht nur endlos, sondern unüberwindbar.

Einen Gedanken wiederholt Yosi wie ein Mantra:

HINFALLEN
aufstehen
Krone richten
weitergehen

»He!«, brüllt Timothy lautstark hinter ihnen, ein Typ aus der Initiumstufe. Seine braunen platten Haare hat er wie immer kunstvoll zur Seite frisiert und verleiht dadurch (vermutlich unbeabsichtigt) seinem Goldfischmund noch mehr Wirkung. »Sagt mal, riecht ihr das auch?« Nun schnüffelt er demonstrativ in die Luft.

»Was?«, fragen einige aus der Menge.

»Es riecht nach Versagen!«, brüllt er vergnügt. »Denn hier kommt die phasmotische Obernull.«

Wieder schallendes Gelächter.

In Yosis Händen beginnt es zu knistern. Erste Funken zucken und wachsen zu einem kleinen Feuerball an. Am liebsten hätte sie diesen gegen die ganze Gruppe geschleudert. Die Verlockung ist zu groß, um zu widerstehen. Ihre Hand verselbstständigt sich und sie hebt sie bereits an, als Livia sie mit einer energischen Bewegung über die Türschwelle zum Speisesaal bugsiert und die Tür hinter ihnen krachend ins Schloss fallenlässt.

Aber das Gelächter verfolgt sie selbst hier drinnen. Dann drückt Livia ihre Freundin auf den freien Stuhl neben Aaron, der ziemlich meschugge aus der Wäsche guckt, als die beiden so abrupt hereinstolpern. Yosi stöhnt auf und lässt den Kopf unsanft auf die Tischplatte prallen.

»Was ist mit ihr?«, flüstert Aaron.

Livia, die zornig in Richtung Tür und dem dahinterliegenden Korridor starrt, sagt nur ein Wort: »Ophelia.«

»Dieses hinterhältige Drecksbiest!«, faucht Aaron zur Überraschung der beiden Mädels. Es ist selten genug, dass er solche Kraftausdrücke in den Mund nimmt. »Geht's immer noch um die Stunde bei Phasmo?«

Yosi grummelt irgendwas Unverständliches, das sich anhört wie: *Umwaschdesonscht,* und nicht einmal von der Tischplatte direkt unter ihren Lippen hätte verstanden werden können.

»Hey, Yosi.« Vorsichtig stupst Aaron sie in die Seite, immer und immer wieder, so lange, bis sie endlich ihr Gesicht vom Tisch löst und anhebt. »Vor zwei Tagen, als Ophelia ihre erste Viritimstunde absolvierte, war sie danach komischerweise nicht so vorlaut.« Nun beugt er sich über die Tischkante und senkt seine Stimme. »Man munkelt sogar, Ductus habe ihr gehörig die Meinung gegeigt.«

Ein dankbares Lächeln huscht über Yosis Mund.

»Besser?«, fragt Aaron.

»Ein bisschen«, nickt Yosi und drückt liebevoll seine Hand.

»Aha, damit wäre alles klar«, überlegt Livia unterdessen laut. »Deshalb spielt sie sich hier so auf.«

Aaron nickt. »Andere in den Dreck ziehen, um von sich und seinen eigenen Problemen abzulenken? Eine Strategie, die leider immer prima funktioniert.«

»Aaron hat Recht. Also vergiss sie einfach, Yosi«, sagt Livia bestimmt zum dritten Mal. »Morgen kräht kein Hahn mehr danach.«

Yosi würde ihr gerne glauben, aber so wirklich gelingt es ihr nicht. Denn da ist dieses Gefühl, das ihr leise, ganz leise zuwispert, dass diese Geschichte noch nicht vorbei ist. Auch weil sie sich sicher ist, dass Ophelia alles daran setzen wird, um das Gerücht möglichst lange aufrechtzuerhalten. Trotzdem hat sie auch keine Lust, diese leidige Sache noch länger durchzukauen und beschließt es mit den folgenden Worten auf sich beruhen zu lassen.

»Okay, das Thema ist durch und Ophelia für mich gestorben!«

»Yeah! Das ist die richtige Einstellung«, lächelt Livia, schlingt Yosi die Arme um die Schultern und drückt sie liebevoll an sich.

»Übrigens geht mir eine Sache einfach nicht aus dem Kopf«, beginnt Aaron und Yosi ist dankbar für den Themenwechsel. »Was suchte Agon eigentlich auf dem Innenhof?«

»Daran ist doch nichts besonders«, entgegnet Livia. Einerseits klingt es wie eine Frage, aber andererseits sieht sie ziemlich verwirrt aus, bestimmt weil ihr klar ist, dass mehr hinter Aarons Frage stecken muss.

»Dann frag dich doch mal, von wem das raschelnde Geräusch kam?« Aaron legt eine dramatische Pause ein und schaut die beiden mit vielsagendem Blick an. Yosi kennt diesen Gesichtsausdruck nur allzu gut und ahnt, dass gleich etwas folgen wird, was nicht ganz unwichtig sein wird. »Sie kam nicht aus irgendeinem Seiteneingang zu uns, sondern aus dem verbotenen.«

»Tatsächlich?«, fragt Livia und kräuselt die Stirn.

Yosi entweicht ein leiser Pfiff. Auch sie schaut Aaron nicht weniger überrascht an als ihre Freundin. »Bist du dir sicher?«

Ob das was mit der ganzen Sache zu tun hat?

»Absolut sicher.« Aaron nickt bedächtig.

»Okay, das ist schon etwas merkwürdig«, gibt Yosi zu. »Aber vielleicht gibt es dafür eine ganz einfache und logische Erklärung. Vermutlich hat Ductus sie dazu beauftragt«, entgegnet sie mit einem unspezifischen Schulterzucken.

»Möglich wäre es«, sagt Aaron und streift sich gedankenverloren durch sein blondes Haar. »Ich möchte zu gerne wissen, was sich hinter dem verbotenen Eingang verbirgt.«

»Finden wir's raus«, sagt Livia und ihre Augen funkeln verräterisch. Doch das Funkeln erlischt so schnell, wie es gekommen ist, und gibt einem undurchschaubaren Glanz Platz. Sie nickt verstohlen zur Eingangstür des Speisesaals hinüber.

Mit gemischten Gefühlen nimmt Yosi die Blickrichtung auf.

Und da steht Phasmo. Er kratzt sich zerstreut am Kinn und streift sich anschließend eine verirrte Haarsträhne hinters Ohr.

Erst da bemerkt Yosi die plötzliche Stille im Saal. Fast, als ob Phasmo mit dem Betreten des Raumes die Zeit eingefroren hätte. Bei diesem Gedanken erschaudert sie. Nur Aarons Worte hängen träge in der von Essensgeruch schweren Luft und kondensieren an den kalten Steinmauern des Speisesaals.

*Sie kam nicht aus irgendeinem Seiteneingang zu uns, sondern aus dem verbotenen.*

Verdammt! Was zur Hölle geht hier vor sich?

Verstohlen mustert sie das Gesicht ihres Mentors und es überkommt sie der Verdacht, dass er die Antwort auf ihre Frage kennt. Mit zwiegespaltenem Gefühl im Magen betrachtet sie seine blasse Haut, irgendwie verletzlich und vom Leben gezeichnet. Was er wohl alles durchmachen musste?

So unverhofft wie ringsum alles in eisiger Stille gefror, so plötzlich tauen die Geräusche wieder auf. Das Geplapper, das Gelächter, das Klirren von Geschirr. Und mit den auftauenden Geräuschen setzt sich auch ihr Mentor in Bewegung. Wie immer trägt er seinen langen Ledermantel, der bei jedem seiner Schritte träge hin und her wippt. Er schreitet mit strammen Schritten durch den Saal, während die große

Tasche von seiner Schulter baumelt. Als er Yosis Tisch passiert, hält er kurz inne und schenkt ihr einen merkwürdig prüfenden Blick.

Will er etwas von ihr?

Es ist Yosi, als hätten in der halben Sekunde Hunderte von Momenten Platz. Will er ihr etwas sagen? Vielleicht etwas fragen? Was auch immer er damit bezweckt, dieses Verhalten ist mehr als untypisch für Phasmo. Yosi zwingt sich, in diese kalten Augen zurückzustarren, hält dabei unwillkürlich den Atem an und vergisst sogar ihr Abendbrot herunterzuschlucken.

Eine weitere stumme Sekunde verstreicht, dann reißt er sich los, ohne ein Wort gesagt zu haben, und geht weiter.

»Was bitteschön war denn das?«, raunt Aaron über den Tisch hinweg. Er hat als Erster die Sprache wiedergefunden. Die Mädels schütteln simultan die Köpfe und starren Phasmo, der mit wehendem Mantel zu einem freien Tisch eilt, immer noch hinterher – Yosi verwirrt, Livia mit offenstehendem Mund.

»Was er wohl zu verbergen versucht?«, überlegt Aaron weiter, da keine der beiden reagiert. Sein Gesicht wirkt plötzlich angespannt. Nein, nicht bloß angespannt, viel eher gleicht es einer freudigen Anspannung. Oh ja, er scheint etwas Geheimnisvolles gewittert zu haben. Und dieser Funke ist es letztlich, der die Lebensgeister der Mädchen wieder aktiviert.

»In der großen Tasche, die über seiner Schulter hängt?«, fragt Livia aufgeregt. »Mit der kommt er doch andauernd zum Unterricht, daran ist nichts Besonderes.«

»Mädels, habt ihr keine Augen im Kopf?«, fährt Aaron sie an. »Ich rede von dem, was er *unter* seinem weiten Mantel versteckt.«

Sowohl Livia als auch Yosi schauen ähnlich dämlich drein. Wie konnte dieser Kerl nur immer so viele Einzelheiten auf einmal erfassen?

»Sag mal, du bist nicht zufälligerweise ein Ur-ur-ur-Enkel von Sherlock Holmes?«, feixt Yosi. Aber mit seinen Worten hat er endgültig die Neugier in ihnen entfacht.

»Unter seinem Mantel?«, hakt Livia nach.

Aaron nickt und scheint die Aufmerksamkeit sichtlich zu genießen.

»Und *du* hast es natürlich gesehen?«, fragt Yosi und beugt sich noch weiter über den Tisch.

»Klar«, sagt Aaron, während er seine Brauen tanzen lässt. Triumph liegt in seinen Mundwinkeln, der Verdacht eines Abenteuers auf den Lippen.

»Was?«, fragen Yosi und Livia wie aus einem Mund.

»Drei kleine Lederbeutel«, wispert er. »Sie hingen schwer an seinem Gürtel.«

# Kapitel 6

## Unverdrängbar

»Nur fünf Minuten.« Agon erhebt sich aus dem Skelett-Stuhl, die Stirn in Falten gelegt, und schreitet mit ernster Miene im Raum auf und ab. Irgendetwas, das in ihrer Stimme mitschwingt, lässt Yosi hellhörig werden. Vielleicht bildet sie sich auch nur ein, zwischen den Zeilen eine verschlüsselte Botschaft herauszuhören. Und vielleicht liegt es auch schlicht an dem mystischen Wetter, das seit den frühen Morgenstunden herrscht. »Nehmt euch nur fünf Minuten Zeit für eure innere Ruhe.«

Der Kung-Fu-Unterricht dauerte bereits über den Pausengong hinaus und noch immer legt ihnen Agon mit aller Dringlichkeit die Meditation ans Herzen. Nicht, dass sie sonst nicht auch darauf besteht, im Gegenteil, aber heute kann sie gar nicht mehr damit aufhören. Dabei sollten Yosi und der Rest der Klasse eigentlich längst in Phasmos Stunde sitzen.

»Vergesst es nicht, verstanden? Nur fünf Minuten.«

Keiner reagiert oder antwortet darauf, denn kaum einer ist mit seinem Geist noch aktiv beteiligt. Viel eher macht sich Hektik breit. Das murmelnde Geraune, das durch den Raum geht, macht deutlich, wie unmotiviert die Klasse das Gerede aufnimmt.

Aber wieso hat Yosi dieses eklige Gefühl, dass Agon ihnen unbedingt etwas klarmachen möchte? Noch während sie den ganzen Ruhe-Balance-Kram in die Schultasche stopft und zur Tür hechtet, ruft Agon über ihre Köpfe: »Es ist von unsagbarer Wichtigkeit, dass ihr in eurem Innern zur Ruhe kommt, hört ihr Kinder? Ihr braucht das nicht nur für die Viritimstunden, sondern für's Leben.«

Doch auch Yosi eilt bereits mit ihren Freunden den düsteren Korridor hinunter. Es ist allgemein bekannt, dass es unangenehme Folgen haben kann, wenn man bei Phasmo zu spät kommt. Von Nachsitzen bis hin zum Schreiben eines blöden Essays ist alles dabei.

Der laue Frühlingswind hat sich zu einem heulenden Sturm verwandelt und fernes Donnerrollen untermauert das stürmische Wetter. Es gießt wie aus Kübeln und scheint an diesem Freitagmorgen gar nicht richtig hell zu werden. Selbst auf den Korridoren und in den Klassenräumen ist es so finster, dass zusätzliche Leuchten angebracht werden mussten.

»Toll, wieso muss Phasmos Zimmer auch ganz am anderen Ende liegen?«, jammert Livia außer Atem.

»Murphys Gesetz«, keucht Aaron.

»Was hast du gesagt?«, krächzt Yosi. Es ist nicht so, dass sie noch nie etwas von dem Kerl gehört hätte, aber für einen nicht greifbaren Moment war da eine Woge der Vertrautheit und das Aufblitzen eines wohligen Gefühls.

»Murphys Gesetz schlägt immer dann zu, wenn du es am wenigsten gebrauchen kannst«, erwidert Aaron und klingt, als zitiere er ein paar Zeilen aus dem Lehrbuch der Phoenicrus.

Yosi schüttelt den Kopf und damit das eigenartige Gefühl von sich ab. »Dem Kerl geige ich was, wenn er mir noch einmal in die Quere kommt«, faucht sie atemlos, weil sie kaum mit Aaron Schritt halten kann. Und sie ignoriert den feinen Schmerz unterhalb der Rippen, der bei jedem Atemzug zusticht. Als sie schließlich das Klassenzimmer betritt, quetschen sich Carmen und Dana höchst unsanft an ihr vorbei, um einen angemessenen Durchgang für die ach so göttliche Ophelia zu bahnen.

»Ich bräuchte es gar nicht zu erwähnen«, raunt Ophelia gerade noch laut genug, so dass Yosi es nicht überhören kann. »Natürlich kann ich, dank meiner Gabe, auf zusätzliche Meditationen verzichten. Als talentierter Nevo-Sentio liegt mir das im Blut.« Mit erhobenem Kopf stolziert sie aufgeplustert zum Tisch. Und dann, ganz unvermittelt, zuckt ihr Kopf zwischen den Schultern zusammen.

*BAM!* Energisch knallt Phasmo einen Stapel Bücher auf sein Pult und beginnt mit seinem Unterricht, noch bevor die letzten Studenten Platz genommen haben.

»Die Stunde hat vor mehr als fünf Minuten begonnen.« Seine Worte donnern nicht etwa in Ophelias Richtung, sondern direkt auf Yosi zu – klar, sie ist auch die Letzte, die das Zimmer betritt. »Pünktlichkeit wird uns Phoenicrus hoch angerechnet und ich denke, das ist dir als Sequiumstudentin mehr als bewusst, Yosephine.« Kurz stiert er sie mit bebenden Nasenflügeln an, dann dreht er sich (endlich!) zur Klasse um. »Setzt euch, und zwar alle.«

Yosi strafft die Schultern und kann es nicht verhindern, dass ihr zwar ein leises, aber dennoch verächtliches Schnauben entweicht. Tja, das ist natürlich Grund genug, um sie abermals anzufahren.

»War die Aufforderung nicht deutlich genug?« Phasmo setzt ein schiefes Lächeln auf. Es wirkt eiskalt. »Oder betrachtest du dich als so *extravagant,* dass du eine *Extra*-Einladung benötigst?«

Yosi hätte ihn am liebsten angefaucht, hält sich aber zurück, um nicht noch einen nervigen Aufsatz aufgebrummt zu bekommen. Phasmo scheint so schon äußerst missgestimmt. Es bringt nichts, ihn zu provozieren und damit seine feindselige Haltung zu verstärken. Stattdessen marschiert sie zu ihrem Stuhl. Noch ehe sie den Platz erreicht hat, fährt Phasmo fort, ohne irgendjemanden anzuschauen. Sein Gesicht wirkt noch kühler als sonst, obwohl er ausnahmsweise seine Strähnen zu einem Zopf zusammengebunden hat, was schon fast gepflegt wirken könnte. Wäre da nicht sein widerlicher Glanz in den Augen, der den positiven Eindruck sofort wieder zerstört.

»Heute beschäftigen wir uns mit zwei Themen, also schlagt die Bücher auf Seite zweihunderteinundzwanzig auf«, sagt er.

Während Phasmo seinen schweren Mantel über die Stuhllehne wirft, fliegen ihnen seine Worte ungeduldig um die Köpfe. Dazu mischt sich das monotone Geräusch der Regentropfen, die in windigen Böen an die Fensterscheiben prasseln.

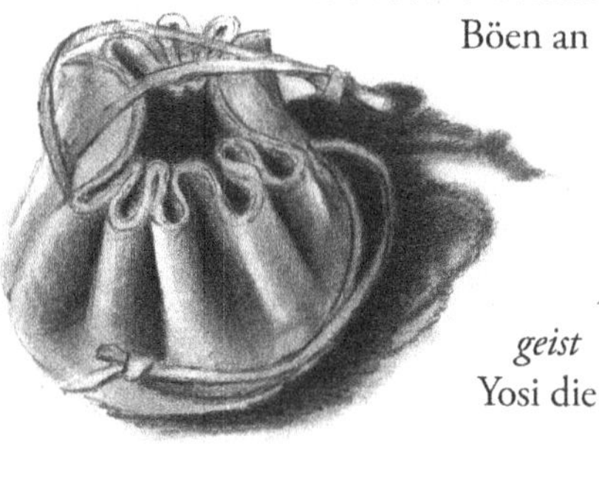

Überall ist stummes Rascheln von Papier zu hören und auch Yosi kramt hastig nach ihrem Buch *Gesetze der Paraphysik.*

*Phänomene von Spuk und Poltergeist – Ungewöhnliche Erfahrungen*, liest Yosi die Überschrift des Kapitels.

»Wie ihr sehen könnt, ziehen wir heute den direkten Vergleich zu den Ungebrannten. Einerseits mit dem Thema *Phänomene von Spuk und Poltergeist* und andererseits, indem ich heute eine Konfliktfrage in den Raum werfe.« Phasmo verschränkt die Arme hinter dem Rücken und schreitet zwischen den Bankreihen auf und ab, dabei ist sein Blick stur geradeaus gerichtet. »Aber zuerst zu Punkt eins. Nur kurz, denn das Wissen zu diesem Thema sollt ihr euch alleine erarbeiten. Immer wieder trifft man auf Berichte, die auf scheinbar unerklärlichen Vorgängen basieren. Durch Untersuchungen vor Ort wurde festgestellt, ob eine logische Erklärung für die beobachteten Phänomene zu finden war. Mit immer demselben Ergebnis. Die Parapsychologie wird als hirnrissige Pseudowissenschaft abgestempelt.« Phasmo bleibt stehen und seine Lippen kräuseln sich abschätzig. »Und genau darüber wollen wir diskutieren. Vorbereitend dazu sollt ihr einen Essay mit dem Titel *Phänomene von Spuk und Poltergeist – Ungewöhnliche Erfahrungen* von fünf Seiten schreiben. Das gilt für alle. Lest das Kapitel, recherchiert, tragt Informationen zusammen und dann besprechen wir das Thema ausführlich.« Kurz hält er inne, nicht nur mit seiner Rede, auch in seiner Bewegung. »Noch Fragen? Keine? Dann zu Punkt zwei.«

»Doch, ich habe eine Frage, Professor.« Diese Unterbrechung kommt erstaunlicherweise von Ophelia.

Phasmo bejaht mit einem leichten – und vor allem deutlich genervten – Kopfnicken.

»Gibt es tatsächlich so etwas wie Geister?«

Phasmos Brauen zucken. Irgendwie wirkt die Geste amüsiert. »Ich verstehe, ich verstehe. Du sprichst auf das Gerücht an, es spuke bei uns im Schloss.«

»Gerücht, sagen Sie?«, fällt Aaron dem Professor unaufgefordert ins Wort. »Bedeutet das, Sie bezweifeln die Existenz von Geistern?«

»Dein Scharfsinn ist bemerkenswert, Aaron«, kontert Phasmo zynisch. »Richtig, ich glaube nicht daran, dass ein Geist durch unser schönes Schloss spukt. Ob es Wesen gibt, die zwischen den Welten festgehalten werden oder dieses Leben gar dem Jenseits vorziehen, das zu beantworten liegt fern meiner Kompetenz.«

»Dass hier im Schloss etwas herumspukt, können Sie ja wohl unschwer leugnen. Oder wie begründen Sie diese eigenartigen Geräusche, die keiner erklären kann?«, bohrt Aaron weiter.

»Habe ich dich um Aufklärung gebeten, Aaron?«, entgegnet Phasmo und klingt nicht einmal unfreundlich. Nur seine unruhig zuckenden Mundwinkel verleihen seinem Gesichtsausdruck eine abweisende Ausstrahlung. Das Gesamtpaket zeigt deutlich, dass er ab sofort keine weiteren Unterbrechungen mehr duldet. »Kommen wir nun zur bereits angedeuteten Konfliktfrage«, sagt er gedehnt, als nähere sich die Stunde einem Thema, über das er nicht reden möchte.

Scheinbar bemerkt nicht nur Yosi, wie Phasmo das Buch bis hin zur letzten Seite durchblättert.

»Professor«, erwidert Aaron, der sich heute offenbar nicht im Zaum halten kann – abermals unaufgefordert. »Wäre es nicht sinnvoller, die Themen der Reihe nach zu bearbeiten?«

»Aaron«, sagt Phasmo mit eisiger Gelassenheit und streift sich eine Haarsträhne hinters Ohr, die sich aus seinem Zopf gelöst hat. »Eigentlich bin ich bisher stets davon ausgegangen, dass die Person, die hinter dem Lehrerpult steht, den Unterricht leitet – und nicht diejenigen, die vor ihm sitzen.« Der überhebliche Tonfall kann allmählich mit dem von Ophelia konkurrieren. »Und nun schlagt alle eure Bücher auf Seite vierhundertfünfzehn auf.« Wieder blickt er in die Runde. »Alle, habe ich gesagt!«

Der Klasse entweicht ein genervtes Kollektiv-Stöhnen. Oh Mann, Phasmo ist heute definitiv außergewöhnlich schlecht gelaunt.

Wieder ist hektisches Papierrascheln zu hören, dazwischen mischt sich Phasmos gereizte Stimme. »Wann siegt der Tod über unseren Kodex, Menschenleben zu retten?«

Für ein paar Sekunden schweigt der Professor.

Ob er damit seinen Worten mehr Wirkung und Macht verleihen oder er ihnen Zeit geben möchte, um darüber nachzudenken, ist unklar. Für Yosi ist die Frage wie ein Schlag ins Gesicht, eine deftige Ohrfeige. *Soll das bedeuten, dass der Tod auch für die Phoenicrus unbesiegbar sein kann? Gibt es Situationen, in denen der Tod über allem steht?*

Phasmo tippt sich mit dem Finger auf den Mund. Nur sein schwerer Atem ist zu hören und Yosi hängt gebannt an seinen Lippen. »Wer von euch kann mir sagen, unter welchen Umständen sich der Tod über unsere Gabe hinwegsetzt?« In seiner kratzigen Stimme schwingt ein kalter Unterton mit.

Yosis Puls beschleunigt sich.

Alle sitzen da. Reglos. Atemlos. Und nicht einmal Aarons Hand schnellt in die Höhe.

»Kein einziger?«, sagt Phasmo und seine Stimme gewinnt in diesem bedrückten Augenblick an Volumen. »Wann siegt der Tod über unsere Gabe? Eine Frage, die ihr euch dringend vor Augen halten solltet. Denn die Tatsache, dass euch Gebrannten diesbezüglich Entscheidungen bevorstehen und von euch getroffen werden müssen, das zu akzeptieren fällt nicht nur den Menschen schwer. Es ist exakt dieser Umstand, wegen dem die Ungebrannten uns in der Vergangenheit mit dem unschönen Namen *Schwarze Engel* betitelt haben – wir spielen Gott oder viel eher Teufel, sagen böse Zungen der Vergangenheit. Es gibt tatsächlich Situationen, in denen wir gezwungen sind zu entscheiden: Tod oder Leben? Ihr müsst wissen, auch so mancher Phoenicru, von dem eine solche Entscheidung abverlangt wird, kann nicht immer mit den Folgen seiner Wahl umgehen – ja, einige können nicht damit leben.« Ein schattiges Lächeln huscht über sein Gesicht. »Der Motiv-Kodex der Phoenicrus besagt: *Rettet das Menschenleben.* Doch was ist, wenn der Mensch von der Rettung irreparable Schäden davonträgt? Schäden, die ihm fortan jeden Tag unsägliche Qualen bereiten und ihm ein Leben, wie er es möchte, nicht ermöglichen? Ja, ihr wisst, auch wir Phoenicrus sind nicht unfehlbar, denn unsere Gaben sind nicht grenzenlos. Sollen wir in einem solchen Fall den Tod siegen lassen?«

Plötzlich wirken Phasmos Augen leblos, als sein Blick von Schüler zu Schüler wandert. Doch es ist nicht sein Blick, der Yosi einen Schauer über den Rücken jagt. Nein, es sind seine Worte, die ihr sämtliche Nackenhärchen aufstellen. Mit jedem aufgewühlten Atemzug träufelt die bedrohliche Botschaft in ihr Gehirn.

»Nun, mit dieser Information im Hinterkopf, frage ich euch: Sind wir vielleicht doch Schwarze Engel? Wo liegt die Grenze zwischen Gut und Böse? Womöglich gibt es gar keine Grenze und beides geht fließend ineinander über?« Phasmo ist an der hinteren Ecke des Raumes angelangt, dreht sich zu seiner Klasse um und bleibt stehen. Selten war die

Stimmung so energiegeladen und gleichzeitig bedrückt wie in diesem Augenblick. »Haltet euch stets vor Augen: Wir wandern auf einem schmalen Grat, zwischen Gut und Böse. Einem Grat, der brenzlig und wacklig ist. Sollen wir den Menschen dennoch retten, auch wenn er danach leiden, sein eigenes Leben verfluchen wird? Oder sollten wir ihn in solch einem Augenblick nicht lieber dem Schicksal überlassen?«

Das Schweigen breitet sich weiter aus, wie dichter Nebel. Und in dieser Stille wiegen Phasmos Worte noch viel schwerer. Der Begriff *Schwarze Engel* bekommt für Yosi zum ersten Mal eine andere, tiefere Bedeutung. Ist nicht mehr bloß ein unschönes Schimpfwort. Da ist mehr. Viel mehr.

Das Gewicht der Worte macht sich nicht nur im Klassenraum breit, auch in Yosis Herzen. Sie wünscht sich inständig, niemals, *niemals!,* auch nur ansatzweise, in ihrem Leben in solch eine Situation zu geraten.

Als das Läuten des Gongs die Stunde beendet, hallen Phasmos Worte nach, schweben in der Luft und kleben an ihr wie ein pechschwarzer Schatten.

Unverdrängbar.

Und die Frage träufelt langsam von Yosis Gehirn weiter in ihr Bewusstsein und ihre Seele. Es ist eine Frage, die sie für den Rest ihres Lebens verfolgen wird.

*Wer entscheidet über Leben und Tod?*

# Kapitel 7

## Diebische Elster

»Schon kapiert, Yosi«, keucht Livia. »Echt, ich weiß ja, wie du das meinst und so. Aber hey, die wartet doch nur darauf, uns eins reinwürgen zu können. Mit deiner Aktion bieten wir ihr die ideale Steilvorlage und das sogar auf dem Silbertablett, ehrlich!«

»Ich sag' ja nur, dass wir diese Option in Betracht ziehen sollten.«

Yosi, Livia und Aaron sind auf dem Weg zur nächsten Stunde bei Professor Bezold. Ein dünner, großgewachsener Mann mit schwarzem Haar und eindrucksvollem Spitzbart. Er unterrichtet *Geschichte der Phoenicrus*.

Um ehrlich zu sein rennen sie eher, als dass es einem gemächlichen Gang gleichen könnte.

»Nein, nein und noch mal nein. Definitiv nicht. Also da bevorzuge ich Milo nicht nur mit Handkuss, sondern auch doppeltem Fuß- und Bauchnabel-Kuss, und das –«

»Schon klar, ich weiß«, unterbricht Yosi ihre Freundin. »Keine Bange, ich werde Ophelia garantiert nicht knuddeln und abknutschen. Aber eine klitzekleine Vision wäre echt ganz nützlich.«

»Eine Vision *wäre* schon nützlich, nur bezweifle ich, dass Ophelia dafür die Richtige ist«, wirft Aaron dazwischen.

Täuscht sich Yosi oder verfinstert sich Aarons Miene auf seltsame Weise, während er das sagt?

»Genau! Aaron hat es erfasst.« Wie zur Bestätigung hakt sich Livia bei ihm unter. »Und Yosi, du behauptest immer, *ich* wäre naiv. Aber ich frage mich gerade ernsthaft, wer von uns beiden diese Liste anführt.«

»Ich bin nicht naiv. Ich halte es nur für eine Option. Aber die ändert nichts an der Tatsache, dass sich Ophelia wie ein elendes Miststück aufführt.«

Livia schnaubt und schüttelt den Kopf, so dass ihre rotbraunen Haarsträhnen herumwirbeln wie bei einem trotzigen Mädchen. »Yosi, hast du mir überhaupt zugehört?«

»Klar!«

»Ich denke nicht«, erwidert Livia. »Denn ich habe gesagt, dass die Option *Milo-ist-unser-Insider* die einzige und beste Wahl ist. Was sträubst du dich denn so dagegen? Traust du ihm etwa nicht?«

Wieso zieht sich bei dieser Frage Yosis Herz zusammen?

»Hm. Etwas eigenartig ist es ja schon, dass er genau zu diesem Zeitpunkt an der Akademie auftaucht«, spricht Yosi ihre Zweifel laut aus, doch es fühlt sich nicht nur falsch an, es tut ihr richtig weh im Herzen.

»Sicherlich nur, um Ductus zu unterstützen«, sagt Aaron. Irgendwie klingt er skeptisch und sein unsicheres Schulterzucken verstärkt diesen Eindruck zusätzlich.

Als sie nun keuchend und gestresst die Tür des Klassenraums erreichen, verstummt ihr Gespräch auf einen Schlag. Eine Gruppe Studenten quetscht sich so dicht aneinander, dass man den Eindruck gewinnen könnte, in der gigantischen Akademie gäbe es nicht genügend Platz für alle.

»Was ist denn hier los?«, fragt Livia und schaut sich verwundert um. »Warum geht denn keiner rein?«

Sie bekommt keine Antwort, denn ihre Stimme geht in einem Raunen aufgeregter und zugleich unterdrückter Wut unter. Überall blitzen den drei Freunden dieselben skeptischen Gesichter entgegen.

»Sie waren es!« Die gehässige Stimme von Ophelia schwappt an ihre Ohren. »Ich weiß es, sie waren es!«

Okaaay … ist das die nächste einstudierte Ophelia-Inszenierung oder ist wirklich etwas vorgefallen? Yosi überkommt ein leiser Verdacht, wem diese Anschuldigung gelten soll. Sie stützt sich mit den Händen auf den Schultern ihrer Freunde ab und stellt sich auf die Zehenspitzen, um mehr sehen zu können. Mit gemischten Gefühlen schielt sie über die Köpfe hinweg und glaubt weit vorne Ophelia und daneben Bezold – und ist das Agon an seiner Seite? – zu erblicken. Kaum entdeckt, bahnt sich die Professorin zielstrebig zwischen den Studenten einen Weg in ihre Richtung, dabei verfinstert sich ihre Miene bei jedem Schritt, den sie näher kommt.

»Ihr drei, mitkommen!« Agons Worte kommen einem Befehl gleich.

*Was zum Teufel ist hier los?*

Yosi weiß nicht, wer dämlicher aus der Wäsche guckt. Sie oder ihre Freunde. Augenblicklich zwingt sie ihren Blick an Agon vorbei, bis er an Ophelia haftenbleibt, die in diesem Moment die Arme vor der Brust verschränkt. Ihre Ausstrahlung schreit: *Der Sieg ist mein!*

»Los!«, befiehlt Agon noch einmal energisch. »Mitkommen!«

Wortlos folgen Yosi und ihre Freunde der Professorin zum Gemeinschaftsraum der Lehrer. Im Nacken das ekelhafte Kribbeln, genährt aus den Blicken der anderen. Vor allem von einer – Ophelia.

»Wie war das noch mal damit, die Worte *Ophelia* und *nützlich* in einem Satz zu verwenden?«, schimpft Livia zischelnd.

»Okay, okay, diese Option ist ein für alle Mal gestrichen. Nun zufrieden?«

»Hm, lass mich mal überlegen. Kommt ganz drauf an, ob wir hier wieder lebend rauskommen«, entgegnet Livia immer noch sichtlich genervt und folgt ihren Freunden ins Innere des Lehrerzimmers.

Agon drückt die Tür hinter ihnen ins Schloss, wirbelt herum und schreitet auf den prächtigen Tisch aus dunklem Nussbaumholz zu, der in der Mitte des Raumen steht. Die Platte ruht auf schweren Schubladensockeln, aus demselben Holz gefertigt. Abgenutzte Lackstellen und der matte Glanz des Möbelstücks lassen sein Alter erahnen. Es wirkt so alt wie die Mauern um ihn herum. Vermutlich ist sein Platz seit Jahrhunderten in diesem Raum.

»Nun?« Die Augen der Professorin funkeln misstrauisch und ihr melodischer Unterton ist verschwunden. »Habt ihr mir irgendetwas zu sagen?«

Yosi ist sich sicher, dass nicht nur über ihrem Kopf ein überdimensionales Fragezeichen aufleuchtet. Verstörte Blicke werden unter den Dreien ausgetauscht, die danach verunsichert zu Agon zurückwandern.

»Was ist denn überhaupt los?«, bricht Yosi schließlich das Schweigen.

»Ihr wisst, dass Diebstahl an der Akademie nicht geduldet wird«, antwortet Agon mit gebieterischer Stimme.

»Diebstahl?«, krächzt Yosi. »Professorin, wir haben nichts gestohlen.«

»Könnt ihr mir dann freundlicherweise erklären, warum Ophelia sich so sicher ist, dass ihr hinter dem Verschwinden ihres Silberschmucks steckt?«

Fassungslos und eindringlich zugleich betrachtet Yosi ihre Vertrauensperson. Die Härte in ihrem Gesicht, die stocksteife Körperhaltung, der prüfende Blick, all das ist ihr fremd. Weder Yosi noch ihre Freunde bringen ein Wort heraus, geschweige denn einen sinnvollen Satz.

Aarons Wangen verfärben sich rot, dann räuspert er sich befangen. »Was soll das?!, empört er sich und Yosi ist froh, dass er seine Stimme wiedergefunden hat. »Das ist eine gemeine und infame Unterstellung!«

»Kinder, das ist eine ernste Sache. Anschuldigungen von Diebstahl wurden erhoben, und zwar gegen euch«, redet Agon weiter und ihre Augen scheinen immer mehr hervorzutreten.

»In der Tat, genauso ernst wie Verleumdung«, kontert Aaron ruhig, doch Yosi kann die Wut aus seiner Stimme heraushören. Sein Sinn für das Wesentliche ist in dieser Situation echt Gold wert.

»Professorin, es ist kein Geheimnis, dass Ophelia und wir drei nicht die dicksten Freunde sind«, fügt Yosi nach einem kurzen Moment hinzu. »Was noch lange nicht bedeutet, dass wir automatisch als Tatverdächtige gelten müssen.«

»Versteht mich nicht falsch«, fährt Agon fort und ihre Stimme hat wieder den vertraut melodischen Klang zurückgewonnen. »Das hier soll keinesfalls ein Verhör werden, noch möchte ich voreilige Schlüsse ziehen.«

*Tatsächlich? Das wirkte eben noch ganz anders,* denkt Yosi. Aber sie wird sich hüten, diesen Gedanken laut auszusprechen.

»Ich möchte lediglich euren Teil der Geschichte hören«, fährt sie fort.

»Es gibt keinen Teil der Geschichte«, erhebt Livia ihre Stimme. »Wir haben nichts mit der Sache zu tun.«

»Stimmt genau«, pflichtet Yosi ihrer Freundin bei. »Bis gerade eben wussten wir nicht einmal, um was es hier überhaupt geht.«

»Zudem …« Nun ist es Livia, die sich räuspern muss, weil ihre Stimme plötzlich so belegt klingt. »… ich vermisse selber seit einigen Tagen meine Halskette. Der Anhänger ist ein silberner Schlüssel.«

Agon mustert Livia mit ihren hellbraunen Augen. »Warum, wenn ich fragen darf, hast du das nicht gemeldet?«

»Ich dachte, nein vielmehr hoffte ich, dass ich die Halskette bloß verlegt habe und sie die Tage wiederfinden werde. Aber leider vergeblich.«

Agon hebt ihr Kinn an und gleichzeitig auch ihre Brauen. Die Geste lässt im Unklaren, ob sie ihrer Geschichte wirklich glaubt, aber nach einem tiefen Atemzug sagt sie: »Nun gut, ihr dürft euch wieder zurückziehen.«

Stumm treten die drei hinaus.

Während Yosi die Tür hinter sich und ihren Freunden zuzieht, fragt sie sich, wie viel sie sich von dieser miesen Schlange eigentlich noch gefallen lassen müssen und in Gedanken weiß sie längst, wohin sie Ophelia schießen will:

Per One-Way-Ticket

**AUF DEN MOND...**

**auf nimmer wiedersehen!**

# Kapitel 8

## Zwischen Buchstaben und Gefühlen

Yosi ist froh, nach dem Mittagessen nach draußen zu kommen. Aaron ist bei Professor Bezold in der Viritimstunde und Livia muss unbedingt noch die Arbeit über Pflanzenkunde für ihren Mentor fertig schreiben. Nach all den sich überschlagenden Ereignissen, der heutigen Schulstunde bei Phasmo und Ophelias *Ich-bin-beklaut-worden*-Inszenierung braucht Yosi ein paar Minuten für sich alleine. Außerdem kommt es ihr immer noch so vor, als starre sie jeder wegen Ophelias filmreifer Darstellung ihrer Viritimstunde an. Tja, sie ist halt die mit dem grässlichen Mentor, dazu gehört passenderweise der grässliche Tratsch von Ophelia.

Jetzt nimmt Yosi den schnellsten Weg nach draußen und schreitet über den schmalen Kiesweg, der sich durch den hübschen Rasen des Hinterhofs schlängelt.

Sie atmet einmal tief durch und verlangsamt ihre Schritte. Gemächlich folgt sie dem gewundenen Pfad, der einige Meter weiter am Gewächshaus der Mederios endet. Der kühle Wind peitscht ihr die Regentropfen ins Gesicht und ein paar Haarsträhnen kleben ihr innerhalb weniger Sekunden an den Wangen. Doch das stört sie nicht. Nicht im Augenblick zumindest. Am späteren Abend macht ihre Klasse eine Nachtwanderung, eine exklusive Exkursion. Wenn das Wetter nicht mitspielt, könnte es ziemlich ungemütlich werden, so durch den Wald zu streifen. Wobei, *Unterricht außerhalb der Mauern* einer echten Sensation gleich kommt. Ductus wird extra für eine Minute das Energiefeld ausschalten, damit sie das Gelände verlassen können! Die Professoren müssen absolutes Gottvertrauen haben, dass sie sich so sicher sein können, dass keiner der

Studenten den Radius der Exkursion nicht noch um ein paar Kilometer erweitert. Natürlich ist Yosi auch klar, dass Ductus diesbezüglich sicher irgendwelche Gegenmaßnahmen ergriffen hat und sie vermutlich nicht alleine losziehen lassen wird. Leider türmen sich die Wolken gerade zu einer schwarzgrauen Wand empor, bieten aber einen reizvollen Kontrast zu den ersten zarten Knospen und Blüten der Frühlingspflanzen. Um ihr Gesicht vor dem Regen zu schützen, schreitet Yosi mit gesenktem Kopf über den Weg. Sie kann das Plätschern des Brunnens hören. Ein Geräusch, das ihr eigentlich immer Beruhigung schenkt, ähnlich wie der Klang einer Panflötenmelodie. Es ist jener Brunnen, an welchem sie Milo vor zwei Tagen so Romeo-und-Julia-mäßig von ihrem Turmzimmer aus hat stehen sehen. Der Brunnen des Hinterhofs liegt viel abgeschiedener und ruhiger als der im Innenhof. Gedankenverloren schlägt sie den Weg dorthin ein. Vielleicht hilft das leise Plätschern des Wassers, etwas ruhiger zu werden und einige Dinge klarer zu sehen.

Langsam folgt sie der Biegung und erwischt sich dabei, dass ihre Gedanken zu Milo wandern – schon wieder –, diesem hinreißenden Typen, der so unverhofft hier an der Akademie aufgetaucht ist. Plötzlich durchzuckt sie ein Gedanke: Was, wenn er mehr in die ganze Tutami-na-Maulwurf-Verräter-Sache verwickelt ist, als sie glaubt? Nein, das kann nicht sein. Sie spürt selbst, wie sie nervös den Kopf schüttelt. Das würde Ductus bestimmt sofort bemerken.

Stimmt das, würde er?

*Aber Damian, deine Gabe …* blitzen Agons Worte wie ein Wetterleuchten in ihr auf.

Also wieso ist Milo hier? Zufall? Hm. Wenn Yosi eines gelernt hat, dann das: Sowas wie Zufall gibt es nicht. Musste er einfach in regelmäßigen Abständen Bericht erstatten? Ach, was spielt es für eine Rolle. Seit der gestrigen Begegnung auf dem Korridor scheint er wie vom Erdboden verschluckt. Vergeblich hat sie nach ihm Ausschau gehalten, von Milo fehlt jede Spur.

Ein lauter Seufzer entweicht ihr, er klingt so schwer, als trage sie die Last der Welt auf ihren Schultern. Sie muss es sich endlich eingestehen: Sie möchte ihn unbedingt wiedersehen.

Yosi ist vollständig in die Träumerei von Milo als Romeo und sich als Julia versunken – mit dem winzigen Unterschied, dass ihre stürmische Liebesgeschichte noch nicht einmal begonnen hat! Erst, als auf einmal eine grobe Männerstimme laut wird, bemerkt sie, dass sich in dem idyllischen Hinterhof noch andere Menschen befinden.

»Du bist ein einziges Fiasko, Thaddeus!«

Yosi ist geschockt, wie gehässig diese Stimme klingt.

Phasmo …

Unwillkürlich bleibt sie neben dem Gewächshaus stehen.

»Es ist schon anstrengend genug, dass du mein Schüler bist und ich dich deshalb die Kunst der Gliscos lehren muss«, sagt Phasmo mit zorniger Stimme. »Aber dass du nicht mal den Anstand besitzt, dich halbwegs zu bemühen … Ich erwarte wahrlich kein Wunder und auch keinen Eins-A-Musterschüler. Aber ich setze voraus, dass diese Einzelstunde dir so viel bedeutet, dass du wenigstens die Größe besitzt pünktlich zu erscheinen.«

»Ich hab' es völlig vergessen. Es tut mir leid, ehrlich.«

Thaddeus sitzt auf einem Felsbrocken, Phasmo steht vor ihm und läuft gereizt hin und her. Jedes Mal, wenn er die Hand bewegt, blitzen purpurne Linien an seinem Handgelenk auf. Es sieht faszinierend aus und steht im völligen Gegensatz zu seiner scheußlichen Stimme.

»Oder hast du vielleicht vergessen, wozu du hier bist?«, schimpft er aufgebracht.

»Nein, bestimmt nicht.«

Phasmo scheint Thaddeus' Gemurmel gar nicht zu registrieren, genauso wie ihre Anwesenheit. »Schwer genug, mich mit dem Umstand abzufinden, dass ich hier unterrichten soll und nicht mehr draußen agiere. Aber ich habe mich damit getröstet, dass ich die Studenten zu erfolgreichen und mächtigen Gliscos ausbilden kann. Ja, ich war der festen Überzeugung, dass mir das gelingt. Doch du …«, er zieht eine hässliche Fratze und streift sich eine paar Haarsträhnen aus der Stirn, »… bist tatsächlich erbärmlicher als alle, die ich je ausgebildet habe. Du ziehst den Namen Glisco in den Schmutz. Wie willst du da draußen überleben? Weiß der Geier, was da alles für Gefahren auf dich lauern, ist dir das überhaupt bewusst?« Phasmo macht eine kleine Pause, als müsse er sich erst mal wieder einkriegen.

Okay, Thaddeus ist nicht Yosis Lieblingsmitschüler, aber er ist in Ordnung. Also ist es ziemlich mies, hier zu stehen und unfreiwillig mitanzuhören, wie ihr Mentor ihn in den Schmutz zieht. Nur was tun? Vorbeigehen und so tun, als wäre nichts dabei – oder besser umdrehen?

Schon holt Phasmo zur nächsten Schimpftirade aus. »So ein Benehmen kann ich nicht tolerieren. Du enttäuscht mich als deinen Mentor und auch als Glisco.« Blitzschnell, wie eine geifernde Raubkatze, schnellt sein Gesicht zu Thaddeus, ist plötzlich so nah vor seinem, dass sich ihre Nasenspitzen berühren. Yosi zuckt erschrocken zusammen und kneift die Augen zu. Eigentlich rechnet sie damit, dass Thaddeus sich davon nicht einschüchtern lässt, doch sie hat sich geirrt. Er schrumpft zu einem winzigen Häufchen Elend zusammen und zieht den Kopf zwischen die Schulterblätter.

*So, Yosi, das reicht! Dreh um und stiehl dich ganz leise weg!*, sagt sie sich.

Also tut sie es.

Auf Zehenspitzen zieht sie sich zurück, erreicht die Hecke neben dem Gewächshaus, die nur ein paar Schritte entfernt liegt. Gleichzeitig hört sie ihren Mentor laut schnauben und als sie einen hastigen Blick über die Schulter wirft, bekommt sie gerade noch mit, dass Thaddeus sich erhebt. Mit immer noch eingezogenem Kopf und ohne den Blick seines Mentors zu erwidern, murmelt er abermals: »Es tut mir leid.«

Um nichts in der Welt möchte Yosi wissen, wie mies sich Thaddeus in diesem Augenblick fühlt – sie will nur noch weg.

Mit rasendem Puls, so laut pochend, dass Yosi Angst bekommt, Phasmo könnte es hören, geht sie den eben erst gekommenen Weg zurück und flitzt leise den Pfad hinunter. Entfernt sich vom Gewächshaus und dem Plätschern, das ihr Beruhigung hatte schenken sollen. Yosi läuft immer schneller und schneller, bis sie den Hinterhof weit hinter sich gelassen hat. Notgedrungen beschließt Yosi die freie Stunde anderweitig zu nutzen und sich endlich ein paar Hintergrundinfos zum Thema Tutamina zu beschaffen. Anstelle des Weges zum Gemeinschaftsraum schlägt sie den Weg zur Bibliothek ein. Diese liegt im zweiten Stock des hinteren Teils der Akademie und nimmt eine große Fläche, mit einem weiteren verschlossenen, für die Studenten nicht zugänglichen, Bereich ein. Hohe Bücherregale säumen die Wände und lange Leitern bieten die Möglichkeit, zu den obersten Regalböden zu gelangen. In der Mitte des polierten Parkettbodens ist das Wappen der Phoenicrus eingelassen und wird ringsum von ornamentartigen Mustern geschmückt. Einige Tische ermöglichen es, sich zu setzen, zu lesen oder an einem Computer zu recherchieren.

Selten erreichte sie das Reich der Bücher schneller als heute und drückt, völlig außer Atem, die Tür auf. Gleich neben dem Eingang versteckt sich ein weiterer Schreibtisch, hinter dem ein dünner alter Mann mit weißem Haar sitzt. Es ist Professor Guillon, der sich dieses Jahr vom Zeichenunterricht pensionieren ließ. Nun betreut er die Bibliothek, solange es seine müden Knochen erlauben. Mehr als die Hälfte seines Gesichtes verschwindet hinter seinem Bart, aber wachsame Augen blitzen Yosi entgegen, als sie vor den Tisch tritt. Ansonsten wirkt der Raum wie ausgestorben.

»Yosephine, was für eine angenehme Überraschung«, begrüßt er sie mit einem freundlichen Lächeln. »Mit was kann ich dienen?«

»Darf ich einen der Computer benutzen?«

»Selbstverständlich. Such dir einen aus, du hast die freie Auswahl«, schmunzelt er in seinen Bart.

Yosi weiß zwar nicht, ob sie einen Großvater hat, wenn ja, stellt sie ihn sich aber genauso vor.

»Danke«, lächelt sie und schreitet zu dem Computer, der am weitesten entfernt liegt. Schließlich will sie nicht unnötig riskieren, dass einer der Professoren einen Blick auf den Bildschirm werfen kann. Okay, Guillon ist nicht mehr der Jüngste und seine Sehstärke vermutlich ebenso wenig, aber sicher ist sicher. Natürlich ist ihr bewusst, dass sie auch mit der Recherche im Archiv Spuren hinterlassen wird (Mist, Aaron und sein Computerwissen wären gerade Gold wert!), aber irgendwo muss sie einfach anfangen. Sie klickt sich ins System, durchforstet verschiedene Berichte, aber in erster Linie sucht sie nach einem ganz bestimmten Thema. Was hatte Ductus gesagt:

*Müssen wir dich daran erinnern, dass wir dem letzten Tutamina diese Hetzjagd des Grauens verdanken?*

Deshalb durchkämmt sie das Archiv nach der Hetzjagd von 1749. Doch nach den ersten, erfolglosen Klicks beschließt der Computer den Geist aufzugeben.

»Blödes Mistding!«, schimpft sie, doch wie sich herausstellt, kommt dieses Rumgezicke gerade zum richtigen Zeitpunkt. Denn plötzlich wird die Tür schwungvoll aufgerissen. Sie wirft einen hastigen Blick zum Bildschirm. Er ist immer noch pechschwarz. Gut. Dann hebt Yosi den Blick und erstarrt.

Oh. Mein. Gott!

Milo.

»Hey, Yosephine.«

Wie tief und sexy seine Stimme klingt.

»Tut mir leid, hab' ich dich bei etwas Wichtigem gestört?«

*Hör auf ihn so verblödet anzustarren!,* schreit Yosis innere Stimme in ohrenbetäubender Lautstärke. »Ähm … nein … also …« *Himmel, sprich in ganzen und verständlichen Sätzen.*

»Okay«, lächelt Milo und legt ein Buch auf die Theke.

Yosi starrt ihn einfach nur an. Wie jetzt, will er etwa schon gehen?

»Ich musste nur eben für Ductus ein Buch bei Guillon abgeben. Wie mir scheint, bist du gerade am Büffeln. Also …« Milos Lächeln bewirkt, dass ihr Herz sich so leicht anfühlt wie eine Feder. Er winkt ihr mit einer coolen Handbewegung zu und seine Hand umfasst bereits die Türklinke. »War schön, dich zu sehen.«

»Ich büffle gar nicht und du hast mich auch nicht unterbrochen«, platzt es endlich aus ihr heraus und sie bringt dabei sogar einen ganzen und vernünftigen Satz zustande. Doch die Worte springen so schnell aus ihrem Mund, dass sie sich verhaspelt. »Also ja, irgendwie schon, aber ich freue mich über die Unterbrechung.« Wie ein Einfaltspinsel grinst sie ihn an.

»So, du freust dich? Dann haben wir ja was gemeinsam.« Seine einzigartigen Augen funkeln schelmisch und hinreißend zugleich. Und ihr Herz flattert höher, immer höher.

*Kann mich bitte jemand festbinden?*

»Hey, du warst die erste Gebrannte, die ich geholt habe. An dich werde ich mich garantiert mein Leben lang erinnern.«

»Ehrlich?«, kichert Yosi. Es klingt noch einfältiger als sie sich fühlt.

»Ja, großes Indianer-Ehrenwort.« Auch er grinst, aber alles andere als einfältig, viel eher unwiderstehlich.

Okay, okay. Sie muss etwas sagen, irgendwas. Das kann doch nicht so schwer sein. Sie räuspert sich befangen, ignoriert das Glühen ihrer

Wangen und spricht die erste Frage aus, die ihr durch den Kopf schießt. »Bleibst du länger hier?«

»Ich weiß nicht so recht …«, antwortet er ausweichend. »Ich muss auf jeden Fall noch eine Sache für Ductus erledigen.«

*Eine Sache für Ductus erledigen?*

Yosi stockt der Atem. Etwa den Tutamina ausschalten?

*Wer entscheidet über Leben und Tod?*, hallt die Frage wie ein Echo in ihrem Innern wider. Klebt an den Fingern dieses atemberaubenden und hinreißenden Kerls womöglich der Tod?

Sie starrt ihn an und ihr wird heiß und kalt zugleich. Wie ferngesteuert nickt sie, als er mit dem Kinn auf den leeren Stuhl neben ihr deutet und fragt: »Darf ich?«

Schweigend beobachtet Yosi, wie Milos Finger die Stuhllehne umfassen und beiseite ziehen, ehe er sich in eleganter Lässigkeit darauf niederlässt. »Ist alles okay?«

»Klar, ich habe nur …« Sie spricht nicht weiter.

Milo rückt mit dem Stuhl geräuschvoll ein Stück näher und stützt sein markantes Kinn auf seiner Hand ab.

Und Yosi? Sie ertappt sich einmal mehr dabei, wie sie die goldblonden Härchen an seinem muskulösen Unterarm betrachtet. Es lockt sie, ihre Hand auszustrecken und ihn zu berühren.

»Nur … *was?*«, schmunzelt er – so verführerisch.

»… nur gerade meinen Kaugummi verschluckt.«

Er lacht. »Oh, ein tragischer Kaugummi-Todesfall. Willst du dich dann lieber ungestört und angemessen von deinem Kaugummi verabschieden?«

»Nein … ich … ich werde diese Zeremonie einfach auf später verschieben«, sagt Yosi kichernd und denkt: *Himmel, wie peinlich! Kann ich mich bitte auf der Stelle in Luft auflösen?*

Okay, okay. Sie muss einfach nur daran denken, dass Milos Herz für eine andere schlägt und gleichzeitig den Gedanken, dass er der atemberaubendste Nova-Phoenicru ist, für immer aus dem Gehirn löschen. Gut, das klingt nach einem Plan, der funktionieren könnte.

Sie klackert nervös auf der Tastatur herum, weil der Computer eben wieder zum Leben erwacht und klickt die Seite weg.

»Für welches Fach paukst du denn gerade?«

Sie blickt auf und versinkt in seinen schwarzen Nachthimmel-Augen. Nein, nein, nein! *Nicht daran denken, wie unglaublich schön seine Augen sind,* befiehlt sie sich energisch. Hey, er hat in seinem Herzen nur Platz für *eine* Frau. Außerdem ist er bestimmt nur nett zu ihr, weil sie seine erste Gebrannte war. Mehr nicht. Er ist zufälligerweise zur selben Zeit in der Bibliothek wie sie. Ein spontanes Aufeinandertreffen.

»Ähm … lass mich diese Stille mal eben deuten: Du kannst nicht darüber reden, richtig?«, grinst er und streift sich durch sein blondes Haar. Ist er verlegen?

»Na ja, es gibt Dinge, über die rede ich nicht einmal mit mir selber«, entgegnet Yosi und ist froh, sich endlich wieder etwas entspannter zu fühlen. *Zum Beispiel über dich!,* hängt sie für sich noch an und hofft nur, dass er als Susurro nicht auch gleichzeitig mit hyperaktiven Wahrheitssensorenkräften ausgestattet ist. (He, das muss sie unbedingt mal Aaron fragen!)

»Alles klar«, grinst er so unverschämt. »Und ich wollte eigentlich die Welt erobern, aber das Wetter spielt nicht mit. Und du musst es mir nicht sagen, wenn du nicht willst. Kein Thema.«

Nun muss sie auch lachen. »Nein, so ist das nicht.«

Wirklich nicht? Hat er damit nicht die Sache auf den Punkt gebracht? Die eigentliche Frage lautet: Kann sie ihm vertrauen? Sie zieht scharf die Luft ein. »Es ist komplizierter als du denkst.«

»Gehe ich richtig in der Annahme, dass wir hier nicht über irgendein Schulfach oder dergleichen diskutieren?« Bei seiner Frage deutet er zum Bildschirm hinüber.

Yosi nickt hastig und überlegt fieberhaft, wie zum Teufel sie darüber sprechen soll, ohne sich dabei selbst zu verraten. Er soll nicht erfahren, dass sie gestern heimlich gelauscht hat. »Ich bin hier, um etwas im Archiv zu recherchieren. Es ist so: Ich hab da eine gewisse *Sache* aufgeschnappt und der muss ich unbedingt auf den Grund gehen. Weil – weil es mir sonst keine Ruhe lässt. Wenn dem so ist, wie ich vermute, dann …« Sie hält mitten im Satz inne. Grundgütiger, was schwafelt sie da für einen Blödsinn zusammen? Sie muss klingen wie das naivste Dummchen.

Aber es blitzt kein Schimmer von Hohn oder Spott in Milos Augen auf. Im Gegenteil, er beugt sich noch weiter vor und scheint ernsthaft über ihre wirren Worte nachzugrübeln.

»… dann brauchst du vielleicht jede Unterstützung, die du kriegen kannst?«

»Vielleicht – ja«, sagt Yosi gedehnt und fragt sich, ob er ahnt, von was sie spricht? »Leider ist die ganze Sache nicht so einfach. Ich brauche noch etwas Zeit. Und mehr Infos.«

Sie tippt abermals auf die Seite, die sie vorhin bereits geöffnet hat und der Bericht ploppt im Bildschirm auf, dann deutet Yosi mit dem Kopf in Milos Richtung. Sein Gesicht ist so nah vor ihrem, dass sie seinen warmen Atem auf der Wange spürt. Und obwohl sie weiß, dass er seine Augen nur über den Bericht der Hetzjagd wandern lässt, durchrieselt ihr Bauch ein Kribbeln.

Verlegen dreht sie ihren Kopf ein Stück weit in seine Richtung und fragt sich in diesem Moment, ob Ductus ihn vielleicht an die Akademie beordert hat. Nicht nur, um Bericht zu erstatten, sondern wegen der unsichtbaren Gefahr, die aufzieht? Möglich wäre es …

Sie reißt ihren Blick von ihm los, zeigt auf den letzten Abschnitt und fügt eher für sich lächelnd hinzu: »Ich frage mich, ob hinter dieser Hetzjagd vielleicht nicht eine unsichtbare und unbesiegbare Macht steckte?« Noch während sie die Worte ausspricht, hört sie, wie Milo ruckartig die Luft einsaugt.

»Du weißt von der Gefahr?«, raunt er und seine tiefe Stimme überzieht sie mit Gänsehaut.

Für eine Sekunde ist Yosi unsicher, wie sie reagieren soll, dann nickt sie und sieht ihm direkt in die Augen. Sie sind schwarz wie die Nacht. Unendlich tief. Unendlich verführerisch. »Du offenbar auch«, flüstert sie heiser.

»Deswegen bin ich hier.« Seine Stimme ist so leise, dass sie kaum versteht, was er sagt. Doch sie registriert, dass er sie mustert. Nicht zweifelnd oder vorwurfsvoll, viel eher liegt Neugier darin. »Wie kommt's, dass du darüber Bescheid weißt?«

»Wie bereits erwähnt, habe ich rein zufällig etwas aufgeschnappt«, antwortet Yosi ausweichend und spürt, wie ihre Wangen immer heißer werden. Milo ist nicht auf den Kopf gefallen und kann wahrscheinlich eins und eins zusammenzählen: seine Diskussion bei Ductus, dann ihre Begegnung auf dem Korridor vor dem Thai-Chi-Raum …

»*Rein zufällig*, alles klar«, sagt er verschmitzt. Dann hebt er ganz langsam die Hand und nähert sich ihrem Gesicht. Yosis Herz klopft wie wild, als er ihr eine Haarsträhne hinters Ohr streicht. Er zieht die Hand nicht zurück. Sie will etwas sagen, etwas erwidern, irgendeine Reaktion hervorbringen, aber sie kann keinen Muskeln rühren.

»Du, Yosi?«, flüstert Milo. Es ist das erste Mal, dass er sie nicht Yosephine nennt.

»Hm …?«, haucht sie atemlos und schließt die Augen.

Sie fühlt seinen Atem, wie er von ihrem Nacken hin zu ihrer Wange wandert, weiter über die Nase. Nun berührt er prickelnd ihre Lippen. Nur mühevoll widersteht Yosi dem Verlangen, ihm die Arme um den Hals zu schlingen. Ihr Atem geht schnell, genau wie das Klopfen ihres Herzens, als ihr plötzlich Livias Plan in den Sinn kommt. »Ich wollte dich noch fragen, ob –«, murmelt sie, ohne abzuwarten, was er eigentlich fragen wollte, doch sie kommt nicht weit.

»Sorry Leute, wenn ich störe«, drängt sich eine weibliche Stimme total unpassend dazwischen. »Ductus schickt mich. Er braucht ganz dringend deine Unterstützung, Milo.«

Wunderbar! Großartig! Fabelhaft!

Ophelia.

Yosi stirbt fast vor lauter Schreck.

Und mit dem Schreckensmoment zerbricht die zauberhafte Stimmung, die sie und Milo umgarnte, von einer Sekunde auf die andere zu einem Scherbenhaufen. Beinahe kann sie sie splittern hören. Wie ein feiner Riss in ihrer gläsernen Verliebtheit.

Milo zieht hastig die Hand von ihrem Gesicht zurück und steht auf. In der eiligen Bewegung bringt er den Stuhl zum Kippen und fängt ihn im letzten Moment auf, bevor er krachend auf den Parkettboden fällt. Er scheint nicht weniger durcheinander als Yosi, aber mit einem Mal flackert ein Glanz in seinen Augen. Aus dem faszinierenden Schwarz wird ein distanziertes Dunkel.

»War schön mit dir zu reden, Yosi«, sagt er förmlich. Dann huscht ein höfliches, korrektes Lächeln über seinen Mund.

Sein Verhalten fühlt sich wie ein eiskalter Windhauch an. Wie festgetackert bleibt Yosi sitzen und gibt sich enorm beschäftigt, indem sie wie eine Irre auf die Tasten hämmert.

Sie hört, dass Milo Ophelia aus der Bibliothek folgt und als habe sie keinen Einfluss auf ihren Verstand, dreht sie den Kopf und sieht ihm nach. Aber er geht aus dem Raum hinaus, ohne ihr einen letzten Blick zu schenken. Nur Guillon bedenkt sie mit einem leidgeprüften Lächeln.

Unvermittelt bleibt Ophelia stehen, wendet ihren Kopf und sieht Yosi unverblümt an. Auf ihren Lippen liegt ein Lächeln, fremd und triumphierend zugleich. Und da erinnert sich Yosi endlich wieder: Mist, Milo ist vergeben!

»Ich wollte dich noch fragen, ob du mir hilfst den Verräter zu entlarven«, spricht Yosi leise die Frage aus, die ihr vorhin auf der Zunge lag. Aber das hört Milo längst nicht mehr, denn die Tür schließt sich in dieser Sekunde zwischen ihnen.

***

Immer noch vor sich hin schimpfend von wegen Männer und ihr eindeutig zweideutiges Benehmen, trifft Yosi eine Entscheidung. Sie will, nein sie *muss* das mit Milo und wie Ophelia dazwischengeplatzt ist, unbedingt Livia erzählen. Sonst dreht sie noch durch.

Auf dem Weg schwirren ihr Hunderte von Gedanken durch den Kopf. Ganz ehrlich, sie weiß nicht, wie sie diese Herz-ausschütten-Angelegenheit angehen soll. Beim bloßen Gedanken daran verknoten sich ihre Eingeweide.

Sie huscht von der Bibliothek die Treppe hinunter, weiter zum Gemeinschaftsraum, und versucht dabei, sich mühevoll die Worte zurechtlegen, die sie Livia sagen möchte. Tja, sie kann es drehen und wenden wie sie will, um die Tatsache, dass Milo ihr gefällt, kommt sie nicht herum. Auch Aaron ins Vertrauen zu ziehen, dazu fühlt sie sich noch nicht in der Lage. Nicht, dass er nicht auch ein guter Freund ist, aber sie hatte selbst noch kaum Gelegenheit, das alles zu verarbeiten. Beim Gedanken daran, wie Aaron alles bis ins kleinste Detail auseinanderpflücken und analysieren würde, ziehen sich ihre Eingeweide nur noch mehr zusammen.

»Aber ich schwöre es, Professor! Es ist die Wahrheit!« Die hysterische Stimme unterbricht Yosis Gedankenwirrwarr und lässt sie abrupt stehenbleiben. Momentan scheint sie sich in einer regelrechten unfreiwillig-fremde-Gespräche-mitanhören-Spirale zu drehen.

Ist das Ophelia?

Die Worte kommen aus dem Gemeinschaftsraum der Professoren, so laut, dass Yosi jedes Wort verstehen kann. Dennoch … diese Stimme klingt nicht nur verwirrt und fremd, sondern ganz weinerlich, wenn nicht gar angsterfüllt.

»Das mit der Wahrheit ist so eine Sache«, erwidert eine Männerstimme. Unverkennbar Ductus. Doch seine Tonlage ist eiskalt. »Eine Sache, die dir nicht unbedingt im Blut liegt. Und ich wünsche in der Zukunft keine weiteren solcher Zwischenfälle, verstanden?«

Nichts wie weg hier.

Yosi will eben weitergehen, als Ophelias Worte sie erstarren lassen.

»Nein, Professor, Sie … Sie haben gefragt. Ich habe Ihnen nur berichtet, was ich erlebt habe. Das ist alles.«

Wovon redet Ophelia?

Verdammt! Ist sie etwa bei Ductus, um ihm schnellstmöglich und auf heimtückische Weise unter die Nase zu reiben, dass Milo sie um ein Haar geküsst hat?

Unruhig sieht sich Yosi im menschenleeren Gang um. Klar, eigentlich sollte sie einfach weitergehen, doch was, wenn dieses hinterhältige Biest tatsächlich über sie und Milo herzieht? Das will, nein *muss* Yosi herausfinden. Auch wenn Ductus Ophelias Aussage scheinbar stark anzweifelt, soweit Yosi das beurteilen kann.

Anstatt auf dem Absatz kehrt zu machen – was zweifelsohne die klügere Entscheidung gewesen wäre! Aber hat sie eine Wahl? –, schleicht sie hastig hinter die halb verdorrte Zimmerpflanze in der Nische, die direkt neben der Zimmertür steht und hofft, dass niemand vorbeikommt und sie hier entdeckt.

»Manchmal frage ich mich ernsthaft, ob du den Sinn der Kodexe verstanden hast, Ophelia? Du berichtest mir von Dingen, die nicht der Realität entsprechen und die anderen ernsthaft schaden können! So bin ich nicht gewillt, dir weitere Viritimstunden zu erteilen.« Ductus' Worte sind so erfüllt von Wut und gebieterischer Kraft, dass Yosi förmlich spürt, wie sie über ihr Gesicht peitschen. »Ich verlange von dir, dass du noch einmal gründlich über meine Worte nachdenkst und künftig nicht mehr solche zwielichtigen oder gar obskuren Behauptungen über meine Lehrkräfte oder Phoenicrus aufstellst.«

Ophelia hat *definitiv* gepetzt. Elendes Miststück! Yosi ist sich zwar immer noch nicht sicher, ob sie Ductus von *ihnen* erzählt hat – aber irgendjemanden verpfiffen hat sie auf jeden Fall.

»Wir sprechen nächsten Montag in deiner Viritimstunde ausführlich über deine Zukunft. Hast du mich verstanden?« Er klingt noch immer aufgebracht und dehnt die Worte bis zum Zerreißen.

»Aber … aber P-Professor, ich w-wollte Ihnen doch bloß berichten, was passiert ist …«, bringt Ophelia zwischen ersticktem Schluchzen hervor, »… wie S-Sie gesagt haben, über alles, was vor sich ge-eht.«

Hallo? Hat die eine Vollmeise? Es wäre lächerlich, wenn sie wirklich die Sache mit Milo meint. Dann tut ja gerade so, als wäre es ein Gesetzesbruch, sich (fast) zu küssen.

»Es wäre sinnvoll, wenn du dich mal mit dem Gedanken auseinandersetzt, wie du aufgrund deines egoistischen Benehmen den Grundsatz-Kodex verletzt. Du hast deine Fähigkeit missbraucht, um andere an die Wand zu stellen.«

*Fähigkeit missbraucht? Wovon zum Teufel redet Ductus?*

Obwohl Yosi einiges gewohnt ist – vor allem mit ihrem Prachtexemplar von Mentor –, hat sie selten solche Erbarmungslosigkeit und Härte in einer Stimme wahrgenommen. Sie nimmt es nicht nur wahr, sie spürt es bis ins Innerste. Ein fremder Unterton schwingt in Ductus' Stimme mit und dieser Klang verängstigt sie nicht nur, sie bekommt es richtig mit der Angst zu tun. Ein bedrohliches Gefühl, das Worte nicht wiedergeben können. Und führt ihr deutlich vor Augen, was für eine ungeheure Macht in ihm verborgen ist. Vielleicht ist das der Grund, weswegen sie nicht gegen dieses rumorende Gefühl in der Magengegend ankommt, dass Ductus' Wut ungerechtfertigt ist, auch wenn sein gehässiges Verhalten eine Reaktion darauf ist, dass Ophelia sie vielleicht (vielleicht aber auch nicht!) auf unschöne Weise beim Schulleiter schlecht gemacht hat.

»Bitte, Professor, denken Sie nicht so von mir«, wimmert Ophelia leise. »Es wird nicht wieder vorkommen, versprochen!«

»Ich denke überhaupt nichts, sondern führe dir lediglich vor Augen, was *du* bedenken sollst und was du für einen Eindruck auf deine Außenwelt machst. Spüre in dich hinein und werde dir bewusst, wo du im Leben stehst.« Auch wenn Yosi das Gesicht des Schulleiters nicht sehen kann, so fühlt sie seinen unterdrückten Zorn, denn die Worte überziehen ihren ganzen Körper mit einer Eisschicht. »Dieses Verhalten gebührt einem Phoenicru nicht. Ich dulde keine weitere Lüge dieser Art. Verletze nie den Grundsatz-Kodex! *Deine Gabe ist ein Geschenk, also behandle sie mit Ehrfurcht.*«

Yosi versteht gar nichts mehr. Wie hat Ophelia bloß den Kodex verletzen können? Sie kann die Worte, die Ophelia von sich gibt, nicht mehr verstehen und gleichermaßen ist ihr Wimmern nicht mehr auszuhalten. Yosi lässt das Gepetze Gepetze sein. Endlich gehorcht sie ihrer inneren Stimme, läuft erst leise und dann immer schneller den Korridor hinunter und schaut zu, dass sie wegkommt.

Den ganzen Weg zum Gemeinschaftsraum denkt Yosi über das nach, was sie soeben erfahren hat. Bisher hat sie immer geglaubt, ihre eigenen Viritimstunden mit Phasmo seien der pure Horror – aber im Vergleich zu diesem Szenario bei Ductus und der Szene mit Thaddeus auf dem Hinterhof, sieht sie alles mit anderen Augen. Yosi glaubt, durch das eben Erfahrene jetzt viel besser zu verstehen, warum Ophelia so ist, wie sie eben ist. Sie begreift etwas Entscheidendes: Wahrscheinlich geht es Ophelia nur darum, einmal gut genug zu sein, in dem, was sie tut und was sie ausmacht. Bei Ductus. Bei ihnen. Bei den Phoenicrus.

# Kapitel 9

## Grenzenloses Nichts

Neblige Schlieren ziehen im schwarzen Nachthimmel über den Mond hinweg. Zwischendurch beleuchtet der matte Schein des Mondes den Wald und das Schlossgelände ringsum, das in der Nacht noch düsterer wirkt als sonst.

»Hach«, seufzt Livia laut, während sie mit Yosi und Aaron die Akademie durch den Hinterausgang verlässt.

»Was für ein Vieh ist dir denn über die Leber gelaufen?«, will Yosi von ihr wissen und betrachtet ihre Freundin eingehend.

»Ach, es ist nur …«, sagt Livia weiter, »… findet ihr es nicht auch schade, dass Moltino den Zeichenunterricht nicht für immer übernimmt?«

»Hey, wo bleibt dein Optimismus?«, grinst Yosi und stupst ihre Freundin in die Seite. »Immerhin haben wir ihn so lange, bis Ductus einen qualifizierten Nachfolger für Guillon gefunden hat.«

Der Gedanke an Guillon erinnert Yosi unweigerlich an die Begegnung mit Milo. Dummerweise hat sie noch keine Zeit gefunden mit Livia darüber zu reden, weil sie bis vor Kurzem an ihrer Pflanzenkunde-Arbeit saß. Und jetzt ist Aaron wieder bei ihnen …

»Und wer weiß, wie lange Ductus suchen muss«, lächelt Aaron Livia aufmunternd zu. »Eine Woche, einen Monat oder vielleicht ein Jahr …«

»Immer diese leeren Versprechungen«, stöhnt Livia theatralisch, lächelt Aaron aber verträumt an.

Sehr zur Freude der Studenten hat sich der Regen des Tages verzogen. Zwar hatte Moltino mehrere Anläufe gebraucht, bis Ductus einwilligte, aber nun stand der Nachtwanderung nichts mehr im Wege. Für die meisten der Klasse war die Besorgnis des Schulleiters völlig übertrieben, nur Yosi und ihre Freunde konnten sich zusammenreimen, woher Ductus' Bedenken rührten. Doch letztendlich gab er sein Einverständnis unter der Bedingung, dass sich weitere Begleitpersonen dem Ausflug anschließen. Ob als Beschützer, damit ihnen nichts zustößt oder als Aufpasser, damit keiner den Versuch startet, ungefragt zu verschwinden, darüber ist sich Yosi nicht im Klaren.

Die drei schreiten die letzten Stufen der Steintreppe hinab, hinaus in den Hinterhof. Das feuchte Gras klebt an ihren Schuhsohlen, während sie gemächlich die Wiese zum Gewächshaus überqueren. Zwischen den Rundtürmen, die in den Himmel ragen, und dem dichten Wald, der in der Nacht so schwarz scheint wie der Himmel über ihm, wird das kleine Gebäude nur zu gern übersehen. Doch nun glitzert der Mondschein spiegelnd im gläsernen Kuppeldach und verleiht ihm einen eignen Zauber.

»Wie auch immer, wir kommen in jedem Fall zu einem coolen Nachtausflug«, grinst Aaron. »Hab ich Recht oder hab ich Recht, hä?«

»Du musst deinen Optimismus echt einem Halbgott geklaut haben«, schüttelt Yosi ihren Kopf und knufft ihn amüsiert zwischen die Rippen.

Aaron zuckt unbeeindruckt mit den Schultern, kommt aber nicht dazu, etwas zu erwidern, denn in diesem Moment läuft Ophelia ungewöhnlich dicht an ihnen vorbei. Natürlich nicht ohne ihren obligaten Dana-Carmen-Windschatten. Dabei mustert sie Yosi und ein listiges

Licht blitzt in ihren Pupillen auf. Ein Ausdruck, der weiter zu ihrem Mund wandert.

»Tja, manchmal ist man einfach zur richtigen Zeit am richtigen Ort«, sagt sie und verschwindet hinter der Glaswand des Gewächshauses.

»Was hatte dieser Blick jetzt wieder zu bedeuten?«, fragt Livia sichtlich irritiert.

»Ich hab da so eine Ahnung«, knurrt Yosi. »Sie denkt, sie habe etwas gegen mich in der Hand.«

»Was? Wie meinst du das?«, will Livia wissen und ihr irritierter Gesichtsausdruck verrät ihre Verwirrung.

Yosi schüttelt hastig den Kopf, als Zeichen, das jetzt nicht der richtige Moment ist, um näher darauf einzugehen. »Nicht hier und nicht jetzt.«

Als die drei Freunde um die Ecke biegen, sind beinahe alle Studenten anwesend, nur Moltino ist noch nicht beim Treffpunkt angekommen. Yosi lehnt sich mit dem Rücken an die Glaswand des Gewächshauses, auch wenn es noch leicht feucht vom heutigen Dauerregen ist, und stemmt die Arme in die Hüften.

»Wer wohl als Begleitperson mitkommen wird?«, überlegt Livia und lässt gleichzeitig ihren Blick neugierig über die anwesenden Köpfe schweifen. »Vermutlich Ductus.«

»Hm, gut möglich«, meint Yosi.

»Nein, nicht Ductus«, schüttelt Aaron seinen Kopf und erntet einen erstaunten Gesichtsausdruck hoch zwei. »Es ist Bezold, das hat er mir in der heutigen Viritimstunde anvertraut«, klärt er die Mädels auf.

»Cool, dann können wir uns auf eine entspannte Expedition freuen«, reibt sich Livia vergnügt die Hände. Yosi hört nur mit halbem Ohr hin. Sie beobachtet, wie Maya kreischend und kichernd vor Thaddeus davonrennt und er sie in der nächsten Sekunde mit seinen starken Armen umfängt.

*Hach, wie schön es doch ist, verliebt zu sein,* denkt sie seufzend und dann entweicht ihr ein entsetztes »Oh, nein!«

»Was ist?«, erklingt es simultan von ihren Freunden.

»Bezold ist nicht die einzige Begleitperson.«

Livia wirbelt herum und Aaron reckt neugierig seinen Hals. »Das wird ja immer besser«, murmelt er, als er Milo und Moltino Seite an Seite über die Wiese laufen sieht.

»Uuuuhhh«, kreischt Livia mindestens eine Oktave zu hoch und hüpft dabei wie ein Gummiball auf und ab. »Ein Halbgott im Anmarsch.«

»Mich überkommt eher der Eindruck, es handelt sich dabei um *M&M's*«, grinst Aaron zynisch.

Die Männer kommen plaudernd auf die Gruppe zu, beide gut gelaunt und fröhlich grinsend.

»Sind alle da?«, beginnt Moltino und schaut sich um, als zähle er die Studenten durch. »Sehr schön! Dann verrate ich euch, was für eine Aufgabe ihr mit auf den Weg bekommt.«

Eine Aufgabe? Alle lauschen gespannt und hängen gebannt an Moltinos Lippen.

»Habt ihr Lust auf ein kleines Abenteuer – besser gesagt auf eine Schatzsuche?«

Seine Frage wird mit aufgeregtem Getuschel quittiert.

»Verraten Sie uns, was für einen Schatz?«, will Dana wissen.

»Selbstverständlich, Dana«, sagt der Professor und winkt die Klasse noch näher zu sich heran. Seine Augen glitzern und seinen Mund umspielt ein verschmitztes Lächeln. »Ich habe mir ein Spiel ausgedacht. Gesucht wird ein ganz besonderer Gegenstand, eine echte Rarität, die wir in der nächsten Zeichenstunde skizzieren werden.« Moltino hält eine Fotografie in die Höhe, die so zerknittert und abgewetzt aussieht, dass man die abgelichtete Pflanze darauf kaum noch erkennen kann. Es ist eine Blume mit lilienähnlichen sternförmigen Kelchblättern, die Yosi noch nie in ihrem Leben gesehen hat. »Darf ich vorstellen: die blaue Stundenblume. Wer mir diese Blume bringt, bekommt fürs ganze Wochenende keine Hausaufgaben auf – und ja, das ist vom Schulleiter abgesegnet«, fügt er mit einem Augenzwinkern hinzu.

»Puh! Kein schlechter Gewinn«, murmelt Yosi.

»Stimmt, aber die Infos sind etwas dürftig, wenn ihr mich fragt«, wendet Aaron ein.

»Spuck's schon aus«, stichelt Yosi, denn da ist dieser verräterische Glanz in seinen Augen.

»Was meinst du?« Aaron lächelt. »Etwa, dass ein alter Mythos besagt, dass dieser Pflanze Heilkräfte im höchsten Maße zugesprochen werden?

Oder, dass sie in der richtigen Dosierung sterbende Lebensgeister aktiviert, vielleicht sogar bis hin zur Unsterblichkeit?«

*Typisch Aaron.* »Gibt's noch einen heißen Tipp?«, hört Yosi ihren Freund auch schon fragen, ehe sie auf seine Erläuterung reagieren kann.

Moltino nickt. »Der Standort dieser Blume ist schnell erklärt, aber sie zu entdecken verlangt nicht nur viel Fingerspitzengefühl, sondern auch ein wachsames Auge und gutes Vorstellungsvermögen. Werdet eins mit der Pflanze. Sie versteckt sich unter Felsvorsprüngen, großen Wurzelstöcken oder unter moosiger Erde, wo dennoch genügend Sonne hinkommt. Sie liebt zartes Licht und Morgentau. Deshalb habe ich den Wald ausgesucht. Trotzdem müsst ihr wissen, dass eine unglaubliche Portion Glück dazu gehört, eine Stundenblume zu finden.« Er räuspert sich und zieht einen Mundwinkel schräg nach unten. »Ich muss gestehen, in meinem Leben noch nie einer solchen Schönheit begegnet zu sein.«

Damit kitzelt Moltino auch beim letzten Studenten die Neugier hervor.

»Seid ihr bereit?«, fragt er und reicht jedem eine Taschenlampe. Die freudige Anspannung steht ihm ins Gesicht geschrieben. »Dann los! Auf dass der Gewinner mit einem Topf voll unvergesslichem Ruhm und Ehre überschüttet werde!«

Auf Moltinos Kommando stürmen einige geradewegs in den Wald und ihre Umrisse werden samt des flackernden Scheins der Taschenlampen alsbald von der Schwärze des Waldes verschluckt.

Yosi und ihre Freunde gehen es deutlich gelassener an. Vielleicht liegt es auch daran, dass Yosi auf diese Weise problemlos Milo im Blickfeld behalten kann. Er unterhält sich gerade angeregt mit Bezold, während sich die beiden (sehr zu Yosis Leidwesen!) Ophelia, Dana und Carmen anschließen. Gedankenverloren steuert Yosi der Gruppe hinterher und hört nicht, was ihre Freunde plappern, erst als Livia sie energisch am Jackenärmel herumzerrt, nimmt die Wirklichkeit wieder Gestalt an.

»He, du hörst mir überhaupt nicht zu«, beschwert sie sich. »Dabei haben wir nur von dir gesprochen.«

»Tatsächlich? Was hab ich denn verpasst?«, fragt Yosi belustigt. »Was für eine tolle Freundin und wie einzigartig ich bin?«

»Knapp verfehlt«, meint Livia. »Wir wissen jetzt, wie wir Milo als Insider gewinnen können.«

»*Wir?*«, fragt Yosi skeptisch. Ihr schwant Übles.

»Sieh mal nach links, er hat sich von seiner Gruppe gelöst und läuft mittlerweile alleine. Livia und ich lassen uns einfach unauffällig zurückfallen –«, redet Aaron unbeeindruckt weiter.

»– und du schnappst dir in der Zwischenzeit Milo«, beendet Livia den Satz so hastig, als wäre es ein Wort.

»Das hört sich aber nicht wirklich nach einem Wir-Problem, sondern viel eher nach einem Yosi-Problem an«, wirft sie dazwischen.

»Exakt!«, sagt Aaron so widerlich süffisant, dass Yosi ihm ein charmantes Dankeschön (in Form eines Boxhiebs in den Oberarm) verpasst. »Wir wollen ihn schließlich nicht überrumpeln, indem wir ihn zu dritt überfallen. Viel Glück«, grinst Aaron und Livia winkt übertrieben aufreizend zum Abschied.

»Schöne Freunde seid ihr«, zischt sie ihnen über die Schulter zu. »Danke, danke vielmals!«

Dann stapft sie durch sumpfigen Waldboden und die Bäume ringsum verdichten sich bei jedem Schritt. Leiser, immer leiser hört sie Livias Glucksen und ein paar Wortfetzen von Aarons tiefer Stimme. Vielleicht hat diese Aktion tatsächlich etwas Gutes und die beiden reden endlich mal offen über ihre Gefühle füreinander.

Es vergehen keine fünf Minuten, bis von ihren Freunden nichts mehr zu hören und zu sehen ist. Die Bäume stehen mittlerweile so dicht, dass der Wald sie schon längst in seine blättrigen Arme geschlossen hat. Ein Stück links von ihr geht Milo, kickt mit dem Fuß hin und wieder ein Ast weg und beobachtet, was um ihn herum passiert.

*Sei nicht so ein elender Angsthase!*, ermahnt sich Yosi und gibt sich endlich einen Ruck. Sie beschleunigt ihre Schritte, was gar nicht so leicht ist. Der Waldboden ist immer noch feucht, fast sumpfig von den letzten Regentagen und Yosis lila Chucks rutschen ständig unter ihr weg. Von dem kräftigen lila Stoff ist kaum noch etwas zu erkennen. Dicke Erdkrusten kleben klumpig an den Seiten und sammeln sich unter der Sohle. Kurzentschlossen bleibt Yosi beim nächsten Baum stehen und kickt einige Male gegen den Stamm, um die schweren

Dreckklumpen loszuwerden, als unweit eine Stimme erklingt und Yosi aufhorchen lässt.

»Was soll dieses Theater?«, faucht Ophelia. »Wie oft hab ich dir erklärt, dass dieses Rumgeheule ein Zeichen von Schwäche ist?«

Unsicher hebt Dana den Kopf und schluchzt: »I-ich bin nicht schwa-ach.«

»Dann hör endlich auf wie ein kleines Mädchen rumzuflennen«, sagt Ophelia immer noch zischelnd. »Oder willst du, dass Moltino davon Wind bekommt, zu Ductus rennt und die Sache noch schlimmer wird, als sie ohnehin schon ist?«

Yosis Taschenlampe rutscht ihr aus den Fingern und fällt dumpf zu Boden.

Verflucht.

Mit klopfendem Herzen hält sie den Atem an, geht in die Knie und tastet blindlings nach der Lampe.

»Ich – nein, das will ich nicht«, wimmert Dana.

Yosi lässt die Taschenlampe im Nirwana liegen, zwingt sich, ein Stück weiter zu krabbeln und erhascht einen entfernten Blick auf Dana, die mit dem Rücken an einen Baumstamm gelehnt steht.

»Schwör es!« Ophelia senkt ihre Stimme. »Schwör es, sonst sehe ich mich gezwungen, andere Methoden anzuwenden. Du verstehst, was ich meine.«

»Oh! Ophelia, nein! Ich schwöre es, ich schwöre es!« Dana klingt schockiert und Yosi kann es ihr nachfühlen. Himmel, was ist das bloß für eine Freundin?

»Es ist echt nicht meine Schuld, dass er von der Sache weiß«, beteuert Dana, verzweifelt darum bemüht, den anschwellenden Wutausbruch zu unterdrücken und logisch zu argumentieren. »Milo und ich sind nicht die Einzigen, die davon wissen, Ophelia.« Milo? Sie redet von Milo? Und dann sagt Dana etwas, über das Yosi noch perplexer wird. »Außer uns gibt es andere, die davon Wind bekommen haben. Zum Beispiel Aaron. Oder willst du behaupten, dass du seine kleine Anspielung neulich nicht kapiert hast? Und dann wissen die Mädels bestimmt auch davon. Auch wenn du sie ständig mies machst, hey, die sind nicht auf den Kopf gefallen. Du unterschätzt sie!«

Himmel, was hat die denn geraucht?

Ophelia macht einen energischen Schritt auf Dana zu und stützt eine Hand neben ihrem Hals am Baumstamm ab, so dicht, dass sie ihre Freundin beinahe berührt. Yosi kann die elektrisierende Spannung in der Luft förmlich knistern hören. Gleich brennt die Luft. Entweder verpasst sie Dana eine saftige Ohrfeige oder sie geht ihr an die Gurgel. Doch nichts dergleichen passiert, dafür schnellt sie wie eine Schlange nach vorne, bis ihr makelloses Gesicht und ihr wunderschönes Haar auf gleicher Höhe mit Danas sind, doch der Mondschatten verwandelt ihr Gesicht zu einer Fratze.

»Vergiss nicht: Du wirst nie wieder bei irgendwem ein Wort darüber verlieren. Wenn du den Status der Noch-Freundin behalten willst, hältst du dich besser daran. Kapiert?« Sie zieht sich zurück, streift mit der Hand über ihre perfekt geschneiderte Jacke und das tadellos gekämmte Haar. Obwohl Yosi sich nicht vorstellen kann, dass es jemals etwas an Ophelias Körper wagen würde, ohne Erlaubnis durcheinanderzugeraten.

»Aber fürs Erste gehört Carmen der Status *beste Freundin*, zumindest so lange, bis du mir bewiesen hast, dass es dir ehrlich leid tut.«

»Aber, Ophelia, ich habe doch schon gesagt –«, fängt Dana an, doch Ophelia hebt die Hand und deutet ihr an, sofort zu schweigen.

»Beseitige diese vertrauliche Information über meine Person, dann werde ich vielleicht geneigt sein, dich wieder wahrzunehmen.«

*Vertrauliche Information?* Verdammt, was für eine Information? Tja … wenn Ophelia sich derart darüber ärgert, muss die wirklich von Bedeutung sein.

»Und zwar bevor noch jemand davon erfährt. Vor allem nicht diese Schnepfe, mit der er seit Neustem immer rumhängt, du weißt schon. Such nach einem Skandal, der mit ihm zusammenhängt, mach ihn nervös oder bring ihn dazu, Fehler zu begehen. Und dann sorg dafür, dass jemand Ductus davon erzählt. Ich kann dir auch schon ein paar erste fiese Details liefern.« Ophelia spricht in so einem kalten und sachlichen Ton, als gehe es darum, was Dana morgen frühstücken soll, und nicht um eine miese Verschwörung gegen … gegen wen eigentlich? Milo und … etwa sie selbst? Und schon wieder dieses Wort. *Verschwörung.*

Das alles ist so bizarr. Für Yosi ist es echt ein Rätsel, um was es hier genau geht.

Langsam drückt sich Dana vom Baumstamm weg. Moos und verdorrte Blätter haben sich in ihrer hellen Jeansjacke verheddert und dunkle Abdrücke machen deutlich, wie fest sie sich an die nasse Baumrinde gepresst haben muss.

Hinter Yosis Rücken werden Schritte laut und deshalb bekommt sie nicht mehr mit, wie die Unterhaltung weitergeht. Höchste Zeit zu verschwinden. Mit klopfendem Herzen und rasendem Puls wirbelt sie herum und will gerade über den matschigen Boden jagen, als plötzlich das Licht einer Taschenlampe vor ihrem Gesicht aufflackert.

Ihr erstickter Schrei hallt durch den Wald und verstummt augenblicklich im matschigen Boden, als ob die Erde den Laut dämpfen würde. Eine endlose Sekunde starrt Yosi in den Lichtstrahl, bis sie begreift, dass sie es war, die geschrien hat. Als sie die schattigen Gesichtszüge und die schmale Nase hinter der Taschenlampe erkennt, verfällt sie in ein hysterisches Gekicher.

»Entschuldige, Yosephine, ich wollte dir keine Angst einjagen«, sagt Moltino und drückt ihr mitfühlend die Schulter. Sie sieht zu ihm auf, unendlich erleichtert, dass er es ist, und wünscht sich bestimmt zum tausendsten Mal, er wäre ihr Mentor.

»Na, geht die Schatzsuche voran?«

»Ähm … nicht sehr erfolgreich. Ich muss wohl noch etwas tiefer im Dreck buddeln. Aber was tut man nicht alles für einen Topf voller Ruhm und Ehre«, kichert sie und denkt an ihre abfallreifen Turnschuhe.

»Die Krux an Ruhm und Ehre ist: Je größer der Topf, desto schwerer ist die Last, die man sich auferlegt.« Er verstummt. Obwohl es düster zwischen den Bäumen ist, kommt es Yosi vor, als husche bei diesen Worten ein Schatten über sein Gesicht. Gleichzeitig wird sie das Gefühl nicht los, dass er einen kurzen Moment lang überlegt, ob er noch etwas anfügen soll. Mit dem nächsten Atemzug strafft er die Schultern, stellt sich kerzengerade hin und ergreift abermals das Wort: »Natürlich ist mir bewusst, dass Phasmo dein Mentor ist, und es ist selbstverständlich richtig, wenn du mit deinen Fragen zu ihm gehst. Doch hin und wieder gibt es Probleme, die man vielleicht nicht unbedingt mit dem Professor der Paraphysik und dazu noch einem glorreichen Glisco ersten Grades ausdiskutieren möchte. Deshalb sollst du wissen, dass auch ich immer ein offenes Ohr für dich habe.«

Yosi weiß nicht, was sie davon halten, noch weniger, was sie sagen soll.

»Ganz egal, was dir auf dem Herzen liegt, meine Tür steht dir jederzeit offen. Ich könnte auch nicht mit Parzival –« Er bricht mitten im Satz ab. Dann lacht er. Ein raues, fast bösartiges Lachen, bei dem Yosi eine Gänsehaut bekommt.

Sie schaut ihn eindringlich an. »Was wollen Sie damit andeuten, kennen Sie ihn etwa von früher?«

Das Lachen ist vollkommen aus seiner Stimme gewichen. »Ob ich ihn kenne? Das kann man so sagen. Er gehört zu einem Kapitel meiner Vergangenheit, in dem mir jemand genommen wurde, der mir lieb und teuer war.«

Noch völlig baff blinzelt sie ihn an. Mehr als ein einsilbiges »Oh« kriegt sie nicht zustande.

»Aber glaube mir, ich habe am eigenen Leib erlebt, dass es hilft, sein Herz auszuschütten, damit die Strapazen des grauen Alltags ein bisschen weniger dramatisch aussehen.« Mit einem Lächeln klopft er ihr aufmunternd auf die Schulter. »So, nun geh. Deine Freunde befürchten bestimmt schon, du bist im Wald verschollen.«

Wie kann er wissen, wie durcheinander sie sich fühlt? Ist das so offensichtlich? Vielleicht hat Livia eine Bemerkung fallenlassen …

»Vielen Dank«, sagt Yosi noch einmal.

Als sie Moltino hinter sich lässt, könnte sie schwören, dass er leise noch etwas murmelt, das sich verdächtig nach einem Kodex anhört. Aber Yosi muss sich täuschen, das wäre dann doch zu freakig. Wobei, es ist auch schon echt merkwürdig, dass er ihr vorgeschlagen hat, sie könne immer zu ihm kommen, wenn ihr etwas auf dem Herzen liegt. Denn mit dem Beginn der Viritimstunden geht jeder Phoenicru eine enge und besondere Verbindung mit seinem Mentor ein und hat man irgendwelche Schwierigkeiten, die man alleine nicht überwinden kann, sucht man Rat bei ihm oder bei ihr. Ob Moltino mehr weiß, als er zugibt? Ihr dieses Angebot eben unterbreitete, weil er ihr gewisse Informationen über Phasmo nicht einfach so zuspielen darf, aber ihr damit etwas klarmachen wollte? Ihr zu verstehen geben wollte, dass sie ihrem Mentor nicht trauen kann?

Yosis Blick wandert zum Himmel. *Eine etwas klarere Nacht wäre wünschenswert,* denkt sie. Dafür fühlt sich der Weg unter ihren Füßen nun besser, gefestigter an, genau wie ihr Inneres.

Yosi weiß nicht, wie lange sie schon im Wald unterwegs ist, doch plötzlich erleuchtet der tief über dem Horizont schwebenden Mond die Nacht auf unbegreiflich schöne und stille Weise. Wie gern sie diese Nachtstille hat.

Fast hatte sie schon den Plan vergessen, mit Milo zu reden. Sie blickt sich um, entdeckt ihn aber nirgends. Als sie eine kleine Weggabelung erreicht, folgt sie aus einem Instinkt heraus dem linken Trampelpfad, in die Richtung, in der sie ihre Freunde vermutet.

*Die Akademie scheint in ernsthafter Gefahr zu sein.*

Die Wortfetzen ziehen wie Nebelschlieren durch ihren Geist und es schaudert sie. Was, wenn Ophelia ebenfalls davon gesprochen hat? Sie als Sentio-Gebrannte könnte durchaus geheime Informationen dazu haben.

Unruhig fängt Yosi an sich umzuschauen, legt einen Zahn zu und verbannt die Gedanken gleich wieder. Wenn sie darüber nachdenkt, kriegt sie eh nur Bauchschmerzen. Deshalb versucht sie, sich nicht in dem grausigen Gefühl zu verlieren, das in ihr emporklettert.

Plötzlich bemerkt sie aus den Augenwinkeln eine Regung. Es ist ein Schatten, der zu allem Möglichen gehören könnte. Auch zu einer Gestalt. Ja, vor allem zu einer menschlichen Gestalt … Verflucht, jetzt könnte sie die Taschenlampe echt gut gebrauchen. Sie tritt etwas näher und kann nun die Umrisse ausmachen, die sich vom Mondlicht abgrenzen. Direkt neben einer großen Buche steht jemand, mit gesenktem Kopf an den Stamm angelehnt, und dreht ihr den Rücken zu. Yosi bekommt den Eindruck, als warte er – oder sie oder es? – auf jemanden.

»Livia, bist du es?«, wispert sie, doch ihre Stimme ist plötzlich so belegt, dass kaum etwas zu hören ist.

Natürlich bekommt sie keine Antwort.

Okay, die Gestalt ist definitiv zu groß und kräftig für Livia, auch für Aaron.

Sie beschließt, einfach weiterzugehen und tritt lautlos den Rückzug an, wobei ihr Herz so merkwürdig stark pocht, dass es ihre Schritte zu übertönen scheint. Hat ihr Herz die Gestalt erkannt? Oder ist es unterschwellige Angst, weil sie völlig alleine und schutzlos durch den Wald schleicht? Weiter links flackern einige Lichtpfützen von Taschenlampen auf und Yosi ist sich sicher, Stimmen zu hören.

Hastig dreht sie sich um und marschiert dem Licht entgegen. »Hey, Livia?«, ruft sie noch einmal, dann tritt sie voller Wucht auf einen verdorrten Ast.

*Knacks!*

Sie hält den Atem an. Die Gestalt unter dem Baum hebt den Kopf an und sieht in ihre Richtung.

»Bist du das, Yosi?«

Eine tiefe, verführerische Stimme. Ihr wird augenblicklich warm ums Herz. »Milo?«

»Bist du ganz allein unterwegs?«

Er bleibt, wo er ist und macht keine Anstalten näher zu kommen. Aus ihrer nervösen Anspannung heraus beginnt sie mit den Fingern über den Stamm eines Baumes zu fahren, so als kritzle sie ein unsichtbares Muster in die Rinde. Sie zuckt unentschlossen mit den Schultern und schlendert auf ihn zu.

»Hey«, sagt sie mit möglichst selbstbewusster Stimme. Aber beim selben Atemzug erinnert sie sich, dass er wissen wollte, ob sie alleine unterwegs ist. »Oh, ich habe Livia und Aaron verloren und irre nun wie ein geistesgestörter Angsthase zwischen den Bäumen herum.« Und das ist nicht mal eine Lüge. Aber *geistesgestört?* Das hat sie jetzt nicht wirklich laut ausgesprochen, oder?

Vorhin, als sie ihn eben im Schatten entdeckte, hatte sie noch den Eindruck, er sei nervös, aber jetzt fängt er an zu lächeln und jegliche Ernsthaftigkeit weicht aus seinem Gesicht. Das wirkt total süß und verleiht ihm eine nur noch unwiderstehlichere Ausstrahlung.

»Soso, geistesgestört, hm?« Er grinst schief, während er die Hände in die Hosentaschen schiebt und nun doch einen Schritt näher kommt.

Jetzt nur nicht wieder in so ein unterbelichtetes Verhalten abdriften und vor allem nicht den Kopf verlieren – oder das Herz?

»Und was machst du hier?«, fragt sie. Und schon ist es passiert. Geht's noch einfältiger. Was macht er wohl hier? Aufpassen, das außerhalb der Mauer keinem was passiert oder dass keiner abhaut – wie man's nimmt.

»Euch beschützen.«

Seine knappe Wortwahl lässt Yosi unsicher werden. »Oh! Sorry, dann lass dich von mir nicht davon abhalten«, erwidert sie, hebt winkend die Hand (Uäh! Total uncool!) und will sich eben umdrehen, aber Milo hält sie mit der Hand am Unterarm fest.

»Bleib hier. Ich passe auf euch alle auf, also beschütze ich auch *dich.*« Sein Griff ist stark und zärtlich zugleich und Yosi fragt sich, ob er ihren Pulsschlag unter seiner Berührung trommeln spürt. Im selben Augenblick wandern seine Finger sachte ihren Arm hoch. Und sie spürt etwas, wie eine wilde Spirale, die sich in ihr dreht, so dass ihr ganz schwindelig wird. Es fühlt sich an, als könnte sie schweben.

»Aber ich will deine Aufmerksamkeit nicht ablenken«, wendet sie leise ein.

»Kein Problem, ich hab alles im Griff.« Er drückt einmal fest ihren Unterarm, bevor er seine Hand zurückzieht. »Wir haben jetzt die Gelegenheit, da weiter zu machen, wo wir neulich unterbrochen wurden.«

Schlagartig glühen Yosis Wangen und sie geht jede Wette ein, dass sie locker mit einem Glühwürmchen konkurrieren könnte. Erst als Milo weiterspricht, begreift sie, dass er gar nicht von ihrem Beinahe-Kuss gesprochen hat.

»Also, Yosi, was wolltest du mich in der Bibliothek fragen?«

»Oh, natürlich … ähm … die Frage.« Die Berührung hat sie total verwirrt und aus der Ruhe gebracht. Sie kämpft darum, wieder etwas wie festen Boden unter den Füßen zu spüren. »Na gut, wie formuliere ich das am einfachsten?«

Er lächelt und in diesem Moment schenkt sein Lächeln ihr Sicherheit. »Am besten kurz und schmerzlos.«

»Okay«, erwidert Yosi, und doch schafft sie es nicht, sein Lächeln zu erwidern. Sie ist viel zu aufgeregt. Da fühlt sie seine Finger unter ihrem Kinn, sie sind warm und ein bisschen rau. Als habe seine Berührung einen Schalter in ihr umgelegt, sprudeln die Worte aus ihr heraus. »Hilfst du mir und meinen Freunden, den Maulwurf zu entlarven?«

Milo schweigt und erschaudert, als durchzucke ihn ein Stromschlag.

»Selbstverständlich, ohne dass jemand davon erfährt. Nicht dass du Probleme bekommst oder so. Aber mit dir zusammen haben wir eine echte Chance, etwas in die Wege zu leiten. Außer du wärst der Maulwurf, was natürlich völliger Quatsch ist, uh, das wäre dann ein strategischer Fehlgriff.« Sie beginnt zu kichern, weil Milo einfach nur dasteht und kein Wort sagt.

*Mist! Verdammter!*

Sie hätte es wissen müssen. Es war keine gute Idee, Milo miteinzubeziehen. Unruhig verlagert sie ihr Gewicht von einem Fuß auf den anderen. »Und, bist du dabei?« Ihre Stimme klingt kläglich, doch endlich wagt sie es, ihm in die Augen zu schauen.

»Yosi, du weißt also wirklich davon?« Er verstummt und etwas an seinem Lächeln ändert sich, so dass ihr Magen kurz davor ist sich auf links zu drehen. Ihr Blick verfängt sich in seinen unsagbar dunklen Augen.

»Ja, ich habe euch neulich … wie soll ich sagen … na ja, ich hab euch vor dem Thai-Chi-Raum belauscht.«

Yosi macht einen Schritt nach vorn, um Milo am Arm zu berühren, damit er endlich etwas sagt, irgendwas. Aber wie will man an jemanden herankommen, der gerade eine imaginäre Mauer vor deiner Nase errichtet hat? Allerdings zeigt sich, dass ihr Zögern nicht von Bedeutung ist. Milo schüttelt ihre Berührung ab, als verursache sie ihm einen stechenden Schmerz.

»Die Sache ist *so viel* komplizierter, als du dir vorstellen kannst.«

»Und genau deswegen brauchen wir dich.« Yosi ist froh darüber, dass ihre Worte nicht ganz so atemlos aus ihrem Mund kommen, wie sie sich in Wirklichkeit fühlt.

Er streift sich ungestüm durch sein Haar und flucht. »Verdammt!«

Was ist nur mit ihm los? Doch bevor sie ihn fragen kann, macht er erneut den Mund auf. In seine Stimme hat sich ein leises Beben geschlichen. »Noch nie habe ich Ductus' Entscheidungen angezweifelt, auch nicht die ganze Geschichte mit den Erinnerungen, die wir manipulieren.«

»Ich versteh' nicht, Milo, was hat Ductus mit der Sache zu tun?«

»Ich verfluche meine Gabe und vor allem das Löschen der Erinnerungen. Zum allerersten Mal, verstehst du das?«

Es klingt nicht wie eine Frage, aber Yosi nickt unsicher.

»Es würde manches einfacher machen, zumindest für …«

Seine Worte rauschen durch sie hindurch wie ein Windhauch. Der logische Vernunftanteil in ihr wispert, dass er das alles nur sagt, weil er ihr nicht helfen möchte. So viel zum Verstand. Doch sein Blick, seine Worte, so wie seine Hände, die sich unentwegt kneten, all das erzählt ihr eine ganz, ganz andere Geschichte.

»Würde es einfacher machen … für wen? Sag es mir«, flüstert sie. Ihre Stimme hat einen flehenden Unterton angenommen, denn da ist dieses unbestimmte Gefühl in der Magengegend, dass er nicht offen sprechen kann. »Milo, bitte.«

»Für *dich.*«

»Ich will sie sehen«, sagt sie, ohne zu zögern. »Meine Erinnerungen, ich will sie sehen.«

Milo schüttelt verzagt den Kopf. »Yosi, das kann ich nicht, noch nicht. Es ist so, dass all die Erinnerungen, die mit dir zusammenhängen, mit weiteren verknüpft sind. Wenn ich dir ein paar wiedergebe, zieht es einen Rattenschwanz an weiteren Erinnerungen nach sich. Aber vielleicht …« Er bricht ab und sein Blick verliert sich zwischen den Baumwipfeln, die sich sachte im Wind wiegen. Auf einmal beginnen seine Tätowierungen, die sich von den Fingern über den Handrücken bis zu seinen muskulösen Unterarmen winden, tiefblau zu schimmern.

»Das sieht unglaublich aus«, wispert Yosi geistesabwesend und diesmal klingt ihre Stimme genauso atemlos wie ihr klopfendes Herz.

Kurz presst Milo die Lippen zusammen, dann stiehlt sich ein winziges Lächeln auf seine Lippen. »*Du* bist unglaublich«, erwidert er.

Okay, es ist ja nicht so, dass sie die Wahnsinnserfahrung auf dem Gebiet hätte, aber irgendwas ist anders als sonst.

Völlig unerwartet beugt er sich zu ihr hinunter. Sein Atem tastet über ihre Wangen bis zu ihrem Mund und dann presst er seine weichen Lippen gegen ihre. Zuerst vorsichtig, so als sei er unsicher, ob sie es zulassen möchte. Als sie seinen Kuss erwidert, wird er so zärtlich wie der Windhauch, der ihre Haare umspielt, so romantisch wie der silberne Mondschein und so intensiv wie Milos tiefbraune Augen. Viel zu schnell zieht er sich zurück und ein verstohlenes Lächeln umspielt seine Lippen, während er sanft seine Hand an ihre Schläfe legt. »Bist du bereit?«

»Bereit wofür«, haucht sie verwirrt, weil sie noch völlig gefangen ist im Gefühl der Schwerelosigkeit und bemerkt, dass sie den Kopf in seine Handfläche lehnt. Yosi ist sich fast sicher, einen feinen Reflex bei ihm zu spüren. Sie legt ihre Hand über seine. Vergisst, dass sie im Wald steht und alles rund um sich herum, einschließlich der unbekannten

Bedrohung, und will nur noch, dass er sie weiter berührt und küsst. Sie sehen sich unverwandt an und ihr beider Atem geht schnell.

»Bereit für eine ganz besondere Erinnerung«, sagt er leise. »Vertraust du mir?«

Er ist jetzt ganz dicht vor ihr. Mit einer Hand nimmt er ihren Arm und zieht sie noch näher zu sich heran, mit der anderen Hand streift er ihr sachte ein paar verirrte Haare hinters Ohr, dann berührt er abermals sanft ihre Schläfe. Aus dem Augenwinkel kann sie seinen Azurschimmer sehen, doch nur für den Bruchteil einer Sekunde. Die Berührung löst etwas in ihr aus.

Wärme, sprudelnde Farben, wie ein bunter Sandsturm, so schnell wirbeln die Bilder in ihrem Innern. Als Yosi aufblickt, steht Milo nicht mehr vor ihr und sie nicht mehr im Wald.

*Eine helle Wohnung mit Holzboden in Mahagonifarbton, ein kaffeebraunes Ecksofa mit unendlich vielen Kissen und unter ihren Füßen ein flauschiger Teppich. Ein Gefühl in der Brust, als würde sie in zwei Teile gerissen. Und da ist Bezold.*

*»Milo, es wird Zeit«, sagt er zu ihr, nickt kurz und verlässt den Raum.*

Zwischen zwei Atemzügen begreift Yosi, dass sie sich in einer von Milos Erinnerungen befindet. Sieht durch seine Augen, fühlt mit seinem Herzen.

*In diesem Moment dreht er sich um, und in seinem Blickfeld erscheint der Mensch, der in der Gegenwart neben ihm steht. Ein zierliches Mädchen mit roten Haaren. Die grünen Augen wirken nervös, vielleicht auch eingeschüchtert, aber in ihren Adern pulsiert Mut und Talent. Die Zeit scheint still zu stehen und doch haben darin Millionen Herzschläge Platz. Es ist das schönste Gesicht, das er je gesehen hat. Sein Herz schlägt schneller, wenn er sie ansieht.*

*Dieses Mädchen ist sie selbst.*

Dann beginnt der Mahagoniboden unter ihren Füßen zu farbigem Staub zu zerfallen. Schon befindet sich Yosi erneut in dem bunten Sandsturm, der sie vorhin fortgetragen hat.

Als sie die Augen aufschlägt, steht sie wieder mitten im Wald. Umgeben von der Nacht und der Finsternis, die zwischen den Bäumen kauert.

Yosi spürt Milos Hand an ihrer Schläfe und sieht, wie sein schimmerndes Blau allmählich erlischt. Sein sonst so unwiderstehliches

Lächeln hat sich zu einem verlegenen verwandelt. »Das ist der Grund, weshalb ich dich beschützen will, Yosi. Das ist der Grund, weshalb du für immer etwas ganz Besonderes bleiben wirst. Und das ist auch der Grund, weshalb du mir einfach vertrauen musst.« Langsam zieht er seine Hand zurück. »Ich kann dir deine Erinnerungen nicht zurückgeben, aber dafür hast du ja mich. Auch wenn es streng verboten ist, dir irgendwelche Informationen über dein Leben in der Außenwelt zu geben, so finde ich, dass hier der Fall doch etwas anders ist. Denn die ganze Sache mit dem Tutamina – sie hat mit dir zu tun.«

Yosi hält die Luft an und gleichzeitig beginnt die Mauer, die Milo vorhin erst zwischen ihnen erbaut hat, zu bröckeln.

»Mit mir?«, haucht sie atemlos. »Ich … ich versteh' nicht.«

»Ja, mit dir. Und den Menschen, die da draußen zu dir gehören.«

Sie stehen sich gegenüber, zwischen ihnen ein Schutthaufen aus unsichtbaren Steinen, die doch so viel mehr sind. Milo sieht ihr immer noch in die Augen. »Yosi, deine Familie ist in Gefahr.«

Jetzt hätte sie etwas sagen müssen, aber das tut sie nicht. Sie kann nicht. Auf einmal ist ihr alles zu viel und irgendetwas passiert in ihrem Inneren. Plötzlich fühlt sie eine Schwere, die wie eine bodenlose Schwärze unter ihr aufklafft. Mühevoll kämpft sie gegen dieses Ohnmachtsgefühl an.

Milo hält ihren Blick noch einige Sekunden lang, dann verschwimmt er vor ihren Augen. Ihre Gedanken fließen träge und zähflüssig, bis da keine mehr sind, nur noch Gefühle. Sie spürt den kühlen Hauch der Nachtluft und die Liebkosung des Mondscheins auf der Wange. Fühlt, dass Milo wieder näher rückt, seine Hand an ihren Rücken legt und sie in einer selbstverständlichen Geste auffängt, fast, als rette er jeden Tag in Ohnmacht fallende Mädchen. Wie ein Gentleman hebt er sie hoch, flüstert ihr etwas ins Ohr, das wie *vertrau mir* klingt und dann zerfließen auch die Gefühle, so wie alles um sie herum. Sogar Milos starke Arme umfangen sie nicht schnell genug, um dem grenzenlosen Nichts zu entfliehen.

# Kapitel 10

## Fremde Erinnerungen und ihre Nebenwirkungen

Mit einem erstickten Schrei reißt Yosi die Augen auf. Ihre Brust hebt und senkt sich viel zu unruhig und fühlt sich an, als laste auf ihr ein zentnerschweres Gewicht. Sie liegt in ihrem Bett, trägt immer noch ihr Shirt vom Vortag und am Bettende entdeckt sie ihre Jeans. Direkt darunter, unter das Bett geschoben, ihre schlammverkrusteten lila Turnschuhe. Mit diesem Anblick kommt alles wieder in ihr hoch. Das Wissen, die Unterhaltung, der Azur-Schimmer, die fremde Erinnerung. Doch vor allem Milos letzte Worte. Wie Hiebe schlugen sie gestern Nacht in ihr Inneres. Und auch heute ist die Wirkung ungebrochen.

*Sie hat eine Familie da draußen. Und die ist in Gefahr.*

Dass sie keinerlei Erinnerungen an ihre Familie in sich trägt, die ihr irgendwie Aufschluss geben oder andere Gefühle zulassen könnten, macht es ihr nicht unbedingt leichter.

Mühsam richtet sie sich auf. Wie ist sie gestern in ihr Bett gekommen? Komischerweise findet sie auch daran keine Erinnerungen mehr. Bloß an das Gefühl, die Panik, die in ihr hochkroch und die Schwärze, die sie zu sich holte. Und da ist noch etwas. Starke Arme, die sie auffingen und festhielten, in dem Moment, in dem sie es selbst nicht mehr konnte. Ja, sie kann Milo vertrauen.

Ob er sie in ihr Turmzimmer hochgetragen hat? Ein schöner Gedanke.

Yosi schwingt ihre Beine über die Bettkante, erzittert, als sie die Kälte an ihren nackten Fußsohlen fühlt. Eine Kälte, die sie endgültig wachrüttelt.

Kurzentschlossen hüpft sie in ihre Jeans und Socken. Sie weiß, was sie als nächstes tun wird. Sie stellt sich dem Thema Herzausschütten.

Sie wird Livia jedes einzelne, noch so pikante Detail schildern, und dann soll sie ihr helfen, sich einen Reim darauf zu machen, was Milo vorhat oder noch besser, was er für sie empfindet. Und danach widmet sie sich dem Problem mit ihrer Familie.

Schnell stülpt sie sich einen Pullover über den Kopf. Endlich wird sie sich die Geschichte mit Milo von der Seele reden. Die ganze Kuss- und Waldgeschichte. Und sie sehnt sich danach, mit ihren Freunden abzuhängen, alte *Mord-ist-ihr-Hobby*-Folgen auf DVD anzuschauen – ja, sie ist ein riesen *J.-B.-Fletcher*-Fan. Vermutlich sehnt sie sich danach, weil sie so wenigstens für ein paar Stunden vergessen kann, dass eine schreckliche Bedrohung über der Akademie hängt, die zu allem Übel mit ihrer Familie im Zusammenhang zu stehen scheint.

Entschlossen greift sie nach ihrer Jacke und bemerkt dabei ein Stück Papier, das langsam in dem kleinen Luftzug zu Boden segelt. Sie fängt es auf. Es sind handgeschriebene Zeilen in krakeliger Schrift, so als ob der Verfasser in Eile gewesen wäre.

*Warte auf dich nach dem Frühstück.*
*Treffpunkt: Ort des Kaugummi-Todesfalls.*

Mit den Fingern streift sie sanft über die Zeilen. Es gibt nur eine logische Erklärung, wer die Nachricht geschrieben hat. Das bedeutet, Milo war hier, hier bei ihr. Wer sonst kennt den Ort des Kaugummi-Todesfalls? Ein leises Lächeln huscht über ihr Gesicht und mit ihm flimmern die Bilder *seiner* Erinnerung in ihr auf. Was empfindet er wirklich für sie? Als sie seinen Namen flüstert, flattert ihr Herz in der Brust. »Hach, Milo …«

Hastig stopft Yosi die Nachricht in die Hosentasche, geht aus dem Zimmer und zieht die Tür hinter sich zu. Noch auf dem Weg nach unten läuft sie Livia in die Arme.

»Perfektes Timing«, begrüßt sie ihre Freundin. Vermutlich hat sie hier auf sie gewartet, denn die Sorge steht ihr buchstäblich ins Gesicht geschrieben.

»Hey, alles wieder gut?« Livias Stimme schwankt.

»Alles gut«, lächelt Yosi und hakt sich bei ihr unter.

»Du hast uns einen gehörigen Schrecken eingejagt, weißt du das? Als ich gestern mitbekommen habe, dass du ohnmächtig wurdest, da … da …« Livia bricht ab und ihr Kiefer verspannt sich. »Was ist denn eigentlich passiert?«, fragt sie nun vorsichtig nach.

Anstatt zum Speisesaal schiebt Yosi ihre Freundin entschieden zum leeren Gemeinschaftsraum. »Wenn ich es dir erzähle, muss das unbedingt unter uns bleiben, klar?«

»Freundinnen-Ehrenwort«, sagt Livia sofort und grinst übers ganze Gesicht. Ob vor freudiger Anspannung oder um sie zu necken, ist Yosi nicht ganz klar.

»Ohne Witz, Livia. Das, was ich dir gleich erzähle, muss unter uns bleiben. Zu keinem auch nur einen Ton, versprich es mir hoch und heilig, okay?«

»Auch nicht Aaron?«

»Vor allem nicht Aaron.« Als Yosi Livias bestürzten Gesichtsausdruck bemerkt, fügt sie hastig an: »Wir werden es ihm erzählen, allerdings nur eine zensierte Version, einverstanden?«

Livia nickt, während sie sich anstandslos von Yosi zum Sofa bugsieren lässt und sie wie Kartoffelsäcke gemeinsam darauf plumpsen.

»Also kein Sterbenswort zu niemandem?«, versichert sich Yosi zum dritten Mal.

»Yosi, ich schwöre bei der Ehre unserer Freundschaft, das was du mir erzählst, bleibt unser Geheimnis.«

Yosi sieht ihre Freundin eindringlich an. Es wird definitiv Zeit mit jemandem zu reden. Tief seufzend spürt sie das Verlangen dazu, sich endlich alles von der Seele zu reden – vermutlich ist es genau das, was Phasmo als *Instinkt* definiert. Ja, es wird Zeit für das Thema *Herzausschütten.* »Entschuldige, dass ich mich so kompliziert anstelle. Natürlich ist mir klar, dass ich dir alles anvertrauen kann. Aber es sind so viele …« Yosi presst die Lippen zusammen und schluckt mühsam.

»So viele … was denn?«

Gereizt, fast etwas missgestimmt über ihre eigene Unsicherheit, entweicht Yosi ein Schnauben. »Ach, ich weiß auch nicht … momentan geschehen so viele verrückte und kuriose Sachen.«

»Wie jetzt, etwa noch verrückter, als die allseits bekannten spukenden Geister und nervigen Zickereien, die hier jeden Tag auf uns warten?«

»Ganz genau das meine ich«, sagt Yosi hastig, froh darüber, dass Livia sie versteht. »Gestern in der Bibliothek … ach, das weißt du ja noch gar nicht. Ich wollte recherchieren, über die Hetzjagd und den Tutamina und so. Auf jeden Fall kam Milo hereingeschneit. Einfach so. Und natürlich hat er sofort bemerkt, dass ich im Archiv über die Sage des Tutamina recherchiert habe.«

»Milo? Kam er zufällig vorbei oder absichtlich wegen dir?«

»Eher Ersteres … denke ich. Wobei, nach gestern denke ich … Vielleicht doch wegen mir?«

»Uuuh!«, kreischt Livia, während sich ihre Finger voller Eifer in Yosis Unterarm krallen. »Unglaublich, dass du kein Ton gesagt hast! Bist du nicht fast in Ohnmacht gefallen, als er so unverhofft reinkam?«

»Und ob, ich hab vor lauter Schreck sogar meinen Kaugummi verschluckt.« Yosi fährt sich mit den Händen übers Gesicht und seufzt schwer. »Aber es kommt noch mehr. Milo hat nicht nur mit mir geredet, er hat auch … wie soll ich sagen? Ähm … also, irgendwie hat er meine Nähe gesucht.«

»Ich werd' verrückt! Erzähl mir mehr!«

»Eigentlich hätte ich schwören können, dass zwischen uns alles total kumpelhaft ist, weil ich eh davon ausging, dass er eine Freundin hat – Ductus hatte eine Bemerkung in die Richtung fallenlassen. Aber jetzt bin ich mir da nicht mehr so sicher. In der Bibliothek haben wir nur geredet. Wegen der Gefahr und dass er deswegen hier ist. Klar, ich war total nervös und so, aber es wäre mir nie im Leben eingefallen, dass sein Vorbeischauen mehr zu bedeuten hat – bis wir uns um ein Haar geküsst hätten.«

»Geküüüüsst?« Livias Stimme überschlägt sich vor lauter Anspannung.

»Aber es war eben nur ein *Beinahe-Kuss.*«

»Was verstehst du unter einem *Beinahe-Kuss?*«

»Ein Beinahe-Kuss ist, wenn du kurz davor bist, es zu tun, aber im alles entscheidenden Moment platzt jemand dazwischen und unterbricht dich dabei. Genau das ist passiert. Du errätst nie, von wem wir unterbrochen wurden!«

»Hoffentlich nicht Ductus?«, meint Livia, senkt automatisch die Stimme und bekommt riesige Augen.

»Schlimmer!«

»Schlimmer als Ductus, geht denn das?«

»Ich sage nur: Ophelia.«

»Heilige Scheiße! Worst Case!«, entweicht es Livia.

»Das war noch nicht alles«, redet Yosi weiter. »Gestern im Wald … nachdem ihr weg wart … ich denke, da war mehr zwischen uns als das übliche Blabla.«

»Aha, du denkst?«

»Ähm, also … wir haben uns einfach total gut unterhalten. Na ja, zumindest am Anfang, aber dann haben wir uns hin und wieder berührt. Verstehst du?«

»Hm, das hört sich stark nach flirten an, wenn du mich fragst!«

»Als er mich berührt hat, konnte ich kaum noch normal denken. Und weißt du was? Seine Tätowierung schimmert Azurblau, wenn er seine Gabe einsetzt.«

»Sag nur, er hat sie eingesetzt?« Livia bleibt kurz der Mund offen stehen, ehe sie anfängt, sich mit der Hand Luft zuzufächeln. »Und war jetzt noch etwas mit einem Kuss?«

Yosi presst für einen Herzschlag die Augen zu. »Da war tatsächlich wieder so ein Moment. Zuerst haben wir nur geredet und irgendwann nahm ich allen Mut zusammen und hab ihn gefragt, ob er uns hilft bei dieser ganzen Maulwurf-Tutamina-Geschichte. Da wurde er auf einmal ganz eigenartig. Eigentlich dachte ich, er tut nur so, weil er uns nicht helfen möchte. Doch dann begann er über die gelöschten Erinnerungen zu reden und davon, dass er daran zweifelt, ob es immer richtig sei, sie zu löschen. Vor allem in meinem Fall.«

»Was … w-wie meint er das?« Livia reagiert ähnlich entsetzt, wie Yosi sich gestern in der Situation gefühlt hat.

»Um ehrlich zu sein, weiß ich das auch immer noch nicht so richtig. Daraufhin habe ich ihn praktisch angefleht, er soll mir meine Erinnerungen wiedergeben, damit ich es verstehe.«

»Guter Einfall«, wirft Livia dazwischen.

»Danke, aber es war vergebens.«

»Und weiter …?«, drängt Livia ungeduldig.

»Milo meinte plötzlich, dass er mir etwas zeigen möchte.«

»Was war es, ein leidenschaftlicher Kuss?«, fragt Livia total aufgeregt.

»Ja und nein, also nicht nur. Er stand ganz nah bei mir, so nah, dass ich seine Wärme spüren konnte.« Yosi schaut ihre Freundin mit unsicherem Blick an. »Und dann hat er mich wieder berührt.«

»Krass!«, entweicht es Livia. »Wo denn?«

»Nicht so, wie du denkst. Er hat seine Hand an meine Schläfe gelegt und da war dann so ein Moment. Ich habe keine Ahnung, woran es lag. An seinen azurblauen Tattoos, dem Mondschein, dem erdigen Geruch … ach, ich weiß es nicht. Plötzlich sprudelten die Worte aus mir heraus und ich hab' ihm gesagt, dass seine Tattoos wunderschön aussehen.«

»Red keinen Scheiß!«

Yosi nickt verhalten, weil es ihr unangenehm ist, das laut auszusprechen. »Daraufhin flüsterte er, dass ich unglaublich sei. Und dann hat er mich geküsst.« Nur schon beim Gedanken daran macht ihr Herz einen Salto.

»Krasser Scheiß«, entweicht es Livia noch einmal.

Yosi zieht die Beine an und presst seufzend die Lippen zusammen. »Hm, das war der extremste Teil. Ich dachte einfach nur, dass dieser Augenblick niemals enden soll. Tat er aber.«

»Mensch, Milo hat dich geküsst? So richtig und wirklich geküsst?«, fiept Livia.

Yosi nickt und spürt, wie ihre Wangen zu glühen anfangen. »Danach hat er dann seine Gabe eingesetzt und mir tatsächlich doch etwas gezeigt. Er schenkte mir eine von seinen Erinnerungen.«

»Nein, wie süß!«

»Und zwar jene, als wir uns das erste Mal gesehen haben!«

»Ach du meine Güte!«, haucht Livia atemlos und es klingt viel eher nach einem einzigen Worthauch. *AchdumeineGüte.*

»Genau, das dachte ich auch.«

»Ach, irgendwie ist das gerade elend romantisch«, seufzt Livia. »Und weiter? Hat er noch etwas dazu gesagt?«

»Nur, dass er mich beschützen muss, weil ich etwas ganz Besonderes für ihn bin und ich ihm einfach vertrauen muss. Auch aus diesem Grund zeigte er mir seine Erinnerung. Ich konnte fühlen, was er gefühlt hat.«

»Abgefahren!«

»Total!«, nickt Yosi versonnen.

»Und wieso vertrauen?«

»Weil bei dieser ganzen Tutamina-Geschichte meine Familie mit drinhängt.« Yosi presst kurz die Lippen zusammen, um das aufkeimende grässliche Gefühl unter Kontrolle zu halten. »Livia, meine Familie ist in Gefahr.«

Ihrer Freundin klappt die Kinnlade runter. »Oh nein! Und was jetzt?«

Yosi verzieht ihren Mund. »Ich habe keinen Plan«, gesteht sie. »Aber vielleicht Milo. Denn die Sache geht noch weiter. Wie du weißt, war ich ohnmächtig. Es muss Milo gewesen sein, der mich auf seinen Armen in mein Zimmer brachte, denn vorhin habe ich diese Nachricht in meiner Jacke gefunden. Und es kann eigentlich nur er gewesen sein, der mir diese Zeilen hinterlassen hat.« Sie streckt Livia die Notiz unter die Nase, beobachtet, wie sie die wenigen Worte überfliegt und dann die Luft einsaugt.

»Hach, Männer können so romantisch sein«, seufzt sie und ihr Gesicht bekommt einen verträumten Ausdruck. »Und wo soll dieser Treffpunkt sein?«

Yosi lächelt versonnen. »In der Bibliothek.«

»Moment mal! Du willst mir erzählen, dass Milo Voxx, der schärfste Nova-Phoenicrus schlechthin, dir seine Erinnerung gezeigt, dich auf den Armen aus dem Wald getragen und sich nun mit dir zu einem geheimen Treffen verabredet hat?« Livias Stimme fiepst bei jedem Wort noch ein bisschen mehr. »Das hat etwas von einem schnulzigen Liebesfilm.« Nach einer Atempause hängt sie noch an: »Natürlich nur, wenn die ganze Geschichte mit deiner Familie nicht wäre. Aber was ist das Leben ohne ein bisschen Drama.«

»Auf dieses Drama könnte ich liebend gern verzichten.«

Livias Gedanken gehen bereits wieder in die andere Richtung. »Vielleicht gesteht er dir seine Liebe?«, seufzt sie, wobei sie das Wort *Liebe* unendlich in die Länge zieht.

»Ach Blödsinn!« Noch während sie das sagt, flimmert die Erinnerung an seine Berührung und seine tiefbraunen Augen in ihr auf. Unglaublich, sie kann die Wärme seiner Hand immer noch spüren!

»Und wenn doch?« Livia beobachtet ihre Freundin prüfend.

Yosi kommt nicht dagegen an, dass ihr Bauch kribbelt. Und doch, da ist auch dieses Wissen um ihre Familie. Es fühlt sich an, als würde sie in zwei Hälften gerissen. Sie wollte sich in der Akademie unbedingt zu Hause fühlen und Freunde findet, die so etwas wie ihre neue Familie sein können. Doch wenn Milo Recht hat und ihre *wirkliche* Familie da draußen in Gefahr schwebt, dann muss sie zwingend etwas unternehmen. Also schüttelt sie den Kopf und sagt mit zusammengekniffenem Mund: »Auch wenn es sich durchaus romantisch anhört, es geht um mehr als das.«

»Vielleicht«, gibt Livia zu. »Aber gib wenigstens zu, dass du mit dem Gedanken auch schon gespielt hast.«

Yosi stöhnt. »Ehrlich, frag mich was Leichteres. Ich weiß momentan weder ein noch aus. Das einzige, was ich sagen kann, ist: Dass ich nicht will, dass irgendwer außer dir davon Wind bekommt, was zwischen Milo und mir abgelaufen ist.«

»Ich schweige wie ein Grab.« Livia streckt in einer affektierten Geste Zeige- und Mittelfinger in die Höhe, als Zeichen eines Schwurs.

»Oh nein!«

»Hab' ich was Falsches gesagt?« Livia zieht irritiert die Brauen hoch.

»Nein, nein. Ich hatte nur die Tatsache verdrängt, dass Ophelia mich und Milo bei unserem Beinahe-Kuss erwischt hat.«

»Elendes Miststück!«, schimpft Livia. »Hoffentlich ist sie dir im Wald nicht auch gefolgt.«

»Ich glaube nicht. Nein, nein. Dort hat uns bestimmt keiner gesehen. Aber in der Bibliothek. Und als ich wenige Minuten später von der Bibliothek zum Gemeinschaftsraum wollte, drangen Wortfetzen einer Unterhaltung aus dem Lehrerzimmer. Es war eindeutig Ductus, der mit Ophelia diskutierte.«

»Sag nur, das Biest hat dich verpfiffen?« Livia sieht aus, als würde sie Ophelia am liebsten in tausend Stücke reißen.

»Möglich wäre es. Aber ich habe nur einzelne Bruchstücke ihrer Unterhaltung mitbekommen und was ich gehört habe, gefiel mir nicht.«

»Gütiger Himmel, jetzt verstehe ich das erst richtig.« In dieser Sekunde werden Livias Pupillen noch größer. »Wegen der Sache in der Bibliothek hat Ophelia dich vor der Nachtwanderung so dumm angemacht.«

»Ganz genau.«

»Hat sie dich bei Ductus angeschwärzt oder dir sonst irgendwelche Probleme aufgehalst?«, fragt Livia besorgt. »Ich meine wegen Milo?«

»Bis jetzt hat Ductus noch nichts zu mir gesagt, nein«, winkt Yosi ab. »Ich hatte eher den Eindruck, dass er Ophelia irgendwas nicht abnimmt. Er sagt, sie habe gelogen und den Grundsatz-Kodex missbraucht. Ganz schön heftig. Da muss noch mehr vorgefallen sein.«

»Was? Na immerhin ging es nicht um euch beide. Gut so.«

Es ist dieser Moment, in dem Yosi etwas Entscheidendes begreift. »Nein, eigentlich ist nichts gut ... Ductus Reaktion war viel zu heftig. Wie er geredet hat. Du hättest Ophelia hören müssen. Sie hat gewimmert wie ein unschuldiges kleines Mädchen.«

»Das glaub' ich jetzt nicht! Echt hey, du hast Mitleid mit Ophelia? Hallo, Yosi, wir reden hier von O.P.H.E.L.I.A?!«

»Nein, nein, Livia, du siehst das völlig falsch. Ich rede hier von Ductus und wie er sich aufgeführt hat – nicht von Ophelia. Er war gemein und ganz egal, was das Miststück hinter meinem Rücken abgezogen hat, Ductus' Verhalten war zu schroff. Verstehst du? Ich weiß, das klingt völlig verrückt und schräg und und und, aber ...«

»Aber ...?«

»Das alles bereitet mir Bauchscherzen.«

»Wegen Ductus' Verhalten?«

»Ich ... ich ...« Yosi rauft sich die Haare. »Vielleicht, ja. Vielleicht auch nicht. Ach, nicht nur ... Es ist nicht unbedingt Ductus, nein, es ist die Mischung aus allem zusammen, verstehst du? Ophelia, Ductus, Phasmo, diese Bedrohung und meine Familie. Das alles hängt zusammen. Irgendwie. Und ich komme nicht dahinter, aber irgendwas kommt auf uns zu, Livia.«

»Also herrscht gerade die Ruhe vor dem Sturm?«

»Genau, diese elektrisierte und überladene Atmosphäre vor einem nahenden Unwetter.«

»Und wie ist dein Plan?«

»Ist doch logisch. Zwei Paar Augen und Ohren bekommen doppelt so viel mit ...«

»Hey, ist doch klar!«

Yosi schließt ihre Freundin dankbar in die Arme, ist aber auch glücklich, ihr Herzausschütten halbwegs gut überlebt zu haben.

»Doch eine Sache ist da noch«, fügt Livia hinzu.

*Wieso lächelt sie so schelmisch?*, denkt Yosi verwirrt.

»Können wir zuerst noch eine Kleinigkeit essen? Ich sterbe, wenn ich nicht gleich was zu essen kriege«, grinst ihre Freundin jetzt. »Bestimmt fragt sich Aaron schon, wo wir so lange bleiben.«

Das ist eine Eigenschaft, die Yosi an ihrer Freundin echt bewundert. Man kann sie mit apokalyptischen Dingen bis zum Gehtnichtmehr überschütten und ihre Reaktion ist beim einen Atemzug noch ganz *Ach du heilige Scheiße,* beim nächsten Luftholen plappert sie aber dann schon wieder über so etwas Alltägliches wie *Sterbenshunger* und *wartende Freunde.*

Damit holt sie Yosi innerhalb kürzester Zeit zurück auf den Boden der Tatsachen und verleiht der ganzen nahenden Bedrohung ein Hauch Ernüchterung.

»Und du sagst das natürlich nicht, weil du unbedingt zu Aaron möchtest?«

»He, das geht dich überhaupt nichts an«, feixt Livia zurück. »Aber wenn sich irgendwann mal was tut zwischen uns, erfährst du's garantiert als Erste. Versprochen!«

»Das wollte ich hören. Dann los, gehen wir was essen. Und du weißt –«

»Ja, ja, jaaaa, keine Sorge. Keine Menschenseele wird je erfahren, über was wir beide hier gesprochen haben.« Sie steht auf, zerrt ihre Freundin an beiden Händen, so dass sie ebenfalls auf den Füßen zu stehen kommt, und zieht die eine Braue hoch. »Ach, und nur damit es einmal klar und deutlich ausgesprochen wird: Milo Voxx steht auf dich!«

»Sind wir mit dem Thema jetzt durch?«

»Voll und ganz.« Livia legt Yosi den Arm um die Schulter und beginnt zu kichern. »Irgendwie überkommt mich gerade so ein Verlangen nach einer Zigarette.«

»Uff! War's so schlimm?«, stimmt sie in das Kichern mit ein und kneift sie neckisch in die Seite. »Ich brauch' jetzt erst einmal literweise Kaffee.«

»Steig doch gleich auf intravenös um, Miss Kaffeesucht.«

»Wie bitte, Miss Cup-Cake?«, fragt Yosi zuckersüß, während sie gleichzeitig die Tür des Gemeinschaftsraums aufzieht und ihre Freundin hinausschiebt.

»Cup-Cakes sind süß, sehen hübsch aus und sind für mich absolut existenziell.«

»Du denkst wohl, die farbige Verzierung ist aus Vitaminen und Ballaststoffen, was?«

»Du hast es erfasst. Und jedes ist so außergewöhnlich, einmalig und zauberhaft, so wie ich.«

»Livia, du hast echt einen Vollknall!« Sie kann sich vor Lachen kaum halten.

Und als sie nun den Korridor hinunterschlendert, fühlt sich Yosi deutlich besser und entspannter, fast als wäre mit ihren Worten eine unsichtbare Last von ihrem Herzen gefallen.

***

Mit einem Liter Kaffee im Blut und einer halben Portion Müsli im Bauch kommt Yosi ihre kleine Psycho-Tragödie mit Milo nun ziemlich unwichtig vor – vielleicht liegt es auch daran, dass sie sich alles von der Seele reden konnte. Wer weiß das schon so genau. Natürlich haben Livia und sie Aaron auf den neusten Stand der Dinge gebracht, aber wie abgemacht mit einer zensierten Kurzversion ganz ohne Irrungen und Wirrungen und Herzflattern. Und das war auch gut so, denn die Tatsache mit Yosis Familie hat ihn ziemlich erschüttert und für eine ganze Weile schweigen lassen.

»Hey, du stocherst seit einer halben Ewigkeit in deinem aufgeweichten Müsli rum«, bemerkt Aaron, schielt zu ihr hinüber, ohne seinen Blick von seinem Frühstück zu heben. Es ist der erste Kommentar, den er von sich gibt.

»Ich bin satt.«

»Oder nervös«, kontert er, verzieht seinen Mundwinkel und trifft mit dieser Feststellung ins Schwarze. Der Gedanke, gleich Milo gegenübertreten zu müssen, nachdem sie vor seinen Augen in Ohnmacht fiel, macht sie wirklich unruhig. Und dass dieser Kerl dazu noch das ganze geheime Wissen von ihrer Familie kennt, macht es nicht gerade leichter.

»Red nicht so einen Quatsch!«, faucht Yosi und lässt klirrend den Löffel fallen. Kaum dass sie die Worte ausgesprochen hat, tut es ihr schon wieder leid, weil Aaron richtig zerknirscht aussieht und sich mit gekrümmten Rücken über seine Frühstücksflocken beugt. Livia sieht sie nur stumm an, doch der Vorwurf, der in ihren Augen liegt und sich in ihren Mundwinkeln verankert, ist nicht zu übersehen. »Alles bestens.«

Und ja, sie ist nicht nur ein bisschen aufgeregt, sondern ganz schrecklich nervös!

»Übrigens habe ich gestern beobachtet, wie jemand aus dem verbotenen Eingang kam«, wechselt Aaron das Thema, doch seine Stimme klingt immer noch leicht geknickt. »Es war Phasmo.«

»Tatsächlich?« Das kommt von Livia. »Wann denn?«

»Rein zufällig, als ich von meiner Viritimstunde bei Bezold zurückkam. Er wirkte sichtlich nervös, huschte seltsam gebückt, so als ob er dabei nicht gesehen werden möchte. Eigentlich wollte ich es euch ge-«

Weiter kommt er nicht.

»Ich hab' hier was für dich.« Ophelia lässt einen kleinen Fetzen Papier neben Yosis Müslischale segeln. Yosi hat sie nicht kommen hören und Aaron offenbar genauso wenig. »So eine undefinierbare Ahnung sagt mir, die Notiz könnte dir gehören.«

Nach einem Blick auf den zusammengeknüllten Zettel sieht Yosi auf und betrachtet Ophelias zierliche Gesichtszüge. Doch zum ersten Mal wirkt ihr Gesicht weder perfekt noch makellos. Nein, es wirkt merkwürdig leer, ebenso wie die Klangfarbe ihrer Stimme.

»Ich … also …«, stammelt Yosi überfordert – mehr bekommt sie nicht zustande.

»Na, ist der Zettel von dir oder nicht?«

Sofort schiebt Yosi ihre Hand in die Hosentasche und fasst ins Leere. Verdammt, sie muss Milos Zettel irgendwo verloren haben. Entweder im Gemeinschaftsraum oder auf dem Korridor – wie absolut dämlich! Nun liegt er vor ihr auf dem Tisch. »Stimmt, der ist mir wohl aus der Tasche gefallen. Danke.«

»Aber gerne doch. Offenbar bist du nicht die Einzige, die eins und eins zusammen zählen kann, hm?« Mit diesen Worten dreht Ophelia sich um, durchquert den Speisesaal und verschwindet durch die Hintertür in den Hinterhof.

»Mensch, die hat doch echt einen Spleen«, murmelt Aaron und schüttelt seinen Kopf. »Ich möchte gar nicht erst wissen, was ihr Problem ist.«

»Bestimmt ein Psycho-Pseudo-Problem, die ist echt reif für die Klapse«, fügt Livia hinzu. »Und habt ihr gemerkt, sie ist tatsächlich ohne ihre beiden Anhängsel unterwegs.«

»Oh ja, von wegen Psyche und Anhängsel –«, beginnt Yosi und will ihnen schildern, was sie gestern bei der Nachtwanderung mitangehört hat, da entdeckt sie an der Eingangstür Milo. Mit seinen breiten Schultern und verschränkten Armen lehnt er am Türrahmen und schaut zu ihr rüber. Und da ist es wieder, das Gefühl, ihr Herz könne schweben, allein durch seine Anwesenheit. Seine angedeutete Kopfbewegung macht deutlich, dass er losgeht und in der Bibliothek auf sie warten wird.

»Yosi, was ist?«, fragt Aaron mit besorgtem Gesichtsausdruck, als sie ihren Satz unausgesprochen in der Luft hängen lässt.

»Später«, sagt sie lächelnd. »Ich werde erwartet.«

Etwas widerstrebend steht sie auf. Ja, sie hat fast Schiss davor, was sie erwarten wird, denn das letzte Mal, als sie Milo gegenüberstand und mit ihm sprach, waren seine Worte so welterschütternd, dass sie in Ohnmacht fiel.

Langsam erhebt sie sich, doch bevor sie geht, beugt sie sich zu Aaron und legt ihm entschuldigend die Hand auf die Schulter. »Sorry, wegen vorhin. Ich wollte dich nicht so anschnauzen, es ist nur, weil ich so …«

»… du so nervös bist?« Aarons besorgter Ausdruck weicht einem gütigen Lächeln. »Kein Thema, schon vergessen.«

»Gut, ich geh' dann mal kurz … na ja, ihr wisst schon.« Yosi will nicht riskieren, dass Ophelia oder ihre *Spione* den geheimen Treffpunkt mitbekommen. Ihre Freunde versichern ihr, dass sie im Gemeinschaftsraum auf sie warten werden.

So völlig auf sich allein gestellt zu sein, entfacht in ihr unverhofft eine mächtige Unsicherheit, und die schafft Platz für eine Unmenge an Fragen. Was will ihr Milo sagen? Weiß er, wer der Maulwurf ist und was er will? Wer die Feinde sind? Das Rumoren im Magen nimmt mit jedem Schritt zu. Aber das ist totaler Unsinn, sie kann Milo vertrauen. Er steht auf ihrer Seite.

Flüchtig wirft sie noch einen letzten Blick auf ihre Freunde, beide bereits wieder eifrig in ein Gespräch vertieft. Aaron zieht ein CupCake unter seiner Jacke hervor, die auf dem Stuhl neben ihm liegt und zaubert mit dieser Geste ein glückseliges Lächeln in Livias Gesicht. In dieser Sekunde spürt Yosi einen Blick auf sich ruhen. Langsam, so langsam als bewege sie sich in Zeitlupe, dreht sie das Gesicht dem Fenster zu, das einen Blick auf den Hinterhof gewährt. Dort draußen steht Ophelia, einsam und allein, und lässt sie nicht aus den Augen. In ihrem ausdruckslosen Gesicht liegt plötzlich ein Hauch, der von Traurigkeit gezeichnet ist.

# Kapitel 11

## Treffpunkt: Kaugummi-Todesfall

Als Yosi den Speisesaal verlässt, fühlt sie sich zittrig und durcheinander, weil sich das Flattern ihres Herzen dem Zweikampf mit dem unguten Gefühl in ihrem Magen stellt. Ja, ihr Magen droht sich nach Links zu drehen. Umso wichtiger, dass sie das Treffen hinter sich bringt.

*Herrgott, Yosi, reiß dich zusammen!*

Mit diesem Gedanken geht sie möglichst ruhig und normal den Korridor hinunter. Sie schaut sich nicht um, grüßt keinen, und je näher sie der Bibliothek kommt, desto schneller werden ihre Schritte. Sie läuft dem unbestimmten Gefühl entgegen, dass etwas mit ihr und ihrer Familie außerhalb dieser Mauern nicht stimmt. Auch deshalb versucht sie, die wirbelnden Gedanken an Milo zu verbannen. Es gelingt ihr halbwegs, nur das Rumoren in ihrem Magen begleitet sie beharrlich und lässt sich nicht so einfach wegfegen wie eine dünne Schicht Staub.

Vor der Tür bleibt sie kurz stehen.

*Augen zu und durch!*

Was immer sie auch erfahren wird, ihre Freunde werden ihr beistehen. Mit einem tiefen Atemzug drückt sie die Tür zur Bibliothek auf und atmet den Geruch der alten Bücher und dem frisch geölten und prächtigen Parkett ein.

Ein matter Schein liegt über dem Raum und eine bedächtige Stille, wie man sie nur in einer Bibliothek antreffen kann.

Yosi entdeckt Milo erst auf den zweiten Blick. Mit dem Rücken zu ihr, die Hände in den Hosentaschen vergraben, lehnt er an einem

Bücherregal neben dem Fenster. Sein Blick gleitet hinaus und verliert sich in der Ferne, aber als nun die Tür ins Schloss fällt, wirbelt er herum.

Ist es Zufall, dass sonst keiner hier ist, nicht einmal Guillon – oder hat Milo das veranlasst?

»Hi«, sagt Yosi leise und spürt, wie ihr Gesicht errötet, weil in dieser Sekunde die Erinnerung an ihren Ohnmachtsanfall zurückkommt.

»Hi, Yosi. Wie ich sehe, hast du meine Nachricht gefunden.«

Nun stiehlt sich ein Lächeln in ihr Gesicht. »Wie ich sehe, war die Nachricht des *geheimnisvollen Unbekannten* von dir.«

»Reine Vorsichtsmaßnahme.« Er schmunzelt erneut, aber dieses Mal wirkt er verlegen. Er kratzt sich erst am Kinn, dann verzieht er den Mund, als er fortfährt: »I-ist bei dir wieder alles okay?«

»Ja, alles wieder okay«, drückt sie sich um die Wahrheit. Wieso ist sie denn plötzlich so heiser? Befangen räuspert sie sich einige Male.

Er macht einen großen Schritt vom Fenster weg und auf sie zu. »So siehst du ehrlich gesagt nicht aus.«

Ihr kommt der schleichende Verdacht, dass er im Speisesaal zumindest einen Teil ihres lustlosen im-Müsli-Herumgestocher und den patzigen Antworten Aaron gegenüber mitbekommen hat. Dieser Morgen steht den vergangenen Stunden in Nichts nach. Echt prima! Vorausgesetzt, dass man nicht ohne die tägliche Dosis Blamage leben möchte.

Während Milo nur wenige Schritte vor ihr steht und unverschämt gut aussieht, schielt Yosi zu ihm auf. Ach egal, es spielt doch keine Rolle, jetzt kann sie die rasante Fahrt des Abwärtsgangs genauso gut mit Vollgas vorantreiben und sich endlich alles von der Seele reden.

»Milo, ich weiß, dass ein Verräter aus unseren Reihen dem Tutamina hilft, uns zu finden. Und ich habe auch gehört, was Ductus über so eine Herzenssache gesagt hat …«

Sein Lächeln verblasst, wenn auch nur ein bisschen. »Okay, wir können gleich darüber sprechen. Aber zuerst will ich klarstellen, dass die Anspielung wegen der Herzensangelegenheit, das … also, es ist nicht so, dass ich eine Freundin habe oder so.«

»Geht mich eigentlich ja sowieso nichts an.«

»Yosi, so ist das nicht«, unterbricht er sie und dann macht er etwas, das Yosi komplett den Atem verschlägt. Er geht diesen letzten Schritt, der noch zwischen ihnen liegt, und nimmt ihre Hand in seine. »Ja,

Ductus hat mit dieser Anspielung von einem Mädchen gesprochen. Doch dieses Mädchen, das bist *du.*«

»Ich? Oh, also …« Mit diesen Worten hat sie nicht gerechnet. Ihr Herz flattert hoch, immer höher und sie weiß nicht, was sie sagen soll. Ihre Reaktion strotzt wieder einmal vor überragender Schlagfertigkeit. Manchmal fühlt sie sich echt wie eine Intelligenzallergikerin. »Wirklich? Von mir?«

»Wirklich«, lächelt Milo so unwiderstehlich. Er beugt sich vor, ganz langsam, und haucht ihr einen zärtlichen Kuss auf die Wange. »Von dir, Yosi.«

Für ein, vielleicht zwei Sekunden lächelt sie Milo glücklich an. Ihr Herz schlägt bis zum Hals, als sie plötzlich begreift, dass Milos Liebesgeständnis etwas ganz anderes nach sich zieht.

»Milo …«, haucht sie atemlos. »Wenn du von mir gesprochen hast, dann …«, sie unterbricht sich selbst, denn sie muss den Satz anders formulieren, »… steht der Tutamina in irgendeinem direkten Zusammenhang mit meiner Familie?«

Milo löst sich ein Stück von ihr, senkt seinen Blick und streift sich unruhig durch sein Haar. Irgendetwas verschweigt er, das ist mehr als deutlich.

»Tut mir leid, ich darf nicht darüber reden«, sagt er leise und presst die Lippen zusammen. Sie sieht zu, wie er unentwegt mit seinen Fingernägeln spielt, als er fortfährt. »Die ganze Situation ist so komplex und verworren, dass ich es verdammt noch mal ni-« Er bricht mitten im Wort ab, aber was er gesagt hat, reicht aus um zu begreifen, dass ihn irgendetwas massiv belastet. Seine Stimme ist mit jedem Wort lauter geworden und gleichzeitig spiegeln sich Wut und Traurigkeit in seinem Gesicht wider.

Eigentlich ergeht es ihm nicht anders als ihr.

»Dass du es verdammt noch mal … *was?*«, bohrt sie nach und ihr Puls geht plötzlich schneller. Irgendetwas hat sich verändert. Fast kann sie riechen, wie sich die geheimnisvolle Anspannung in der Luft verdichtet.

Milo schließt die Augen und da wagt Yosi, den Abstand zwischen ihnen noch mehr zu verringern und streckt ihre Hand nach ihm aus. Als er ihre Hand auf seinem Unterarm spürt, verformt sich sein starrer

Mund zu einem Lächeln, dennoch wirkt es traurig und müde zugleich. Er schlägt die Augen auf und schüttelt leicht den Kopf.

»Reicht es nicht, wenn ich dir sage, dass es noch viel verworrener und komplizierter ist, als du dir vorstellen kannst?«

Mit dieser ausweichenden Antwort wird alles nur noch viel rätselhafter und geheimnisvoller. Sie mustert ihn. Einerseits neugierig, weil sie zu gerne wissen möchte, was für Einzelheiten er hütet und ihr verschweigt, andererseits mitfühlend, weil sie mittlerweile weiß, wie es sich anfühlt, wenn man nicht offen reden kann.

»Nicht wirklich«, schmunzelt sie. »Aber ich hab' ja versprochen, dir zu vertrauen. Und das tue ich.«

Milo schaut ihr direkt in die Augen und der Blick hält ein paar Momente länger an als üblich. Das heiße Kribbeln in ihrem Innern vermischt sich mit dem brodelnden Rumoren in ihrem Magen. Eine ungesunde Mischung.

»So wie ich dir«, murmelt er so leise, dass Yosi sich nicht sicher ist, ihn richtig verstanden zu haben. Dann beugt er sich wieder zu ihr runter, legt schweigend seine Stirn auf ihre und gleichzeitig sucht seine Hand ihre Finger, um sich wie selbstverständlich mit ihnen zu verschränken.

Eine Weile schließt Yosi die Augen, genießt seine Nähe, atmet seinen Geruch und lauscht dem Pochen seines Herzens. Doch die gesichtslose Bedrohung hängt wie ein Schleier über ihnen. Ein Schleier, der sie lähmt und blockiert.

»Wozu bin ich hier, Milo?«

Dieses Mal ist sein Lachen echt. »Um mich zu treffen«, sagt er ohne Umschweife. Langsam zieht er die Hand unter ihrer hervor und nur ein Atemzug später liegt sein Finger an ihrem Kinn. Zärtlich hebt er es an, so weit, bis ihre Blicke sich finden. Seine Berührung fühlt sich gut an. Am liebsten würde sie ihrem Impuls nachgeben, ihm die Arme um den Hals schlingen und ihn küssen.

Himmel! Was ist denn nur mit ihr los?

»Warum?«, haucht sie. »Warum wolltest du mich treffen?«

Milo zieht seine Hand zurück. »Ich hab über deine Frage im Wald nachgedacht. Wer immer der Maulwurf sein mag, er rechnet am allerwenigsten damit, dass ein paar Studenten hinter sein Geheimnis kommen könnten.«

»Klingt einleuchtend«, entgegnet Yosi.

»Also, was ich damit sagen will: Ich bin dabei. Lass uns zusammen versuchen, etwas herauszufinden.« Er lächelt etwas verlegen. »Vielleicht brauchst da ja hin und wieder jemand, der dich mit seinen starken Armen auffängt.«

Yosi seufzt innerlich verträumt bei der Vorstellung, wie Milo sie in den Armen hielt und dann hört sie sich schon sagen: »Du hast mich also ins Zimmer hochgetragen«, stellt sie fest und es ist mehr geschmunzelt, als wirklich gesprochen.

»So wahr ich hier stehe«, hüstelt er.

*Gott, wie romantisch …*

Jetzt ist Yosi diejenige, die mit einem schiefen Lächeln zu ihm aufsieht. »Milo, weißt du was?

# DU bist mein Held

Es muss der Schimmer des matten Sonnenscheins sein, der hinter einer Wolke hervorbricht, denn Milos Gesicht erhellt sich bei ihren Worten.

»Nur für dich Yosi, nur für dich.« Bei diesen Worten kribbelt wieder etwas wohlig warm in ihrem Bauch und flattert hoch zu ihrem Herzen. So hat sie sich noch nie gefühlt. Ob es das ist, was Livia empfindet, wenn Aaron sie mit diesem Blick ansieht, als würde er alles um sich herum vergessen?

Auch Milos Lächeln löst ungeahnte Gefühle in ihr aus und Yosi versucht es zu überspielen, in dem sie das Thema wechselt. »Darf ich dich etwas fragen?«

»Klar, auf die Gefahr hin, dass ich dir keine Antwort geben kann.«

»Was befindet sich im Turm hinter dem verbotenen Eingang?«, fragt sie geradeheraus.

Er windet sich unbehaglich. Mit solch einer Frage hat er scheinbar nicht gerechnet.

»Ganz unter uns«, fährt Yosi fort und beugt sich näher zu ihm. »Diese ganze Geheimniskrämerei geht mir allmählich echt auf den Sack.«

Er kann sich ein Schmunzeln nur schwer verkneifen. »Und mir geht diese ganze Geheimniskrämerei allmählich echt am Arsch vorbei.«

»Also verrätst du's mir?«

»Wer sagt, dass ich es weiß?«, grinst er immer noch. »Wieso fragst du?«

Aus Yosis Erinnerung fallen Aarons Worte wie plätschernde Regentropfen.

*Übrigens habe ich beobachtet, wie jemand aus dem verbotenen Eingang kam. Es war Phasmo.*

»Aaron hat gestern zufällig beobachtet, wie Phasmo heimlich aus dem Turm geschlichen kam«, sagt sie schließlich.

»Nun ja, das muss noch lange nichts zu bedeuten haben, oder?«, entgegnet Milo nüchtern.

»*Muss* es nicht, das ist wahr. *Kann* es aber, und mein Bauchgefühl ist leider für die zweite Variante. Ehrlich gesagt traue ich Phasmo nicht über den Weg.«

»Aber Yosi, wir haben überhaupt keine Beweise dafür, dass Phasmo etwas Verbotenes angestellt hat«, entgegnet Milo ruhig.

Das stimmt natürlich, das ist Yosi mehr als klar, und trotzdem: »Dann erkläre mir mal, was er dort drin zu suchen hatte? Irgendeinen Grund wird er doch gehabt haben? Und wie erklärst du dir sein merkwürdiges Verhalten, als hätte er etwas Verbotenes angestellt?« Yosi wartet ab, was Milo dazu meint, doch er scheint unschlüssig, als ob er die Argumente gegeneinander abwägen müsste. Also fügt sie noch ein Gedanke an: »Hey, irgendwo müssen wir einfach anfangen. Im Besten Fall finden wir nichts, aber im schlimmsten Fall –«

»– entlarven wir den Maulwurf«, beendet Milo ihren Satz mit einem tiefen Seufzer.

»Richtig.«

»Okay, lass mich kurz deinen Gedankengang weiterspinnen. Um mit Gewissheit sagen zu können, ob Phasmo etwas Verbotenes angestellt hat bei dem, was der Turm im Innern birgt, müssen wir irgendwie da reinkommen«, sagt er und sein Mundwinkel zuckt auffällig. »Na, hab ich deine Gedanken richtig interpretiert?«

»Für den Anfang nicht schlecht«, grinst Yosi. »Da gibt es nur ein Problem, wir kommen nicht rein, denn die Türen des Turms lassen sich nicht öffnen.«

»Lass das mal meine Sorge sein«, zwinkert er ihr zu. Da tanzt ein Licht in seinen Augen. Draufgängerisch und auch abenteuerlustig. »Zwar muss ich zuerst noch etwas erledigen, aber ich frag doch gleich einmal, Milady, haben Sie heute an diesem Samstagnachmittag um Vier schon was vor?«

»Ich stehe Ihnen zur freien Verfügung, Milord«, antwortet sie ganz ladylike.

»Dann erwarte ich dich und deine Freunde in eurem Gemeinschaftsraum, um dich … also euch, meine ich … abzuholen. Einverstanden? Am besten ziehst du irgendwas Dunkles, Unauffälliges an«, sagt er und seine Braue zuckt dabei verführerisch.

»Einbrecher-Kluft? Hört sich gut an«, sagt sie schnell.

»Dann haben wir eine Verabredung«, lächelt Milo und streift ihr eine Strähne aus dem Gesicht. Nun beugt er sich wieder zu ihr, ganz langsam, und als sie seinen Atem auf ihrem Mund spürt, fallen ihr die Augen zu. Sie fühlt seinen weichen Mund und sein seidiges Haar, das sie sanft auf den Wangen streift. Der Kuss ist gefühlvoll und zärtlich und ihr ganzes Blut rauscht voller Leidenschaft durch den Körper.

Langsam löst sich Yosi von ihm und ihr Blick tastet über seine sanft geschwungenen Lippen. »Ich freue mich, dass du uns helfen möchtest«, raunt Yosi und fährt die Züge seines Kinns mit ihren Fingern nach.

»Und ich freue mich auf unser heimliches Date«, haucht er atemlos in ihr Ohr. Dann küsst er sie noch einmal, aber diesmal nicht zögernd. Der Kuss wird stürmisch und leidenschaftlich. Sie gibt ihrem Impuls nach, schlingt die Arme um seinen Hals und zieht ihn zu sich heran. Voll von Schmetterlingen flattert ihr Magen hoch zu ihrem Herzen. Das Kribbeln im Bauch wandert hinab zur Innenseite ihrer Schenkel und ihr Atem beschleunigt sich. Sie fühlt mehr, als dass sie noch einen klaren Gedanken fassen kann. Es ist verrückt, schließlich lauert eine unbekannte Bedrohung da draußen, aber so unglaublich ihr Leben im Augenblick auch sein mag, so intensiv hat sie noch nie empfunden.

Sie presst sich an seinen Körper, der so wunderbar zu ihrem passt. Und mit jedem Herzschlag verblassen die Gedanken. Es existiert keine Gefahr, keine Dinge, über die sie mit Milo nicht reden kann und auch das Gefühl verschwindet, das etwas Unheilvolles über ihr und ihrer Familie schwebt. All das heillose Durcheinander in ihr verwandelt sich in Verlangen. In dem Augenblick wünscht sie sich aus tiefstem Herzen, dass die Welt still steht und der Kuss niemals endet.

Allmählich klärt sich ihr erregter Geist wieder. Diesmal sind sie beide atemlos, als sie sich voneinander lösen. Sie bemerkt, dass sie mit dem Rücken an einem Bücherregal lehnt. Milo ist so nah bei ihr, dass sich ihre Körper immer noch berühren und seine kräftigen Armen umschlingen zärtlich ihre Taille. Sie kann sein Herz unter ihrer Hand schlagen hören. Ja, ihre Herzen tanzen Walzer im Gleichtakt.

Sie vergräbt ihre Hand in seinem vollen Haar und will ihn abermals zu sich ziehen, als das Krachen der Tür sie auseinanderscheucht. Es ist Guillon, der die Bibliothek betritt.

»Oh, hallo, zwei Frühaufsteher«, begrüßt er sie freundlich. Doch Yosi ist sich sicher, ein angedeutetes Zwinkern bemerkt zu haben. Das ist dann wohl ihr Stichwort, von hier zu verschwinden.

»Ähm, ich geh' dann mal«, sagt Yosi verlegen, wirft Milo noch einen verstohlenen Blick zu, winkt und geht langsam zur Tür.

»Bis später, Yosi«, hört sie ihn raunen und allein diese Worte lassen ihr Herz wieder hüpfen.

*Sie haben ein Date.*

Okay, nicht wirklich ein Date, aber dennoch. Milo und sie brechen in den verbotenen Turm ein. Sie weiß nicht, ob es gut gehen wird, aber ihr Herz schlägt lebendig in ihrer Brust. Und es ist die Herzensstimme, die ihr zuwispert, dass es richtig ist. Ja, es macht ihr auch etwas Angst, aber was hat sie schon zu verlieren?

Als sie an der Tür steht, wirft sie einen kurzen Blick über die Schultern. Noch immer lächelnd lehnt Milo am Bücherregal. Er wirkt, als würde er gleich einen kleinen Freudentanz vollführen wollen.

Und dann, wie aus dem Nichts, löst sich der Treffpunkt: *Kaugummi-Todesfall* in Rauch auf und verwandelt sich in den Ort, an dem Milo sie das allererste Mal richtig leidenschaftlich geküsst hat.

# Kapitel 12

## Bitte spülen …?

Gedankenverloren schlendert Yosi wieder zum Gemeinschaftsraum zurück, hängt den vergangenen Minuten nach. Ihre Lippen kribbeln von Milos Küssen, ihr Herz schwebt auf Wolke Sieben und sie kann es kaum erwarten, ihn wiederzusehen. Für einige Augenblicke vergisst sie, weswegen sie eigentlich in den Turm einbrechen wollen.

Erst als sie aus dem Augenwinkel etwas auf dem Boden glitzern sieht, bleibt Yosi stehen.

*Vielleicht Livias gestohlene Halskette!*, schießt es ihr durch den Kopf. Und mit diesem Gedanken ist alles wieder da. Es fühlt sich an, als zerre jemand an ihrem Herzen und das schöne Gefühl von Schwerelosigkeit verfliegt.

*Sinnlos!*, denkt Yosi und wie von selbst bückt sie sich, um den glitzernden Gegenstand aufzuheben, während ihre Gedanken weiterschweifen und immer schwerer wiegen. Es ist zwecklos sich zum tausendsten Mal zu fragen, wo die Verbindung zwischen all den merkwürdigen Ereignissen liegt. Der Streit zwischen Phasmo und Moltino, Ductus' Verhalten, die Schmuckdiebstähle, Milos Auftauchen, das Wissen um ihre Familie, ja sogar die seltsame Nachtwanderung mit der Suche nach der blauen Stundenblume gehört irgendwie dazu. Wie ein unsichtbarer Faden, der alles miteinander verknüpft. Doch so sehr sie auch sucht, sie findet den gemeinsamen Nenner nicht. Noch nicht. Trotzdem ist sie felsenfest davon überzeugt, dass er da ist. Wer immer da auch agiert, er tut es gut verborgen und führt sie alle in die Irre.

Und jetzt muss sie enttäuscht feststellen, dass das, was sie in den Fingern hält, bloß ein zusammengeknülltes Bonbonpapier ist. Klebrig noch dazu. *Igitt!*

Kurzentschlossen geht sie zur nächstgelegenen Toilette, um sich die Hände zu waschen, doch gerade, als sie eintritt und das Papier genervt in den Abfall schmeißt, bricht ein eigenartiges Geräusch zu ihr durch. Es kommt eindeutig aus einer der Kabinen.

*Vladimir!*, ist der erste Schreckgedanke, der in ihr hochkommt. Ganz leise geht Yosi herein, drückt die Tür hinter sich ins Schloss und lauscht in den Raum.

Da, da ist es wieder.

Aber sie hat sich getäuscht. Das vermeintlich stöhnende Wehklagen eines Geistes verwandelt sich beim Näherkommen zu dem verzweifelten Schluchzen eines Mädchens. Auch ein Zeichen, wie überstrapaziert ihre eigenen Nerven sein müssen. Aus einem Bonbonpapier wird plötzlich Silberschmuck und aus einem Schluchzen ein Schlossgeist.

Sie schüttelt über sich selbst den Kopf und lauscht. Es überkommt sie eine leise Ahnung, denn das Schluchzen kommt Yosi verdächtig bekannt vor.

Mit vorsichtigen Schritten nähert sie sich der hintersten Kabine, während sich ein Gefühl, das sie nicht fassen kann, in ihrer Brust regt. Etwas, das sie damals vor Ductus' Tür zum ersten Mal im Zusammenhang mit dieser Person gefühlt hat. Etwas, dass sie sich zuvor niemals vorstellen konnte. *Mitleid mit Ophelia.*

*Bist du denn von allen guten Geistern verlassen?*, schimpft sie sich in Gedanken aus. Das ist Ophelia, die zickige, herablassende Ophelia, mit Zweitnamen *Miststück!*

Am liebsten hätte sie sich eine saftige Ohrfeige verpasst, das ganze Mitgefühl das Klo runtergespült, auf dem Absatz kehrtgemacht um abzuhauen, aber etwas hält sie zurück und drängt sie mit dem armseligen Geschöpf zu reden.

Yosi kann es nicht leugnen. Ophelia tut ihr leid. Sie geht noch einen Schritt auf die Kabine zu, legt die Hand an die Kabinentür und fragt: »Ophelia? Alles okay?« Ihre Worte wirken zögernder, als sie es wollte.

Ophelia saugt erschrocken die Luft ein und ihre Stimme klingt belegt, als sie zu reden beginnt. »W-was willst du denn hi-ier?«

»Eigentlich nur meine Hände waschen.« Und das ist nicht mal gelogen.

»Kla-ar«, wimmert Ophelia heiser, dabei entweicht ihr ein weiterer Schluchzer. Trotzdem ist der Zynismus in ihrer Stimme herauszuhören.

»Es ist die Wahrheit«, sagt Yosi energisch. »Also, ist etwas passiert?«

Stille.

Und wieder ihr Schluchzen.

»Kann ich dir irgendwie helfen?«

»Ne-ein, lass mich in Ruhe«, zischt Ophelia wimmernd.

Wo bitteschön sind denn Ophelias Busenfreundinnen, wenn sie einmal wirklich gebraucht werden?

»Ist es wegen deines Schmuckes, der verschwunden ist?«, fragt Yosi.

Wieder kommt ein heftiges Schluchzen.

»Soll ich zu dir reinkommen?« Yosi kann selbst kaum glauben, was sie gerade von sich gibt. Himmel, da drin hockt Ophelia. Die Ophelia, die sie als Schnepfe bezeichnet hat und mit Dana zusammen irgendetwas gegen sie ausheckt, die Ophelia, die sie ständig beleidigt, die Ophelia, die sie von ganzem Herzen verabscheut!

Ein klägliches Wimmern dringt zu ihr durch und es klingt dummerweise verdächtig nach einem »Ja«.

*Mist, Mist, Mist verdammter!*

Wieso musste sie auch ausgerechnet dieses blöde Bonbonpapier aufheben und sich daran die Finger schmutzig machen.

Hier wäre der Augenblick für Ohrfeige Nummer zwei.

»Nur einen Augenblick«, murmelt Yosi.

Zumindest in Gedanken klatscht sich Yosi die flache Hand einmal kräftig gegen die Wange, während sie vor den Spiegel tritt, um sich die Hände am Waschbecken zu waschen. Ihr Gesicht starrt ihr aus dem Spiegel entgegen. Müde und erschöpft. Sie atmet einmal tief durch. Etwas in ihrem Gesicht wirkt verändert. Braune Augenschatten unterstreichen ihre Erschöpfung und lässt den Ansatz von Melancholie vermuten, die beinahe das helle Strahlen in ihren Augen überschattet.

Wieder zerreißt ein Schluchzer das kritische Betrachten ihres Spiegelbildes und Yosi gibt sich einen Ruck. Mit einem Seufzer geht sie auf die hinterste Kabine zu. Ein Klacken zeigt ihr, dass Ophelia das

Schloss entriegelt hat. Vorsichtig drückt sie die Tür einen Spaltbreit auf und quetscht sich hindurch.

Für ein paar Augenblicke bleibt sie reglos und dicht neben Ophelia stehen und betrachtet das Häufchen Elend. Dann kauert sie sich neben Ophelia auf den Boden und zwingt sich, ein Lächeln aufzusetzen. Ihr tröstend die Hand auf die Schulter zu legen, wagt sie dann aber doch nicht. Der Gedanke, dass das alles zu ihrem Gesamtplan gehört, um ihre Person wieder ins bessere Licht zu rücken, streift Yosi dabei flüchtig.

»So, und jetzt erzähl mal«, beginnt Yosi vorsichtig. »Was ist passiert?«

»Ich …«, schluchzt sie. »Nein, das kann ich u-unmöglich.«

»Bestimmt wird es dir danach besser gehen«, sagt Yosi aufmunternd. »Versuch's einfach.«

»Nein, daran lässt sich sowieso nichts ändern. Und gar nichts dagegen tun«, wimmert Ophelia. Sie klingt nicht nur miserabel, sondern plötzlich auch sehr kindlich. »Ich hab's vermasselt. Ductus ist enttäuscht von m-mir, weil …« Ophelia muss sich unterbrechen, denn ein heftiger Schluchzer schüttelt sie ruckartig durch.

»Weil …?«, tastet Yosi sich behutsam vor.

»Weil ich vielleicht ein Cubo bin.« Mit weniger als einem Atemhauch lässt Ophelia die Bombe platzen.

Unwillkürlich hält Yosi den Atem an.

Was sagt Ophelia da?

Schockiert starrt sie ihre Mitschülerin an. Hat der Schatten des Cubos bei Ophelia tatsächlich zugeschlagen? So wie es die Dimicrus gibt, die nur Halbgebrannte sind, so gibt es auch Gebrannte, deren Gabe nicht erwacht. *Schlummernde.* Deshalb werden sie *Cubos* genannt. Mit dem winzigen Unterschied, dass ein Cubo die gesamte Ausbildung an der Akademie absolviert, in der Hoffnung, dass seine Gabe sich mit Verzögerung doch noch entfaltet. So hängt dieser Schatten des Cubos zwar kaum sichtbar, aber doch unverdrängbar über den Studenten. Doch Yosi hat bisher nie erlebt, dass es jemanden *erwischt* hat. Sie hatte ja keine Ahnung.

»Ein Cubo?«, fragt Yosi ungläubig nach. Sie weiß nicht, was sie sagen soll, so fragt sie das Erste, was ihr in den Sinn kommt, obwohl es eigentlich nur eine Möglichkeit gibt. »Wie kommst du darauf?«

»Weil meine Gabe immer noch nicht erwacht ist«, sagt Ophelia und bricht erneut in Tränen aus. »Er hat gemerkt, dass die Visionen erlogen waren, von denen ich ihm erzählt habe. I-ich denke, dass Ductus sogar überlegt, mich von der Akademie zu schmeißen.«

»Niemals«, sagt Yosi sofort. Doch ihre Stimme schwankt verräterisch und hört sich eher nach einem unsicheren Windrauschen an. »Du hast doch den Test mit dem Aciu-Metrum auch machen müssen?«

Ophelia nickt verhalten.

»Na also, damit wurde doch längst bestimmt, was für einen Phoenicru-Grad du in dir trägst.«

Wieder ihr zögerliches Kopfnicken. »Aber einen Cubo kann das Aciu-Metrum nicht bestimmen, oder noch nicht, daran arbeitet die Forschung immer noch.«

Da erinnert sich Yosi an Phasmos Worte. Hat er nicht etwas ganz ähnliches zu ihr gesagt? Ein weiterer Gedanke schleicht sich beharrlich in ihr Gehirn. Wie würde sie sich verhalten, wenn ihre Gabe immer noch in ihr schlummern und vielleicht nie erwachen würde? Würde sie sich vielleicht gar nicht so anders benehmen als Ophelia, um von ihrem eigentlichen Problem abzulenken? Plötzlich sieht sie sie mit ganz anderen Augen und darüber ist sie gar nicht so froh.

»Ich kann ja mal mit Ductus sprechen und versuchen, ein gutes Wort für dich einzulegen?«, schlägt Yosi vor, weil sie keine Ahnung hat, wie sie ihr sonst helfen könnte. Und im selben Moment begreift sie, DAS war der Grund ihres Streits, deshalb ist Ductus so hart mit ihr umgegangen.

»Nein! Bitte nicht!« Ophelia klingt nicht nur entsetzt, sondern vor allem verängstigt.

Yosi versteht.

Denn plötzlich ergeben die Gesprächsfetzen, die neulich zwischen Ophelia und Ductus ausgetauscht wurden, einen anderen Sinn. In ihrer Verzweiflung wird Ophelia dem Schulleiter den Eindruck vorgegaukelt haben, vordergründig eine perfekt angehende Sentio-Studentin zu sein, was in Anbetracht der Tatsache überhaupt nur möglich war, weil mit Ductus' Gabe irgendetwas nicht in Ordnung ist. Aber offensichtlich ahnt er sehr wohl, dass etwas nicht stimmt oder gar, dass sie ihn belügt. Aber falls Ophelia dieses Trugbild tatsächlich gelungen sein sollte, hätte Yosi mit einem Gespräch bei Ductus diesen Eindruck gründlich ruiniert.

»Du hast doch nicht ernsthaft geglaubt, du könntest dieses Spiel bis zum Schluss durchziehen und dein Problem für immer geheim halten?«

»Nein«, schluchzt sie. »Aber immer gehofft, meine Gabe erwache in naher Zukunft.«

Uff! Das konnte Yosi ihr nicht mal verübeln.

»Soll ich vielleicht Moltino zurate ziehen?«, fragt sie vorsichtig. »Er hat mir neulich angeboten, dass er immer ein offenes Ohr hätte, wenn was wäre.«

Ophelia schluchzt und Yosi glaubt in der Geste ein vages Kopfschütteln zu erkennen.

»Wer weiß noch davon?«, fragt sie weiter.

Ophelia schüttelt den Kopf.

»Was ist mit Dana und Carmen?«, will sie einer plötzlichen Eingebung folgend von ihr wissen. Noch während ihr Danas Namen über die Lippen kommt, setzt sich für Yosi ein weiteres Puzzleteil zusammen. Die merkwürdige Szene im Wald, der Streit zwischen den beiden. Ophelia denkt, dass Dana mit jemandem über Ophelias Cubo-Problem gesprochen hat. Und dieser jemand ist Milo. »Dana weiß Bescheid, nicht wahr?«

»Der Punkt ist nicht, wer alles Bescheid weiß«, sagt Ophelia sichtlich darum bemüht, ihre Verzweiflung im Zaum zu halten und durch kontrollierte Argumente zu ersetzen. »Es geht darum, dass Ductus dahinter kam.«

Endlich sagt sie mal die Wahrheit!

»Und nun?«

Ophelia blinzelt die Tränen weg und zuckt in einer resignierenden Geste mit den Schultern. Und doch zeigt sie in diesem Moment voller Verzweiflung das erste Mal wahre Größe. »Ich hab's vermasselt und dazu stehe ich.«

# Kapitel 13

## Wenn das Wörtchen wenn nicht wäre …

»Ähm … Livia, Aaron … ich habe überhaupt keinen Schimmer, um was es bei dem … ähm … Paraphysik-Essay für Phasmo geht und was ich da nun schreiben soll.« Yosi streckt den Kopf durch den Türspalt in den Gemeinschaftsraum, ohne ihn ganz zu betreten. »Wäre echt nett, wenn ihr mir ganz kurz helfen könntet? Es dauert bestimmt nicht lange, aber ich komm' damit einfach nicht klar …«

Natürlich ist es nur ein Vorwand, um die beiden ungestört sprechen und in Milos Plan einweihen zu können. Es ist Yosi nicht leicht gefallen, Ophelia einfach so zurückzulassen. Sie ging erst, nachdem Yosi ihr das Versprechen gab jederzeit zu ihr kommen zu können, wenn ihr danach sei.

Ihre Freunde werfen ihr einen fragenden Blick zu, erheben sich aber wortlos und kommen zu ihr in den Korridor. Yosi zerrt sie noch ein paar Schritte weiter.

»Okay, Milo hilft uns«, beginnt sie und erzählt mit eifrigen Sätzen, wie der Plan für den Nachmittag aussieht. »Seid ihr dabei?«, fragt Yosi wispernd, schaut in die erwartungsvollen Gesichter ihrer Freunde und beendet damit ihren Vortrag. Nun spiegelt sich besagter Ausdruck in ihren Augen, freudig gespannt, wie sie reagieren werden.

»Ich find' es schon ziemlich riskant am helllichten Tag im verbotenen Turm einzubrechen«, kommt die ernüchternde Reaktion von Aaron. »Und alleine Schmiere zu stehen, darauf kann ich auch verzichten.«

»Ich hab' eine Idee«, lächelt Livia ihn an. »Wir übernehmen diesen Part gemeinsam, während Yosi und Milo den Turm auseinandernehmen. Was meinst du?«

Augenblicklich hebt sich Aarons Stimmung. »Das klingt prima«, lächelt er zurück und da ist er wieder, dieser Blick, der Yosi verrät, wie er für Livia empfindet.

»Prima«, wiederholt Yosi. »Dann steht der Plan. Treffpunkt: Gemeinschaftsraum. Zeitpunkt: 16 Uhr. Alles klar?«

»Glasklar«, antwortet Livia und klatscht ihre Freundin ab.

***

»Wo bleibt er nur so lange?«

Wie eine Halbirre tigert Yosi im Gemeinschaftsraum auf und ab, wartet auf das erlösende Klopfen an der Tür und zwar nur aus einem Grund: weil sie dann Milo wiedersieht.

»Er kommt sicher gleich«, versucht Livia ihre Freundin zu beruhigen.

»Dein Rumgerenne ist nicht nur Zeit-, sondern auch Energieverschwendung«, entgegnet Aaron.

»Und dein Kommentar ist *suboptimal*«, wirft ihm Yosi seinen eigenen Lieblingsbegriff um die Ohren. Sie schüttelt nervös die Hände und streift sich zum millionsten Mal über den Pferdeschwanz. Wieso sie sich die Haare zusammengebunden hat, weiß Yosi nicht. Es fühlt sich seltsam ungewohnt, fast einengend an. Wie auch die Klamotten. Nun schaut sie an sich herunter. Sie hat eine leichte Jacke übergezogen, damit sie sich nicht so nackt fühlt im hautengen schwarzen Shirt und der Skinny Jeans. Dunkle Klamotten, so wie man es aus den Filmen kennt, wenn Figuren sich heimlich irgendwo reinschleichen. Ob das wirklich den entscheidenden Schritt zum Erfolg bringt, bezweifelt Yosi zwar, aber hey, abgemacht ist abgemacht.

Aaron schaut auf, doch sein Blick bleibt nicht an ihrem Gesicht haften, sondern gleitet über ihre Beine, als betrachte er sie heute zum ersten Mal. »Also deine Aufmache ist so …«

»Ich weiß, ich trage so gut wie nie schwarze Klamotten«, sagt Yosi matt, »aber hey, findest du deine Rektion nicht ein bisschen überzogen?«

»… ist so … so …« Er fuchtelt unbeholfen in der Luft umher und nicht mal ein Hellseher hätte erahnen können, was er damit andeuten möchte.

»… gothic-stylish?«, schlägt Livia vor, die sich in ihren Bluejeans pudelwohl zu fühlen scheint. Gleichzeitig wird die Tür schwungvoll aufgezogen. Milo verharrt einen kurzen Moment in der Tür und ein hinreißendes Lächeln erscheint auf seinem Gesicht, als er Yosi im Blickfeld hat.

»Wer ist gothic-stylish?«, fragt er schließlich.

»Yosis Klamotten«, erklärt Livia grinsend.

»Nein, sie sind nur so ungewohnt *eng*«, meint Aaron schließlich achselzuckend. Sogar in Einbrecher-Kluft würde er immer noch aussehen wie der liebe Junge von nebenan, denkt Yosi. Milo dagegen sieht aus wie die Sorte Kerl, die unerwartet aufkreuzt um sich sein Mädchen zu schnappen, sich mit ihr auf seine Höllenmaschine zu schwingen und auf und davonzubrausen.

»Mir gefällt's«, sagt er und stößt sich lässig vom Türrahmen ab. Sein Blick gleitet langsam an ihr auf und ab, wie ein lauer Spätsommerwind, der ihren Körper umschmeichelt. »Wobei, es ist noch nicht ganz perfekt.«

»Oha, Karl Lagerfeld Junior.« Yosis Stimme klingt belustigt.

Jetzt steht Milo dicht vor ihr, so nah, dass sein Atem ihre Wange streift und sie den leicht erdigen Geruch des Waldes an ihm riechen kann. Er beobachtet sie und seine Lider wirken schwer. Dann beugt er sich über sie und zieht das geflochtene Haarband aus ihrem Haar, so dass es in einer frischen Welle über ihre Schultern fällt. Das Gefühl tut unendlich gut und es mag komisch klingen, doch es schenkt ihr ein bisschen Beruhigung, weil sie wieder freier atmen kann. Wie konnte er das wissen, hat er es etwa gespürt?

»Perfekt«, sagt Milo und sie ist sich fast sicher, dass sich dabei seine Stimme leicht verhaspelt hat.

»So, genug geflirtet, sonst wird das heute nie mehr was«, unterbricht Livia den schönen Moment und öffnet demonstrativ die Tür.

»Und übrigens …«, raunt Milo in Yosis Nacken, während sie den Gemeinschaftsraum verlassen. »Ich finde, du siehst in diesen Klamotten verdammt sexy aus.«

»Danke«, haucht Yosi und wischt sich verlegen übers Gesicht. Sie kann nicht verhindern, dass ihre Wangen zu glühen beginnen. Zum Glück ist es im Korridor immer etwas dämmrig, so dass es keinem auffällt.

»Ihr wisst, wie es abläuft?«, versichert sich Milo noch einmal, während sie auf die breite Steintreppe zugehen, die zum Vordereingang führt. »Ich gehe vor, knacke die Tür …«

»Ja ja. Alles klar«, fällt ihm Livia ins Wort. »Dann schnappst du dir Yosi und ihr nehmt den Turm unter die Lupe, während Aaron und ich uns in der Eingangshalle in Szene schmeißen.«

»Neinneinnein, nicht in Szene schmeißen, das wäre eher kontraproduktiv«, entgegnet Milo und baut sich am Treppenabsatz vor ihnen auf. »Ihr schaut still und heimlich, dass keiner von der Sache Wind bekommt.«

»Eben, sag' ich doch, so klingt es nur viel langweiliger als meine Erklärung.«

Dass Milo nicht die Augen verdreht, grenzt schon beinahe an den Akt einer Meisterleistung.

Dicht an Yosis Seite geht Milo die Treppe runter. Hin und wieder berühren sich ihre Arme ganz zufällig und Yosi kriegt das zufriedene Grinsen nicht aus dem Gesicht. Plötzlich merkt sie, dass Livias Blick auf ihrem Rücken ruht. Sie braucht nichts zu sagen, Yosi kann die Worte von ihrem Gesicht ablesen. *Milo steht auf dich!*

Kaum einer ist in der Eingangshalle anzutreffen. Thaddeus und Maya verdrücken sich gerade durch das große Tor, vermutlich um allein zu sein. Dennoch versichert sich Yosi, ob wirklich niemand in der Nähe ist. Sie späht den Korridor hinunter und auch durchs Eingangstor.

»Die Luft ist rein«, verkündet sie wispernd, als sie zu ihren Freunden und dem linken Turmeingang zurückkommt.

»Dann wollen wir mal«, sagt Milo leise und beginnt an der Tür herumzuwerkeln, in dem er irgendwas gegen die Tür presst, übers Holz schiebt und immer wieder aufs Neue dagegen drückt. Was auch immer es sein mag, es ist so klein, dass es in seiner Hand komplett verschwindet und keiner der Herumstehenden etwas erkennen kann.

»Geht's vielleicht noch lauter?«, zischt Aaron über die Schulter. Wenn er nervös ist und dazu noch unter Druck steht, zickt er schlimmer als ein Mädchen in der Pubertät.

Yosi reagiert äußerst erwachsen auf seinen Kommentar und wendet ein sehr komplexes psychologisches Verhaltensmuster an: Sie streckt ihm die Zunge raus. Noch etwas Intelligentes hinzuzufügen, dazu kommt sie allerdings nicht.

»Verdammt!«, flucht Milo, schabt mit dem Stoff des Jackenärmels über die Stirn, die einen leichten Glanz angenommen hat. »Wieso funktioniert das Teil nicht?«

»Welches Teil?«, fragt Yosi. Sie tritt noch einen Schritt näher und späht über seinen angespannten Rücken. Nun legt er den Kopf in den Nacken, streckt die flache Hand aus und ein winziges Metallteil kommt zum Vorschein.

»Das ganze Geheimnis dieser sagenumwobenen Verriegelung …« Er streift abermals mit der Hand über die Tür. *Klacks!* »… ist eine simple Magnetverschluss-Konstruktion. Ich habe meine Mentorin mal damit beobachten können.« All seine Gesichtszüge entspannen sich innerhalb einer einzigen Sekunde.

»Hört, hört. So einfach ist der Zauber gelöst.« Yosi kneift die Augen zusammen. »Beim Zwillingsturm funktioniert es also auch so?«

»WORAUF DU
deinen süßen
Hintern
verwetten kannst«

Milos Worte begleiten ein amüsiertes Grinsen.

»Ha!«, freut sich Yosi und reibt sich die Hände. Von wegen: *Hat nur ihr Mentor Zutritt.* Phasmo scheint tatsächlich ein alter Angeber zu sein.

Während Milo die Tür aufdrückt, blickt Yosi zu ihren Freunden. »Wir halten die Stellung«, formen Livias Lippen den Satz lautlos. Ein letztes Winken und dann startet die Operation Verbotene-Turm-Besichtigung.

»Ich bin echt neugierig, was uns hier drin erwartet«, murmelt Yosi mehr zu sich selbst, als sie den ersten Schritt ins Innere setzt.

»Ich habe so eine Ahnung.« Wie Milo das sagt und dieses eigenartige Lächeln. Weiß er vielleicht wieder einmal mehr, als er preisgibt?

Hinter ihnen schnappt die Tür ins Schloss und Yosi braucht einen Moment, um sich zu orientieren. Sie glaubt, in einiger Entfernung den Treppenabsatz zu erahnen. Hier scheint alles spiegelbildlich zum Viritimturm angeordnet zu sein.

Ganz unverhofft fühlt sie in der Dunkelheit Milos Hand, die nach ihrer sucht. Zärtlich verschränken sich ihre Finger und Yosis Herz fängt wie verrückt an zu tanzen. Es ist ein wunderbares Gefühl, wenn zwei Hände so perfekt ineinander passen. Weil es sich anfühlt, als wären sie füreinander geschaffen worden.

»Komm, hier geht's lang«, raunt er ihr ins Ohr. Offenbar hat er sich einen Überblick verschafft, ehe sich die Tür verschlossen und damit das matte Tageslicht ausgesperrt hat.

Still und mit einem glücklichen Lächeln auf den Lippen erreicht Yosi die Wendeltreppe. Erst etwas unschlüssig, weil sie blindlings die Stufen ertasten muss, dann immer sicherer, steigt sie Stufe um Stufe empor und vergisst sogar, dass sie sich mittlerweile garantiert in schwindelerregender Höhe befindet. In ihrem Innern ist nur Platz für wachsende Aufregung und freudige Erwartung.

»Wieso ist es so finster?«, wispert Yosi, während sie unermüdlich die gewundenen Stufen aus Granit emporsteigt.

»Damit ich deine Hand halten kann.« Sie braucht Milos Gesicht nicht zu sehen, sie hört das verführerische Lächeln auch so aus seinen Worten heraus.

Die Treppe endet auf einem flachen Absatz. Vor ihnen ist eine dunkle Eichenholztür eingelassen – das zumindest glaubt Yosi in der Dunkelheit ausmachen zu können. Eine schwere Tür, deren Scharniere aus geschmiedetem Eisen gefertigt wurden.

»Das ist der Raum der Erinnerung«, erklärt Milo. Yosi sieht, dass das Wappen der Phoenicrus in die mit Eisenriegeln verschlossene Tür eingraviert ist. »Hier bewahren wir alle Erinnerungen.«

»Alle Erinnerungen?« Sie hätte ihn gern gefragt, woher er das weiß und ob auch ihre Erinnerungen hinter der Tür verborgen sind, aber er spricht bereits weiter. »Die Erinnerungen werden verdichtet und komprimiert, so zumindest nannte es meine Mentorin immer. Und zwar so stark, dass sie alle in einem Animo Platz finden.«

Yosi merkt selbst, dass sich ihre Stirn in Falten legt, aber sie kann nicht anders, weil sie Milos Worten nicht mehr als ein gigantisches Fragezeichen abgewinnen kann.

*Animo, Raum der Erinnerung, komprimiert.* Es ist unmöglich, all das aufzunehmen, was Milo in seinem Eifer erzählt. Noch weniger zu verstehen, worauf er hinaus will.

»Mentorin? Hattest du nicht Bezold?«, fragt Yosi schließlich irritiert.

»Nein«, sagt Milo und das Schleifen von Eisen auf Eisen hallt durch den Turm. Die bulligen Steine der Mauer spielen mit dem Echo, bis es letztlich weit unten am Boden verstummt. Yosi blickt hinab, dabei wird ihr ganz flau im Magen, weil sich der Fuß der Treppe schon nach wenigen Metern in der Dunkelheit verliert. »Bezold kam nach mir an die Akademie.«

»Und wer war deine Mentorin?«

»Mathilda.« Milo sagt das mit solcher Anmut und Ehrfurcht zugleich, dass Yosi beinahe neidisch wird. Und gleichzeitig glaubt sie sich zu erinnern, diesen Namen schon einmal gehört zu haben. Damals, als sie heimlich gelauscht hat. »Mathilda Lorenz.«

»Wo ist sie jetzt, diese Mathilda?«

»Mit dem Beenden meines Studiengangs wechselte sie in den Außendienst und gab damit die Berufung als Excubito auf.« Mit einem kräftigen Ruck zieht Milo den schweren Riegel nach hinten.

»Dein Studiengang muss echt schrecklich gewesen sein, wenn sie danach alles hingeschmissen hat«, stichelt Yosi. »Und sag mal, wie viele von diesen Dingen-die-keiner-außer-mir-weiß-Infos hast du eigentlich noch auf Lager?«

»Das mit dem Excubito wirst du bei Bezold in der Eventum erfahren.«

*Excubito?*

»Gut, da du es mir offenbar nicht von dir aus sagst, mach ich dir die Freude und frage nach: Was tut ein Excubito?«

Milo entweicht ein leiser Seufzer. Vermutlich ist er ihre ewige Fragerei langsam leid. Seine Hand ruht reglos auf dem Riegel der Tür, als er weiterspricht. »Na gut. Ein Excubito, auch *Wächter* genannt, bewacht die Erinnerungen aller gebrannten Kinder, die in der Akademie ausgebildet werden.« Die Tür ächzt leise, als er mit der Hand noch einmal leicht am Riegel zieht. »Frag mich jetzt bloß nicht, wer Mathildas Nachfolger ist, ich habe nämlich keine Ahnung. Aber wer weiß, vielleicht wartet hinter dieser Tür ein uralter Kauz, der uns mit einem Fluch belegt, sobald wir es wagen über die Schwelle zu treten.«

»Red keinen Scheiß!«, haucht Yosi und fühlt plötzlich Milos Atem auf ihrer Wange. Ohne etwas dagegen tun zu können, beschleunigt sich ihr Puls.

*Verdammt, wie kann man nur so verführerisch riechen, das sollte verboten werden!*

»Keine Angst, ich beschütze dich«, raunt er mit seiner tiefen Stimme und Yosi erzittert auf eine angenehme Weise. Selbst einen Augenblick später, als Milo bereits die Tür öffnet, ist das Kribbeln im Nacken zurückgeblieben.

»Ähm, hattest du nicht ursprünglich behauptet, du weißt nicht, was hier drin verborgen ist?«, erinnert sich Yosi an ihr Gespräch in der Bibliothek. Sie bekommt keine Antwort, zumindest nicht auf ihre Frage.

»Darf ich Sie hineingeleiten, Milady?«

»Mit Ihnen an meiner Seite, Milord, gehe ich überall hin«, flüstert Yosi, während sie aus dem Augenwinkel einen ersten Blick auf den Raum erhascht. Das Erste, was Yosi denkt, ist: Wow! Es ist der Schimmer der Farben, der sie sofort hypnotisiert. Milo schiebt sie sacht an sich vorbei und hätte er sie nicht im selben Moment mit dem Wort »Achtung!« gewarnt, wäre Yosi garantiert hingefallen. Der Boden liegt fast einen halben Meter tiefer als der oberste Tritt der Treppe. »Große Stufe«, fügt er überflüssigerweise noch hinzu, denn in diesem Augenblick springt sie schon hinunter. Durch die Schwärze des Bodens und das prächtige Farbenspiel ist die Tiefe nur schwer abzuschätzen und ihre Füße schmerzen beim Aufprall. Aber sie fällt nicht hin. Triumphierend wirbelt sie herum und bemerkt, dass Milo sie die ganze Zeit beobachtet.

»Eigentlich wollte ich dir helfen«, sagt er.

Sie streicht sich die wirren Haarsträhnen aus dem Gesicht. »Kein Problem, das war nicht nötig.«

Der ganze Raum riecht nach Mystik, Stille und verborgenen Erinnerungen, doch es sind vor allem die Wände, die sie regelrecht in den

Bann ziehen. Die Farben werden von der gewölbten Wand auf dem rabenschwarzen Boden reflektiert und zeichnen ein kaleidoskopähnliches Muster in das Schwarz. Doch da ist noch etwas anders. Die Oberfläche der Wand ist glatt, so glatt, dass sie fast durchsichtig scheint und gleichzeitig schimmert sie in prächtigem Purpur, geht über zu Azurblau, zu Jadegrün und Bernsteingelb. In identischen Farben sind glitzernde Ornamente und Intarsien eingearbeitet und schillern mit der wolkenverhangenen Sonne um die Wette.

Doch irgendwas liegt in der Luft, etwas, dass sie nicht verstehen und erst recht nicht greifen kann. Und dann, ganz unverhofft, muss Yosi ein Schaudern unterdrücken.

»Ich war schon mal hier …« Das Gefühl in ihr ist so zart, als würde sie ein Blatt streifen, das zu Boden gleitet. Etwas an diesem Ort, der entschlossen schön und geheimnisvoll zugleich wirkt, weckt ein Bild in ihrem Innern. Ja, der Ort kommt ihr auf eine merkwürdige Art vertraut vor. »Stimmt's?«

Milo hat sie die ganze Zeit nur still beobachtet, jetzt nickt er langsam, als wolle er die Worte abwägen, die er gleich ausspricht. »Bei der Ankunft in der Akademie warst du hier, ebenso kehrst du nach der Absolvierung des Studiums hierher zurück.«

»Du wusstest es die ganze Zeit und hast dennoch nichts gesagt?«, fragt Yosi zum zweiten Mal nach. »Ich meine damals in der Bibliothek?«

»Dass der Turm den Raum der Erinnerungen in sich trägt, wusste ich, ja«, sagt Milo, kommt einen Schritt auf sie zu und streckt die Hand nach ihr aus, als wolle er sie berühren. Die Geste wirkt unsicher. »Allerdings weiß ich nicht, ob es etwas zu bedeuten hat, wenn Phasmo hier drinnen herumgeschlichen ist. Und wenn ich mich nicht irre, sind wir deswegen hier.«

»In Zukunft könntest du dir vielleicht angewöhnen, mit Hintergrundwissen nicht so zu geizen«, sagt Yosi und geht an Milo vorbei. Es ist echt anstrengend, dass man ihm jedes einzelne Detail aus der Nase ziehen muss.

Langsam geht sie auf die Wand zu, es drängt sie, ihre Finger auszustrecken und die glitzernden Verzierungen zu berühren. Beim Nähertreten kann sie goldene Ziffern und Symbole erkennen. Während sie die Inschriften betrachtet, achtet sie nicht auf ihre Füße, und als sie plötzlich über etwas stolpert, schreit sie laut auf. Sie verliert das Gleichgewicht und fällt. Ihre Arme schlingern durch die Luft und ihre Finger versuchen sich vergeblich an der Wand festzukrallen, doch die Wand ist viel zu glatt. Sie ist über eine dunkle Holztruhe gestrauchelt, die sich kaum vom Boden abhebt. Und als sie nun aufblickt, versinkt sie in Milos schwarzen Augen und schmiegt sich in seine Arme, die sie – einem Déjà-vu gleich – vor dem Sturz bewahrt haben.

»Die Kiste hat sich mir in den Weg gestellt.«

»Was für ein hinterhältiges Monster«, grinst Milo.

Yosi will es gar nicht, ehrlich, doch schon schlingen sich ihre Arme um Milos Hals und ziehen sein Gesicht so nah zu sich heran, bis ihre Lippen seinen Mund schmecken.

»Nein …«, haucht Yosi. »Milo, das geht nicht …«

*Dafür haben sie keine Zeit und deswegen sind sie bestimmt nicht hier!*, ermahnt sie sich selbst. Hastig versucht sie sich von ihm zurückzuziehen, doch Milos Hände streicheln zärtlich über ihren Rücken – und dieser verführerische Blick … Verdammt, wieso fühlt sich das so gut an? Viel zu gut!

Schon presst er seinen Mund abermals auf ihren und zieht sie noch fester an sich. Sein Kuss wird so leidenschaftlich und stürmisch, dass die gewölbte Wand hinter ihrem Rücken beinahe verschwindet, genau wie der Raum um sie herum, aber die Ungeduld und Hektik lässt sich nicht aus ihrem Bewusstsein verdrängen. Das Wissen um das Eindringen in dem höchstverbotenen Raum und das Herumschnüffeln ist viel zu präsent.

»Hey, Mister«, ermahnt sie Milo und schiebt ihn ein Stück von sich weg. »Muss ich Sie daran erinnern, dass wir etwas unter Zeitdruck stehen?« Kaum gesagt, schon stößt sie sich mit beiden Händen in einer übereilten Bewegung von der glatten Wand ab. Mit einem Mal schimmert die purpurne Farbe in ihrem Rücken greller und kräftiger und wirft rötliche Schattenmuster in Milos Gesicht. Verwundert macht Yosi einen Schritt beiseite und dreht sich der Wand zu.

»Was ist das?«, haucht Yosi ergriffen und blinzelt einige Male. Direkt vor ihren Augen leuchtet ein Teil der Wand, so als verberge sie einen kleinen Stauraum im Gemäuer.

Milo betrachtet die Wand mit der Lockerheit eines Mannes, dem die Situation zwar nicht vertraut, aber dennoch nicht unangenehm ist.

*Kann diesen Kerl wirklich nichts aus der Ruhe bringen?,* fragt sich Yosi, als sie ihren Blick wieder zurück auf das rechteckige Feld in der Wand zwingt. »Ich bin nicht ganz sicher«, sagt er zum Erstaunen von Yosi, hebt fragend die Schultern und meint: »Drück drauf.«

»Draufdrücken? Wo um Himmelswillen soll ich da denn draufdrücken?«

Über dem Rechteck entdeckt Yosi eine schlichte *Eins* in Goldschrift. Ihre Hand zittert, als sie das Purpurlicht berührt und ihr Herz hämmert gleich noch heftiger, weil sich durch die Berührung einen Mechanismus auslöst. Wie durch Zauberhand springt das Rechteck mit einem dumpfen Grollen auf, ähnlich einer quadratischen Tür eines Schließfaches, nur etwas kleiner.

Yosi lässt langsam den Arm sinken und starrt ins Innere der Kammer, die sich ihr offenbart. Da liegt etwas. Braunes Leder. Es sieht ziemlich alt und abgegriffen aus. Nur zögerlich tritt sie näher und streckt ihre Hand nach dem ledergebundenen Ding aus. Es ist eine Mappe und das Leder ist so brüchig, dass sie es nicht wagt, sie in die Hand zu nehmen. Milo neben ihr betätigt die Kammer darüber, fasst behände hinein und zieht eine identisch aussehende Mappe heraus.

»Ah, hier sind die verstaut«, sagt er vergnügt und linst neugierig zu Yosi hinüber. Dann macht er sich an seiner Mappe zu schaffen. »Da drin sind die Dokumente des Aciu-Metrums.«

»Nein, nicht angucken«, sagt Yosi instinktiv. »Das ist bestimmt streng geheim.«

»Oh, was sehe ich denn da«, feixt Milo weiter und öffnet langsam seine Mappe, dabei grinst er herausfordernd. »Das ist ja interessant.«

»Mir verrätst du kein Wort und selber schaust du irgendwelche verschlossenen Papiere an, also echt! Leg sie wieder rein. Für solchen Mist haben wir sowieso keine Zeit.«

Das beeindruckt Milo nicht im Geringsten. »Wo heben wir es denn?«, sagt er immer noch schmunzelnd. Offenbar blättert er sich durch den Inhalt der Mappen. »Ah, hier steht es ja.«

Das klingt fast, als hätte er ihren Namen gefunden? »Gib es her!« Ihre Stimme faucht, doch eine gehörige Portion Neugier schwingt mit.

»Niemals!«, lacht Milo und streckt die Mappe in die Höhe. »Außerdem hast du ja selber ein Exemplar direkt vor deiner Nase, oder?«

Natürlich weiß Yosi, dass es falsch ist, der Versuchung nachzugeben, nicht nur, weil sie absolut keine Zeit dazu haben. Da ist noch etwas anderes. Schließlich verschweigen die Professoren nicht ohne Grund, was für ein Phoenicrus-Grad zu ihnen gehört. Es soll das Konkurrenzverhalten verhindern. Sie sollte es also einfach auf sich beruhen lassen und die Kammer wieder verschließen. Genau! Noch während sie den Entschluss fasst, umfasst ihre Hand das brüchige Leder und ihr Herz klopft wild und gehetzt. Der Einband ist weich wie Samt. Wie sie nicht anders erwartet hat, steht sie im Glisco-Sektor. Die purpurne Farbe ist Hinweis genug. Doch noch etwas wird ihr in diesem Moment bewusst: Die goldene Ziffer über der Tür steht für den jeweiligen Grad. Das beweist die Inschrift auf dem Ledereinband.

*1. Grad Glisco-Phoenicrus*

Yosis Puls hämmert, hämmert immer stärker, als sie die Mappe vorsichtig öffnet und hineinlinst. Umschläge. Es sind nicht viele, zwei, nein drei Stücke. Anna, Thimothy … und dann steht da ihr Name. Nein. Das kann nicht sein. Soll das etwa bedeuten, dass sie ein Glisco ersten Grades ist? Nie im Leben!

Mit stockendem Atem und rasendem Puls zieht sie den Umschlag aus der Mappe.

*1. Grad Glisco-Phoenicru*
*Yosephine Baxa*

Es ist weniger die erste Zeile, die ihr komplett die Fassung raubt, als die zwei nachstehenden Worte. Mit dem Eintritt ins Phoenicrus-Studium haben die Studenten auch ihren Nachnamen abgelegt. Vermutlich, um zu verhindern, dass sie in der Bibliothek Ahnenforschung betreiben. Diesen Namen nun hier zu lesen, treibt ihr, ohne dass sie es will, Tränen in die Augen. Mit zittriger Hand streift sie über die zwei Worte aus schwarzer Tinte. Schon kullert ihr eine Träne über die Wange. Und so seltsam es sich auch anhören mag, es ist eine Träne der Freude. Sie hat ein Stück von sich selbst gefunden.

»Yosi?«, dringt Milos besorgte Stimme zu ihr durch. »Yosi, ist alles in Ordnung?«

»Ja!«, haucht sie. »Ja, das ist es.«

Mehr braucht sie nicht zu sagen, Milo versteht auch so.

»Mach ihn auf«, ermutigt er sie.

Bevor Milo den Satz ausgesprochen hat, wendet sie das Kuvert in den Fingern hin und her. Der Umschlag ist nicht einmal zugeklebt.

Aufgeregt, hektisch, neugierig, nervös – alles zugleich – zieht sie den Brief aus dem Kuvert und entfaltet ihn. Sie muss erst ein paar Mal durchatmen, ehe ihr Hirn fähig ist, die handgeschriebenen Zeilen zu verarbeiten. Sie hört nicht, wie Milo sich entfernt, auch nicht, dass er die Holzkiste aufklappt, die auf dem Boden steht.

*Auswertung Blutbild Phoenicrus*
*Yosephine Baxa*
*Gabe: Glisco*
*Fähigkeitsgrad: 1*
*Gabe im Bereich: Feuer (primär), Wind und Wasser (sekundär)*
*Zusatz: Affinität zum Wetter*

»Und?«

»Boah!«, entweicht es Yosi. Sie ist völlig hin und weg und vergisst sogar, dass sie sich eigentlich beeilen sollten. »Ich … ich …«

»Nicht schlecht, oder?«

»Du wusstest es?«, fragt Yosi ehrlich überrascht und verpasst ihm einen Boxhieb in den Oberarm.

»Nicht direkt«, antwortet er ausweichend und reibt sich über den Oberarm. »Aber da ich dich, wie dir bekannt ist, hergebracht habe, waren wir damals gemeinsam hier oben, als der Test durchgeführt wurde, und da … na ja …« Er streift sich verlegen durchs Haar. »… da hab ich es zwangsläufig mitbekommen.«

»Und anschließend meine Erinnerungen gelöscht, na danke«, seufzt Yosi.

»Die sind doch nur leicht getrübt«, verteidigt er sich. »Dafür zeig' ich dir – höchst verbotenerweise, versteht sich – wie der Aciu-Metrum funktioniert, Deal?« Mit einem hinreißenden Lächeln streckt er Yosi die Hand entgegen.

»Wie das geht, hast du also auch *rein zufällig* mitbekommen, ich verstehe.« Als Yosi sieht, dass Milo im Begriff ist, seine Hand zurückzuziehen, stopft sie schnell den Brief ins Kuvert und legt ihn in die Mappe, die mit einer hastigen Bewegung auf dem Boden zu liegen kommt. Dann schlägt sie ein. Dieses Schauspiel will sie sich auf keinen Fall entgehen lassen. »Deal.«

Für einen Wimpernschlag bleiben sie voreinander stehen und machen nichts anderes, als sich verträumt anzulächeln.

»Ähm gut«, hüstelt Milo, ohne Yosis Hand freizugeben. Er braucht eine weitere Sekunde, bis er sich erinnert, was er eigentlich machen wollte. Nun lässt er ihre Hand los und streckt ihr mit der anderen ein kleines Ding entgegen. »Du stichst mich damit gleich unterhalb des Haaransatzes in den Nacken, dann kann die Show losgehen.«

Yosi betrachtet das Messinggerät, das in Milos Hand noch filigraner wirkt als ohnehin schon. Zwei gläserne Lupen, darunter ein rechteckiges Metallgehäuse, an welchem etliche Zahnräder und Hebel angebracht sind. Der Kern des Gehäuses schimmert durchsichtig und gegenüber der gläsernen Lupen entdeckt sie einen zierlichen Hebel in Form eines Schlüssels. Darauf deutet Milo gerade mit seinem Finger. »Hier, diesen Hebel drehst du einmal nach unten, sobald du das Gerät auf meinen Nacken gesetzt hast.«

»Und das ist alles?«, fragt Yosi und nimmt den Aciu-Metrum vorsichtig und leicht zittrig aus Milos Hand.

»Das ist alles«, nickt Milo.

Sie tritt hinter ihn, streift sein blondes Haar beiseite. Es ist kräftig und doch seidig weich und riecht nach heißem Sommerregen und zarten Rosenblüten … und Milo selbst. Beinahe vergisst sie, was sie eigentlich wollte.

»Kann's losgehen?«, fragt Milo in diesem Augenblick.

»Jeden Moment«, antwortet sie und setzt entschlossen das Gerät an. Dann dreht sie den zierlichen Hebel vorsichtig nach unten, bis die hauchdünne Nadelspitze in seine Haut pikst. »Geschafft«, verkündet sie und wartet auf Milos nächste Anweisungen.

»Wenn ich mich richtig erinnere«, beginnt er, dreht sich um und beginnt an dem größten Zahnrad zu drehen, lässt dabei das Gerät aber in Yosis Händen. »Kann man damit den Bluttropfen in die Auswertungskammer transportieren und wenn du anschließend die zwei kleineren Zahnräder drehst, startet die Berechnung. Die Funktionsweise ähnelt der eines klassischen Refraktometers, verstehst du?«

»Ähm … nein.«

Er lacht. (So unwiderstehlich!) »Die Eigenschaften und die Zusammensetzung unseres zusätzlichen Gens werden mittels Nadel und dem entnommenen Bluttropfen der fraglichen Person eingelesen. Der Bluttropfen wird im Prisma spektral zerlegt und gibt hinterher Aufschluss über die wahre Gabe des Gebrannten.« Noch während Milo die letzten Worte ausspricht und an den zwei Zahnrädern dreht, reflektiert das Prisma eine azurblaue Farbe. Milo dreht an den Lupen, so lange, bis die Worte auf dem pechschwarzen Boden erscheinen. Yosi kann nur mit weit aufgerissenen Augen beobachten, was der Boden für eine Auswertung offenbart.

*Susurro-Phoenicrus (Dipyros)*
*Susurro Grad 1 (dominant)*
*Sentio Grad 5 (rezessiv)*

»Du … du bist zweifach gebrannt?«

»Ja … ich bin ein Dipyros.«

Plötzlich durchzuckt Yosi ein Gedanke. Einer, der ihr gar nicht gefällt. »Du musst mich das alles wieder vergessen lassen, hab ich Recht?«

»Ähm … ich …«, stammelt Milo, nimmt den Aciu-Metrum behutsam aus ihrer Hand, wobei seine Berührung länger andauert als nötig. »Offen gesagt habe ich mir darüber noch gar keine Gedanken gemacht.«

Yosi nickt schweigend, schaut ihm zu, wie er das Gerät wieder in der Kiste verstaut. Seufzend hebt sie die Mappe vom Boden auf und legt sie in die Kammer zurück. Erst in diesem Augenblick entdeckt sie die Truhe, die im hinteren Bereich der Kammer thront. Sie muss sie in der ersten Aufregung völlig übersehen haben. »Was ist in der Truhe?«

»Das ist der Grund, weswegen ich dich damals begleiten musste.« Milo zieht sie heraus, stellt sie mit einem kräftigen Ruck auf den Boden, was zeigt, wie schwer sie sein muss. Mit einem ächzenden Klang klappt Milo den Deckel auf. Zum Vorschein kommen eierförmige Kugeln aus geschwärztem Stahl. Einige davon schimmern Purpur und alle haben sie die Größe eines Baseballs.

»Die Erinnerungen«, sagt Milo und schweigt ein paar Sekunden. »Nicht alle Animis sind benutzt, nur die, die ein Licht in sich tragen.«

»Die Erinnerungen sind in diesem *Metallding?* In einer unverschlossenen Truhe?«

»Na ja, in diesen Raum gelangt man ja nicht einfach so. Jene gesammelten Erinnerungen, die von dir, deiner Familie und deinem Umfeld stammen, all die hab ich damals bei deiner Ankunft dem Animo übergeben.«

»Und wie weißt du hinterher, welches zu mir gehört?«

»Ich kann es spüren. Und hören, wie ein leises Wispern in meinem Innern«, lächelt er und greift nach einer Kugel, die hinten in der Ecke verstaut ist. »Das gehört zu dir. Und genau so, wie ich die Erinnerungen dem Animo übergeben habe, genau so kann ich sie wieder zurückrufen.« Er schaut Yosi direkt in die Augen, immer noch lächelnd, aber der Ausdruck im Gesicht wirkt ernster als zuvor. »Verstehst du jetzt, weshalb das im Wald unmöglich war?«

Yosi nickt langsam, und auch wenn sie sich wünscht, Milo würde ihr die Erinnerungen jetzt zurückgeben, weiß sie instinktiv, dass er es nicht darf.

»Gibt's noch weitere Unterlagen, vielleicht über meine Familie?«

»Mehr darfst du nicht sehen«, sagt Milo. Er legt das Animo zurück und als er sich ihr wieder zuwendet, ist sein Gesicht erstarrt. Jedes Mal, wenn das Thema auf ihre Familie kommt, scheint die Farbe aus seinem Gesicht zu weichen.

Es dauert ein paar Augenblicke, bis Yosi erkennt, dass er offenbar nicht vorhat, noch mehr zu erzählen. Und es dauert eine weitere Sekunde, ehe sie einen Ton herausbringt. »Okay, ich hab' schon kapiert.«

Seine Augen funkeln im farbengetränkten Dämmerlicht. »Ich habe nie verstanden, warum jemand sagt, er habe kapiert, wenn er es doch eigentlich gar nicht verstehen möchte.«

»Das war kein *Verstehen* im üblichen Sinne, eher eine Art von Sarkasmus, dass ich verstanden habe, dass du eh nichts verraten wirst. Ob ich es auch akzeptiere, sei dahingestellt.«

Milo schaut sie direkt an, er wirkt nicht gereizt, viel eher belustigt, so als liebe er es, den Kampfgeist in ihr herauszukitzeln. Das Licht, das die gewölbte Wand widerspiegelt, hebt Milos markante Gesichtszüge hervor.

»Du hast keine Wahl«, sagte Yosi. »Das willst du damit sagen, meine ich. Du kannst dich nicht einfach dagegen entscheiden.«

»Ja.« Mit diesem Wort drückt er die Tür der Kammer zu. Milo zieht eine Augenbraue hoch. »Aber *wenn* ich eine Wahl hätte, dann sähe es anders aus.«

Er nimmt ihre Hand und drückt sie liebevoll. Auch wenn er nichts weiter sagt, liegt in dieser Geste das Versprechen, dass er alles tun wird, was in seiner Macht steht, um ihr und ihrer Familie zu helfen. Sie womöglich sogar zu retten?

Yosi nickt und dieses Mal versteht sie wirklich.

»Etwas Auffälliges ist hier drinnen allerdings nicht zu finden, es sieht noch genauso aus wie beim letzten Mal. Ich wüsste nicht, wo wir noch suchen sollten«, meint Milo und lässt abermals den Blick durch den Raum schweifen.

»Schade«, seufzt Yosi. Sie hatte sich mehr erhofft.

Schon fast wieder am hohen Absatz zur Tür angelangt, betrachtet sie mit ernster Miene den bernsteinfarbenen Sektor der Wand. Der Sentio-Sektor. Da war doch was ... Ophelia hatte sie beinahe vergessen, aber vielleicht, ja vielleicht findet sie hier eine Lösung für ihr Problem.

»Yosi, was ist mir dir?« Milo mustert sie argwöhnisch.

»Mir ist gerade etwas eingefallen«, beginnt sie zu erklären und studiert die goldenen Ziffern auf der Wand. Eins bis acht, immer zwei nebeneinander. Doch was ist das für ein Zeichen neben der Sieben? Und der Schriftzug, der über den ganzen Sektor reicht?

»Was bedeutet der Schriftzug über dem jeweiligen Sektor?«, fragt Yosi, während sie noch einen Schritt nähertritt und dann erkennt sie es: Das Zeichen neben der Sieben ist der Umriss des Phoenicrus-Wappens.

»Jeder Phoenicru-Gabe sind Eigenschaften zugeteilt, die das Wesen, den innersten Kern zum Ausdruck bringen. So sind die Sentios feinfühlig und besonnen. Die Mederios hilfsbereit und mitfühlend, du als Glisco bist zielstrebig und mutig und wir Susurros sind willensstark und fleißig, nicht zu vergessen charmant und unglaublich gut aussehend«, grinst er verschmitzt.

Doch Yosi hört nur mit halbem Ohr hin. Sie streckt die Hand aus und sieht selbst, wie ihre Finger zittern, als sie sich dem barockartigen Ornament nähern, das gelblich schimmert. Mit ihrer Berührung öffnet sich die Tür. Ihr Herz klopft vor Aufregung, mehr als bei ihrem eigenen Brief. Vage hört sie die Worte, die Milo an sie richtet.

»Geht es um Ophelia?«, fragt er und seine Stimme klingt ungewohnt leise. »Du musst wissen, ich habe damals auch sie an die Akademie geholt: Die Aufregung war ziemlich groß, als die Auswertung des Aciu-Metrums feststand.«

Yosi nickt geistesabwesend, denn ihr Augenmerk ist auf etwas anderes gerichtet. Auch hier befindet sich eine ledergebundene Mappe, doch darin liegt nur ein einziger Umschlag und nur ein Animo schimmert bernsteingelb. Yosi braucht den Namen nicht zu lesen, sie weiß auch so, zu wem der Umschlag gehört. Ganz im Gegensatz zu ihrem, ist es hier nicht der Nachname, der ihr den Atem stocken lässt, sondern die Auswertung selbst.

*Auswertung Blutbild Phoenicru*
*Ophelia Zader*
*Gabe: Sentio*
*Fähigkeitsgrad: ungewiss*
*Gabe im Bereich: Vision*
*Zusatz: Status inaktiv*

»Heilige Scheiße«, entfährt es Yosi.

*Fähigkeitsgrad: ungewiss.*

*Zusatz: Status inaktiv.*

Inaktiv?

Yosi schüttelt fassungslos den Kopf.

Doch plötzlich vernimmt sie ein dumpfes Klopfen.

»Was ist das?«

»Komm Yosi, wir müssen hier raus«, sagt Milo eindringlich, doch sie braucht einen weiteren Augenblick, bis sie versteht, was los ist. Sie blinzelt nervös und löst sich aus ihrer Starre.

»Sind das Aaron und Livia?«, ruft sie, legt hastig die Mappe zurück und verschließt die Tür.

Milo nickt. »Schnell, wir müssen raus hier!«

Schon stolpern beide aus dem Raum der Erinnerungen und es bleibt keine Zeit, Milo weitere Fragen zu stellen.

# Kapitel 14

## Blutige Hände

»Himmel, Herrgott und verflucht noch mal!«, wettert Livia, sobald Yosi die Tür des verbotenen Turms aufzieht. »Warum habt ihr so lange gebraucht? Wir haben minutenlang an die Tür geklopft! Habt ihr was rausgefunden?«

»Wir sind auch hocherfreut euch wiederzusehen«, sagt Milo trocken, während er die Tür hinter sich ins Schloss fallen lässt. »Leider konnten wir nichts Außergewöhnliches entdecken … Und nein, anscheinend haben wir euch nicht sofort gehört. Die Schalldämmung im Raum scheint phänomenal.«

»Für unseren Zweck wohl eher suboptimal«, schmeißt Aaron dazwischen und sein Blick funkelt durch die Eingangshalle.

»Was ist denn? Wir haben zwar nichts gefunden, aber ging doch alles gut«, meint Yosi, denn sie kann weder einen Schülerauflauf noch ein ungebetenes Begrüßungskomitee entdecken.

»Wenn du einen Einbruch in die verbotene Abteilung der Bibliothek als völlig normal und Blutspuren als nichts Schlimmes betrachtest …«, raunt Aaron, »… dann schon« und beendet damit irritiert seinen Satz. Noch während er spricht, zerrt Milo die drei plötzlich energisch vom Turm Richtung Treppe.

»Hey, was soll das?«, empört sich Livia darüber, wie unsanft Milo sie die Treppe hinaufjagt.

»Denkt doch mal mit. Wenn Blutspuren gefunden wurden, was werden sie als allererstes holen?«, faucht Milo und scheint dabei völlig zu vergessen, dass Aaron und Livia unmöglich wissen können, was sich im Turminnern für ein Raum verbirgt, und erst recht nicht, was für ein Gerät.

»Den Aciu-Metrum«, haucht ausgerechnet Aaron. Gleichzeitig weiten sich seine Augen. »Oh Mann, das glaub' ich jetzt nicht! Ist da drin etwa tatsächlich der Raum der Erinnerung? Yosi, hast du ihn gesehen? Er soll unsagbar schön sein und …«

»Nicht jetzt. Los, los, los!«, drängt sich Milos Stimme scheuchend zwischen Aarons Schwärmerei. Mit großen Sprüngen hechten sie die Treppe hoch und haben den Absatz noch nicht erreicht, als ferne Schritte durch den Korridor hallen. Hastige Schritte. Wütende Schritte.

»Benehmt euch möglichst unauffällig«, zischt Milo. Seine Stimme hat einen befehlshaberischen Klang angenommen und er verlangsamt augenblicklich seine Geschwindigkeit.

Das Hallen im Korridor wird lauter, kommt näher.

Als Erstes erblickt Yosi wallendes schwarzes Leder und weiß im selben Moment, was, besser gesagt, *wer* auf sie zukommt. Phasmo. Innerlich schickt sie ein Stoßgebet gen Himmel, er möge so in Eile sein, dass er einfach an ihnen vorbeihetze, als seine raue Stimme zu ihnen herüberschallt.

»Was treibt ihr hier unten?«, fragt Phasmo und verzieht dabei verächtlich seinen Mund.

»Wir?«, fragt Livia gedehnt und viel zu hoch, so dass selbst ein Schwerhöriger den scheinheiligen Unterton aus dem schrillen Wort heraushören würde. Außerdem unterstützt Yosis auffällig schwarze Einbrecherkluft womöglich auch ihr fragwürdiges Gesamtbild. »Ähm … nur etwas quatschen.«

»Dann seht zu, dass ihr hier wegkommt«, bellt Phasmo und fuchtelt mit der Hand, als vermöge er sie damit wegzufegen. »Geht alle in den großen Saal«, donnert sein Befehl durch die Eingangshalle.

Sie unterlassen die Frage, weswegen sie sich im großen Saal versammeln sollen. Yosi ist sich nicht sicher, woran es liegt, aber es überkommt sie das Gefühl, ihr Mentor sei um ihre Sicherheit besorgt.

»Kommt«, raunt Milo und zerrt Yosi sachte am Jackenärmel. Phasmo eilt bereits die Treppe hinunter und sie beobachtet, wie er auf den verbotenen Eingang zusteuert. Milo hat wahrscheinlich Recht, er holt den Aciu-Metrum. Erst als sich die Tür hinter ihrem Mentor verschließt, kann sie sich endlich von dem Anblick losreißen.

»Ductus möchte bestimmt sichergehen, dass alle Studenten hier sind«, murmelt Aaron verhalten.

»Und alle wohlauf«, fügt Yosi kopfnickend hinzu, während sie Mühe hat, mit Milo Schrittzuhalten. Wider Phasmos Anweisungen schlägt dieser nicht die Richtung zum großen Saal, sondern zur Bibliothek ein. Yosi kommt das wie gerufen. Irgendwie kann sie erst glauben, dass dieser Vorfall tatsächlich passiert ist, wenn sie es mit eigenen Augen sieht.

»Sollten wir nicht eigentlich –«, beginnt Aaron verunsichert. Es ist nicht unbedingt, weil sie den falschen Weg eingeschlagen haben, es ist vor allem Angst, die sein Gesicht zeichnet. Und da tut Livia etwas, das sie im ganzen vergangenen Jahr noch nie gewagt hat. Sie macht den ersten Schritt. Mit einem verlegenen und schiefen Lächeln nimmt sie seine Hand in ihre und es ist, als schenke ihm diese einfache Berührung Beruhigung und eine gigantische Ladung Glückshormone. Die steile Falte auf seiner Stirn weicht strahlenden Lachfältchen, die ganz fein seine Augen umranden. Diesmal ist es Yosi, die ihrer Freundin eine stumme Botschaft mittels ihres Gesichtsausdrucks übermittelt. *Eeeendlich! Das wurde auch allerhöchste Zeit!*, denkt Yosi und weiß, Livia versteht.

Nur noch wenige Schritte trennen sie von der Bibliothek. Die Tür steht sperrangelweit offen und auf den ersten Blick wird klar, dass es die richtige Entscheidung war, zuerst hierher zu kommen. Dicht an dicht drängen sich die Köpfe.

Milo bahnt sich entschlossen durch die Schülerschar hindurch und Yosi zögert, nur einen winzigen Moment, aber der reicht aus, um ihr den Weg zu verbarrikadieren. Sie verliert Milo sofort aus den Augen. Schnell versucht sie sich energisch zwischen den Schaulustigen hindurchzuschlängeln, doch sie kommt nicht weit.

»Mist!«, schimpft sie.

»Was ist, Yosi? Siehst du etwas?«, will Livia wissen, die sich mit beiden Händen auf den Schultern ihrer Freundin abstützt, um sich einen besseren Überblick verschaffen zu können.

»Nein, ich sehe absolut nichts«, entgegnet Yosi, aber das aufgeregte Gesumme der Anwesenden verschluckt ihre Worte.

»Lasst mich durch«, ertönt plötzlich Phasmos raue Stimme hinter ihrem Rücken. In der Hand umklammert er das Messinggerät, das sich vor wenigen Minuten noch in Yosis Hand befand. »Geht beiseite. Macht Platz! Lasst mich durch!«

Nur widerstrebend bahnen die Studenten einen Durchgang für den Professor und da erhascht Yosi einen kurzen Blick auf die Eingangstür zur verschlossenen Abteilung. Der Holzrahmen ist demoliert und hängt schief in den Angeln. Ein Riss kriecht übers ganze Türglas und es sieht aus, als würde es bei der kleinsten Berührung in Tausend Scherben zersplittern. Aber das wirklich Grausame ist das, was sich auf der brüchigen Glasscheibe abzeichnet. Es ist ein Handabdruck, der in der hereinbrechenden Dämmerung bräunlich schimmert. Doch der Schein trügt, der Abdruck ist nicht braun, sondern rot. Ein blutroter Handabdruck. Yosi fröstelt es bei dem Anblick und unwillkürlich suchen ihre Augen nach Milo. So, als ob allein seine Anwesenheit ihr das Gefühl von Sicherheit spenden könnte.

»Parzival«, hört Yosi Ductus' angespannte Stimme von Weitem. »Werte das Blutbild aus.«

Phasmos Antwort hingegen ist kaum zu verstehen, bloß seine raue Stimme, die sich mit dem Gesumme vermischt, das in der Bibliothek wie eine Wolke über den Köpfen hängt. Manche recken auch stumm ihre Hälse oder tauschen verängstigte Blicke aus.

»Was ist denn los?«, fragt Maya, die eben erst mit Thaddeus dazugestoßen ist.

Yosi macht den Mund auf, um ihr zu antworten, als der Schulleiter abermals zu sprechen beginnt. Diesmal richtet er das Wort an die Studenten. »Und ihr Kinder«, sagt er und der Unterton in seinen Worten verwandelt sich von streng zu erschreckend kalt und entschlossen. »Ihr begebt euch alle auf direktem Weg in den großen Saal, da wir absolute Ruhe für die Auswertung benötigen und eventuelle Spuren sichern müssen. Abseits des Tatorts werde ich euch ein paar wichtige Mitteilungen machen und weitere Anweisungen geben.« Er wirft noch einen flüchtigen Blick auf die ruinierte Tür, streift mit unruhiger Hand über die roten Spuren und betrachtet die verunsicherten Gesichter um sich herum. »Ich hab' gesagt, alle in den großen Saal, los.«

Mit halbem Ohr bekommt Yosi noch mit, dass Phasmo die Auswertung startet, dann wird sie von dem Gedränge ringsum eingekesselt. Wie benommen lässt sie sich hin und her schubsen, kommt mit Livia und Aaron irgendwie in die hintere Ecke des Raumes und dort bleibt sie wie angewurzelt stehen. Auch, als Yosi von Dana grob angerempelt wird. Sie fühlt sich regelrecht gelähmt und kann keinen Muskel rühren. Vielleicht ist es die Angst, die in ihrer Brust hockt. Der leise Verdacht, dass ihre Familie womöglich etwas mit diesem Vorfall zu tun haben könnte. Die Frage, was die Person im verschlossenen Teil der Bibliothek gesucht haben soll. Vielleicht ist es aber auch etwas ganz anderes und sie wartet einfach auf jemand ganz bestimmten. Doch wohin sie auch schaut – Milo ist nicht zu sehen.

So verlassen die drei als letzte die Bibliothek, nur die Professoren diskutieren eifrig weiter.

Während sich die Freunde dem Treppenabsatz nähern, raunt Aaron: »Es ist tatsächlich wahr. Einer aus unseren Reihen spielt falsch.«

Jetzt bekommt Yosi es mit der Angst zu tun. Ja, diese wenigen Worte reichen aus, dass sie sich ernsthaft Sorgen macht. Nicht um ihretwillen, sondern um Milo, der irgendwie noch tiefer in der ganzen Sache drinzustecken scheint, als er bisher zugibt. In der Bibliothek war er nirgends mehr zu entdecken und sie hat ihn auch nicht in dem Gedränge ausfindig machen können.

»Wartet!«, flüstert Yosi zischelnd und macht rechtsum kehrt.

»He, was ist denn?«, fragt Livia.

Yosi hört, dass ihre Freunde ihr hinterherlaufen, doch ihr bleibt keine Zeit zu erklären, sie muss so schnell wie möglich zurück. Sie huscht den Korridor hinunter und lauscht an der Bibliothekstür, die nun verschlossen wurde.

»Was soll denn das werden?«, will Aaron wissen und sein Gesicht verzieht sich merkwürdig.

»Schsch!«, faucht Yosi und versucht irgendwas von der Unterhaltung in der Bibliothek mitzubekommen und vor allem Milos Stimme darunter herauszuhören. Denn, wenn irgendwo der Einbrecher rumlauert und Milo nicht mehr hier ist, dann … dann … Ach!

»Und die Auswertung ist korrekt?«, hört Yosi Agon fragen.

»Ich habe sie zweimal durchgeführt. Zweimal mit demselben Ergebnis: Undefiniert!« Die Stimme gehört ihrem Mentor. »Und ich wiederhole mich gerne noch einmal: nicht etwa *ungebrannt* oder *ungewiss,* nein *undefiniert!*«

»Das ist …« Agon bricht ab.

»… unmöglich?«, übernimmt Bezold. »Das ist es! Und trotzdem bleibt es eine Tatsache, die sich nicht leugnen lässt.«

*Undefiniert? Soll das bedeuten …?* Yosi wagt es nicht einmal, den Gedanken zu Ende zu formen.

»Damian«, sagt Agon abermals. »Gibt's vielleicht schon etwas Neues?«

»Leider nicht viel, Briana«, antwortet Ductus. »Moritz war nur kurz eine Kleinigkeit erledigen, als der Einbruch passierte. Nicht wahr?«

Yosi ist sich nicht sicher, aber es ist ihr, als schwinge ein eigenartiger Unterton in Ductus' Stimme mit. Er kann unmöglich den alten Moritz Guillon verdächtigen?

»In der Tat, Damian«, antwortet Guillon erstaunlich gelassen. »Und ich kann euch mitteilen, dass alles an seinem alten Platz ist – bis auf ein seltenes Buchexemplar der Heilkunde.«

»Das ergibt überhaupt keinen Sinn«, hört Yosi Moltino sagen. »Wieso bricht jemand ein, um ein solches Buch zu stehlen? Hat man vielleicht in der Akademie schon irgendwelche verdächtigen Spuren abgesehen vom Blutabdruck entdeckt?«

»Nein, wir haben alles durchsucht«, redet Ductus weiter. »Aber keine Spur von einem Eindringling. Und Parzival war bereits in den unterkellerten Kammern, auch dort ist niemand.«

»Was ist mit dem Erdgeschoss und dem Innenhof? Dem Turm der Erinnerungen oder dem Hinterhof?«, fragt Moltino weiter.

»Alles durchsucht«, sagt Ductus abermals.

»Und die umliegenden Gebäude? Das Gewächshaus oder der Schuppen?«

»Milo kümmert sich gerade darum.«

*Milo?* Yosis Herz zieht sich zusammen. Soll das bedeuten, dass er alleine da draußen rumschleichen muss?

»Wenn kein Einbrecher gefunden werden kann«, beginnt Moltino und seine Worte sind von Bitterkeit geprägt, »bleiben nicht viele Möglichkeiten übrig.« Er seufzt. »Oder? Habt ihr irgendwelche Theorien?«

»Leider, Curdin, leider hast du Recht«, sagt Ductus mit einer Bestimmtheit, die keine Widerworte duldet. »Der Aciu-Metrum lügt niemals. Das war keiner von uns. Es ist nicht das Blut eines Phoenicrus.«

»Damian, du kannst offen reden. Nach dem Einbruch können wir einfach nicht mehr für uns behalten, was hier vorgeht«, beschließt Briana und der Klang in ihrer Stimme wirkt gebrochen.

Professor Ductus übernimmt das Wort. »So ist es. Und Theorien haben wir etliche, Curdin, etliche. Jede ist abstruser, wahnsinniger und verrückter als die andere.« Er schweigt eine Weile und seufzt. »Und doch müssen wir es hier mit einem Tutamina zu tun haben.«

»Nein!«, entweicht es Yosi, zum Glück so leise, dass nur ihre Freunde es mitbekommen. Ebenso ist ein erstauntes Raunen aus der Bibliothek zu hören.

»Damian, willst du etwa sagen, der Tutamina ist tatsächlich *hier?*« Bezold klingt mehr als nur verängstigt. Panik hat sich in seine Worte geschlichen. »Hier in der Akademie?«

»In der Tat, Norbert«, sagt Ductus und etwas Trauriges liegt in seiner Stimme. »Außerdem wurde gestern beobachtet, dass unsere langjährige Excubito, die liebe Cubo-Louise, Informationen weitergeben hat und Ungebrannte zu unserem alten Bekannten geschickt hat, dem hartnäckigen Bibliothekar der Zaubernussallee. Bestimmt hat sie nicht gewusst, dass sie uns damit schaden kann. Vielleicht hat sie sogar im Auftrag von jemandem gehandelt, den sie vermeintlich für den Guten hielt. Aber auch wenn sie nicht mit böser Absicht handelte, so kommt es, dass sich unsere Lage zusehends verschlimmert.« Ductus atmet tief durch.

»Wen hat sie dorthin geschickt?« Die Frage kommt von Bezold. »Doch nicht etwa unseren Problemfall und ihre Begleiter?«

»Doch, genau den. Das Mädchen, der alte Mann und der verflixt schlaue Bursche. Er war fähig an Informationen über das Phoenicrus-Wappen heranzukommen, aber die beiden Kinder sind harmlos, schätze ich, und dennoch … sie sind auf dem Weg hierher.«

»Vielleicht sind sie schon da und *er* ist derjenige, der eingebrochen hat«, haucht Agon erstickt.

Sie bekommt keine Antwort.

»Was ist hier bloß los, das sind ja grauenvolle Zustände. Und es wird immer schlimmer«, raunt Bezold. Der Rest seiner Worte geht ihm aufgebrachten Gemurmel unter, das auf einen Schlag wieder verstummt.

»Ich glaube, ich komme nicht darum herum. Es wird Zeit mit den Studenten zu reden.« Ductus seufzt tief.

Schon hört Yosi Schritte näherkommen.

»Schnell weg«, zischt sie ihren Freunden zu.

Immer zwei Stufen auf einmal nehmend, huschen sie im Gleichtakt die Treppe hinunter und sprinten hinein in den großen Saal.

Der Raum, der sonst nur für die Freifächer *Fechten* und *Tanz* und natürlich für besondere Veranstaltungen benutzt wird, ist gerappelt voll. Die drei müssen sich regelrecht einen Platz erkämpfen. Dann warten sie auf Ductus wie alle anderen. Keine Minute später schreitet der Schulleiter, samt Kollegium, herein und tritt vor seine Studenten. Stille rieselt von der hohen Decke, als er sich vor ihnen aufbaut. Ductus' Autorität durchdringt ihn nun bis in die letzte Pore seines Körpers. Ehe er zu sprechen beginnt, winkt er den Studenten auffordernd zu, noch ein Stück aufzurücken.

»Wer ist diese Frau neben Ductus?«, murmelt Livia, während sie mit ein paar winzigen Schritten aufschließen. »Habt ihr sie vielleicht schon mal gesehen?«

Eine Frau mit Vollmondgesicht und rabenschwarzem Haar steht verstohlen lächelnd einen halben Schritt hinter Ductus. Sie sieht sehr jung und gleichzeitig ziemlich nervös aus. Immer wieder streift sie durch ihr burschikoses, kurzes Haar und dabei huscht ihr Blick unentwegt von links nach rechts.

»Ich habe keinen Schimmer«, beginnt Yosi zu flüstern, doch in diesem Augenblick hebt Ductus seinen Arm in die Höhe. Dabei rutscht ihm die kantige Brille beinahe über seine Adlernase.

»Ruhe im Saal!«, ruft er über die Köpfe hinweg. »Einen Augenblick Ruhe, bitte.« Das schwache Licht des Kronleuchters schimmert auf seinem Gesicht, wirft Schatten und lässt seine Falten noch furchiger wirken. »Wir haben uns hier eingefunden, weil ich euch allen einige wichtige Mitteilungen bekanntgeben möchte. Da leider auch etwas Besorgniserregendes darunter ist, halte ich es für sinnvoll, damit zu beginnen.« Ductus räuspert sich einige Male, dann fährt er fort. »Wie ihr unterdessen bestimmt alle mitbekommen habt, wurde vor wenigen Minuten versucht, in die verschlossene Abteilung der Bibliothek einzubrechen. Zum Glück wurde dabei niemand verletzt, nur die Tür hat einen Schaden davongetragen»«, sagt er augenzwinkernd. »Wie es solche unschönen Zwischenfälle an sich haben, kursieren bereits unzählige Horrorgeschichten darüber.«

Ein aufgeregtes Raunen geht von Student zu Student, verstummt aber sofort, als Ductus den Zeigefinger hebt und weiterspricht.

»All die Halbwahrheiten, die durch die Gänge schleichen, von maskierten Ungebrannten, Rachegelüsten und einem existierenden Schlupfloch in der Mauer sind falsch. Unser Schutz der Mauer kann mit keiner albernen Verkleidung ausgetrickst werden. Die Akademie wurde vom ganzen Kollegium eigenmächtig durchsucht und ich kann euch versichern, dass keine außergewöhnlichen Entdeckungen gemacht und auch keinerlei Hinweise diesbezüglich gefunden wurden. Ich unterziehe die Schule jedoch in den kommenden Stunden einer weiteren Inspektion und erweitere den Radius über die Schlossmauer hinaus. Sobald wir mehr herausgefunden haben, werdet ihr alle informiert.« Er schlägt die Hände zusammen, begleitet von einem Nicken und einem Lächeln, das nicht nur müde, sondern auch ratlos wirkt. Und dennoch macht seine Geste deutlich, dass für ihn hiermit das Thema abgeschlossen ist und erst gar keine Einwände geduldet werden. Er schaut über den Rand seiner Brille in die Gesichter der Studenten, verweilt einen kurzen Moment schweigend und betrachtet seine Schützlinge.

In dieser Sekunde erinnert sich Yosi, dass der Schulleiter eigentlich noch nicht bereit war, die Studenten über die aufkommende

Gefahr zu informieren. Doch genaugenommen hat er das auch jetzt nicht. Nur wer die Hintergründe kennt, weiß auch, was seine Worte in Wahrheit bedeuten. Wenn es keinen Eindringling gibt und der Einbruch nicht von einem Gebrannten ausgeübt wurde, so gibt es nur eine logische Erklärung. Es muss einen Verräter in der Akademie geben, der jemandem den Zugang zur Akademie ermöglicht hat und der seit dem Einbruch in die Bibliothek von dieser Person versteckt gehalten wird.

Mit ernster Miene lässt der oberste Sentio seine wachsamen Augen durch den Saal wandern, niemand bewegt sich oder gibt auch nur einen Mucks von sich.

»Nun denn, gehen wir zu etwas Erfreulicherem über«, fügt er hinzu und ein feines Schmunzeln umspielt seinen Mund. »Ich freue mich, an der Akademie eine neue Lehrkraft begrüßen zu dürfen. Wie euch bekannt ist, ist Professor Moritz Guillon noch vor den letzten Ferien in seinen wohlverdienten Ruhestand getreten. Heute darf ich endlich verkünden, dass ich einen Nachfolger für seinen Unterricht *Zeichnen und Farbenlehre* gefunden habe. Besser gesagt eine Nachfolgerin. Darf ich vorstellen: Amalia Pingo.«

Bei seinen letzten Worten tritt die junge Frau einen Schritt vor, lächelt in die versammelte Schülerschaft und deutet den Ansatz einer Verbeugung an. Sie wirkt immer noch nervös, aber auch sehr sympathisch. Mit herzlichem Beifall wird sie willkommen geheißen, der sie prompt erröten lässt.

»Oh nein, jetzt fällt der Unterricht bei Moltino weg«, stöhnt Anna eine Reihe vor ihnen.

»Na endlich«, freut sich dagegen Aaron. »Was ist?«, fragt er auch gleich, weil ihn nicht nur Livias Augen vorwurfsvoll anblitzen. »Gebt's doch zu, er ist wirklich ein kleiner Schleimsack.«

»Schleimsack?«, fragt Livia und zieht ihre Brauen vor Entsetzen fast bis zum Haaransatz hoch.

Yosi kriegt von all dem nichts mit. Sie plagen andere Sorgen. Wo ist Milo? Sucht er immer noch das Gelände ab? Doch da ist noch etwas. Etwas, das ihren Bauch zum Brodeln bringt. Ihr Blick haftet kritisch auf ihrem Mentor. Weshalb sie bei seinem Anblick so ein seltsames Gefühl überkommt, ist ihr mehr als klar.

»Hey, habt ihr gesehen«, wispert Yosi, während Ductus zu seinen letzten Worten ausholt und etwas von Respekt und würdevollem Umgang erzählt und dem dringlichen Rat, die Kodexe immer zu beachten – eine Anspielung auf Ophelia? »Phasmo ist verletzt. Seine Hand ist einbandagiert.«

»Oh! Mein! Gott!«, haucht Livia. »Wisst ihr, was das vielleicht bedeutet?«

Aaron nickt. »Ja«, sagt er matt. »Es deutet daraufhin, dass er der Verräter ist. Aber mal ehrlich, Mädels, das wäre schon fast *zu* offensichtlich. Außerdem hätten wir die Hand schon bemerken müssen, als er den Aciu-Metrum geholt hat.«

»Vielleicht«, stimmt Yosi flüsternd zu. »Aber ist es nicht auch möglich, dass wir in der Eile den Verband einfach übersehen haben? Ist es nicht oftmals so, dass die eigentliche Antwort direkt vor der Nase liegt und man sie dennoch nicht erkennt?«

Ductus' Stimme wird lauter.

»Gut, das war auch schon alles, was ich sagen wollte«, beendet Ductus seine Rede. »Hiermit entlasse ich euch zum Abendbrot.«

Während sich die Studenten durch die breite Flügeltür in den Korridor zwängen und das Gemurmel gleich wieder einen beträchtlichen Lärmpegel annimmt, bedenkt Yosi ihren Mentor mit einem letzten Blick. Zutrauen würde sie ihm fast alles. Dass er auch vor Auseinandersetzungen mit seinen Kollegen nicht zurückschrickt, zeigt, wie egoistisch er handelt und denkt. Es gibt für ihn nur einen richtigen Weg. Seinen eigenen. Aber er, der Maulwurf?

»Es sieht nicht gut aus für Phasmo«, greift Livia abermals das Thema auf und rückt noch ein Stück näher zu ihren Freunden, während ihre Stimme immer leiser wird.

»Leute, ihr vergesst da eine winzige Kleinigkeit«, wirft Aaron kopfschüttelnd dazwischen und bleibt unwillkürlich stehen. »Phasmo ist bestimmt nicht in die Bibliothek eingebrochen. Wozu auch? Er hat dort freien Zugang, denn er wird nicht zuletzt einiges Material und Lektüre für die Paraphysik dort lagern.«

»Aber warum hat er sich ausgerechnet jetzt seine Hand verletzt, das wäre doch ein zu unwahrscheinlicher Zufall?« Yosi reibt sich über die Stirn. Einmal mehr überkommt sie das Gefühl, jeden Moment zu explodieren vor lauter Chaos in ihrem Innern.

»Stimmt wohl. Allerdings spricht meine Theorie eindeutig *für* Phasmo und nicht gegen ihn«, erwidert Aaron. »Vielleicht hat Phasmo sich in der Hektik ganz einfach am Glas geschnitten, als er das Blut auswertete.«

»Ja, ja, mag sein«, gibt Yosi kleinlaut zu, denn Aarons Erklärung klingt viel zu einleuchtend, als dass sie sich so einfach wegargumentieren ließe. »Vielleicht weiß Milo genauer, was vorgefallen ist.«

Und dann, ganz leise und noch nicht greifbar, formt sich in Yosi ein Bild. So vage wie eine Bleistiftskizze. Es sind erst silhouettenähnliche und lückenhafte Umrisse, doch mit dieser geistigen Skizze beginnt sie zu begreifen. Sie ist froh, dass Milo sie nicht hat vergessen lassen. Vielleicht wollte er es auch gar nicht … All die Puzzleteile gehören zusammen. Milo, die Schmuckdiebstähle, die Nachtwanderung, ihre Familie, Ophelias Geheimnis, der Aciu-Metrum, der Raum der Erinnerung, der Einbruch … Ja, all die Bruchstücke, die sie in den letzten Tagen mitbekommen und aufgeschnappt hat, das alles zeichnet erste Schattierungen auf einem unfertigen Bild. Sie muss die Schattierungen und Striche nur noch an die richtigen Stellen schieben, so dass die Skizze an Tiefe gewinnt. Denn in dieser Tiefe liegt das verborgene Wissen, das Wissen um den Verräter.

# Kapitel 15

## Schattengestalt

»Wo willst du hin?« Livia schaut ihre Freundin skeptisch, doch vor allem besorgt an, als sie sich wortlos vom Stuhl erhebt. Es sind erst wenige Minuten seit Ductus' Rede verstrichen und die drei haben sich an einen Tisch verzogen, der in der hinteren Ecke im Speisesaal steht.

»Ich … ich geh nur mal kurz raus, weil …«, beginnt Yosi ausweichend und bricht ab. … *weil ich Milo finden muss,* beendet sie im Stillen den Satz. Sie weiß nicht, weshalb es ihr so schwerfällt, das auszusprechen. Vermutlich, weil sie immer noch nicht mit Aaron über diese ganze Herzensgeschichte gesprochen hat. Und jetzt ist es ausgerechnet seine Antwort, die sie einmal mehr überrascht.

»Es geht Milo bestimmt gut.«

Yosi lächelt ihn dankbar an und weiß in dieser Sekunde, dass sie die besten Freunde hat, die man sich wünschen kann. Freunde, die sie verstehen, sie unterstützen und sich in ihre Lage versetzen können. Andererseits fühlt sich Yosi in ihren Gedanken ertappt. Himmel, ist sie so leicht zu durchschauen oder kennt Aaron sie einfach zu gut?

»Ich geh' dann mal«, sagt Yosi, wendet sich der Tür zu und geht mit zögernden Schritten über den Korridor. Energisch drückt sie die schwere Tür zum Hinterhof auf und tritt hinaus. Hinaus in eine andere Welt.

Ruhig. Verlassen. Unheimlich.

Der Regen hat aufgehört, doch die Luft ist feucht und kalt. Die Laternen flimmern als goldene Farbkleckse und bilden einen besonderen Kontrast zum matten Silberlicht des aufgehenden Mondes.

Jetzt wandert ihr Blick zum Himmel empor. Der Mondschein blitzt zwischen der Wolkenwand hindurch, die sich wie Felsbrocken im Hintergrund aufbauen und immer mehr Platz einnehmen. Ein eisiger Wind weht ihr entgegen, zerrt an ihren Haarsträhnen, und es ist, als rufe er ihr eine zischelnde Warnung zu.

*Der zornige Puls der verborgenen Stadt,* denkt Yosi und eine Welle der Angst bricht über ihr zusammen.

Vielleicht wäre sie besser drinnen geblieben und hätte sich weiter mit ihren Freunden unterhalten. Aber gerade jetzt wird sie den leisen Verdacht nicht los, dass die beiden ein wenig Zeit in trauter Zweisamkeit dringend nötig haben. Und sich als fünftes Rad am Wagen (oder eher drittes Rad am Fahrrad!) zu fühlen, dazu hat sie überhaupt keine Lust.

So genießt sie es, im Nachtwind querfeldein über das verlassene Schlossgelände zu gehen, ohne das Gefühl zu haben, dass sich jemand daran stört. Der Rasen dämpft ihre Schritte und einen Moment lang ist es ihr, als sei sie das einzige Lebewesen auf diesem Planeten. Silber, dämmriges Nachtgrau und die goldenen Leuchtpunkte vermischen sich und malen einzig und allein für sie ein magisches Aquarellgemälde der jungen Nacht.

Sie atmet tief durch und mit dem nächsten Atemzug steigen Aarons Worte wie Nebelschwaden in ihr hoch.

*Es geht Milo bestimmt gut.*

*Hoffentlich behält Aaron Recht. Und hoffentlich steht Milo wieder bei dem Steinbrunnen,* denkt sie innerlich seufzend und kann das Wasser bereits plätschern hören.

Aber was, wenn nicht?

In ihr flimmert das Bild eines maskierten Verräters auf, wie er hinter der nächsten Ecke hervorspringt und Milo hinterrücks zu Boden schlägt, um anschließend ungesehen von der Akademie flüchten zu können.

Schnell verbannt sie diese albtraumhafte Vorstellung aus ihrem Kopf und schlendert auf den Brunnen zu. Leider weit und breit kein Milo zu sehen. Kurz bleibt sie stehen, lauscht in die Nacht, atmet das Rauschen des Windes, dann geht sie weiter und nähert sich dem Gewächshaus.

Plötzlich fällt ihr ein Schatten auf.

Es ist nichts dabei, wenn noch jemand querfeldein über den Rasen huscht anstatt die hübsch angelegten Kieswege zu benutzen, jedoch läuft die schwarze Silhouette verdächtig hastig und dazu in einer merkwürdig geduckter Haltung über die Grünfläche.

*Milo!,* ist das Erste, was ihr durch den Kopf jagt – doch die Körperhaltung und die Bewegungen des Schattens sprechen eine andere Sprache – Nein, es kann unmöglich Milo sein.

Von Kopf bis Fuß ist er in einen dunklen Umhang gehüllt, der so wild im Wind flattert, dass es aussieht, als würde er geräuschlos über den Rasen schweben.

Yosi hält in der Bewegung inne und blickt skeptisch durch die hereinbrechende Nacht. Das Verlangen, dem Schatten zu folgen, ist wie ein innerer Zwang und drängt sie mit solch einer Intensität, dass sie über sich selbst erschrocken die Luft einsaugt. Hey verdammt, irgendwo in der Akademie läuft ein Verräter auf freiem Fuß herum und sie hat nichts Besseres zu tun, als einer merkwürdigen Gestalt hinterherzulaufen? Kein guter Plan! Obwohl ihr Verstand vehement dagegen ist, scheint ihr Bauchgefühl (ihr Instinkt?) ihre geistige Verfassung gerade als völlig inkompetent abzustempeln.

In diesem Moment verschwindet die Gestalt aus ihrem Blickfeld. Yosi muss sich entscheiden.

Wie hypnotisiert eilt sie mit dem nötigen Abstand dem Schatten hinterher, der in diesem Moment hinter dem Gewächshaus verschwindet. Yosi folgt ihm so leise wie möglich.

Kaum dass die Silhouette das Gewächshaus hinter sich lässt, hetzt sie noch mehr vornübergebeugt der Mauer entlang, so schnell, dass ihr Umhang mit dem Wind um die Wette weht.

Und dann …

Moment mal! Schleppt die schwarze Kapuzengestalt irgendwas mit sich herum?

Yosi wird es unheimlich zumute. Sie zögert und ringt mit sich. Verdammt! Verdammt! Verdammt! Sie sollte von hier verschwinden, denn ihr wird noch etwas anderes bewusst. Die Tatsache, dass sich die Gestalt dem Schuppen und somit auch dem hinteren Torbogen der Mauer nähert. Ein Ort, der ihr immer einen Schauer über den Rücken jagt. Nicht bloß aus dem Grund, weil es der Übergang in die Welt da draußen ist, nein, der Torbogen auf der Vorderseite und dieser hier sind Träger einer Botschaft. Es sind Worte von Nietzsche, in Form eines Zweizeilers, aufgeteilt auf die beiden Bögen. Zusammen ergeben sie eine Mahnung, eine, die alle Gebrannten auf schaurige Weise an die Hetzjagd erinnern soll, und zwar für alle Zeit.

*Der Hass gegen das Böse ist der Prunkmantel, mit dem der Pharisäer seine persönlichen Antipathien verkleidet.*

Nietzsche war ein Gebrannter wie sie, und was keiner weiß, er schrieb diese Zeilen eigentlich für die Akademie. Der Spruch ermahnt die Phoenicrus, niemals die ehrenvollen Kodexe zu verachten. *Unsere Gabe darf nur im Verborgenen und mit größter Sorgsamkeit eingesetzt werden.* Sie sollen unsere Gabe nicht aus den falschen Motivationen heraus missbrauchen, sondern stets zum Wohle der Menschheit einsetzen. *Mit unseren Gaben wollen wir der Menschheit helfen und damit Gutes vollbringen.*

In diesem Augenblick schlägt dieser Spruch bei Yosi mit voller Wucht ein. Erst jetzt begreift sie, wie er noch gedeutet werden kann. Er passt haargenau auf den Verräter in der Akademie. Hat er sich ihn nicht sogar gänzlich zu eigen gemacht? Die ganze Zeit schon heuchelt er ihnen etwas vor. Als trüge er eine Maske, um sein wahres Gesicht zu verbergen und somit auch das, was er wirklich ist. Dieses Trugbild hält er aufrecht und verdeckt es mit seinem ganz eigenen Prunkmantel. Er muss ein guter Schauspieler sein.

Ob es tatsächlich Hass ist, der ihn zum Verräter werden ließ?

*Kehr um!,* wispert ihre innere Stimme. *Kehr um, solange du noch kannst, Yosi.*

Ein Stück vor ihr ragen der Schuppen und dahinter der Torbogen als schwarze Umrisse in den grauen Himmel, hinter ihr steht das gläserne Gewächshaus.

Natürlich kehrt sie nicht um. Sie zwingt sich, noch ein paar Schritte weiterzugehen. Ihr Herz hämmert wild in der Brust, als auch sie die Rückwand des Schuppens erreicht. Zwischen der Hütte und der Mauer schleicht sie vorsichtig weiter. Gleichzeitig verflucht sie sich selbst, weil ihr Verhalten nicht nur falsch, sondern ebenso schwachsinnig und hirnverbrannt ist. Was glaubt sie eigentlich, hier zu erreichen? Dass sie die Heldentat vollbringt und den Verräter, den bisher niemand zu entlarven vermochte, festnagelt?

Bestenfalls – vielleicht.

Schlimmstenfalls? – ähm, darüber will sie lieber nicht nachdenken.

Der Torbogen ist jetzt nicht mehr weit von ihr entfernt, deshalb verlangsamt sie ihren Gang. Unwillkürlich bleibt sie im tiefsten Schatten des Schuppens stehen und versteckt sich neben der Seitenwand. Der Nachtwind ist noch eisiger geworden, ihre Haare sind zerzaust und allmählich fröstelt sie in ihrem leichten Jäckchen.

*Was habe ich hier eigentlich zu suchen?*

Was auch immer ihr Instinkt ihr zuwispert, ihr Verstand rät ihr etwas ganz anderes. Und zwar unmissverständlich – dass sie besser ihre schlotternden Knie von hier wegbringen und auf ihr Bett legen sollte.

Vermutlich aber ist es sowieso nur ein Professor, ja, vielleicht Bezold, Moltino oder Phasmo, der auf Ductus' Anweisung nach dem Rechten sieht.

Und doch … dieses unbestimmte Gefühl bleibt, es lässt sich nicht so einfach ausknipsen wie eine Nachttischlampe. Vielleicht ist es der Mensch, der den Einbruch verübt hat und nun bei Nacht und Nebel davonschleicht. Was würde er tun, wenn er sie entdeckt? Sie kaltblütig ermorden?

Grundgütiger, ihr Nervenkleid erleidet wohl gerade einen entzückend kleinen Hysterieanfall.

Wenn sie ehrlich zu sich selbst ist, weiß sie genau, weswegen sie die Gestalt verfolgt. Milo muss noch irgendwo hier draußen sein. Die Hoffnung und die Angst halten sich in etwa die Waage. Hoffnung, er möge gleich um die nächste Ecke kommen, Angst, dieser Schatten habe ihn bereits brutal niedergeschlagen. Und das treibt sie dazu, hier zu bleiben. Sie unterdrückt den feinen Impuls, der in ihr aufkommt, nach Milo zu rufen, denn in dieser Sekunde hört sie eine Stimme. Leider sieht sie nicht, wer da spricht, denn sie kann hinter der Ecke des Schuppens kaum etwas erkennen. Genauso wenig kann sie etwas verstehen, denn das zischelnde Geraune ist viel zu leise.

Sie muss noch näher heran.

Wie in Zeitlupe wagt sie sich aus ihrer Deckung heraus, nur so weit, bis sie die Gestalt im Blickfeld hat. Irritiert bemerkt sie, dass es nicht nur eine, sondern zwei Gestalten sind, die zwischen dem großen Torbogen und dem Schuppen stehen. Yosi blinzelt einige Male, um das Gefühl des beißenden Windes loszuwerden. Die dunkle Gestalt, die sie verfolgt hat, hat ihr den Rücken zugewandt und eine weite Kapuze tief über den Kopf gezogen. Doch wer oder was für ein Wesen ist bei ihr? Es scheint kleiner als der Verfolgte, in dunkle Lumpen gekleidet und zusammengekauert, aber wirklich sicher ist sich Yosi nicht. Mit zu Schlitzen verengten Augen mustert sie das sonderbare Wesen eingehender und plötzlich fühlt sie den Wind, der ihr Gesicht mit eisiger Nachtkälte überzieht und sich über die Haut bis in die Knochen stiehlt.

Wieder wehen ein paar Wortfetzen des Verfolgten zu ihr hinüber und als sie die Stimme hört, kehlig und rau, scheint die Kälte in ihren Knochen zu gefrieren. Mit der pechschwarzen Kapuze und dem wallenden Umhang, auf dem der Mond sich silbern spiegelt, sieht er aus wie ein tragischer Held. Und obwohl er sein Gesicht von ihr abgewandt hat, bemerkt sie an den fordernden und resoluten Gesten, wie aufgebracht, fast wütend, er sein muss. Er redet auf das Wesen ein, das hinter seinem Umhang kaum zu erkennen ist.

Yosi zwingt sich, lautlos noch wenige Zentimeter näher zu huschen (dankt innerlich Milo für ihre ungewohnt dunklen Klamotten, die sie jetzt mit dem Schatten der Hütte Eins werden lassen), und der Wind trägt einzelne Wortfetzen von dem, was der Verfolgte zischt, schwallweise an sie heran.

»… vorsichtiger sein, verstehst du? … immer schwieriger, dich …«

Wer mag bloß in diesem Umhang stecken? Die Härte in dem Gezischel lässt nichts erahnen, nur, dass die tiefe Stimme zu einem Mann gehören muss. Konzentriert horcht Yosi dem Säuseln des Windes und da wird ihr etwas bewusst. Es sind nicht nur die Worte im Wind, da ist noch mehr. In der regengesättigten Frühlingsluft liegt etwas Fremdes. Ein modriger, fast verkohlter Geruch, der ihr in der kühlen Mondnacht fürchterlich deplatziert erscheint.

Es riecht nach Tod.

»… viel zu riskant«, sagt er weiter und krümmt sich noch mehr über dieses Wesen. »Wenn dir etwas passiert, dann …« Wieder verliert sich die Stimme in einer Böe, bis sie letztlich ganz verstummt. Nur ein grausiges Stöhnen durchbricht die Nachtstille, das sich irgendwie verzerrt und animalisch anhört.

Hastig kauert sich Yosi noch tiefer in den Schatten des Schuppens, da der Verräter auf einmal nervös umherblickt. Auch ihr Atem beschleunigt sich und ihr Herz klopft so laut, dass sie befürchtet, sie könnte gehört werden.

Abermals dieser animalische, kehlige Laut, der sie am ganzen Körper erschaudern lässt. Vorsichtig wagt sie sich etwas weiter aus der Ecke hervor – sie muss einfach wissen, wer sich in dem glitzernden Umhang verbirgt –, und sieht gerade noch, wie er den Arm anhebt.

Yosi rechnet schon damit, dass er dem Wesen, das zu seinen Füßen liegt, eine Ohrfeige verpasst. Unweigerlich schreckt sie zurück und presst sich gegen die Holzwand, was von einem Knarzen und Ächzen quittiert wird.

*Psst! Geht's vielleicht noch auffälliger!*

Erst als sich ihr Atem etwas beruhigt, kann sie sich überwinden, abermals hinter der Wand hervorzuschielen. Der Mann hat immer noch den Arm in die Höhe gehoben und steht ungerührt da. Doch jetzt sieht es eher so aus, als wolle er einen Schwur leisten. Er spricht jetzt mit gedämpfter Stimme und sie kann kaum mehr etwas davon verstehen.

»… fast … o … eit … uder …«

Verdammt, wer ist das? Und was kauert da auf dem Boden? Wenn sich doch nur die Wolken etwas vor dem Mond verziehen würden, damit sie mehr erkennen könnte. Wie durch Zauberhand erhellt sich der Nachthimmel und ein matter Strahl schimmert auf das Wesen. *Affinität zum Wetter,* blitzen die Worte ihrer Auswertung des Aciu-Metrums in ihr auf. Soll das etwa tatsächlich bedeuten …? Wahnsinn!

Um ihre sich verirrende Gedanken wieder auf das zu konzentrieren, was vor ihr ist, schüttelt Yosi den Kopf und betrachtet das gekrümmte Wesen auf dem Boden. Sie macht die Umrisse eines Schädels aus und schwarze große Augenhöhlen, einem Totenkopf gleich. Mehr erkennt sie nicht … Der Anblick geht ihr wie ein stummer Schrei unter die Haut und ihr wird übel. Wie eine knöchrige, entstellte Kreatur. Zum Fürchten. Ein Bild, das sich für immer in ihr Innerstes brennt.

Gerade als sie denkt, gleich kommt ihr alles hoch, weil sie eine Welle von Übelkeit zu übermannen droht, hört sie die Worte. »Sie haben sie nicht gefunden, die Narren. Aber ich werde alles daran setzen, die Blume zu finden … für dich …«

Echt angeekelt beobachtet sie, wie sich der Mann noch näher zu dem entstellten Wesen vorbeugt und es liebevoll mit den Armen umschließt. Die Augen der Kreatur beginnen zu funkeln wie schwarze Diamanten. Selbst aus dieser Distanz bemerkt Yosi, dass es bei der Berührung ein wimmerndes Wehklagen ausstößt. Es kostet den Mann einige Anstrengung es hochzuheben und wie ein kleines Kind in die Arme zu nehmen.

In diesem unvorsichtigen Moment dreht er sich leicht. Der Mond zeichnet sein Gesicht unter der Kapuze. Zwischen all den Schatten im Gesicht, die es zu einem Zerrbild werden lassen, glaubt Yosi vertraute Züge zu erkennen. Diese schmale Nase …? Doch ehe sie es wirklich begreifen kann, geht er mit dem Wesen davon, schreitet unter dem Torbogen und Nietzsches Worten hindurch in die Nacht.

*… mit dem der Pharisäer seine persönlichen Antipathien verkleidet.*

Oh nein!

Wo gehen sie hin?

*Milo, jetzt könnte ich dich echt gut gebrauchen!*

Yosi kauert immer noch tief im Schatten der Schuppenwand und weiß, dass sie ihm unmöglich unbemerkt folgen kann, weil der Weg hinaus zu beiden Seiten von Mauern gesäumt wird.

Langsam stiehlt sie sich über den Rasen davon, so wie sie auch gekommen ist. Sie weigert sich, noch einen Blick zurückzuwerfen und will nur noch weg. Ihr Körper ist starr und ihr Herz kalt. Und plötzlich fängt sie am ganzen Leib an zu zittern.

Wenn der Eindringling kein Ungebrannter ist, wie die mehrfache Auswertung des Aciu-Metrums ja mehr als verdeutlich hat, es aber gleichzeitig auch kein Phoenicrus sein kann, so muss Ductus unweigerlich Recht behalten. Es handelt sich um einen Tutamina. Und dazu gibt nur eine logische Erklärung: Der Verräter versteckt den Tutamina entweder hier in der Akademie, oder … ja, oder er muss ein und dieselbe Person sein. Aber wie soll das gehen? Heißt das, die Kreatur ist der Tutamina? Nein, in ihrer Verfassung wäre sie nicht in der Lage gewesen, irgendwo einzubrechen.

Zwischen zwei Atemzügen dringt noch etwas Grauenvolles wieder in ihr Bewusstsein. Ihre Familie steht in irgendeiner Verbindung zu dem Tutamina.

So viel ist klar, mit einem Mal gibt es zwei Verdächtige auf der Liste: zum einen Phasmo, mit seiner Handverletzung und dem Herumgeschnüffel im verbotenem Turm. Zum anderen denjenigen, der die Kreatur in der Akademie zu verstecken scheint – den Mann, den sie mit den vertrauten Gesichtszügen in Verbindung bringt. Doch noch ist ihr Verstand nicht in der Lage, das skizzierte Bild um dieses Puzzleteilchen zu erweitern. Geschweige denn, es zu verstehen.

# Kapitel 16

## Feuerschwingen

Von der bizarren Szene am Torbogen verfolgt, will Yosi nur noch eines: so schnell wie möglich weg von dort.

Als sie endlich den Hinterhof erreicht, fühlt sie sich noch immer verwirrt und aufgewühlt und ihr rebellierender Magen hat sich noch lange nicht normalisiert. Sie reißt geistesabwesend die Hintertür auf und eilt den Korridor hinunter. Darum bemüht, ihre Gedanken, die sich leider immer mehr miteinander zu verknoten scheinen, wenigstens halbwegs zu entwirren. Immerhin kommt sie zu einem brauchbaren Entschluss: Hier ist eindeutig Aarons analytischer Verstand gefragt. Wenn man das Ganze einmal von der logischen Seite betrachtet, so bleiben nämlich genau zwei Fakten. Erstens: Jemand ist in die verschlossene Bibliotheksabteilung eingebrochen und hat ein Buch über Heilkunde gestohlen. Zweitens: Das undefinierte Blutbild beweist, dass es ein Tutamina war, dem jemand Einlass gewährt haben muss.

Noch bevor Yosi den Gemeinschaftsraum erreicht, riecht sie etwas Merkwürdiges. Beißend und kitzelnd schwebt es ihr entgegen. Das Wissen um die Ursache dieses Geruchs fällt wie Schnee vom Himmel. Rieselnd, still und in kleinen Flocken. Instinktiv weiß sie, was es ist. Es ist der Geruch von Rauch und sie kann ihn auch nur aus dieser Entfernung riechen, weil sie ein Glisco ist.

Irgendwo ist ein Feuer ausgebrochen.

Augenblicklich vervielfacht sich das Rumoren in ihrem Bauch um ein x-faches und ihre Füße tragen sie dem Geruch entgegen.

Na toll! Soll das bedeuten, dass sie von einer Katastrophe zur nächsten schliddert? Halleluja! Die heutige Dosis Hysterie wird für ein ganzes Leben reichen.

Sie jagt den Korridor entlang, vorbei am großen Saal und den Mädchentoiletten, bis sie am Treppenabsatz zur Eingangshalle steht. Gerade erscheinen ihr die Stufen endlos und steil.

Ein gellender Schrei, der sie durch Mark und Bein erschüttert, geht durch das Gemäuer des Schlosses.

Wie vom Donner gerührt bewegt sie sich keinen Zentimeter.

*Was war das?*

Der Schrei kam aus dem Viritimturm.

Und da sieht sie es. Graue Schlieren steigen unter der Tür des Turms empor, kriechen wabernd über den Boden, die Treppe hinauf und beißen Yosi bei jedem Atemzug in den Lungen.

Zögernd verharrt sie an der obersten Stufe und hält das Treppengeländer fest umklammert. Sie weiß nicht genau, woran es liegt, aber etwas hält sie zurück. Der Rauch verdichtet sich zusehends und sie verschwendet wertvolle Zeit.

Wieso ist denn sonst keiner hier?

Riecht es denn wirklich niemand?

Vermutlich sind alle wegen der heutigen Schreckensmeldung zu eingeschüchtert, nur sie war so selten dämlich, alleine herumzuschleichen, in der Hoffnung ihrem Freund (oder was auch immer er sein mag?) rein zufällig in die Arme zu laufen.

Und einmal mehr funkt ihr das Schicksal dazwischen. Die Vorahnung, sie sei nur eine willenlose Spielfigur im *Spiel des Lebens,* entwirrt sich aus ihren verknoteten Gedanken. Es ist ein Spiel, das definitiv nicht das ihre ist, denn wer immer auch dahintersteckt, ist ihr immer einen Spielzug voraus. Hinterlässt nichts als eine ungemütliche Spur, gepflastert mit Fragen und Zwischenfällen, und das, was jetzt vor ihr liegt, ist nur ein weiterer Spielzug.

Obwohl sie begreift, dass sie dem ganzen Spiel chancenlos ausgeliefert ist – das wird ihr in diesem Moment überdeutlich klar –, so weiß sie gleichermaßen, dass es kein Entkommen gibt. Sie wird diesen Zug ausführen, weil es ihr Schicksal ist. Auch wenn sie sich nicht sicher ist, ob es sie nicht gerade höhnisch belächelt, während sie endlich die Treppe hinuntereilt.

Als sie die Tür zum Viritimturm erreicht, ist sie überrascht. Sie ist nicht zugeschnappt. Ein Stück Holz ist zwischen Tür und Rahmen geklemmt und ermöglicht ihr freien Zutritt.

Zufall?

Sie lacht tonlos auf. An so etwas wie Zufall glaubt sie schon lange nicht mehr. Schnell drückt sie die Tür auf und verfällt sogleich in Schnappatmung. Ein ganzer Schwall Qualm umnebelt sie. Mit rasendem Herzen, hustend und nach Luft ringend, steigt sie die Stufen hinab. Der Rauch verdichtet sich bei jedem Schritt. Dann endlich erreicht sie das schwere Eisentor. Es ist bereits mit der Eisenkette hochgezogen worden. Doch das wirklich Grauenvolle, was Yosi panisch aufschreien lässt, ist dieser wütende Feuersturm in Phasmos Labor. Die Hitze zwingt sie regelrecht in die Knie, als plötzlich Hilfeschreie zu ihr durchdringen.

»Verdammt, nein! Hilfe!«, brüllt eine aufgebrachte Männerstimme. Sie ist so voller Angst, dass sie schrill und krächzend klingt und die Panik mit den züngelnden Flammen zu ihr getragen wird. Wer immer hinter der Feuerwand steht, das kann unmöglich Phasmo sein. Und wer immer es ist, braucht dringend Hilfe.

»Verdammte Scheiße!«, schwappt ihr in einer neuen Flammenwelle die angsterfüllte Stimme entgegen und da erhascht sie einen Blick auf den roten Haarschopf.

»Thaddeus?«, schreit Yosi entsetzt über das tobende Feuer hinweg. Ihre Fingern umklammern die Eisenkette, weil sie das Bedürfnis überkommt, sich irgendwo festzuhalten, doch selbst das Eisen hat seine Kälte verloren. »Thaddeus, bist du es?«

Wie mächtige und lodernde Schwingen umschließen die Flammen Thaddeus und drohen mit jeder Sekunde zu noch größeren Feuerflügeln heranzuwachsen. Sie züngeln am Gebälk des Zwischenbodens, einzelne Gegenstände haben bereits Feuer gefangen und die dicken Holzbretter qualmen immer mehr.

Obwohl die Flammen sie und Thaddeus als Gliscos nicht verbrennen können, so sind sie dennoch nicht vor allen Gefahren gefeit, die ein Feuer birgt. Die Decke oder ein Balken könnten herunterstürzen, der Rauch des Feuers kann sie vergiften. Was ziemlich paradox an ihrer Gabe ist. Oder ist es vielleicht der beste Schutz? Vermutlich kann sie auch aus weiter Entfernung den gefährlichen Rauch riechen, weil ihr Körper ihn nicht abwehren kann.

Yosi ist sich nicht sicher, warum sie es tut, sie hat sich nicht bewusst dazu entschieden. Alles, was sie realisiert, ist, dass sie sich auf das Feuer zubewegt und sich auf nichts anderes konzentriert, als auf das Feuerelement selbst. Die Gedanken gleiten wie ferngesteuert durch ihr Inneres und plötzlich hört sie, wie sie die knisternden Flammen anschreit, sie sollen verschwinden, sich in Luft auflösen – und merkwürdigerweise scheint es auch tatsächlich zu funktionieren. Die wütenden Feuerstürme verwandeln sich zu einer überschaubaren Feuerwand.

Yosi ist schweißnass und das Shirt klebt ihr im Rücken. Sie will erleichtert aufatmen, weil sie annimmt, dass das Schlimmste geschafft ist, da hört sie ein Knarzen und Knacken. Kaum dass sie begriffen hat, was das bedeutet, wird sie mit einem kalten Griff am Arm gepackt. Mit einem Satz springt Thaddeus auf die andere Seite der restlichen Flammen. Sie schaut überrascht auf. Er hält sie noch immer am Handgelenk und seine bebenden Finger graben sich in ihre verschwitzte Haut. Sie kann die Furcht in seinem Gesicht sehen.

»Alles okay bei dir?«, fragt sie den völlig verstört wirkenden Thaddeus.

Er nickt schwach und obwohl die Hitze kaum zu ertragen ist, ist er kreidebleich im Gesicht.

»Wo ist Phasmo?«, fragt Yosi weiter, weil sie ihn nirgends entdecken kann. »Sag jetzt nicht, er hat dich einfach allein gelassen und ist nach draußen in den Park verschwunden?« War es tatsächlich Phasmo, den sie vorhin beim hinteren Torbogen beobachtet hat?

»Ich … ich weiß nicht«, stammelt Thaddeus und ringt nach Atem. »Er … er hat mir ausgerichtet, dass Phasmo mich … zu einer extra Viritimstunde herbestellt. Die erste hatte ich ja … vergessen. Aber … die Flammen brannten schon so hoch, als ich ankam … und er … Phasmo ist noch nicht aufgetaucht …«

Yosi bemerkt, dass das Feuer abermals an Macht gewinnt. Gerade will sie Thaddeus fragen, ob er in der Lage ist, die Wendeltreppe hinaufzusteigen, da spricht er bereits weiter. »Wir schaffen es nicht, das Feuer zu bändigen, du musst Hilfe holen, schnell, Yosi, bevor …«, schreit er und es kommt doch nicht mehr als ein heiseres Krächzen aus seinem Rachen.

Wieder knackt es.

Als er ihren Arm freigibt, schaut sie mit stolperndem Herzschlag zum Zwischenboden aus Holz.

»Schnell raus hier!«, brüllt Yosi und zerrt Thaddeus energisch hinter sich her in Richtung Tor. Während sie einen flüchtigen Blick über die Schulter wirft, reißt sie entsetzt die Augen auf. »Los! Los! Loooos!«

Der ganze Zwischenboden wankt gefährlich auf sie zu, kippt nach vorne und es gibt kein Entkommen mehr. Alles stürzt zusammen, samt all den Kisten, Büchern und Kleinigkeiten, die sich dort befinden. Verzweifelt versucht Yosi beiseite zu hechten, doch das Gebälk erwischt sie mit voller Wucht und reißt sie mit sich zu Boden. Ihr Aufprall wird von einem glühenden Funkenregen begleitet. Sie schreit auf vor Schmerzen, denn der brennende Balken trifft ihr Bein und begräbt sie unter seinem Gewicht. Verzweifelt versucht sie ihr Bein darunter hervor zu zerren, aber es ist sinnlos. Sie ist eingeklemmt und der Schmerz raubt ihr sämtliche Kraft.

Zwar beginnt sie eben im Geist die Frage zu formen, ob Thaddeus auch unter den Trümmern liegt, doch dann bemerkt sie aus dem Augenwinkel eine Gestalt zwischen den Flammen, die an ihre Seite stürzt. Innerhalb eines Wimpernschlags erlischt das Feuer und ein aufkommender Windstoß trägt die giftigen Rauchschwaden fort, die dichter sind als Novembernebel.

Dann zerrt und rüttelt jemand aus Leibeskräften an dem Holz und abermals hallt ein Schrei durch die Laborkammer und Yosi weiß, dass er von ihr selbst stammt.

Vage erkennt sie einen schwarzen Ledermantel.

Es ist Phasmo.

Sein Gesicht ist ihrem so nah, dass sie seine Bartstoppeln erkennen kann, die in dem kupferfarbigen Licht wie goldene Nadelspitzen wirken. Er mustert sie mit einem eigenartigen Gesichtsausdruck. Nicht etwa besorgt, verwirrt oder gar erschrocken. Viel eher scharf und skeptisch, er verzieht verächtlich den Mund.

Yosi versteht nicht, was in ihm vorgeht. Kann sie auch nicht, denn sie spürt nur noch den brennenden Schmerz ihres Beins, während Phasmo mit einem weiteren Anlauf versucht, den Balken wegzuhieven. Es kostet ihn einige Mühe und Yosi sieht, wie angestrengt er aussieht.

Endlich kracht das Holz neben ihr zu Boden. Umständlich richtet sie sich auf, doch durch den Schmerz wird ihr schwarz vor Augen und sie sackt zurück auf den Boden. Dann ist da Phasmos Hand auf ihrer Stirn und wispernde Worte … *nicht bewegen, Yosi … ganz ruhig …*

Sie hört Schritte, die dazukommen.

Und Stimmen, die unverstanden durch den Raum schwirren.

Sie fühlt Arme unter ihrem Rücken, die sie liebevoll hochheben. Und sie weiß instinktiv, dass sie jetzt in Sicherheit ist. Denn da ist ein Geruch, der sie liebkost, als ob er sie in samtweiche Watte einpackt. Watte aus Rosenblüten und saftigem Frühlingswald.

»Milo«, will sie hauchen, doch da hat sie eine tröstliche Wärme zu sich geholt.

***

Weißes Licht tanzt vor Yosis Augen, als sie wieder zu sich kommt. Sie blinzelt, geblendet vom grellen Lichtstrahl, und reibt sich die Müdigkeit aus dem Gesicht. Die Augenlider wiegen schwer, aber sie braucht sie nicht ganz zu öffnen, sie weiß auch so, wo sie sich befindet. Sie liegt im Krankenzimmer im dritten Stockwerk und das, was sie auf solch ungemütliche Art und Weise geblendet hat, war der Strahl einer Taschenlampe.

Irgendwie ist ihr zum Weinen zumute, vermutlich wird ihr einfach alles zu viel, und das angeknackste Nervenkostüm tut sein Übriges. Denn schlagartig sind die Erinnerungen wieder da: der Einbruch in der Bibliothek, die dunklen Gestalten am Torbogen, das Feuer in Phasmos Labor, der hilflose Thaddeus und …

… Milo.

Langsam dreht sie den Kopf zur Seite, öffnet die Augen und streckt die Hand aus. Doch sie greift ins Leere. Niemand sitzt bei ihr und doch spürt sie, dass sie nicht allein ist.

Der Himmel vor dem großen Fenster ist tiefgrau.

Wie lange hat sie geschlafen?

Jeder einzelne Knochen schmerzt.

Es regnet.

Schon wieder.

Wie unruhige Finger, die vor Ungeduld platzen und beharrlich Zutritt verlangen, klopfen die Regentropfen an die Scheiben und hinterlassen ihre gläsernen Klänge.

Der Himmel scheint mit ihr zu weinen.

Einen oder zwei Herzschläge lang lauscht sie dem monotonen Rhythmus des Regens. Doch da sind noch andere Geräusche und immer noch flackert das Licht weiß vor ihren Augen. Müde schaut sie sich um. Das fahle Licht der Taschenlampe fällt auf das Krankenbett ihr gegenüber.

Thaddeus.

Agon steht am Kopfteil des Bettes, beugt sich über ihn und dabei flackert die Taschenlampe am Gürtel ihres Wollmantels unkontrolliert hin und her.

Erst als sich der Lichtstrahl beruhigt, bemerkt Yosi die dunkle Gestalt am Fußende ihres Bettes. Sie saugt erschrocken die Luft ein und starrt sie aus weit aufgerissenen Augen an.

Es ist Phasmo.

Er steht einfach nur da, hat die Arme vor der Brust verschränkt und betrachtet sie mit seinem kritischen Blick. Als Agon zwischen den Betten herumwirbelt, tanzt die Taschenlampe erneut wild umher. Ihr Lichtstrahl lässt Phasmos Gesicht noch furchiger wirken als sonst.

*Warum schaut er mich so seltsam an?*

»Parzival«, sagt Agon und legt ihm behutsam eine Hand auf die Schulter, »da die Patientin wach ist, kannst du beim Hinausgehen gleich ihre Freunde hereinbeten.«

Doch Phasmo geht nicht, zumindest nicht sofort.

»Ähm ja«, druckst er herum, verlagert sein Gewicht und umklammert mit beiden Händen das Bettgestell. »Ich wünsche dir gute Besserung.« Seine Stimme klingt matt und irgendwie … sie kann es nicht genau sagen, vielleicht traurig? Er wendet sich von ihr ab und geht ein paar Schritte, dann schaut er noch einmal zurück. »Das war sehr mutig von dir, Yosephine«, nuschelt er, bevor er das Krankenzimmer verlässt. Sofort eilt Agon zu ihr hinüber.

»Gut, gut«, sagt sie und drückt mit fachmännischen Griffen an ihrem verletzten Bein herum. Was ziemlich schmerzhaft ist. Yosi beißt die Zähne zusammen und unterdrückt ein Wimmern, aber ihr

Gesichtsausdruck ähnelt vermutlich dem, als hätte sie in eine äußerst saure Zitrone gebissen. »Leider wirst du die Nacht über hier bleiben müssen. Doch wenn du weiterhin so gut auf meine Mederio-Behandlung ansprichst, wirst du morgen früh wieder auf den Beinen sein.« Sie tätschelt ihren Arm und schenkt ihr ein aufmunterndes Lächeln.

»Wie geht's Thaddeus?«, fragt Yosi und richtet sich etwas im Bett auf. »Und was ist eigentlich passiert?«

»Ganz genau wissen wir es nicht. Leider. Aber Thaddeus muss die Kontrolle über das Feuer verloren haben, als er alleine im Turm übte. Wenn du nicht gekommen wärst …« Agon presst die Augen zu und schüttelt kaum merklich den Kopf.

»Geübt?«, krächzt Yosi. »Nein, das kann nicht sein. Er sollte zu einer Extra-Viritimstunde. Er meinte, das Feuer habe schon gebrannt.«

»Parzival verneint, ihn zu einer Unterrichtsstunde bestellt zu haben«, sagt die Professorin und drückt Yosi sanft zurück aufs Kopfkissen. »Thaddeus ist noch etwas angeschlagen, sogar leicht verwirrt, aber mach dir keine Sorgen, mit Professor Moltinos Unterstützung bekommen wir das schon hin. Dann wissen wir auch bald, wie es zu diesem Zwischenfall kommen konnte.« Agons Lächeln vertieft sich. In ihren Händen hält sie eine schwarze Kanne und gießt einen großzügigen Schluck durchsichtiger Medizin in eine Tasse und streckt sie ihr auffordernd vors Gesicht. Die leise Hoffnung, es möge lediglich Wasser sein, verflüchtigt sich beim ersten Schluck. Es schmeckt nicht nur bitter, sondern als wäre es schon einmal verdaut worden.

»Es ist ziemlich gewöhnungsbedürftig«, lächelt Agon. »Aber es verstärkt die grüne Heilenergie deines Körpers und durch die Paste, die ich dir bereits aufgetragen habe, kann es konzentriert durch die malträtierte Stelle deines Beins fließen.«

Yosi zwingt sich, noch einen großen Schluck herunterzuwürgen und es grenzt an ein Wunder, dass es nicht gleich wieder hochkommt. Dass dieses Gesöff tatsächlich helfen soll, bezweifelt sie gerade sehr. Viel eher verätzt es ihr sämtliche Mundschleimhäute.

In diesem Augenblick fliegt die Tür auf und Livia und Aaron stürmen herein.

»Nur ein paar Minuten«, sagt Agon an die beiden gerichtet und hebt ermahnend den Zeigefinger in die Höhe, bevor sie vor sich hin murmelnd den Raum verlässt. Kaum dass die Tür hinter Agon zufällt, schießt die erste Frage aus Livias Mund, noch bevor sie sich auf die Matratze gesetzt hat.

»Du meine Güte, was war denn nur los?«

»Ja, erzähl, was genau ist passiert?«, will auch Aaron wissen.

Yosi berichtet die Kurzversion dessen, was im Labor vorgefallen ist und endet ihrerseits mit einer Frage. »Wisst ihr, ob sich Thaddeus schwer verletzt hat?«, flüstert sie.

Livia schluckt hart und Aaron fährt sich durch seinen blonden Haarschopf.

Was ist mit den beiden los?

»Was?«, krächzt Yosi. »Was verschweigt ihr mir?«

Aaron späht zum anderen Bett hinüber, dann beugt er sich noch weiter über Yosi und senkt die Stimme. »Thaddeus sieht nicht gut aus«, sagt er und sein Kiefer verspannt sich merkwürdig. »Milo meinte, dass er nicht nur einen gehörigen Schrecken davon getragen habe. Offenbar hat ihn der Balken voll am Kopf erwischt und nun stammelt er nur noch wirres Zeugs. Es wäre keine Absicht gewesen und er werde das mit Vladimir auch keinem verraten.«

Yosi versteht kein Wort.

»Außerdem wiederholt er, dass es schon gebrannt habe, als er runterkam. Es sei eine Falle gewesen und irgendwas wegen des Bruders und lauter solche Sachen.«

»Hä? Hat Thaddeus einen Bruder? Das kann er doch gar nicht wissen. Das ergibt überhaupt keinen Sinn«, stammelt Yosi und richtet sich auf ihre Ellbogen auf.

»Eben«, meint Aaron, zuckt mit den Schultern und fährt fort. »Das wirklich eigenartige ist, dass Phasmo behauptet, er habe ihm keine Zusatzstunde aufgebrummt.«

»Ich habe vergeblich versucht mit Thaddeus zu reden, nachdem er ins Krankenzimmer gebracht wurde«, ergänzt Livia. »Leider wiederholte er sich nur. Er war völlig außer sich, so sehr, dass Moltino ihm letztlich etwas zur Beruhigung gab und mich wegschickte.«

»Ist er deshalb so still?«, will Yosi wissen, und während sie die Worte ausspricht, stellen sich ihr die Nackenhaare auf.

»Ich denke schon«, erklärt Livia.

Eine Weile schweigen alle drei, als ob sie die Stille bräuchten, um den verborgenen Sinn all dessen fassen zu können. Doch diese Stille ist nur von kurzer Dauer. Schon kommt Agon wieder hereingehuscht.

»Die Zeit ist um, die Patientin braucht Ruhe und Schlaf.« Agon gestikuliert wild mit den Armen herum, so lange, bis die beiden sich freiwillig von der Matratze erheben. Es steht beiden ins Gesicht geschrieben, dass sie Yosi höchst ungern allein lassen. Aaron schenkt ihr ein zerquetschtes Lächeln und Livia drückt sie zum Abschied kurz.

»Bis Morgen, Hasi«, flüstert sie, drückt ihr einen raschen Kuss auf die Wange und winkt ihr von der Tür aus noch einmal kurz zu.

Dann ist Yosi allein.

Dem Anschein nach heilt die Medizin nicht nur, sie lässt sie auch schläfrig werden. Sie bemerkt gar nicht, dass sie den beiden unbedingt noch von der unheimlichen Kreatur und ihrem Beschützer erzählen wollte. Denn schon wenige Sekunden später kann Yosi ihre Lider nicht mehr länger offenhalten und ruhiges Dunkel holt sie zu sich.

***

Es muss weit nach Mitternacht sein, als Yosi erwacht.

Eine pechschwarze Nacht umschließt die Akademie und Yosi unterdrückt einen kläglichen Schmerzensschrei, als sie die Augen aufschlägt. Ihr Bein fühlt sich an, als würde es verglühen.

Ein paar Augenblicke liegt sie einfach nur da und spielt widerwillig mit dem Gedanken, den Rest der Medizin herunterzustürzen. Eigentlich ist sie sich sicher, dass ihre Schmerzen sie aus dem Schlaf gerissen haben, aber dann hört sie Schritte. Sie hetzen über die weißen Steinplatten im Krankenzimmer. Ihr Herz stockt, genau wie ihr Atem.

Keine Sekunde später erkennt sie einen wollenen Mantel, der so lang ist, dass er den Boden berührt – unverkennbar Agon. Vielleicht will sie nur nach ihren Patienten sehen, doch da ist noch jemand.

»Mach schnell, Curdin, wir dürfen keine Zeit verlieren«, wispert Agon, »hole Damian.«

Schon hastet Moltino an Yosis Fußende vorbei und wird augenblicklich von der Dunkelheit verschluckt.

*Hoffentlich ist nichts Ernsthaftes mit Thaddeus,* denkt Yosi und zwingt sich, mucksmäuschenstill liegenzubleiben.

Sie stellt sich schlafend, aber als Agon kurz an ihr Bett herantritt, spielt sie einen Moment mit dem Gedanken Agon zu fragen, was der Grund für ihre Sorgen sei. Draußen auf dem Korridor nähern sich bereits Schritte. Sie sind von Hast getrieben und vermischen sich mit zischelndem Stimmengewirr. Moltino taucht mit Ductus auf, der einen großkarierten Morgenmantel trägt. Seine lichten Haare stehen wirr in alle Himmelsrichtungen und zeugen davon, dass er bis vor wenigen Sekunden noch tief und fest geschlafen hat.

»Um Himmelswillen, was ist passiert, Briana«, wispert Ductus beunruhigt und durch sein Wispern erfüllt sich das ganze Krankenzimmer mit Sorge. Er beugt sich tief über Thaddeus' Bett und tastet an sein Handgelenk.

»Ich ... ich weiß es nicht, Damian«, sagt Agon und schüttelt betrübt den Kopf. »Er sah die ganze Zeit über schon nicht besonders gut aus«, entgegnet sie betrübt. »Aber jetzt, ich ...« Agon verstummt für eine Weile. »Curdin hat mich geholt, weil der Junge einen Rückfall erlitten und sein Zustand sich rapide verschlechtert hat«, erklärt Agon weiter.

Oh nein! Yosis Eingeweiden verkrampfen sich schmerzlich. Behutsam und äußerst unauffällig richtet sie sich ein paar Zentimeter auf, um einen scheuen Blick auf Thaddeus werfen zu können. So wie sie sich hochkämpft, kämpft sich auch der Mondschein durch die Wolkendecke und fällt auf das weiße Laken gegenüber. Yosi schaut in Thaddeus' Gesicht. Es ist seltsam blass und starr. Fast scheint es, als ob ihn die Panik aus dem Labor noch immer im Griff habe, selbst in dieser Starre. Wie eine Totenmaske.

»Verschlechtert?«, raunt Ductus ohne den Blick von Thaddeus zu nehmen.

»Bedauerlicherweise, ja«, sagt Curdin und es klingt seltsam heiser.

»Nicht auszumalen, was passiert wäre, wenn Curdin nicht Nachtwache gehalten hätte – wer weiß, was dann mit Thaddeus –« Agon kann den Satz nicht zu Ende sprechen.

Ein ungemütliches Schweigen breitet sich über dem Krankenzimmer aus, umschließt sie wie ein Leichentuch.

Yosi wagt es nicht einmal mehr zu atmen. Mit zusammengepresstem Mund sieht sie, wie Ductus sich noch tiefer über Thaddeus beugt und ihm liebevoll mit den Fingern übers Gesicht streift. Thaddeus' klägliches Wimmern lässt Yosi das Herz in der Brust gefrieren.

»Was geschieht nur mit uns, Damian?«, haucht Agon.

»Nichts Gutes.« Ductus und senkt sein Haupt. »Nichts Gutes, meine Liebe. Zwar zeigt meine Gabe keine deutliche Vision, aber ich spüre, dass uns bald ein Kampf bevorsteht, den wir ausfechten müssen. Mit dem Sieg oder der Niederlage steht und fällt die Zukunft der Akademie«, sagt er und tötet damit den letzten Hoffnungsschimmer im Raum.

Selbst Yosi fühlt die Beklemmung, die sich mit Ductus' Worten verbreiten.

»Du meinst doch nicht wie damals …?« Agon schaut Ductus an, ungläubig.

»Doch, leider Briana, ganz genau wie damals, denn die Vorboten des Kampfes haben bereits begonnen. Hier in der Stadt der Verborgenen.«

Agon presst sich die Hand auf den Mund. Und Moltino starrt Ductus mit großen Augen an.

»Aber Damian, das ist … unvorstellbar. Wer könnte … Ich meine, *wer?*«, stammelt Agon, und obwohl sie keinen ganzen Satz zustande bringt, wird sehr verständlich, was sie damit zum Ausdruck bringen möchte.

»Nein Briana, es geht nicht darum, *wer* im Stande ist, uns das anzutun«, sagt Ductus, die Augen unaufhörlich auf Thaddeus gerichtet. »Die Frage, die wir uns stellen müssen, lautet: *Warum.* Und die Antwort, davon bin ich felsenfest überzeugt, finden wir in der Vergangenheit.«

Das, was Yosi auf Moltinos und Agons Gesichtern im schwachen Mondlicht ablesen kann, macht deutlich, dass die beiden genauso wenig verstehen, was der oberste Sentio damit zum Ausdruck bringen möchte – so wie sie selbst.

Alles, was bleibt, ist das bittere Wissen, dass ihnen bald ein Kampf bevorsteht, den es auszufechten gilt …

# Kapitel 17

## Tödliches Spiel

Als Yosi ihre schweren Augenlider erneut öffnet, kreist das Thema Thaddeus unausgesprochen über ihr. Und leise, ganz leise sirren im Hintergrund Panflötenklänge. Die fahle Frühlingssonne hat das Krankenzimmer in ein freundliches Licht getaucht und die Regentropfen, die vergangene Nacht noch an dem Fenster klebten, längst getrocknet.

Sie fühlt sich immer noch ausgelaugt und erschöpft, aber das ekelhafte und schmerzliche Glühen im Bein ist verschwunden. Mit einer energischen Bewegung schlägt sie die Decke zurück, um einen zaghaften Blick auf ihre Verletzung am Knie zu werfen. Mit Erstaunen stellt sie fest, dass die Bandagen entfernt und ihre Wunden verheilt sind.

Müde richtet sie sich auf und fast zur gleichen Zeit wird sie wieder aufs Bett gedrückt, ihr Puls befühlt, ihre Augen unter Augenschein genommen und letztlich auch ihr Bein abgetastet.

»Wie fühlst du dich?«, will Agon wissen.

»Besser«, versichert Yosi und ist selbst überrascht, wie fest ihre Stimme klingt. »Wie lange hab' ich geschlafen?«, fragt sie weiter, weil ihr jegliches Zeitgefühl fehlt.

Agon nickt verhalten. »Es ist schon später Nachmittag, aber dein Körper hatte den Schlaf offenbar dringend nötig. Nachdem dein Mentor die Musik für dich organisiert hat, hast du geschlafen wie ein Baby.«

»Phasmo hat die Musik angemacht?« Yosi ist ehrlich verwundert und fast im selben Moment entdeckt sie hinter Agon jemanden, der halb auf einem Stuhl und halb auf dem Fensterbrett gelehnt vor sich hindöst. Ihr Puls beschleunigt sich augenblicklich. Es ist Milo. Einmal mehr lässt er es ihr, allein durch seine Anwesenheit, etwas leichter ums Herz werden.

»Er wacht schon den ganzen Morgen über dich«, flüstert Agon, die ihre Blickrichtung wahrgenommen hat. Nun schenkt sie ihr ein Lächeln. »Also von meiner Seite her bist du hiermit entlassen. Aber wenn irgendwas sein sollte, scheue dich nicht, vorbeizukommen, ja?«

»Danke, das werde ich«, verspricht Yosi und betrachtet ihre Vertrauensperson eindringlich. Etwas hat sich im Gesicht der Professorin verändert. Okay, sie will gar nicht erst wissen, wie ihr eigenes Spiegelbild aussehen mag.

»Schone dich noch ein bisschen«, rät ihr Agon, und bevor sie den Raum verlässt, legt sie ihr ihre schwarzen Klamotten auf die Matratze.

Yosi nickt und richtet sich auf. Gedankenverloren greift sie zu ihrer Hose, während ihr Blick zu Thaddeus' Krankenbett hinübergleitet, doch jetzt versperrt ein dunkler Vorhang die Sicht.

Sofort krallt sich ein Kloß in ihrem Hals fest, den sie vergeblich versucht herunterzuwürgen. Zugleich kehrt das Wissen um Ductus' Worte und mit ihnen auch die Schwere in ihrem Herzen unbarmherzig zurück.

»Professorin Agon«, ruft Yosi und wollte gerade behände in ihre Hose hüpfen, doch Agon hat bereits die Tür hinter sich zugezogen. Dafür reißt ihr Ruf Milo aus dem Halbschlaf.

Umständlich rappelt er sich auf. Sein Mund umspielt den Ansatz eines Lächelns, dann rückt er geräuschvoll mit dem Stuhl an ihr Bett heran, während er mit kalten Fingern ihre Hand berührt.

»Wie geht es dir?« Seine Stimme klingt zaghaft. Verlegen wischt er sich mit der anderen Hand übers Gesicht, als Yosi ihn anschaut. Er wirkt nervös, sein Blick ist seltsam wässrig. Jetzt schaut er zur Seite, als fühle er sich nicht wohl in seiner Haut.

»Ganz okay«, lächelt sie. »Ich wurde ja auch beschützt.«

»Hm.« Er gibt das Lächeln nicht zurück. »Ich musste einfach herkommen, weil ich dich noch einmal sehen wollte.« Er rückt noch näher mit dem Stuhl und drückt seine Stirn auf ihre verschränkten Hände.

Wie das klingt. *Noch einmal sehen …?*

»Milo«, wispert Yosi. Es ist mehr als offensichtlich, das ihn irgendwas schrecklich belastet. »Was ist los?«

»Ich muss leider wieder weg.«

»Was, warum?«, stammelt sie und ihre Stimme klingt genauso katastrophal, wie sich ihr Herz anfühlt.

»Es … es hat etwas mit deiner Familie zu tun, verstehst du?«, bringt er zwischen zusammengepressten Lippen hervor.

Yosi ist sich nicht sicher, woran es liegt, aber irgendwas in Milos Stimme macht ihr Angst. Sehr sogar! »Aber du kommst doch wieder, oder?«

Er nickt langsam und unsicher.

Im selben Moment krallen sich ihre Finger in die Decke, die zerwühlt auf der Matratze liegt, so fest, dass die Knöchel weiß schimmern.

»Yosi, schau mich an.«

»Ich … ich kann nicht, Milo.« Sie schluckt die Tränen hinunter, die in ihrer Kehle hochklettern, schlägt die Hände vors Gesicht und presst mit einem tiefen Seufzer die Augen zu. Es klingt verdächtig nach einem Schluchzer.

»Yosi?«

Durch ihre gespreizten Finger schaut sie zu ihm auf. Seine Wangen sind blass und sein goldblondes Haar ist wirr. Aber er betrachtet sie mit diesem Blick, der ihr Herz höher schlagen lässt. Es kommt ihr vor, als habe sie noch nie zuvor jemanden kennengelernt, der so unglaublich fantastisch ist wie er. Nur langsam hebt sie ihr Gesicht aus den Händen.

»Mach dir keine Sorgen«, sagt er leise, doch genau das tut sie. Dann erhebt er sich und setzt ein gekünsteltes Lächeln auf. »Vertrau mir, Yosi«, raunt er ihr ins Ohr, presst seine Lippen auf ihren Mund, wild und fordernd, und zieht sich so schnell zurück, dass sie ihre Arme nicht um seinen Hals schlingen kann. Sie hätte ihn gerne festgehalten, ihm tief in die Augen geschaut und mit ihm geredet (und ihn geküsst). Aber er wagt es kaum, sie anzuschauen, als er murmelt: »Es wird alles gut.«

Sie möchte ihm so gerne glauben.

Als er ihre Hand in seine nimmt, spürt sie, wie sein Herzklopfen im Gleichtakt ihres eigenen Herzens schlägt. »Versprich mir, dass du an *uns* glaubst.«

»Ich versprech's.«

Ohne ein weiteres Wort zu sagen, entgleiten ihr seine Finger. Er dreht sich nicht noch einmal um, marschiert aus dem Zimmer und es ist Yosi, als könne sie bereits jetzt die Schwertklingen des Kampfes klirren hören, die wütend aufeinandertreffen. Ein Kampf, der seine ersten Opfer fordert.

»Pass gut auf dich auf!«, wispert sie ihm nach, auch wenn Milo sie längst nicht mehr hören kann.

Wie erstarrt sitzt Yosi auf dem Bett, die Füße baumeln über der Kante, einen Socken bereits angezogen, den anderen hält sie noch immer in der Hand. Sie braucht noch eine Sekunde, bis sie wieder frei atmen kann.

Als sie sich schließlich die restlichen Klamotten überzieht, die Angst um Milo in der Brust pochen spürt, wandert ihr Blick zurück zu dem dunklen Vorhang.

Völlig surreal beobachtet sie sich selbst, wie sie auf den Stoff zugeht, die zitternde Hand danach ausstreckt und wie sich ihre Finger um den schweren Stoff klammern. Gebannt und ängstlich, verwirrt und drängend, hebt sie den Vorhang ein Stück an. Das Bett ist leer.

*Okay …*

Yosi weiß ehrlich nicht, was sie davon halten soll, denn mit dem Anblick des leeren Bettes gewinnt das Gefühl der Verwirrtheit an Raum in ihrem Innern.

Außerdem ist sie gerade heilfroh, dass sie hier rauskommt. Sie schnappt sich ihr Jäckchen, schreitet aus dem Krankenzimmer und hofft inständig, dass sie in ferner Zukunft nicht wieder hier liegen muss.

Auf dem Korridor im dritten Stock begegnet ihr kein Mensch, erst als sie die untere Etage erreicht, kommt langsam etwas Leben auf. Dennoch herrscht eine eigenartige Grundstimmung. Es mag pure Einbildung sein, aber Yosi ist es, als steckten alle hinter ihrem Rücken die Köpfe zusammen und tratschen über sie. Sobald sie sich umsieht, verstummt jegliches Gesumme.

Ihre Verwirrtheit nimmt zu.

Sie möchte gar nicht wissen, was da wieder gelästert wird. Sollen sie sich doch die Mäuler zerreißen und sich gegenseitig irgendwelche Lügengeschichten auftischen.

Froh, endlich den Gemeinschaftsraum erreicht zu haben, tritt sie ein und ist überrascht, als sie niemanden dort antrifft. Der Raum ist wie ausgestorben.

Als sie zurück in den Korridor geht, kommt Dana die Treppe des Sequiumturms hinunter.

»Dana, du hast nicht zufällig Livia und Aaron irgendwo gesehen?«, fragt sie, ungeachtet dessen, dass sie sonst so gut wie nie miteinander sprechen. Aber hier geht's um was Wichtigeres als um alberne Antipathien oder dergleichen.

»Nein, hab' ich nicht«, antwortet Dana. »Wieso fragst du mich? Ihr drei seid doch unzertrennlich. Oder haben sie dich ausgeschlossen, seit die beiden sich ihre Liebe gestanden haben?«

Treu nach dem Motto: *Lächeln, nicken und Arschloch denken,* lächelt Yosi sie an und dankt innerlich Dana für den nützlichen Hinweis, dann drängt sie sich an ihr vorbei die Treppe hoch. Ja, plötzlich kann sie sich sehr gut vorstellen, wo Livia und Aaron sein könnten.

Zwei Turmzimmer unterhalb ihres eigene klopft sie an die Tür. Es ist Livias Zimmer. Dann lauscht sie und wartet.

Keine Reaktion.

Also poltert sie kräftiger gegen die Tür und ruft: »Hey, Leute, seid ihr da? Ich bin's.«

Auf einmal entdeckt sie ein Auge direkt hinter dem Schlüsselloch, das kritisch zu ihr hindurchspäht.

»Mensch Aaron!«, sagt Yosi leicht genervt. »Macht schon auf!«

»Yosi?«, hört sie ihn fragen. »Du hast uns vielleicht einen Schrecken eingejagt«, meint er, macht die Tür auf und drückt sie hastig hinter ihr wieder zu.

»Hey!« Livia springt augenblicklich vom Bett auf und umarmt sie zur Begrüßung. Dann lächelt sie schwach – einerseits verlegen, als ob sie bei etwas Verbotenem ertappt worden wäre, andererseits, als falle ihr das Lächeln schwer. »Bist du wieder voll einsatzfähig?«

»Klar.« Yosis Antwort wirkt überraschend matt. Sie realisiert erst in diesem Moment, dass Danas Bemerkung sie doch tiefer getroffen hat, als sie sich eingestehen wollte. Insgeheim hat sie tatsächlich gehofft, dass die beiden vor dem Krankenzimmer auf sie warten. »Wieder ganz die Alte.«

»Tut uns leid, dass wir dich nicht abholen kamen«, beginnt Livia und verzieht ihren Mund, »aber Agon hat uns keinen Zutritt gewährt, weil … weil … « Ihr Blick wandert Hilfe suchend zu Aaron hinüber. Als er nicht darauf einsteigt, stupst sie ihn auffordernd mit dem Ellenbogen.

»Das stimmt«, sagt er und auch sein Gesicht verzieht sich bei seinen Worten. Mehr sagt er nicht.

Mit jeder stummen Sekunde, die verstreicht, füllt sich Livias Zimmer mit noch mehr Unbehagen und elektrisierender Spannung. Eine kaum zu ertragende Stimmung.

»Was ist los, verdammt?«, fragt Yosi sofort, doch ganz tief in ihrem Innern weiß sie es bereits.

»Du hast es also noch nicht gehört?«, fragt Aaron vorsichtig nach und seine Stimme wird immer leiser und leiser. »Und Agon hat nichts gesagt?«

Ihre Freunde werfen sich einen scheuen Blick zu.

»Nein, was denn? Sagt schon!«

»Thaddeus … er … er ist tot«, bringt Livia schließlich kaum verständlich über die Lippen.

»Was?«, krächzt Yosi und droht jeden Moment umzukippen. Deshalb also das Getuschel in den Korridoren. Deshalb die eigenartige Stimmung. Und deshalb hat Milo sie bewacht. War er vielleicht auch aus diesem Grund so kurz angebunden?

Aber Thaddeus soll tatsächlich … sie kann das Wort nicht einmal in Gedanken formulieren. »Das ist unmöglich! Gestern Nacht kamen die Professoren und … und haben ihn gerettet, weil es ihm plötzlich schlechter ging und heute Morgen war er … « *… war er schon aufgestanden,* will Yosi eigentlich sagen und begreift beim selben Atemzug … *war das Bett leer.* Die Schreckensmeldung erschüttert Yosi bis ins Innerste. »Nein!«, haucht sie und taumelt rücklings auf Livias Bett zu. »Das kann doch nicht wahr sein?«

Aaron nickt und Livia presst ihre bebenden Lippen zu einer schmalen Linie zusammen.

»Thaddeus ist tot …?«

Sie verschränkt ganz fest die Finger ineinander, um das Zittern zu unterdrücken. Wie es scheint, erwartet jeder im Universum, dass sie immer noch nicht genug gelitten hat. Und ganz langsam, so langsam, wie Sonne, Mond und Sterne in ihrer Umlaufbahn vorangleiten, beginnt sie die drei Worte zu begreifen.

*Thaddeus ist tot.*

# Kapitel 18

# Schreckensbild

Pulsierendes Rauschen breitet sich in Yosis Ohren aus. Livia und Aaron bewegen ihre Lippen, doch sie kann kein Wort verstehen. Wie in Trance folgt sie ihnen zum Gemeinschaftsraum, wo sie ein Gemisch aus misstrauischen Blicken und Getuschel empfängt und sich in ihr zu einem grässlichen Tosen emporschaukelt.

Auf einmal wird ihr alles zu viel, sie bekommt kaum noch Luft und kalter Schweiß klebt ihr auf der Stirn. Sie muss an die frische Luft. Und zwar jetzt gleich.

»I-ich muss hier weg!«

»Yosi, geht's dir nicht gut?«, fragt Aaron sofort und die Frage dringt nur allmählich zu ihr durch. Es wird deutlich, dass er befürchtet, sie könnte auf ebenso unerklärliche Weise einen Rückfall erleiden wie Thaddeus. Doch genau dieser Rückfall ist es, der ihr nicht aus dem Kopf will.

»Es ist nur …«, beginnt sie und verstummt. Da sind all diese Blicke, als wäre *sie* für Thaddeus' Tod verantwortlich, ja, so fühlt es sich an. Yosi schaut Aaron tief in die Augen und sie kann in seinen lesen, dass er versteht.

»Du bist nicht für seinen Tod verantwortlich«, sagt er leise. »Wirklich nicht, Yosi.«

Jetzt muss sie an Maya denken und schon liegt ihr das Weinen auf der Zunge, doch sie zwingt sich ein Lächeln auf und nickt.

Livia hält ihre Freundin am Arm zurück. »Ich begleite dich.«

»Das ist nicht nötig«, versichert ihr Yosi. »Ich geh' nur einmal in den Hinterhof, mehr nicht. Bleibt ihr nur hier.«

»Aber es dämmert bereits«, meint Aaron.

Yosi schüttelt den Kopf und geht auf die Tür zu. »Ich möchte ein paar Augenblicke alleine sein, versteht ihr?«

»Willst du das wirklich, ich meine …«, fragt Aaron zweifelnd.

»Wirklich«, antwortet Yosi und ist selbst überrascht, wie überzeugend ihre Stimme klingt. »Ich bleib' nicht lange, versprochen. Einmal blinzeln und schon bin ich zurück.«

Zwar spürt Yosi die Blicke ihrer Freunde buchstäblich an ihrem Rücken kleben (besorgt und verängstigt), als sie sich von ihnen abwendet, doch das hält sie nicht zurück. Sie hastet in den Korridor, weiter durch die Tür und geht hinaus in die hereinbrechende Dunkelheit des Hinterhofs. Völlig gefangen in ihrem Gedankenchaos entfernt sie sich von den Schlaftürmen – so schnell es ihre weichen Knie zulassen – und zweigt auf den gewundenen Pfad ein, der sie zum Brunnen führt.

Sie muss sich überwinden, einen Schritt nach dem anderen zu machen, denn da ist diese Schwere, die sie nicht abzustreifen vermag. Als ob sie mit jedem Atemzug nicht Luft, sondern Blei einsaugt, das sich wabernd in ihren Adern ausbreitet und das Herz schwerer und schwerer wiegen lässt.

Eigentlich ist ihr mehr danach, den geballten Schmerz aus sich herauszubrüllen. Obwohl sie das Mantra *Ich habe keine Schuld an Thaddeus' Tod, ich habe keine Schuld an Thaddeus' Tod, ich habe keine Schuld an Thaddeus' Tod,* immer und immer wieder leise vor sich hin murmelt, so kann sie dieses fiese Gefühl nicht abschütteln. Es geht einfach nicht. Die Schuldgefühle haften an ihr wie eine hauchdünne Hautschicht und jeder Herzschlag wird ihr zur Qual. Hätte sie doch nicht so lange gezögert und wäre gleich die Treppe runtergestürmt …

Schnell blinzelt sie die Tränen weg, die sich nicht länger unterdrücken lassen, und schlingt fröstelnd die Arme um ihren Oberkörper. Ein fahriges und schmerzhaftes Schwirren regt sich in ihrer Brust.

Erst das Plätschern des Wassers besänftigt ihr aufgewühltes Gemüt und verringert ihren Schmerz, wenn auch nur ein bisschen. Jetzt ist zweifellos so ein Zeitpunkt, an dem sie die stets beruhigende Wirkung des Brunnens dringend braucht. Und bei all ihrem inneren Wirrwarr tut es gut, einen vertrauten Ort vor Augen zu haben. Ja, es war eine gute Idee herzukommen. Kein Mensch sitzt draußen, also nutzt Yosi den Felsbrocken neben dem Brunnen als Sitzgelegenheit und zieht ihre Jacke noch etwas fester um den Oberkörper.

Sie weiß nicht genau, wann sie anfängt die Präsenz der anderen Person wahrzunehmen. Zuerst ist es nur ein schwaches Kribbeln, dann folgt das leichte Vibrieren ihrer Härchen im Nacken. Unruhig rutscht sie auf dem Fels hin und her, versucht das Rauschen in ihren Ohren zu ignorieren, genau wie den letzten Anblick von Thaddeus, aber sie kommt nicht dagegen an. Dazu mischt sich dieses komische Gefühl unter der Haut, das einfach nicht weggeht. Völlig gestresst sieht sie sich um. Sie bildet sich das Gefühl bestimmt nur ein. Doch alles in ihr schreit: *Yosi, irgendwas stimmt hier nicht!*

Sie atmet mehrmals tief durch.

Ein und wieder aus.

Ein und aus.

Doch der Schmerz im Herzen und das beklemmende Gefühle wollen einfach nicht weniger werden. Nur das pulsierende Rauschen in ihren Ohren versiegt allmählich, während die pochende Angst, die sich bleiern über sie geworfen hat wie ein undurchdringbarer Schleier, unaufhörlich an ihr haften bleibt.

Mit einem Mal bemerkt sie, dass sich der nur leicht bewölkte Himmel zu einem düsteren Grau verdunkelt hat. Ein eisiger Wind ist aufgekommen, der einen Hauch Gewitter um sie herumwirbelt. Gleichzeitig tränkt er die Luft mit dem Geruch von moosiger Walderde und Frühlingkälte. Und dennoch, Yosi weiß nicht genau weswegen, wirkt die Atmosphäre nun besänftigend auf sie. Fast als könne sie selbst ein Teil ihrer angestauten Energie in darin entladen. Das Durcheinander von ausgefransten Gedankenfäden und aufkeimender Furcht verblasst allmählich und sie kann sogar wieder freier durchatmen. Vielleicht, weil sie den Geruch des Waldes mit Milo verbindet. Vielleicht aber auch, weil der Wind ihren Schmerz davonträgt. Und vielleicht, ja vielleicht, weil der Wind ihr sekundäres Element ist.

Yosi erhebt sich und wandert Richtung Gewächshaus. Gewölbt und geduckt taucht das gläserne Kuppeldach vor ihr auf und in der Ferne macht sie den Umriss des Schuppens aus. Das bleierne Blut in ihrem Körper verflüchtigt sich träge und zur eigenen Erleichterung realisiert Yosi, dass sie wieder halbwegs normal denken kann – bis sie ein Geräusch hört. Zunächst hofft sie, es wäre vielleicht nur das Ächzen einer angelehnten Tür, die der Wind nicht in Ruhe lässt. Doch es hört sich merkwürdig fremd an, fast wie ein heiseres Stöhnen. Sie verlangsamt ihren Schritt und lauscht in die Dämmerung.

Mit dem Näherkommen wird das Geräusch klarer. Auf jeden Fall ist es keine Tür, denn im Halbschatten entdeckt sie eine undefinierbare Silhouette direkt neben dem Gewächshaus. Die einzige Laterne, die sich in der Nähe befindet, ist zu weit entfernt, als dass sie ihr einen besseren Überblick verschaffen würde. Doch Yosi sieht, dass dort etwas Finsteres kauert. Sie muss sich zwingen, noch ein bisschen näher zu treten, weil in ihr schlagartig wieder das grässliche Bild des Totenkopfwesens mit schwarzen Diamantaugen aufblitzt.

Was immer es auch ist, es bewegt sich ruckartig, fast fahrig.

Das goldene Licht flackert, so wie ihr Herz, und dennoch … da ist kein warnendes Rumoren in ihrem Magen, als sie sich noch näher heranwagt. Sie späht durch die hereinbrechende Dämmerung und erkennt nun, dass da jemand in sich zusammengesackt auf dem Boden kauert. Beide Arme fest um die Beine geschlungen. In dieser Sekunde durchzuckt wieder ein Geräusch die Stille. Nun hört Yosi deutlich heraus, dass es ein seltsam verzerrtes Röcheln oder Schluchzen ist, ob vor Angst, Trauer oder Schmerz, weiß sie allerdings nicht.

Es zerreißt Yosi beinahe in zwei Hälften. Eigentlich hätte sie am liebsten die Flucht ergriffen, denn ihr wird mit der verringerten Distanz immer klarer, wer da unweit vor ihr im Halbschatten kauert. Doch sie kann nicht abhauen. Nicht nur, weil ihr Instinkt sie regelrecht vorantreibt und ihr pausenlos zu wispert, dass sie sich diesem Szenario stellen muss, nein, auch weil es richtig gemein von ihr wäre, die Person einfach hier alleine zu lassen. Für einen Atemzug schließt Yosi die Augen, verdrängt das Gefühl, sich in einer verfluchten Spirale von Ereignissen zu befinden, dann macht sie den letzten Schritt und fragt leise: »Ophelia, ist alles okay?«

»Geh!«, faucht sie und es kommt als grausiger Laut aus ihrer Kehle. »Geh schnell!«

»Okay, ich wollte nur wissen, ob bei dir alles in Ordnung ist.« Yosi erkennt in der Dämmerung des wolkenbedeckten Himmels, dass

Ophelia ihr Gesicht nun zwischen den Händen vergräbt und ihr langes Haar ihre Schultern wie Seide umfließt.

»Es ist so heiß, so unsagbar heiß«, wispert Ophelia weiter und in ihrer Stimme schwingt immer noch dieser unheimliche Klang mit. »Ich verbrenne! Kann nicht raus! Nein!«, schreit sie röchelnd und zuckt zusammen. »Nein! Das Haus verschluckt mich!«

»Ophelia, was ist los?«, fragt Yosi vorsichtig und geht in die Knie. Zögernd berührt sie Ophelias Hände und löst sie sanft von ihrem Gesicht, so dass sie ihr in die Augen schauen kann.

»Überall«, schluchzt Ophelia auf. »Sie sind überall. Die Flammen! Die Hitze! Neeeeein!«

Auch wenn Yosi keine Antwort bekommt, so hat sie dennoch begriffen, was mit hier vor sich geht. Sie unterdrückt die Seite in ihr, die sich immer noch am liebsten in Luft auflösen würde. Ophelias Händchen zu halten wird wohl nie zu ihrer Lieblingsbeschäftigung gehören, nur allmählich gewinnt ihre andere Seite die Oberhand.

»Du durchlebst gerade eine Vision«, sagt Yosi möglichst ruhig und gelassen, denn in ihren Worten schwingt eine weitere Nachricht mit: Wenn Ophelia tatsächlich eine Vision durchlebt, ist sie *kein* Cubo mehr.

»Nein, ich will das nicht …«, krächzt sie kaum verständlich. Ophelia starrt Yosi an. Ihre sonst so makellos getuschten Wimpern sind verklebt. Der Mascara vermischt sich mit den trüben Tränen, die aus den Wimpern fallen, über die Wangen rinnen und eine dunkle Spur hinterlassen. »Mach, dass es aufhört … mach, dass es aufhört …« Ophelias Zähne klappern unkontrolliert aufeinander und jeder Laut kommt als keuchender Worthauch aus ihrem Mund. »… mach, dass es aufhört!«

Obwohl Ophelia niemals auch nur im Ansatz ihre Freundin sein wird, so verspürt Yosi doch Mitleid, sie in diesem jämmerlichen Zustand anzutreffen. Fieberhaft sucht sie nach einem Geistesblitz. Einer, der ihr verrät, wie sie Ophelia helfen kann, ohne dabei selbst völlig die Nerven zu verlieren, weil ihr eigenes Nervenkostüm allmählich erste Risse aufweist. Also reißt sie sich am Riemen und bemüht sich, ruhig zu bleiben. »Ich weiß, wer dir helfen kann.« Yosi erhebt sich langsam, während sie fortfährt. »Du wartest hier und ich hole kurz –« Sie wendet sich bereits von ihr ab, da schießt Ophelias Hand nach vorn und erwischt sie mit eisigem Griff am Unterarm.

»Nein, nicht Ductus«, haucht sie zittrig.

»Er ist der Beste und weiß gewiss Rat …«, entgegnet Yosi und versucht sich loszureißen. »… und er ist dein Mentor.«

»Nein, bitte, nein«, wimmert Ophelia abermals und schüttelt unentwegt den Kopf. Das Einzige, was eisern bleibt, ist ihr Klammergriff. »Nein, du sollst zuerst wissen, was ich gesehen habe.«

»Dazu bin ich definitiv die Falsche.« Yosi zupft jeden Finger einzeln von ihrem Handgelenk, die sie umklammern wie eine Eisenzange. Und selbst als sie sich endlich von ihr befreit, kommt sie nicht weit, denn jetzt halten sie Ophelias Worte gefangen.

»Wenn du nicht willst, dass einem deiner Freunde was Schreckliches passiert, bleibst du und hörst mir zu.«

Fassungslos wirbelt Yosi herum. »Verdammt, was willst du damit wieder andeuten?« Die Zeit, in der Ophelia sie schweigend anstarrt, dehnt sich endlos in die Länge. »Rede endlich, sonst hole ich Duc-«

Ophelia lässt sie nicht ausreden. »Es geht um Livia«, flüstert sie und ihre Zähne klappern so heftig, dass Yosi sich nicht sicher ist, sie richtig verstanden zu haben.

»Hast du gesagt, es geht um Livia?«, fragt sie mit wild klopfendem Herzen.

Ophelia nickt.

»Und weiter?«

Ophelia gibt ihr mit einem Handzeichen zu verstehen, sich neben sie zu setzen.

»Okay, okay, ich bleibe hier«, sagt Yosi, zwar nicht gerade freundlich, aber immerhin weicht sie nicht von Ophelias Seite. Yosi stößt schnaubend die Luft aus und lässt resigniert die Schultern hängen, dann hockt sie sich zu Ophelia auf den Boden vor dem Gewächshaus. Jede Faser ihres Körper strotzt vor Furcht. Plötzlich ist es völlig nebensächlich, dass sich Ophelias Fingernägel wieder in ihre Haut bohren. Sie drückt so fest zu, dass Yosi schon befürchtet, bald kleine blutrote Rinnsale ihren Unterarm hinunterlaufen zu sehen. Aber es spielt keine Rolle, auch dass Ophelia eigentlich alles andere als ihre Busenfreundin ist und sie ihr unter normalen Umständen keine Sekunde über den Weg traut.

Über allem schwebt die panische Frage: *Was ist mit Livia?* Verflucht, ja, ihr ist alles scheißegal, außer der Tatsache, dass Livia irgendwas Schlimmes zustoßen könnte.

»Erzähl mir, was du durchlebt hast und was es mit Livia zu tun hat.«

Doch Ophelia bleibt dazu keine Zeit. Von einer Sekunde auf die andere beginnt sich ihr Oberkörper unkontrolliert und ruckartig zu verkrampfen, die blonden Haare fallen ihr wirr ins Gesicht und ihr Atem kommt in beängstigend gepressten Stößen aus ihren Lungen. Sämtliche Gesichtszüge entgleisen ihr und ihre Augenlider zucken ohne Unterlass. Trotz Ophelias fahrigen Bewegungen sieht Yosi, dass ihr aus Ophelias Augen nur noch eine entgeisterte Leere entgegenstiert.

Intuitiv packt Yosi sie an den Oberarmen und drückt zu. »Was ist mit Livia? Siehst du etwas?«

»Gieriges Feuer! Züngelndes Feuer! Und diese Hitze – sie ist überall! Aber i-ich komme nicht raus. Ich bin gefangen. Gefangen in den Feuerschwingen! Kann kaum noch atmen, kriege keine Luft. Aber meine Gabe, sie kann mich nicht retten, nicht heilen. Alles so nutzlos!«

Yosi schaudert es bei Ophelias Worten. Livia besitzt die Gabe des Heilens, spricht sie tatsächlich von ihr?

»Wo ist dieses Feuer? In Phasmos Labor?« Noch während sie die Frage ausspricht, wird ihr klar, dass es sinnlos ist, denn nur die Gliscos kennen Phasmos Reich. »Schnell, beschreib mir den Raum, wie sieht er aus?«

»Klein … eng … in einem Haus. Und da gibt's Wald … und irgendwo einen kleinen Kiesweg … Er führt ins Dorf der Ungebrannten … Es ist jener, der beim hinteren Torbogen beginnt …«, bringt sie keuchend hervor.

»Beschreib mir das Haus, Ophelia, ich muss genau wissen, wie es aussieht und wo es steht, hörst du?« Himmel, damit hätte Yosi nicht gerechnet. Mit einem unbekannten Raum in der Akademie, vielleicht noch mit einem Feuer in einem der umliegenden Bauten, wie dem Schuppen oder dem Gewächshaus, aber das? Nur mit Mühe hält sie ihre Stimme unter Kontrolle, als sie weiterspricht, weil sie befürchtet jeden Moment vor lauter Panik zu explodieren. »Und wieso bricht das Feuer aus, wird ein Unglück geschehen? Rede endlich!«

Ophelia schüttelt den Kopf, auch ihre Körpersprache zeigt, wie die Ungeduld an ihr nagt. »Nein, nein, nein, kein Unglück. Überall Feuer –«

Yosi durchfährt es eiskalt, denn die Erinnerung an Thaddeus' letzte Nacht lässt sich nicht länger verdrängen. »Wie meinst du das, wer steckt hinter dem Feuer?«

»Ein Gesicht. Immer im Verborgenen«, presst sie keuchend zwischen zusammengebissenen Zähnen hervor. »Es zeigt sich nicht. Wie ein Schatten.« Sie schluchzt in hysterischer Furcht.

Yosi schluckt beschwerlich und versucht, nicht die Nerven zu verlieren. An einem Gedanken hält sie sich verzweifelt fest: Es kann unmöglich in diesem Augenblick passieren, denn Livia sitzt bei den anderen im Gemeinschaftsraum … oder? »Okay, Ophelia, wann passiert es? Wann wird es zu dem Brand kommen?«

Schlagartig verkrampft sich Ophelias Gesicht zu einer starren Maske. »Ich bin gefangen! Neeeeein, das Feuer …«, kreischt sie nun mit heiserer Stimme. Dann entfährt ihr ein grauenvoller Laut, der effektiv klingt, als verbrenne sie bei lebendigem Leib. Ein oder zwei Atemzüge herrscht Totenstille, dann sinkt sie kraftlos in sich zusammen.

»Ophelia!« Yosi packt sie abermals an den Schultern. Diesmal schüttelt sie sie heftig. »Ophelia, komm zu dir! Ich muss wissen, was du gesehen hast! Du musst mir alles über deine Vision sagen! Ophelia, hörst du mich?«

Yosi ist so verzweifelt, dass sie Ophelia eine Ohrfeige verpasst – und es zeigt Wirkung. Endlich blinzelt Ophelia, erst unkontrolliert und verstört, aber als sie einen Moment starr geradeaus blickt und dann zu Yosi aufsieht, wirkt sie wie immer. Kein verzerrtes Gesicht, kein leerer Blick. Mit einer hastigen Bewegung windet sich Ophelia aus Yosis Umklammerung und fährt sich mit den Fingern übers Gesicht. Aber ihre verschwitzte Stirnpartie glänzt verräterisch und sie ist immer noch unnatürlich bleich. Sie zieht scharf die Luft ein, bevor sie Yosis Blick gefasst auffängt, und hat dabei bereits wieder ihr feines Lächeln aufgesetzt. Ja, ihr Gesichtsausdruck wirkt beinahe normal, nur der matte Schimmer, der darin liegt, spiegelt die Kraftlosigkeit wieder.

»Yosi«, sagt sie leise und klingt verwundert. »Du bist ja immer noch da.«

»Bitte, Ophelia, erzähle mir was du gesehen hast. Was wird in dem Feuer mit Livia geschehen?«

»Das habe ich doch schon, was willst du denn noch hören?«

»Dann erzähle es mir noch einmal, bitte. Deine Vision bestand aus einzelnen, zusammenhangslosen Wortfetzen wie *Feuer* und *ich komme nicht raus.*«

Ophelia stöhnt, doch sie wirft Yosi einen ganz merkwürdigen Blick zu, den sie nicht zu deuten vermag. Schließlich beginnt sie, die Vision mit eigenen Worten wiederzugeben. »Zuerst sah ich Livia, sie war in einem alten, heruntergekommenen Haus irgendwo am Waldrand. Nicht der Wald beim Eingangstor, sondern der beim hinteren Torbogen. Das Haus fängt plötzlich Feuer, weil es in Brand gesteckt wird. Die Flammen züngeln lichterloh, so stark, dass alles über ihr zusammenbricht, doch sie kann sich nicht retten. Das war's, mehr weiß ich nicht«, erklärt Ophelia in einem so banalem Tonfall, als würde sie über Turnschuhe, Nagellack oder etwas anderes Nebensächliches sprechen. »Aber ich hatte ja noch nie eine Vision. Also keine Ahnung, ob das wirklich eine war. Und wenn doch, woher soll ich wissen, ob das auch alles so eintreffen wird, wie ich es gesehen habe?«

Yosi hätte zu gerne geglaubt, dass dies bloß ein abnormer Albtraum oder gar ein fieses Spiel ist, doch sie weiß tief in ihrem Innern, dass Ophelia die Wahrheit erzählt. Sie schüttelt den Kopf. »Das darf einfach nicht passieren. Ich muss es verhindern, koste es was es wolle. Wann wird es geschehen? Hast du gesehen, ob es am Tag oder in der Nacht war?«

Auf Ophelias Mund zeichnet sich ein Lächeln ab. »Soll das heißen, du glaubst meiner Vision?«

Einmal mehr kann Yosi den Klang in ihrer Stimme nicht deuten. War das Überheblichkeit oder pure Verzweiflung? Die Panik, Livia könnte etwas zustoßen, pocht als unheimlicher Schmerz in ihr, überschwemmt alles andere. Sie steht auf, packt Ophelia grob am Handgelenk und reißt sie auf die Beine. »Ist es die Wahrheit?«

Vergeblich versucht Ophelia sich loszureißen, dazu fehlt ihr die nötige Kraft. Diesmal ist es Yosi, die sie mit eisernem Griff umklammert.

»Wer weiß, womöglich schon ...« Ophelias hochnäsige Stimme hat längst zurückgefunden und Yosi bereut es gerade schrecklich, dass sie ihr vorhin keine heftigere Ohrfeige verpasst hat. Ihr ist so elend zumute, dass ihr ganz schwindlig wird. Sie spürt die Verzweiflung in sich hochkriechen.

»Wozu das ganze Theater hier?«, heischt sie Ophelia an. »Was willst du von mir? Du kannst mir nicht weismachen, dass du das alles nur inszeniert hast, um mir eins auszuwischen. Du konntest ja nicht mal ahnen, dass ich herkomme.«

Oder doch, ist nicht gerade das ihre Gabe?

Auf Ophelias blassen Wangen spiegelt sich ein seltsamer Ausdruck – womöglich Triumph oder gar Schadenfreude? »Ich will, dass du mir etwas versprichst.«

Unglaublich, selbst in solch einer Situation denkt Ophelia als allererstes nur an sich selbst. Egoist bleibt eben Egoist.

»Was soll ich dir versprechen?« Yosis Stimme klingt gereizt.

»Ich gebe es zu, das ist nicht ganz fair. Aber nun habe ich das Ruder in der Hand und das ist womöglich meine einzige Chance, dir ein solches Versprechen abzuknöpfen.« Ophelias Worte kommen leise aus ihrem Mund, so als verlange es ihr einiges an Anstrengung ab, in ganzen Sätzen zu sprechen, aber sie fixiert Yosi mit festem Blick.

»Sag schon, worauf du hinauswillst«, knurrt Yosi.

»Ich will darauf hinaus, dass ich dir die Info zu Livia nicht einfach so gebe. Welch glücklicher Zufall, dass mich meine erste Vision genau dann ereilt, wenn du zur Stelle bist und es dabei genau um *deine* beste Freundin geht. Vielleicht ein Wink des Schicksals.« Ein hämisches Lächeln ziert ihr Gesicht.

»Was willst du, Ophelia?«, zischt Yosi mit bebender Stimme.

»Nicht viel.« Mit Unschuldsaugen hält sie den Blickkontakt zu ihr aufrecht.

»Wer's glaubt ...«

»Alles was ich will, ist, dass du in meiner Schuld stehst.«

Am liebsten möchte Yosi ihr an den Kopf werfen, dass sie ihr nichts schulden will, dass sie nichts dafür kann, ihr hier über den Weg gelaufen zu sein, dass sie mit einer Person, die so selbstsüchtig, herrisch und hinterhältig ist wie sie, überhaupt gar nichts zu tun haben will. Doch sie schweigt. Es ist ja nicht so, dass sie im Augenblick eine Option auf einen Plan B hätte. »Und wozu?« Sie verliert allmählich die Geduld.

»Nur so kann ich dir dieses Versprechen abnehmen. Ein Versprechen, das verbindet. Und genau das brauche ich von dir.« Sie pausiert kurz, ehe sie endlich mit der Sprache rausrückt. »Versprich mir, hier und jetzt, dass du keiner Menschenseele je davon erzählen wirst, was sich im Mädchenklo zwischen uns beiden abgespielt hat.«

»Ist das alles?«

»Ich habe jahrelang mit aller Kraft verborgen, dass ich keine Visionen habe. Und mein Image soll nicht wegen einer solchen Kleinigkeit zu bröckeln beginnen. Für dich mag das lächerlich klingen, für mich ist es von größter Wichtigkeit.«

Yosi kann nicht glauben, dass Ophelia tatsächlich deswegen ein solches Tamtam veranstaltet. Ihre Oberflächlichkeit scheint grenzenlos. Zumal sie jetzt ja eine Vision hatte. Sie schürzt die Lippen, sagt aber nichts dazu, weil sie endlich wissen möchte, was Ophelia sonst noch in ihrer Vision gesehen hat.

»Wenn ich dir helfen soll, deine Freundin zu retten«, spricht Ophelia weiter, »dann fordere ich von dir ein, dass du mir versprichst, dieses Geheimnis für dich zu behalten.«

»Und damit ist meine Schuld beglichen?«

»So ist es.«

»Gut, dann soll es so sein«, sagt Yosi schnell, nickt bestätigend und fragt: »Also, erzähl, was hast du noch gesehen?«

»Nicht so hastig. Als Erstes will ich die Hand darauf, dass du alles, was sich im Mädchenklo abgespielt hat, hier und jetzt aus deinem Gedächtnis streichst, und zwar für immer. Und vergiss nicht, wenn zwei Phoenicrus sich etwas versprechen, ist es bindend. Endgültig. Für immer. Und wenn ein Phoenicru diesen Schwur bricht, wird ihn das teuer zu stehen kommen.«

»Okay, wenn du mir alles aus deiner Vision erzählst, damit ich das Schreckliche verhindern kann, das Livia zustößt, dann schwöre ich hier und jetzt, dass ich unser Geheimnis mit ins Grab nehmen werde«, wispert Yosi und kann es nicht glauben. Sie hat ein Geheimnis mit Ophelia, eine Bindung, auf die sie liebend gern verzichtet hätte. Der Wunsch, hier bei Ophelia zu sein, ist in etwa so groß wie der sehnliche Wunsch nach der nächsten Viritimstunde bei Phasmo.

»Du hast alles vergessen, was sich dort abgespielt hat und was du erfahren hast?«, bohrt sie nach.

»Ja, als wäre es nie passiert.« Jetzt war sie unendlich dankbar, dass sie im Krankenzimmer absolut keine Zeit dafür fand, mit Livia und Aaron darüber zu sprechen.

Ophelia drückt ihre Hand an Yosis Unterarm und Yosi tut es ihr gleich.

»Wenn es ausgesprochen, wird es nie mehr gebrochen«, murmelt Ophelia die Worte und wie damals bei Phasmo, jagen Yosi die Worte eine Gänsehaut über den Rücken. *Yosi, jetzt ist nicht die richtige Zeit für eine Painikattacke, hier geht es um mehr,* ermahnt sie sich selbst. »Nun los, erzähl!«

Ophelia sackt zurück auf den Boden, aber Yosi setzt sich nicht hin, sondern wartet ungeduldig auf ihre Schilderung. Ophelias Blick schweift entlang der Mauer, bis zum hinteren Torbogen und verirrt sich zwischen dem Geäst des Waldes. »In meiner Vision ist Livia auf dem Weg ins Dorf. Ich bin mir nicht ganz sicher, aber ich glaube, sie will mit Professor Moltino etwas erledigen, vielleicht für die Viritimstunde? Der Anfang ist so schwummerig. Aber ich sehe Livia in Moltinos Auto, höre sie lachen und schwatzen und weiß, dass sie über diesen Kiesweg fahren.« Ophelia deutet mit dem Kinn zum schmalen Weg, der vom hinteren Torbogen wegführt und im Wald verschwindet. »Doch dann gehen die beiden zu diesem abgelegenen Haus, das irgendwo in der Nähe einer kleinen Verzweigung stehen muss. Da sehe ich nur einzelne Bildfetzen, kaputte Fenster, das morsche Treppenhaus, einen kleinen Raum und eine Schattengestalt, die Feuer legt. Alles fängt Feuer und das ganze Dachgeschoss brennt innerhalb weniger Momente lichterloh. Und da ist jemand, vielleicht Moltino, er liegt bewusstlos und verletzt am Boden. Livia hat keine Chance und verbrennt bei lebendigem Leibe in dem tobenden Feuer. Dann verschwindet der Schatten in der Dunkelheit der Nacht. Dummerweise konnte ich nicht erkennen, wer es ist. Ich sah die Gestalt nur als hohlen Schatten. Es war mir einfach nicht möglich, ihr ins Gesicht zu blicken. Immer wenn ich es versuchte, löste sich der hohle Schatten in Nichts auf, es ist, als ob man Rauch fangen möchte. Frag mich nicht, wie das möglich ist oder was es bedeutet, darüber hat Ductus nie etwas erzählt.«

Yosi fällt bei der Beschreibung unwillkürlich Phasmo ein. Wieso, weiß sie nicht genau. Doch sie hat die irrwitzige Vorstellung, dass er mit den Elementen vollkommen verschmelzen und sich mit dem Wind hinforttragen lassen könnte. Sie unterbricht Ophelia nicht, lauscht angespannt weiter, was sie berichtet. Die kneift jetzt ihre Augen zusammen, als möchte sie damit ein Bild festzuhalten, das ihr gleich wieder entwischt. »Wie seltsam …«

»Was? Was ist seltsam?«

»Es ist nicht das, was ich sehe … Aber angeblich sollte der Sehende genau sagen können, weshalb und wann etwas passiert, aber ich habe mich wohl zu stark mit Livia verbunden.« Sie sieht Yosi flüchtig an. »Vermutlich deshalb, weil es meine allererste Vision war. Aber vielleicht spielt die Tatsache, dass ich Livia ziemlich gut kenne auch eine Rolle? Ja, das hat mich bestimmt beeinflusst.«

Yosi nickt und denkt kurz nach. »Komm, erzählen wir alles Ductus, der weiß bestimmt, was zu tun ist.«

»Spinnst du?!« Ophelia wirkt so entsetzt, dass Yosi erschrickt. »Was, wenn er das schattige Nichts aus meiner Vision ist? Schon mal daran gedacht?«

»Niemals«, sagt Yosi sofort.

»Ich meine ja nur. Dann würdest du dem Bösewicht die Informationen direkt in die Arme spielen. Und solange wir keinen eindeutigen Hinweis haben, ist jeder verdächtig. Und eines sag ich dir: Ich will garantiert nicht so enden wie Thaddeus. Denn ganz ehrlich, ich glaube nicht, dass ihm einfach so das Feuer außer Kontrolle geraten ist.«

Yosi bleibt beinahe das Herz stehen. Die ganze Aufregung hat sie für kurze Zeit vergessen lassen, dass der Todesschleier über der Akademie liegt. Nun ist der Schmerz in Begleitung der Schuldgefühle unbarmherzig zurückgekehrt. Und Ophelia hat Recht, schlichtweg jeder könnte der Verdächtige sein.

*Der Verräter weilt in unserer Mitte.*

Das waren Ductus' Worte. Was, wenn er selbst es ist?

Sie schüttelt den Kopf. Und nun? Ob Thaddeus den Verräter erkannt hat, bevor er sterben musste? War es vielleicht das Letzte, was er gesehen hat? Die Augen des Verräters?

»Aber deine Vorhersehung darf sich einfach nicht bewahrheiten«, sagt Yosi fest.

»Tja, dann darf Livia nicht ins Dorf fahren«, sagt Ophelia und zuckt mit den Schultern.

Das klingt einfach. Ja, Ophelia hatte Recht. Livia darf nicht ins Dorf fahren. Und sie höchstpersönlich wird es nicht soweit kommenlassen.

»Moment, ich erinnere mich noch an etwas. Da war eine Uhr, eine Armbanduhr. Frag nicht wessen, aber die zeigte sieben Uhr zwanzig«, erzählt Ophelia. »Ich weiß nicht, ob morgens oder abends und hab' keine Ahnung, an welchem Tag. Sorry, das sind alles nur wirre Bruchstücke.«

Augenblicklich sieht Yosi auf ihre Uhr. Es ist sieben Uhr zwei. Schlimmstenfalls hat sie noch knappe zwanzig Minuten Zeit. »Hast du noch irgendetwas gesehen?«

Ophelia schüttelt ihr Haupt.

»Irgendwas?«

»Nichts …«

»Was gab es für Nebengeräusche oder Bilder? Streng dich an. Wenn du den Wagen siehst, musst du doch erkennen, ob es Tag oder Nacht ist?« Sie spürt, wie ihr Herz heftig gegen den Brustkorb hämmert.

Ophelia stöhnt auf, schließt dann aber die Augen.

Yosi bemerkt, wie sich ihre Stirn kräuselt und sie kurz zusammenzuckt, bevor sie mit konzentrierter Miene zu sprechen beginnt: »Ich bin mir nicht sicher … Es mag jetzt seltsam klingen, aber ich spüre die Ruhe der Nacht. Das ist alles. Wart mal … nein. Ich sehe noch etwas. In dem Haus, da ist noch jemand. Ich sehe seinen Schatten an der Wand des Treppenhauses durch das Flammenmeer huschen. Vielleicht ist es auch nur Moltino. Viel mehr kriege ich wirklich nicht zusammen. Und ich kann es nur noch mal sagen. Eigentlich kannst du mit niemandem darüber reden, denn schlichtweg jedes Lebewesen könnte der Übeltäter sein. Ich rate dir dringendst: traue niemandem!«

Yosi seufzt und presst den Mund zusammen.

»Und wie willst du das alles jetzt verhindern?«, fragt Ophelia, vermutlich mehr aus Neugier als aus Mitgefühl.

»Ich habe noch keine Ahnung, aber ich mach's, koste es, was es wolle. Es muss einen Weg geben, um deine Vision zu verhindern.«

»Tja, dann viel Spaß beim Freundin retten und so«, sagt Ophelia, wirft ihr Haar zurück, wieder ganz die Ophelia, die Yosi kennt und verabscheut.

Yosi dreht sich hastig um und läuft zum Hintereingang.

»Denk an dein Versprechen«, ruft ihr Ophelia nach.

»Aus der soll mal einer schlau werden«, murmelt Yosi, während sie mit raschen Schritten zum Sequiumturm zurückeilt. Völlig außer Atem reißt sie die Tür des Gemeinschaftsraums auf und starrt von einem Gesicht zum anderen. Überall versteinerte Mienen und betretenes Schweigen. Endlich erblickt sie Aaron, ihr Herz beruhigt sich – beinahe – dann steht es für den Bruchteil einer Sekunde still. Neben ihm sitzt keine Livia.

KEINE Livia!

Nein, das darf nicht sein. Das darf einfach nicht sein!

»Wo ist Livia?«, krächzt sie. Hysterisch ist gar kein Ausdruck für den Klang ihrer Stimme.

»Wieso fragst du?« Aaron wirft Yosi einen skeptischen Blick entgegen.

Sie schüttelt ungehalten den Kopf. »Sag schon! Wo ist sie?«

»Ist ja gut«, murmelt er und hebt abwehrend die Hände in die Höhe. »Ductus hatte irgendeinen Auftrag für sie und Moltino. Sie ist vorhin auf ihr Zimmer und hat sich kurz umgezogen. Du siehst also, es ist alles gut.«

Alles gut?

Er versteht nicht. Nichts ist gut. Gar nichts mehr!

Ihr Herz fällt mit Aarons Worten zu Boden und zerspringt in Tausend Scherben.

Und die Uhr zeigt:

*Sieben Uhr, acht Minuten und fünfzehn Sekunden …*

# Kapitel 19

## Hohler Schatten

*Sieben Uhr, acht Minuten und dreiundvierzig Sekunden.*

Und keine Livia.

Es fühlt sich an, als zerrint ihr die Zeit wie loser Sand zwischen den Fingern – unaufhaltbar.

Ohne ein weiteres Wort zu sagen wirbelt Yosi herum, jagt die Wendeltreppe des Sequiumturms empor und klopft kräftig an Livias Zimmertür. Ihr letzter Hoffnungsschimmer.

»Livia?«

Während Yosi innig und flehentlich betet, ihre Freundin möge doch mitten in einer Kleiderkrise stecken und verzweifelt überlegen, welches Shirt sie zu welcher Jeans kombinieren soll, schwindet die Hoffnung jäh, denn hinter der Tür rührt sich nichts.

Keine Antwort.

Also keine Livia.

Sie klopft erneut, energischer, und öffnet schließlich von Angst getrieben die Zimmertür. Sie ist nicht verschlossen und die Leere, die ihr entgegenglotzt, schmerzt bitterlich.

*Keine Livia … Keine Livia … Keine Livia!*

Yosi will eben die Treppe hinunterstürmen, da zerrt sie Aaron grob am Arm zurück, so dass sie ihn unweigerlich ansehen muss. »Verflucht noch mal, Yosi, was ist los?«

Sie erwidert den Blick nur zögernd und sucht fieberhaft nach den richtigen Worten, die einfach nirgends auffindbar scheinen. Wie zum Teufel soll sie ihm von Ophelias allererster Vision erzählen, so dass er nicht anzweifelt, dass es sich tatsächlich um die Wahrheit handelt und ohne ihren Schwur dabei brechen zu müssen. »Es ist wegen Livia –«, stammelt sie endlich und verstummt mitten im Satz.

»Yosi, du siehst echt schrecklich aus, was ist denn mit Livia? Sie war doch eben noch hier«, sagt er und legt bei diesen Worten seine flache Hand auf ihre Stirn. Sie ist angenehm kühl und Yosi ist sich sicher, dass er selbst an ihrer Stirn ihren rasenden Puls pochen spürt. »Hey, rede mit mir.«

Sein stummer Blick durchsticht ihr Innerstes und es ist Yosi, als durchschneide er ihren ganzen Körper. Tatsächlich fühlt sie sich hundeelend und ihre roten Locken kleben ihr strähnig im Gesicht. Manchmal fühlt man sich so zerbrechlich, als ob eine gläserne Haut den Körper überzieht, die bei einem einzigen Herzschlag zu zersplittern droht. Genauso fühlt es sich jetzt an. Sie wagt kaum zu atmen.

Von Livia keine Spur.

Und da ist dieses ekelhafte Gefühl, dass ihr die Zeit zwischen den Fingern durchrinnt.

Erst in diesem Augenblick realisiert Yosi, dass sie völlig verkrampft den Atem anhält. In einem Zug lässt sie die angestaute Luft ausströmen, indem sie sagt: »Livia ist in Gefahr.« Bevor Aaron sie unterbrechen kann, spricht sie weiter und sucht immer noch nach den richtigen Worten. »Eine … ähm … Sentio hatte vor wenigen Minuten eine Vision, zwar sehr wirr und zusammenhangslos, doch sie hat mich vor genau dieser Situation gewarnt, dass Livia weg muss und … und …«

»Und … was? Von was für einer Situation redest du?« Aarons Kontenance erleidet einen gewaltigen Knacks.

»Eben von dieser hier, so wie du es vorhin selber gesagt hast. Livia ist mit Moltino unterwegs, irgendwie Richtung Dorf, um etwas für ihre Viritimstunde zu erledigen, vielleicht auch für Ductus oder was weiß ich. Und dann passiert es. Offenbar ist jemand hinter ihnen her und steckt das Haus in Brand, in dem sie sich befinden und Livia … sie … sie kann nicht mehr fliehen und ist in dem Feuer gefangen.«

»Um Himmelswillen. Nein. Das ist –«

»– echt heftig, ich weiß, ich weiß«, unterbricht ihn Yosi ungeduldig. »Und frag mich jetzt nicht, wieso sie in dieses Haus geht und wessen

Gestalt hinter dem Verfolger steckt, ich habe nämlich keinen blassen Schimmer. Ich weiß nur, dass die Zeit drängt.«

»Willst du damit sagen, dass Livia … dass Livia sterben könnte?« Ein Schwanken legt sich in seine Stimme.

»Ja«, haucht Yosi, presst die bebenden Lippen zusammen und blinzelt das Brennen in den Augen weg.

»Nein!« Aaron schlägt sich die Hand auf den Mund. »Oh nein, Livia …« Von einer Sekunde auf die andere sieht er so leichenblass aus, dass Yosi befürchtet, er falle in Ohnmacht. Ein winzigen Augenblick lang legt sich eine Stille über sie. Voller Bedrückung und schleichender Panik.

»Komm schnell! Gehen wir zu Ductus.« Scheinbar hat Aarons Verstand wieder angefangen zu arbeiten, doch Yosi packt ihn unsanft am Arm. »Nein! Nein, das geht nicht.«

»Was? Warum bitte können wir Ductus nicht von dieser grässlichen Vision erzählen? Er braucht nur die Phoenicrus im Außendienst zu kontaktieren, wie im vergangenen Winter wegen des Zugunglücks am Frankfurter Bahnhof, erinnerst du dich?«, fragt Aaron, darauf bedacht, seine Stimme zu senken, weil ein Stockwerk unter ihnen eine Tür aufgezerrt wird. Yosi ist eine Stufe zurückgestiegen und schaut Aaron direkt in die Augen. In Augen, die voller Sorge sind. Yosi weiß, dass sich der gleiche Ausdruck in ihren Augen spiegelt.

»Du verstehst nicht. Die Sentio sagte mir, dass wir niemandem trauen können, weil sie nicht erkennen konnte, wer hinter all dem steckt.«

»Warte mal – sie?«, fragt Aaron postwendend und seine Braue wandert mit einer gewissen Portion Neugier in die Höhe.

Oh nein! Sie hat sich verplappert.

»Okay, nennen wir das Kind doch mal beim Namen. So viele Sentios gibt es ja nicht an unserer Akademie. Ausgebildete Phoenicrus sogar nur einen und zu dem können wir gemäß deiner Aussage nicht hingehen. Geh' ich richtig in der Annahme, dass du von Ophelia sprichst?«

Yosi beißt sich schuldbewusst auf die Unterlippe. »Ich kann dir nicht sagen, wer die Vision hatte. Jedenfalls habe ich dieser Sentio mein Wort gegeben, nicht zu Ductus zu gehen. Und ich kann dir abgesehen davon die Information geben, dass Ductus und diese Sentio, wie soll ich das erklären, na ja, die haben so eine ganz komische Auseinandersetzung am Laufen …«

»Endlich hat er durchschaut, was für ein bösartiger Mensch Ophelia ist, das war echt längst überfällig«, brummt Aaron schnaubend. »Man munkelt nämlich, dass ihre Visionen nicht ganz so der Wahrheit entsprechen.«

Aaron schaut sie an, wartend, ob sie dazu etwas sagen möchte, doch Yosi wird sich hüten, ihren Schwur zu brechen und deutlich auszusprechen, wen sie meint. Mann! Aaron ist echt ein schlauer Fuchs. Sie erwidert seinen Blick und schweigt beharrlich.

»Womöglich will Ophelia nicht, dass du Ductus davon erzählst, weil das alles erlogen ist, hast du daran schon mal gedacht? Oder sie zielt darauf ab, dass du durchdrehst und etwas machst, wobei du dich blamierst. Oder dass du etwas anstellst, das du hinterher bereust. Vielleicht will sie sogar, dass du dich selber in Gefahr bringst.«

»Klar, das würde ich auch alles vermuten, wenn ich es nicht selbst miterlebt hätte. Also vertraue mir, das war die Wahrheit, da bin ich mir absolut sicher. Und leider beweist die Tatsache, dass Livia mit Moltino die Akademie verlassen hat, dass sie nicht gelogen hat«, sagt Yosi trocken. »Im Augenblick geht's doch nur darum, dass Livia und Moltino sterben könnten!«

»Du denkst wirklich, dass sie dich nicht angelogen hat?«

Yosi zögert keine Sekunde. Ophelia hat ihr gegenüber bereits gestanden, dass sie Ductus bisher nur angelogen hat. Wenn sie diesbezüglich schon ehrlich war, wird sie es vermutlich auch mit dieser Vision gewesen sein. Yosi denkt daran, wie bleich Ophelias Gesicht war, wie sie zitterte und wie hysterisch ihre Stimme klang, während sie in ihrer Vorhersehung vom tobenden Feuer gefangen gehalten wurde und darin starb. Es stellt ihr sämtliche Nackenhärchen auf, als sie sich an Ophelias panischen Schrei erinnert.

»Glaub mir, sie hat die Wahrheit gesagt. Du musst mir einfach vertrauen.« Yosi sieht Aaron direkt an. Er ist nicht froh darüber, so viel ist klar, aber sie ist sich sicher, dass er ihr voll und ganz vertraut und auch, dass sie auf ihn zählen kann.

Endlich nickt Aaron. »Okay, dann brauchen wir ganz dringend einen Plan, und zwar schnell.« Er streift sich über seine kantige Nase und legt dabei konzentriert die Stirn in Falten. »Eigentlich hat dieser ganze Graus auch etwas Gutes.«

»Was?«, krächzt Yosi verwirrt und ist sich nicht sicher, ob sie seinen Zynismus überhört hat.

»Überleg doch mal, Yosi«, redet er eifrig weiter und hält sie jetzt mit beiden Händen an den Schultern fest. »Wer immer auch das Haus in Brand setzt – setzen wird, gesetzt hat – ganz egal, ob ein Ungebrannter oder ein Phoenicrus, er kann in diesem Augenblick unmöglich in der Akademie sein. Keiner kann gleichzeitig an zwei Orten sein, ergo können wir jedem, der sich hier im Schloss befindet, vertrauen.« Aaron fängt Yosis Blick auf und er liest einmal mehr in ihr wie in einem offenen Buch. »Es ist nicht viel, worauf wir aufbauen können, ich weiß, aber es ist ein Anfang. Ich verspreche dir, Yosi, wir werden alles daran setzen Livia zu retten.«

Yosi hebt den Kopf, hält sich an dem erneut aufflackernden Hoffnungsschimmer fest, der in seinen Worten liegt. Nur vage nimmt sie wahr, dass sie am ganzen Körper schlottert. Sie öffnet den Mund, um etwas zu erwidern, aber es kommt nur ein heiseres Röcheln aus ihrem Mund. Ein Kloß schnürt ihr die Kehle zu und hindert sie am Sprechen. Sie schluckt, immer und immer wieder und versucht, das beengende Gefühl loszuwerden.

»Und jetzt pfeif auf Ophelias Warnung«, meint Aaron, fasst nach ihrer Hand und drückt sie liebevoll. »Wir können jede Hilfe brauchen, die wir kriegen können, und genau deshalb gehen wir jetzt zu Ductus.«

Yosi versucht, endlich mit dem Zittern aufzuhören, denn sie hat in diesem Augenblick absolut keine Zeit den Kopf zu verlieren. Entschieden würgt sie den Kloß in der Kehle hinunter. »Okay, gehen wir zu Ductus«, haucht sie immer noch ziemlich heiser, während sie bereits die Wendeltreppe hinunterhechtet. Im Laufschritt hängt sie noch an: »Was die Info zur besagten Sentio angeht, da funkst du mir nicht dazwischen, klar?«

»Vollkommen klar«, bestätigt Aaron keuchend und zerrt sie energisch den Korridor zum Lehrerzimmer entlang.

Alles liegt im Schlummerlicht und die wenigen Leuchten, die an den Wänden angebracht sind, spenden kaum genug Licht. So huschen sie wie zwei Schatten zwischen den Rundtürmen hindurch, leise und unbemerkt.

Aaron klopft an die Tür, noch bevor Yosi zum Stehen kommt und als Ductus den beiden Studenten die Tür öffnet, springt Erstaunen in sein Gesicht.

»Yosephine? Aaron?« Seine Überraschung wandert zu seinem Mund, der einen kurzen Augenblick offenbleibt. »Was wollt ihr hier, ist etwas passiert?« Nun verflüchtigt sich die Überraschung und verwandelt sich in Sorge. Kurz sucht sein Blick den Korridor ab und eine steile Falte erscheint auf seiner Stirn. »Kommt herein, Kinder.«

Der Raum ist weniger geräumig als ihr Gemeinschaftsraum, wirkt aber sehr gemütlich. Durch die beiden Fenster scheint matter Mondschein, der tief über der Mauer schwebt und sich unermüdlich durch die Wolkendecke kämpft. Das Licht fällt auf die Kante des kleinen Schreibtisches, der ein Stück vor den Fenstern steht, in der Ecke daneben thront ein großer Eichenschrank. Außer Ductus befindet sich niemand im Zimmer, dennoch ertappt sich Yosi dabei, wie sie den Raum absucht, hoffend, sie möge noch ein bekanntes Gesicht entdecken. Doch ihre Suche bleibt erfolglos. Milo ist nicht hier. Und weiter kommt sie auch nicht, denn Aaron schildert bereits in kurzen Sätzen den Ernst der Lage, während Ductus die Tür hinter ihnen ins Schloss drückt. Dann eilt er auf den prächtigen Nussbaumtisch in der Mitte zu, schiebt seine grüne Thermoskanne beiseite und stützt sich mit beiden Händen auf der schweren, matt glänzenden Platte ab. Er lauscht mit konzentrierter Miene.

»In der Tat ist Livia mit Professor Moltino unterwegs ins Dorf. Es geht laut ihm um eine kleine Aufgabe oder einen kurzen Test«, bestätigt Ductus, nachdem Aaron alles zusammengefasst hat.

Yosi ist es, als ob ihr jemand den Boden unter den Füßen wegzerre. Das Schlimmste ist eingetroffen. Ophelias Vision ist dabei, sich zu bewahrheiten.

»Natürlich in Absprache mit mir, vor wenigen Augenblicken habe ich die Idee gutgeheißen«, fügt Ductus hastig hinzu, doch seine Stimme klingt zunehmend beunruhigter. »Und ihr meint, dass ihnen auf dem Weg etwas zustoßen wird? Woher habt ihr die Information?«

»Das können wir Ihnen nicht verraten, aber bitte glauben Sie uns! Und es geschieht nicht auf dem Weg, sondern in dem Haus, in das sie gehen werden«, erklärt Aaron. »Bitte, Professor, wir müssen uns beeilen.«

Ductus nickt hektisch und aufgebracht. »Ich spüre, dass ich euch glauben kann. Du hast Recht, Aaron, wir dürfen keine Zeit verlieren. Jetzt zählt jede Minute. Ich alarmiere sofort die gesamte Lehrerschaft und den Außendienst.«

»Professor?«, fragt Yosi leise und ihre Stimme schwankt. »Besteht denn der Hauch einer Chance, eine Vorhersehung abwenden zu können?«

Ductus legt Yosi liebevoll seine Hand auf die Schulter und schaut ihr tief in die Augen. »Mein Kind, exakt aus diesem Grund sind Visionen da – um Schlechtes verhindern zu können.«

»Ich möchte helfen«, fliegen die Worte aus Yosi heraus, ohne dass sie es verhindern kann. »Ich muss irgendetwas tun, Professor, sonst dreh' ich noch durch.«

Ductus schiebt seine kantige Brille die Adlernase hinauf und betrachtet die beiden eingehend. Er wirkt nicht länger nur besorgt, nein, irgendetwas hat sich in seinem Gesicht verändert. Ein schwacher Schimmer eines verbotenen Geistesblitzes, als ob er nicht aussprechen darf, was er wirklich denkt. »Im kleinen Schuppen beim hinteren Torbogen findet ihr Fahrräder. Eilt Livia zu Hilfe, denn vielleicht kommt es auf jede Minute, wenn nicht gar Sekunde an. Ich deaktiviere kurzzeitig das Energiefeld für euch. Nach eurer Beschreibung müsste es das alte Haus Richtung Osten sein. Das ist nicht weit von hier. Ich schicke auch augenblicklich jemanden vom Außendienst und dem Kollegium los«, sagt Ductus und schiebt seine Brille hoch. »Aber Kinder, tut nichts Unüberlegtes, versprecht es mir!«

Beide nicken hastig.

»Sobald ich alles in die Wege geleitet habe, folge ich euch so schnell ich kann. Ich werde wissen, wo ihr seid.«

Das lassen sich Yosi und Aaron nicht zweimal sagen, ein kurzes Nicken zum Schulleiter, dann laufen sie los. Sie hetzten aus dem Lehrerzimmer, weiter durch den dunklen Korridor und jagen Richtung Hinterhof.

Im Vergleich zu Livias Verschwinden kommen Yosi all die tragischen Zwischenfälle der vergangenen Tage plötzlich bedeutungslos vor, selbst ihr kleines Techtelmechtel mit Milo verblasst neben diesem Albtraum. Klar, sie hat immer noch Angst, sie könnte ihn vielleicht nie mehr wiedersehen. Aber im Moment kann sie an nichts anderes mehr denken als an das scheußlich erdrückende Gefühl, das sich in ihr seit dem Gespräch mit Ophelia breitgemacht hat.

Livia schwebt tatsächlich in Lebensgefahr. Yosi will es nicht glauben, sie will es überhaupt nicht wahrhaben. Der absolute Horror! Aber tief in ihr drin weiß sie mit millionenfacher Sicherheit, dass Ductus alles daransetzt, um Livia zu finden. Leider hat sie keine Ahnung, unter welchen Umständen das sein wird.

Was, wenn sie nicht mehr rechtzeitig kommen? Was, wenn sie Livia nicht retten können? Diese nagenden Zweifel zerfließen mit der schaurigen Ungewissheit und treiben sie beinahe in den Wahnsinn.

Während sie am Brunnen vorbeirennen und auf das Gewächshaus zusteuern, stellt Aaron die verschiedensten Hypothesen auf, was Ophelias Vision und das Deuten des undefinierbaren hohlen Schattens angeht. Seiner Meinung nach ist es möglich, dass Ophelia den Schatten nicht bestimmen konnte, weil sie ihre Gabe nicht richtig beherrscht. Seine Hoffnung ist aber, dass sie irgendwie von Livias nächtlicher Viritimstunde mit Moltino erfahren und alles weitere vielleicht doch nur erfunden hatte.

In Yosi dagegen schlummert eine Ahnung, ein grässliches Wissen, das sie nicht länger leugnen kann. Verbunden mit einem furchtbaren Gefühl, über das sie nicht reden, nein, nicht einmal nachdenken will. Doch die letzten Schattierungen und Striche der Skizze in ihrem Kopf fügen sich wie von selbst zusammen und lassen eine Frage in ihrem Schädel Hämmern. Eine Frage mit ungeheurer Macht.

*Was, wenn ...?*

# Kapitel 20

## Die Zeit drängt …

Das Licht des aufgehenden Mondes spiegelt sich auf den schwindenden Regenpfützen des Waldweges und schimmert wie ein geheimer Durchgang, der sie in eine andere Welt lockt. Irgendwie stimmt das ja auch. Sie verlassen ihre Welt, die Stadt der Verborgenen, und gehen hinaus in die Welt der Ungebrannten.

»Und jetzt?«, fragt Aaron. Seine Stimme wirkt gehetzt, gleichzeitig krampfen sich seine Finger um den eiskalten Lenker des Fahrrads.

»Jetzt müssen wir das Haus finden. Erst einmal durch den hinteren Torbogen und dann bis zur Weggabelung«, erwidert Yosi und zuckt mit den Schultern. Es klingt ganz einfach, doch beiden ist klar, dass es alles andere als einfach werden wird.

»Dann lass uns abhauen«, nickt Aaron matt und schwingt sich aufs Rad.

»Ja, machen wir, dass wir wegkommen«, raunt Yosi in ihren Jackenkragen. Sie setzt sich aufs Rad und entfernt sich vom Schuppen. In ihrem Innern überschlagen sich Tausende von Gedanken. Einer schlimmer als der andere, gejagt von Horrorbildern, die sie gleich wieder verbannt.

*Du schaffst das … du schaffst das …*

Sie darf einfach nicht nachdenken, was alles passieren könnte und sie darf jetzt nicht die Nerven verlieren. Sie saugt gierig die Nachtluft in sich ein. Die Frische wirkt im ersten Moment den Verstand schärfend, im nächsten aber ekelhaft kalt.

Beide treten kräftig in die Pedalen, lassen den hinteren Torbogen und dessen ermahnende Worte hinter sich und flitzen mit zunehmendem Tempo zwischen den Mauern hindurch Richtung Wald. Ohne ein weiteres Wort zu verlieren, folgen sie dem gewundenen Kiespfad, der sie auf direktem Weg zur Weggabelung führen wird. Für eine angeregte Unterhaltung bleibt keine Zeit, vielleicht auch keine Energie übrig. Yosis Herz flattert wie ein verängstigter Nachtvogel in der Brust und die feuchtkalte Nachtluft brennt bei jedem Atemzug in den Lungen.

Doch von all dem bekommt sie kaum etwas mit. Ductus' Worte pochen durch ihren Kopf und hämmern schmerzhaft hinter der Stirn im Gleichtakt mit ihrem Puls.

*Jetzt zählt jede Minute. Jetzt zählt jede Minute.*

Kurz wirft sie einen Blick zurück auf die Mauer und die Akademie, dann wendet sie sich endgültig ab und folgt Aaron und dem Weg. Er führt sie zwischen die Bäume. Und in die Dunkelheit. Noch nie mussten sie alleine durch den Wald radeln. Doch sie haben keine andere Möglichkeit. Sie müssen auf schnellstem Weg zu Livia.

Plötzlich schleicht ein unheimliches Gefühl über ihren Rücken. Es ist, als ob die Bäume Augen hätten. Hunderte von Blätteraugen, die sie leblos anstieren. Obwohl Yosi weiß, dass sie und Aaron alleine unterwegs sind, überkommt sie das Gefühl, verfolgt zu werden von jemandem, der sie beobachtet.

Vielleicht der Tutamina?

Oder Thaddeus' Mörder?

Irgendwo hier draußen. In diesem Augenblick.

Mit flauem Gefühl radelt sie weiter, mit dem Wissen, das am anderen Ende des Waldes Livia ihre Hilfe braucht. Und da ist noch etwas. Die leise Hoffnung, dass sich dort alles aufklärt. Der Wald um sie herum verdichtet sich. Der Weg ist gesäumt von hohen Buchen, schweren Tannen und einigen Büschen, die zwischen den mächtigen Stämmen kauern.

Etwas lässt Yosi einfach keine Ruhe. Die Gedanken schießen hin und her und landen doch immer wieder bei dem Einen. Bei Ophelia und ihrer merkwürdigen Beschreibung.

*… löste sich der hohle Schatten in Nichts auf …*

Wie ist das möglich? Für Yosi ist das ein Puzzleteil, das einfach nicht ins Bild passt. Vielleicht sogar das wichtigste überhaupt. Und so wie diese Zweifel in ihr wuchern, verborgen in ihrem Innern, so lauert auch die listige Zeit im Hinterhalt. Ja, die Zeit arbeitet mit jeder Sekunde, die verstreicht, gegen sie.

Das bisschen Himmel, das sie durch die Zweige erkennen kann, ist düster und überzieht den Wald mit seiner Schwärze. Die Dunkelheit hockt zwischen den Ästen und Yosi sieht kaum, wohin sie fahren. Außerdem ist der Waldboden noch so sumpfig vom Regenwetter, dass sie mit den Reifen immer wieder einsacken. Aus dem Augenwinkel bemerkt Yosi, wie die halbnackten Äste im Wind wiegen, als bewegten sie sich schwankend auf sie zu. Von allen Seiten wispern sie ihnen Warnungen zu.

Aaron ist schon ein gutes Stück weiter, also verdrängt sie die aufflackernde Panik und gehorcht ihrem Instinkt. Sie radelt. Sie radelt über den Weg, so schnell es geht, während die Kieselsteine hochfliegen. Denn es geht nur um eine Sache. Das Feuer und ihre Freundin. Sie tritt in die Pedale, keucht und krallt sich mit klammen Fingern an ihrem Lenker fest. Kein Blick zurück, nur vorwärts.

Plötzlich hört sie ein grässliches Quietschen und sie braucht eine Sekunde, bis sie begreift, dass es Aarons Bremsen sind, die so jämmerlich geächzt haben.

»Achtung!«, ruft er über seine Schulter und sie kommt schlingernd hinter ihm zum Stehen.

Zwischen all den knorrigen Bäumen, deren Zweige knöchern in den Wolkenhimmel zeigen, liegt ein umgestürzter Baum, der halb in den Weg ragt. Ein Teppich aus Moos liegt über der Baumrinde, und während sie beide drum herumfahren, kriecht ein leiser Verdacht in Yosi hoch. Ist das eine Falle? Rennen sie womöglich, indem sie alleine durch den Wald irren, dem Verräter sehenden Auges in die Arme?

Gerade jetzt ist sie heilfroh, dass Aaron sie überzeugen konnte, noch mit Ductus über alles zu sprechen. Automatisch schweifen ihre Gedanken weiter zu Ophelia. Es kann kein Zufall sein. Das alles hier. Irgendjemand ist für diesen Wahnsinn verantwortlich. Und sie ist sich fast sicher, dass es in Verbindung zu diesem hohlen Schatten steht. Er führt ihre innere Hand und vor ihren Augen entstehen weitere Striche auf ihrer Skizze. Und sie? Sie ist bloß eine willenlose Randfigur. Oder auch nicht – wenn sie an Milos Worte denkt. Aber wer auch immer der verräterische Schatten ist, er weiß genau, welches ihr nächster Zeichenstrich sein wird. Weil *er* es so will. Und alles vorherbestimmt.

Sie späht durch das Geäst. Erkennt, langsam kommt der Waldrand näher, dann noch ein paar Meter und sie kommen zu einer kleinen Kreuzung.

»Das muss diese Verzweigung sein, von der Ophelia gesprochen hat.«

Links führt der Weg zum Dorf und rechts geht der schmale Pfad weiter und verliert sich hinter einer kleinen Anhöhe.

Jetzt, da der Wald sie nicht länger abschirmt, spürt Yosi die Nachtluft. Kühl streift sie durch ihr Haar. Sie riecht nach erwachendem Frühling und noch etwas liegt darin. Ein Geruch, der ihr vertraut ist.

Und irgendwo da draußen ist Livia.

Und vielleicht auch ihre Familie.

Da glaubt sie in der Ferne, nahe des rechten Feldwegs, einen dunklen Klotz ausmachen zu können. Im Nachtlicht zeichnen sich die Konturen eines kantigen Gebäudes ab. Alles in ihrem Innern befiehlt ihr, die Flucht zu ergreifen. Sie gibt sich Mühe, wirklich, aber ihr Gehirn gehorcht ihr nicht. Es scheint wie in Trance durch diesen charakteristischen Geruch.

»Yosi?«, hört sie Aaron, als wäre er weit weg. »Links oder rechts?«

Eigentlich sollte sie es wissen, aber in diesem Moment ist sie sich nicht mehr sicher. Alles, was sie wahrnimmt, ist der Drang zu flüchten – vermutlich wegen dieses Geruchs.

»Rechts«, hört sie sich selbst sagen, ohne wirklich Einfluss darauf zu haben, und Aaron stellt keine Fragen. Auch er ist zu sehr in seiner Angst gefesselt.

Sie radeln durch die Schatten der nun vereinzelt stehenden Bäume. Nie zuvor waren sie hier gewesen und jetzt empfindet Yosi Grusel, mit Aaron alleine hier draußen zu sein. Sie spürt ein unangenehmes Kribbeln unter der Haut.

Und dann verschlägt es ihr den Atem.

Ein verzerrter Schrei!

Sie braucht mehr als einen Moment, bis sie registriert, wer geschrien hat. Es war Livia.

»Hast du das auch gehört?«, fragt Aaron und seine Stimme schwankt.

Yosi nickt hastig. Ihr Herz rast, ihr Kopf dröhnt und ihre Oberschenkel brennen mittlerweile vor Anstrengung, aber sie muss noch schneller radeln. »Mach schneller, verdammt, mach schneller!«, befiehlt sie mehr sich selbst als Aaron.

Und über allem schwebt dieser Geruch.

Es ist nicht der Geruch des Waldes. Es ist etwas anderes. Sie weiß, sie irrt sich nicht. Obwohl sie sich wünschte, es wäre bloß der Wind, der den Duft des Waldes aufwirbelt.

Beide beschleunigen ihre Fahrtgeschwindigkeit, während Yosi die Augen zusammenkneift, um in der Dunkelheit besser sehen zu können. Sie hört nicht mehr, was Aaron neben ihr sagt, das Rauschen in ihren Ohren ist zu heftig.

Dann plötzlich dämmert es ihr.

So langsam, wie sich die Umrisse des dunklen Klotzes in der Ferne zu einem Giebeldach formen, so langsam versteht Yosi, was mit ihr passiert. Es ist der Rauch, der ihren Geist so vollkommen vernebelt und einnimmt.

»Das Feuer …«, keucht Yosi entsetzt, »… es muss schon ausgebrochen sein. Irgendwo brennt es. Ich kann es riechen.« Verzweifelt umklammern ihre Finger den Lenker und sie versucht auszumachen, aus welcher Richtung der Wind zu ihr hinüberweht. Ihr Mund fühlt sich trocken an und sie schmeckt das herbe Aroma des Rauches auf der Zunge.

Ihr wird übel.

Am unteren Teil des Schlängelpfads formt sich das Giebeldach zu einem alten Haus.

In einiger Entfernung davor schmeißen die beiden ihre Räder in die Büsche, während Yosi den Blick über das heruntergekommene Haus schweifen lässt. Ein alter Zaun umschließt ein Stück Land, dessen Grenze sich in der Dunkelheit verliert.

Das Gebäude ist nicht sonderlich groß, und doch, das lotterige Haus erdrückt sie beinahe, denn der schwarze Klotz wirft seinen riesigen Schatten auf sie. Vergeblich versucht sie, sich zu beruhigen. Selbst die kaputten Fenster wirken beängstigend. Rechteckige hohle Löcher. Wie ein gähnender Schlund, gewillt, sie zu verschlingen. Alleine der Anblick verursacht ihr eine Gänsehaut. Sie stellt sich vor, wie Livias angstverzerrtes Gesicht hinter einem der Fenster auftaucht und sogleich von den Flammen verschluckt wird. Schon kehrt das Herzrasen zurück. Aber verdammt noch mal, sie ist nicht hier, um beim bloßen Betrachten eines alten Hauses schreiend davonzulaufen. Sie denkt an Ophelias Vision und die Panik, die sie durchlebte, und spürt, wie ihr eigener Mut wächst. Wenn Livia tatsächlich dort drin ist, dann wird sie sie finden. Und retten.

Yosi tritt an eines der kaputten Fenster und versucht, in das Innere des Hauses zu blicken. Einige Sekunden bleibt sie stehen. Alles ist dunkel und voller Staub.

»Kannst du etwas sehen?«, drängt Aaron einen Schritt hinter ihr und späht ebenfalls hinein.

»Nichts«, gibt sie zurück und dreht sich ihm zu. Hinter ihm der düstere Himmel, hinter ihr das unheimliche Haus und über allem liegt der beißende Rauchgeruch. Die Wolken hängen reglos über dem Waldboden, berühren beinahe die Erde. Als wollten sie den Wald und alles Leben darin mit ihrer Schwere auslöschen.

Nie hätte Yosi geglaubt, dass sie den Mut aufbringen könnte, hier draußen nach ihrer Freundin zu suchen. Mit dem Bewusstsein, der Verräter kann jeden Augenblick auftauchen. Klar, sie wusste genau, als sie sich Ductus aufdrängte, dass sie und Aaron sich damit zu dieser nächtlichen Stunde fernab der Mauern in Gefahr begeben. Immerhin läuft ein Wahnsinniger frei herum. Vermutlich lauert er bereits auf sein nächstes Opfer? Und vielleicht, ja vielleicht hat er es bereits gefunden.

Nein, so darf sie nicht denken!

Aber in diesem Augenblick der kriechenden Stille begreift sie noch etwas völlig anderes. Sie bewegen sich auf einem schmalen Grat. Denn sie sind der Wahrheit auf der Spur. Sie kann sie wittern. Derjenige, der Thaddeus das angetan hat, der hinter Livia her und für den ganzen Scheiß mit ihrer Familie verantwortlich ist, er kommt auch ihnen gefährlich nah. Genau wie sie ihm. Er wird nicht aufgeben. Genauso wenig wie sie. Und so seltsam das auch klingen mag, Yosi sehnt sich nach diesen Kampf. Deshalb ist sie hier. Damit diese Ungewissheit ein Ende findet. Nur ein Funken Hoffnung, sie möge nicht zu spät kommen, begleitet sie. Er glüht fein und leise in ihrem Innern und droht mit jeder Sekunde zu verglimmen.

»Yosi?«, dringt Aarons Stimme zu ihr durch. Vermutlich ruft er nicht das erste Mal nach ihr, denn er zupft sie energisch am Jackenärmel. »Meinst du, das ist das Haus?«

Sie blinzelt und langsam wird die imaginäre Skizze vor ihren Augen wieder deutlicher.

»Das muss es sein«, antwortet sie. Sie späht abermals ins Innere. »Feuer ist keines zu sehen. Aber ich rieche es.«

Ganz eindeutig. Dieser Geruch.

Vorsichtig setzt sie den ersten Fuß auf die Treppe, die zum Eingang führt und ihre Finger krallen sich am Türgriff fest. Sie ignoriert Ductus' Anweisung, nicht unüberlegt zu handeln und erst ins Haus zu gehen, wenn Verstärkung da ist. Ohne weitere Zeit verlieren zu wollen, rüttelt sie an der halb zerfallenen Tür, so lange, bis sie aufspringt.

Sie braucht ein paar Sekunden, ehe sich ihre Augen an die Dunkelheit gewöhnen. Es ist eine eigenartige Schwärze, irgendwie verschwommen und beängstigend zugleich. Sie steht mitten im Treppenhaus. Das Geländer steht schief in eine Richtung ab und die Stufen knarzen, als Yosi nun ihre Füße auf die Treppe setzt. Ein Schritt nach dem anderen.

Ein harziger Geruch dringt in ihre Nase. Auf einmal sieht sie Rauch über ihrem Kopf, er weht schwallweise über die Dielen im oberen Stockwerk. Als Yosi diesen gespenstischen Grauschleier entdeckt, stockt ihr Atem und ihr Herz vergisst für eine Schrecksekunde zu schlagen.

»Aaron«, wispert sie atemlos, »vielleicht kommen wir zu spät.« Sie deutet auf die Rauchschwaden und ihre Hand zittert mit ihrem Puls um die Wette.

»Nein, wir sind nicht zu spät«, sagt er mit fester, fast trotziger Stimme. Doch das furchtvolle Beben, das darin liegt, ist nicht zu überhören. »Nirgends sind Flammen zu sehen, wir können es immer noch schaffen.«

Yosi weiß nicht, woran es liegt. Ist es, weil Aaron die Gabe des Susurros in sich trägt oder weil sie wirklich noch keine Flammen sieht, auf jeden Fall geben ihr die Worte die nötige Hoffnung und Kraft, jetzt nicht aufzugeben. Sie stürmt die Treppe hoch.

»Livia?«, schreit sie keuchend, weil der Rauch immer dichter wird.

Keine Antwort.

Als sie oben am Treppenabsatz angelangt ist, stolpert sie in der Hast über irgendetwas, das auf dem Flurboden liegt. Oder jemanden. Gehetzt fächelt sie den Rauch weg und erkennt Beine, die halb über die Stufen ragen. Schnell stürzt sie zu Boden und ein entsetzter Schrei entweicht ihr. Es ist Moltino. Nun weiß sie gar nicht mehr, was sie denken soll.

»Yosi?«, schreit Aaron dicht hinter ihr, weil er das Poltern gehört hat, und überrennt sie beinahe. »Was ist passiert?«

Sie antwortet ihm nicht. »Professor Moltino?«, haucht sie stattdessen. Er rührt sich nicht. Sie fasst ihn an den Schultern und schüttelt ihn, als sie plötzlich die Wunde an seinem Kopf entdeckt. Ein rotes Rinnsal sickert über seine Schläfe und tropft auf den Holzboden.

»Professor, können Sie mich hören?«, ruft sie energischer.

Nichts.

Ihr wird Angst und Bange. Mit zusammengepressten Lippen legt sie ihm eine Hand auf die Brust und stellt erleichtert fest, dass er atmet.

»Er ist nur bewusstlos«, bemerkt Aaron im selben Augenblick.

»Kannst du dich um ihn kümmern?«, sagt Yosi. »Ich suche Livia.«

Ohne nachzudenken springt sie auf und zerrt die Zimmertür zu ihrer Linken auf. Eine schwarze Rauchschwade schwappt über sie hinweg und raubt ihr das letzte bisschen Sicht. Der beißende Qualm treibt ihr Tränen in die Augen. Sie hustet, keucht und ringt nach Luft. Ins lodernde Feuer starrend, öffnet sie ihren Mund und sofort klebt das beißend bittere Aroma in ihrem Gaumen. So schmeckt also Verrat, so schmeckt es, wenn man dem Verräter blindlings in die Arme läuft.

»Livia?«, krächzt sie nach einem ersten Hustenanfall und der nächste Schwall Rauch weht ihr entgegen. Eine Welle von Ekel überschwemmt sie und nur mit Anstrengung kann sie ein Würgen unterdrücken.

Sie taumelt ein paar Schritte vorwärts. Ihr Herz stolpert über seinen eigenen Takt, während es sich vergeblich bemüht, in den eigenen Rhythmus zurückzufinden.

Ungewollt kommen ihr die Tränen.

»Livia!«, krächzt sie noch einmal.

Sie schaut sich verzweifelt um. Der Raum ist vollkommen leer und unbewohnt und außer dem Zischeln der Flammen ist nichts zu hören.

Sie blinzelt die Tränen weg und ein Flattern regt sich in ihrer Brust. Unruhig und schmerzhaft. Mit bebenden Fingern zerrt sie das Shirt bis über die Nasenspitze, um besser atmen zu können.

*Ruhig bleiben, Yosi, du musst ruhig bleiben und dich an Phasmos erste Lektion erinnern.*

Allmählich zieht der Rauch ins Treppenhaus und endlich entdeckt sie ihre Freundin. Zumindest glaubt sie das. Ein Mensch liegt im hinteren Teil des Raumes und bewegt sich nicht.

»Aaron?«, schreit Yosi und dreht sich zu ihm um.

»Ich bin hier«, erklingt seine erstickte Stimme. Er ist gerade damit beschäftigt, Moltino hochzuhieven, was ihm nicht recht gelingen will.

»Livia liegt ganz hinten, ich glaube, sie ist ebenfalls bewusstlos. Kannst du herkommen und mir helfen?«

»Klar, ich bin gleich da.« Umständlich legt Aaron Moltino wieder hin, zupft sich ebenfalls den Halsausschnitt seines Shirts über Mund und Nase und kämpft sich durchs Zimmer, doch die Hitze des Feuers und der Rauch zwingen ihn in die Knie. »Kannst du nicht das Feuer bändigen?«

»N–nein, das kann ich nicht«, stammelt Yosi. Unwillkürlich fühlt sie sich in die missliche Lage zurückversetzt, als sie Thaddeus fand. Das Gefühl von Versagen ist übermächtig und raubt ihr sämtliche Kraft.

»Yosi, du musst! Du musst es versuchen!«

Aaron hustet heftig hinter ihr und das Feuer gewinnt immer mehr an Größe. Selbst Yosi hat Mühe, sich zwischen den Flammen zu bewegen, weil der Rauch ihr zu schaffen macht.

»Hör mir zu«, spricht Aaron krächzend weiter, »du musst es versuchen, sonst haben wir keine Chance, bitte Yosi.«

Yosi nickt, auch wenn Aaron zwischen den Flammen und dem stickigen Rauch ihre Geste bestimmt nicht mitbekommen hat. Mit einem röchelnden Atemzug versucht sie sich zu konzentrieren. Wo ist ihre innere Balance? Und wo ihr Instinkt, dem sie vertrauen kann? Immer verzweifelter versucht sie sich die Panflötenklänge in Erinnerung zu rufen, als ein erstes Holzbrett des Giebeldachs tosend hinter ihr niederkracht.

»Yosi?«, schreit Aaron angsterfüllt. »Yosi, ist alles okay?«

»Es … es geht mir gut«, würgt sie hervor. Erneut konzentriert sie sich, sucht nach den beruhigenden Klängen. Sie schließt die Augen, fokussiert die Feuerschwingen. Es zischt laut und bedrohlich und anstatt das Feuer zu bändigen, schießt eine zusätzliche Feuerwand wie eine Mauer hinter ihrem Rücken in die Höhe.

»Nein!«, schreit sie und alles in ihr füllt sich mit Panik. Was ist hier los, wieso macht sie es nur noch schlimmer?

Es ist längst nicht mehr nur Panik, es ist Todesangst, die wie Feuerströme durch ihre Adern pulsiert. Wie eine Grenze tobt das Feuer zwischen ihr und Aaron. Yosi krallt sich in ihren Jackensaum, weil es das letzte ist, woran sie sich festhalten kann. Sie starrt durch den Rauch und das grelle Züngeln der Flammen und formt nicht einmal mehr den Ansatz eines Gedankens. Sie fühlt ihr Herz, wie es den Brustkorb zu zersprengen droht, doch dem ist nicht genug.

In dieser Sekunde knarzt der Giebel des Daches mächtig laut und einzelne Balken und Ziegelsteine fliegen wie ein Regen aus Wurfgeschossen auf sie nieder. Dafür wird sie endlich aus diesem Ohnmachtsgefühl gerissen.

Sie muss etwas tun, sie muss es einfach schaffen!

Erneut konzentriert sie sich und saugt instinktiv die Luft ein. Überrascht realisiert sie, dass die Flammen sofort kleiner werden. Ja, es scheint fast, als würde den Flammen die Luft abgeschnürt.

Da kommt ihr eine Idee. Sie mag hirnrissig oder völlig verrückt sein, aber es ist womöglich die einzige Chance, die sie noch haben.

»Aaron?«, keucht sie über die Schultern. »Wenn ich *jetzt* sage, hältst du so lange die Luft an, wie du nur kannst, verstanden?«

»Yosi, was hast du …?« Weiter kommt er nicht.

»Jeeetzt!«, brüllt Yosi, hält mit einem tiefen Atemzug die Luft an und schließt die Augen. Vor ihrem geistigen Auge fokussiert sie die Feuerschwingen. Obwohl es abermals laut und bedrohlich über ihrem Kopf zischt und irgendwo ein schwerer Gegenstand herunterkracht, zwingt sie sich, das atemlose Gefühl in sich zu bewahren.

»Yosi …«, haucht Aaron und hustet.

Erst als sie seinen gehetzten Worthauch durch die sauerstoffarme Luft schweben hört, hält sie inne und schlägt die Augen auf. Das tobende Feuer hat sich zu einem zahmen Lodern verwandelt, nur der Rauch ist unermüdlich. Und der Weg zu Livia ist endlich frei. Aber all das bekommt Yosi nur noch am Rande mit.

»Pass auf, Yosi!«, schreit Aaron und verfällt in Schnappatmung. Fast im selben Moment krachen eine Handvoll Ziegelsteine direkt vor ihren Füßen zu Boden und zersplittern.

Es verstreichen weitere Augenblicke, ehe sie begreift.

Der Schmerz kommt langsam und stoßweise. Erst nur an der Schläfe, dann breitet er sich stechend im ganzen Kopf aus und zwingt sie in die Knie. Einer der Ziegelsteine muss sie voller Wucht erwischt haben. Gehetzt und von Panik getrieben versucht sie auf allen Vieren zum Ausgang zu gelangen, doch sie ist zu benommen und fühlt kaum noch, ob sie sich überhaupt bewegt. Und plötzlich erklingt ein verzweifelter Schrei, der ihr durch Mark und Bein geht.

Yosi zuckt zusammen.

»Aaron?«, krächzt sie, aber ihr Laut geht in dem restlichen Zischeln der Flammen unter. »Aaron, wo bist du?«

Alles, was sie von Aaron noch sieht, ist seine dunkle Gestalt. Er fällt zu Boden.

Höllenangst erfasst sie und sie fleht inständig, dass der Schmerz wieder verschwindet, damit sie ihre Freunde retten kann, doch es ist vergeblich. Das Brennen in ihrem Schädel verebbt nicht. Und im selben Moment zerreißt abermals ein panischer Schrei den rauchgesättigten Raum. Und einen winzigen Herzschlag später wird Yosi bewusst, dass es ihr eigener Schrei war. Er wird von dem gewaltigen Krachen eines Balkens erstickt, der über ihr zusammenbricht.

Ihre zitternden Finger versuchen das Holz abzuwehren, aber es ist viel zu schwer. Sie fühlt, wie ihre Glieder an Kraft verlieren. Wie ihr Körper plötzlich schwerelos scheint.

Bunte Bilder schwirren auf. Von den Menschen, die einen Platz in ihrem Herzen haben. Milos Lachen, Livias Augen, Aarons Gesicht. Bruchstücke ihrer Vergangenheit, sogar von ihrer Kindheit. Allmählich verblassen die bunten Farbkleckse und zurück bleiben lahme und graue Rauchschwaden. Yosi vergisst, dass sie rotes Haar und grüne Augen hat, dass sie in einem heruntergekommen Haus liegt, das brennt, sie vergisst sogar ihren Namen.

Vergeblich versucht sie abermals, die Luft zu lenken und den Rauch hinauszufegen. Es will ihr nicht mehr gelingen. Bald schwebt sie nur noch in einem grauen Nichts.

Der Instinkt übernimmt die Kontrolle, befiehlt ihr Luft zu holen. Sie atmet das graue Nichts in sich ein, füllt ihre Lungen mit dem giftigen Rauch. Sie hat den Kampf verloren. Als sie beginnt zu husten und würgen, flattern ihre Augenlider und sie bildet sich ein, hetzende Schritte zu hören. Und da ist dieses sonderbare Kribbeln unter der Haut. Das Letzte, was sie bewusst hört, sind fremde und irgendwie doch schmerzlich vertraute Stimmen, die aufgebracht durch den Raum schwirren. Und der letzte sehnliche Gedanken, den Yosi im Kopf formen kann, gilt Milo und dem Begreifen, dass sie ihm nicht mal sagen konnte, was sie für ihn empfindet.

Dann umhüllt sie ein Geruch nach Frühlingsregen und einer Prise Abenteuer und betupft die blassgrauen Rauchschwaden mit einzelnen Farbklecksen. Die schemenhafte Silhouette eines zierlichen Gesichts flackert in ihr auf, ähnlich einer Skizze … oder ist sie Wirklichkeit?

»Zara«, ruft jemand sehr weit weg.

*Zara …?*

Sie kann es nicht mehr mit klarem Verstand denken, aber sie fühlt die Wärme in ihrer Brust. Dem Klang dieses Namens liegt ein ganz eigenen Zauber inne.

Plötzlich ist alles still.

Kein Zischeln und Lodern.

Keine Stimmen und Gefühle.

Alles, was bleibt, ist dieser zarte Duft, während sie in eine Welt schwebt, schwärzer als die Nacht. Sie rutscht immer tiefer und tiefer, bis sie letztlich ganz darin versinkt.

# Epilog

*Ohne den Schutz der Mauer ist der erste Schritt getan. Hier sind sie verletzlich, zerbrechlich.*
*Einzig ihr Leichtglauben begleitet sie.*
*Sie denken, sie können auf ihre Gaben und die Akademie setzen. Doch sie täuschen sich.*
*Sie vertrauen dem Falschen. Sie vertrauen mir.*
*Gebrannte treffen auf Ungebrannte. Schuldige auf Unschuldige. Und dann wird eines sie alle ereilen. Etwas, das nicht zwischen den Menschen und Phoenicrus unterscheidet. Weil es nur ihre Seele sieht, die es zu sich holt. Endgültig und für alle Zeit. Etwas, auf das ich vertrauen kann.*
*Meine beste Waffe.*
*Der Tod.*

# PHOENICRUS

Band 3

## Rache der Schwarzen Engel

ZARA & YOSEPHINE

# Prolog

*Es ist soweit, kannst du es spüren?*
*Ich bin bereit. Fiebere ihm lechzend entgegen.*
*Dem einen Augenblick.*
*Dem Tag der Abrechnung.*
*Meine Rache ist furchtlos, einzig aus diesem Gefühl besteht mein ganzes Ich.*
*Es nährt mich.*
*Stärkt mich.*
*Doch erst wenn ich ihre kränklichen Schreie höre, wird mein Durst gestillt sein.*
*Erst wenn du zu neuem Leben erwachst, werde ich Frieden finden.*
*Ich tue es für dich.*
*Mein Bruder.*

# Kapitel 1

## Kribbeln unter der Haut

### Zara

Meine Füße jagen über die Straße.

Ich brauche Zeit für mich. Muss meine Gedanken sortieren, die immer und immer wieder um dasselbe Thema kreisen. Um Ben und Opa und darum, dass sie beide etwas verbindet – die Schwarzen Engel. Nur mich? Mich nicht.

Ich bin so in Gedanken versunken, dass ich kaum bemerke, dass längst die Nacht über mir hereingebrochen ist. Den Stadtrand habe ich vor einer Weile hinter mir gelassen, doch auch das ist mir egal. Genau wie die Tatsache, dass ich mutterseelenalleine an einem völlig fremden Ort umherwandle – umherirre, trifft es wohl eher, denn ich habe keinen Plan, wo ich mich eigentlich befinde.

Dann plötzlich irritiert mit etwas.

Unwillkürlich bleibe ich stehen. Nicht, um mir einen Überblick zu verschaffen, oh nein – wieder einmal spielt das Schicksal mit mir.

Was ist das für ein Geräusch?

Erschrocken hebe ich den Blick und erstarre zur Salzsäule.

Unweit vor mir ragt ein Haus in den finsteren Himmel, das lichterloh in Flammen steht.

»Himmel«, hauche ich fassungslos. Ich war so vertieft in meine Probleme, dass ich nicht einmal den Rauch gerochen habe.

Noch in derselben Sekunde zerreißt ein gellender Schrei die Nachtstille. Er kommt aus dem brennenden Haus. Oh Schreck, da braucht jemand Hilfe!

Mir ist sofort klar: *Ich muss da rein …*

Das ist mein letzter Gedanke, bevor ich atemlos auf das Haus zustürme. Meine Beine stolpern über die Türschwelle, während sich meine Gedanken in die Rauchschwaden legen und um mich herumkreisen.

Plötzlich fällt die Haustür hinter mir mit einem ächzenden Geräusch zu. So heftig, dass ich befürchte, sie zerfalle in tausend Stücke.

Unwillkürlich zucke ich zusammen und mein Fuß verharrt auf der untersten Stufe der Treppe, die sich unmittelbar vor mir befindet. Meine Hand umklammert bereits das alte Holzgeländer, das so schief zur Seite hängt, dass ich dem Ding vermutlich mehr Halt spende als umgekehrt, als es mir mit voller Wucht bewusst wird: Hey, ich renne mitten in der Nacht alleine in ein heruntergekommenes Haus, dessen Obergeschoss lichterloh in Flammen steht! Mein Herz klopft schmerzhaft hinter dem Brustkorb.

Geht's vielleicht noch bekloppter? Stehe ich so drauf, mein Leben aufs Spiel zu setzen? Ich sollte schnellstmöglich von hier verschwinden und Hilfe holen.

Aber ich tue es nicht.

Ich steige weiter die Treppe hoch. Das Kribbeln unter der Haut treibt mich beharrlich weiter, auch wenn ich in dem dichten Rauch kaum etwas erkennen kann. Die Luft ist so stickig, sie zwingt mich regelrecht in die Knie. Mit zittrigen Fingern ziehe ich mein Shirt so weit hoch, dass ich meine Nase darunter verbergen kann. Ich klettere halb kriechend Stufe für Stufe weiter. Meine schweißnassen Hände übernehmen das Sehen und tasten die fremde Umgebung für mich ab.

Plötzlich kracht es beängstigend laut über mir und das bisschen Mut, das durch meine Adern pulsiert, verabschiedet sich gemeinsam mit dem verhallenden Geräusch.

»H-hallo?«, krächze ich und versuche vergeblich einen Hustenanfall hinunterzuwürgen. »Ist da jemand?«

Noch während mir die Frage über die Lippen kommt, ertaste ich etwas, das über die Stufe ragt. Weich und faserig. Es fühlt sich an wie Stoff, doch darunter verbirgt sich etwas Knochiges.

Zwischen zwei Herzschlägen wird mir klar, was ich mit meiner Hand ertaste. Als meine Finger feuchte Haut spüren, bleibt mir das Herz stehen. Nur kurz, dann rast es wieder wie verrückt.

Hier liegt jemand.

Mitten im Treppenhaus.

Ein Schreckgedanke durchzuckt mich. Ist er … oh mein Gott! Ist er tot?

Vorsichtig klettere ich auf den Treppenabsatz, wedle wie verrückt den Rauch beiseite, doch es hilft nicht, ich kann kaum etwas erkennen. Nur, dass es ein dunkelhaariger Mann ist, der mit dem Bauch auf dem Boden liegt. Er trägt einen schwarzen langen Mantel, das Gesicht von mir abgewandt.

»Hallo? Können Sie mich hören?«, huste ich mehr, als dass ich spreche.

Keine Reaktion. Der Mann liegt einfach nur da.

Ich versuche ihn an den Schultern zu packen und umzudrehen, aber dafür fehlt mir die Kraft. Wenigstens bemerke ich, dass sich sein Oberkörper hebt und senkt. Er lebt. Fieberhaft überlege ich, wie ich ihn alleine ins Freie bekomme, als hinter mir Geräusche laut werden. Diesmal kommen sie nicht etwa vom Feuer. Es ist etwas anderes. Die Haustür fliegt mit voller Wucht auf. So hört es sich zumindest an, denn wirklich erkennen kann ich es nicht. Doch da ist dieser feine Luftzug, der meine Vermutung bestätigt. Schon poltern Schritte die Treppe empor.

*Die Schwarzen Engel!,* denke ich – zu mehr ist mein vernebeltes Hirn offenbar nicht mehr fähig.

Mein Herz pocht. Pocht immer heftiger. Und die Schrittgeräusche dringen dazu im Gleichtakt an mein Ohr.

»Zara?«

Die Stimme schwappt durch das Treppenhaus und die Rauchschwaden zu mir hinauf. Ich weiß nicht, warum mir nicht sofort klar wird, dass es kein Schwarzer Engel sein kann, denn zur Hölle noch mal, woher sollen die meinen Namen kennen? Ich muss mit meinen Nerven wirklich total am Ende sein. Die Stimme hört sich merkwürdig keuchend an.

»Zara, wo bist du?«

Die Schritte werden lauter, die Gestalt kommt näher und nimmt im Rauch allmählich Kontur an. Erst nur vage: breite Schultern, dunkler Wuschelkopf. Mein Herz schlägt so schnell in meinem Brustkorb, dass es schmerzt. Aber plötzlich verstehe ich, weswegen es so schnell schlägt. Es hat die Stimme und die Silhouette erkannt. Und obwohl ich sein Gesicht noch nicht deutlich sehe, weiß mein Herz, dass *er* es ist.

»Ben?«, rufe ich die Stufen hinunter, noch ehe mein verletzter Stolz mich daran hindern kann, denn ich befinde mich ja eigentlich in dem Du-hast-mich-verarscht-Gemütszustand. Ich bin kaum noch fähig zu atmen, aber nicht etwa nur wegen des Qualms. Wie konnte ich bloß vergessen, dass er so irrsinnig toll ist? Diese meeresgrünen Augen – man glaubt in den Meerestiefen zu versinken.

»Vorsicht«, rufe ich instinktiv, nicht dass er über den Bewusstlosen strauchelt. »Da liegt einer auf dem Boden.«

»Zara?«, schreit er immer noch, dabei befindet er sich nur wenige Stufen unter mir.

»Vorsicht«, sage ich erneut, doch es ist schon zu spät. Ben stolpert über die Füße des Mannes und fällt unsanft in mich hinein. Ausnahmsweise bin ich es, die ihn im letzten Moment auffängt und ohne es zu wollen, huscht ein Lächeln über mein Gesicht (und eine Leichtigkeit in mein Herz), auch wenn ich mir sicher bin, dass er es in der trüben Luft kaum bemerken wird.

»Zara«, keucht er aufgebracht. »Bist du verrückt, einfach so alleine hier reinzustürmen!«

Ich will mich aus seiner Umarmung winden.

Er lässt mich nicht. Mit seinen Fingern ertastet er mein Gesicht, nimmt es in beide Hände, schiebt mein Shirt runter, so weit, dass es meinen Mund freigibt, und küsst mich. Wild, fordernd und voller Angst.

Entschlossen stoße ich ihn von mir weg. »Hey!«, schimpfe ich. »Wir haben echt andere Probleme!«

Bevor Ben auch nur irgendetwas erwidern kann, kracht es so laut im Raum zu unserer Linken, begleitet von einem entsetzten Angstschrei, dass ich erstickt hauche: »Da sind noch welche drin! Wir müssen da rein! Schnell!«

Definitiv keine Zeit für Schmetterlinge im Bauch … nicht jetzt!

Schon stürme ich über die morschen Holzdielen. Ich höre, dass Ben mir nachläuft, höre, dass er mir etwas zu sagen versucht, aber da ist dieser panische Schrei, der mich nicht anhalten lässt, ja, mich geradezu drängt, in den brennenden Raum zu jagen. Die Sicht ist furchtbar schlecht und über allem hängt ein beißender Rauch, der in den Augen brennt und auf der Zunge klebt. Und so sehe ich kaum, wohin mich meine Füße tragen. Aber ich hechte in Windeseile auf die Tür zu.

Ich höre Bens keuchenden Atem hinter mir und wie gehetzt, vielleicht sogar besorgt, seine Stimme klingt, doch in diesem Augenblick kehrt auch das Wissen zurück. Und es schmerzt. Ben ist nicht wie ich.

Fast, als könne er es spüren, suchen seine Finger die meinen.

Wieder poltern schwere Schritte die Treppe empor.

»Kinder?«, ruft jemand. Doch die Stimme gehört nicht etwa meinem Opa, sondern dem Bibliothekar aus der Zaubernussallee. »Um Himmels Willen, hier liegt jemand!«, krächzt Herr Knorr und in diesem Moment stöhnt der Bewusstlose auf. Obwohl es ein schmerzverzerrter Laut ist, hilft es mir dennoch, mich auf das zu besinnen, weswegen ich hier stehe. Energisch reiße ich mich von Ben los.

Wie gesagt: keine Zeit für Schmetterlinge im Bauch.

»Alois, können Sie mich hören?«, ruft Herr Knorr durchs Treppenhaus. »Kommen Sie schnell her. Wir müssen den Mann hier rausschaffen.«

»Klar, mein Freund«, höre ich Opas Stimme von Weitem. Er klingt ziemlich außer Atem und auch wenn ich es nur ungerne zugebe, tut es unendlich gut, seine Stimme zu hören. »Ich bin schon so gut wie bei Ihnen.«

Abermals drehe ich mich dem Raum zu, dessen Tür halb offensteht und drücke sie entschossen auf, während im Treppenhaus erneut hastige Schritte laut werden. Ich ignoriere das mulmige Gefühl im Magen und das Kribbeln unter der Haut und drücke die Tür ganz auf.

Die Hitze des Feuers erschlägt mich beinahe.

Als ich hektisch meinen Blick durch die Flammen schweifen lasse, erspähe ich heruntergestürzten Schutt und Gebälk. Doch ich bin überrascht. Fast scheint es, als würde sich das Feuer zurückziehen – oder vielleicht eher zurückhalten? Klar, ich weiß selbst, wie lächerlich das klingt, aber genauso ist es. Ich könnte schwören, dass die Flammen vor wenigen Augenblicken noch gewütet haben.

»Hallo, ist da jemand?« Ich wedle halb hysterisch den Rauch beiseite, obwohl es völlig sinnlos ist, und konzentriere mich, nicht über irgendetwas zu stürzen, während ich vorsichtig weiter in den Raum trete. »Hallo?«, rufe ich abermals zwischen den züngelnden Flammen hindurch. »Ist da wer?«

Keine Antwort.

Ich spähe mit zusammengekniffenen Augen zwischen den wabernden Rauchschwaden hindurch und glaube auf dem Boden die Silhouette einer Gestalt zu erahnen. Ich will gerade weiterstürmen, als mich eine Hand an der Schulter packt.

»Zara, nicht!«

Ich zerre mich ungestüm von Ben los, ziehe mein Shirt noch etwas weiter die Nase hoch und krieche unter der Rauchwand hindurch. Es fällt mir zusehends schwerer zu atmen und die Hitze zwingt mich auf alle Viere. Also lasse ich mich auf den Boden nieder und taste mich nach vorne, Zentimeter für Zentimeter.

Die Hitze ist mörderisch und ich sehe kaum, was sich vor meinen Augen befindet. Überall Qualm, versiegende Flammen und dieses Gezischel und Knistern, so als ob sich der ganze Dachstuhl jeden Augenblick dazu entscheiden könnte, seinen Dienst zu quittieren. Trotzdem spüre ich, dass ich weiter muss.

»Hallo?«, keuche ich noch einmal durch mein Shirt hindurch. Aber auch dieses Mal reagiert niemand.

Entschlossen taste ich mich vorwärts. Setze eine Hand vor die andere und arbeite mich Stück für Stück durch das brennende Zimmer. Gott sei Dank sind die Dielen nicht so heiß – noch nicht. Als meine Finger plötzlich in etwas Glitschiges fassen, wird mir schlecht. Ich weiß sofort, was es ist.

Warm.

Feucht.

Und klebrig.

Es ist Blut – und wie schon erwähnt, ertrage ich es kaum, Blut auch nur eine Sekunde zu sehen. Und selbst wenn ich es in diesem Moment nicht sehen kann, so reicht das Wissen und das eklige Gefühl an meinen Fingerkuppen aus, um es mir sehr realistisch und bildlich vorzustellen.

Ich würge vergeblich den Kloß im Hals herunter. Speichel sammelt sich in meinem Mund und gerade als es mir so richtig hochkommt, dringt Bens Stimme zu mir durch.

»Zara?« Offenbar hat er sich ebenfalls ins Innere des Raumes gewagt. »Da drüben liegt jemand.«

»Hier auch«, krächze ich und krieche noch wenige Zentimeter weiter. In derselben Sekunde versiegt meine Stimme. Ich kann nicht glauben, was ich nun vor mir sehe. Die wenigen Flammen umzüngeln die Beine der Person, die hier auf dem Boden liegt, so als würden sie sie umkleiden, fast als wollen sie ihr schmeicheln.

Umständlich krieche ich noch näher heran und zerre das Shirt, das mir eben von der Nase gerutscht ist, wieder hoch. Dann zwinge ich mich, hinzublicken.

Eine junge Frau, kaum älter als ich, liegt bewusstlos auf den angesengten Holzdielen. Auf ihrem Rücken liegt ein heruntergestürzter Balken, der sie scheinbar am Hinterkopf erwischt hat. Ein feines Blutrinnsal sickert durch ihre rote Haarpracht, die wirr und zerzaust auf ihrem Gesicht liegt und es unter sich verbirgt.

Als ich mich vorsichtig über sie beuge, nehme ich ein ganz komisches Gefühl in der Magengegend wahr. Mit zitternder Hand berühre ich ihre Schulter, drücke sie leicht, während ich zu sprechen beginne. »Hey, kannst du mich hören?«

Die junge Frau rührt sich nicht. Mit halbem Ohr nehme ich wahr, dass gerade wieder Opas Stimme hinter mir laut wird. »Schnell, mein Junge, hilf mir das Mädchen rauszutragen.«

Scheinbar liegt noch jemand Drittes hier.

Ich überwinde meinen Mir-wird-übel-Blut-Ekel und berühre behutsam das rote Haar, das trotz des Rauches beinahe so kräftig leuchtet wie die züngelnden Flammen. Ich streife ein paar Haarsträhnen aus ihrem Gesicht, drehe vorsichtig ihren Kopf zur Seite, so dass ich sie eingehender betrachten kann. Sie atmet. Ich bilde mir sogar ein, dass sie leicht die Augen öffnet, doch es ist nicht das, was mir den Atem raubt. Eine feine Nase, zartrosa geschwungener Mund und hohe Wangenknochen. Es ist mir, als kenne ich das Gesicht, oh ja, sie hat Ähnlichkeit mit einem ganz bestimmten Menschen.

Ein erstickter Schrei durchschneidet diesen eindringlichen Moment.

»Zara, was hast du?«, ruft Ben. Irgendwie klingt er total besorgt und gleichzeitig, als wäre er meilenweit weg. Erst da realisiere ich, dass ich es war, die erstickt geschrien hat. Mit weit geöffnetem Mund starre ich den Menschen zu meinen Füßen an, verstehe nicht, was hier los ist und vergesse sogar, durch mein Shirt zu atmen. Es fühlt sich an, als zerrten von allen Seiten unsichtbare Eisendrähte an mir und als würde ich dabei in hundert Stücke zerreißen.

Ich fühle plötzlich eine Hand auf meiner Schulter und höre Opas tiefe Stimme direkt neben meinem Ohr. Und doch, seine Worte dringen nicht bis zu mir durch.

»Bring sie hier raus, Ben!«

Obwohl seine Worte so fordernd klingen wie der Befehl eines Admirals, vermögen sie mich nicht im Hier und Jetzt zu halten.

In mir flackert glückliches Kinderlachen auf, dazu gehören grüne Funkelaugen, die mich anstrahlen und manchmal geradezu bewachen. Ich fühle mich mit ihnen verbunden, so stark, dass es Worte kaum beschreiben können. Dieses Grün … dieses unbeschreiblich schöne Grün. Hm, vielleicht faszinieren mich deshalb Bens Augen so unendlich stark. Denn diese Augen sind Teil von mir, gehören zu mir.

Und dennoch …

Wie konnte ich sie all die Zeit vollkommen vergessen haben?

# KAPITEL 2

## Verwirrt, verbohrt, verschollen

### Zara

»Zara?«

Ein ersticktes Hauchen, das mich erstarren lässt.

»Hey, Zara?«

Wieder diese Stimme. Erst allmählich verknüpft mein Gehirn das Gesagte mit der Stimme und dem Menschen, der dazugehört.

»Komm, halt dich an mir fest.«

Noch immer hallen Bens Worte unverstanden durch mein Inneres, aber der Klang seiner Stimme löst eine vage Reaktion in mir aus. So sanft, als umspiele er mich mit zärtlicher Musik und so liebevoll, als wiege er mich in eine federleichte Melodie. Gedankenverloren schmiege ich mich in seine starken Arme, während um mich herum Füße die Treppe hochjagen, begleitet von hetzenden Gestalten und drängenden Rufen. Ohne zu wissen, wie mir geschieht, spüre ich plötzlich festen Boden unter den Füßen. Wind, der durch mein Haar weht. Und ich merke, dass ich wieder leichter atmen kann. Dann nehme ich aus dem Augenwinkel grelles Flackerlicht wahr.

Mir ist klar, dass ich draußen stehe. Ich bin wieder auf dem schmalen Kiesweg direkt vor dem verlotterten Haus und obschon ich kaum etwas mit klarem Verstand registriere, so nehme ich dennoch das hektische Treiben um mich herum wahr.

Feuerwehrleute.

Umringt von einem regelrechten Menschenauflauf. Wo kommen all diese Leute her?

Dazwischen drängt sich Opas aufgebrachte Stimme.

Irgendwer hilft mir beim Hinsetzen.

Ganz zaghaft stiehlt sich die Präsenz eines weiteren Menschen in mein Bewusstsein. Obwohl ich ihn nirgends entdecken kann, weiß ich, zu wem sie gehört. Es ist der Arrow-Typ, der sich anscheinend unter die Menschenmenge geschlichen hat. Sofort ist da wieder dieses Schwindelgefühl.

Ich kämpfe dagegen an.

Sauge die frische Nachtluft ein.

Durchatmen.

Überall flackert Blaulicht durch die Nacht.

Benommen blinzle ich einige Male und mit dem nächsten Atemzug realisiere ich, dass mir jemand etwas auf meinen Mund drückt. Ich spüre noch etwas. Eine Hand, die liebevoll über meine streichelt.

Nur langsam schaffe ich es, die verzettelten Momentaufnahmen zu einem logischen Bild zusammenzusetzen. Ich sitze auf der Ladeklappe eines Feuerwehrautos und atme durch eine Sauerstoffmaske.

»Zara?«

Das ist sie wieder. Bens Stimme.

»Geht es dir gut?«

Ich reibe mir mit zitternden Händen über die Augen, dann zerre ich ungestüm die Maske von meinem Mund, weil mich immer mehr das Gefühl überkommt, darunter zu ersticken. Mein Herz pocht seltsam schwach und müde. Und doch, es fühlt sich in diesem Augenblick auch irgendwie leicht an, als könnte es bis zu den Wolken fliegen. Noch etwas benommen betrachte ich Bens Gesicht, verweile kurz bei seiner Narbe am Kinn, dann wandert mein Blick hoch zu seinen Augen. Diese verflucht schönen Augen. Sie sind voller Sorge, die Pupillen groß vor Angst, selbst seine Gesichtszüge sind starr und leicht verzerrt.

»So sag doch was!«

Endlich begreife ich, dass ich ihm immer noch nicht geantwortet habe. Ich richte mich auf und lehne meinen Rücken an den offenen Türrahmen des Wagens, nicht ohne dass mir ein Stöhnen entweicht. Dann strecke ich meine Hand aus und streiche ihm eine verirrte Strähne aus der Stirn. Sein Gesicht ist voller Ruß. Er vermischt sich mit dem matten Glanz seiner Haut und klebt krustig auf den leicht geröteten Wangen – sofern ich das in dem Flackerlicht sehen kann.

»Dieses Mädchen«, stammle ich endlich. »I-ich kenne sie. Ich kenne sie irgendwie.«

»Das Mädchen mit den Flammen?«

Er hat es also auch gesehen. Wie die Flammen ihren Körper umgarnten war echt überirdisch! Ich nicke hastig. »Ich weiß, das hört sich völlig verrückt an. Die Chance ihr einfach so über den Weg zu laufen steht vermutlich bei weniger als eins zu einer Million, aber dieses Mädchen, das war *sie.*«

Er starrt stumm zurück.

»Ganz sicher, das war meine Schwester. Das war Yosi. Ich kann es dir nicht genau erklären, aber da ist noch mehr als mein Gefühl, denn sie sieht aus wie Oma Rosie ... verstehst du?«

Ben schaut mich entgeistert an. Entweder befürchtet er, ich verliere den Verstand. Oder ...

»Dein Opa sagt dasselbe ...«

Ich schlucke. »Opa? Wo steckt er?« Gerade hatte ich ihn doch noch gehört. Mit einem Mal wird mir wieder so schwindlig und ich muss mich irgendwo festkrallen. Meine Fingernägel kratzen über das kalte Metall der Ladeklappe.

»Er redet mit den Verantwortlichen der Feuerwehr über den Unfall. Wenn es denn einer war«, sagt Ben und deutet mit dem Kinn über seine Schulter. Hastig folge ich der Richtung und erhasche Opas Gestalt, sehe, wie er eifrig vor einem Feuerwehrmann gestikuliert. Einzelne Bruchstücke der Unterhaltung wehen mit der Windböe zu uns hinüber. »... hat gewütet ... Feuer war plötzlich ganz klein ...«

Ich wende meinen Kopf und somit meine Aufmerksamkeit wieder Ben zu. »Yosi, wo ist sie jetzt? Und was ist mit den anderen, die im Haus waren?«

»Einige Feuerwehrleute haben sie rausgetragen. Da waren noch ein Mädchen, ein Junge und ein Mann.«

»Aber ich meine, geht es ... geht es ihnen gut?«

»Ich weiß es nicht ...« Ben kneift die Lippen zusammen. »So viel ich mitbekommen habe, werden sie bereits medizinisch versorgt.« Sein Gesichtsausdruck wirkt beinahe entschuldigend. »Und dir, geht es dir gut?«

Ich schaue ihn an, nur eine Millisekunde, und es ist, als ziehe vor meinem geistigen Auge ein Zeitrafferfilm vorbei. Die Reise mit Bluestar, die alte Frau mit den wasserstofffarbenen Augen, die Zaubernussallee und Herr Knorr. »Verdammt«, wispere ich schließlich. »Du bist ein Dimicrus.« Dabei ist meine Stimme sanft, wie das Maunzen einer Katze.

Ben zuckt mit den Schultern und sein Mundwinkel verzieht sich nach unten. »Scheint so.«

»Wusstest du's?«, frage ich geradeheraus und merke, dass mir das Atmen immer noch nicht ganz leicht fällt. So erschöpft ich auch bin, die Schonfrist ist vorbei, es wird Zeit für die Wahrheit. Und zwar die ganze unbeschönigte Wahrheit. Ich muss es wissen. »Sei ehrlich! Bist du deshalb mitgekommen?«

Ben fährt sich mit beiden Händen übers Gesicht und stöhnt auf. »Zara, das ist …«, beginnt er und es klingt verdächtig so, als würde er nach einer Ausrede suchen.

»Nein«, unterbreche ich ihn energisch und schlage mit der Faust auf die Ladefläche, so heftig, dass Ben erschrocken zurückweicht. Sein Gesicht nimmt einen eigenartig düsteren Ausdruck an, den ich nicht zu deuten vermag.

Er schüttelt den Kopf und behält die Distanz bei. »Willst du wissen, woher ich diese Narbe habe?«, fragt er und tippt sich auf sein unrasiertes Kinn.

Ehrlich gesagt bin ich mir nicht sicher, ob ich das wirklich will, noch weniger, ob ich die Geschichte dazu ertragen kann, doch ich bemerke bereits mein Kopfnicken.

»Es gibt noch einen Grund, weshalb ich meine Mutter überzeugen musste, dass sie schleunigst weg muss von diesem Kerl.«

»Deinem Vater?«, frage ich behutsam und ahne bereits, was jetzt folgen wird. (Oh, bitte nicht!)

Ein hastiges Nicken. »Verdammt, sie hatte das nicht verdient!«

Ich sehe, wie Bens Lippen zittern und wie er sie angespannt zusammenpresst, so dass seine Kiefermuskeln hervortreten.

»Es begann erst letztes Jahr. Ich weiß nicht genau, was sich verändert hatte, aber ich sag' dir, irgendwas muss vorgefallen sein. Seine Spielsucht und der Alkoholkonsum nahmen ein verheerendes Ausmaß an. Es war nur dieses eine Mal, zum Glück, doch –« Ben stockt mitten im Satz.

»Was hat er getan?«, frage ich ihn und suche vergeblich Blickkontakt. »Hat es mit deiner Narbe am Kinn zu tun?«

Kaum merklich nickt er. »Das auszusprechen fällt mir so verdammt schwer«, raunt er und seine Stimme wirkt nicht nur belegt, auch gebrochen.

»Soll ich es für dich aussprechen?«

Nun schüttelt er den Kopf, während sein Blick an mir vorbeigleitet. »Sie haben sich gestritten. Meinetwegen. Mama hat sich wie immer für mich eingesetzt und er hat sie beschimpft, dass sie keine Ahnung habe, was er alles für *sie* aufgegeben habe. Dann schlug er ihr mitten ins Gesicht.« Ben presst die Augen zusammen.

»Und dir auch«, sage ich leise. Eigentlich ist es eine bloße Feststellung, dennoch antwortet mir Ben, als hätte ich eine Frage gestellt.

Wieder sein schwaches Nicken. »Immer und immer wieder sehe ich diesen Augenblick vor mir«, sagt er und seine Stimme klingt keuchend. »Meine Mutter hat all die Konflikte für mich ausgefochten, egal, wie sehr der Streit eskalierte. Sie hat sie immer ausgetragen, schließlich musste sie mich vor ihm beschützen. Ich schätze, sie gab sich die Schuld, dass ich so einen Vater bekommen habe. Und dann«, er atmet schwer, »dann war es an der Zeit, dass ich *sie* beschützte.«

»Ich verstehe«, sage ich ganz leise und meine Finger suchen unsicher nach den seinen.

»Tatsächlich?« Endlich schaut er mich an, lächelt und schüttelt dabei seinen Kopf. »Dabei hab' ich dir die Frage noch gar nicht beantwortet«, grinst er.

Kurz bin ich verwirrt, doch als Ben erneut das Wort ergreift, wird mir schlagartig klar, von was er redet.

»Okay, bist du bereit für die Wahrheit?«

Hab ich nicht vor wenigen Sekunden erst dasselbe gedacht?

»Das bin ich.«

»Dann beantworte mir erst diese eine Frage: Wie weit reichen deine Kindheitserinnerungen zurück?«

»Öhm … Was hat *das* mit der Wahrheit zu tun?« Der Verdacht, dass er sich eben um diese drumherum reden will, drängt sich mir geradezu auf.

»Moment, hab nur ein kleines bisschen mehr Geduld und beantworte mir einfach die Frage«, entgegnet er und versprüht dabei nicht gerade Gelassenheit.

»Na gut«, füge ich mich, auch wenn ich keinen Schimmer habe, wozu das gut sein soll. »Bei einer meiner frühsten Erinnerungen bin ich ungefähr drei Jahre alt. Ich bin auf einem weiten Kornfeld, irgendwo steht eine Vogelscheuche und ich erinnere mich an einen krächzenden Schwarm Vögel, glaube ich.«

»Ha!«, sagt Ben, stellt sich breitbeinig hin und verschränkt die Arme vor der Brust.

»Ha?«, frage ich irritiert. »Mehr hast du nicht zu sagen?«

»Oh doch. Genau bei diesem *glaube ich* setzt mein Problem an. Es ist nämlich so, auch ich habe eine Erinnerung. Eine, die wirklich seeehr weit zurückliegt, denn damals wohnten wir noch in dem alten Haus in der Nähe des Schwarzwalds. Da war ich erst knappe zwei Jahre alt. In jener sehe ich eine Skizze, die zwischen Bücherbergen auf dem Schreibtisch meines Vaters hervorlugt. Mehr nicht. Einfach nur eine Zeichnung. Mit Tusche skizziert. Und als ich deinen Brief gefunden habe und dieses Wasserzeichen entdeckte, da blitzte diese Erinnerung in mir auf.« Für einen Augenblick unterbricht er sich selbst. Ob es ist, weil Opas Stimme wieder laut wird (um ihn haben sich mittlerweile etliche Menschen geschart. Öhm, Moment mal, sind das Polizisten neben ihm?) oder weil er nach den richtigen Worten sucht, ich weiß es nicht. Dann seufzt er. »Ich kann es dir nicht genauer beschreiben. Da war dieses unbestimmte Gefühl, ganz tief in mir drin. So etwas wie eine Ahnung, dass ich dem einfach nachgehen muss. Also ja, ich gebe es zu, auch deshalb bin ich mitgekommen. Mein Vater ist immer ein Unbekannter für mich geblieben, eine dunkle Ziffer meiner Vergangenheit. Ich dachte, vielleicht werde ich so mehr über ihn erfahren. Kannst du das irgendwie verstehen?«, fragt er mich und schenkt mir ein Lächeln. Wenn sein Mundwinkel nicht so verdächtig zucken würde, sähe es beinahe verführerisch aus.

»Klar kann ich das verstehen«, sage ich kopfschüttelnd. Verflucht, das kann ich wirklich! »Aber wieso hast du mir nicht von Anfang an reinen Wein eingeschenkt?«

»Ganz ehrlich, ich hatte Angst, du würdest mich für bescheuert halten. Ich meine, hättest du mir das alles vor drei Tagen abgekauft?«, fragt er und beugt sich zu mir hinunter.

Ich brauche nicht zu antworten, mein verkniffener Mund ist Antwort genug.

Auch Ben schweigt für eine Weile, ich spüre seinen Blick auf mir ruhen. Musternd, abwartend und herausfordernd.

Klar ist es schlimm, ein solches Arschloch von Vater zu haben. Ich verstehe wirklich, warum er herausfinden will, welche Geheimnisse seines Vaters dafür verantwortlich sein könnten, dass er so verdammt kaputt ist. Und ebenso, inwiefern dieses Skizzen-Symbol von damals eine Bedeutung mit unserer aktuellen Suche hat. Aber warum hat er nicht wenigstens versucht, aufrichtig zu mir zu sein?

»Ich wusste nicht, dass ich ein Halbgebrannter bin. Auch wenn mir jetzt mehr als klar ist, wieso es mir plötzlich gelang meine Mutter davon zu überzeugen, sich von meinem Vater zu trennen. Vermutlich ist es wie bei den Gebrannten: Die abgeschwächte Gabe eines Dimicrus erwacht erst mit siebzehn. Trotzdem war ich wohl nicht ganz ehrlich zu dir … Hey, bist du jetzt enttäuscht?«, fragt er kleinlaut und stupst mich mit dem Ellenbogen in die Seite.

Hach, dieses Lächeln. Darin liegen so viele Emotionen. Die Suche nach Antworten, sie vermischt sich mit seinem ungebrochenen Abenteuergeist und irgendwo dazwischen blitzt der Ausdruck auf, der mich um Verzeihung bitten möchte. Ganz vorsichtig kommt Ben mir noch näher und seine Hand tastet behutsam nach meiner Wange. Noch während mein Herz immer leichter wird, berühren seine weichen Lippen meinen Mund. Für einen winzigen Moment scheint die Zeit stehen zu bleiben. Ich schließe die Augen und atme diesen Augenblick, der von allerhand gegensätzlichen Gefühlen getränkt ist. Enttäuschung mischt sich mit Schwerelosigkeit. Vertrauen mit bitterer Ehrlichkeit. Und der verführerische Duft von Sommerregen mit harzigem Rußgeruch. Ich ziehe ihn noch näher zu mir hinunter und erwidere den Kuss, der auch die letzten Schatten aus meinem Inneren wegwischt.

*Ben ist ein Dimicrus.*

Ja. Aber verdammt, er ist *mein* Dimicrus.

Noch während ich diesen Gedanken forme, schlingt Ben seine Arme um meine Taille, zieht mich sanft von der Ladeklappe hoch, so dass ich auf den Füßen zu stehen komme. Dabei löst er behutsam seinen Mund von meinem. Dann zieht er sich ein Stück zurück und zeigt mir sein verführerisches Lächeln.

»Aber dieses Mal rennst du nicht wieder weg?«, raunt er mir zu und zwinkert schelmisch, doch ich spüre die Verletzung in seiner Stimme.

»Versprochen.«

Kaum habe ich die letzte Silbe ausgesprochen, beginnt er mich erneut so stürmisch und leidenschaftlich zu küssen, dass mir die Luft wegbleibt. Alles kribbelt in mir, mein Herz fährt Achterbahn und es ist wie ein Versprechen, das wir ab jetzt zusammengehören. Ben und ich – ich und Ben.

Doch der Kuss ist nur von kurzer Dauer, denn da ist etwas, um das wir uns viel dringender kümmern müssen. Ähm ja, eigentlich ist es viel eher jemand.

»Ist das Opa?«, frage ich und winde mich aus Bens Umarmung.

Worte werden laut. Es ist definitiv Opa, der da spricht und das ziemlich genervt und energisch. Ja, er wirkt aufgebracht, wenn nicht sogar außer sich. Ich recke meinen Hals und spähe über Bens breite Schultern hinweg in die Menschenmenge.

»Verflixt!«, schimpft er. »Ich lasse mich nicht für dumm verkaufen! Ich hab' sie doch mit eigenen Augen gesehen, also wo ist sie? Oder haben sie die Schwarzen Engel mit ihrem Hokuspokus schon wieder verschwinden lassen, hä?!«

Mir ist schlagartig klar, von wem er spricht. Ebenso, dass keiner der Anwesenden seine Horrorgeschichte von *Schwarzen Engeln* und *Hokuspokus* glauben wird.

»Wo ist meine Enkelin?«, bellt Opa noch einen Tick lauter.

Und dann passiert es.

Ohne Vorwarnung hält die Welt für den Bruchteil einer Sekunde den Atem an. Ein eigenartiges Gefühl zwingt mich innezuhalten, obwohl mein Puls rast. Da ist es wieder, dieses beschissene Schwindelgefühl. Und dieses Mal sehe ich ihn ganz deutlich. Er ist es. Der Arrow-Typ. Ich fasse es nicht. Er ist uns also tatsächlich bis hierher gefolgt. Es ist, als ob mein Herz bei seinem

Anblick zu Boden fällt und zersplittert. Und in diesem atemlosen Moment sehe ich so klar, als spiegle sich das alles in einer Kristallkugel ab. Der Arrow-Typ hat Yosi verschwinden lassen, ganz bestimmt. Und damit nicht genug. Alles an ihm macht deutlich, dass er es auf Opa abgesehen hat. Mit verborgenem Gesicht steht er zwischen den Leuten und bahnt sich langsam aber sicher einen Weg zu ihm durch. Ich bin mir nicht ganz sicher, warum mir das so klar ist – vielleicht wegen seiner Körperhaltung oder der tief ins Gesicht gezogenen Kapuze, vielleicht auch nur, weil er in all der Hektik und den Schaulustigen wie ein Fremdkörper wirkt. Er ist die Ruhe selbst. Als gehöre das alles zu seinem Plan. Einem gigantischen Gesamtplan vielleicht?

Nein! Ihn kriegt er nicht. Nicht auch noch Opa!

Panisch schlängle ich mich zwischen den Leuten hindurch, erkämpfe mir mehr als einmal mit meinen Ellbogen ein Wegerecht, während Opa erneut seine Stimme erhebt.

»Ihr habt meine Enkelin verschwinden lassen!«, schreit er mit schriller Stimme in die Menge. Jemand antwortet, doch die Antwort geht als brummendes Gemurmel unter. »Nein, ich will mich nicht beruhigen! Gebt's doch endlich zu! Herrgott noch mal, nur weil ich die hundert Meter nicht mehr in zehn Sekunden laufe, bin ich noch lange nicht geistig minderbemittelt, auch nicht auf den Kopf gefallen, blind, taub oder stumm!«

Du meine Güte, so aufgebracht habe ich Opa noch nie zuvor erlebt – okay, vielleicht doch das eine oder andere Mal, aber sicher nicht unter wildfremden Leuten. Immer noch Zeter und Mordio schreiend, steht Opa in der Mitte, wirft die Hände in die Luft und ist außer sich vor Wut. Seine Wangen sind dunkelrot, die Haare stehen zerzaust in alle Himmelsrichtungen und auch seine Kleidung ist voller Dreck und Staub. Einige Feuerwehrmänner versuchen vergeblich ihn zu beruhigen.

»Opa?«, rufe ich ihm zu. Ich will ihn warnen und ihm klarmachen, dass er sich umdrehen und nach hinten blicken soll, weil ihm der unheimliche Kapuzen-Kerl mittlerweile gefährlich nahekommt. »Opa!«, rufe ich noch einmal energischer. Dummerweise gehen meine Rufe in dem Tumult unter. Genauso schnell wie ich Opa näherkomme, geht auch der Arrow-Typ zielstrebig seinem Objekt der Begierde entgegen.

Ben denkt scheinbar in dieselbe Richtung wie ich, denn er prescht in einem Affenzahn an mir vorbei und schlägt sich zu Opa durch. Besser gesagt, er versucht es. Blöd nur, dass das die Anwesenden nur wenig beeindruckt. Die geben den Platz nicht einfach so frei.

»Verschwinde, du widerwertige Kreatur«, brüllt Opa in dieser Sekunde mit bebender Stimme und ich begreife, dass er den unheimlichen Typ entdeckt hat. »Du! Du hast mir meine Enkelin gestohlen, du Bastard!«

Umständlich kämpfe ich mich zwischen den letzten Leuten hindurch. Shit! Ich war nicht schnell genug, der Kerl hat Opa bereits erreicht.

Mein Großvater ist ja weiß Gott nicht klein, doch neben diesem Kerl sieht er aus wie ein keifender Zwerg. Ganz egal, wie er neben ihm wirkt, eines ist mehr als deutlich: Er ist fuchsteufelswild. Ehrlich gesagt würde es mich nicht mal verwundern, wenn er jeden Moment vor Wut zu schäumen beginnt. Seine Wangen glühen und sein Kiefer ist so starr, als wäre er versteinert. Dieser Gesichtsausdruck, voller Hass und Entschlossenheit – so kenne ich ihn gar nicht.

»Okay, Sie sollten sich erst einmal beruhigen«, sagt der Arrow-Typ mit erstaunlich gelassener Stimme.

Blitzschnell wie eine Schlange schießt Opa auf ihn zu und packt ihn grob an der Kapuze. Mit einem Ruck zieht er ihn zu sich heran, wodurch dem Kerl die Kapuze vom Kopf rutscht und einen Blick auf sein Gesicht freigibt. Im ersten Moment bin ich überrascht, was für ein sympathisches Gesicht zum Vorschein kommt. Der verbissene Mund des Typen verzieht sich in diesem Augenblick zu einer Art Schnute. Er wirkt nicht nur irritiert, viel eher scheint ihn Opas Angriff völlig aus der Fassung zu bringen, denn er starrt ihn konsterniert an.

»Hör zu, Bürschchen, ich will mich nicht beruhigen! Und erst recht nicht, wenn so ein junger Schnösel meint, er müsse mich eines Besseren belehren«, faucht Opa, während er ihn einmal kräftig schüttelt. Dann zieht er ihn noch näher zu sich heran, so nah, dass sie sich an der Stirn berühren. »Wann kapierst du das endlich, hä?«

In diesem Moment schafft es Ben an Opas Seite und wirft sich zwischen die beiden, während ich aus nur noch ein paar Metern Entfernung auf meinen Großvater einrede – *einbrülle* trifft es wohl eher. »Opa«, rufe ich, »Opa, lass den Kerl los!«

Doch er reagiert nicht auf mich. Also verdränge ich das ungute Gefühl gegenüber des Arrow-Typens, welches in meinen Eingeweiden rumort, und werfe mich ebenfalls zwischen die beiden ungleichen Streithähne. Ben zerrt ungestüm an den Schultern des Fremden, um ihn von Opa wegzubekommen, während ich versuche Opas Klammergriff zu lösen.

»Wieso verfolgst du uns?«, zische ich den Typen an und zerre gleichzeitig mit einer energischen Handbewegung Opas Hände von ihm weg. »Hast du irgendwas mit Yosi zu tun?«

Augenblicklich fällt die komplette Anspannung von dem Typen ab. Er lässt seine Schultern hängen, weicht einen winzigen Schritt zurück und blinzelt irritiert. Erst schaut er von Opa zu mir und dann in die Menge, als sich plötzlich sein Gesicht erhellt. Ich folge seiner Blickrichtung. Ein älterer kleingewachsener Herr mit auffallend hässlichem Karohemd löst sich aus der Menge und kommt direkt auf uns zu.

»Was ist hier los, Milo?«, fragt der Mann ruhig.

*Milo?* Soso, der Arrow-Typ hat also einen Namen. Ich weiß nicht, warum ich darüber erstaunt bin. Vielleicht, weil der Name irgendwie *zu schön* ist für so einen unheimlichen Kerl wie ihn.

»Gibt's irgendwelche Probleme?«, fragt der ältere Herr weiter. Obwohl er seine Stimme kein bisschen erhebt, scheinen rund um uns herum alle gleichzeitig zu verstummen.

Milo beugt sich zu ihm runter und senkt seine Stimme. »Das ist *er*, Professor, Sie wissen schon.«

Wie hat er den Mann gerade genannt? *Professor?*

»Wir reden von dem *gewissen Mann*, der uns schon so lange Schwierigkeiten bereitet?«, fragt der Mann süffisant lächelnd nach, während er Opa einer wachsamen Musterung unterzieht. Dabei beben seine Nasenflügel, nur ganz leicht. Mich überkommt das Gefühl, dass ich eingreifen muss, weil er trotz seines unscheinbaren Aussehens etwas Bedrohliches und Mächtiges an sich hat.

»Lassen Sie meinen Opa in Ruhe!«, schnaube ich und trete mit einem großen Schritt vor meinen Großvater. Schon sind alle Augenpaare auf mich gerichtet.

Oho! So war das nicht geplant …

»Zara, nein!«, beginnt Opa. Ich spüre seine Hand an meinem Oberarm, aber besagter Professor kommt bereits auf mich zu.

»Du bist das Mädchen, das meine Studenten gerettet hat«, sagt er. Seine filigrane Brille rutscht ihm dabei über seine Adlernase und ich kann nichts dafür, alles an ihm wirkt auf mich abstoßend und von oben herab. Obwohl seine Worte nicht wie eine Frage klingen, nicke ich.

»Wieso?«, will er jetzt wissen.

Was für eine bescheuerte Frage.

Zwar bemerke ich, dass er bemüht ist, seine Stimme unter Kontrolle zu halten, aber der leise Anflug von Zorn und bedrohlicher Macht ist dennoch deutlich herauszuhören.

»Äh … weil sie in Gefahr waren.« Ich kann nicht verhindern, dass sich ein leicht genervter Unterton in meine Worte stiehlt.

Im Gesicht des Professors zeichnet sich tatsächlich so etwas wie der Ansatz eines Lächelns ab, dabei legt er mir eine Hand auf die Schulter. »Ich meine, was tust du hier? Mit deinem Opa?«

»Das geht Sie nichts an«, sagt Ben mit fester Stimme und will sich dicht neben mich schieben. Augenblicklich baut sich dieser Milo vor ihm und Opa auf und versperrt ihnen somit den Weg zu mir. Es wirkt nicht nur einschüchternd, sondern auch bedrohlich. Zudem werde ich das Gefühl nicht los, dass die Hand des Professors, die immer noch auf meiner Schulter ruht, mit einem Mal kräftiger zudrückt. Instinktiv versuche ich sie abzuschütteln, doch dadurch packt er nur noch fester zu. Aber er lächelt noch immer so widerlich freundlich, öffnet den Mund und –

»Lassen Sie meine Enkelin in Frieden!«, bellt Opa und Ben nutzt die Gelegenheit, um den Arrow-Typen beiseite zu schubsen. Der Überraschungsmoment bringt Milo zwar ins Wanken, aber er ist eines Sekundenbruchteils wieder Herr der Lage, mit dem Ergebnis, dass er sich noch dichter vor mir aufbaut – wie eine unbezwingbare Mauer. Das Gefühl, hier festgehalten zu werden, überkommt mich mit voller Wucht.

»Hallo, was wird hier gespielt?«, hauche ich erstickt hinter Milos Rücken. Mein Bauchgefühl schreit gerade in ohrenbetäubender Lautstärke, dass die irgendwas Schreckliches mit Yosi angestellt haben und etwas nicht weniger Grausames mit uns vorhaben. Und ich kann eines mit Sicherheit sagen: Die sind mir nicht geheuer. Schon wie sie da stehen, als gehöre ihnen die ganze Welt. Herr Knorr – wo ist der eigentlich abgeblieben? – muss sich getäuscht haben, die sind bestimmt nicht dazu da, um der Menschheit zu helfen. Von wegen ehrenvoller Kodex und so. Aber *Schwarze Engel?* Definitiv!

Gerade durchzuckt mich ein Gedanke: Wenn das Schwarze Engel sind, gibt es vielleicht auch Weiße Engel? Um das Gleichgewicht von Gut und Böse aufrechtzuerhalten?

*Dann bitte kommt! Kommt sofort herbeigeflogen, gebeamt, teleportiert oder was auch immer. Ich brauche euch!,* flehe ich gen Himmel. Laut sage ich: »Was zur Hölle habt ihr mit meiner Schwester angestellt?«

»Das ist unmöglich«, sagt der Professor, während sein eisiger Griff zu dem eines leblosen Vogels erschlafft. Er scheint mehr zu sich selber zu sprechen als mit mir. Doch jetzt schenkt er seinem Möchtegern-Bodyguard einen flüchtigen Blick. »Wie …« Er bricht ab. »Ich meine, *wie* …?«

Einen Moment lang herrscht eisiges Schweigen. Erst als jemand fragt: »Brauchen Sie Hilfe, Professor Ductus?« und sich zwei Uniformierte vor uns aufbauen, scheint die Eisesstille gebrochen.

Der Professor blinzelt hastig, zwingt sich ein müdes Lächeln auf, während er mir gleichzeitig liebevoll die Schulter tätschelt. »Alles in Ordnung, Herr Wachtmeister«, antwortet er dem Polizisten.

Na toll, das wird ja immer besser. Die kennen sich?

»Nein!«, schreit Opa aufgebracht dazwischen. »Nichts ist in Ordnung! Nichts ist, wie es scheint, glauben Sie mir. Nichts! Bitte, Sie müssen uns helfen!«

Der Polizist schaut erst verwirrt, dann belustigt, als Ductus ihm mit der Hand andeutet, dass Opa offensichtlich nicht mehr alle Tassen im Schrank habe.

»Er sagt die Wahrheit!«, brüllt nun Ben völlig entrüstet und ich schreie gleichzeitig: »Es stimmt! *Die* haben meine Schwester entführt!«

Der Professor wird zusehends nervöser. Er verlagert sein Gewicht von einem Fuß auf den anderen, ganz so, als fühle er sich in die Ecke gedrängt.

*Ha! Wir haben ihn,* denke ich erfreut und setze noch eins drauf. »Das sind keine Normalsterblichen, nein, das sind Schwarze Engel, wisst Ihr das denn nicht?«

Doch einmal mehr ist das Schicksal nicht auf meiner Seite. Der Professor geht auf den Arrow-Typen zu und sagt leise: »Es führt kein Weg dran vorbei, wir müssen sie mitnehmen.«

»Was?!«, kreischt dieser simultan mit mir – und jetzt wirkt er überhaupt nicht Bodyguard-like. »Aber Professor, Sie wissen doch … der oberste Kodex?«

»Ich kenne den obersten Kodex sehr gut«, fällt er seinem Begleiter ins Wort. »Aber der Motiv-Kodex besagt: *Mit unseren Gaben wollen wir der Menschheit helfen und damit Gutes vollbringen.* Und das ist wichtiger als alles andere.«

Ein stummer Blick wird zwischen den Männern ausgetauscht.

Er dauert viel zu lange.

Ist unerträglich.

Und dennoch vermag ich nichts zu sagen, die Angst, sie lassen uns ebenso verschwinden wie Yosi, sitzt zu tief. Vorsichtig lasse ich meinen Blick zu Ben schweifen und überlege in der Zwischenzeit fieberhaft, wie wir uns aus diesem Schlamassel befreien könnten. Die Menschen ringsum werden allmählich weniger, aber diejenigen, die ich am liebsten loswerden möchte, rücken uns immer dichter auf die Pelle.

Einmal mehr hat Ben anscheinend denselben Gedanken, denn er deutet mit dem Kinn irgendwas an, das ich in der Hitze des Gefechts nicht ansatzweise in der Lage bin zu interpretieren. (Ja ja, mein Hirn funktioniert nicht bei Hektik. Durchzug und so – das hatten wir schon mal!)

Und jetzt ist es auch zu spät. Ein weiterer Mann gesellt sich dazu. Er ist dünn, großgewachsen, trägt schwarzes Haar und einen eindrucksvollen Spitzbart. Seine kräftige Gesichtsbehaarung untermauert die dunklen Augen, die mich zunächst irritiert anstarren. Doch als der Mann Ben mustert, entweicht ihm ein entsetzter Hauch. Ohne einen Laut von sich zu geben, wendet er den Kopf dem Professor zu. Er schenkt ihm einen langen und intensiven Blick und schließlich nickt dieser Ductus. Er ist es, der erneut das Wort ergreift: »Milo, du weißt, was du zu tun hast. Kümmere dich um die Aussage für die Polizisten, du weißt schon, das Übliche«, gibt er dem Arrow-Typen die nächsten Anweisungen, während er und der Fremde Opa, Ben und mich von ihnen wegdrängen.

Milo erwidert nichts, schenkt dem Professor nur ein kurzes Nicken und schon höre ich mit halbem Ohr, wie der Arrow-Typ den Uniformierten mit knappen Worten erklärt, dass sie die Situation unter Kontrolle und die Verletzten versorgt haben und somit alles im grünen Bereich sei. Dann beendet er seinen Auftrag mit dem Versprechen, dass er sich um uns kümmern werde.

*Um uns kümmern? Hä, um uns kümmern?? Hallo?! Da laufen doch sämtliche Alarmglocken Amok!!!*

Der ältere der beiden Uniformierten hört Milo interessiert zu, nickt eifrig – was für eine Überraschung?! – und zieht mit seinem Partner ab. Einfach so. Keine weiteren Fragen, keine Befragung der Betroffenen. Dein Freund und Helfer? Ha! Dass ich nicht lache!

Noch während ich diesen Gedanken habe, schrecke ich zusammen. Eine kräftige Hand packt mich am Arm und hält mich wie eine Schraubzwinge fest.

»He! Was soll das? Lass mich los!«, motze ich Milo an und schenke ihm, der nun die Kapuze wieder tief ins Gesicht gezogen hat, einen mürrischen Blick. Dann erst bemerke ich, dass er mit der zweiten Hand bereits Ben in der Mangel hat. Dabei verzieht er keine Miene – ganz so, als entführe er ständig irgendwelche lästigen Leute. Energisch schreitet er über den Kiesweg Richtung Wald und zerrt uns dabei unbeirrt hinter sich her. Natürlich lassen wir uns das nicht gefallen, strampeln wie wild und endlich schafft es Ben, sich loszureißen. (Ich leider nicht.) Ben stürmt erst ein paar Schritte davon, um einen sicheren Abstand zwischen ihn und den Typen zu bringen, dann macht er einen großen Bogen und kommt mir zu Hilfe. Mit einem heftigen Ruck zerrt er an meinem Arm, als der Kerl plötzlich zischt: *Wenn sie dir lieb ist, folgst du mir und zwar anstandslos, hast du kapiert?*

Es schaudert mich, weil die Worte in meinem Inneren wie ein Echo widerhallen. Dass dieser Kerl mit uns kommunizieren kann, ohne dabei die Lippen zu bewegen, daran werde ich mich garantiert nie gewöhnen.

Ich bin nicht die Einzige, die diese Botschaft erhalten hat. Bens Arme fallen schlagartig von mir ab und ich höre, wie er tief die Luft einzieht. Mir bleibt keine Zeit, um irgendwas zu sagen, denn in diesem Augenblick werde ich zu einem dunklen Wagen bugsiert, der sich kaum merklich von den skelettartigen Bäumen abhebt und dicht am

Waldrand geparkt wurde. Im letzten Moment ergreife ich Bens Hand. Meine Finger verschränken sich mit seinen. Auch wenn ich zittere wie Espenlaub, so tut es unendlich gut ihn zu spüren. Es beruhigt mich und gibt mir das Gefühl von Sicherheit.

Auf einmal surrt mein Handy. Ich erschrecke mich fürchterlich und aus einem Reflex heraus drücke ich den Anrufer weg.

Es war Paps.

Aber ich hätte eh unmöglich rangehen können, auch wenn ich gerne würde. Bestimmt machen sich meine Eltern bald furchtbare Sorgen …

Mit angehaltenem Atem beobachte ich die Beine des Arrow-Typen, sehe ihn seinen Arm zur Wagentür ausstrecken.

Hinter meinem Rücken höre ich, dass Opa sich mehrfach räuspert und ich verharre wie gelähmt. Hoffentlich ist alles in Ordnung mit ihm. Ich blicke mich verstohlen um und frage mich, wo diejenigen hingekommen sind, die in dem brennenden Gebäude waren? Auch von Herrn Knorr fehlt nach wie vor jede Spur.

Nur wenige Schritte hinter uns gehen Spitzbart und der Professor, die Opa begleiten. (Wohl eher in Gewahrsam genommen haben!)

Als Opa abermals hustet, zieht der Professor etwas aus seiner Jackentasche, das wie ein Flachmann aussieht, und hält es Opa auffordernd entgegen. Mein Großvater schüttelt erst vehement den Kopf, aber als der Mann ihm versichert, dass es seinem Hals gut tun werde, genehmigt er sich einen großen Schluck.

Kurz stoppen wir neben dem Geländewagen, bis Ductus ruhig sagt: »Einsteigen.«

Wir gehorchen. Opa, Ben und ich klettern unter dem strengen Blick des Arrow-Typens auf die Rückbank, die erstanlich viel Platz bietet.

Der Professor macht es sich auf dem Beifahrersitz gemütlich und der Spitzbart übernimmt das Steuer.

»Was ist mit den Mädchen und Aaron und Moltino?«, wispert nun ausgerechnet Milo, nachdem er uns sicher auf die Rückbank verfrachtet und anschließend neben mir Platz genommen hat – was im Klartext bedeutet, dass er sich neben mich gequetscht hat.

Ich weiß nicht genau was es ist, vielleicht der Ausdruck in seinen Augen oder auch das leichte Zucken um seinen Mund, auf jeden Fall bin ich mir sicher, dass er sich Sorgen macht.

Während der Spitzbart den Schlüssel ins Zündschloss steckt, betrachtet der Professor den Kerl neben mir. »Keine Sorge, Milo«, beginnt er und plötzlich klingt seine Stimme warm und führsorglich. »Ihnen geht es gut. Norbert hat sie ins Krankenzimmer zu Professor Agon gebracht.«

Das Starten des Motors ist wie ein elektrischer Stromschlag. Ich kann nicht verhindern, dass ich erschrocken zusammenzucke.

»Hey«, wispert Ben. »Es wird alles gut. Vertrau mir.«

Seine Worte klingen wie ein gewichtiges Versprechen. Und ja, ich vertraue ihm. Wenn ich ehrlich bin, sogar mehr als mir selber.

# Kapitel 3

## Wachgerüttelt im Rokoko

### Zara

Seit wenigen Augenblicken erst sind wir unterwegs, doch es fühlt sich an wie Stunden. Stunden, die schwer auf mir lasten. Voller Angst und Ungewissheit drohen sie mich runterzuziehen, tiefer als der erdige Weg des Waldes, der immer holperiger zu werden scheint. Irgendwie fühle ich mich, als hätte mir jemand den Stecker gezogen, den Saft abgedreht, den Strom gekappt – einfach total leer und ausgebrannt. Selbst das Reden grenzt an einen Akt der Überanstrengung.

Opa ist eingeschlafen, als sich der Wagen in Bewegung gesetzt hat – das war vermutlich alles eine Spur zu heftig. Oder haben die ihm mit dem Flachmann ein Mittel verabreicht? Bei dem Gedanken wird mir ganz anders.

Ben wirkt nicht weniger erschöpft als ich. Vielleicht stehen wir auch unter Schock? Viel eher unter dem Zauber von einem der Schwarzen Engel – wer weiß schon, wie sich das anfühlt? Am wahrscheinlichsten von dem Kerl zu meiner Linken, der starr und emotionslos neben mir hockt, so als fürchte er sich davor, mich zu berühren.

Schweigend gleitet mein Blick an Milo vorbei. Ich betrachte die Bäume, die an uns vorüberziehen. Die Tannen verdichten sich zusehends und mit ihnen die Schwärze um uns herum. Fast scheint es, als würden auch die Scheinwerfer des Wagens nach und nach erlöschen.

Als wir so abrupt vom Weg abbiegen, dass ich beinahe vom Sitz falle, werde ich endlich wachgerüttelt. Ich habe den Eindruck, wir fahren in einem extrem großen Bogen durch den Wald und visieren nun allmählich unser Ziel an. Vielleicht schmeißen diese Gestalten uns mitten im

Wald irgendwo in ein tiefes Loch, rauben uns *alle* Erinnerungen, so dass wir namenlos zurückbleiben, und überlassen uns unserem Schicksal.

Okay, okay, mein Verstand spielt verrückt – ähm, hoffe ich!

Doch drängt sich mir schon der nächste irrwitzige Gedanke auf. Er hat mit diesem Wagen zu tun und dem Gefühl in einer verflixten Déjà-Vu-Schleife umherzuwirbeln. Ist das nicht derselbe SUV, in dem wir bereits vor wenigen Stunden saßen, als uns die junge Frau mit rabenschwarzem Kurzhaarschnitt als Tramper aufgelesen hat oder spinne ich jetzt total?

»Auf die Gefahr hin, dass wir gleich wieder alles vergessen werden, weil die uns einer Gehirnwäsche unterziehen, muss ich dir noch etwas sagen.«

»Hey!«, posaunt Milo dazwischen. »Wir sind keine Laborratten oder dergleichen.«

»Alles klar, und was ist mit ihm?«, dabei deutet Ben auf Opa.

»Es geht ihm gut. Er schläft nur.«

»Nur?«, krächze ich. »Gegen seinen Willen wohlgemerkt! Und woher sollen wir wissen, ob du die Wahrheit sagst?«

»Es ist bloß ein Schlafmittel, gegen alles andere ist er doch sowieso immun, oder habt ihr das etwa noch nicht herausgefunden?«, fragt er angriffslustig.

»Es musste sein«, übernimmt der Professor. »Solange wir nicht wissen, was uns so übel mitspielt. Reine Vorsichtsmaßnahme, wenn ihr versteht.«

»Verstehen? Wir sollen verstehen?«, empört sich Ben. »Hey, ihr habt ihn mit dem Getränk reingelegt!«

»Tja, ihr müsst uns einfach vertrauen«, meint Milo schulterzuckend, »eine andere Wahl habt ihr sowieso nicht.«

»Vergiss es, niemals, das können wir nicht«, setze ich abermals an. »Zuerst hast du mir überall aufgelauert, in der Schule und im Park, dann noch den armen Wagen mit deinem Hokuspokus ruiniert. Wo du auftauchst, bricht blankes Chaos aus!« Ich als Chaosqueen weiß schließlich, wovon ich rede.

»Nein, für den Mini kann ich nichts«, sagt Milo gelassen. »Das ist ja kein lebendiger Gegenstand oder so, also kann ich da auch nichts beeinflussen«, sagt er. Als ich ihn mit hochgezogenen Brauen angaffe, fügt er noch an: »Der hat schlicht und einfach den Geist aufgegeben. Ehrlich!«

»Wer's glaubt wird selig!«, fauche ich.

Der Spitzbart wirft einen eigenartigen Blick über den Spiegel zu uns auf die Rückbank. Mit zusammengekniffenen Augen starrt er nicht etwa mich an, sondern meinen Sitznachbarn, und mir ist, als könnte ich Milo aus dem Augenwinkel schwach nicken sehen.

Kommunizieren die beiden etwa stumm miteinander?

Ein leises Murmeln erklingt von den Vordersitzen, keine Sekunde später wechselt Spitzbart einen düsteren Blick mit uns, der sich immer noch über den Rückspiegel aufbaut und trotz stummer Botschaft klar und deutlich zu verstehen ist. In seinen Augen haben Ben und ich hier nichts, aber wirklich gar nichts verloren.

So ein unverschämtes Benehmen! Haben wir uns etwa darum gerissen mitzukommen? Ich schnaube genervt, als ich plötzlich eine warme Hand auf meiner spüre.

»Zara, du kennst noch nicht die ganze Wahrheit, wegen der ich mitkommen wollte«, spricht Ben nun mit deutlich gesenkter Stimme weiter. »Es ist vielleicht nicht der passendste Moment, aber wer weiß, wie lange wir noch miteinander reden können. Also, klar, ich wollte mit, wegen des Abenteuers und der Skizze, die ich als kleiner Junge gesehen habe. Eigentlich dachte ich, dass dies auch der einzige Grund war, das hab ich mir zumindest die ganze Zeit eingeredet. Aber es ist so«, sagt er befangen und räuspert sich. »Du musst wissen, es gibt da ein Mädchen –«

»Was wird das hier?« Ich brauche jetzt keine Liebesgeständnisse an andere Frauen, die er nicht haben konnte.

»Hör mir doch einfach mal zu.«

Milo murmelt etwas, das sich verdächtig nach »Frauen!« anhört, doch Ben lässt sich davon nicht beirren.

»Als ich mit meiner Mutter in die neue Wohnung eingezogen bin, ging ich in dem Park spazieren. Umgebung erkunden und so«, zwinkert er.

»Auschecken, was es Gutes im Angebot gibt, ich verstehe schon.«

»Wenn du wüsstest«, seufzt er. »Genau das wollte ich ganz bestimmt nicht. Ich wollte einfach mal meine Ruhe haben, alleine sein, mit der ganzen Situation klarkommen, die so unverständlich und neu war.«

»Oh. Okay«, sage ich und beeindrucke ihn mal wieder maßlos mit meiner Schlagfertigkeit.

»Und als ich in den Park kam, schlenderte da dieses Mädchen den Weg entlang und steuerte zielstrebig auf eine gewisse Parkbank zu. Kopfhörer in den Ohren und völlig in ihre eigene Welt versunken. Sie registrierte nicht, dass hinter ihr eine Gruppe blöd kichernder Mädels marschierte und auch nicht, dass es in Strömen regnete und sie mittlerweile pitschnass war. All das schien sie nicht zu stören. Es gab nur sie und die Welt der Musik. Und da wusste ich es.«

»Was?«, hauche ich.

»Es gibt sie, die Liebe auf den ersten Blick.«

Es ist, als ob ich von einem wilden Strudel erfasst werde. Wären wir nicht gerade von zwielichtigen Wesen gefangen genommen worden, würde ich schreien: Ja! Ich würde ihm um den Hals fallen, ihn küssen, falls ich mich trauen würde … aber zu so etwas bin ich jetzt erst recht nicht in der Lage. Ich sitze einfach nur steif da und bringe keinen Laut über meine Lippen. Das einzige, was ich halbwegs hinbekomme, ist ihn total dämlich anzulächeln wie ein fünfjähriges Mädchen, das gerade ein pinkes *Hello-Kitty*-Geschenk bekommen hat. Dass ich nicht noch vor Freude laut quieke, gleicht fast einer Heldentat. Der Moment der Stille zieht sich unerträglich in die Länge.

*Mann, Zara, sag doch was! Irgendwas, damit es nicht noch peinlicher wird!*

Ich mache den Mund auf, immer noch das dämliche Grinsen im Gesicht, und stammle ein paar unverständliche Worte. »Oh … wirklich? Ähm … echt schön …«

Obwohl es im Wagen dunkel ist, sehe ich Bens grüne Augen, die mich erwartungsvoll anschauen, abwartend, ich möge etwas erwidern, hoffend, ich empfinde dasselbe.

Herrgott, was ist nur mit mir los?

»E-es geht …«, stammle ich noch einmal, atme einmal tief durch und presse die Augen zu, als ich seinen Blick erneut auffange, bringe ich immerhin einen ganzen Satz über die Lippen. »Ich kann jetzt nicht darüber reden.«

Okay – ich bin hochoffiziell ein Monster.

Zwar nickt er, aber ich sehe genau, wie er enttäuscht die Lippen zusammenpresst. Genervt von mir selbst reiße ich mich von Ben los, das Gesicht rot vor Scham, weil ich es in dieser angespannten Situation nicht schaffe, auf seine Gefühle zu reagieren. Ja, ich erwidere sie, doch es will mir nicht gelingen, sie in Worte zu fassen. Also schaue ich verstohlen an Milo vorbei aus dem Fenster. Wir passieren einen Kiesweg, der links und rechts von Mauern gesäumt ist und einige Meter vor uns taucht ein schwerer gusseiserner Torbogen auf, an dem zu beiden Seiten schwarze Büsche emporklettern. Das Metall schimmert in einem dunklen Türkis und der eine Flügel steht bereits weit offen.

»Frango …«, murmelt Milo unerwartet dazwischen, als das unruhige Rollen der Reifen auf dem Kiesweg vom Holpern über Kopfsteinpflaster abgelöst wird. Keine Ahnung, was er mit dem Wort meint, irgendwie wirkt es völlig deplatziert. Wüsste ich nicht, dass vermutlich Spitzbart wieder stumm mit ihm kommuniziert oder das Geraune auf den Vordersitzen etwas damit zu tun hat, würde ich ihn für geistesgestört halten oder zumindest für verrückt erklären.

Plötzlich entdecke ich etwas in der Ferne. Ein gigantisches Bauwerk türmt sich vor meinen Augen auf. Erst zeichnet es sich im Mondlicht bloß in dunklen Schemen ab, doch je näher wir dem Torbogen kommen, desto mehr nimmt der Schatten Gestalt an. Da ist eine gewaltige Mauer, dahinter ein massives Gebäude aus aschfarbenem Stein. Überall Fenster und Gestein. Bei diesem Anblick überkommt mich der Vergleich zu einer Festung.

Ein geistreiches »Woooow!« ist alles, was mir in diesem Moment entweicht.

»Unglaublich«, meint jetzt auch Ben. Dabei lehnt er sich ganz nah zu mir hinüber, um besser durchs Autofenster auf meiner Seite sehen zu können. »Hast du sowas Beeindruckendes schon einmal gesehen?«

Dass er überhaupt noch mit mir spricht …

Nun teilt sich der massive Koloss zu einzelnen Türmen auf, die hoch in den düsteren Himmel ragen.

»Ist das –«, beginnt Ben und stockt mitten im Satz. Es entgeht mir nicht, wie er unruhig schluckt, aber sein Gehirn ist dennoch imstande logische Schlussfolgerungen zu ziehen – das wird mir klar, als er weiterspricht. »-ist das tatsächlich die Akademie?«

Der Wagen biegt in eine schmale Gasse, macht einen ungemütlichen Satz und Milo wirbelt neben mir herum. »Ihr wisst eindeutig zu viel.«

Seine Augen blitzen uns zornig an und das, obwohl es stockdunkel ist. »Viel zu viel! Definitiv!«

Dunkel *war,* trifft es wohl eher. Nun, da wir uns unweit des Torbogens befinden, springt über dem ganzen Hofplatz das Licht an.

Noch einmal blicke ich zurück in den Wald, der nun zu einem undefinierbaren Schwarz hinter uns in der Nacht verschwimmt. Gerade als wir unter dem Torbogen hindurchfahren, entdecke ich eine Inschrift auf seiner Rundung. Doch genau wie auf dem Buch, damals bei Herrn Knorr, kann ich die Lettern nicht entziffern.

»Was da wohl steht?«, raune ich murmelnd vor mich hin und bin nicht überrascht, dass keine Antwort kommt.

Der Wagen kommt holpernd auf dem Hofplatz zum Stehen und der Motor verstummt.

Zunächst rührt sich keiner von uns. Erst als der Professor und der Spitzbart aussteigen, springt auch Milo mit einer energischen Bewegung aus dem Wagen.

Ich zögere und als Milo den Arm in einer hastigen Bewegung nach mir ausstreckt zucke ich zusammen, aber er will mir nur ein Zeichen geben, dass ich aussteigen soll. Für einen winzigen Moment betrachte ich seinen Arm am Türgriff. Er wirkt muskulös und drahtig und wird von goldblonden Härchen bedeckt, die zwischen den Tätowierungen beinahe untergehen.

Langsam setze ich mich in Bewegung und erschaudere.

*Auf dem Torbogen steht:*

Willkommen
ZUR GEHIRNWÄSCHE,
Ungebrannte!

Erschrocken weiche ich zurück und schnappe nach Luft. Einmal mehr hat Milo die Lippen nicht bewegt und pflanzt mir seine Worte in mein Inneres, so als hätte ich sie mir nur ausgedacht. Doch das habe ich nicht – genauso wenig wie damals im Wald. Dieser Typ gehört zweifellos in die Kategorie: *unheimlich und geisteskrank!*

Sein fieses Grinsen (vielleicht soll es auch schelmisch sein, wer weiß das unter solchen nervenaufreibenden Umständen schon?) unterstreicht diese Behauptung zusätzlich, wenn nicht gar doppelt und dreifach.

»Hey, was wird das?«, krächzt Ben erstickt. Erstaunt bemerke ich, dass sein Blick nicht etwa Milos Gesicht fixiert. »Was für eine Freakshow ziehst du jetzt wieder ab, dass deine Tattoos so blau schimmern? Such dir gefälligst jemand anderen für deine Scheißspielchen!«

Was mich aber noch mehr überrascht, ist Milos merkwürdiger Gesichtsausdruck. Nicht etwa belustigt oder von oben herab, viel eher wirkt er konfus – oder vielleicht verwirrt? So sicher bin ich mir da nicht. Während ich meinen Blick abermals auf Milos Schnörkel richte (komischerweise kann *ich* nichts Auffälliges entdecken), wirbelt Spitzbart herum.

»Milo«, weist er ihn zurecht und schüttelt – leicht belustigt – seinen Kopf. »Da steht: *Der Hass gegen das Böse ist der Prunkmantel* … Wie du weißt, ist das nur der erste Teil von Nietzsches Mahnung, am hinteren Torbogen schließt sich der Kreis mit den Worten: … *mit dem der Pharisäer seine persönlichen Antipathien verkleidet*«, erklärt der Mann und schenkt Milo abermals einen scharfen Blick, den er anschließend kurz auf Ben richtet. Fast als überlege er, ob er noch etwas hinzufügen möchte.

»Wie nett und so überaus positiv«, kontere ich knapp, obwohl diese Inschrift einen Schauer meinen Rücken hinunterjagen lässt.

Ich spüre Bens Hand an meinem Rücken und nur den Bruchteil einer Sekunde später seinen Atemhauch, der über meinen Nacken wandert. »Irgendwie kommen wir hier wieder raus, Baxa«, raunt er mir ins Ohr. »Wir finden einen Weg.«

Wie gerne würde ich ihm glauben. Ich ringe mir ein schwaches Kopfnicken ab und versuche zu lächeln, was mir so gar nicht gelingen möchte. Offen gesagt sieht die Lage ziemlich beschissen aus. Wir sind umzingelt von Schwarzen Engeln, Opa liegt halb komatös im Wagen und nun stehen wir auch noch in ihrem Territorium. Und ich habe keinen Plan, wo genau wir eigentlich sind. Tja, wenn mich nicht alles täuscht, sind wir ihnen und vor allem ihren Kräften machtlos ausgeliefert. Ja, ich glaube gerade mit keiner Faser meines Körpers daran, dass wir hier heil wieder rauskommen.

Meine Füße schmerzen, mein Kopf dröhnt und meine Gefühle verknoten sich zum reinsten Knäuel. Auf jeden Fall aber bin ich froh, dass Ben hier ist. Zu wissen, dass er zu mir steht, egal was kommt, rechne ich ihm hoch an. Hey, sag mal einem Typen: *Du, ich such' bei dämonenhaften Kreaturen meine verschwundene Schwester* und schaffe es dabei, dass er dich:

a) nicht auslacht und für völlig verrückt erklärt,

b) bei dir bleibt und zur Seite steht und

c) (der Oberknüller!) noch irgendwie halbwegs zu diesen eigenartigen Kreaturen gehört.

Doch neben dieser Erkenntnis kommt auch die Angst in mir hoch. Sie vermischt sich mal wieder mit meinem nüchternen und manchmal nicht ganz logisch schlussfolgernden Verstand. Wieso zum Teufel haben sie uns mitgenommen? Was werden sie mit uns machen? Ich muss gestehen, dass mir gerade wieder die Bilder von irgendwelchen Labortischen und Experimenten durch den Kopf schwirren! Dank Papas Job im Tierrettungsdienst schlägt meine Fantasie gerade die wildesten Purzelbäume.

Und noch mal: Wo zur Hölle ist Herr Knorr?

Unsere unsicheren Schritte hallen über den verlassenen Vorplatz und prallen an den kolossalen Schlossmauern ab. Jedes Geräusch wirkt in dieser geisterhaften Vollmondnacht viel zu laut.

Hektik. Panik. Angst. In diesem Rhythmus pocht mein Herz.

Obwohl uns keiner der Fremden herumkommandiert oder irgendwohin jagt, sind meine Hände schweißnass. Als mir klar wird, dass Opa immer noch schlafend im Wagen liegt, bleibe ich abrupt stehen.

»Vorwärts!«, befiehlt Milo.

Wie war das noch mal mit *keiner kommandiert uns herum?* Ich schüttle meinen Kopf. »Ohne meinen Opa gehe ich keinen Schritt weiter!«

Milo schaut mich an. Es ist unmöglich seinem Gesichtsausdruck zu entnehmen, was er denkt. Wir starren uns einfach nur an. Ich weiß nicht, wie viele Sekunden verstreichen, mir kommt es wie eine Ewigkeit vor. »Um ihn wird sich gekümmert«, sagt er schließlich durch seine zusammengepressten Lippen.

»Soll mich das etwa beruhigen?«

Doch kaum gesagt, eilen tatsächlich zwei Gestalten an uns vorbei. Sie haben eine Art Trage unter den Armen und begeben sich zum Wagen. Als die beiden mich und Ben passieren, glaube ich eine Reaktion im Gesicht der Frau zu bemerken. Ihre Haut schimmert so blass im Mondlicht wie ihr wollener Mantel. Obwohl ich sie nicht kenne, sehe ich den Schatten, der über ihr Gesicht huscht, als ihr Blick über Bens Antlitz schweift.

»Vorwärts!«

Natürlich wieder der Arrow-Typ. Zu gerne möchte ich wissen, wo sie den aufgegabelt haben. Dann nickt er mir auffordernd zu und sieht mir direkt in die Augen. Sie sind schwarz wie die Nacht und sein Blick überzieht mich mit Gänsehaut. Ich mache den Mund auf, aber mir fällt nichts ein, was ich hätte sagen können, dafür verkrampft sich mein Magen mit einem stechenden Schmerz.

Als Milo mit strammen Schritten vorangeht, öffnet sich das Eingangstor lautlos und ich bleibe unwillkürlich stehen – schon wieder. Ein eigenartiges Gefühl lässt mich innehalten. Es ist, als ob sich die Nachtluft mit jedem Atemzug verändert und es meinem Gehirn *Klick* machen würde. Mein Puls rast, fast wie von einer unsichtbaren Macht manipuliert.

»Ich geh' da nicht rein«, würge ich hervor. Dabei benutze ich meine allerbeste Altweiberstimme, die mindestens so grässlich klingt, wie ich mich fühle.

Milo bleibt stehen und dreht sich langsam um. »Los!« Zwar berührt er mich nicht, doch der Ton in dem Wort macht unmissverständlich klar, dass es für mich keine andere Möglichkeit gibt, als diese eine Richtung einzuschlagen. Somit auch keinen Fluchtweg, denn es führt kein Weg an ihm vorbei. Ende. Schluss. Basta.

Widerwillig setze ich mich abermals in Bewegung, als Ben mich am Arm zur breitgeschwungenen Steintreppe weiterschiebt. Aus den betonfarbigen Stufen, deren Kanten mit Moos überwachsen sind, sind einzelne Steinchen herausgebröckelt und dem massiven Holz des Tors ist das Alter anzusehen. Der Lack ist abgeblättert und unzählige Fasern sind ausgerissen. Auch die kunstvoll geschmiedeten Gusseisenscharniere, wahrscheinlich einst eisengrau, sind mit hartnäckigen Rostsprenkeln übersät.

Während ich mich zwinge, auf die drei Stufen der Eingangstreppe zuzugehen (verdammt, sie scheint mit jedem Schritt noch gigantischer zu werden!), geht mir etwas ganz anderes durch den Kopf: Was erwartet uns hinter dem gewaltigen Eingangstor, das so hoch ist, dass sogar ein Doppeldeckerbus locker durchfahren könnte? Was noch schlimmer ist: Wie sollen wir da jemals wieder rauskommen?

Ich kann es nicht verhindern, dass mir ein leises Wimmern entweicht, als ich mit wackeligen Beinen die erste Stufe erklimme. Die Treppe wäre eigentlich ganz hübsch anzusehen, gäbe es da nicht die schreckliche Ungewissheit, die mir im Nacken sitzt. Mit mulmigem Gefühl im Magen schreite ich schließlich über die Schwelle und betrete die Eingangshalle. Ich rechne schon damit, dass das Tor hinter mir krachend ins Schloss fällt und jemand von einem hinterhältigen Grinsen begleitet schreit: *Jetzt sitzt ihr in der Falle!*

Unweigerlich halte ich inne, doch nichts dergleichen passiert.

»Boah!« Dieser Ausruf der Bewunderung kommt von Ben.

Endlich siegt die Neugier in mir und drängt die Angst in den Hintergrund, wenigstens ein kleines bisschen.

»Wenn das der gute Herr Knorr sehen könnte.«

Langsam schweift mein Blick durch die Eingangshalle und ich lasse sie auf mich wirken. Auch ich bin völlig fasziniert und muss Ben zustimmen. »Total abgefahren!«, raune ich, als ich die hohe Decke bemerke. Über unseren Köpfen reflektiert das verhaltene Schlummerlicht in gefühlt Millionen von Kristallteilchen, die zu einem gigantischen Kronleuchter gehören. Das Lichtspiel zieht mich regelrecht in seinen Bann und verleiht der ganzen Atmosphäre etwas Magisches.

Auf den sonst so glattglänzenden und weißen Bodenplatten der Eingangshalle schimmert ein Bild in prachtvollen und kräftigen Farben. In einer solch gigantischen Größe, dass mir wahrhaftig die Spucke wegbleibt. Zwei Vögel, umrandet von einer sternförmigen Sonne. Natürlich ist mir sofort und unmissverständlich klar, was das bedeutet: Wir sind in der Akademie der Phoenicrus. Ohne Zweifel!

Nun bin ich diejenige, die nach Bens Hand sucht. Er verschränkt seine Finger mit meinen, obwohl meine kalt und nass geschwitzt sind. Als wir weitergehen, zieht er mich ganz nah zu sich heran.

»Ich habe Angst«, wispere ich leise, bin mir aber nicht sicher, ob Milo mich nicht trotzdem hören kann. Ach, vermutlich ist er sowieso imstande, in meine Gedanken einzudringen und mein ganzes Gehirn magisch zu sezieren. Also was spielt es für eine Rolle?

»Die werden uns nichts tun.« Ein Schwanken stiehlt sich in Bens Worte und macht nur allzu deutlich, dass er selbst daran zweifelt. Ein leises Lächeln huscht über sein Gesicht und ich sehe ihm an, dass er genauso verunsichert ist wie ich. Auf der einen Seite die Faszination dieser überwältigenden Burg, auf der anderen das Unwissen, was sie mit uns vorhaben. Trotz allem wird mir durch sein Lächeln warm ums Herz. »Ich kämpfe für dich und mich, deinen Opa und auch für deine Schwester. Das ist ein Versprechen.«

Unser Weg führt erneut eine breite Betontreppe empor, doch im Vergleich zu der breitgeschwungenen Treppe vor dem Eingangstor thront diese in der Mitte des ganzen Eingangsbereichs. Majestätisch und hoheitsvoll reiht sich Stufe an Stufe. Erst als ich den ersten Fuß auf die Treppe setze, bemerke ich, dass der Professor und die Frau im Wollmantel eifrig miteinander diskutieren, verzweifelt darum bemüht, nicht die Beherrschung zu verlieren. Ihre zischelnden Laute schaukeln sich zu einem heftigen Streitgespräch empor. Es vergehen nur wenige Sekunden, schon eilen weitere Personen hinzu. Ben und ich stehen wie deplatzierte Fremdkörper auf dem Treppenabsatz. In etwa so, wie wenn ein paar Hummeln in einen Bienenstock eingedrungen wären, passend zu dem Summen und Brummen der Stimmen rund um mich herum. Da wird man ja halb irre. Dafür wird mir allmählich etwas bewusst. Dieses ganze Szenario scheint für die Schwarzen Engel nicht weniger beunruhigend wie für Ben und mich.

»Ruhe!«, ruft der Professor.

*Halleluja! Endlich sind wir mal einer Meinung.*

Tatsächlich kehrt augenblicklich Ruhe ein. Ductus scheint so etwas wie das Oberhaupt des Schlosses zu sein.

Die Stille tut gut, gibt etwas Luft zum Durchatmen.

»Milo«, spricht der Schlossherr nun direkt den Arrow-Typen an. »Richte Guillon aus, er möge alle Studenten im großen Saal versammeln. Danach schaust du im Krankenzimmer kurz nach den Verletzten und dem Fremden«, sagt er in sehr bestimmtem Ton.

*Der Fremde? Meint er Herrn Knorr?*

»Briana«, richtet er das Wort an die Frau im Wollmantel. »Du kümmerst dich um unseren Ehrengast. Tragt ihn am besten ebenfalls ins Krankenzimmer. Und behalte ihn im Auge.«

Die Frau setzt sich in Bewegung und nur einen halben Schritt hinter ihr folgt Milo und hilft ihr die Trage anzuheben und den Korridor entlang zu tragen.

»Nein«, rufe ich entsetzt. Ich kann das Gefühl gar nicht beschreiben, das in meiner Brust hockt. Zu sehen, wie die beiden mit Opa verschwinden, lässt mich halb wahnsinnig werden. Das Gefühl der Hilflosigkeit, all dem schlichtweg ausgeliefert zu sein, ist unerträglich. »Nein, ihr dürft Opa nicht mitnehmen!«

Als ich hinterher stürmen möchte, sind da lauter Arme, die mich zurückhalten.

»Das muss leider sein«, meint Ductus matt, hält kurz inne und mustert erst Ben und dann mich.

»Nein!«, brülle ich aufgebracht und versuche wie wild die Arme wegzuschlagen. »Dann will ich mit! Lasst mich durch!«

»Das geht nicht, denn ihr beide kommt vorerst mit mir«, befiehlt der Schulleiter. Eigentlich will ich wiedersprechen, aber als Spitzbart sagt: »Hier entlang«, kann ich nichts anderes tun, als den beiden Herren zu folgen, als hätte ich keine Macht über meinen Geist – Was ist bloß mit mir los?

Sobald wir uns in Bewegung setzen, bricht ringsum Hektik aus, wird von panischem Gemurmel abgelöst. Allmählich kommt in mir der Verdacht auf, dass sich all diese Leute vor *uns* fürchten. Nicht weniger als wir uns vor ihnen. Oder bilde ich mir das nur ein?

Wir verlassen den Treppenabsatz, folgen Ductus und dem Spitzbart den Korridor hinunter. »Norbert, informiere das Kollegium. Wir müssen den Zirkel zu einem Stillen Rat einberufen. Wer zugegen ist, soll vorbeikommen, den Rest schalten wir per Videokonferenz dazu, das hat allerhöchste Priorität.«

Schon verschwindet Spitzbart Norbert durch eine Seitentür. Überall geschlossene Türen. Wenn eine Tür offensteht, erhasche ich dahinter große und hohe Räume.

Treppen, die abgehen.

Korridore, die sich kreuzen.

Und ich habe bereits total den Überblick verloren. Überhaupt herrscht eine merkwürdige Stimmung hier drin. Ich fühle mich nicht nur in der Zeit zurückversetzt (würde mich nicht wundern, wenn plötzlich eine Lady aus dem Rokoko in ihrem eleganten Countuche um die nächste Ecke kommt!), es ist die ganze Atmosphäre, die mir die Härchen an den Armen aufstellt. Diese altertümliche Dunkelheit, die frostige Temperatur und das ekelhafte Echo der Schritte, das an den Wänden abprallt. Alle paar Meter unterbricht eine säulenartige Statue das Mauerwerk, halb aus dem Stein herausgemeißelt, halb in der Wand verborgen, die im dürftigen Flackerlicht der Wandleuchten schattige und unruhige Muster auf den Korridor zeichnet.

Unbeirrt marschiert Ductus voraus.

Er scheint nicht zu befürchten, dass Ben und ich durch die nächste Tür verschwinden könnten.

Die Vorstellung, dass meine Schwester seit über einem Jahr hier lebt, will mir nicht in den Kopf. Wo haben die Studenten ihre Schlafräume? Vielleicht gibt es eine Art Massenlager?

Eben biegt der Professor um die Ecke (meine Güte, mein Orientierungssinn wäre hier drinnen maßlos überfordert!), passiert eine gewölbte Wand und erst beim Näherkommen wird mir klar, dass es die Mauer eines Turms sein muss. In dem rauen Stein ist eine Tür eingelassen, darüber entdecke ich in halb abgeblätterten Lettern ein Wort, das ich ausnahmsweise mal entziffern kann: *Initium*. Hat nicht Herr Knorr etwas von verschiedenen Studiengängen berichtet? Leider will mir partout nicht mehr einfallen, wie Yosis Jahrgang genannt wird. Nachdem wir den Turm beinahe umrundet haben, steuern wir auf den gegenüberliegenden zu.

*Lehrerzimmer.*

Das entlockt mir echt ein Lächeln.

Dieser Hauch Normalität passt einfach nicht zu dem ganzen Rest. Das uralte Schloss, diese merkwürdige Atmosphäre, die unheimlichen Schwarzen Engel – und dann das. Ich hätte mit vielem gerechnet. So etwas wie *Professurium* oder einfach *Kollegium*. Aber *Lehrerzimmer?*

Noch während ich das Wort in meinem Kopf hin und her wende, drückt Ductus die Tür auf. Ein leises Knarzen hallt durch den menschenleeren Korridor.

Unsicher bleibe ich stehen.

Ich spüre Bens Blick auf mir ruhen und mir ist klar, dass er auf eine Reaktion von mir wartet, aber ich schaffe es nicht einmal, ihn anzulächeln. Nicht jetzt.

»Herein mit euch«, bestimmt Ductus.

Es ist mir, als mache ich mit diesem Schritt alles endgültig. Nicht, dass ich momentan eine Wahl hätte.

Schon schließt sich die Tür mit einem grässlichen Ächzen und lässt mich für einen winzigen Moment den Atem anhalten. Der Raum vor uns ist spärlich beleuchtet, aber es reicht aus, um mir einen ersten Überblick zu verschaffen. Ein großer Holztisch, der mindestens so uralt scheint wie das Schloss selbst, ziert die Mitte des Raumes. Dahinter ein orangebrauner Ledersessel, der mit mehr noppenartigen Knöpfen aufwartet als wenn man sämtliche Stuhl- und Tischbeine zusammenrechnet. Irgendwie erinnert mich das Möbelstück verdächtig an einen bestimmten Sessel, der ausrangiert auf einem gewissen Dachboden steht.

Wortlos schiebt Ductus zwei Stühle auf die gegenüberliegende Tischseite, während ich die meterhohen Bücherregale betrachte, die bis unter die Decke ragen – was bei Schlossräumen echt etwas heißen will. Leitern auf Rollen sind an den Seiten befestigt, ohne sie könnte man die oberen Exemplare überhaupt nicht erreichen.

»Eine kleine Leseratte?«, stellt Ductus fest, wirbelt herum und lässt sich auf dem Ledersessel nieder, wobei ihm seine Brille bis zur Nasenspitze hinunterrutscht. Wenn er wüsste, wie falsch er damit liegt. Aber ich lasse ihn in dem Glauben.

»Setzt euch«, fordert der Professor uns auf.

Soll das ein Lächeln sein in seinem Gesicht? (Daran muss er unbedingt noch feilen!) Mit gemischten Gefühlen ziehe ich den Stuhl an der Lehne zurück. Noch während wir uns hinsetzen, schwingt die Tür auf und Milo betritt den Raum. Etwas an ihm wirkt verändert. Er ist nicht allein, hinter ihm erscheint ein schlaksiger groß gewachsener Junge und noch etwas weiter hinten glaube ich einen rötlichen Haarschopf zu erkennen. Obwohl ich ihr Gesicht nicht sehe, pocht mein Herz wie wild hinter der Brust. Kaum dass sie den zweiten Fuß über die Schwelle setzt und hinter Milos breitem Rücken hervortaucht, entgleisen mir sämtliche Gesichtszüge. (Jetzt sehe ich bestimmt noch grauenvoller aus als ohnehin schon.)

»Y-Yosi?«, platze ich krächzend heraus, noch ehe die drei den Raum ganz betreten und die Tür hinter sich ins Schloss gedrückt haben. Wieder einmal brilliere ich durch eine deutliche Aussage, aber ich erlange damit sofort die volle Aufmerksamkeit. Es klingt nicht nur heiser, sondern auch viel zu schrill. »Yosi, bist du … du es …?«

# Kapitel 4

## Ledersessel, Leseratte und allerlei verirrte Hormone

### Zara

»Yosi, bist du es wirklich?« krächze ich abermals.

Das Mädchen mit roten langen Haaren und moosgrünen Augen starrt mich an. Entsetzt ist gar kein Ausdruck für die Mimik in ihrem Gesicht. Und irgendwie passt das auch hervorragend zu meiner eigenen Gefühlslage. Gleichzeitig schwappt beim Anblick dieses Mädchens eine Woge der Vertrautheit durch mein Inneres.

»Was … wer …?«, krächzt sie mit mir um die Wette und in diesem Moment begreife ich, dass nicht nur die Familien, die zurückgelassen wurden, ihre Erinnerungen hergeben mussten, sondern auch die gebrannten Kinder in der Akademie. »Bist *du* etwa meine Schwester?«

Warum schaut sie bei dieser Frage nicht mich, sondern Milo an? Er ist ihr keine Hilfe, verschränkt lediglich die Arme vor der Brust und schweigt.

Als ich sie jetzt so vor mir stehen habe, ist es unverkennbar. Sie hat die Augen von Paps, den Mund von Mama, die zierlichen Gesichtszüge von Oma Rosie, die Nase (Gott sei Dank!) nicht von Opa und ein unsicheres Lächeln, das mein Herz berührt.

Eine fremde Vertraute – oder eine vertraute Fremde. Und doch überrascht es mich nicht, als ich sehe, wie sie verlegen den Mundwinkel nach oben zieht, eine Strähne hinters Ohr streicht und mit dem Fuß unsichtbare Muster auf den Boden malt. *Typisch Yosi*, wispert meine innere Stimme. Vielleicht ist es allein diese Geste, die mich dazu verleitet auf sie zu zugehen. Ohne nachzudenken schlinge ich meine Arme um ihren Hals und drücke sie an mich.

»Endlich habe ich dich gefunden«, raune ich ihr ins Ohr.

Sie antwortet nicht, schließt mich aber fest in die Arme. Es fühlt sich einfach nur richtig an. Klar, ich weiß selber, wie seltsam das klingt, völlig irrsinnig und verrückt, aber sie riecht wie meine große Schwester. Meine große Schwester, an die ich keinerlei Erinnerungen habe.

Dann erst fällt mir etwas ganz anderes auf. Ich löse mich aus ihren Armen und rücke ein Stück von ihr weg. »Du bist unverletzt? Aber du hast inmitten von Flammen gelegen! Himmel, wie ist das möglich? Und dein Kopf … und der Rauch … die Flammen!«, stottere ich vom Feinsten, ich bin echt total perplex. Okay, man begegnet ja auch nicht alle Tage einem Menschen mit übernatürlichen Fähigkeiten.

»Das ist etwas kompliziert«, beginnt sie und lächelt mich dabei nicht weniger perplex an, während ihr Blick zu Kapuzengesicht wandert und schließlich bei ihrem Professor haltmacht.

»Bei euch soweit alles wieder gut, Yosephine? Aaron?«, will Ductus von den beiden wissen, anstatt meine vielen Fragen zu beantworten. Okay, es war wirklich mehr ein Gestotter. »Hat die Behandlung angeschlagen?«

»Bei uns ist alles bestens«, antwortet der Junge. Dunkelblonde Fransen fallen ihm in die Stirn und seine schmale Nase wie auch die kantigen Gesichtszüge verziehen sich bei jedem seiner Worte.

»Und wo sind Livia und Moltino?« Diese Frage richtet Ductus wieder an Milo.

*Das ist bestimmt das andere Mädchen, das im Haus war,* denke ich bei mir, als Milo antwortet. Seine Stimme klingt matt. »Moltino konnte sich selbst bereits wieder herstellen. Livia wird noch behandelt.«

Ein langsames Kopfnicken von Ductus.

Plötzlich spüre ich Bens Hand an meinem Rücken. Ich hab ihn gar nicht näherkommen hören. »Okay, du hast deine Schwester«, wispert er so leise, dass ich Mühe habe ihn zu verstehen. »Jetzt müssen wir nur noch Alois finden, dann können wir von hier verschwinden.«

Entweder meint er das äußerst sarkastisch oder ich hab' etwas echt Entscheidendes verpasst. Wie bitteschön sollen wir denn von hier einfach so verschwinden?

»Keiner verlässt das Gebäude.« Ductus' Worte vibrieren mit einem Volumen durch den Raum, als spreche er durch einen Lautsprecher. Sogar Milo, den es eigentlich nicht betrifft, bleibt augenblicklich stehen.

Aber nur für einen Atemzug. Jetzt macht er einen Schritt auf Yosi und mich zu und nimmt dadurch nicht nur meine Schwester, sondern auch mich in seine Deckung. Er stellt sich breitbeinig hin, verschränkt in einer langsamen Bewegung die Arme vor der Brust und schweigt.

Reine Provokation?

Das wiederum bringt Ben so richtig in Rage. »Hey Kapuzengesicht! Was soll das werden, wenn es fertig ist?«

»Find es heraus«, stichelt Milo zurück.

*Hallo, was für ein Testosteronüberschuss ist denn in die beiden gefahren?*

»Kapiert ihr es denn immer noch nicht?«, übernimmt Ben den herablassenden Tonfall. Gleichzeitig stellt er sich genauso breitbeinig hin wie Milo und verschränkt ebenfalls in einer demonstrativen Geste die Arme vor der Brust. Was soll ich sagen? Er hinkt dem Arrow-Typ weder in Punkto Ausstrahlung noch in seiner unnachahmlichen Coolness hinterher. Hach! »Ihr habt verloren. Euer Hokuspokus funktioniert bei uns nicht. Zumindest nicht bei Alois. Uns könnt ihr die Erinnerungen noch tausend Mal stehlen, aber Alois nicht.«

Während Ben redet, streift mein Blick flüchtig Yosis Gesicht und da erkenne ich die erste Gemeinsamkeit. Es ist derselbe verträumte Gesichtsausdruck. Nur gilt ihrer nicht Ben, sondern ausgerechnet Milo.

*Ach ne! Schwesterchen, wie kannst du nur!*

Okay, okay, ich gebe es zwar nur ungern zu, aber der Typ hat was. Etwas Faszinierendes. Weiter komme ich mit meinen sich verirrenden Gedanken nicht.

Rücklings kommt Milo noch ein Stück näher zu Yosi und mir.

*Du kannst gehen, wenn du willst,* hallen Milos Worte durch meinen Kopf, dabei stiert er mit zusammengekniffenen Augen zu Ben. Und diesmal wirken seine stummen Worte noch bedrohlicher, weil sie dem Zischeln einer Schlange gleichkommen. *Aber die Mädchen nicht, die bleiben hier! Genau wie ihr Opa!*

Die Worte sind offenbar nur für Ben und mich bestimmt, denn keiner der anderen reagiert. Oder ist das so was wie ein stilles Abkommen? Wenn mein Gehirn noch halbwegs arbeiten würde, würde ich dem Kerl einen kräftigen Hieb mit dem Ellbogen verpassen. Aber unter meiner Schädeldecke tut sich gerade gar nichts.

»Niemals!«, faucht Ben und kommt Milo so nahe, dass sich ihre Nasenspitzen berühren. Die beiden sind in etwa gleich groß und dennoch könnten sie unterschiedlicher nicht sein.

»Schön, haben nun alle hier anwesenden Herrschaften ihre Hormonschübe wieder unter Kontrolle?«, übernimmt Ductus so lapidar, als würde er tagtäglich solche Streitigkeiten regeln. In diesem Moment wird mir erst bewusst, dass er die ganze Zeit über kaum etwas gesagt hat, fast als hätte er schon vorher gewusst, was auf ihn zukommt und wo das alles hinführen wird. Vermutlich ist er einfach ein verdammt guter Menschenkenner. Es gibt noch eine andere Möglichkeit …

Allmählich verwandelt sich die überschäumende Energie zu betretenem Schweigen und breitet sich mit jedem Atemzug und Schnauben noch weiter im Raum aus.

»Gut, dann können wir endlich zum Wesentlichen übergehen.« Es folgt ein kurzer Blick in die Runde. »Aaron, sei so freundlich und bitte unseren alten Freund dazu. Du weißt schon, den netten Herrn, der bei Professor Agon wartet.«

*Alten Freund?*

Was wird hier gespielt? Mir kommt nur ein Mann in den Sinn, zu dem diese Beschreibung passt. Verdammt, hat uns Herr Knorr tatsächlich reingelegt?

Ein kurzes Kopfnicken und dieser Aaron verlässt strammen Schrittes das Lehrerzimmer. Leider hat er die sich verirrenden Hormone nicht gleich mitgenommen, denn er hinterlässt ein noch angespannteres Schweigen als vorher schon herrschte.

»Und nun zu euch«, spricht Ductus weiter.

Wieso schaut er dabei ausgerechnet mich an?

Irgendwas hat sich verändert, oder täusch' ich mich? Ich könnte schwören, dass der Klang in seiner Stimme etwas sanfter geworden ist. Während er weiterspricht, erhebt er sich gemächlich aus seinem Noppen-Ledersessel, schenkt sich aus einer wirklich potthässlich grünen Kanne etwas zu trinken ein, trinkt aber nicht. Stattdessen geht er um den Tisch herum und kommt auf mich zu. Sein Blick prüft mich von

Kopf bis Fuß, als würde er mich durchscannen und ich bemerke, dass ich instinktiv den Atem anhalte.

»Scheinbar habt ihr eine abenteuerliche Reise hinter euch.«

»Ach, das war doch nichts weiter als der übliche Wahnsinn, der tagtäglich auf uns lauert«, antwortet Ben an meiner Stelle und verschafft mir dadurch eine kleine Atempause.

»Und unser kleines … wie soll ich es nennen? Vielleicht Interludium oder Intermezzo?« Sein Blick wandert dabei zu Milo, der sich am Kinn kratzt und seinen Mund komisch zur Seite zieht. Doch er schweigt beharrlich. Mir ist mehr als klar, auf was Ductus anspielt – den Zwischenfall mit dem Mini im Wald. »Tja, davon habt ihr euch auch nicht aufhalten lassen. Doch erklärt mir eines: Wie kommt es, dass ihr euch so mir nichts dir nichts auf diese Reise begeben habt?«

Wahrscheinlich schaue ich ihn nicht nur ratlos, sondern auch mit ziemlich großen Fragezeichen in den Augen an, denn er setzt zu einer weiteren Erläuterung an. »Sagt mir, was war der Auslöser? Ich meine, warum gerade jetzt?«

»Ich habe einen Brief gefunden.«

(Oh ja, geht's noch plumper? Das gehört in etwa in dieselbe Kategorie der Einfältigkeit wie *Babys* Satz in *Dirty Dancing: Ich habe eine Wassermelone getragen.)*

»Aha«, ist auch alles, was an Reaktion kommt.

»Na ja, kein normaler Brief. Mein Opa hat ihn irgendwie vor euch verstecken können. Darin war die Rede von verwischten Spuren und gelöschten Erinnerungen. Und dass Vergessen das Beste sei für alle Beteiligten. Unterzeichnet war er anonym, nur die Initialen *M.V.* konnte ich entziffern.«

Ductus' Mund verzieht sich zu einem Lächeln. »Darf ich vorstellen: der anonyme M.V.«

Milo setzt zu einer angedeuteten Verbeugung an und grinst schelmisch. »Milo Voxx«, ergänzt er knapp. Er scheint mir sowieso nicht wirklich die Sorte Kerl zu sein, der sich in lange Gespräche verwickeln lässt. Und doch starre ich ihn an, als hätte er gerade behauptet, er sei von einer fremden Galaxie. Es vergeht eine weitere Sekunde, ehe ich begreife, was das eigentlich bedeutet. Der Arrow-Typ ist der Verfasser des Briefes.

»Du bist der mysteriöse Briefverfasser?«, frage ich jetzt und bin baff, irgendwie hätte ich ihm das gar nicht zugetraut. »Ehrlich gesagt habe ich mir den wesentlich verwegener vorgestellt. Und älter, viel viel älter.«

Einmal mehr frage ich mich, ob der Kerl eigentlich Gedanken lesen kann, denn so, wie er zurückstarrt, würde das immerhin diesen Du-hast-an-meiner-Ehre-gekratzt-Blick erklären.

»Da Yosephine damals Milos allererster Auftrag war, konnten wir lange Zeit nicht sicher sein, ob vielleicht etwas schiefgegangen ist«, erklärt Ductus.

»Deshalb kam ich immer wieder bei euch vorbei«, ergänzt Milo und ich höre zum allerersten Mal seine tiefe Stimme, die, wie ich jetzt zugeben muss, doch etwas Anziehendes und Männliches ausstrahlt.

»Krass«, entweicht es mir. »Es ist also alles wahr. Die Verfolger. Das Nachspionieren. Opa hat sich nichts davon eingebildet?«

Milo schüttelt den Kopf.

»Moment mal«, mischt sich Yosi ein. Jetzt, da sie ihr Stimmorgan wieder unter Kontrolle hat, höre ich auch zum ersten Mal ihre Klangfarbe. Sie hat eine warme und gleichzeitig sanfte Stimme, die mir auf Anhieb sympathisch ist. Wie absurd dieser Gedanke doch ist! Es ist eine Stimme, die ich eigentlich schon mein Leben lang kenne. »Schiefgelaufen? Bei meiner Familie?«

Wobei – gerade jetzt krächzt ihre Stimme wieder eine Oktave höher. »Du wusstest das schon die ganze Zeit über?«

Erstaunlicherweise gilt der ganze Ärger nicht etwa Ductus, nein, Yosis Augen funkeln in Milos Richtung.

Milo schaut sie an, hebt entschuldigend die Hände und setzt dabei ein beschämtes Grinsen auf. Ihre Augen funkeln vorwurfsvoll und er sieht aus, als ob er sich am liebsten wieder in seiner Kapuze verkriechen möchte.

»Wieso hast du mir nie etwas gesagt?«

Nur ein stummes Schulterzucken.

Okay, wenn ich das alles richtig interpretiere, ist meine Schwester ähnlich ahnungslos wie ich.

»Ich … ich«, stammelt Milo schließlich. »Du musst das verstehen, ich durfte nichts sagen. So sind die Vorschriften.« Mit seinem schiefen Mund wirkt er plötzlich wie ein kleiner Junge.

»Verstehen?«, faucht Yosi entrüstet. »Seit Tagen höre ich nur, dass irgendwas mit meiner Familie nicht in Ordnung ist. Mehr darf ich nicht erfahren! Meine Erinnerungen darf ich eh nicht zurückbekommen. Weißt du eigentlich, was für ein beschissenes Gefühl das ist, seiner eigenen Schwester gegenüberzustehen und sie nicht zu erkennen?« Nun macht sie einen angedeuteten Schritt auf mich zu und ich bin sicher, dass keiner außer mir versteht, wie sie sich im Augenblick fühlt – Opa natürlich, aber der wurde ja ins Land der Träume befördert.

»Und kann mir bitte endlich, ENDLICH! jemand erklären, in welchem Zusammenhang der Tutamina zu meiner Familie steht?«

»Es ist Opa«, rutscht es mir heraus.

Ich weiß nicht, wer mich erstaunter anschaut. Meine Schwester oder Ductus und Milo. Wobei Letzterem regelrecht die Kinnlade runterklappt. Bei Yosi schleicht sich ein leises Lächeln ins Gesicht.

»Ihr wisst also doch Bescheid?«, fragt Milo verdattert.

»Das kannst du Gift drauf nehmen«, kontert Ben und ich bin mir fast sicher, dass dabei seine Brust leicht anschwillt.

»Das erklärt so einiges«, murmelt Ductus, ohne uns anzusehen. Er beginnt durch den Raum zu schreiten und streift sich abwesend übers Kinn. »Wie gut, dass wir ihn außer Gefecht gesetzt haben.«

»Ihr habt *was?!*« Yosis Stimme überschlägt sich.

Dem hohen Entsetzungsgrad entnehme ich, dass sie befürchtet, ihre Leute haben Opa für immer zum Schweigen gebracht.

Verdammt! Was, wenn sie damit Recht hat?

»Yosi, er schläft nur. Es ging nicht anders«, murmelt Milo verhalten.

Ben, der die ganze Zeit so gut wie nichts gesagt hat, stellt mal wieder die alles entscheidende Frage: »Und was wollt ihr nun von uns?«

»Wenn wir das wüssten«, seufzt Ductus und lehnt sich mit den Hüften an der Tischkante an, während er mit beiden Händen über sein leicht gerötetes Gesicht fährt.

Okaaaay … Jetzt bin ich wirklich verwirrt.

»Solch einen Vorfall gab es noch nie«, erklärt der Professor, drückt sich von der Tischkante weg und geht in einen unruhigen Gang über. Dabei entweicht ihm nicht nur ein schwerer Seufzer.

In diesem Moment schwingt die Tür auf und der Junge von vorhin (Aaron hieß er, wenn ich mich richtig entsinne?) betritt erneut den Raum. Dicht hinter ihm erhasche ich Herrn Knorrs rötlichen Haarschopf.

Oh mein Gott, er war tatsächlich schon die ganze Zeit über hier.

Er sieht nicht gut aus. Geknickt folgt er Aaron zur Mitte des Raumes. Mit einem merkwürdigen Rumoren im Bauch mustere ich ihn und schon wieder blitzt das Bild von Laborratten in meinem Innern auf. Was haben sie bloß mit ihm angestellt? Vergeblich versuche ich in seinem Gesicht zu lesen, aber da ist keine Mimik, kein Augenzwinkern, nicht einmal ein Lächeln. Er vermeidet jeglichen Augenkontakt zu mir und Ben. Selbst seine Sommersprossen scheinen verblasst. Alles an ihm wirkt matt, der Blick müde und leer.

»Ich verstehe nicht …«, stammele ich. »Was wird hier gespielt?«

Waren wir zu naiv und sind dem Feind in die Arme gelaufen, mit Herrn Knorr als billigen Köder?

Die Fragen überschlagen sich förmlich in meinem Kopf. Zeit, um Antworten zu finden, bleibt allerdings nicht.

»Herr Knorr, was ist hier los?«, will Ben von ihm wissen, doch der Bibliothekar schüttelt nur stumm den Kopf.

»Man kennt sich, wie ich feststelle«, sagt Ductus und stützt sich für einen kurzen Moment mit einem Arm auf dem Nussbaumtisch ab. Fast klingt es wie eine Frage, würde da nicht ein sarkastischer Unterton mitschwingen. Mit einer hastigen Handbewegung stößt er sich wieder von der Tischplatte weg und schreitet auf Herrn Knorr zu.

Und für einen kurzen Augenblick ist es mir möglich, das alles hier, dieses überirdische Aufeinandertreffen der unterschiedlichsten Charaktere, aus der Ferne zu betrachten. Mir ist klar, dass das völlig spacig und freakig klingen muss, aber so surreal es auch ist, es schenkt mir den Blickwinkel einer Unbeteiligten. Wir befinden uns in einem schlecht inszenierten Schauspiel der besonderen Art, doch die Rollen sind klar verteilt: Der Professor einer übermenschlichen Akademie (Ductus), der übergeschnappte Fanatiker (Herr Knorr), der alte Spinner (Opa), der geheimnisvolle Fremde (Milo), die unnahbare Schöne (Yosi), der schweigsame Kluge (Aaron), der unnachahmlich Coole (Ben – hach!!!) und ich hab' wohl irgendwie den Part der Naiven erwischt. So zumindest komme ich mir momentan vor. Denn ich kapiere echt nicht, was hier gespielt wird. Innerlich lache ich hysterisch auf – aus reinster Verzweiflung.

»Das habe ich doch bereits etliche Male betont«, grummelt Herr Knorr. »Wir sind zusammen angereist.«

»Das haben Sie tatsächlich«, antwortet Ductus knapp. Ganz offensichtlich traut er dem guten Mann nicht. »Keine Sorge, diese Tatsache war mir durchaus bewusst. Schließlich behalten wir Sie seit geraumer Zeit im Auge. Nur passen Sie nicht ins Bild. Oder, was sehr verheerend für Sie wäre, Sie passen ganz perfekt ins Bild.« Ductus ist vor Herrn Knorr stehengeblieben. Die beiden haben fast dieselbe Körpergröße, beiden stehen momentan die Haare zu Berge, dafür unterscheiden sich ihre Statur und Haltung. Herr Knorr ist schmächtig, rothaarig und hager, Professor Ductus ein Mann mit Softpolsterung, vor allem um die Mitte rum, grauhaarig, mit ziemlich voluminösen Gesicht und markanter Adlernase.

Allmählich dämmert es mir. Es sind nicht Ben und ich, die hier für die Staatsfeinde Nummer eins gehalten werden.

Ductus wirbelt auf dem Absatz herum. »Kennt ihr euch so gut, dass ihr für diesen Herrn bürgen könnt?«

»Ähm, wie –«, beginne ich.

Doch Ductus lässt mich nicht ausreden. »Seid ihr tatsächlich alle gemeinsam angereist?«

»Ähm, also –«, versuche ich es noch einmal.

»Würdet ihr mir vielleicht verraten, weshalb euch der Herr hierher gefolgt ist?«

Warum weiß er, dass Herr Knorr uns hinterhergereist ist? Mensch, irgendwie läuft das gerade alles in die total falsche Richtung. Ductus kann nicht ernsthaft glauben, dass Herr Knorr hinter dem ganzen Schlamassel steckt und für den Brand verantwortlich ist. Das ist schlichtweg unmöglich – denke ich zumindest.

»Also, es war folgendermaßen«, setze ich zu meinem dritten Erklärungsversuch an. »Zunächst sind wir alleine losgezogen, aber als wir heute nach der Akademie Ausschau gehalten haben, ist Herr Knorr dazugestoßen.«

»Dazugestoßen?«, wiederholt der Professor meine Worte wie ein hohles Echo.

Okay, ich merke ja selbst, wie eigenartig sich mein Geplapper anhört. Ich bin nicht wirklich eine Hilfe. Ratlos schiele ich zu Ben hinüber, der sich gerade ziemlich verlegen am Hinterkopf kratzt.

Wieso sagt denn keiner was?

»War das Aufeinandertreffen geplant oder eher unverhofft?«, bohrt Ductus weiter.

Mich nervt diese Fragerei. Ich bin diesem Mann doch keine Rechenschaft schuldig, also was soll das Theater?

Er interpretiert in mein Schweigen sein eigenes Wunschdenken, wie mir die nächsten Worte klar machen. »Das passt ja«, meint er nun und nickt zufrieden.

»Ähm, aber –« Ich verstumme.

*Herrgott noch mal, Zara, hast du vielleicht noch ein anderes Vokabular auf Lager?*

»Schon vor einiger Zeit hat der Bibliothekar herausgefunden, dass Menschen mit besonderen Gaben existieren. Bis vor wenigen Tagen ist es uns immer gelungen, ihn im Dunkeln tappen zu lassen. Wir haben alle Beweise aus seinem Leben verbannt, nur das Buch haben wir ihm gelassen, weil wir so leichtsinnig waren und annahmen, dass er die Symbolik der antiquierten Schrift niemals entziffern würde. Aber das Ausmaß der Hartnäckigkeit scheint eine seiner nicht zu verachtenden Tugenden zu sein. Oh ja, wir haben einen Fehler gemacht und diese Möglichkeit gewaltig unterschätzt. Dank euch erlangte er den lang ersehnten Beweis und machte die unglaubliche Entdeckung, dass sich die Legende des Tutaminas bewahrheitet. Dass nur wenige Stunden nach dieser Enthüllung drei meiner Studenten und ein Professor bei einem Brand fast ums Leben gekommen sind, ja, fragt euch mal selbst, kann das noch Zufall sein?«

Keiner sagt etwas.

Auch ich muss gestehen, dass Ductus' Schilderung und Herleitung tatsächlich logisch erscheint, aber dennoch … nein, *Herr Knorr war es nicht.*

»Inwiefern der Tutamina und der Bibliothekar zusammenarbeiten, das zu beantworten bin ich noch nicht in der Lage«, fährt der Schulleiter fort.

»Klar erscheinen die Umstände auf den ersten Blick etwas eigenartig«, platze ich nun dazwischen. »Aber weder Herr Knorr noch mein Opa können es gewesen sein.«

»Tatsächlich?« Ductus kneift die Augen zusammen und schaut mich über den Rand seiner kantigen Brille hinweg an. »Würdest du mir freundlicherweise erklären, weshalb nicht?«

»Ganz einfach: Ich war als Erste bei dem brennenden Haus«, erkläre ich mit fester Stimme. »Also wenn Sie irgendwen verdächtigen, dann nicht Herrn Knorr und auch nicht meinen Opa, wohl am ehesten mich!«

Ich spüre Herrn Knorrs scheuen Blick auf mir ruhen – dankbar und unsicher zugleich.

»Zara, es ist wirklich ehrenhaft, deinen Opa und den Mann zu beschützen, aber –?«

»Hallo?«, empöre ich mich. »Sie denken doch nicht allen Ernstes, mein Opa würde seine eigene Enkelin in einem brennenden Haus sterben lassen?«

»Kannst du das beschwören?« Ductus fixiert mich und ich winde mich unbehaglich unter seinen strengen Augen. »Warst du die ganze Zeit über mit ihnen zusammen?«

»Nein, ich nicht. Aber Ben.«

Jetzt schaue ich zu Ben, der schon viel zu lange schweigend neben mir steht. Auffordernd, er möge sich dazu äußern. Und ganz ehrlich, so langsam bin ich auch leicht verunsichert, weil außer mir keiner für Herrn Knorr Partei ergreift.

»So sag doch was«, murmle ich schließlich ungeduldig und stupse Ben mit dem Ellenbogen an.

»Na ja«, beginnt er, wobei er das *ja* unendlich in die Länge zieht, während er sich ein paar Strähnen aus der Stirn streicht. Mir ist sofort klar, dass er etwas aussprechen muss, das ihm missfällt. »Als du heute davongerannt und bereits eine Weile durch die Stadt geirrt bist, hat sich dein Opa langsam aber sicher Sorgen gemacht. Ans Handy gingst du auch nicht, so blieb uns nichts anderes übrig, als uns aufzuteilen, um nach dir zu suchen.«

Mist! Jetzt wird mir klar, weshalb Ben die ganze Zeit über geschwiegen hat. Natürlich war er sich darüber im Klaren, dass er mit dieser Aussage Herrn Knorr und Opa weiter in die Scheiße reitet. Und tatsächlich. Bei seinen Worten sackt Herr Knorr, wenn überhaupt möglich, noch mehr in sich zusammen. Nun steht er da, vornübergebeugt, buckelig und klein, den Blick auf den Fußboden gerichtet und schafft es nicht, sich zu verteidigen. In diesem Augenblick wirkt er wie ein gebrochener Mann. Wie schlimm muss das für ihn sein. Endlich am Ziel angekommen, in der Stadt der Verborgenen, bei den Menschen, denen er sein ganzes Leben gewidmet hat und jetzt verdächtigen jene Wesen ausgerechnet *ihn*.

»Aber … aber …«, stammle ich. Wie soll ich bei dem ganzen Chaos noch wissen, was richtig und was falsch ist. Nur eines weiß ich hundertpro: »Sie waren es nicht!«, sage ich und es klingt ziemlich genervt. »Wie könnt ihr nur so an meinem Opa und Herrn Knorr zweifeln!« Dieser Vorwurf gilt Ductus und Ben gleichermaßen und Ben zuckt unter meinen harten Worten zusammen. Wütend erhebe ich mich. Ich brauche dringend ein paar Meter Abstand von allem, dem Gerede über Schuldzuweisungen und den Phoenicrus. »Mag sein, dass Herr Knorr nicht den wandelnden Sonnenschein auf Erden verkörpert, aber das hier, all das hier, ist sein Leben.« Bei den letzten Worten wende ich mich Ductus zu und deute mit dem Finger auf den Bibliothekar. »Dieser Mann verehrt euch! Er kennt das ganze Buch der Phoenicrus, eure gesamte Geschichte, weiß alles über die Akademie und eure Gaben. Er wäre nicht imstande, euch so etwas anzutun.« Ich schüttle den Kopf. »Niemals. Genauso wenig wie Opa.«

»Sind es nicht oftmals jene Fanatiker, die zu unsagbaren Gräueltaten fähig sind?«, fragt Ductus ruhig.

Ich hingegen schnaube verächtlich.

Ben macht einen Schritt auf mich zu und streicht mir sanft über den Arm. »Zara?« Er räuspert sich kurz, ehe er weiterspricht. »Du musst doch zugeben wie eigenartig es war, dass Herr Knorr so unverhofft aufkreuzte, nicht?«, sagt Ben und wird zusehends heiserer.

Seine Worte entlocken mir ein zweites Schnauben, da kommt mir ein Blitzgedanke. »Wie war das noch mal, existiert bei den Schwarzen Engeln –« Als ich die beiden letzten Worte ausspreche, zuckt nicht nur Ductus zusammen, auch meine Schwester. (Ups, Fettnäpfen erwischt.) »Ähm, sorry, ich meine bei euch Phoenicrus. Also existiert bei euch nicht irgendeine Fähigkeit, die mit Visionen zusammenhängt?«

»Sentio«, kommt es murmelnd aus Herrn Knorrs Richtung und so leise, dass ich ihn vermutlich ziemlich konsterniert anschaue. »Die Gabe, die du meinst, heißt Sentio«, wiederholt er daraufhin etwas deutlicher.

»Genau, die meine ich«, sage ich kopfnickend und verschränke angriffslustig die Arme vor der Brust. »Setzt die doch eben mal kurz ein, dann wisst ihr Bescheid, was wirklich passiert ist. Opa verdächtigt ihr nur wegen seiner Gabe. Und Herr Knorr – was bitteschön soll sein Tätermotiv sein, hä? Erklärt mir das mal?«

»Hm … verletzter Stolz, falsche Überzeugungen, Rache, Angst vor der Andersartigkeit«, rattert Milo ein paar Gründe runter. Es kommt wie aus der Pistole geschossen und macht deutlich, dass hier nicht das erste Mal darüber diskutiert wird. »Die Motive sind so unbegrenzt wie die Vielfalt der Menschen selbst.«

»Zara hat Recht«, unterstützt mich Ben. »Setzt eure Fähigkeiten ein und findet heraus, was wirklich passiert ist. Das wird das Einfachste sein.«

Als ich Ben das aussprechen höre, weiß ich plötzlich, dass die Sache einen Haken hat. Welchen? Ganz klar, wenn sie könnten, hätten sie diese Methode längst angewendet.

»Momentan sind wir dazu leider nicht in der Lage«, antwortet Ductus und hüstelt befangen.

Na, was habe ich gesagt?

»Und rückblickend eine Vision zu erlangen, da muss ich euch leider enttäuschen, das ist sowieso noch mal eine ganz andere Geschichte …«

»Alles klar! Dann einfach mal den erst Besten verdächtigen, was?« Ich schüttle verächtlich den Kopf.

»Auch ich muss Zara zustimmen.« Es ist meine Schwester, die das sagt. Unsicher verlagert sie das Gewicht von einem Fuß auf den anderen und es wird deutlich, wie schwer es ihr fällt, dem Oberhaupt der Akademie zu widersprechen. Ich lächle sie ermutigend an und sehe dabei in vertraute Augen. »In dieser Vorhersehung, die ich Ihnen vor wenigen Stunden unterbreitet habe, da wird zwar von einer Gestalt berichtet, aber irgendwie passt dieser Mann überhaupt nicht zu diesem Bild. Ich weiß nicht …?«

Ductus, der wieder hinter seinem Nussbaumtisch steht, stützt sich mit beiden Händen auf der Tischplatte ab. Und so wie sich seine Finger darum klammern, verkrampft sich auch sein Kiefer, so fest, dass seine Muskeln sichtlich hervortreten. Aber er schweigt.

»Professor«, spricht meine Schwester weiter, darum bemüht, ruhig zu bleiben. »Sie müssen zugeben, dass sich besagte Vision bewahrheitet hat.«

»Zweifellos trifft das meiste dieser Vorhersehung tatsächlich zu, dennoch sind da ein paar Ungereimtheiten, die man nicht unbeachtet lassen darf und die du noch nicht verstehen kannst.«

»Wie der Aspekt des hohlen Schattens?«, fragt Yosi nach.

Ben und ich verstehen kein Wort von dem was sie hier reden, aber ich höre gespannt zu.

»Unter anderem, ja«, nickt der Professor.

»Ein Anzeichen für einen Tutamina – soweit erschließt es sich uns beiden mittlerweile auch«, sagt Aaron. »Dass ein Tutamina einen Schutzwall um sich trägt und deshalb nur als Schatten zu erkennen war, ist die einzig logische Schlussfolgerung.«

Ductus reißt die Augen auf. Nur eine Millisekunde, dann zieht er scharf die Luft ein und fährt fort: »Dann wird euch hoffentlich auch bewusst sein, dass genau dieser Tatbestand dazu geführt hat, weshalb Yosephines Opa als einer der Hauptverdächtigen gilt?«

»Ehrlich gesagt nicht.« Jetzt scheint es um Yosis Beherrschung geschehen. Sie verdreht entnervt die Augen – und ich kann sie total gut verstehen!

»Ich gebe doch zu, dass es noch Ungereimtheiten gibt. Ich brauche noch etwas Zeit, um alles bis ins Detail zu ergründen.«

Yosi zieht ihre Brauen in die Höhe. »Ich weiß von Ihrem Problem«, sagt sie trocken und verursacht mit dieser Bemerkung nicht nur bei mir ein Fragezeichen.

Ductus blinzelt. »Wovon sprichst du?«

»Yosi, nicht«, versucht Aaron sie davon abzuhalten, doch es ist schon zu spät.

»Von Ihrem Problem mit Ihrer Gabe und auch –« Plötzlich beißt sich Yosi auf die Unterlippe und schüttelt den Kopf, als ob sie das, was ihr gerade über die Lippen kommen wollte, abschütteln müsste. »– und auch vom Verräter in der Akademie.«

Wow! Meine Schwester ist echt gut! Ha, wie cool! Aber – es gibt einen Verräter innerhalb dieser Mauern? Das ist neu. Und gar nicht cool.

»Das überrascht mich jetzt doch ein wenig«, gesteht Ductus irritiert und sofort schnellt sein Kopf zum Arrow-Typen hinüber. »Milo, warst du –«

»Nein, Professor! Wo denken Sie hin«, fällt er ihm entrüstet ins Wort und hebt abwehrend seine Hände in die Höhe. Doch wenn mich nicht alles täuscht, huscht ein stolzes und beeindrucktes Lächeln über sein Gesicht. »Yosi ist nicht auf den Kopf gefallen. Sie ist ganz alleine an diese Informationen gekommen.« Als er jetzt Yosi direkt ansieht, ist da dieser Glanz in seinen Augen. Selbst seine Ausstrahlung wirkt mit einem Mal sanft und liebevoll. Eine Eigenschaft, die ich ihm bislang nicht zugetraut hätte. Und da fällt es mir wie Schuppen von den Augen: Die beiden gehören zusammen.

*Na klasse, auch das noch. Puh, willkommen in der Familie, Milo!*

»Die Tatsache, dass Sie davon noch nicht Wind bekommen haben, dass wir Bescheid wissen, war sowieso Beweis genug«, hängt Aaron noch an. Es wirkt beinahe entschuldigend.

Ductus seufzt.

Irgendwas an seinem Seufzer sagt mir, dass es auch zu einem großen Anteil aus Erleichterung geschieht, als falle eine bedrückende Last von ihm.

»Wie dem auch sei, der Ursache meiner Probleme auf den Grund zu gehen, dazu haben wir auch später noch Zeit«, winkt Ductus ab und wendet sich wieder entschlossen Herrn Knorr zu. »So leid es mir tut, aber in dieser überaus prekären Lage ist jeder mögliche Verdächtige solange schuldig, bis ich vom Gegenteil überzeugt werde. Oder haben Sie zu Ihrer Verteidigung noch irgendwas vorzubringen?«

»Ich war es nicht«, raunt der Bibliothekar resigniert. Es klingt, als habe er längst aufgegeben.

»Ist das alles?«

»Vielleicht war er einfach nur zur falschen Zeit am falschen Ort«, wirft nun Milo dazwischen. »Vielleicht auch genau am richtigen Ort, wie man's nimmt. Denn immerhin hat er Professor Moltino das Leben gerettet oder sehe ich das falsch?«

Ductus rauft sich seine lichten Haare und in mir kommt der leise Verdacht auf, dass ihm gerade alles über den Kopf wächst. Er senkt die Stimme, als er weiterspricht, obwohl das völlig sinnlos ist. Wir verstehen jedes Wort – eigentlich macht es nur noch deutlicher, wie restlos überfordert er sein muss.

»Milo, dir ist doch bewusst, dass da draußen ein Verräter lauert, der mit dem Maulwurf in der Akademie zusammenarbeitet und uns vernichten will. Oder hast du das vergessen?«

»Natürlich nicht, Professor«, brummt Milo.

Ductus stemmt sich mit beiden Händen auf der Lehne des Ledersessels ab und möchte wahrscheinlich gerade zu einer Moralpredigt ausholen. Doch dazu kommt es nicht, denn soeben wird die Zimmertür energisch aufgestoßen, so dass ein feiner Luftzug durch den Raum weht.

»Professor«, keucht die junge Frau. Offenbar ist sie ziemlich außer Atem.

Moment mal! Diese Frau … ich kenne sie! Ist das nicht diejenige, die uns im Wald aufgelesen hat, als Bluestar das Zeitliche segnete? »Ihre Anwesenheit wird verlangt«, sagt sie und schnappt nach Luft. Sie ist darauf bedacht ihre Stimme zu senken, weil sie mich und Ben zwischen den anderen erblickt. Nur kurz blitzen ihre Augen auf – sie hat uns auch wiedererkannt. »Sie wissen doch, der Stille Rat.«

Der Schulleiter nickt, presst sich seufzend die Hand gegen die Stirn und richtet sich kerzengerade auf. »Ich bin jeden Moment soweit, Amalia«, informiert er die junge Frau. Ich hänge immer noch dem Umstand hinterher, dass sie ebenfalls zu *denen* gehört. Ist die Welt echt voll von überirdischen Phänomenen, besonderen Wesen und Verrückten? Diese Paranoia, die ich seit der ersten Begegnung mit Herrn Knorr entwickelt habe, scheint sich tatsächlich zu bewahrheiten.

Während die Frau mit der Info wortlos wieder von dannen zieht und ihre Schritte nach und nach im Korridor verhallen, mustert Ductus seine illustre Gesellschaft eingehend.

»Wir machen es folgendermaßen«, beginnt er mit konzentrierter Miene, seine Worte gelten Milo. »Herr Knorr begleitet mich zum Stillen Rat.« Als er seinen Entschluss ausspricht, wendet er den Kopf dem Bibliothekar zu. »So behalte ich Sie im Auge und Sie haben die einmalige Gelegenheit, als Ungebrannter am Zirkel teilzunehmen, natürlich nur als Beobachter. Sozusagen eine Win-Win-Situation für uns beide«, ergänzt Ductus und schenkt dem verunsicherten Mann zum ersten Mal ein angedeutetes Lächeln. Das scheint wie Medizin auf Knorrs geschundene Seele zu wirken. Ob es das Lächeln ist oder der Umstand, dass er den Zirkel miterleben darf, ist unklar. »Ich schätze, ihr habt euch genug zu erzählen. Nur eine Sache, Milo, bleibt bitte im Lehrerzimmer und macht nichts Unüberlegtes solange ich fort bin.«

»Klar«, meint Milo.

Schon beinahe väterlich legt der Professor seine Hand auf Milos Schulter. »Du weißt, dass wir auf der Hut sein müssen.«

Ein stummes Nicken von Milo, dann sehe ich dem Professor nach, als er mit dem Bibliothekar durch die Tür verschwindet. »Es wird bestimmt nicht lange dauern«, versichert er und zieht die Tür hinter sich zu.

Nun sind wir allein.

Eine Ungebrannte alleine unter Phoenicrus und einem Dimicrus. Inklusive des mysteriösen Arrow-Typens, des schlauen Burschens und meiner Schwester, die ich nicht kenne. Nicht zu vergessen der hinreißende Dimicrus, dem ich eine Antwort schulde, die gerade schwerer auf mir lastet, als ich es für möglich gehalten habe.

Milo stöhnt auf, wie wenn er meine schweren Gedanken fühlen könnte. Vielleicht hofft er aber auch, damit die Bedrohung wegpusten zu können, die irgendwo auf uns lauert. Unsichtbar. Und undefinierbar.

Wenn nicht einmal mehr die Gabe des Sentios funktioniert, muss das Unheil dämonischer sein, als uns allen lieb ist …

# Kapitel 5

## Frango oder nicht Frango, das ist hier die Frage

### Zara

»Was die im *Rat* wohl *stillen* mögen?«, grinst Ben schelmisch. Er versucht wohl, die merkwürdige Stimmung im Ductus-leeren Raum aufzulockern.

Seit wenigen Augenblicken sind wir allein im Lehrerzimmer. Ich weiß nicht wohin mit mir, schreite unsicher durch den Raum, studiere den einen oder anderen Buchtitel und kann dennoch nicht den Sinn der geschriebenen Worte erfassen. Die Gefühle wechseln im Takt meines Herzklopfens. Unruhig. Aufgewühlt. Besorgt. Und gerade überlege ich, ob ich die Leiter hochklettern soll, um zu sehen, wie die Aussicht von dort oben ist. (Ablenkung von dem eigentlichen Problem ist eine Taktik, die mein Hirn schon immer hervorragend beherrschte!) Dass der Schulleiter uns unbeaufsichtigt lässt, überrascht mich doch ein wenig. Anscheinend vertraut er uns … ähm, vermutlich vertraut er eher Milo.

Kurz überkommt mich der Gedanke zu fliehen – ich verwerfe ihn aber gleich wieder. Nein, das ist keine Option. Erstens würden sie uns mit ihren Gaben sofort aufspüren, zweitens kann ich Opa hier unmöglich zurücklassen. Und Yosi auch nicht.

Ben lehnt mit dem Hintern an einem kleinen Schreibtisch, der ein Stück vor dem Fenster steht. Das bisschen Himmel, das ich durch die Glasscheibe erkennen kann, ist düster und tiefschwarz. Eine Nacht ohne Mond und ohne Sterne. Doch Bens Augenmerk gilt nicht dem Himmel, er beobachtet mich amüsiert.

»Vielleicht raten sie auch im Stillen«, gebe ich über die Schulter hinweg belustigt zurück, auch wenn mir nicht nach scherzen zumute ist.

Aaron hat sich einen Stuhl geschnappt und hockt verkehrt herum auf ihm, so dass er seinen Kopf auf der Lehne abstützen kann. Yosi steht dicht neben Milo, der mit seinen breiten Schultern am Bücherregal lehnt und einen Fuß wippend daran abstützt.

Obwohl Ben und ich nur witzeln, so schweben seine letzten ausgesprochenen Worte immer noch dominant durch die Luft. Unsere Stillen-Rat-Wortspielchen ernten bloß merkwürdige Blicke von den anderen. Schon ist es wieder zurück, das Gefühl des Fremdkörper-Status.

Eigentlich pochen Hunderte von Gedanken hinter meiner Stirn. Formen sich zu Fragen, die dringend eine Antwort brauchen.

*Wer waren die Leute in dem brennenden Haus? Was wisst ihr über den Verräter?* Doch vor allem die eine Frage: *An was erinnerst du dich, Yosi?* Vielleicht durfte sie zumindest einen Teil ihrer Erinnerung behalten … Es fühlt sich an, als stünde ich inmitten einer Hagelkörner-Fragen-Attacke. Es sind schlichtweg zu viele, um mich auf das Wesentliche konzentrieren zu können.

Gerade als ich den Mund aufmache, darum bemüht, einen meiner Gedanken auszusprechen, erhebt Milo die Stimme.

»Vielleicht ist das Hauptthema des Stillen Rats auch dein Vater«, sagt Milo zu Ben. Er spricht es so betont beiläufig aus, dass es nur als verachtend aufgefasst werden kann.

Ben wirbelt herum.

Ich sehe, wie sich sämtliche Muskeln seines Oberkörpers anspannen und sich die Hände zu Fäusten ballen. Es reicht ein weiterer Funke in Form einer zweideutigen Anspielung und ich bin mir sicher, er explodiert.

Dass Milo Bens Vater ins Spiel bringt, kostet ihn gerade sämtliche Sympathiepunkte, die er bei mir gesammelt hat – nicht, dass es sonderlich viele gewesen wären. »Bens Vater existiert nicht mehr«, sage ich schließlich trocken und lächle dabei zuckersüß.

Milo lacht auf. Ein raues, fast bedrohliches Lachen, bei dem sich mir die feinen Härchen im Nacken aufstellen. »Aber klar, würde ich auch behaupten, wenn mein Vater zum Frango degradiert wurde.«

*Jetzt knallt's,* denke ich und werfe mich vorsichtshalber schon mal in Position, um Ben aufzuhalten. Ich könnte es ihm nicht verübeln, bei dem Schwachsinn, den Milo zusammendichtet.

»Was redest du da?«

Zu meiner eigenen Überraschung kommt diese Frage nicht etwa von Ben, sondern von meiner Schwester. Nun zerrt sie Milo grob am Unterarm, so dass er kurz das Gleichgewicht zu verlieren droht, weil sein ganzes Gewicht auf dem einen Bein lagert. »Sag mal, wie viele von deinen Darf-ich-nicht-sagen-Infos kannst du noch aus dem Ärmel schütteln? Findest du nicht, dass jetzt endlich der Zeitpunkt gekommen ist, mit allem rauszurücken?«

Uh, das scheint ein wunder Punkt zu sein.

»Ein Frango?«, raunt sie weiter und dabei wirkt ihre Stimme immer belegter. »Weißt du eigentlich, was du da sagst?«

Dass in dem Wort *Frango* etwas Unheilvolles mitschwingt, zeigt die Art, wie Yosi es ausspricht. In mir flackert eine Erinnerung auf. Eine, die erst wenige Minuten zählt. Die Hinfahrt, der Wald, die stummen Gespräche und Milos Worthauch.

*Frango …*

»Okay, was ist ein Frango?«, höre ich mich in derselben Sekunde auch schon fragen.

»Ein Frango ist ein Phoenicrus, der ein bindendes Versprechen gebrochen hat, das er einst einem anderen Phoenicrus gab.« Es ist Aaron, der mir freundlicherweise meine Frage beantwortet, ohne den Kopf von der Lehne anzuheben. Und trotz seiner Erklärung verstehe ich nichts. »Die Folgen eines solchen Bruches sind fatal!«

Milo nickt. Ausnahmsweise wirkt er weder überheblich, noch von oben herab. »Frango, abgeleitet von dem lateinischen Wort frangere, das so viel heißt wie zerbrechen. Deine Gabe zerbricht, so wie man den Schwur bricht«, fügt er hinzu und allmählich beginne ich zu begreifen.

Ben offenbar auch. »Halt mal«, meldet er sich zu Wort und geht nun ein paar Schritte auf Milo zu. »Wisst ihr überhaupt, was ihr da behauptet? Das würde ja bedeuten, dass mein Vater sowas wie ein Ex-Phoenicrus wäre.« Er lacht auf, verwirrt und ungläubig in einem. »Niemals!«

Eine lange Sekunde starre ich Ben an, schweigend, weil in derselben Sekunde in meinem Innern ein Film abläuft (mein Kopfkino wird bestimmt eines Tages mit einem Oscar gekrönt) und gehe langsam in seine Richtung. »Aber die Skizze des Phoenicrus-Wappens auf dem Schreibtisch, erinnerst du dich?«, hauche ich atemlos.

Ben starrt genauso fassungslos zurück. »Nein, nein«, stammelt er und geht rückwärts von mir weg. Immer weiter und weiter, bis er schließlich mit dem Rücken ans Bücherregal stößt. Dort verharrt er einen Augenblick, dann sackt er zu Boden. »Nein, nein, nein.«

Mit unsicheren Schritten gehe ich auf ihn zu, kauere mich zu ihm auf den Boden und lege vorsichtig meine Hand auf sein Knie, weil ich nicht sicher bin, ob er die Nähe in solch einem Moment zulassen kann. Ich spüre, wie er leicht zusammenzuckt, als ich sein Bein berühre und er schafft es nicht, die Berührung zu erwidern.

»Das würde immerhin erklären, warum du meine Energie sehen konntest«, murmelt Milo.

Kann der nicht mal ein paar Sekunden mit seinen kryptischen Andeutungen hinter dem Berg halten?

Ben blickt zu ihm auf, die Augen groß vor Schreck. Seine Pupillen weiten sich bei Milos Worten noch ein wenig mehr. »Verdammt, was zur Hölle soll das nun wieder bedeuten?« Die Worte, die aus ihm herauskommen, gleichen dem wütenden Fauchen eines Raubtiers.

Milo seufzt und sein Gesichtsausdruck schreit stumm und unmissverständlich: *Shit, hätte ich doch bloß nichts gesagt!*

Da sind wir endlich mal gleicher Ansicht!

»Wenn ein Phoenicrus seine Gabe durch das Brechen eines Versprechens verliert, dann wird sie frei –«, beginnt Milo, als ihm Aaron das Wort abschneidet: »Aber das ist nicht erwiesen!«

»Okay, Mr-Neunmal-Klug, wie erklärst du dir dann, dass er meinen Energiefluss sehen konnte?«, fragt Milo angriffslustig und wackelt dabei mit den Augenbrauen. »Zufall?«

Oh Mann, dieses Macho-Rumgezicke geht mir gerade echt auf den Zeiger!

»Kann vielleicht mal einer Klartext reden?«, werfe ich dazwischen, springe auf die Füße und beobachte Ben aus dem Augenwinkel.

Er vergräbt sein Gesicht in seinen Händen und wirkt wie ein Häufchen Elend. Ich kann vermutlich nicht mal ansatzweise nachempfinden, was gerade für ein Gefühlswirrwarr in seinem Innern hochkommt. Wenn nur ein Bruchteil ihrer Behauptungen stimmt – es würde Bens Wahrnehmung seines Vaters komplett infrage stellen. Das Bild eines schlechten Vaters, das Ben über Jahre immer wieder vor Augen geführt bekam und akzeptieren musste. Ob dieser (mögliche) Umstand an ihrer Beziehung selbst etwas zu ändern vermag, wäre natürlich ein ganz anderes Thema.

»Okay, was passiert, wenn ein Phoenicrus seine Gabe verliert?« Bei den letzten Worten hebe ich meine Stimme deutlich an, um meinem Anliegen noch mehr Nachdruck zu verleihen.

Milo räuspert sich und reibt sich übers Gesicht. »Die Forscher sind sich nicht einig. Manche gehen davon aus, dass die freigegebene Gabe auf die Nachfahren übergeht«, erklärt er und zuckt mit den Schultern.

»Doch die meisten sind überzeugt, dass die Gabe einfach erlischt«, kontert Aaron prompt.

So langsam werde ich das Gefühl nicht los, dass in Aaron ein kleiner Besserwisser steckt.

»Deine vertretene Theorie, Milo, hat einen kleinen, aber feinen Haken«, fährt er fort. (Oh ja, gerade bedient er sich der typischen Klugscheißer-Stimmlage.) »Wie man an diesem lebenden Beispiel wunderbar erkennen kann, ist dein Standpunkt falsch. Wenn er richtig wäre, wäre er ein Gebrannter und somit an der Akademie.« Triumph strahlt aus Aarons Gesicht und Befriedigung liegt in seinen Mundwinkeln.

Davon lässt sich Milo keineswegs einschüchtern. »Mag sein. Aber hast du schon mal daran gedacht, dass er vielleicht nicht der älteste

Sprössling ist? Denn die Theorie besagt weiter, dass meist die gesamte Phoenicrus-Energie auf den Ältesten übergeht.«

Aaron schweigt, zieht seine Brauen zusammen, ganz so, als würde er nach dem richtigen Gegenargument suchen. »Nur leider widerspricht diese an den Haaren herbeigezogene Theorie der gesamten Geschichte der Phoenicrus. Sie besagt, dass nicht berechnet werden kann, welches Kind als Gebranntes zur Welt kommen wird. Sonst wäre es doch so, dass bei dem Tod eines jeden Phoenicrus seine Energie freigegeben wird, in Millionen Atome zersplittert und sich mal eben einen neuen, geeigneten Wirt sucht, oder sehe ich das falsch?« Nun kneift Aaron merkwürdig die Augen zusammen. »Außer … ja, außer …«

»He Leute!«, ruft Ben dazwischen. Abgesehen von dem Grünschimmer in seinem Gesicht, der auch eine Spiegelung der merkwürdigen uralten Holzdielen sein könnte, sieht er wieder einigermaßen ansprechbar aus. »Falls ihr es nicht bemerkt habt, das lebende Beispiel hier –«, er winkt in die Runde, »– hat tatsächlich so was wie zwei Ohren, die hören können, und ein halbwegs funktionierendes Gehirn unter der Schädeldecke versteckt.«

Aaron beißt sich schuldbewusst auf die Unterlippe und nickt Ben kurz zu. »'Tschuldige«, murmelt er.

Milo hingegen scheint das nicht weiter zu kümmern. (Minus eins! Im Minuspunkte sammeln ist er echt unschlagbar!)

»Ich kann euch versichern, dass mein Vater niemals ein Phoenicrus war. Er brilliert viel lieber durch Abwesenheit und fiesem Benehmen in sturzbetrunkenem Zustand. Zudem bin ich ein Einzelkind. Also …« Ben schaut die beiden abwechselnd an. »Ihr irrt euch. Alle beide!« Mit diesen Worten rappelt er sich vom Fußboden hoch.

»Alles wieder gut?«, frage ich leise.

»Alles wieder gut«, lächelt er zurück, während aus Aarons Richtung ein murmelndes »Hmm, wer weiß …« zu hören ist.

Doch ich bin mir sicher, dass für ihn das Thema noch nicht durch ist. Auch wenn ich nicht weiß, woran ich das erkenne. Vielleicht die Art und Weise, wie er mit dem Finger auf seine kantige Nase tippt, oder weil er abermals die Brauen zusammenzieht und seine Denkfalten auf der Stirn zum Vorschein kommen. Theoretiker bleibt eben Theoretiker.

Mit einem Auge bemerke ich auf einmal, dass Yosi unruhig im Zimmer auf und ab geht. Sie knetet unentwegt ihre Hände, schüttelt sie anschließend, um kurz danach wieder in ein nervöses Kneten überzugehen.

»Yosi?«, frage ich verunsichert, weil mir plötzlich auffällt, dass sie die ganze Zeit über schon so still war. »Ist alles okay?«

Während die Jungs doch wieder eifrig zu diskutieren begonnen haben, bleibt Yosi vor der Zimmertür stehen. Als sie meine Stimme hört, schnellt ihr Kopf zu mir hinüber. Der Ausdruck in ihrem Gesicht spricht Bände. »Irgendwas stimmt hier nicht.«

Außer mir scheint sie keiner zu hören, die Jungs schweben immer noch in anderen Sphären. (Theoretischen-Möchtegern-Frango-Rechthaber-Sphären!)

»Haltet mal die Klappe!«, schreie ich über ihre Köpfe hinweg, um Yosi Gehör zu verschaffen.

»Danke«, lächelt sie mich schief an. »Das war mehr als nötig.« Nun zieht sie die Tür ein Stück weit auf und streckt ihren Kopf durch den Türspalt. Zwei Sekunden später blickt sie wieder in die Runde. Mit gekräuselter Stirn fragt sie: »Riecht ihr das auch?«

Unwillkürlich schnuppere ich in die Luft. Der Geruch von ledergebunden Büchern, altem Papier, Staubkörnchen und garantiert auch einer Dosis Testosteron kitzelt in der Nase.

Sonst nichts.

»Was denn?«, fragt Ben.

Ich hingegen bin unsicher, ob ich ihre Antwort überhaupt hören möchte, denn mein Bauchgefühl raunt, dass nichts Gutes folgen wird.

Yosi saugt noch einmal scharf die Luft ein, dann presst sie die bebenden Lippen zusammen und schüttelt den Kopf. Ihre roten Haarsträhnen tanzen dabei leicht hin und her. »Verdammt!«, zischt sie. »Die Sache ist noch längst nicht ausgestanden.«

Ich habe es geahnt.

Zwischen zwei Atemzügen begreife ich etwas. Etwas Entscheidendes.

Meine Schwester an die Schwarzen Engel zu verlieren war grausam, ohne Zweifel. Die Wirklichkeit aber ist, dass ich dadurch in eine verfluchte Spirale von Ereignissen gezogen wurde, deren Ende nicht nur ungewiss, sondern eines ist, das ich mir nicht mal auszumalen wage.

Plötzlich scheint die Tatsache, dass Yosi ein Phoenicru ist, noch die geringste Sorge zu sein.

# Kapitel 6

## Die Macht des Schicksals eines anderen

### Zara

»Rauch!«

Entweder besitzt Yosi ein verdammt gutes Riechorgan (und davon gehe ich mal stark aus) oder es liegt an ihrer Gabe, dass sie etwas bemerkt, bevor es sonst jemand tut. Ihre Gesichtszüge erstarren, die Pupillen weiten sich, als durchlebe sie einen Adrenalinschub vom Feinsten. Es scheint, als stünde ihr ganzer Körper unter Strom. Die Worte kommen als gespenstischer Atemhauch aus Yosis Mund. »Ich kann ihn riechen.«

Auf einen Schlag verstummen alle und die unheimliche Botschaft, die mit Yosis Worten an uns herankriecht und uns gefangen nimmt, verbreitet sich mit einer ekelhaften Stille. Als ich die anderen betrachte, bin ich mir sicher, dass nicht nur vor meinem inneren Auge die Bilder des verlotterten Hauses auftauchen. Die eine Frage schwebt unausgesprochen über unseren Köpfen: Hat der Feuerteufel tatsächlich wieder zugeschlagen?

Tja, was habe ich gesagt? Die verfluchte Spirale hat uns fest im Griff!

Mit gemischten Gefühlen setze ich mich in Bewegung. Ich will dieses Ohnmachtsgefühl abschütteln, während mein Herz bis zum Hals klopft. Es bringt nichts, die Augen zu verschließen und zu warten. »Willst du damit sagen, dass es in der Akademie brennt?«, spreche ich aus, was keiner außer mir zu fragen wagt.

Yosi schaut mir direkt in die Augen. »Ein Glisco kann den Rauch riechen, auch wenn das Feuer erst gerade ausgebrochen ist«, erklärt sie mir.

Ich nicke verstehend und realisiere gleichzeitig, dass sich die Angst, die mich mit mächtigen Klauen umklammert, auch in ihrem Gesicht abzeichnet.

»Dann nichts wie hin!«, entgegnet Ben, der zu mir aufgeschlossen hat.

Einmal mehr überrascht mich sein Verhalten. (Dieser Kerl ist einfach unglaublich!) Es scheint fast, als würde es Ben gut tun, etwas unternehmen zu können, um diese lähmende Energie der ganzen Frango-Geschichte mit seinem Vater loszuwerden – oder ist es schlichtweg eine Verdrängungstaktik? Als ich ihn so reden höre, fällt es mir wie Schuppen von den Augen. Ja, es gibt noch eine dritte Möglichkeit. Sollte sein Vater tatsächlich ein Frango und damit Milos Theorie richtig sein, hat Ben vielleicht einen älteren Bruder oder eine ältere Schwester, von der er nichts weiß. Das würde Sinn ergeben, denn sein Bruder oder seine Schwester würde sich vermutlich hier an der Akademie befinden. Und das würde bedeuten, dass Bens Erinnerungen an sie oder ihn genauso gelöscht worden wären wie Yosis und meine. Doch dieser Moment scheint mir nicht der richtige zu sein, um das Thema abermals aufzugreifen. Ben drängt uns etwas zu unternehmen.

»Bevor das Feuer noch größer wird!«, hängt er an.

»Ductus hat uns aufgetragen im Lehrerzimmer auf ihn zu warten«, wirft Aaron dazwischen. (Mit Zweitname Überkorrektheit in Person.)

»Würdest du auch hier drinnen warten, wenn das Feuer auf den Raum übergeht?«, frage ich ihn. Ich reagiere mal wieder kratzbürstig, weil ich mich in die Enge getrieben fühle – oder viel eher in einer Falle. »Also mein Verlangen danach, hier drinnen geräuchert, verbrannt oder gegrillt zu werden, ist gleich null!«

Aaron wirft mir einen gehässigen Blick zu. Okay, soll er doch hier drin verrotten!

»Mensch Leute!« Milo baut sich vor uns auf und hält beschwichtigend die Hände in die Höhe. Den Kerl scheint auch gar nichts aus der Ruhe zu bringen. Oder er kann es verdammt gut überspielen. »Es ist ganz einfach: Wenn Yosi sagt, dass sie Rauch riecht, werden wir der Sache auf den Grund gehen.« Aaron will gerade protestieren, als Milo ihm mit der Hand

deutet, zu schweigen. »Und wir werden garantiert wieder zurück sein, ehe Ductus davon Wind bekommt. Deal?«

»Deal«, erklingt es vierstimmig.

Mit diesem Zuspruch zieht Milo endlich die Tür komplett auf.

Instinktiv schnuppere ich abermals in die Luft, als wir den Korridor betreten. Nichts. Kein Rauch. Rein gar nichts. Dafür ist es unglaublich kalt, noch kälter als bei unserer Ankunft. Die düstere Atmosphäre verleiht meiner Angst zusätzliche Macht.

Als ich meinen Blick durch den Korridor schweifen lasse, registriere ich jeden schemenhaften Umriss und jede kleine Bewegung. Adrenalin schießt durch meine Adern, schärft meine Sinne, doch von Rauch nehme ich immer noch keine Spur wahr. Für eine Millisekunde frage ich mich ernsthaft, ob Yosi hier wirklich etwas herausriechen kann, als sie abrupt stehenbleibt und meine Nase mal wieder die unliebsame Bekanntschaft mit einem Rücken macht. Diesmal erwischt es Aarons.

»Sorry!«, murmelt er über die Schulter.

»Was ist denn?«, frage ich, gehe automatisch in einen Flüsterton über und stelle mich auf die Zehenspitzen. »Warum bleiben wir stehen?«

Aaron zuckt nur mit den Schultern, als Yosi zu sprechen beginnt. »Tut mir leid, ich habe keine Ahnung, wo der Rauch herkommt. Das ist wirklich eigenartig. Sonst ist der beißende Geruch wie ein Wegweiser und ich kann ihm einfach nachgehen, aber jetzt …« Sie verzieht ihren Mund zu einer Schnute, während ihr Blick suchend durch den Korridor wandert. Er ist von Hektik und Verzweiflung getrieben.

»Die Fenster!«, sagt Milo plötzlich.

»Was ist damit?«, wollen Ben und ich gleichzeitig wissen.

»Stimmt!«, sagt Aaron und lässt Ben und mich weiterhin ahnungslos danebenstehen, doch Yosi hat bereits verstanden, auf was die beiden mit der Bemerkung abzielen.

»Wir können unmöglich *alle* Fenster schließen, dazu reicht die Zeit vielleicht nicht aus«, entgegnet sie entrüstet, dabei klingt ihre Stimme mehr als kläglich.

Endlich verstehe ich. Wegen des Luftzugs, der durch die geöffneten Fenster durch die gesamte

Akademie weht, ist es Yosi unmöglich, den Rauch seiner Quelle zuzuordnen. Doch in dieser Erkenntnis steckt noch eine weitere, die mir erst beim nächsten Atemzug klar wird. Irgendjemand muss die Fenster extra geöffnet haben!

Na toll. Richtig großartig. Wieso auch einfach, wenn es kompliziert geht?

»Dann können wir ebenso gut jeden Raum absuchen«, seufzt meine Schwester und lässt resigniert die Schultern hängen.

»Uns bleibt nichts anderes übrig …«, sagt Milo, schnappt Yosi an der Hand, rennt mit ihr zur nächstgelegenen Tür und reißt sie auf. Wir hetzen ihnen mit wenigen Schritten hinterher.

Auch in diesem Raum begrüßen uns weit aufgerissene Fensterflügel. Den Himmel, den ich sehen kann, ist tiefschwarz, genau wie der Wald um die Akademie. Gehetzt blicke ich mich um. Versuche mir einen Überblick zu verschaffen, damit ich meine Gedanken in eine andere Richtung zwinge. Alles liegt im Dunkeln, doch ich erkenne die schemenhaften Umrisse eines großen Raums mit allerhand Tischen und Stühlen und schachbrettartigem Fußboden. Sieht aus wie eine Schulkantine. Das leise Plätschern eines Brunnens ist zu hören und fernes Donnergrollen. Als Yosi wütend aufschreit, weil auch hier wieder nichts Augenfälliges zu entdecken ist, wird ihr Schrei von einem grellen Lichtblitz begleitet. Mit einem Fuß stehe ich im Speisesaal, mit dem anderen im Korridor und gleichzeitig krallen sich meine Fingernägel an dem glatten Türrahmen fest, denn schon wieder pochen Fragen hinter meiner Stirn: Was für ein verfluchter Mistkerl steckt bloß hinter der sich anbahnenden Katastrophe? Einer, der bereit ist, über Leichen zu gehen?

Aber es ist definitiv der falsche Zeitpunkt, mir darüber Gedanken zu machen. Dass wir so alleine durch die Akademie irren, wirft in meinem Hinterkopf unweigerlich die nächste Frage auf: Laufen wir sehenden Auges in eine Falle?

Ich schüttle den Kopf.

Egal – wir müssen das Feuer einfach finden. Und zwar schnell. Keine Zeit für eine Panikattacke, ich muss mich konzentrieren. Meine Gedanken sortieren, wenn ich Yosi eine Hilfe sein will.

»Riechst du was?«, drängt sich Milos Stimme zwischen meine Gedanken, während Yosi eilig durch den Raum hechtet.

Es kann kein Zufall sein. Das alles hier.

Fest steht: Irgendjemand ist für diesen Wahnsinn verantwortlich. Jemand treibt ein grausames Spiel mit beiden Seiten. Er spielt schon die ganze Zeit über die Ungebrannten gegen die Gebrannten aus, profitiert von dieser Verwirrung, die er dadurch stiftet. Doch genau dieser Schachzug könnte ihm jetzt zum Verhängnis werden, wenn wir nur schnell genug handeln.

Doch bis jetzt bestimmt *er* über alles.

Verfolgt uns.

Hat alle Fäden fest im Griff.

»Fehlanzeige!«, zischt Yosi und sogleich zerrt Milo sie zurück in den Korridor. Uns bleibt keine Zeit Fragen zu stellen, also hechten wir den Korridor hinunter und heften uns an ihre Fersen.

Während wir auf das nächste Zimmer zusteuern, merke ich nicht, dass der Wind nachgelassen hat. Ich bin zu aufgewühlt und ein Frösteln hat meinen Körper erfasst. Selbst meine Zähne beiße ich vor lauter Anspannung verkrampft zusammen. Und mit der sich verringernden Distanz entknotet sich ein Gedankenfaden in meinem Kopf. Klar, im Nachhinein lässt sich leicht sagen, man hätte so etwas wie eine Vorahnung wahrgenommen, denn eigentlich überkommt mich in dem Augenblick dieses sichere Wissen schon zum zweiten Mal. Als ich die Flammen sah, die gierig aus den Fenstern des verlotterten Hauses züngelten, kam es mir vor, als hätte das alles einen verborgenen Zusammenhang. Der Brief. Die alte Frau mit Wasserfarben-Augen. Bens Narbe. Opas Verfolger. Der Brand in dem Haus. Die jetzige Suche nach dem Feuer. Als folge alles einem geheimen Gesetz. In diesem Moment fügen sich all die Farbkleckse meines einst so bunten Bilderbuches zu einem neuen Bild. Noch weiß ich nicht, was darauf zu sehen sein wird, aber ich bin mir sicher, gegen die Gesetze eines Verrückten bin ich machtlos. Ich spüre, der Moment der Wahrheit ist zum Greifen nah. Er wird zu einer Person führen.

Zu dem Menschen, der das Feuer im Haus gelegt hat. Wie auch das Feuer, das gerade irgendwo in der Akademie zu lodern beginnt.

Mit flauem Gefühl im Magen renne ich weiter, immer vor Augen, dass Yosi meine Unterstützung braucht. Und da ist noch etwas in mir: die Hoffnung, dass bald alles ein glückliches Ende nimmt.

Aber was, wenn nicht?

Kurz halte ich inne. Ich muss meine Eltern anrufen. Womöglich ist es die letzte Gelegenheit. Hastig ziehe ich mein Handy aus der Hosentasche, drücke eine Taste. Ein kurzer Piepton, dann ein Knacksen. Die Leitung ist tot. Scheiße! Hab ich hier im Schloss etwa keinen Empfang? Das gibt's doch nicht!

Ich kann nur hoffen, dass meine Eltern nicht bereits völlig durchdrehen.

»Zara?«, dringt der Ruf zähflüssig zu mir durch. »Zara, komm, wir müssen weiter.«

Kurz schließe ich die Augen und atme aus. Entschlossen wende ich mich ab, stopfe schnell das Handy in die Hosentasche und sehe, dass Ben einen halben Schritt vor mir stehengeblieben ist.

Während Yosi den nächsten Raum in Augenschein nimmt, muss ich andauernd an zwei Dinge denken: an das, was Ductus sagte und an die Furcht, die in seinen Worten lag.

*Da draußen lauert jemand …*

Doch wie passt eigentlich Opa ins Bild?

Okay, er ist ein Tutamina, was ihn automatisch zu einem der Hauptverdächtigen macht. Aber ich weiß genau, dass er nichts mit der ganzen Sache zu tun hat. Weder mit dem Feuer hier noch mit dem im alten Haus. Ich hoffe inständig, dass es ihm gut geht, wo auch immer er sich gerade befindet.

Es gibt noch eine andere Interpretation. Eine, die bisher noch keiner der Gebrannten angedeutet hat. Und sie jagt mir Angst ein. Was, wenn Opa nicht der Einzige mit dieser Gabe ist …?

Räume, Treppen und Korridore fliegen nur so an uns vorbei. Wir zerren Tür um Tür auf – ich erblicke Schulräume mit Tischen und Bänken, großen Pergamenten und abgebildeten Symbolen, großräumige Flächen und skelettartige Stühle, sogar Toiletten und so was wie ein Ballsaal, aber nirgendwo ist ein Feuer zu finden.

So wie die Gedanken in mir ausharren, lauert auch die Zeit im Hinterhalt. Stets bereit, uns allen in den Rücken zu fallen. Ja, die Zeit arbeitet gegen uns. Mit dem Fenster-Manöver erst recht.

Der Korridor führt zu einer alten Abstellkammer, die letzte Tür in diesem Stockwerk. Jetzt spüre ich wieder die Nachtluft. Sachte streift sie durch mein Haar. Sie riecht nach feuchter Walderde und nahendem Gewitterregen. Fröstelnd schlinge ich die Arme um meinen Oberkörper. Die Lichter der Wandleuchten flackern unruhig wie verblassende Hoffnungsschimmer.

Schließlich nähern wir uns wieder der breiten Betontreppe der Eingangshalle und dem magischen Kronleuchter. Gerade jetzt bin ich heilfroh, dass ich Ben an meiner Seite habe. Nicht ganz allein zu sein an diesem fremden Ort.

»Rauf oder runter?«, will Milo in diesem Augenblick wissen.

Yosis Blick fixiert das Eingangstor.

Irgendwas ist mit ihr.

»Yosi?«, fragt Milo behutsam nach und berührt sie dabei leicht am Unterarm. Seine Stimme hat sich verändert. Sie klingt sanfter, oder nein, besorgter.

Yosis Starre wird von einem unentwegten Kopfschütteln abgelöst.

»Hier ist es!« Sie presst ihre Augen zu und ihr Atem kommt in heftigen Stößen. Das Entsetzen steht ihr ins Gesicht geschrieben.

»Schaffst du das?«, fragt Milo meine Schwester. Jetzt bin ich mir sicher: Sorge liegt in seinem verzogenen Mund, vielleicht sogar Angst in seinen Augen.

Etwas muss passiert sein. Ganz klar.

Auch wenn ich nicht genau weiß, *was* vorgefallen ist, schwingt in Milos Worten mit, dass sich dort, wo wir jetzt hingehen, etwas Grauenvolles abgespielt haben muss. Ich kann die Schwere deutlich spüren, die von Yosis Herzen ausgeht. Sie langt mit zitternden Fingern nach Milos Hand und in diesem Augenblick, als er seine Hand um ihre umschließt, stiehlt sich der Arrow-Typ still und heimlich in mein Herz. Zwar gebe ich es nur ungern zu, aber ich bin echt glücklich, dass Yosi ihn hat.

Ein leiser Seufzer entweicht mir, ich spüre einen Blick auf mir ruhen, sehe auf und blicke in diese betörend grünen Augen. Ben haucht mir einen Kuss auf die Wange und sein Atem streift kurz meine Haut. Dann hält er die Luft an, als versuche er den Augenblick mit all seiner Macht einzufrieren und mit allen Sinnen festzuhalten. Befürchtet er, wir kommen hier nie wieder raus? Mein Herz klopft im Rhythmus zwischen Verliebtheit und Furcht.

Als Yosi sich in Bewegung setzt, macht sich Erschöpfung in mir breit und mischt sich mit Zweifeln. Müde lächle ich Ben an und hoffe innig, dass wir das alles hier irgendwie überleben werden und unsere Liebe eine Chance bekommt. Dann konzentriere ich mich auf den Weg vor mir, der mich der breiten Steintreppe näherbringt. Plötzlich rieche ich es auch, wenn auch nur ganz zart. Diesen beißenden und kitzelnden Geruch, der mir entgegenschwebt. Zwar kann ich immer noch nicht sagen, woher der Geruch kommt, er ist kaum wahrnehmbar, aber er beweist: Irgendwo brennt es.

»Es kommt aus Phasmos Labor«, wispert Yosi atemlos und stürmt ohne ein weiteres Wort die letzten Stufen hinunter. Die Worte rauschen durch mich hindurch wie ein eisiger Wind.

Zielstrebig steuert sie auf den Rundturm zu unserer Rechten zu. Dort angelangt, presst sie ihre flache Hand gegen die rot schimmernde Tür.

Was bezweckt sie damit? Lässt sich die Tür vielleicht beiseiteschieben?

Schon nach wenigen Stufen krabbelt ein unheimliches Gefühl meinen Rücken hinunter. Es ist, als ob die Kristalle des Leuchters nach und nach erlöschen und sich zu toten Lichtern verwandeln.

Was, wenn das ein Zeichen ist, eine Warnung?

Starr blicke ich zum Leuchter. Ein Windstoß entlockt den Kristallen ein feines Klirren. Was zischeln sie?

*Seht euch vor!*

»Zara, alles okay?«, raunt mir Ben die Frage ins Ohr.

Ich nicke hastig, reiße mich zusammen und konzentriere mich auf meine Schritte, bis Ben und ich endlich auch den Turm erreichen. Was ich vermeintlich für eine Tür gehalten habe, entpuppt sich als schlichte Holzplatte ohne Griff oder Türschloss. Abermals presst Yosi ihre Hand dagegen. Ihren Bewegungen ist Ungeduld anzusehen und auch, dass sie unter enormem Zeitdruck steht. Doch so sehr sie sich auch dagegenstemmt, es passiert nichts.

»Shit!«, flucht sie und kickt genervt gegen das Holz. Die gigantische Eingangshalle spielt sich das Echo zu und verleiht der ohnehin schon stressigen Situation etwas Dramatisches. »Shit! Shit! Shit!«

»Was ist los?«, frage ich gepresst.

Ich bekomme keine Antwort, dafür linst Yosi verstohlen zu Milo hinüber, als stelle sie ihm eine stumme Frage.

Es ist nur ein kurzer Moment, in dem Milo meine Schwester schweigend anschaut, doch er gibt Platz für Gedanken, Fragen und Ängste. Ängste, die anwachsen und regelrecht auf mich einschlagen. So heftig, dass es der Wucht eines Fausthiebs in den Unterleib gleichkommt.

Was hat der Professor vorhin gesagt?

Wie ein Wetterleuchten blitzen seine Worte in mir auf.

*Draußen lauert ein Verräter, der uns vernichten will.*

Aus dem Augenwinkel bemerke ich, dass Milo kaum merklich den Kopf schüttelt und murmelt: »Ich habe den Schlüssel nicht dabei.«

Noch einmal tritt Yosi verärgert gegen das rötliche Holz und zu meinem Erstaunen erhellt sich fast zeitgleich Aarons Gesicht.

»Der Innenhof«, piept er und deutet mit dem Kopf nach oben. »Ich bin mir nicht ganz sicher, aber im Buch *Entstehungsgeschichte der Stadt der Verborgenen* wird einmal erwähnt, dass ein unterirdischer Gang existiert, der zu den Zwillingstürmen führt.« Er legt eine kurze Pause ein, als wolle er uns Zeit geben, um seine Botschaft zu verstehen. »Was, wenn der verbotene Eingang nicht nur zum Turm der Erinnerungen führt?«

Ich verstehe nur Bahnhof, auch Ben zieht irritiert eine Braue hoch, aber Yosi nickt eifrig und zerrt mich bereits am Arm die Treppe hoch.

Ich spüre mein Kopfschütteln, während wir den ganzen Weg zurückrennen. Der Verräter lauert nirgendwo draußen, nein, er befindet sich im Schloss. Hier in der Akademie der Gebrannten. Und die Spirale dreht immer schneller und schneller. Schon bald werden wir nicht mehr in der Lage sein, das Schicksal in der Hand zu halten, geschweige denn selbst zu bestimmen. Wie war das noch mal mit *Schicksal in die Hand nehmen* und *Jeder ist seines Glückes Schmied?* Klar, mit unseren Entscheidungen besiegeln wir unser Leben. Doch manchmal, ja manchmal sind es auch fremde Mächte, die über unseren Kopf hinweg unser Schicksal beeinflussen, wenn nicht sogar beherrschen. So ist das eben.

*Klacks!*, macht es und mein letzter Gedanke zerreißt zu einem ausgefransten Faden. Vor mir öffnet sich lautlos die Tür eines Seiteneingangs und wir betreten den Innenhof.

Unweit von uns höre ich abermals das Plätschern eines Brunnens, doch ich habe keine Zeit, um nach ihm Ausschau zu halten. Der Zwischenfall mit den aufgezerrten Fenstern hat uns sowieso schon wertvolle Minuten gekostet – hoffentlich kommen wir nicht zu spät.

Milo schlägt sich durch eine Unmenge Gestrüpp, das an einer Stelle wild an der Fassade des Innenhofs emporwuchert und so gar nicht zum restliche gepflegten Hof passen will. Erst als sich meine Augen an die Dunkelheit gewöhnt haben, erkenne ich den Umriss einer alten Holztür, die sich hinter den Büschen versteckt. Sein energisches Rütteln klingt viel zu laut und ich ahne, was gleich folgen wird.

»Mist. Es ist natürlich abgeschlossen. Und ich habe nichts zum Öffnen dabei.«

»Und jetzt?«

»Geht mal beiseite.« Das kommt überraschenderweise von Ben und ich glaube zu erkennen, dass er aus seiner Jackentasche etwas herauszieht. Zum Vorschein kommt ein kleines Kästchen, das verdammt viel Ähnlichkeit zu Opas aufweist.

»Ist es das, was ich denke?«, beginne ich.

»Ganz genau«, grinst er. »Alois lässt grüßen! Es ist ihm damals beim abrupten Stopp mit dem Mini aus der Tasche gefallen.« Es kommt mir vor als sei es Monate her, dass Opa mit dem Metallteil in der Kiste die Tür der Kanalisation aufgebrochen hat. Behände macht sich Ben damit nun an der verwahrlosten Tür zu schaffen. Tatsächlich erklingt wenige Sekunden später ein erlösendes Klacksen.

»Danke, Mann«, klopft Milo Ben freundschaftlich auf die Schulter.

»Kein Problem.«

Nun zerrt Milo die Tür ganz auf, was sich gar nicht so einfach gestaltet, weil die Wiese und das ganze Gestrüpp auch unter dem Türspalt hindurchwuchern.

Mir gefällt das nicht. Die schmale Öffnung ist noch düsterer als die Nacht und ich werde den Schreckgedanken nicht los, dass wir soeben unser eigenes Grab betreten.

»Wartet hier, ich werde mit Phasmo reden«, bestimmt Milo und macht als Erster einen großen Schritt über die Schwelle, als eine Hand nach vorne schnellt und ihn am Handgelenk umklammert und zurückzerrt.

»Das tust du nicht alleine«, widerspricht ihm meine Schwester. Ihr Gesicht wirkt streng und hart zugleich. »Wir haben keinen Plan, was uns da unten wirklich erwartet. Außerdem weißt du genauso gut wie ich, dass Phasmo ein außergewöhnlich mächtiger Phoenicrus ist.«

Ich frage mich nicht zum ersten Mal, wer zur Hölle dieser *Phasmo* eigentlich ist?

»Yosi, ich bin ein Nova-Phoenicrus und hab' mein Studium absolviert, du bist noch nicht einmal in der Eventum!«, entgegnet Milo und windet seinen Arm aus Yosis Hand. Aber er macht keine Anstalten sich zu verdrücken. Das erste Mal überkommt mich der Verdacht, dass sich sein sonst so ruhiges Wesen wandelt und der Schimmer einer anderen Seite zum Vorschein kommt. Trotzdem verharrt er auf seinem Standpunkt. »Für euch ist das viel zu gefährlich!«

»Nein! Alleine wirst du nicht mit ihm fertig. Wir müssen zusammenhalten, eine andere Möglichkeit gibt es nicht.« Milo und Yosi schauen sich unverwandt an, sekundenlang. Schließlich ist es Yosi, die die richtigen Worte findet. »Ich habe dir immer vertraut, jetzt ist es an dir, dieses Vertrauen zu erwidern.«

»Ich bin da ganz bei Yosi!«, kommt ein unterstützender Kommentar von Aaron.

Milo stöhnt auf, dabei lässt er die Schnur seiner Kapuze nervös zwischen seinen Fingern hin und her baumeln. Sein Blick taxiert jeden Einzelnen von uns, dann nickt er. »Einverstanden«, sagt er leise. Es klingt unschlüssig, vorsichtig. »Aber wenn die Lage zu prekär wird, zieht ihr euch augenblicklich zurück, klar?«

»Mal sehen«, sagt meine Schwester und bugsiert ihn energisch ins Turminnere. »Also los, weiter!«

»Das war keine Bitte«, höre ich Milos Stimme als Echo zwischen den Steinen der Mauer, als die beiden in der Dunkelheit des schmalen Gangs verschwinden.

»Mist, kein Licht«, höre ich Yosi fluchen und offenbar ist es nicht Milo, sondern Yosi, die zielsicher vorangeht. Sie lässt sich führen von dem Geruch nach Feuer. Aaron huscht an uns vorbei und reiht sich hinter Milo ein. Schlagartig verschluckt ihn die Dunkelheit, während monotone Geräusche von Fußtritten laut werden.

Als auch Ben durch den Eingang verschwindet, verdränge ich die Panik, die sich in meinem Körper ausbreitet, und gehorche meinem Impuls.

Ich laufe.

Laufe wackelig durch den finsteren Gang. Zwischen den engen Wänden hindurch, so schnell es meine weichen Knie zulassen. Rutsche über die groben Treppenstufen, halte mich an den feuchten Felsen fest, um ein Hinfallen zu verhindern. Ich will nur eines: So schnell wie möglich wieder raus aus diesem Gang, der mich zu erdrücken droht. Raus aus der unheimlichen Dunkelheit. Ich schaue nicht zurück, nur vorwärts. Mit rasendem Puls gehe ich weiter, leicht vornübergebeugt, weil ich die Decke mit ausgestreckten Fingern berühren könnte.

Es ist erschreckend still. Ich höre nichts außer meinen eigenen Atemstößen und den dumpfen Schrittgeräuschen, die so rhythmisch klingen, als bestritten wir einen militärischen Fußmarsch. Dazu mischt sich dieser Geruch. Dieser verfluchte Rauchgeruch.

Eine seltsame Stimmung liegt in dieser Dunkelheit.

Wie weit mag es noch sein?

Während wir immer weiter nach unten steigen, nagt Ungeduld an mir und ich beginne auf meinen Lippen rumzukauen. Was, wenn das alles hier nur dazu dient, um uns zu schnappen, vielleicht ist das genau der Plan?

Ich spüre, wie ich den Kopf schüttle. (Verdammt, hätte ich 2011 doch nur diesen blöden Kettenbrief weitergeleitet, dann wäre mir das Glück bestimmt treu geblieben!)

»Ist es noch weit?« Bens lautes Rufen trotzt der Stille, obwohl es ein merkwürdiges Echo erzeugt, tut es gut seine Stimme zu hören. Je länger wir hier unten sind, desto mulmiger wird mir zumute.

»Meinen Berechnungen zufolge sollten wir uns bald unterhalb der Zwillingstürme befinden«, ruft Aaron über seine Schultern.

Der Gang ist in einem schlimmeren Zustand, als ich es erwartet hätte. Immer wieder strauchle ich über große Steine und ich will lieber gar nicht wissen, was für Ungeziefer sich hier unten eingenistet hat und heimisch fühlt.

Wenn dieser Gang doch nur endlich ein Ende nähme. Oder ein Licht aufleuchtete.

Und dann höre ich etwas.

Leise und unheimlich.

Wir sind nicht alleine in diesem Teil des Schlosses.

Nervös stütze ich mich an der Wand ab, weil meine Beine plötzlich nachzugeben drohen.

»Habt ihr das auch gehört?«, wispert Yosi.

»Gespenstisch«, flüstert Milo vor uns und passend zu seiner Aussage taucht wie aus dem Nichts das Ende des Gangs vor uns auf. Eine schwarze Öffnung, oder eher ein schmaler Durchgang, klafft zu beiden Seiten in den Wänden auf. Tief und dunkel.

»Links oder rechts?«, fragt Milo und er klingt, als wäre er meilenweit weg.

»Rechts«, antworten Yosi und Aaron gleichzeitig. Aaron klingt dabei so überzeugend, als wäre es das Logischste auf der Welt. Das muss man ihm wirklich lassen, zwar benimmt er sich hin und wieder wie der größte Klugscheißer, aber zu Recht. Er weiß anscheinend viele Dinge, die sonst keiner weiß.

Wieder dieses Geräusch.

Wie ein Stöhnen.

»Dieses Geräusch kommt auch von rechts«, hauche ich entsetzt, weil uns der Gang nach rechts direkt in die Höhle des Löwen zu führen scheint.

Wir verstummen alle auf einen Schlag und lauschen angestrengt in die geisterhafte Stille. Jetzt scheint alles ruhig. Habe ich mir das bloß eingebildet?

Yosi rafft offensichtlich allen Mut zusammen. »Hallo, ist da jemand?«

Stille.

Mein Herz klopft so stark, dass ich das Pochen hören kann.

»Ist da wer?«, versucht es nun Milo.

Keine Antwort.

»Gehen wir weiter?«, fragt Milo in die Runde.

»Haben wir eine Wahl?«, kontert Yosi.

Ich höre Aaron scharf die Luft einziehen. Er ist es, der als erster den Durchgang betritt. Geht direkt in den gähnenden und stöhnenden Schlund, der nur auf uns gewartet hat.

Wir folgen Aaron und erst da fällt mir der merkwürdige Geruch auf, der mir entgegenströmt. Es ist nicht etwa nur der Rauch, es liegt eine Note von süßlich saurem Metall in darin.

»Vorsicht, Stufe«, raunt Aaron geistesgegenwärtig zwischen seinen hektischen Schritten und für seine Vorwarnung bin ich echt dankbar. Wegen der Dunkelheit, die zwischen dem schmalen Trampelpfad ähnlichen Gang herrscht, scheint nicht nur mein Orientierungssinn völlig überfordert. Gerade schwanke ich, als hätte ich meinen Gleichgewichtssinn verloren. Schon torkle ich über die erste Stufe. Nicht nur, weil ich sie nicht wirklich sehe. Viel eher liegt es an der Tatsache, dass die Treppe wider Erwarten abwärts geht und nicht nach oben führt. Es geht so schnell, dass ich erst reagiere, als es längst zu spät ist. Mein Fuß tritt ins Leere und ich versuche verzweifelt nicht hinzufallen. Schon kippe ich vornüber, rudere mit den Armen, will mich abfangen.

»Uouh!«, entweicht es mir, während ich mit beiden Armen durch die Luft schlingere, um mich irgendwo festzukrallen, damit ich keinen unfreiwilligen Spontan-Stunt hinlege. Prompt pralle ich gegen etwas Hartes. Ich ertaste mit meinen Fingern angespannte Muskeln.

»Brauchst du vielleicht eine helfende Hand, Miss Zara?«

»Nein, nein. Ich doch nicht, ich hab' alles im Griff«, lüge ich, obwohl ich bereits in Bens starken Armen liege. Meine Hände stützen sich auf seiner Brust ab und ich bilde mir ein, unter meinen Fingern sein Herzklopfen zu spüren.

»Das sehe ich.« Auch wenn ich sein Gesicht nicht sehen kann, so flackert sein verführerisches Lächeln vor meinem geistigen Auge auf und ich würde meine *Sunrise-Avenue*-Playlist darauf verwetten, dass er genau dieses jetzt aufgesetzt hat.

Ohne ein weiteres Wort gehen wir gemeinsam die nächsten Stufen hinunter und dabei umschließen Bens Finger meine Hand. Irgendwie glaube ich, Opa hat mit seiner allerersten Bemerkung über Ben doch einen Volltreffer gelandet. Er ist *mein Held.*

Es muss eine verflucht steile Treppe sein, die wir hinabsteigen. Mit den Metern, die wir hinter uns lassen, steigt auch die schwüle und drückende Hitze. Außer dem Fußgetrappel, das über die Stufen wetzt, und dem keuchenden und gehetzten Atem, ist nichts mehr zu hören. Mit der freien Hand fahre ich mit den Fingern über die unebene und raue Steinmauer, um nicht abermals das Gleichgewicht zu verlieren. Die Kälte, die von dem Gemäuer ausgeht, schenkt mir ein bisschen Beruhigung und klärt mein umnebeltes Hirn. Doch eines bleibt: Ich habe keinen Schimmer, was mich da unten erwartet. Besser gesagt: *Wer.* Ja, wer ist dieser Phasmo, von dem sie die ganze Zeit geredet haben?

Die Schrittgeräusche verhallen und scheinbar nähern auch Ben und ich uns dem Treppenabsatz. Erst denke ich, dass meine Augen in der Dunkelheit schon deutlich mehr erkennen, denn gerade erhasche ich Yosis Umriss, die allerdings sofort wieder aus meinem Blickfeld verschwindet. Dann wird mir klar, dass es goldenes Flammenlicht sein muss, das zwischen den engen Wänden flackert.

Plötzlich dringt ein entsetzter Laut zu mir hinüber. »Neeein!«, haucht Yosi erstickt und fast zur selben Zeit entscheidet sich mein Magen, sich einmal um sich selbst zu drehen. So zumindest fühlt es sich an. Ernsthaft, ich würde am liebsten auf dem Absatz kehrtmachen und davonlaufen. Aber das geht nicht. Ich kann nicht abhauen. Nicht nur, weil es echt fies wäre. Da ist dieses Gefühl, dass meine Schwester jede Unterstützung braucht, die sie bekommen kann.

Nur einen Atemzug später lassen auch Ben und ich die letzten Stufen hinter uns und ich spüre wieder so etwas wie festen Boden unter den Füßen. Noch ein paar Schritte weit schieben wir uns durch einen winzigen Ausgang, der sich im Schatten einer engen Wendeltreppe verbirgt – und erstarren.

Vor mir liegt ein großer Raum, von gewölbten Steinwänden eingefasst. Mit einem seltsamen Boden. So etwas habe ich noch nie in meinem Leben gesehen. Die gesamte Fläche scheint aus einem rötlichen Metall gefertigt, vielleicht Kupfer oder Messing, in welchem sich ornamentartige Muster und schwarze Rußflecken abzeichnen. Hier scheint nicht das erste Mal Feuer ausgebrochen zu sein. Im rechten Teil liegt ein Haufen aus Schutt und Asche, Gebälk und allerhand chaotischem Plunder – dagegen bin ich mit meinem Schließfach die reinste Ordnungs-Fanatikerin.

Zwischen zwei Säulen entdecke ich eine grauenhafte Statue. Vogelkopf und Menschenfüße – echt pott hässlich. Irgendein Sack oder etwas Ähnliches baumelt an ihr herunter. Ich kann es nicht genau erkennen.

Es bleibt kaum Zeit, den gigantischen Raum in diesem Turmgemäuer genauer zu bestaunen, denn das, was mir ins Auge sticht, ist eine Flammenwand im hinteren Teil des Raumes.

Ben streckt mir die Hand entgegen – ich habe nicht mal gemerkt, dass ich ihn losgelassen hatte. Als ich sie fasse, zieht er mich über die Schwelle und im selben Moment erschrecke ich mich fast zu Tode. Hinter mir wird ein ohrenbetäubendes Scheppern laut und jagt mir eine Gänsehaut über den Rücken.

Ich wirble herum und sogleich folgt die schreckliche Erkenntnis: Wir sitzen hier unten fest. Sind gefangen, tief unter der Erde, in einem Turm, der in Flammen steht.

Als ein diabolisches Lachen den Raum erfüllt, stockt mein Herzschlag.

Nur langsam wage ich es, meinen Blick anzuheben. In dem Augenblick verfluche ich es zum ersten Mal wirklich, diesen verdammten Brief gefunden zu haben.

»Phasmo«, haucht Yosi voller Entsetzen.

# Kapitel 7

## Manipulative Schmerzen

### Yosi

Zara und Ben haben kaum den zweiten Fuß über die Schwelle gesetzt, als hinter ihnen ein ohrenbetäubendes Scheppern laut wird.

Yosi rutscht buchstäblich das Herz in die Hose.

»Phasmo«, haucht sie und ihrer Stimme ist die Furcht anzuhören.

Sie wirbelt herum und sogleich folgt die schreckliche Erkenntnis: Sie sitzen hier unten fest.

Für einen Atemzug schließt Yosi die Augen.

Wie durch Geisterhand ist das Eisentor hinter ihnen zugekracht, dennoch ist ihr klar, dass derjenige dafür verantwortlich sein muss, der das Feuer gelegt hat. Gehetzt blickt sich Yosi um, wie ein wildes Tier in einem viel zu engen Käfig, um seine Freiheit beraubt und dem Tode ins Auge blickend.

Ihr Herz rast so schnell, dass jedes Pochen in der Brust schmerzt und sogleich ins Stocken gerät, als ein diabolisches Lachen den Raum erfüllt. Sie hält unwillkürlich den Atem an. Nur langsam wagt sie es, den Blick anzuheben und in diesem Augenblick verflucht sie es zum ersten Mal wirklich, ein angehende Phoenicru und an diese verdammte Akademie gekommen zu sein.

»Phasmo?«, haucht Yosi noch einmal. Doch diesmal klingt es, als zerbreche etwas in ihrem Innern.

Dicht neben dem Eingangstor entdeckt sie zwischen den über den Boden wabernden Rauchschwaden die Silhouette einer Gestalt. Trägt sie einen dunklen Umhang? Hat sie eine Kapuze über dem Kopf? Sie hat ihnen den Rücken zugewandt, Yosi erkennt in ihrer Hand die

Eisenkette, mit der sie das Tor hätten hochziehen können. Mit verhallendem Gelächter breitet die Gestalt die Arme aus und schmettert ein »Willkommen« durch den Raum.

Instinktiv greift Yosis Hand nach Milos. Ihre Finger sind schweißnass und sie befürchtet, jeden Moment umzukippen vor lauter Anspannung.

»Ist das *Phasmo?*«, flüstert Milo ungläubig.

Aber Yosi hat eine andere Vermutung, denn diese Stimme …

Langsam, so als möchte er diesem Moment bis aufs Äußerste auskosten, dreht er sich zu ihnen um und schiebt dabei die Kapuze nach hinten. Das Gesicht gezeichnet vor Hass, so finster und widerlich, dass Yosi automatisch ein paar Schritte zurückweicht und sich ihre Fingernägel ungesund in Milos Hand krallen. Das pechschwarze Haar, das unter der Kapuze zum Vorschein kommt, fällt ihm wirr in die Stirn, die von der Hitze des Feuers von einem leichten Glanz gezeichnet ist. Das flackernde Feuer bemalt sein Antlitz mit abstrusen Schattenmustern, so dass er den Eindruck eines völlig gestörten Psychopathen erweckt. Was (leider!!!) wohl oder übel mehr als zutreffend zu sein scheint. Yosi hasst es, wenn sich ausgerechnet die negativen Befürchtungen bewahrheiten.

»Verdammt!«, flucht Milo dicht neben ihr. Im Gegensatz zu diesem Irren vor ihnen ist er so blass, dass Yosi befürchtet, er falle jeden Moment in Ohnmacht – sie kann seine Gefühle mehr als nachempfinden. Dennoch stiert Milo mit finsterer Miene zu der Gestalt hinüber. »Das ist …« Er bricht ab. Doch Yosi weiß, was er sagen wollte.

»Das ist *nicht* Phasmo!«, haucht sie. Dann bleibt ihr für ein paar Augenblicke der Mund offenstehen. Sie hatte Recht mit ihrer Vermutung. Als sie weiterspricht, wirkt ihre Stimme hohl und unwirklich, so wie diese ganze Situation. »Es ist … er ist es wirklich … Professor Moltino!«

»Überrascht? Zugegeben, ich habe auch nicht mit euch gerechnet, denn eigentlich wollte ich erst noch eine andere Sache erledigen …«, sagt Moltino, obwohl es so gar nicht nach ihm klingt. Aber Yosi sieht, wie er seinen Mund bewegt. Die Stimme ist ihr fremd. Wie alles an ihm. Das Gesicht, die Augen, selbst der Mund. Nur diese kantige Nase.

*Scheiße!*

Zwar ahnte Yosi es, doch sie wollte es bis zu diesem Augenblick einfach nicht glauben. Nun blickt sie der hässlichen Wahrheit ins Gesicht.

»Aber … aber …« Kurz presst Yosi ihren Mund zusammen, konzentriert sich auf das Feuer, hält den Atem an, um den Flammen den Sauerstoff zu rauben – doch nichts passiert. Das Feuer reagiert kein bisschen.

Abermals lacht Moltino hämisch auf. Wieder so hässlich, dass sich Yosis Härchen am Unterarm sträuben wie bei einem Raubtier.

Hat er bemerkt, dass ihre Gabe versagt hat?

»Aber … *was?*« Ein kaum sichtbares Schmunzeln umspielt seinen Mund, dann ein Kopfschütteln. »Alles ist, wie es sein soll. Oh Verzeihung, ich korrigiere, ich meine *fast* alles.«

»Wer zur Hölle ist das?«, krächzt Zara, die mit Ben ein Stück hinter Yosi stehengeblieben ist.

»Unser Professor der *Menschlichen Mythologie*«, raunt Aaron zähneknirschend und so leise, dass die Worte gerade noch Zara und Ben erreichen. »Ich konnte ihn noch nie leiden!«

»Sie!«, faucht Yosi gleichzeitig und ihre Tonlage wird energischer. Ihre Wut staut sich zu einem unerträglichen Kloß an und wenn sie nicht sofort etwas tun kann, explodiert sie. »Sie sind der Verräter!«

»Nein, nicht, Yosi!«, unterbricht sie Milo mit fester Stimme und macht einen Schritt auf sie zu. Auch bei ihm ein leises Kopfschütteln, nur dass seine Stimme sanft und liebevoll klingt. »Nicht, Yosi, du weißt nicht, was er vorhat.« Er zieht Yosis Hand zurück, in der ein kleiner Feuerball knistert.

»Das könnte hässlich werden«, murmelt Ben.

»Hässlicher als hässlich!«, flüstert auch Zara.

Doch Yosi bleibt an Ort und Stelle, der Feuerball verraucht, aber die Wut in ihrem Bauch bleibt.

»Keine Sorge, Yosephine, dein Mentor wird uns so schnell nicht in die Quere kommen. Ductus' Liebling war der Einzige, der mich auf dem Radar hatte, deshalb …« Er deutet mit seinem spitzen Kinn hinter sich und zuckt gleichgültig mit den Schultern.

Instinktiv verspannen sich Yosis Muskeln, als wollten sie sich auf das Schlimmste vorbereiten. Hinter Moltinos Rücken ragt die Halb-Mensch-Halb-Vogel-Statue empor und immer noch baumelt daran dieser leblose Sack.

Soll das etwa bedeuten …

»Nein, das ist …«

»… nicht möglich?«, übernimmt Moltino und stößt abermals ein widerliches Lachen aus. »Oh doch, alles ist möglich und genau deshalb musste ich ihn in Gewahrsam nehmen.«

Yosi macht den Mund auf und wieder zu. Ihr fällt nichts ein, was sie hätte sagen können. Sie weiß, dass sie ganz bleich geworden ist, und ihr Magen verkrampft sich mit einem stechenden Schmerz. In diesem Augenblick wünscht sie sich inständig eine Strategie zu haben. Doch es gibt keine Strategie, das Motto lautet: *überleben!*

»In Gewahrsam nehmen? Was haben Sie mit Phasmo gemacht?«, stammelt sie schließlich.

»Verdammt, Sie sind Professor an der Akademie, haben Sie das vielleicht vergessen?« Milos Augen weiten sich und er macht einen großen Schritt auf Moltino zu. Wie er da steht, mit seinen breiten Schultern, größer als der Professor, bekommt er etwas Bedrohliches. Nur scheint das Moltino keine Sekunde lang einzuschüchtern, auch nicht, als Milo zischelnd weiterredet. Yosi merkt, wie er sich bemüht, seine Stimme unter Kontrolle zu halten, aber ein Anflug von Zorn und bedrohlicher Macht ist dennoch zu hören. Und als sie nun seine Tätowierungen an den Unterarmen aufblitzenden sieht, versteht sie, dass er versucht den Professor mit seiner Gabe zu beeinflussen. »Wieso tun Sie das?«

»Gerechtigkeit!«, donnert Moltino über ihre Köpfe hinweg und im selben Moment erlischt Milos Azurschimmer. Auch er scheint seine Gabe nicht gegen diesen Mann einsetzen zu können.

*Gerechtigkeit?* Yosi kapiert nicht …

»Was für eine Gerechtigkeit soll das bitteschön sein?«, zischt Aaron mit einem Gesichtsausdruck, als würde er den Professor am liebsten in tausend Stücke zerreißen.

»Eine, die längst überfällig war, denn Blut ist nun mal dicker als Wasser«, spricht er in Rätseln.

Zwar hat Yosi immer noch keine Ahnung, was Moltino da genau abzieht, aber sie ahnt, dass ihnen nichts anderes übrig bleibt, als sich darauf einzulassen. Es ist ja nicht so, dass sie eine andere Möglichkeit hätten. *Mensch, Hirnzellen, aktiviert das Notfallsystem!,* fleht sie sehnlichst. »Wenn Sie der Verräter sind, wozu dann das hier?«, fragt sie schließlich.

Ein Wort. Es ist nur ein Wort.

Aber eines, das ihr Herz zum Stolpern bringt.

»Tutamina.«

»Wie jetzt – wegen unseres Großvaters?« Zara scheint sichtlich verwirrt. Auch ihre Stimme klingt viel zu schrill, was durch diesen hohen Raum noch verstärkt wird.

Yosis Gefühlslage scheint mit der ihrer Schwester identisch.

»Nein.« Moltinos Stimme klingt streng und selbstsicher zugleich. »Der alte Mann ist nicht länger der einzige Tutamina.«

Yosi schüttelt den Kopf, fühlt die Bewegung ihrer roten Haare, wie sie ihr ins Gesicht springen. Doch sie will nicht hören, will nicht sehen und schon gar nicht verstehen. Bringt nicht zusammen, was in den letzten Minuten alles passiert ist. Es ergibt keinen Sinn.

Was hat Ductus über Herrn Knorr gesagt?

*Er passt nicht ins Bild.*

Das waren seine Worte, ja. Er hat nicht bedacht, dass Moltino ebenso wenig ins Bild passt. Und was zum Teufel meint er mit *nicht länger der einzige Tutamina?* Doch nicht etwa …? Weiter kommt Yosi nicht, weil Aaron laut ausspricht, was eben noch durch ihren Kopf schwirrte.

»Nicht länger der einzige Tutamina?«, wiederholt er ihre Gedanken, als ob er sie hätte hören können, nur dass er bereits einen Schritt weiter ist. »Was steckt hinter dem Geheimnis eines Tutaminas, wie haben Sie es herausgefunden?«

»Nennen wir es mal so: Das Forschungslabor brauchte noch ein Versuchskaninchen.«

»Jetzt wird mir so einiges klar.« Es ist Milo, der beginnt die Puzzlesteine richtig zu kombinieren. »*Sie* haben vor kurzem das Labor so urplötzlich auffliegen lassen!«

»Cleveres Bürschchen, du hast es erfasst«, sagt Moltino mit einer angedeuteten Verneigung, als würde er Applaus erwarten. »Silber. Des Rätsels Lösung lautet schlicht und ergreifend *Silber.* Man klaut es ahnungslosen Studenten, mischt die Blutgruppe Null Rhesusfaktor negativ dazu und fertig ist das Zaubermittel.« Er klatscht vergnügt in die Hände. »Der alte Mann hat es mit seiner halbpatzigen Silberplatte in seinem Schädel vorgemacht. Sie hat ihn zum Tutamina werden lassen. Natürlich hatte er eine Portion unverschämtes Glück, dass er besagte Blutgruppe besitzt. Aber ihr seht: Es ist nicht seinen überragenden Gehirnleistungen oder seiner Willenskraft zu verdanken. Als der Durchbruch im Labor gelang, war die Euphorie groß. Nur haben die Testpersonen die fremde Blutgruppe nicht vertragen, sie konnten keine Antikörper mehr bilden. Nicht mein Problem … wie praktisch es doch ist, wenn man die Gabe des Heilens in sich trägt, nicht wahr?«

»Sie sind der Verräter und der Tutamina?«, kombiniert Yosi folgerichtig.

Er lacht – und wie er lacht. Voller Hohn und Spott.

Yosi braucht mehr als ein paar Atemzüge. Sie vermischen sich mit dem Ergebnis des Aciu-Metrums, den Silberdiebstählen, dem blutigen Händeabdruck und dem Totenkopfwesen beim Torbogen.

Wenn Moltino ein Tutamina ist, bedeutet das, dass sie ihm mit ihren Gaben machtlos ausgeliefert sind! Ein Blitzgedanke durchzuckt sie: Konnte sie deshalb das Feuer nicht löschen? Noch nie gab es einen Tutamina, der zugleich ein Phoenicrus war. Mit der Gabe des Heilens muss Moltino nahezu unsterblich sein.

»Und was für eine Rolle spielen wir in ihrem wahnwitzigen Plan?«, fragt Ben. Seine Stimme klingt matt. Als Yosi flüchtig zu ihm rüberblickt, sieht sie, dass er Zara fest an sich drückt.

»Mittlerweile nur noch eine Nebenrolle, um genau zu sein. Eigentlich habt ihr in diesem Teil des Plans nichts zu suchen. Ihr solltet erst später an dem bombastischen Finale teilnehmen. Ich mag es zwar nicht besonders improvisieren zu müssen. Aber da ihr nun freiwillig den Weg zu mir gefunden habt, erkläre ich die Zeit für reif, meine Pläne jetzt schon in die Tat umzusetzen.«

Yosi will nichts mehr hören – und doch drängt sie ihre innere Stimme mit solcher Wucht, die Frage zu stellen. Es scheint Moltino sowieso gut zu tun, endlich alles loszuwerden. Zudem wird mehr als deutlich, dass er davon ausgeht, dass sie es eh niemandem mehr erzählen werden können. Doch warum spricht er immer noch in Rätseln? Sie muss es wissen und schon hört sie sich fragen: »Welche Pläne?«

Darauf hat ihr Professor nur gewartet. Fein lächelnd zieht er etwas aus seiner Gesäßtasche. Es ist so klein, dass es in seiner Hand verschwindet. Ein Klacken ertönt und kurz darauf ein kurzes Zischeln.

Es ist ein Feuerzeug. »Die letzten Zeugen beseitigen, damit ich den bösen Machenschaften der Phoenicrus endlich ein Ende setzen kann. Endlich ist er da, der Tag der Abrechnung.« Sein Kinn deutet auf die kleine Flamme, aber Yosi versteht nicht, auf was er damit anspielt. Etwa das Feuer im Hintergrund?

Noch ist es in sicherer Entfernung, scheint sogar in sich zusammenzufallen, aber vielleicht könnte die kleine Flamme in Moltinos Hand das im Handumdrehen ändern?

»Ich habe es geahnt«, zischt Aaron leise hinter ihrem Rücken. »Thaddeus und Livia waren Zeugen. All das gehört zu Ihrem miesen Gesamtplan, nicht wahr?«

Auch Aarons Anschuldigungen irritieren Moltino nicht im Geringsten. Kurz presst er die Lippen zusammen, dann mustert er Aaron eindringlich. Doch er schweigt. Ein Schweigen, das schmerzt.

Yosi bekommt eine Heidenangst.

»Um Himmels Willen, Livia …« Erst jetzt versteht sie: *Er wollte sie in dem alten Haus sterben lassen!*

Blankes Entsetzen macht sich in Yosis Innern breit. Dazu mischt sich eine absolute Sprachlosigkeit, so dass sie nichts anderes tun kann, als unentwegt den Kopf zu schütteln.

Anstatt auf Aarons Frage einzugehen, kommt der Professor ein Stück auf Yosi zu und legt ihr in einer selbstverständlichen Geste seine Hand auf die Schulter. Kaum dass seine Hand sie berührt, keucht sie auf. Ein mörderischer Schmerz durchsticht ihr Herz.

Sofort baut sich Milo vor dem Professor auf und schlägt wütend seine Hand weg, aber Moltino reagiert blitzschnell, versetzt Milo einen harten Schlag gegen die Brust, worauf dieser überrumpelt ein paar Schritte zurück taumelt. Das verschafft Moltino die nötige Zeit, um Yosi wieder eisern festzuhalten.

»Lassen Sie Yosi gefälligst in Ruhe«, zischt Milo gepresst, versucht vergeblich zwischen den Professor und Yosi zu gelangen – es will ihm nicht gelingen.

Moltino würdigt ihn keines Blickes mehr und Yosis Stechen im Herzen verschwinden nicht. Wie ist das möglich, wo kommen die Schmerzen her?

»Hast du Schmerzen, Yosephine?«

Schwingt da etwa Schadenfreude in Moltinos Worten mit?

Mehr als ein abschätziges Lächeln kriegt Yosi nicht zustande. Ihr wird plötzlich schummerig und sie sehnt sich nach kühler Nachtluft. Erschöpft und wütend zugleich presst sie die Hand gegen die Brust, der Stich im Herzen will einfach nicht nachlassen. Doch ihr lodernder Zorn hilft ihr leider nicht, die Schmerzen loszuwerden.

»Nehmen Sie ihre dreckigen Pfoten von ihr«, flucht Milo noch einmal.

»Ich hab dich etwas gefragt?«, richtet Moltino das Wort an Yosi und benimmt sich, als wäre Milo nicht existent.

Aber auch Yosi gibt dem Professor keine Antwort, weil sie es nicht schafft. Vergeblich sucht sie nach dem letzten Skizzenstrich, der ihr hilft und es ihr möglich macht endlich zu verstehen – oder zumindest zu akzeptieren.

»Lassen Sie meine Schwester los!«, mischt sich nun Zara ein und tritt neben Milo.

»Ganz richtig« Kurz blickt Moltino zu Zara hinüber. Es ist Yosi, als husche ein Schatten über sein Gesicht. Dann lacht er auf und seine Finger strecken sich nach Zara aus. Wie in Zeitlupe sieht Yosi, wie er beginnt an Zaras Haaren herumzuzupfen und doch ist sie unfähig, sich gegen ihn zu wehren. Eine unüberwindbare Lähmung hat von ihrem Körper Besitz ergriffen – ob es den anderen im Raum auch so ergeht? »Sie ist deine Schwester. Irgendwie erinnert mich das an jemanden, der völlig sinnlos sterben musste. Und warum? Weil Ductus' Liebling sich als teuflischer Ober-Phoenicru aufspielte.«

Nur wenige Meter vor Yosi ist das Tor, wenn sie es doch nur öffnen könnten. Doch Moltino selbst hat diesen Weg verbaut.

*Verdammt, du brauchst einen klaren Kopf,* befiehlt sich Yosi. Sie will auf keinen Fall, dass Moltino Zara etwas antut, das würde sie sich nie verzeihen. Aber so, wie er ihre Schwester ansieht und begrapscht, befürchtet Yosi das Schlimmste. Endlich kommt ihr eine Idee. Wenn sie seinen Erzfeind ins Spiel bringt, wirft ihn das womöglich total aus dem Konzept. Klar, das ist zwar völlig verrückt, aber vielleicht funktioniert es.

»Professor«, beginnt sie unter Schmerzen. »Wir sollten Phasmo –« Doch weiter kommt sie nicht.

Zara neben ihr zieht scharf die Luft ein, als Moltino sie mit zu Schlitzen verengten Augen anstarrt und im selben Moment schreit auch Yosi abermals auf – der Schmerz sticht mitten ins Herz.

Unverhofft wirft sich Milo gegen den Professor, besser gesagt, er versucht es, denn es ist nicht Moltino, der zu Boden geht, sondern Milo. Er krümmt sich, hält sich den Bauch und nur mit Mühe scheint es ihm zu gelingen, nicht zu schreien.

»Habt ihr es immer noch nicht begriffen?« Moltino schüttelt unwirsch seinen Kopf. »Ihr habt keine Chance, eure Kräfte können mir nichts anhaben. Ich bin immun. Meine aber wirken bei euch ganz hervorragend.«

Yosi versucht einen Schritt rückwärts von ihm weg zu machen, um etwas Distanz zwischen sich und den Professor zu bringen, doch dabei verliert sie beinahe das Gleichgewicht. Sie wäre garantiert hingefallen, wenn Aaron nicht so schnell reagiert hätte. Was ist denn plötzlich mit ihr los? Kraftlos klammert sie sich an Aarons Unterarm fest und schaut Moltino direkt an.

»Ductus wird bestimmt bald nach uns suchen«, raunt sie, weil es das Einzige ist, was ihr in den Sinn kommt. Sie ist viel zu schwach, um klar denken zu können.

Dass auch dieser Satz nicht helfen kann, wird ihr mit Moltinos nächsten Worten klar.

»Dank mir wird Ductus mit seiner beeinträchtigten Gabe eine ganze Weile brauchen, bis er herausgefunden hat, wo ihr seid.«

»Sie penetranter Schleimsack!«, schimpft Aaron. »Sie sind dafür verantwortlich?«

»So wahr ich hier stehe. Forschungsarbeit kann so erquickend sein«, lächelt er amüsiert. »Leider sind mir beinahe meine Silbervorräte ausgegangen und ich brauchte dringend Nachschub für mein Antisilberserum, das vernebelt so wunderbar den Geist. Zudem ist der alte Mann nicht mehr der Flinkste«, entgegnet er ruhig.

»Wie konnten Sie seine Gabe ruinieren!«, schnauzt Milo ihn aufgebracht an und rappelt sich umständlich vom Boden auf.

»Ich tat, was getan werden musste.«

Wie nannte Aaron den Professor gerade? *Schleimsack?* Das war die Untertreibung des Jahres. Ach was, des ganzen Jahrtausends! In diesem Moment begreift Yosi, dass keiner gegen diesen grenzenlosen Rachewahn ankommt, der in Moltinos Körper wuchert. Sie sind ihm chancenlos ausgeliefert.

Yosi blinzelt, glotzt auf Moltinos Mund, der offenbar etwas sagt. Ist nicht mehr fähig zuzuhören, denn da ist etwas in seinem Gesicht, was sie erschreckt. Eine Härte, die auch aus seinen Worten strahlt. Und ein unheimliches Wehklagen untermauert dieses Empfinden.

Aaron hat Recht. Für all das gibt es nur eine logische Erklärung. Und es muss einen Zusammenhang zu Thaddeus geben. Zu seinem Tod. Vermutlich hatte Thaddeus wirklich irgendwas Entscheidendes entdeckt und musste deshalb sterben.

Wieder dieses grässliche Stöhnen.

Dann stockt ihr Atem, nicht weil sie sich davor fürchtet, sondern weil ihr schlagartig etwas bewusst wird. »Oh nein«, haucht sie erstickt. »Vladimir!«

Moltinos Augen sind starr auf sie gerichtet. Fixieren sie, irritieren sie, obwohl sein Mund ein Lächeln formt. Von Mitleid keine Spur. Etwas anderes brennt darin.

Warum lacht er so komisch?

Jetzt macht er wieder einen Schritt auf sie zu und Yosi weicht unwillkürlich ein Stück zurück. Gierig streckt er die Hände nach ihr aus.

»Rühren Sie sie nicht an!«, faucht Milo und versucht verzweifelt, sich vor Yosi aufzubauen. Doch Moltino ist deutlich schneller als er (schließlich leidet er auch keine Höllenqualen!), stellt sich direkt vor sie und stößt Milo weg. Yosi bemerkt, dass hinter Moltino das Feuer allmählich erlischt. Und dass das Eisentor mit der dahinterliegenden Wendeltreppe in die Freiheit jetzt direkt hinter Milos Rücken prangt.

Moltino lächelt noch immer. Ist es das Lächeln des liebevollen Professors, den sie seit Monaten dachte zu kennen?

Abermals durchdringt das gruselige Wehklagen den Raum.

Moltino hört nicht auf zu lächeln.

»Wo ist Vladimir?«, fragt Yosi zischelnd.

»Du stellst nicht die richtigen Fragen«, bemerkt er beiläufig und schürzt die Lippen. Es klingt überheblich. »Was wirklich zählt, ist, wie viel Zeit dir und deinen Freunden noch bleibt.«

»Was?«, fragt sie verwirrt und schluckt hart.

»Du hast mich schon richtig verstanden, Yosephine.«

»Nein, ich verstehe nicht …«, stottert sie, dabei versteht sie sehr gut.

*Du wirst sterben, wie auch Thaddeus sterben musste!*

Sie alle müssen beseitigt werden.

Und Livia? Hoffentlich ist sie noch am Leben!

Moltino wirkt noch immer völlig gelassen, obwohl sich in dieser Sekunde seine Hand wieder krampfhaft um ihre Schulter krallt. Abermals weicht sie benommen ein Stück zurück, dabei schlägt ihr Kopf gegen etwas Hartes und ihre Hände ertasten die gewölbte Steinmauer im Rücken. Der Schmerz ist nichts im Vergleich zur Panik, die durch ihren Körper rast.

*Wieso, verdammt, gibt es keinen Weg ihre Gaben einzusetzen?*

Ihr Mentor wüsste bestimmt, was zu tun ist und schon hört sie sich selbst fragen: »Was genau hat das hier mit Phasmo zu tun?«

»Eigentlich alles. Und auch wieder nichts.«

Die Schmerzen lassen Yosi ungeduldig werden. »Spucken Sie es endlich aus!«

»Parzival mit seiner mächtigen Gabe ist für all das verantwortlich. Genau wie Thaddeus und Livia, die meinen Plan fast zum Kippen brachten. Ich hatte alles akribisch genau geplant. Es hätte so einfach sein können, nachdem ich Livia beseitigt habe, aber nein, deine dumme Schwester musste unbedingt dazwischenfunken. Sehr ärgerlich. Du begreifst sicher, dass ich das nicht zulassen konnte.«

»Ich wollte –«, meldet sich Zara augenblicklich. Unbehagen mischt sich in ihre Stimme und sie bringt den Satz nicht zu Ende.

Das geisterhafte und fremde Wehklagen unterbricht sie.

Und endlich lässt Yosi es zu. Endlich erkennt sie, was sie schon die ganze Zeit über nicht sehen konnte. Nicht sehen wollte!

Vladimir existiert tatsächlich. Sie hat ihn sogar schon einmal gesehen. Gestern Nacht beim Torbogen. Das Totenkopfwesen ist der allseits bekannte Schlossgeist – er muss hier irgendwo sein. Moltinos Gesicht vor Yosis Augen nickt, als ob er ihre Gedanken erahnen könne. »Doch hier findet alles sein Ende.«

Eine kurze Pause und nur allmählich wird Yosi die Drohung in seinen Worten bewusst.

Diese kantige Nase …

»Sie waren das, gestern unter dem Torbogen!«

Unerwartet lockert er seinen Griff.

Das macht Platz für die schreckliche Erkenntnis. Der Pharisäer hat seine Maske abgenommen. Die Mahnung am Torbogen war nutzlos. Moltino zeigt ihr seine wahre, grässliche Fratze. Wie geschickt er darin war, ihnen allen etwas vorzugaukeln. Der beliebte Professor, den sie kannte, hat nie existiert.

Alles nur Schein. Alles eine Lüge.

Schleichend akzeptiert sie die Tatsache, die vor ihr liegt, dreht den letzten Skizzenstrich hin und her und beginnt in ihrem Innern einen Platz für die hässliche Wahrheit einzuräumen.

»Thaddeus …« Mit Mühe schafft sie es, seinen Namen auszusprechen, weil ihre Lippen zu schlottern beginnen.

Moltino zuckt gleichgültig die Achseln. »Er war zur falschen Zeit am falschen Ort.«

Worte, die eigentlich nicht dramatisch klingen. Aber jetzt? In diesem Moment sind die Worte einfach nur haarsträubend und grausam, weil die Botschaft, die darin mitschwingt, tödlich ist. Denn sind sie alle nicht gerade zur falschen Zeit am falschen Ort?

»Was hat er gesehen?«, will Aaron wissen. Auch er scheint allmählich erschöpft.

»So naiv kannst du nicht sein! Ausgerechnet du! Du weißt genau, von was ich spreche.« Der Hohn in seiner Stimme beschmutzt ihn. »Livia hat dir bestimmt alles brühwarm erzählt.«

Aaron schüttelt langsam seinen Kopf, doch Yosi erkennt an seiner Mimik, wie in seinem Innern die Gedanken kreisen. Unaufhörlich, suchend nach der Antwort.

»Professor, von was reden Sie?«, fragt schließlich Yosi. Sie befürchtet, jeden Moment vornüberzukippen. Müde. Sie ist so unendlich müde.

»Thaddeus hat etwas entdeckt, das er niemals hätte sehen dürfen. Mein kleines Geheimnis.«

»Geheimnis?«, wiederholt sie und im Gegensatz zu Aaron hört *sie* sich wirklich naiv an. Sie öffnet abermals den Mund, will etwas sagen, aber Moltino spricht weiter, ehe sie was sagen kann.

»Thaddeus, das muss ich zugeben, war nicht auf den Kopf gefallen. Sich zusammenzureimen, dass Vladimir zu mir gehört, war echt clever.

Gleichermaßen dumm war es, das so offen auszusprechen.« Vor Yosis Augen schüttelt Moltino den Kopf und seine Hand ballt sich zu einer Faust. »Ich war gezwungen zu handeln.«

»Sie …«, stammelt Yosi.

»Ich war unvorsichtig. Nur einmal. Aber ausgerechnet zu diesem Zeitpunkt musste der kleine Mistkerl in mein Zimmer kommen.«

»Sie haben Thaddeus …« Yosi bringt es nicht über die Lippen.

»Thaddeus entdeckte *ihn.*« Moltinos Blick zuckt über seine Schulter und instinktiv folgt sie seiner Blickrichtung. Und da entdeckt sie in dem brennenden Lichtkegel für einen Wimpernschlag etwas zwischen den Flammen, das den Albträumen ihrer Kindheit entstiegen scheint. Sie starrt in rabenschwarze Augen, die nur noch aus Pupillen zu bestehen scheinen. Verkohlte Hautfetzen hängen lose an der verkrüppelten Gestalt, die eigenartig gekrümmt und zusammengekauert auf dem Boden liegt. Der Mund steht auf groteske Weise offen, so dass sich ein Haufen gelblicher Zähne zeigt, die in dem Totenkopfschädel viel zu groß wirken.

Also doch! Thaddeus hat den gespenstischen Vladimir entlarvt. Und endlich findet sie den Platz für den letzten Skizzenstrich.

Es gibt nur eine logische Erklärung. Nur eine!

Vladimir.

Das Wehklagen.

Das Totenkopfwesen.

Und Moltinos Reaktion auf ihre Schwester.

Was hat er ihr im Wald gesagt?

*Phasmo gehört zu einem Kapitel meiner Vergangenheit, in dem mir jemand genommen wurde, der mir lieb und teuer war.*

Erst jetzt kann sie es mit ihrem Verstand erfassen. Es ist das Totenkopfwesen, das ihm genommen wurde und das er mit seiner verfluchten Gabe vor dem Tode bewahrt. Ja, so muss es sein, diese Kreatur gehört zu ihm.

»Thaddeus hatte eins und eins zusammengezählt. Ich las es in seinen Augen. Er wäre damit zu Ductus gerannt. Alle hätten in meinem Leben herumgeschnüffelt. Herausgefunden, dass ich Camil nicht habe sterben lassen. Camil war hier an der Akademie nicht mehr sicher, zumindest so lange nicht, wie Thaddeus lebte. Ich musste es tun, verstehst du?«

Vladimir heißt in Wirklichkeit Camil?

Doch in welcher Beziehung steht er zu Moltino? Das will sich Yosi noch nicht erschließen.

»Deswegen haben Sie Thaddeus umgebracht?« Unglauben legt sich in Yosis Stimme und absolute Verachtung und auch von Zara ist ein Laut des Entsetzens zu vernehmen. Sie schielt zu ihrer Schwester hinüber, doch sofort verstärkt sich der eiserner Griff des Professors an Yosis Schulter und das Ohnmachtsgefühl mit ihm. Lange hält sie das nicht mehr aus. Obwohl das Feuer langsam erlischt, befindet sich mittlerweile viel zu wenig Sauerstoff im Raum. Von den anderen ist schon zu lange kein Laut mehr zu hören.

Moltino beugt sich vor und raunt ihr ins Ohr: »Die Schwarzen Engel müssen ausgelöscht werden – ein für alle Mal.«

Diese Worte aus dem Mund des eiskalten Mörders zu hören, raubt Yosi nicht nur den Verstand, sie bekommt auch kaum noch Luft. Ihr Atem geht abgehackt, als könne sie nur so die lähmende Energie im Körper bekämpfen.

»Wir tun doch so viel Gutes«, wispert Yosi und es klingt kläglich.

»Tun wir das? Tatsächlich?« Moltinos Gesicht wirkt seltsam verzerrt. »Ist es gut zu entscheiden, ob jemand gerettet wird oder ob er im Feuer sterben soll? Mir kommt das verdammt teuflisch vor! Parzival hat damals einen Menschen dem Feuer überlassen. Einen Unschuldigen, der hätte gerettet werden müssen. Verflucht noch mal!«

*Wer entscheidet über Leben und Tod.*

Phasmos Unterricht. Er wusste, wovon er erzählt. Vage erinnert Yosi sich an den Schatten, der über sein Gesicht huschte. Hat er entscheiden müssen – und womöglich die falsche Wahl getroffen?

»Wenn Sie ihren mörderischen Plan durchziehen, stellen Sie sich auf dieselbe Ebene wie Phasmo. Nein, sogar noch tausend Mal schlimmer. Er hat diesen Menschen bestimmt nicht absichtlich getötet!«

Kaum dass sie den Satz ausgesprochen hat, geht ein ersticktes Heulen durch den Raum. Die grässlichen Laute jagen Yosi eine Gänsehaut über den Rücken.

»Da irrst du dich. Sein Leben hat in seinen Händen gelegen und Parzival hat ihm seine Hilfe verwehrt. Camil konnte doch nichts dafür, dass ein angeblicher Kurzschluss seine Wohnung in Brand steckte. Es war nicht seine Absicht, verstehst du?«

Hinter ihr drückt sich der harte Stein in ihr Kreuz und vor ihr baut sich der rachedurstige Moltino auf. Genau genommen müsste sie vor Angst sterben, aber ihr Körper ist getränkt mit Wut. Grässlicher Wut! »Sie widerwärtiger Heuchler!«

Seine Brauen heben sich. »Dann frage ich dich, wie weit du gehen würdest, um das Leben eines geliebten Menschen zu retten? Tod oder Leben? Wenn du die Wahl hättest, wie würdest du dich entscheiden?«

Dass er es wagt, ihr diese Frage zu stellen. Hat er ihnen hier unten etwa eine Wahl gelassen? Nein! Er bestimmt mutwillig über das Schicksal unzähliger.

Nun ist es Yosi, die ihren Kopf schüttelt. »Es gibt immer einen Weg.«

»Richtig, und den hab ich gefunden.«

Yosi lässt ihn reden. Alles, was ihr ein wenig Hoffnung gibt, ist die Möglichkeit, dass Ductus nach ihnen sucht. Es ist ihre einzige Hoffnung – sie muss Zeit schinden.

»Dieser Weg beinhaltet etwas, das ihr Gliscos sowieso beherrscht. Ihr könnt nicht nur Feuer entfachen, ihr könnt es auch löschen – zumindest die Guten unter euch. Doch was ist mit uns Mederios? Wir können heilen, klar. Aber was, wenn das nicht reicht? Wozu heilen, wenn die Menschen, die man liebt, nicht geheilt werden können. Also dachte ich mir, was ihr Gliscos könnt, kann ich auch. Kehren wir den Spieß doch mal um.«

»Nein!« Dieser entsetzt gehauchte Schrei kommt von Aaron, der Moltinos Gerede bereits weiterspinnt.

»So sagte ich mir, wenn ich schon im Forschungslabor als menschliche Laborratte mithelfe, finden wir bestimmt auch heraus, wie die Gliscos es hinbekommen ihre Fähigkeiten wechselseitig einzusetzen.«

Der Professor ist in seine eigene gestörte Welt abgedriftet. Wobei … hatte Phasmo in ihrer ersten Viritmstunde nicht so etwas angedeutet? Der nächste Satz bestätigt ihre grausame Befürchtung.

»Man kann alles manipulieren, wenn man nur weiß, *wie.* Zum Beispiel den DNA-Strang eines Gliscos. Das Serum für diesen Zweck habe ich doch glatt an mir getestet.« Sekundenlang schweigt er. »Was, wenn aus deiner größten Schwäche plötzlich deine stärkste Waffe wird?«

Nur langsam begreift Yosi, was Moltino damit sagen will. »Wollen Sie damit andeuten, dass Sie sich die Verletzung am Kopf im brennenden Haus selber zugeführt haben?«, krächzt Yosi kopfschüttelnd.

»Als mir klar wurde, dass ihr kommt, um Livia zu retten, musste ich improvisieren, um meine Tarnung aufrechtzuerhalten.« Er sagt das so beiläufig, dass es nur als geisteskrank gewertet werden kann. »Ich musste euch weiter im Dunklen tappen zu lassen, wenigstens für ein paar letzte Stunden.«

»Alles klar«, presst Milo zwischen zwei Atemzügen hervor. »Sie können jetzt nicht nur heilen – Sie können auch das Gegenteil: verletzen. Auf diese Weise haben Sie dafür gesorgt, dass Thaddeus einen Rückf-«

»Kein weiteres Wort. Der Zeitpunkt ist gekommen.«

Moltino presst Yosis Kopf an die Steinwand, so fest, dass sich eine Kante des Steins in ihren Schädel bohrt.

Yosi schaut in Moltinos Gesicht. Keine Spur von Mitgefühl. Nichts an ihm ist ihr mehr vertraut. Oder doch? Zwar schimmert in seinen Augen Hass, doch da ist mehr. Yosi glaubt plötzlich, den alten Professor zu erkennen. Für einen Atemzug besteht Hoffnung. Der liebevolle Moltino, er ist wirklich ein Teil von ihm. Ihre Worte müssen nur diese Seite in ihm erreichen. Sie will, dass er zweifelt. Wenigstens für einen Augenblick.

»Professor, bitte«, beginnt sie.

»Schweig!« Er zweifelt keine Sekunde. Dann spricht er weiter und seine Stimme verwandelt sich in ein raues Zischeln. »Seit Tagen sehne ich genau diesen Moment herbei. Den letzten Kampf gegen all die verfluchten Gebrannten, meine Rache gegen die Schwarzen Engel. Brennen sollen sie, wie sie Camil haben brennen lassen.«

Yosi schaut in Moltinos Augen. Das einst so liebevolle Braun bildet einen merkwürdigen Kontrast zu dem Purpurlicht in Phasmos Labor. Je länger sie hinschaut, desto surrealer wirken sie.

Nackte Angst befällt sie. Moltino hatte nie eine andere Seite. Nichts hält ihn davon ab, seinen Plan durchzuziehen. Er ist zu allem bereit. Weil er ein Leben ohne den Menschen, der ihm genommen wurde, nicht erträgt. Nein, noch schlimmer: Eigentlich sehnt er sich nach dem Ende. Dem tödlichen und erlösenden Ende, weil es nichts gibt, das Camil zurück ins Leben holen kann.

Oder doch ...

*Die blaue Stundenblume mit den Heilkräften, um sterbende Lebensgeister zu aktivieren.*

Selbst die Nachtwanderung war anscheinend Teil seines Plans gewesen. Doch dieser Teil scheiterte.

»Wenn Sie uns töten wollen, warum tun Sie es nicht einfach? Worauf warten Sie?«, fragt Ben keuchend dazwischen.

»Weil es zu einfach wäre. Ich will, dass euch klar wird, weshalb ihr nicht länger leben dürft. Vor allem sollt ihr leiden, wie er gelitten hat. So lange, bis die Schmerzen euch in den Wahn treiben und ihr euch den Tod herbeisehnt.«

Yosi schweigt, ist jetzt unfähig zu sprechen.

Kurz überlegt sie, ob sie es schaffen könnte, ihm mit voller Wucht in die Weichteile zu treten. Noch bevor sie die Möglichkeit zu Ende denken kann, geht ein grässliches Heulen durch den Raum.

Ein entsetzter Schrei entweicht ihr. Das Totenkopfwesen windet sich auf dem Rücken liegend mühevoll auf die andere Seite und verkriecht sich hinter den lodernden Flammen, als ob es dahinter Schutz suche. Das züngelnde Licht des Feuers flackert über den Fußboden und bemalt es mit einem seltsamen Schimmer.

»Was um alles in der Welt ist das?«, krächzt Zara erstickt. Jetzt hat sie das Totenkopfwesen auch entdeckt und ist wie erstarrt, unfähig auch nur einen Muskel zu rühren.

Es ist nur ein winziger unkonzentrierter Augenblick, in dem sich der Professor der Kreatur zu und von ihnen abwendet. Ein Augenblick, der sie alle kurz aufatmen lässt.

»Selbst wenn Sie Ihren Rachefeldzug durchgezogen haben, so bringt es ihm doch keinen gesunden Körper zurück!«, wirft Aaron dazwischen. »Oder denken Sie tatsächlich, dass Sie die Stundenblume eines Tages finden werden? Vergessen Sie's!«

Yosi hört, wie Moltino kurz nach Luft schnappt. Sein Mund zuckt. Aarons Feststellung sticht tief in seine größte Wunde. Er hat einen unbesiegbaren Dämonen entlarvt. Einen, den er niemals loswerden wird.

»Zwar habe ich es nicht geschafft ihn ganz zurückzuholen. Wegen mir ist er gefangen, auf der Schwelle zwischen Leben und Tod. Aber ich werde einen Weg finden. Das bin ich ihm schuldig.« Seine Stimme zittert, während er von Yosi ablässt und auf das Wesen zugeht. Oh ja, dieser Dämon macht ihm Angst. Angst, die seine Rachegelüste verstärkt und nährt. »Er ist mein Bruder.«

»Bruder?«, krächzt Yosi und ihr Hals ist trocken.

Er hat seinen Bruder verloren.

Vladimir (aka Camil) ist Moltinos *Bruder.*

Sie öffnet den Mund, will noch etwas sagen, aber da hört sie unweit von sich ein nervöses Zischeln.

Es kommt von Ben. Yosi erschrickt, weil seine Stimme so gehetzt klingt. Fast, als sei er der Ohnmacht nahe.

»Leute, so langsam brauchen wir ganz dringend einen Plan«, wispert er, schnappt nach Luft und hustet.

Yosi nickt.

Natürlich hat er absolut Recht. Nur wo hernehmen, wenn nicht stehlen …

Während sich Moltino zum Totenkopfwesen hinunterbückt und ein paar Worte murmelt, wispert Zara: »Was schlägst du vor? Es gibt anscheinend nirgendwo ein Fenster oder eine Hintertür, durch die wir abhauen könnten.«

Umständlich wendet sich Yosi ihrer Schwester zu. Dieses lähmende Gefühl der Hilflosigkeit und das Wissen, ihm völlig ausgeliefert zu sein, macht sich offenbar auch in Zara breit. Eigentlich will sie den beiden antworten, dass leider nur das Eisentor hinausführt, aber Ben kommt ihr mit seinem Optimismus zuvor. »Gemeinsam sollten wir den Kerl doch zur Strecke bringen können«, fügt er an. Noch bevor ihm das letzte Wort über die Lippen kommt, schreit Yosi erschrocken auf, weil plötzlich wieder Moltinos Hand an ihrer Wange liegt. Sie atmet schwer, dann zischt sie unter Schmerzen: »Was zur Hölle ist Ihr Problem?«

»Ich zeig' es dir, Yosephine.« Bei diesen Worten lässt er sie ruckartig los.

Erschöpft sackt Yosi in sich zusammen. Es kostet sie übermenschliche Kraft, sich an der Mauer aufzurappeln, doch als sie nun sieht, wie sich Moltino ihre Schwester schnappt, stemmt sie sich entschlossen hoch. Er packt Zara grob am Handgelenk und schleift sie in Mitte des Raumes.

»Lassen Sie mich los, verdammt!«, schreit Zara, tritt und schlägt nach ihm und ihre panischen Schreie prallen an den gewölbten Steinwänden ab.

»Wie du willst, ich kann es auch demonstrieren, ohne dich dabei anzufassen.« Noch während er spricht, keucht Zara auf, die Hände schnellen an ihren Hals, die Augen groß vor Angst. Mit offenem Mund röchelt sie und ringt nach Luft.

»Neeein!«, schreit Ben wütend auf und stürzt halb kriechend, halb stehend zu ihr hinüber.

Auch Yosi und Aaron hechten los, zeitgleich zwingt sich Milo auf die Füße. Doch sie kommen nicht weit.

Yosi hört Zaras keuchenden Atem, der immer leiser wird.

»Lass sie sofort in Ruhe, du dreckiger Bastard!«, brüllt Ben heiser.

»Sie diabolischer Parasit!«, schreit Milo aus voller Lunge und stürmt wutentbrannt auf Moltino los. »Zara hat nichts mit den Phoenicrus zu t-« Doch noch ehe er den Satz fertig ausgesprochen hat, sackt er neben Yosi in die Knie und fällt mit einem dumpfen Aufschlag zu Boden.

Einfach so.

Er rührt sich nicht mehr.

Yosi fühlt die Angst. Mit jeder Faser ihres Körpers. Nein, es ist keine normale Angst. Dieses Gefühl in ihrer Brust ist etwas anderes. Stärkeres. Der Atem stockt, kalter Schweiß klebt auf Stirn und Nacken, ein eisiger Schauer läuft über ihren Rücken und ihr Herz vergisst für eine halbe Sekunde zu schlagen. Es ist jene Angst, die sie in Thaddeus' Gesicht gesehen hat. Es ist Todesangst.

»Milo!«, schreit Yosi auf. Das ist das Letzte, was von ihr zu hören ist. Auch ihr letzter Gedankenfaden zerreißt in ihrer eigenen Atemlosigkeit und sie spürt, wie ihr Kopf hart auf dem Kupferboden aufprallt.

Sie fällt in nichts als Schwärze.

Und ganz schwach, so sanft wie der Flügelschlag eines Nachtfalters, mischt sich ein zartes Purpurlicht dazu und zeichnet schimmernde Ornamente in die Schwärze.

# Kapitel 8

## Gleiches mit Gleichem vergelten

### Zara

Keuchend sacke ich zusammen.

Ein spitzer Schmerz durchzuckt mein Innerstes. Zieht von meinem Scheitel bis zur Fußsohle und zwingt mich in die Knie. Ich muss die Augen schließen, weil mir unglaublich schwindelig wird. Doch ich befehle mir sie wieder aufzuschlagen, will nicht, dass die höllischen Schmerzen mir den Verstand rauben. Mache mir klar, dass ich tief unter der Erde in einem Rundturm gefangen und einem rachesüchtigen Professor ausgeliefert bin. Erinnere mich aber nicht mehr genau, weswegen ich überhaupt hier bin und auf dem Kupferboden kauere, keuchend, wie ein verreckender Köter auf allen Vieren.

Ich stütze mich mit den Händen auf dem Boden ab, meine Fingernägel kratzen über das Kupfer und ich muss mich darauf konzentrieren nicht ganz zum Liegen zu kommen. Eine Last, schwer wie tausend Steine, zerquetscht meinen Brustkorb und presst mir die Luft aus den Lungen.

Da sind Füße, direkt vor meinen Fingern.

Aber ich kann nicht sehen, zu wem sie gehören, und in diesem Augenblick interessiert es mich auch nicht. Ich will nur wieder durchatmen können, mich frei bewegen und diese verdammten Schmerzen loswerden. Mein Hals fühlt sich viel zu eng und angeschwollen an und meine Lungen, als würden sie beim nächsten röchelnden Atemzug zerplatzen.

Wieder ein Schwall Schmerzen.

Ich schreie auf, schaffe es nicht länger mich zu halten, meine Arme knicken ein und mein Kopf prallt mit voller Wucht auf den Boden.

Die Sinne übernehmen das Denken.

Mein Schädel dröhnt.

Ein ungesundes Summen pulsiert in meinen Ohren.

Qualm schwebt ruhig um mich herum. Nur noch vereinzelt züngeln Flammen vor der hässlichen Vogelstatue, sie sind kaum noch existent. Unter meinem Rücken spüre ich den heißen Fußboden, dessen Ausdünstungen auf meiner Zunge kleben. Schmecke den ekelhaft säuerlichen Geschmack am Gaumen. Speichel sammelt sich. Ich will mir mit dem Jackenärmel über den Mund wischen, aber selbst dazu bin ich nicht mehr in der Lage.

Ich höre keinen Laut, das Summen in meinen Ohren ist zu heftig. Aber meine feinen Nackenhärchen stehen senkrecht – wie unter Strom, aufgeladen bis in die Spitzen.

Dann der sanfte Luftzug, der mich berührt.

Wieder diese Männerbeine in meinem Blickfeld.

Schlagartig setzt die Gedankenflut ein.

*Ich bin gefangen.*

Meine Muskeln verkrampfen sich. Zurück ist das unheilvolle Wissen um diesen schmalen Gang, den Turm und dieses Monster von Mensch, der einzig und allein von Rachegelüsten genährt scheint, um das kaputte Leben seines Bruders zu rächen.

Mühsam drehe ich mich zur anderen Seite. Dicht neben mir entdecke ich einen breiten Rücken. Ben. Er liegt halb von mir abgewandt, die Arme merkwürdig verrenkt. Die Haare kleben ihm strähnig am Nacken.

Vergebens versuche ich meine Hand nach ihm auszustrecken. Es will mir nicht gelingen. Ich mache den Mund auf, wispere seinen Namen. »Ben …«

Keine Reaktion.

Atmet er noch?

Dann endlich ein Lebenszeichen, wenn auch nur ein leises Aufstöhnen.

*Wo ist Yosi? Und wo sind die anderen?*

Zögernd versuche ich mich ganz aufzurichten, doch in dem Moment zerschneidet ein Geräusch die bedrohliche Stille. Es ist nur ein Lachen, aber es lässt den Herzschlag in meiner Brust stocken. Nur kurz, dann pulsiert er hoch bis in die Schläfen.

Gedämpfte Worte. Eine heisere Stimme.

Ich versuche es noch mal, stemme die Hände auf den Boden, schaffe es mich hochzudrücken. Millimeter für Millimeter. Hebe langsam den Kopf. Und erstarre.

Direkt über mir zeichnen sich im Purpurlicht die Konturen des kantigen Gesichts dieses Monsters ab. Viel zu nah. Seine Stimme. Sie vermischt sich mit dem Summen in meinen Ohren. Alles in mir befiehlt mir, die Flucht zu ergreifen. Ich gebe mir Mühe (wirklich!), aber mein Gehirn hat jegliche Synapsenverbindungen zu meinem Körper gekappt. Ich bin eine Gefangene meiner eigenen panischen Angst.

*Verschwinde von hier!,* schreie ich mich in Gedanken an.

»Du dumme Göre!«

Ich spüre seine Hand auf meiner Schulter.

»Was?«, hauche ich entsetzt und meine Stimme klingt, als hätte ich sie seit Jahrzehnten nicht mehr benutzt. Jeder Laut schmerzt in meiner Kehle, als könne ein Atemzug meinen Hals blutig reißen. »Was wollen Sie von mir?«

Ich bringe es irgendwie fertig, seine Hand abzuschütteln. Wie es scheint, arbeitet mein Unterbewusstsein anstelle meines Gehirns.

»Von dir?«, wispert er. »Nichts mehr. Du hast deinen Part erfüllt. Vielleicht sogar meine Erwartungen übertroffen.«

Als seine staubigen und verschmutzten Finger über meine Schläfe streichen, sehe ich, wie stark sie zittern. Die Berührung durchzuckt mich wie ein Blitz. Mir ist längst klar, dass er für diese Schmerzen verantwortlich ist, auch wenn ich noch nicht ganz kapiere, wie er das anstellt. Was hat er geplappert von Genmanipulation und Serum? Wie abartig – menschliche Laborratten.

Plötzlich flackert eine Erinnerung in mir auf, eine, die mit Paps zu tun hat. Ist es Zufall, dass er neulich ein Versuchslabor hat auffliegen lassen, bei dem ausgerechnet Tests an Menschen durchgeführt wurden? Krass!

»Warum existiert das Versuchslabor eigentlich nicht mehr?«, krächze ich trotz der Schmerzen.

»Ein anonymer Anruf kann echt Wunder bewirken. Es war die beste Methode, um meine Spuren zu verwischen«, lächelt Moltino überlegen und nach einer kurzen Pause fügt er netterweise hinzu: »Du bist gar nicht so dumm, wie du aussiehst.«

Wieder pulsiert der Schmerz in meinem Inneren.

*Hau ab! Schlag die Hand weg!*

Doch nicht mal dieser einfache Befehl verknüpft sich mit meinen Gehirnzellen. Mit zu Schlitzen verengten Augen starre ich auf Moltinos Mund.

*Was will er von mir?*

»Ist es nicht schön, dass du deine Schwester gefunden hast. Schon erstaunlich, wie sich manche Dinge einfach fügen. Das Schicksal folgt eben einer unberechenbaren Macht. Als ich von dem lebenden Tutamina erfahren habe, ja, da sah ich meine Chance gekommen. Ich lockte Boris' Sohn mit einem gefakten Wappen in einem Internetforum nach Frankfurt, gab dort der lieben Cubo-Louise den Auftrag, euch zu dem durchgeknallten Bibliothekar zu lotsen und so nahm alles seinen Lauf.« Seine Stimme ist kehlig, so, als hätte er einen Kraftakt hinter sich.

Was hat er gesagt?

Boris' Sohn?

Und er hat von dem Tutamina erfahren?

Ich ignoriere den reißenden Schmerz und dränge die Worte aus meinem Mund: »Wie haben Sie von Opa erfahren?«, zische ich und vermisse Opa in diesem Moment mehr, als ich mit Worten beschreiben kann.

»Ach, das war ganz einfach«, beginnt er und geht in einen Plapperton über. Stolz schwingt in seinen Worten und das Wissen, dass er uns allen bei weitem überlegen ist. »Natürlich wusste ich von einem gewissen Problemfall, der seit geraumer Zeit für Aufruhr sorgte – das wärst dann wohl du. Jedoch war mir lange Zeit nicht klar, dass du Yosephines Schwester bist.«

»Ich bin der Problemfall?« Na toll, Chaosqueen, Pechvogel-Syndrom und nun auch noch Problemfall. Das soll mir erst mal einer nachmachen.

Er nickt beiläufig. »Ich begann dem Schulleiter etwas in seinen Tee zu mischen, um seine Gabe zu trüben. Er schleppt ja immer diese unansehnliche Kanne mit sich herum, also nichts einfacher als das. Sein abhandengekommener sechster Sinn ließ ihn immer unvorsichtiger agieren und reagieren. So schnappte ich da mal etwas auf, dann dort. Ich musste mich nur an Milos Fersen heften, schon fand ich zu ihm. Dem sagenumwobenen Tutamina. Was Ductus so lange zu verdrängen versuchte, war mir ab der ersten Sekunde klar. Wer sonst außer einem Tutamina ist fähig, die Erinnerungen zu behalten, besonders, wenn so ein mächtiger Nova-Phoenicrus wie Milo darauf angesetzt wurde. Zwar waren die Erinnerungen des Alten getrübt – dieser Umstand musste Ductus verunsichert haben, dennoch gelang es nicht, sie ihm vollständig zu nehmen. Nicht mal Mathilda konnte etwas gegen ihn ausrichten. Nenn es von mir aus Pech, ich nenne es einen glücklichen Zufall, denn ihr wart mein perfektes Ablenkungsmanöver.«

OMG! Opa hatte Recht. Es war eine Falle – und wir nichts weiter als billige Köder. Zwar ganz anders, als er gedacht hatte, aber dennoch hat ihn sein Bauchgefühl nicht betrogen.

*Opa, wo bist du, wenn man dich braucht!*

Und wer war Mathilda?

Bei diesem Namen klingelt irgendetwas in mir … Ich kann jedoch nicht weiter darüber nachdenken, denn jetzt beugt sich Moltino über mich und seine widerlichen Hände greifen nach meinem Hinterkopf. Wieso, verdammt, kann ich mich nicht wehren?

»Wehr dich nicht«, raunt er, als ob er meine Gedanken von meinem schmerzverzerrten Gesicht ablesen könnte. Ich spüre, wie seine Finger durch mein Haar streifen.

Diese Nähe, diese Berührung – ich will das nicht!

»Sonst tut es nur noch mehr weh.«

Kaum gesagt, schon durchsticht mich ein brennender Schmerz am Hinterkopf und ich schreie auf. Es fühlt sich an, als ob eine glühende Nadelspitze mein Hirn durchbohrt, um dann bei jedem Herzschlag blutig aus meinen Ohren zu spritzen. Krampfhaft beiße ich mir auf die Lippe, um nicht weiterzuschreien.

Was führt er bloß im Schilde?

Er soll damit aufhören. Mich in Ruhe lassen.

Verzweifelt versuche ich rückwärts auf allen Vieren von ihm wegzukrabbeln, entgleite ihm und streife Ben. Ich höre, wie er zu meiner Freude bei meiner Berührung aufkeucht. Das mag makaber klingen, aber ich bin unendlich froh, dass er überhaupt noch einen Laut von sich geben kann.

»Ben«, hauche ich, doch er ist zu gefangen in den Schmerzen, als dass er noch reagieren könnte. Neben ihm liegen Yosi, Milo und Aaron, so starr und bewegungslos, dass ich befürchte, bei ihnen ist alles zu spät.

Ich will zu Yosi, weil ich mich versichern möchte, dass ihr Herz noch schlägt.

»Bleib!«, donnert Moltino den Ruf über meinen Kopf hinweg und schüttelt den seinen. Er lässt mir keine Sekunde Zeit herauszufinden, was mit den anderen ist. Geschweige denn zu verstehen, wieso ich die Einzige bin, die noch halbwegs bei Bewusstsein ist, sich bewegen und sprechen kann – vermutlich nur, weil *er* es so will.

Die rabenschwarzen Augen sind meinem Gesicht schon wieder viel zu nahe. (Stichwort *Kategorie: Verletzung der Intimsphäre* bekommt in diesem Augenblick mal wieder einen neuen Leader.) Verdammt! Ich will diese Nähe nicht. Nicht von diesem Widerling.

Mein Mund fühlt sich trocken an und von dem Metallgeschmack wird mir entschieden übel.

»W-warum?«, bringe ich schließlich hervor, und es ist dennoch nur ein leiser Atemhauch.

*Gerechtigkeit!*, durchzuckt mich das Wort, auch wenn ich keine Antwort bekomme.

Meine Augen fixieren ihn. »Was ist mit den anderen?«

»Nichts«, lächelt er abscheulich süffisant. »Sie sind in einem ohnmachtsähnlichen Zustand.« Während er weiterredet, krallen sich seine Hände fest um meinen Unterarm und er zerrt mich noch ein Stück zu sich heran, auch wenn ich nicht gedacht hätte, dass das überhaupt noch möglich ist. Verzweifelt drücke ich meinen Kopf nach hinten, damit mein Gesicht nicht seins berührt. »Sie sind alle Gebrannte. Du nicht.«

Für den Bruchteil einer Sekunde lässt er mich in dem Glauben, dass er mich verschont, weil ich keine Phoenicru bin, doch dann …

Warum lächelt er so merkwürdig?

»Du solltest dich nicht in Angelegenheiten einmischen, die nicht für dich bestimmt sind. Böse Kinder müssen bestraft werden, nicht wahr? Und du warst ein böses Kind. Hast meinen Plan im alten Haus vereitelt. Lass dir eins gesagt sein: Das ist eine echt lästige Eigenschaft, überall dazwischenzufunken, damit schaffst du dir keine Freunde. Und wie hast du dir vorgestellt, geht es mit dir weiter? Dass du Händchen haltend mit deinem Lover hier rausspazierst, als wäre nichts gewesen?« Wieder sein Kopfschütteln und immer noch dieses Lächeln. »Jetzt kann dir dein Opa mit seinem Schutzschild auch nicht mehr aus der Patsche helfen. Diesmal ist beides auf meiner Seite, das Schutzschild und die Kräfte, mit dem winzigen Unterschied, dass du *meinen* Kräften schutzlos ausgeliefert bist.« Ich versteh' schon, Milos Kräfte konnten uns nichts anhaben dank Opa, zumindest nichts Gravierendes außer seinen implantierten Worten, aber Moltinos können es sehr wohl. Noch während er weiterspricht, wandert seine Hand zu meinem Kopf zurück, gräbt sich zwischen meinen Haaren hinunter bis auf die Kopfhaut. Ich winde mich, zapple, wehre mich und versuche ihn wegzukicken, doch das Stechen im Hinterkopf nimmt schlagartig zu.

»Na, wie fühlt sich das an? Tut das weh?«

Wie Recht er hat: Ich bin ihm machtlos ausgeliefert.

Seine zweite Hand umkrallt mein Handgelenk. Und jetzt sehe ich es. Ich habe mich geirrt. Das ist kein Staub, auch kein Dreck an seinen Fingern. Nein. Das ist Blut. Etwa mein Blut?

Auch wenn ich es längst begriffen habe, so möchte ich den Gedanken so weit wie nur möglich aus meinem Kopf verbannen: Dieser Mann hat die Gabe des Heilens manipuliert, so dass er nun schlichtweg jedem Lebewesen Schmerzen zuführen kann, so wie ihm gerade der Sinn steht. Wir sollen leiden, wie einst sein verkrüppelter Bruder leiden musste. Irgendwie hat er es geschafft, ihn vor dem Tode zu bewahren. Ziemlich sicher mit seiner verfluchten Gabe. Dass er ihn nicht sterben lassen konnte, weil er sein Bruder ist und ihn liebt, ist ja eine Sache. Aber dieser ganze Psycho-Scheiß hier? Mit dem

Gedanken an seinen Bruder blitzt vor meinem geistigen Auge der krüppelige Schädel auf.

Hilfe! Wie weit wird Moltino in seinem kranken Wahn gehen? Bis zum Tod?

*Ich habe nichts mit dem ganzen Scheiß zu tun!*, schreie ich ihn in Gedanken an.

Als ich mich aus seinem Griff herauswinden will, packt er sich meine Haare. Seine Augen starren direkt in meine, sind mir so nahe, dass ich mein eigenes Antlitz in seinen schwarzen Pupillen sehe. Verängstigt, verzerrt und schattig in diesem seltsamen Purpurlicht.

»W-was soll das hier werden?«

»Wenn Yosi wieder aufwacht, wird sie verstehen, wie ich mich fühle.«

»Was meinen Sie?« Ich unterbreche ihn unwirsch.

»Ich gebe zu, das war ursprünglich nicht Teil des Plans«, meint er salopp. »Aber es fügt sich so wunderbar. Gleiches mit Gleichem vergelten – du verstehst schon. Man behauptet immer, dass man das Gefühl der Rache nicht stillen kann. Mag sein, doch das Gefühl des Verlusts verebbt ebenso wenig.«

Ich schüttle den Kopf. »Ich versteh' nicht ...«

Er wird sich wie ein Geier auf mich stürzen!

Mit einem Gefühl des Grauens blicke ich im Turmzimmer umher. Die Flammen versiegen und einzelne Funken sprühen wie glühende Augen. Plötzlich kommt es mir vor, als funkelten überall solch gläserne und halb tote Augen wie die des Totenkopfwesens. Zwischen dem Schutt, hinter der Statue, unter dem ganzen Chaos. Hinter mir und über mir.

Und nun?

Ist das mein Ende?

Ich weiß es nicht, erkenne bloß, dass Moltinos Umklammerung der einer Schraubzwinge gleicht. Er lässt einfach nicht locker.

»Ich verstehe nicht ...«, würge ich noch einmal hervor. Ich bin mir fast sicher, dass kleine Blutrinnsale meinen Nacken hinunterrinnen.

»Es ist ganz einfach ...« Sein Gesicht wirkt verzerrt in dem Purpurlicht. Doch sein Mund ist viel zu dunkel, der Blick unheimlich leer. »... weil du nun mal ihre *Schwester* bist und die Gebrannten erst verstehen, wenn man es ihnen mit gleicher Münze heimzahlt.«

»Was?« Es ist fast ein Schrei.

»Mit dir und deinem Leiden werde ich allen beweisen, zu was ich fähig bin«, sagt er und lässt mich endlich los. Er hört mir gar nicht richtig zu. »Keiner von euch ahnt, zu was ich fähig bin. Ich bin nicht der liebevolle und verständnisvolle Professor, für den mich alle halten. Das war ich nie. Ich bin mächtiger als ein Heiler und weiß von Dingen, die in euch allen das blanke Grauen hochkommen lassen werden. Kodexe? Ha! Unsere ehrenvollen Kodexe!« Kopfschüttelnd steht er neben mir, dabei ist sein Oberkörper leicht nach vorn gebeugt, jederzeit bereit, mich wieder zu schnappen. »Was rede ich. Du kennst dich damit sowieso nicht aus. Ich habe Phasmo gesagt, dass er sich mit dem Falschen angelegt hat. Oh ja, während ihr alle die Augen vor der Realität verschließt, habe ich die Eier, endlich etwas gegen diesen Phoenicrus-Virus zu unternehmen. Das wird ein Knaller.«

»Was? Was meinen Sie?« Meint er das Manipulieren seiner Gabe?

»Nicht nur du verstehst es nicht.«

Ich will, dass dieser Irrsinn endlich ein Ende nimmt. Doch ich weiß nicht mehr, was richtig ist und was falsch. Meine Drahtseile – alias Nerven – scheinen von Rostsprenkeln übersät und mürbe. »Von was zum Teufel sprechen Sie?«

Moltino schaut mich an. Er wird mir nicht verraten, was er noch im Schilde führt. Wie hinterhältig und gemein muss ein Mensch sein, um selbst Kinder so für seine Gier zu missbrauchen.

Arme Yosi.

»Tja, du bist nun mal Yosephines Schwester. Wärst du doch nur zu Hause geblieben«, reißt er mich aus den Gedanken, als ob er meine schon wieder erraten habe. Nun verengen sich seine Augen zu Schlitzen. »Die jüngere, nehme ich an?«

»Was geht Sie das an!«, fauche ich.

»Scheinbar hast du immer noch nicht begriffen, dass du hier nichts zu melden hast! Hier wird es nicht nach deinen Wünschen gehen.« In seiner Stimme schwingt ein drohender Klang und er scheint sie nur mit Anstrengung unter Kontrolle halten zu können. Nur noch ein Zischeln, das echt unheimlich wirkt. »Vielleicht verstehst du es nur auf diese Weise.«

Kaum sichtbar bewegt er seine Hand in Bens Richtung.

Den Schrei, der darauf folgt, werde ich mein Leben lang nicht mehr vergessen können.

# Kapitel 9

## Grauenhafter Widerhall

### Zara

»Beeeen!«, schreie ich, aktiviere all meine Energien und prügle auf Moltino ein. Alles, was ich denken kann, ist: *Ich muss zu Ben!*

Doch Moltino packt mich grob am Kopf. Über seine Schulter hinweg sehe ich, dass Ben nun genauso reglos daliegt wie die anderen.

Moltino lacht auf – so widerlich dreckig und abstoßend.

»Noch geht es ihm gut«, sagt er so blasiert, als rede er von einer zerquetschten Kakerlake – genau das sind wir vermutlich für ihn. Kakerlaken, die es in seinen Augen nicht verdient haben zu existieren. (Mensch, hat der Typ noch nie *Wall-e* gesehen!) »Weitaus amüsanter finde ich allerdings den Umstand, dass Ductus euren Großvater unter Drogen gesetzt hat und somit den einzigen Menschen, der mir hätte gefährlich werden können, ausgeschaltet hat. Einfach perfekt!«

Mit diesen Worten wirkt Moltino nicht länger nur bedrohlich oder beängstigend, jetzt ist er mir echt auf eine ekelhafte Weise unheimlich. Okay, hiermit entschuldige ich mich hochoffiziell – zumindest schon mal in Gedanken! – bei Opa, ihn jemals für verrückt gehalten zu haben. Aber damals hatte ich auch keine Ahnung, wie dehnbar dieser Begriff ist und was es bedeutet, wenn man einen kompletten Game-Over-Tilt im Kopf hat – so wie dieser Moltino.

»Sie haben echt ein massives Psycho-Problem«, zische ich ihn an, froh, halbwegs schmerzfrei atmen zu können.

»Du hast offenbar noch nicht genug?« Noch während er spricht, zieht sich mir die Kehle zusammen. Ich japse nach Luft, röchle panisch nach Atem.

Komisch, so habe ich mir meinen Tod nie vorgestellt – nicht, dass ich ihn mir überhaupt vorgestellt hätte. Aber das? Das Letzte, was ich denken kann, ist: *Wenn es im Himmel keine Einhörner, Glitzerstaub oder zumindest einen Regenbogen gibt, dann will ich bitte lieber hier unten bleiben.*

»Hast du jetzt genug?«, fragt er und lockert seinen Griff an Kopf und Schläfe endlich ein bisschen. Dann langt er so hastig in die Innentasche seines Umhangs, dass nicht viel fehlt und ich laut aufgeschrien hätte. Alles, was ich denken kann, ist: *Jetzt murkst er mich ab!*

Doch es ist lediglich sein Feuerzeug, das er herauszieht. Sein Haar ist feucht, die Kleidung dreckig, die Finger blutverschmiert. Sein Gesicht wirkt gruselig in dem rötlichen Licht. Kurz betrachtet er das Feuerzeug zwischen seinen Fingern, dann zuckt sein Blick zurück zu mir. Er wartet auf eine Antwort.

»Ja«, wimmere ich, was hätte ich sonst antworten sollen? »Ja, ich habe genug.«

Vorsichtig versuche ich etwas Abstand zwischen uns zu bringen, doch er will mich nicht gehen lassen. Ich merke, wie seine Finger von der Schläfe zu meinem Hinterkopf wandern, immer stärker an meinen Haaren zerren, bevor er mich endlich loslässt. Mein Kopf sticht bei jedem Atemzug und die ganze Zeit bin ich mir sicher, dass er mich abermals mit seiner verfluchten Gabe attackiert. Ich weiß, dass es falsch ist, ihm in die Augen zu sehen, aber es ist wie ein innerer Drang, gegen den ich nicht ankomme. Langsam blicke ich hoch – und keuche auf.

Seine dürren Finger sind nur noch wenige Millimeter von meinem Gesicht entfernt. Jeden Moment berührt er mich wieder. Sein Mund ist verzerrt, die Augen seltsam entstellt. »Wenn es für dich schon reicht, so war es für mich erst der Anfang!«

»Nein! Nein!«

»Lassen wir doch die Gebrannten aufwachen, damit das Spektakel in die nächste Runde gehen kann.«

*Shit! Jetzt wäre echt Bens genialer Verstand gefragt!*

Ich krabble rücklings von ihm fort, so schnell ich kann, während er mir mit gemächlichen Schrittes folgt. Alles an ihm strotzt vor Triumph. Arroganz. Und Rachegefühlen.

So fühlt sie sich also an, die Rache der Schwarzen Engel. Besser gesagt des *einen* Schwarzen Engels …

Plötzlich stoße ich mit den Füßen an den Plunder des Schutthaufens hinter mir. Es gibt kein Entkommen mehr.

Während er nun mit der Hand durch die Luft wirbelt und ruft: »Willkommen zum zweiten Teil!«, höre ich Yosi stöhnen und sogleich entsetzt aufschreien.

In meiner Verzweiflung grapsche ich hinter meinem Rücken nach dem Erstbesten, was ich zu fassen kriege. Schon streckt Moltino seine knochigen Finger nach mir aus, doch in diesem Moment ertaste ich irgendein verkohltes, spitz zulaufendes Stück Holz. Verbissen mobilisiere ich meine letzten Kräfte, schleudere es mit voller Wucht nach vorne und treffe Moltino hart an der Stirn. Die Spitze des Holzes steckt millimetertief in seiner Haut. Moltino stiert mich überrascht und überrumpelt an, die Augen weit aufgerissenen, die Finger nach mir ausgestreckt. Eine Sekunde lang passiert gar nichts, nur mein Herz pocht wie wild. Dann beginnt er zu wanken, das Holz fällt zu Boden und auch er sackt schließlich taumelnd zusammen.

Für einen kurzen Augenblick halte ich inne und atme erleichtert aus.

Der Widerling rührt sich nicht mehr.

»Oh mein Gott … ist er? Ist er … tot?«, stammle ich schließlich entsetzt. Unbehagen breitet sich in meinem Körper aus. Ich weiß nicht wohin mit meinen Händen, stemme mich hoch und kicke das Holz beiseite. Fassungslos darüber, zu was ich fähig bin, starre ich ihn an und bemerke nicht, dass die anderen langsam wieder zu sich kommen. Ich wage mich noch einen Schritt näher, will mich vergewissern, dass er noch lebt. Ich habe keine Ahnung, wie lange ich ihn fixiere, bis ich endlich Aarons ausdruckslose Worte höre. »Er atmet.«

Da sehe ich auch, wie sich sein Brustkorb hebt und senkt. Etwas anderes wird mir erst beim nächsten Atemzug bewusst: Mit dem in Ohnmacht fallenden Moltino scheint seine Gabe mit ausgesetzt zu haben, denn die anderen erlangen wieder ihr Bewusstsein.

Oder irre ich mich? Uns bleibt keine Zeit.

Moltino stöhnt auf, windet sich und ich zucke zusammen. Hastig weiche ich von ihm zurück.

»Schnell raus hier!«, schreit Milo und kommt mühevoll zum Stehen. »Er ist ein Heiler und im Nu wieder auf den Beinen!«

Wieder ächzt Moltino.

So schnell meine weichen Knie es zulassen, hechte ich zu Ben hinüber und helfe ihm hoch.

»Zara, was ist passiert?«, fragt er heiser und reibt sich mit den Händen verwirrt über sein Gesicht. »Hat er dir etwas angetan?«

Ich schüttle erschöpft den Kopf.

Auch Aaron rappelt sich umständlich auf die Füße, während Yosi bereits zum Tor geflüchtet ist. »Alles soweit klar?«, will sie von mir wissen.

»Nicht jetzt!«, weist Milo sie zurecht, nicht wütend, viel eher gestresst, weil die Zeit drängt. Hinter uns stöhnt Moltino erneut auf vor Schmerz.

Ich kann nicht anders als zu denken: *Geschieht dir recht! Verrecke an den Schmerzen!*

Milo beginnt unterdessen wie ein Halbirrer am Tor zu rütteln und versucht es durch bloße Muskelkraft mit seinen Händen hochzuziehen, was sich als äußerst schwierig erweist, weil er (wie wir alle) noch zu geschwächt ist von Moltinos Attacke. »Könnt ihr mir mal helfen?«

»Klar!«, ruft Ben. Als wir gemeinsam aufs Tor zulaufen und ich mich an seiner Schulter stütze, merke ich erst, wie schwach er selbst noch ist.

Gerade scheinen es noch viel zu viele Schritte bis zum Tor zu sein, aber das Wissen, dass wir vor dem Wahnsinn flüchten müssen, treibt mich an. Zwar nehmen wir die Wahrheit mit – aber da ist auch diese beklemmende Hektik, die sich wie ein unzertrennlicher Schatten an unsere Fersen heftet.

In diesem Moment durchschneidet hinter uns ein wütender Schrei den Raum. Moltino ist wieder bei Bewusstsein und das reicht aus, um meinen Puls in schwindelerregende Höhen zu treiben.

»Schnell, schnell, schneeeeell!«, dränge ich Milo. Mein Wunsch, diese Schmerzen noch einmal fühlen zu müssen, ist etwa so groß wie der Wunsch, dass Cilia mein klägliches Wimmern auf *YouTube* postet. (Wenn wir hier heil rauskommen, dann knutsche ich einen Elch!)

»Zuerst ziehen wir gemeinsam das Tor hoch, dann halte ich es fest und ihr schlüpft unten durch!«, befiehlt Milo.

Yosi bleibt der Mund offen stehen, weil die Botschaft, die darin mitschwingt, zwar äußerst heldenhaft, aber nicht minder dramatisch ist. »Niemals!«, haucht sie.

»Alle oder keiner!«, stimmt ihr Ben zu. Dann deutet er mit dem Kopf zum Schutthaufen hinüber und ein hinterlistiges Grinsen tritt auf sein Gesicht. »Da drüben steht ein Benzinkanister.« Seine Bemerkung geht fast in Moltinos Gebrüll unter.

»Ihr könnt mir nicht entkommen!«, bellt Moltino zu uns hinüber. »Und mit Livia hat euer Ende bereits angefangen!«

»Verdammt!«, flucht Aaron und fährt sich fahrig mit den Fingern durch sein blondes Haar. »Was soll das heißen? Was haben Sie mit Livia angestellt?«

»Bald wird sie es hinter sich haben.«

»Sie Dreckschwein!«, schreit Aaron wutentbrannt und stürmt los.

Yosi will ihn zurückhalten, aber ihre Reaktionszeit ist eindeutig mit meinem üblichen Lahmarsch-Modus verschwistert. Wie in Trance schaue ich Aaron nach. Wo er diese Power hernimmt, möchte ich echt wissen.

»Jetzt oder nie«, raunt mir Ben ins Ohr und seine Stimme ist nur ein Hauch in der explosiv geladenen Luft. Ich erschaudere, unterdrücke meine Gefühle und erinnere mich an Bens letzte Bemerkung. »Der Benzinkanister.«

»Was habt ihr vor?«, fragt Yosi, die zwischen Aaron, Milo und uns völlig überfordert umherblickt, dann schüttelte sie ihren Kopf. Es ist eine Geste der Verwirrung, als wüsste sie nicht, was sie sagen oder tun soll.

»Das ist *die* Gelegenheit!«, zischt Ben leise und auffordernd zugleich. Die Worte aus seinem Mund klingen lächerlich einfach.

Während Milo Aaron hinterherruft, er solle umkehren, fängt Moltino wieder an zu lachen, breitet die Arme aus und zeigt Aaron durch diese Geste mehr als deutlich, dass er ihn keinen Deut fürchtet.

Ohne ein weiteres Wort abzuwarten huscht Ben zu dem Benzinkanister, umkreist Moltino und da begreife ich. Er will das Benzin über Moltinos Umhang schütten. Also wird er etwas brauchen, um den Umhang entflammen zu können. Ich überlege nicht lange und sprinte ebenfalls zu dem Schutthaufen hinüber. Ich suche fieberhaft nach einem Lumpen oder sonst etwas, das leicht entflammbar ist. Finde zerknülltes Papier und das Stück Holz von vorhin. Hastig greife ich danach, umwickle es, zerre das Haarband von meinem

Handgelenk und klemme damit das Papier am Holz fest. *(MacGyver* lässt grüßen – haha!)

»Hahaha!«, lacht Moltino in derselben Sekunde ebenfalls höhnisch auf. Er ist immer noch voll und ganz auf Aaron konzentriert. »Lass deine Wut an mir aus, Bürschchen. Komm her, trau dich!«

Das Wehklagen dringt zu uns hinüber.

Aber halt – es ist nicht das Stöhnen des Totenkopfwesens, das ist etwas anderes.

Ich halte den Atem an und gleichzeitig lässt sich Aaron immer weiter provozieren.

»Wie konnten Sie nur!« Voller Wut spuckt Aaron Moltino ins Gesicht, schlägt nach ihm, versucht ihm einen Kinnhaken zu verpassen und nach ihm zu treten – ein letztes, verzweifeltes Aufbäumen.

Zorn lodert in Moltinos Augen, als er sich mit dem Oberarm dürftig übers Gesicht fährt und die Spucke wegwischt, ohne Aaron dabei aus den Augen zu lassen.

Endlich erreiche ich Ben, der sich bereits hinter Moltino positioniert hat, und deute wortlos auf mein gebasteltes Wurfgeschoss.

Ein stummes Nicken, als Zeichen, dass er verstanden hat, dann geht unser Angriff aus dem Hinterhalt los.

Gerade zerquetscht Moltino Aarons Hals, erbarmungslos drückt er zu und Aaron schreit erstickt. In seinem rachesüchtigen Zustand scheint Moltino unermessliche Kräfte zu mobilisieren. Eine mörderische Kraft – und Aaron ist ihm machtlos ausgeliefert. Uns bleibt keine Zeit, noch länger abzuwarten. So leise wie möglich öffnet Ben die Kappe des Benzinkanisters und doch klingt das *Klacks!* in meinen Ohren wie ein markerschütternder Knall.

»Shhh!«, ermahne ich ihn.

Er schaut mich nur an und verdreht die Augen, dann schüttet er einen großzügigen Schwall über mein Wurfgeschoss. Erst jetzt kapiere ich, dass es nicht das Klacksen war, was mich so hellhörig werden ließ. Da ist es wieder. Dieses Wimmern und da sind Worte, die gemurmelt werden.

Es bleibt auch keine Zeit, dem auf den Grund zu gehen, schon bewegt sich Ben auf leisen Sohlen in Moltinos Richtung, vorsichtig, um nicht auf sich aufmerksam zu machen. Derweil nähere ich mich den restlichen Flammen vor der Vogelstatue und dem Sack, der noch immer daran baumelt.

Ich starre ihn an.

Täusche ich mich oder hat sich der Sack eben bewegt?

Kommt das Wimmern etwa aus seinem Inneren?

»Lassen Sie Aaron endlich los!«, schreit Yosi schrill. Sie zittert am ganzen Leib, so wie Aarons Augenlider ruckartig flattern. In seinen Augen ist nichts als gespenstisches Weiß zu sehen.

Und wo ist Milo hin verschwunden?

Verdammt, ich muss mich beeilen.

Schnell trete ich noch einen Schritt näher. Und da sehe ich das Totenkopfwesen aus nächster Nähe. Eine scheinbare Ewigkeit starre ich den Körper einfach nur an. Sehe, wie er verkrümmt auf dem Boden liegt. Ein altes Tuch um den Körper gewickelt. Da wo eigentlich Haare den Kopf bedecken sollten, ist nur ein kahler Schädel zu sehen. Das Flammenlicht zittert auf seinem Körper.

Mein Herz flattert. Braucht ein paar Schläge, um in seinen Rhythmus zurückzufinden. Mitleid und Ekel übermannen mich und ich versuche fieberhaft, das Würgen zu unterdrücken.

Und als Moltino nun heiser brüllt: »Ich erfülle dir den Wunsch und schicke dich mit Livia ins Nirwana!«, und die gesamte kranke Energie auf Aaron übergehen lässt, weiß ich, der Moment ist gekommen.

Plötzlich geht alles blitzschnell.

Noch während ich den Molotov ähnlichen Gegenstand in die Flammen halte und das Holz mit einer grellen Stichflamme entfacht, registriert Moltino etwas. Vielleicht nur das lauter werdende Zischeln des Feuers oder das Aufflackern selbst. Oder dieses abscheuliche Wehklagen des Totenkopfwesens, vielleicht will es Moltino warnen.

Erschrocken wirbelt er herum.

»Jetzt, Zara!«, schreit Ben voller Lautstärke, schüttet gleichzeitig das ganze Benzin über Moltinos Umhang und ich renne auf den Professor zu. Meine Nerven sind zum Zerreißen gespannt und mein Herz schlägt bis zum Hals. Meine Handflächen sind schweißnass und in meiner Brust breitet sich Enge aus, mit jedem Schritt, den ich mich ihm nähere. Ich starre in seine weit aufgerissenen Augen. Da ist kein Braun mehr, nur noch Schwarz.

Endlich löst er seine Pranke von Aarons Kehle und gibt ihn frei. Wie eine Puppe fällt er zu Boden.

Ein Schrei. Und ich verliere auf der Stelle das Gleichgewicht. Ich kippe vornüber und das brennende Holz fällt im hohen Bogen aus meiner Hand.

»Nein!«, kreische ich. »Nein, nein, nein!«

Es sind nur noch wenige Meter, die zwischen mir und dem Professor liegen, doch sie sind nun unüberwindbare, denn Moltino kontrolliert meinen Körper. Ich bin nicht mehr fähig, auch nur einen Muskel zu rühren.

Wie aus dem Nichts schießt plötzlich Milo aus dem Schatten direkt auf mich zu. Mit einer flinken Bewegung kickt er das brennende Holz in Moltinos Richtung. Es landet nur wenige Zentimeter neben seinen Füßen und diesmal ist er es, der nicht schnell genug reagiert. Von einer Sekunde auf die andere steht er in Flammen.

»Uaaahhh!«, schreit Moltino fuchsteufelswild und versucht verzweifelt den Umhang loszuwerden. »Ihr hinterhältigen Schweine!«

»Zara!« Milo streckt mir die Hand entgegen.

Ich rapple mich hoch, zögere keine Sekunde und fasse nach der Hand des Arrow-Typen – wer hätte das vor wenigen Stunden gedacht. Ohne ein Wort zu sagen, visieren wir nur ein Ziel an: das Eisentor.

Kein Blick zurück, nur vorwärts. Zu Moltinos Wutausbruch ertönen nun unsere übereilten Schritte.

Yosi ist bereits zu Aaron gestürmt und stützt ihn mit Bens Hilfe, damit auch sie schnellstmöglich ans Tor gelangen. Als Milo und ich das Tor erreichen, erschrecke ich über Aarons Anblick. Sein Gesicht ist seltsam starr und verschwitzt. Die Pupillen in den Augen unnatürlich groß. Scheiße, er sieht nicht gut aus.

»Schaut mal, ich hab' ihm unbemerkt die Eisenkette abgenommen«, grinst Ben verschmitzt. »Also nichts wie raus!«

»Klasse, Mann!«, meint Milo und klopft Ben hastig auf die Schulter. »Yosi, ich hieve dich hoch, du hängst die Kette ein und dann verschwinden wir von hier!«

Yosi nickt eifrig.

»Kann's losgehen?«, fragt Milo und schlingt seine starken Arme um ihre Taille. Ein zärtliches Lächeln huscht über ihr Gesicht.

»Bin bereit«, sagt sie.

Die Eisenkette fest umklammert, hievt Milo sie hoch, während Moltino uns mit immer heftigeren Flüchen beschenkt. Worte wie *Missgeburt, Bastard* sind da noch die harmlosesten Varianten. Aus einem Instinkt heraus wirble ich herum. Ich bekomme gerade noch mit, wie er es schafft, sich den brennenden Umhang vom Leib zu reißen.

»Beeilt euch!«, schreie ich. Der Ruf prallt an dem Eisentor ab und kommt als energiegeladener Schwall zurück. Voller Hektik und Panik. Doch das Einhängen der Kette gestaltet sich umständlicher als gedacht.

»Es geht nicht!«, schimpft Yosi überfordert. »Das blöde Ding rastet einfach nicht ein.«

»Schnell, versuch es noch mal.« Milo schiebt Yosi noch ein Stück höher, hält sie nun mit den Armen an den Waden umklammert, so dass sie sich auf seiner Brust abstützen kann.

»Verdammt!«, flucht Ben. »Er ist gleich bei uns!«

»Dann mach du's doch, wenn du es besser kannst!«, giftet Yosi zu Ben runter. Sie reagiert ähnlich kratzbürstig wie ich, wenn sie sich in die Enge getrieben fühlt.

»Nicht zanken. Keine Zeit!«, ermahne ich sie und endlich rastet das Kettenglied ein – keine Sekunde zu spät. Elegant lässt Milo meine Schwester an sich runtergleiten und schenkt ihr einen verliebten Blick, der sie glücklich seufzen lässt.

»Abknutschen könnt ihr euch später!«, unterbreche ich die beiden, hänge mich mit meinem ganzen Gewicht an die Kette und das Tor setzt sich mit einem Ächzen in Bewegung. Im selben Moment spüre ich zärtliche Hände auf meinen. Ich blicke auf, verliere mich kurz in diese verflucht grünen Augen.

»Gleicher Gedanke!«, grinst Ben – ja, verdammt, jetzt seufze ich genauso glückselig zurück. Doch dieser Zustand hält nicht mal für eine Sekunde an, denn Moltino schreit: »Ihr Feiglinge! Dafür werdet ihr büßen!«

*Shit! Shit! Shit!*

Er klingt schon viel zu nah.

Ich will gar nicht hinsehen. Doch als ich aus dem Augenwinkel eine Bewegung wahrnehme, tue ich es doch. Nicht nur der Umhang, der hinter ihm auf dem Kupferboden liegt, auch Moltinos restliche Kleidung ist angesengt, sein Gesicht voller Verbrennungen. Doch all das scheint er nicht zu registrierten. Vielleicht, weil er sich selbst heilen kann …

Moltino atmet schwer, mein Herz geht schneller.

*Nein, nein, nein, nein, nein!*

In seiner Hand hält er etwas fest umklammert. Ich höre ein metallisches Klacksen und sehe, wie die Schutzklappe des Feuerzeugs aufklappt. Und dieses *Klacken* klingt wie ein Warnruf. Die Flamme, die er sogleich entfacht, züngelt im Rhythmus: S.O.S.

»Bei Hades!«, entweicht es mir ganz Lila-like. Was gäbe ich dafür, sie jetzt bei mir zu haben. Aber zwischen zwei Atemzügen begreife ich das Unfassbare. Der Professor hat einen Plan B in petto. »Hier fliegt gleich alles in die Luft!«

Doch meine Warnung kommt zu spät. Moltino hält die Flamme bereits an eine Zündschnur, die sich kaum sichtbar aus dem Raum hinaus, unter dem Eisentor hindurch und dann mit ziemlicher Sicherheit die Wendeltreppe emporschlängelt. Wie hypnotisiert starre ich auf die kleine flackernde Flamme, die der tödlichen Schnur immer näherkommt.

»Zieht endlich das verdammte Tor hoch!«

Jetzt ist es endgültig um Milos Ruhe geschehen. Doch seine Worte schaffen es immerhin, mich aus dieser hypnoseähnlichen Starre zu befreien. Ich gehorche ohne Widerworte und zerre wie eine Verrückte an der Kette.

Plötzlich spüre ich einen Luftzug an den Beinen. Nicht etwa von dem Spalt, der sich unter dem sich öffnenden Tor bildet. Es kommt aus dem Rauminnern. Während Milo die Kette an der Wandhalterung einhängt, um das Tor offenzuhalten, mischt sich ein merkwürdig dumpfes Geräusch im Hintergrund dazu. Der erste Gedanke ist: das Totenkopfwesen! Doch im selben Moment nehme ich aus dem Augenwinkel eine Bewegung wahr. Spinn' ich, oder ist dort hinten eine Gestalt, die sich aus dem Nichts materialisiert?

»Zara!«, drängt Bens Stimme. »Los!«

»Da … da …«, stammle ich.

Aus dem Schatten schleicht ein drahtiger Mann, kaum größer als ich, seine aschblonden Haare kleben strähnig im Gesicht, Blut rinnt aus seinen Ohren. Er kann kaum aufrecht gehen.

»Lauft!«, schreit er uns mit heiserer Stimme zu und schlägt mit einer überaus flinken Handbewegung Moltino das Feuerzeug aus der Hand. »Macht, dass ihr wegkommt!«

Ich kann nur gebannt zurückstarren, bis mich ein Ruck aus meiner Lähmung löst. Ben zerrt mich energisch über die Schwelle des Tors. Weg von diesem Raum des Grauens, weiter zur Wendeltreppe. Doch der Schrei, der sich an unsere Fersen heftet und uns begleitet, klingt qualvoller als alles, was ich je in meinem Leben gehört habe.

*Einer von ihnen hat den anderen kaltblütig ermordet*, ist das Letzte, was mein hysterischer Verstand schlussfolgern kann, dann renne ich los. Renne um mein eigenes Leben.

Ich laufe dem Wahnsinn davon, nur das Echo des qualvollen Schreis verfolgt mich, bäumt sich in meinem Geiste zu einem grauenhaften Widerhall auf.

# Kapitel 10

## Futaminas unter sich

### Yosi

Yosis Füße hetzen, immer zwei Stufen auf einmal nehmend, die enge Wendeltreppe hinauf. Hinter sich hört sie die schleppenden Schrittgeräusche von Aaron. Er erholt sich nur langsam und würde ohne Milo die Stufen kaum bewältigen können.

*Phasmo …*, denkt Yosi. *Er hat uns gerettet.*

Was mag mit ihm passiert sein? Sie weiß nicht, ob der markerschütternde Schrei von ihm kam.

Ihre Gedanken weiterzuspinnen verweigert sie.

*Verflucht!* War die Treppe immer schon so endlos?

Wegen ihrer Hetzerei beginnt sie zu keuchen und schon bald spürt sie ein Seitenstechen, das sich mit jedem Atemzug verschlimmert.

Alles egal.

Sie muss sich beeilen.

Sie eilt voraus, will Hilfe holen.

Und als sie plötzlich von unten weitere Schritte die Stufen hochwetzen hört, jagt sie noch schneller der Viritimtür entgegen. Yosi kann nur hoffen, dass die Schritte hinter ihnen zu Phasmo gehören mögen. Wie absurd, plötzlich lässt die mögliche Anwesenheit ihres Mentors einen Funken Hoffnung in ihr aufkeimen.

Sie erwischt sich dabei, wie ihre Gedanken abschweifen. Jetzt gilt ihre Sorge wieder Aaron. Moltino hat ihn übel zugerichtet und der Ausdruck in seinen Augen, die Haut in seinem Gesicht, all das erinnert Yosi viel zu sehr an Thaddeus' letzten Anblick. Entschieden verbannt sie diesen Vergleich aus ihrem Kopf. Aaron muss es einfach schaffen. Verdammt, er muss!

»Ihr entkommt mir nicht!«, holt sie ein hässliches Gebrüll ein und mit ihm verglüht auch der Funke Hoffnung. Es ist nicht ihr Mentor, nein, es ist eindeutig Moltino, der sie verfolgt.

*Was hat er bloß mit Phasmo angestellt? Ihn mit den Leiden des Verbrennens gequält? Bis zum Tod?*, überlegt Yosi verängstigt, als sie endlich die Tür erreicht. Von innen lässt sie sich sofort öffnen. Sie hechtet über die Schwelle ins Freie.

Die gigantische Größe der Eingangshalle gibt Luft zum Atmen.

Durchatmen.

Einmal, zweimal und noch einmal.

Für den Bruchteil einer Sekunde hält Yosi inne, ehe sie weiter Richtung Treppe sprintet. Dann hört sie ein Geräusch, wie nahendes Getrappel, das zwischen den Wänden und über ihrem Kopf immer lauter wird. Wortfetzen, nervöse Stimmen, hektische Bewegungen. Das aufgeregte Summen erreicht sie nur wenige Augenblicke, bevor die Gestalten auf dem Treppenabsatz auftauchen. Yosi atmet befreit auf, als sie erkennt, wer die Eingangstreppe hinunterrennt. Es scheint ihr, als spielen ihre Schritte eine Melodie, so erleichtert ist sie, dass tatsächlich Hilfe kommt. Sie erhascht Ductus und Bezold, neben ihnen noch weitere Gesichter. Unverhofft hört sie eine Stimme, die Zaras und ihren Namen ruft.

»Zara! Yosi!«

*Dieser Mann …*

Seine weißen Haare, die wirr in alle Himmelsrichtungen stehen, die Gesichtszüge und die Knollennase. Etwas regt sich in ihrer Brust und lässt sie in Tränen ausbrechen. Doch ihr bleibt keine Zeit, das Gefühlschaos zu verstehen.

»Schnell!«, ruft Milo hinter ihrem Rücken, der endlich die Eingangshalle erreicht hat. Noch immer hat er Aarons Arm um seine Schulter gelegt, mit dem zweiten stützt er ihn um die Taille. Seine Worte gelten Ductus und Bezold, die soeben den Boden der Eingangshalle erreichen. »Phasmo ist da unten. Er braucht Hilfe!«

Auch Zara und Ben betreten die Eingangshalle. Ben zerrt klugerweise die Tür hinter ihnen zu, obwohl Yosi klar ist, dass es ihnen nur wenig zusätzliche Zeit verschaffen wird.

»Es ist Moltino«, bringt sie endlich über die Lippen. »Er ist der Tutamina!«

»Wir wissen es«, antwortet Ductus und ist außer Atem. »Eine Sentio hatte eine Vis-«

Zu mehr Erklärungen reicht es ihm nicht. Die Viritimtür wird aufgerissen und prallt hart an der Innenwand der Turmmauer ab. Moltino hat den Ausgang erreicht. Seine Augen glühen vor Zorn, sein Mund geifert und schäumt vor Wut. Auf seinen Armen erblickt Yosi das Totenkopfwesen – Camil, seinen todgeweihten Bruder.

Ein entsetzter Aufschrei geht von einem zum anderen. Fast in derselben Sekunde sind sie zurück. Diese grausamen und bewusstseinsraubenden Schmerzen. Sie werden immer heftiger. Vermutlich, weil Moltinos Gemütszustand mittlerweile dem des Teufels gleicht.

Nur mit halbem Verstand nimmt Yosi wahr, wie um sie herum die Leute kreischend in die Knie sacken. Erbarmungslos hämmern die Qualen auch in ihrem Innern und bauschen sich zu einem giftigen und unaufhaltbaren Glühen auf. Ihr Blut beginnt zu kochen, alles verschwimmt vor ihren Augen und rostfarbene Tränen tropfen zu Boden, zerfließen mit den prächtigen Farben des Phoenicrus-Wappens. Ihre Schädeldecke will explodierten und ihr Herz droht beim nächsten Schlag zu zerbersten.

In diesem Moment wünscht sie sich nichts mehr, als dass es ein Ende nimmt. Dass es endlich vorbei ist. Ihr fallen die Augen zu, ihr Atem geht flach und ruckartig. Zwar hört sie ihr Herz in der Brust hämmern, aber fühlen kann sie es nicht mehr. Es ist nur noch das Werkzeug, das sie am Leben erhält und sie zugleich wünschen lässt zu sterben.

Mit einem Mal verdunkelt sich alles um sie herum, als ob ein Schatten auf sie fallen würde, doch sie weiß nicht, was um sie herum passiert und schafft es nicht, die Augen zu öffnen. Sie ist zu gefangen in ihren Schmerzen.

Durch die geschlossenen Augenlider glaubt sie, eine Bewegung wahrzunehmen. Die Angst, dass Moltino sie sich abermals schnappt, ist übermächtig. So zwingt sie sich mit aller Macht, ihre Augen aufzuschlagen. Erkennt bunte Socken und ein Gefühl der Erleichterung durchströmt sie, weil die Socken unmöglich zu Moltino gehören können. Dieses Gefühl scheint die Schmerzen hinfortzutragen. Ihr

Herz beruhigt sich, ihre Lungen bekommen wieder Sauerstoff und die rostigen Tränen in den Augen versiegen.

*Opa …*, bildet ihr Unterbewusstsein den Gedanken so zähflüssig wie Teer, *… das ist mein Opa.*

»Lass meine Enkelinnen in Frieden, du Abschaum der Gesellschaft!«

Nun schafft Yosi es tatsächlich, ihre Lider einen spaltbreit anzuheben. Ist das Verunsicherung in Moltinos Gesicht? Vielleicht Sorge? Oder wird er gar nervös?

Kurz verharrt der Professor in seiner Bewegung, dann bettet er seinen Bruder hinter sich auf den Boden und lacht auf. Es klingt wie ein abgehacktes Gegacker. »Mal sehen, wie lange du dein Schutzschild aufrechterhalten kannst, alter Mann!«

»Curdin, bitte!«, hört Yosi ihren Schulleiter mit träger Stimme sagen. Es liegt ein Flehen darin, das dem eines untergebenen Dieners gleichkommt.

Moltino befindet es scheinbar nicht für nötig, ihm zu antworten. Oder doch, er tut es auf seine eigene perverse Art und Weise.

Abermals hallt ein Schwall schmerzverzerrter Laute durch die Eingangshalle, die in dem gigantischen Raum ein ohrenbetäubendes Volumen annehmen. Doch Yosi versteht im selben Augenblick etwas Entscheidendes. Sie bleibt diesmal von den Schmerzen verschont. Diejenigen, die sich also nicht in unmittelbarer Reichweite zu ihrem Großvater befinden, sind Moltinos Macht schutzlos ausgeliefert. Bedeutet das etwa, dass Opas Schutz nicht gleich stark ist wie Moltinos?

»Da machst du deinem Ruf aber keine Ehre, Tutamina«, höhnt Moltino weiter. »Nur eine Handvoll Leute und du kannst sie nicht beschützen! Schimpfst dich Tutamina, dabei bist du nicht mehr als ein jämmerlicher Versager. Eine Lachnummer.«

Opa wirft einen unruhigen Blick über die Schulter. Entsetzen zeichnet sein Gesicht, als er all die leidenden Menschen hinter sich sieht. Verzweiflung liegt in seinen Augen, die einem plötzlichen Funkeln weicht.

Für Yosi sieht es aus, als würde es *Klick* in Opas Hirn machen. Irgendwas hat er herausgefunden.

Im selben Moment rennt er auf Moltino zu. »Wenn du meine Enkelinnen vernichten willst, musst du zuerst an mir vorbei!«

»Opa! Neeeein!«, kreischt Zara neben ihr und will hinterherstürmen. Doch Ben reagiert blitzschnell, schlingt seine Arme um ihre Taille und drückt sie fest an sich. »Alois weiß, was er tut«, raunt er ihr zu.

Zara ist kreidebleich, zittert am ganzen Leib und Yosi hofft inständig, dass Ben mit dieser Vermutung richtig liegt.

Ihr Großvater reagiert nicht auf Zaras Ruf, noch einen Schritt, dann hat er Moltino erreicht.

Laut brüllend wirft er sich auf ihn und mit einem heftigen Zusammenprall klatschen die beiden Oberkörper der ungleichen Männer aufeinander. Moltino reagiert schlagartig, verkeilt sich sofort in Opas fuchtelnden Armen und zerrt ihn um sich herum. Schreiend und fluchend winden sie sich hin und her und Zaras Wimmern gibt Yosi den Rest.

Moltino presst jetzt entschlossen seine Hände auf Opas Schädeldecke. Yosi kann nicht hinsehen, schlägt sich die Hände vors Gesicht und blinzelt doch sogleich wieder durch die gespreizten Finger. Ihr Großvater schreit auf, ob vor blinder Wut oder Schmerz, weiß sie nicht. Voller Wucht wirft er Moltino gegen die Mauer des Viritimturms, doch Moltinos Hände scheinen wie festgetackert auf Opas Kopf.

Wieder ein Schrei.

Es ist Yosi, als durchschneide er ihren ganzen Körper. »Nein!«, haucht sie, denn in ihr keimt das Wissen auf, dass sich etwas verändert hat. Mit dem Schrei, der an den Wänden widerhallt, schlängelt sich nun vibrierende Todesangst zwischen dem Gemäuer hindurch, kriecht über den Boden bis hin zu ihren Füßen und stellt ihr sämtliche Nackenhärchen auf.

»Lassen Sie ihn los. Verdammt!«, kreischt Zara in heller Panik. »Lassen Sie meinen Opa los!«

Dann ist alles still.

Totenstill.

Immer noch aus zusammengekniffenen Augen linst Yosi zwischen ihren gespreizten Fingern hindurch. Ihre Brust schmerzt vom rasenden Pulsschlag.

Opa und Moltino stehen sich nun reglos gegenüber. Keuchend, schwer atmend und sich taxierend.

Yosis Herz klopft, sie weiß nicht, was Moltino denkt, noch weniger, ob er überhaupt noch irgendwas fühlt, aber der Ausdruck in seinen Augen, mit dem er Opa anstarrt, trifft sie mitten ins Herz.

Nervös nimmt sie seine Blickrichtung auf und zuckt zusammen. Sie schafft es kaum, ihren Großvater anzusehen, wagt es nicht, sein Gesicht zu prüfen und dennoch tut sie es.

Er zittert und zwischen seinen wirren Haaren glaubt Yosi etwas zu entdecken. Oh, bitte nicht! Ist er verletzt?

Nicht nur Opa zittert, auch Moltino zittert am ganzen Körper. Sein vornübergebeugter Oberkörper gerät ins Taumeln. Er wankt einen Schritt rückwärts, strauchelt über seinen Bruder und verliert das Gleichgewicht. Da ist keiner, der ihm Halt spendet. Keiner, der ihn auffängt. Während er fällt, verfärbt sich sein Gesicht zu einer rußigen und verkohlten Hautfarbe.

Als er zu Boden geht, zentnerschwer, wie ein lebloser Felsbrocken, verwandelt sich sein Antlitz zum Ebenbild seines Bruders, den er unter sich vergräbt und mit seinem letzten stummen Atemstoß erstirbt auch sein Herzschlag.

Ist es tatsächlich ausgestanden?

Hat ihr Opa das unmögliche geschafft und den irren Tutamina aufhalten können?

Für einen Atemzug scheint die Welt stillzustehen.

Yosi wagt ein paar Schritte in Moltinos Richtung und schenkt ihm und Camil einen kritischen Blick. Die Augen ihres *Menschliche-Mythologie*-Professors sind starr und leer. Auch sein Bruder atmet nicht mehr. Mit Moltinos Tod ist alles, was Camil am Leben hielt, für immer verschwunden. Thaddeus' Mörder tot zu sehen schenkt Yosi Beruhigung. Doch es ist nicht die alleinige vorherrschende Emotion. Erleichterung, Durcheinander, Mitleid, Trauer, Erschöpfung und Triumph – die ganze Gefühlspalette gut durcheinander gewirbelt, so fühlt sie sich. Und sie ist verblüfft. Wie hat ihr Opa es bloß geschafft ihn zu besiegen?

Schaudernd und gleichzeitig erleichtert dreht sich Yosi zu ihrem Großvater. Auf seinem Gesicht zeichnet sich ein Lächeln ab. Er strahlt siegessicher, voller Stolz und Zufriedenheit.

Mit der Hand fährt er sich über den Hinterkopf.

Und Yosi erschaudert abermals.

Den Kampf gewonnen? Was für ein Trugschluss.

Mit Yosis nächstem Herzschlag dreht sich die Erde wieder. Der Boden öffnet eine Schleuse unter ihren Füßen und ihr Herz fällt in endlose Tiefen …

# Kapitel 11

## Scharlachrote Tropfen

### Zara

Ich winde mich aus Bens Umklammerung, bahne mir einen Weg zu Opa durch und will ihn umarmen, froh darüber, dass der Wahnsinn endlich ein Ende hat.

Seine Augen strahlen voller Zufriedenheit und er wischt sich eben mit der Hand über den Hinterkopf. Doch noch bevor ich ihn erreicht habe, beginnt Opa zu wanken.

Plötzlich liegt etwas in der Luft. Dieser metallische Geruch, der nicht hierher gehört.

Abrupt muss ich stoppen. Es ist, als renne ich voller Wucht gegen eine unsichtbare Mauer, erbaut aus diesem ekelhaften Geruch.

Opa starrt wie benommen auf seine Hand.

Und dann sehe ich es. Scharlachrote Tropfen, die wie aus einem undichten Wasserhahn zu Boden träufeln.

Blut. Süßlich. Eklig. Und scheußlich.

Wie aus luftiger Höhe schmettert mein Herz zu Boden.

Unwillkürlich stockt mir der Atem und ich presse mit bebenden Lippen die Augen zu. Wenn ich einfach so stehenbleibe und nicht mehr hinschaue, vielleicht merke ich dann, dass es nur einer meiner grässlichen Albträume ist. Nur noch ein Zwinkern, dann schlage ich die Augen auf und werde in meinem Zimmer liegen, den rabenkrächzenden Wecker totschlagen und verschlafen haben.

Als ich den dumpfen Aufschlag höre, zersplittert mein Herz, das bereits auf dem Boden liegt.

»Geh zu ihm, Zara«, höre ich Ben. Ein leises Schwanken hat sich in seine Stimme geschlichen und ich fühle, wie seine Hand meine Schulter drückt. Auffordernd und ermutigend, denn ich stehe einfach ganz still. »Geh zu ihm hin.«

Dann schlage ich die Augen auf und sehe zu ihm auf. Das Glänzen in seinen wässrigen Augen verrät mir, dass es kein Albtraum ist, sondern bittere Realität.

»Ich kann nicht … i-ich kann nicht …«, stammle ich und schüttle unentwegt meinen Kopf.

»Aber Alois braucht dich jetzt.« Der Druck seiner Hand wird kräftiger, nur kurz, dann spüre ich einen Finger unter meinem Kinn. Er zittert, obwohl Ben mir verspricht: »Wir schaffen das. Gemeinsam.«

»Helft ihm!«, höre ich Yosi schluchzen. »Verdammt, helft ihm!«, schreit sie und presst sich die Hand vor den Mund. Milo nimmt sie in die Arme, versucht sie zu beruhigen. Wie Donnerschläge trommeln ihre Fäuste gegen seine Brust. »So helft ihm doch endlich.«

»Das geht nicht«, sagt eine fremde Stimme, weit weg. »Er ist immun gegen all unsere Kräfte.«

Nur am Rande höre ich Milos aufgebrachte Worte und dass Ductus wispernd antwortet: »Wir können nichts für ihn tun, er ist ein Tutamina.«

Und da ist sie, die Kehrseite der Medaille.

»Dann macht etwas dagegen, verflucht!«, schreie ich hysterisch. »Wenn ihr wirklich keine Schwarzen Engel seid, dann tut irgendwas! Operiert die Silberplatte aus seinem Kopf, aber steht nicht einfach nur rum. Tut was, irgendwas!«

»Zara ...« Opas Wort stiehlt sich in mein Gehör. Mit einem Stups dränge ich Bens Hand von meinem Kinn und laufe zu Opa. Vornübergebeugt kauert er auf dem Boden, die blutverschmierten Hände von sich weggestreckt. Abermals beginnt er zu taumeln und fällt um. Blut rinnt ihm über die Stirn. Läuft in seine Augen.

Ich schlucke hart, kann kaum atmen, und als ich wieder Luft bekomme, spreche ich ihn flüsternd an: »Opa?«

Zögernd strecke ich meine Finger nach ihm aus, berühre seine Hand. Spüre seine eiskalte Haut unter meinen Fingern. Und auch ich fühle mich, als ob in meinem Innern Eiskristalle wachsen. Dennoch lasse ich die Hand nicht los. Mein Daumen fährt über seinen Handrücken.

Kraftlos sinke ich neben meinen Großvater auf den Boden, beuge mich behutsam über ihn. Da sehe ich die Wunde an seinem Kopf. Sie sieht übel aus. Die Haut am Hinterkopf klafft geschwollen auseinander, aber ich erkenne nicht, wie tief die Verletzung tatsächlich ist. Verkrustete Klumpen und Haare kleben an den Hautfetzen. Rot und zäh sickert das Blut über sein Gesicht und verfängt sich in seinen weißen Bartstoppeln.

Ich muss würgen, will ihm aber nicht zeigen, wie schlimm es um ihn steht. Sehe das Blut, das über seinen Nacken sickert und vom Kragen seines Hemdes aufgesaugt wird.

»Bringt eine Decke«, brülle ich Milo an, der schneeweiß ist und starr danebensteht. »Macht etwas, so helft ihm doch!«

Mit bebendem Herzen beginne ich zu flüstern. »Wir bekommen das hin, ich verspreche es dir. Wir bekommen das hin.«

Opa weint rostrote Tränen, dann schüttelt er schwach den Kopf. »Zara, ich sterbe«, haucht er mit röchelnder Stimme.

Im Hintergrund die Hektik.

Dann steht Milo neben mir, zuerst sprachlos. »Ward«, wispert er schließlich leise. Er scheint eine Idee zu haben, auch wenn er für mich in Rätseln spricht.

Ductus schweigt und diese Stille treibt mich in den Wahn.

»Ward?«, haucht Yosi irritiert.

»Er war doch sicher beim Stillen Rat, ist er noch hier?«, drängt Milo weiter, nun spricht er lauter und beachtet Yosis Zwischenruf nicht. »Er ist ein guter Chirurg und könnte ihn operieren.«

Ductus nickt. »Er ist erst vor wenigen Augenblicken abgereist!«

Schon gibt er Befehle, schickt Milo auf die Suche und jemanden hinunter in den Turm, um nach Phasmo zu schauen.

Ich bekomme kaum mit, was dann passiert. Schräg vor mir führt die breite Treppe nach oben, hinter mir liegt die Tür, die zum Raum des Grauens führt. Ich will nicht wissen, wie grässlich Yosi sich fühlen wird, wenn sie das nächste Mal diesen Raum betreten muss.

Opas blutdurchtränktes Hemd vermag die Flüssigkeit nicht mehr aufzusaugen. Rote Rinnsale sickern zu Boden, sammeln sich zu einer Blutlache. Der ekelhafte Geruch steigt mir in die Nase, doch selbst das ist mir egal.

»Hilfe ist unterwegs«, raunt Herr Knorr.

Ich habe völlig vergessen, dass sich um uns herum noch andere Menschen befinden, daher zucke ich bei Herrn Knorrs Worten zusammen. Unruhig blicke ich auf. Er hat die Stirn in Falten gelegt und knetet seine Hände.

Ich nicke, als Zeichen, dass ich verstanden habe.

»Wir lassen dich nicht allein«, wispere ich Opa wieder zu, weil ich nicht weiß, was ich sonst sagen soll.

»Ich fürchte mich«, bringt er mit rasselndem Atem hervor.

»Wir uns auch, Opa. Aber du bist nicht allein. Wir gehen nirgendwo hin. Yosi und ich bleiben bei dir.«

Yosi kauert sich auf der anderen Seite neben ihn und wischt ihm mit ihrer Jacke die blutigen Tränen aus dem Gesicht, aber er beginnt wieder zu weinen. Ich schluchze ebenfalls auf, drücke seine Hand. »Es wird alles wieder gut«, wiederhole ich unermüdlich. »Es wird alles wieder gut, Opa.«

Zwischen schrecklicher Panik und verzweifelter Angst höre ich unverhofft meine innere Stimme, die mir zuflüstert, was Opa jetzt braucht. »Komm noch etwas näher, Yosi, und halt seine Hand.«

*Wo bleiben die denn nur mit dieser verfluchten Trage?!*

In diesem Moment werden die Leichname von Moltino und Camil still und leise fortgetragen, Stimmengewirr, das sich zu uns durchschlängelt.

Yosi rückt noch etwas näher zu Opa, ohne sich um die immer größer werdende Blutlache zu kümmern, die uns umgibt und unsere Kleider tränkt. Dann legt sie ihm stumm ihre Hand auf seine.

Ich spüre mehr als ich sehe, dass Ben und Herr Knorr sich ebenfalls neben uns hinknien, und ihre Nähe gibt mir Kraft. Schrecken blitzt in Bens Augen auf, als er sieht, wie viel Blut Opa bereits verloren hat. Wortlos streicht er ihm die blutverklebten Haare aus der Stirn und versucht ihn anzulächeln.

Gleichzeitig schicke ich mal wieder ein Stoßgebet ’gen Himmel: *Schwarze Engel, wenn ihr auch zugleich die Weißen seid, dann bitte kommt und helft uns.*

Das unruhige Licht des Kronleuchters reflektiert weißlich auf Opas Haut und vermischt sich mit dem Blut, dadurch wirkt er erschreckend blass. So blass, dass ich fürchte, es ist alles zu spät.

Nein! Das darf ich nicht mal denken!

Die letzten Minuten haben viel Kraft gekostet. Zu viel. Meine dreckige Hand verschränkt sich mit Opas kalten und zittrigen Fingern.

Endlich höre ich Schritte.

»Es wird alles gut«, verspreche ich ihm zum tausendsten Mal und beuge mich zu ihm hinunter, drücke seine Hand, damit er spürt, dass er nicht allein ist. »Vertrau mir.«

Wie soll er mir vertrauen, wenn ich es nicht mal selber kann …

Ein Luftzug weht durch die Eingangshalle, das Krachen des schweren Eichentors dringt zu uns hinüber. Und im nächsten Moment sind Menschen an unserer Seite. Eine Trage wird aufgebaut.

Sie schieben erst Yosi und dann mich sanft beiseite und wollen seine Hand aus meiner nehmen.

»Nein, ich lasse seine Hand nicht los.«

»Ich auch nicht«, sagt Yosi und das erste Mal überhaupt sehen wir uns wie richtige Schwestern an. »Das ist unser Großvater.«

»Natürlich«, sagt eine fremde Frauenstimme. »Ich werde ihm die Spritze geben, damit er keine Schmerzen mehr hat. Haltet bitte einen Moment seinen Arm ganz still. Vielleicht beruhigt es ihn.«

Ich rücke ein Stück beiseite, damit die Frau ihm die Spritze verabreichen kann, da ertönt Opas Stimme und sie ist überraschend fest und kraftvoll. »Seit meine Enkelinnen da sind, habe ich keine Angst mehr.«

Selbst in diesem Moment ist er immer noch der alte Charmeur.

Die Frau fasst nach Opas blutverschmiertem Hemd und krempelt hastig einen Ärmel hoch. Nur wenige Sekunden nach der Injektion hört sein Körper auf zu schlottern und seine verzerrten Gesichtszüge entkrampfen sich.

»Legt ihn behutsam auf die Trage und lasst die Mädchen bei ihm bleiben«, dirigiert die Frau. Sie mustert mich kurz, dann wandert ihr Blick auf den blutgetränkten Boden. »Los, bringt den Patienten ins Krankenzimmer, schnell.«

Mit kräftigen Handgriffen wird Opa hochgehoben, noch immer meine und Yosis Hand haltend, auf die Trage gelegt und raschen Schrittes die breite Treppe hochgetragen.

Als wir die Eingangshalle verlassen, fühle ich mich noch immer aufgewühlt und durcheinander und mein Magen hat sich noch lange nicht beruhigt. Der Weg von dieser Halle zum Krankenzimmer kommt mir schlichtweg surreal vor. Ähnlich einem Tagtraum. Ich registriere, dass es heftig donnert und in Strömen regnet, aber keiner der Regentropfen trommelt gegen die hohen Fensterscheiben. Alles wirkt unnatürlich leise und ruhig, als weine die ganze Akademie bereits in Kummer stumme Tränen. Natürlich ist mir klar, dass das Schwachsinn ist, das würde ja bedeuten, dass das Wetter beinflussbar wäre.

Noch immer wispere ich Opa zu: »Alles wird gut«, wiederhole die Worte wie ein Mantra, auch, um mich selber davon zu überzeugen. »Opa, du musst keine Angst haben.«

Und Yosi tut dasselbe und fügt hinzu: »Jetzt wird dir geholfen, versprochen.«

Wir steigen weitere Treppen hoch, ich habe keine Ahnung, in welchem Stockwerk wir uns mittlerweile befinden, mir erscheint es so hoch, dass wir bald auf Wolken gehen könnten. Die gespensterhafte Ruhe in den Korridoren zieht an mir vorüber. Vor uns werden Türen aufgerissen, Lichter angeknipst und dann sind wir im Krankenzimmer. Rasch, aber dennoch mit einer beruhigenden Sicherheit, wird Opa von der Trage auf ein Bett geschoben. Alles ist still. So still wie die flüsternden Regentropfen, die die Fensterscheiben in Ruhe lassen.

Regenstill.

Innerhalb eines Augenblicks heben sich die scharlachroten Tropfen als kleine Rinnsale gegen das reine Weiß des frischen Bettlakens ab.

Ohne dass ich ein Wort sagen muss, spüre ich, dass mir jemand eine Wolldecke um die Schultern legt und erst in diesem Moment wird mir bewusst, wie ich am ganzen Leib schlottere.

Licht flackert in den Wandleuchten. Wirft einen gelben Schimmer auf das Bett. Beleuchtet das Krankenzimmer. Und Opas blasses Gesicht. Schließlich schlägt er träge die Augen auf und sein verstörter Ausdruck weicht einem sanften Lächeln. »Sagst du meinem Jungen, dass ich ihn liebhabe?«, sagt er sehr leise, beinahe lautlos.

»Sicher, das mache ich«, sage ich viel zu hastig und beim nächsten Atemzug füge ich an: »Aber er würde sich viel mehr freuen, wenn du ihm das selber sagst.«

Er lächelt müde, schließt kurz die Augen. »Versprecht ihr mir noch etwas, meine Kleinen?«

»Was du willst«, sagt Yosi tränenerstickt.

»Sagt dem Schulleiter, dass ihr eure Erinnerungen zurückbekommen wollt. Mir würde leichter ums Herz, wenn ich wüsste, dass ihr euch wieder gegenseitig habt.«

»Versprochen, das werden wir«, flüstere ich. Unentwegt strömen mir Tränen übers Gesicht und ich kriege keinen Ton heraus. Schluchzend ringe ich nach Atem, damit ich antworten kann. »Yosi und ich kriegen das hin.«

Opas Lider bewegen sich ruckartig, aber sein Lächeln ist unverändert.

»In Ordnung.« Nur mit Mühe schafft er es, die Augen wieder aufzuschlagen und wendet seinen Kopf in Bens Richtung. »Mein Junge, pass gut auf meine Mädchen auf, versprich es mir.«

»Das werde ich«, flüstert Ben und beißt sich auf die Lippen, um den nächsten Schluchzer zu unterdrücken.

»Danke«, sagt Opa und blinzelt. »Zara, ich bin müde. Ich ruh' mich jetzt etwas aus. Und wenn ich meine Rosie sehe, drück' ich sie lieb von euch beiden.«

»Okay, Opa«, wimmere ich.

Opa blinzelt unruhig und sieht zu mir hoch. »Geht bitte nicht fort, ich möchte nicht alleine sein.«

Ich schlinge meine Arme um ihn und drücke ihn sachte an mich. »Ohne dich geh' ich nirgends hin. Yosi und ich weichen nicht von deiner Seite, wir sind doch eine Familie.«

»Ich hab' euch lieb«, sagt er kaum wahrnehmbar und lächelt ein letztes Mal. Seine Atemzüge werden leiser, dann spüre ich, wie sein Händedruck schwächer wird. Sein Mund öffnet sich ein winziges Stückchen und mir ist, als wispere er Omas Namen, dann haucht er noch etwas. »Wi … ha … si … gef …« Seine Lippen kleben trocken aufeinander.

»Ich kann dich nicht verstehen«, sage ich leise. Doch Opa reagiert nicht mehr.

Seine Augen sind geschlossen.

Der Griff erschlafft.

»Nein!«

Ich starre ihn an.

»Opa?«

Panik befällt mich.

»Opa?«

*Er darf verdammt noch mal nicht sterben!*

»Opa, bitte sag was!« Verzweifelt rufe ich ihn so lange, immer und immer wieder, bis er ruckartig die Luft einsaugt und seine Augenlider flattern. Erleichtert atme ich auf.

Doch als ich erkenne, wie viel Blut er bereits verloren hat, füllt sich mein Mund mit Speichel. Ich würge ihn runter, ignoriere diese ekelhafte Übelkeit, denn vor allen Dingen wird mir klar, dass die Zeit drängt. Sein Anblick klatscht mir meine eigene Hilflosigkeit ins Gesicht.

*Wo bleibt denn die versprochene Hilfe, wo ist dieser Ward?*

Blut rinnt ihm aus den Augen und Ohren, aber ich rieche es nicht mehr. Alles, was ich rieche, ist Opas alter Ledersessel, der alleine auf dem Dachboden steht.

Dann bilde ich mir ein, dass ein warmer, nach Wiese duftender Wind durch den Raum wirbelt und darin schmiegen sich Töne, ganz leise Klänge einer Panflöte, die an uns herangetragen werden, und mein Opa schließt die Augen.

***

»Zara?«

Ich höre Stimmen um mich herum und meine Gedanken versinken im Chaos. Ich verstehe nicht wirklich, was gesagt wird, weiß aber, wer da spricht.

»Lass ihn los, Zara.«

Zwar höre ich Bens Worte, aber ich bin unfähig, die Bedeutung darin zu verstehen.

»Willst du nicht mit mir ins Zimmer kommen?«

Das ist Yosi.

»Sprecht sanft und leise mit ihr, sie hat einen ziemlichen Schock erlitten. Doch sie muss ihren Großvater loslassen, wenn wir ihn für die Operation vorbereiten wollen«, sagt die Frau, die vorhin schon da war.

*Opa loslassen ... Operation ...*

Das Gesagte flackert geradezu unwirklich durch meinen Kopf. Mit eisernem Griff umklammere ich irgendetwas, meine Zähne klappern unkontrolliert aufeinander und mir ist abwechselnd kalt und heiß. Doch ich schaffe es nicht, die Augenlider aufzuschlagen, sie wiegen schwer wie Blei.

»Professor Bezold«, wispert meine Schwester und wie eine Biene mit Orientierungs-Defizit-Syndrom schwirren Yosis Worte unverstanden durch mein Inneres.

Bezold ... der Spitzbart.

»Versuchen Sie bitte mittels Ihrer Gabe mit ihr Kontakt aufzunehmen? Vielleicht funktioniert es.«

Plötzlich spüre ich eine Hand auf meiner Schulter und höre, wie Worte in mein Inneres injiziert werden. Auch sie rieseln meist unverstanden durch mich hindurch, nur einzelne Wortfetzen bleiben in meinem Geist hängen.

*Verzweiflung ... Trauer ... hinfort tragen ...*

Ich fröstle und klammere mich an dem fest, was ich in meiner Hand halte.

Weitere Worte, die ich nicht verstehe – nicht verstehen möchte, aber ich fühle ein zartes Glühen in meinem Herzen, wie wenn die Sonne aufgeht am frühen Morgen. Eine laue Sommerbrise umspielt meinen Geist, weht all die beengenden Gefühle aus meiner Brust.

»Es wird alles gut werden.« Wieder Bens tiefe Stimme. »Lass die Gebrannten Alois retten, hab Vertrauen.«

Eine Seite von mir befiehlt mir, die Augen zu öffnen, denn da ist der zaghafte Wunsch Ben anzuschauen, mich in seinen grünen Augen zu vergessen. *Alles* zu vergessen. Meine andere Seite jedoch, die übermächtig scheint und fast alles in meinem Innern einnimmt, widersetzt sich strikt. Dann spüre ich eine sanfte Hand an meiner Wange und ich drücke unweigerlich meinen Kopf dagegen.

Nebengeräusche werden laut.

Das Klirren von Metall auf Metall.

Stimmen, die nicht hierher gehören.

Ein steriler Geruch, der in der Nase kitzelt.

Worte, piepende Apparaturen, alles Mögliche, das installiert wird.

»Komm mit mir und lass ihn los«, wispert Ben, sein Atem streichelt mein Gesicht und ich kann jede Silbe verstehen. »Hör auf dein Herz, Zara, und vertraue deiner inneren Stimme, so wie es Alois auch tun würde.«

Die Hektik nimmt zu, ich kann es fühlen.

»Es wird Zeit für etwas Stärkeres.«

*Der Spitzbart,* durchzuckt mich der Blitzgedanke erneut. Im selben Augenblick durchrieselt ein elektrisierendes Kribbeln meinen Körper und ein bonbonbuntes Farbenspiel erfüllt mich.

*Vor meinem geistigen Auge flimmert Opas Gesicht auf. Er lächelt. Das Blut ist verschwunden und auch die Verletzung. Das ist mein Opa, gesund und munter, so wie ich ihn kenne. Mit einem fröhlichen Lachen auf den Lippen geht er auf ein Mädchen zu und schließt es liebevoll in seine Arme. Ich kenne diese Bilder und die Gefühle, die dazugehören. Dieses Mädchen, das bin ich.*

Eine Erinnerung. Es ist nur eine Erinnerung, aber sie lässt mich hoffen und ich schlage die schweren Augenlider auf.

»Zara«, lächelt Yosi matt und drückt meine Hand.

»Wir kümmern uns jetzt um euren Opa«, sagt Bezold sanft und zieht im selben Moment seine Hand von meiner Schläfe zurück.

*Er* hat mir die Erinnerung geschenkt, das ist mir augenblicklich klar.

Erst sehe ich von Yosi zu Bezold, dann wandert mein Blick weiter zu Ben. Yosis und Bens Augen sind gerötet vom Weinen. Als ich das Bett vor mir betrachte, realisiere ich endlich, was ich immer noch fest umklammerte. Vor mir liegt Opa. Er ist viel zu blass und sein Mund wachsfarben. Seine Augenlider sind entspannt und sein Gesicht wirkt gelöst. Aber er lebt. Gerade noch. Das weiße Bettlaken ist scharlachrot und als ich all die Apparate und Instrumente wahrnehme, die in der Zwischenzeit aufgebaut wurden, verstehe ich endlich, dass es nur eine Chance für Opa gibt. Die Schwarzen Engel.

Allmählich klärt sich mein Verstand und ich begreife, was vor meinen Augen abgeht. Ein Tropf wurde Opa angehängt, vermutlich mit einem Beruhigungsmittel gefüllt. Ich entdecke einen Druckverband am Hinterkopf. Gerade ist die Wollmantel-Frau dabei, ein Puls-Herz-Dingens zu montieren, um am Monitor seinen Herzschlag zu überwachen.

»Zara?«, sagt Ben leise. »Es wird Zeit.«

Ich sehe ihm in die Augen. »Aber ich habe ihm versprochen, dass ich ihn nicht alleine lasse.« Meine Stimme klingt ungewohnt heiser und trocken.

»Du warst bei ihm, so lange es ging. Nun liegt es nicht mehr in deiner Hand.«

»Du kannst nichts mehr für ihn tun«, wispert auch Yosi. Und ich frage mich das erste Mal, wie es für sie sein muss? Ihren Großvater in solch einem Zustand zu sehen, obwohl in ihr keinerlei Erinnerungen an ihn vorhanden sind. Ich schenke ihr ein leidgeprüftes und zugleich gequältes Lächeln.

»Milo und Ward sind auf dem Weg«, informiert Bezold die Frau im wollenen Mantel. Wie hat er das so schnell erfahren? Ach, wahrscheinlich hat er wieder stumm mit Milo kommuniziert. An uns gewandt fügt er hinzu: »Es tut mir sehr leid, aber ihr müsst den Raum nun verlassen.«

»I-ich … ich weiß nicht … ich kann Opa nicht allein lassen.« Meine Stimme bricht. Ich schluchze auf, spüre, wie mir neue Tränen über die Wangen strömen. So habe ich Opa noch nie erlebt. Hilflos, schutzlos und verletzlich.

»Wir tun alles, was in unserer Macht steht«, sagt die Frau freundlich, drückt meinen Unterarm und schaut mir tief in die Augen. »Versprochen.«

»Du kannst«, nickt mir Ben zu, »und du wirst ihn bald wiedersehen.«

Ich hauche Opa einen letzten Kuss auf die Wange. »Bleib stark«, wispere ich ihm ins Ohr.

Dann lasse ich mich von Ben aus dem Zimmer schieben, während hinter mir das Piepen laut wird. Und erst da bemerke ich, dass auch andere Betten belegt sind. Schräg gegenüber entdecke ich den Mann, der uns vor Moltinos Attacke gerettet hat, als der die Akademie in die Luft sprengen wollte. Phasmo. Bezold steht am Fußende des Bettes und verabreicht ihm irgendwas. Dann entdecke ich noch jemanden. Es ist ein Mädchen. Sie liegt nur zwei Betten neben Opa … ich erkenne sie. Livia. Sie war auch in dem brennenden Haus. An ihrer Bettseite kauert ein Junge, den Kopf auf ihre Matratze gelegt und die Augen geschlossen. Du liebe Güte, ist das Aaron? Er sieht noch immer nicht fit aus, aber als wir jetzt an ihm vorbeigehen, schafft er es dennoch, mich kurz anzulächeln. Instinktiv hebe ich die Hand und winke ihm zu, ehe die Tür hinter mir ins Schloss fällt.

Ben schaut mich an, zieht dabei eine Braue in die Höhe. Doch ich versteh' seinen auffordernden Blick nicht, auch wenn mir sehr bewusst wird, dass er mich damit nur abzulenken versucht. »Denk an dein letztes Versprechen.«

»Mein Versprechen?« (Ha, es funktioniert.)

»Das, was du deinem Opa gegeben hast. Erinnerst du dich?«

*Erinnerst du dich …*

Bens Worte schwirren kreuz und quer durch meinen Kopf und letztlich finde ich darin auch die Antwort.

*Die Erinnerungen …*

*… wiederbekommen …*

*… weniger Sorgen …*

Ich nicke langsam und schaue dabei Yosi an. Allmählich kommt das Verständnis für alles, was passiert ist, und mit ihm eine leise Ahnung für das, was bleibt.

*Opas Leben liegt in den Händen der Phoenicrus.*

So zögerlich, wie mir das bewusst wird, so langsam begreife ich auch, dass die tödliche Rache des Schwarzen Engels ein Ende gefunden hat.

# Kapitel 12

## Manchmal, aber nur manchmal …

### Yosi

Es ist merklich kühler geworden.

Während Yosi am offenen Fensterflügel steht und die frische Nachtluft atmet, schlingt sie ihre Arme eng um den Körper. Ihre Hand umklammert dabei ein kleines Papierknäuel. Es ist jenes mit den wenigen Worten:

*Warte auf dich nach dem Frühstück.*
*Treffpunkt: Ort des Kaugummi-Todesfalls.*

Es mag eigenartig klingen, aber das kleine Stück Papier gibt ihr Halt. Halt für die Zeit, in der ihre Gefühle einzig und allein vom Warten bestimmt scheinen.

Warten auf Milos Rückkehr.

Warten auf die Ankunft von Ward, dem Phoenicrus-Chirurgen.

Warten, dass Opa, Livia und Phasmo alles gut überstehen.

Und warten, bis Ductus Zeit für ein Gespräch hat.

Sie hasst es zu warten! Weil sie nichts ändern und keinen Einfluss nehmen kann, ihre Ohnmacht schlicht und ergreifend akzeptieren muss.

Zara (frisch gekleidet mit Shirt und Jeans aus ihrem Schrank) steht vor dem Schreibtisch und Ben tigert im Zimmer auf und ab.

Wie sehr sich ihr Leben in der letzten Woche verändert hat …

Eine unglaubliche Zeit liegt hinter ihr. Tage voller Strapazen und Gefühlschaos. An so etwas wie Alltag wird in den kommenden Tagen nicht zu denken sein. Geistesabwesend riecht sie an dem zerknüllten Zettel. Ja, er duftet immer noch leicht nach Walderde und Rosenblüten. Er riecht nach Milo.

Langsam lässt sie ihren Blick über die verschlafene Landschaft rund um die Akademie schweifen. Ihr Zuhause. Doch nun pocht in ihrem Hinterkopf das Wissen, dass ihr Zuhause auch woanders ist. Mit diesem Wissen beginnt sie einen Platz für ihre Familie im Herzen einzuräumen – einen Platz zurückzugeben. Sie sehnt sich nach ihren Erinnerungen. Nach ihrem früheren Leben. Und ihrer Familie.

Der Brunnen plätschert wie eine begleitende Hintergrundmusik zu ihren Gedanken. Nie hätte sie mit diesem gewaltigen Umbruch gerechnet, als sie letzten Mittwoch Milo am Brunnen entdeckte. Ein Umbruch mit unzähligen Gegensätzen. Das ganze Grauen, die Gefahr, die wuchernde Angst. Sich so in Menschen täuschen zu können. Und da wäre auch noch das Zulassen der zärtlichen Gefühle für Milo. Ja, sie liebt diesen Kerl mit dem Azurschimmer. Sie liebt ihn mehr, als ihr bewusst war. Wie er ihr heute zur Seite stand, über sie gewacht hat die vergangenen Tage. Alles daran setzte, um ihrem Opa das Leben zu retten und ohne zu zögern losstürmte, als Zara in Gefahr war – all das zeigt ihr, dass er der Richtige ist. Der Eine, der ihr Leben vollkommen macht.

Yosi reibt sich müde über die Augen und seufzt.

Sie hat keine Ahnung, wie spät es mittlerweile ist, es interessiert sie auch nicht. Jedoch würde es sie nicht verwundern, wenn in wenigen Augenblicken die Sonne über die Baumwipfel des Waldes klettert. Eine dünne Schicht Frost liegt auf den Grashalmen im Hinterhof und ein feiner Nebelschleier kriecht über den Rasen und löst alle Grenzen im grauen Nichts auf. Seit Langem sind keine Wolken am Himmel und keine Regenschauer mehr zu sehen. Es wird ein schöner Frühlingsmorgen sein.

Und doch scheint die Ruhe trügerisch.

Obwohl sie schweigend am Fenster ihres Turmzimmers steht, tobt in ihrem Innern eine regelrechte Gedankenflut. Livia, Aaron, Phasmo und ihr Opa – alle sind sie verletzt. Die Ungewissheit, ob sie wieder ganz gesund werden, schwebt wie eine unsichtbarere Last über ihnen. Mit jeder Minute, die unaufhaltsam verstreicht, wird sie schwerer.

*Wo bleibt Milo bloß so lange?*

Die schleichende Ungewissheit nimmt parallel mit der Angst zu, denn erst mit Milos Rückkehr kann die Operation durchgeführt werden.

Hoffentlich trifft er bald mit Ward hier ein.

»Nicht schlecht! Das oberste Zimmer im Turm«, meint Ben beiläufig, lehnt sich weit aus dem Fenster und alleine vom Zusehen dreht sich Yosi der Magen um. »Wahnsinn! Das nenn' ich mal eine atemberaubende Aussicht. Was für ein Bestechungsgeld musstest du denn hinblättern, um das beste Zimmer der gesamten Akademie zu bekommen?« Sein halbherziger Versuch, die Stimmung mit seinen Sticheleien etwas aufzulockern, gelingt nicht so richtig.

»Kein Bestechungsgeld, ich bezahle mit Höhenangst.«

»Ah, verstehe schon. Ängste überwinden und all so'n Kram.«

»Scheint bei mir nur nicht zu fruchten«, sagt Yosi und wackelt mit den Brauen.

Ben lacht lautlos.

Gleichzeitig wird ihr etwas ganz anderes bewusst. Sie muss über vieles nachdenken. Darüber, was passiert ist. Was die Zukunft für sie bereithält und vor allem, was sie sich von ihr erhofft. Aber auch über das, was sie in der Gegenwart möchte und fühlt. Mit ein Grund, weswegen sie Ductus informiert hat, dass Zara, Ben und sie gerne eine Unterredung mit ihm führen möchten.

Und jetzt warten sie. Seit einer gefühlten Ewigkeit.

Während Ben weiterhin interessiert durchs Zimmer schreitet – vermutlich, um seine Nervosität zu vertuschen –, hockt sich Zara auf Yosis Bett. Die Haarbürste in der Hand umklammert, starrt sie schweigend Löcher in die Luft.

»Ein Cent für deine Gedanken«, lächelt Yosi, stößt sich entschieden von der Fensterbank ab und lässt sich neben ihrer Schwester aufs Bett plumpsen.

Zara blinzelt irritiert, als die Matratze neben ihr heftig auf und nieder wippt, dann verzieht sie ihren Mund. Doch sie schweigt.

»Es wird bestimmt alles gut«, wispert Yosi befangen und räuspert sich. Irgendwie ist es ein eigenartiges Gefühl, als sie nun die Hand ihrer kleinen Schwester in ihre nimmt. Weil sie sich an ihre gemeinsame

Vergangenheit nicht erinnern kann. Aber die Berührung fühlt sich gleichzeitig an, als ob sie das Selbstverständlichste auf der Welt wäre. Wie schon einmal erwähnt – Zerrissenheit vom Feinsten!

»Hm ...«, macht Zara einsilbig.

»Wenn sie Opa die Silberplatte operativ entfernen und durch eine andere ersetzen, verliert er gleichzeitig seine Immunität und Professorin Agon kann ihn heilen«, erklärt Yosi, spielt verlegen mit ihren Fingernägeln, weil sie nicht sicher ist, ob Zara diese logische Schlussfolgerung nicht längst selber kombiniert hat.

Zara fährt sich mit den Händen unwirsch übers Gesicht. Ihre Wangen sind gerötet, als sie zu sprechen beginnt. »Weißt du, nur wegen Opa sind Ben und ich hier. Wegen Opa haben wir dich gefunden. Wenn er nicht gewesen wäre ...« Dann bricht sie ab. Eine Träne fällt aus ihren dichten Wimpern, rinnt über ihre geröteten Wangen, zerfließt in dem Kopfkissen und ihre Honigaugen schimmern weiterhin wässrig.

Yosi kann nicht nachvollziehen, warum ihr die nächsten Worte über die Lippen kommen. Vielleicht, weil überhaupt das erste Mal Platz und Zeit für diese Sorte Gedanken da sind. Es könnte aber auch sein, dass diese wunderschönen Augen etwas in ihr auslösen. Etwas berühren, ganz tief in ihr drin. »Wem siehst du eigentlich ähnlich, Mama oder Papa?«

Zara schmunzelt. »Eindeutig Paps.«

»Dann bin ich wohl eher der Mama-Typ?«

Zara zögert nur eine Sekunde. »Ein klares Jein.«

»Jein?« Yosi kraust verwirrt die Stirn. »Bitte eine Übersetzung für eine Schwester ohne jegliche Erinnerung: Das will heißen?«

»Na ja, du hast viel von Oma Rosie. Das ist – war Opas große Liebe, sie ist leider letztes Jahr verstorben. Du hast ähnliche Gesichtszüge wie sie und auch ihre schöne rote Haarfarbe, aber irgendwie auch Mamas Mund und dieselbe Augenfarbe wie Paps.«

»Wie sind sie so? Ich meine nicht bloß, ob sie liebevolle Eltern sind, davon gehe ich mal schwer aus, mich interessiert viel eher all das, was sie als Menschen ausmacht.« Plötzlich pochen all die Fragen hinter der Stirn, die sie seit einem Jahr in die hinterste Ecke ihres Bewusstseins verbannt hat. »Was mögen sie? Was können sie auf den Tod nicht ausstehen? Oder haben sie irgendwelche freakigen Ticks oder nervige Angewohnheiten?«

»Ähm, ich …« Zara lacht auf. Es klingt gelöst und offenbar scheint ihr das Gespräch über die Familie gut zu tun, um die Spitze der Sorge um Opa zu brechen. »Also Mama ist ein absoluter Kaffee-Freak. Ernsthaft, ohne Kaffee geht gar nichts. Ohne Kaffee ist sie – ich kann es mit *einem* Wort definieren – *unbrauchbar.*«

Jetzt hört Yosi ihre kleine Schwester das erste Mal kichern. Hätte sie die Augen zu, könnte es ebenso gut ihr eigenes Lachen sein. Und endlich hat sie eine Verbindung zu dem Spitznamen, den Livia ihr scherzvoll gegeben hat: *Miss Kaffeesucht.* Das muss sie ihr unbedingt erzählen, sobald Livia wieder auf den Beinen ist.

»Seit einer Weile unterrichtet Mama Yoga«, erzählt Zara weiter. »Sie steht total auf alles, was mit Feng-Shui und dem perfekten Chi-Fluss zu tun hat. Weißt du, wie oft wir in den letzten Monaten das ganze Wohnzimmer umstellen mussten, um alles zu optimieren?« Erst grinst Zara, dann verwandelt sich ihr Gesichtsausdruck. Wird ernster. Kurz gleitet ihr Blick zu Ben hinüber, der sich eins von Yosis Lehrbüchern geschnappt hat. »Opa behauptet, dass dies ihre ganz eigene Art der Kompensation ist, um die Leere, die du hinterlassen hast, zu füllen und den Schmerz im Herzen zu verarbeiten.«

»Wirklich?« Yosi zupft in Gedanken versunken an ihrer Bettdecke herum. »Denkst du das auch?«

»Hm, möglich wäre es schon.«

»Und was ist mit Papa?«

Zara seufzt schwer.

Offensichtlich hat Yosi mit ihrer Frage einen wunden Punkt getroffen.

»Paps arbeitet im Tierrettungsdienst. Rettung von Versuchslabortieren und dergleichen.«

»Cool!«, wirft Ben dazwischen, hebt kurz seinen Blick von seiner Lektüre an, streckt den Daumen in die Luft, um sich dann wieder zwischen den Buchseiten zu verkriechen.

»Cool. Ja, das ist es«, nickt Zara bestätigend, nur einen Wimpernschlag später schüttelt sie den Kopf. »Aber er arbeitet viel zu viel, hat kaum noch Zeit für die Familie. An den Wochenenden kommt eigentlich ständig irgendein Notfall und Rettungseinsatz dazwischen … na ja …« Zara zuckt mit den Schultern. Doch in der Geste liegt Traurigkeit.

»Verstehe«, murmelt Yosi. Ihre nächsten Worte zeigen wie sehr. »Das ist dann wohl seine Art, mein Verschwinden zu kompensieren.« Für eine oder zwei Sekunden hält sie in ihrem Bettdecken-Gezupfe inne und schaut Zara prüfend an. »Und was ist mit dir?«

»Mit mir?« Zaras Lächeln wird breiter. »Ach, ich kompensiere dein Wegsein durch Albträume und Chaos. Überall, wo ich auftauche, bricht Chaos aus. Meine Freunde nennen mich nicht umsonst: Chaosqueen.« Zara verzieht ihren Mund zu einer Schnute. Ist es ihr unangenehm? »Zudem brilliere ich durch regelmäßiges Verschlafen und Zuspätkommen in der Schule.«

Yosi lacht. »Da fehlt dir wohl der schwesterliche Weckdienst. Ich bin nämlich eine Frühaufsteherin.«

»Ha! Das erklärt so einiges«, freut sich Zara. »Kannst du mich vielleicht ab sofort allmorgendlich per Telefonanruf wachrütteln?«

»Darüber lässt sich reden«, grinst Yosi. »Und was ist eigentlich mit euch beiden«, will sie weiter wissen und schaut neugierig von Zara zu Ben. »Wie lange seid ihr schon zusammen?«

»Zusammen? Ähm … also, na ja …«, beginnt Zara und windet sich unbehaglich. Sie dreht die Haarbürste zwischen den Fingern hin und her, immer und immer wieder, bevor sie erneut den Mund aufmacht. »Es ist …«

»… kompliziert?«, übernimmt Ben und hebt neckisch die Brauen, doch die Klangfarbe in seiner Stimme klingt anders. Irgendwie fremd oder verletzt?

Yosi begreift zwar nicht, worauf er damit anspielt, aber es wird deutlich, dass Zara sofort versteht. Sie presst schuldbewusst die Lippen zusammen und ein rötlicher Schimmer ziert ihre Wangen. Irgendwas ist da im Busch.

»Okay, lass mich das kurz übersetzen«, fügt Ben noch an und in seine Stimme legt sich ein eigenartiger Unterton. »Das Thema steht momentan nicht zur Debatte«, meint er und es ist klar, dass es damit abgeschlossen ist.

»Alles klar.«

»Und was ist mit dir und Milo, hä?«, fragt Zara. Ob sie mit dieser Frage geschickt von ihrem Liebesleben ablenken möchte oder es reine Neugier ist, wird Yosi nicht so richtig klar. Vermutlich ein Gemisch aus beidem.

»Mit uns?« Warum ist sie denn plötzlich so heiser? »Das Team es-ist-kompliziert hat soeben Verstärkung bekommen.« Jetzt lacht sie verlegen. »Aber eigentlich ist es schon klar. Zumindest von meiner Seite. Ich meine, Milo ist so unglaublich. Er ist nett und lieb –«

Ein leises Klopfen an der Zimmertür unterbricht ihre schwesterliche Unterhaltung und lässt Yosis Schwärmerei über Milo weitgehend unausgesprochen durch den Raum schweben.

»Moment.« Yosi springt auf die Füße und hechtet zur Tür.

Als Yosi sie öffnet, ist sie überrascht. Mit der Person, die jetzt in ihrem Blickfeld erscheint, hätte sie in hundert Jahren nicht gerechnet.

»Ductus erwartet euch.« Es ist Ophelia. Musternd schweift ihr Blick durch Yosis Zimmer und bleibt erst an Ben, dann an Zara hängen. Ob es ehrliches Interesse ist, bleibt ungewiss.

»Danke«, sagt Yosi matt und irgendwie kommt es deutlich abweisender rüber, als sie wollte. Sie räuspert sich befangen. »Ich meine, danke für alles.«

»Wie meinst du das?«, blinzelt Ophelia und streicht ihr perfekt geschneidertes Oberteil zurecht. Sie scheint leicht irritiert. Oder versteht sie sehr wohl, worauf Yosi anspielt und will es einmal laut ausgesprochen von ihr gesagt bekommen?

»Dass du Ductus informiert hast, was passiert ist – passieren wird, nachdem du deine Vision bekommen hast. Auch dass du ihn überzeugen konntest, dass unser Großvater und Herr Knorr nicht die Verräter sind.«

»Nicht der Rede wert«, winkt Ophelia ab. Irgendwie scheint ihr die sonst so allgegenwärtige Überheblichkeit abhandengekommen. »War keine große Sache.«

»Für dich vielleicht nicht …«, beginnt Yosi, als ihr Ophelia ins Wort fällt. »Na ja, in meiner Vision wäre am Ende die ganze Akademie in die Luft geflogen, also lag es ehrlich gesagt auch in meinem Interesse, das Unglück zu verhindern, wenn du verstehst.«

Yosi nickt. »Klar, verstehe.«

»Hey, nicht gerade die schönste Art zu sterben, wenn es dich in tausend Stücke zerfetzt, das kannst du mir glauben«, fügt sie noch an, nimmt wieder ihre kerzengerade Haltung ein und wirft ihr blondes perfektes Haar zurück. Dann dreht sie sich in eleganter Manier von Yosi ab, ganz so, wie die es von Ophelia kennt. Und dennoch, Yosi kommt nicht gegen den Eindruck an, dass Ophelia, seit sie ihre Gabe erlangt hat, endlich ein halbwegs normaler Mensch geworden ist. Manchmal, aber nur manchmal können sich Menschen eben doch verändern. Zum Beispiel, wenn sie das gefunden haben, was ihnen die ganze Zeit über so bitterlich gefehlt hat.

Als Ophelias Fuß die erste Stufe der Wendeltreppe erreicht, schaut sie noch einmal zurück. »Wie gesagt, Ductus wartet auf euch im Lehrerzimmer.«

»Danke«, sagt Yosi abermals, doch diesmal klingt es genauso herzlich, wie sie es meint.

# Kapitel 13

## Männer und Versuchskaninchen unter sich

### Zara

»Hey!« Ben zieht mich an der Hand zurück und bringt mich mitten im Korridor zum Stehen.

Wir sind auf dem Weg zum Lehrerzimmer, die Tür zum Raum ist bereits in Sichtweite. Seit wir Opa zurücklassen mussten, habe ich so gut wie nicht mehr mit Ben geredet. Eine träge Masse Schleim hat sich auf mein Herz gelegt, die es mir beinahe unmöglich macht zu atmen. Geschweige denn zu reden. Für ein paar Augenblicke hat es gut getan, mit Yosi über unsere Eltern zu reden und sogar ein wenig zu lachen, doch die Ablenkung war nur von kurzer Dauer.

Ich spüre den Druck an meiner Hand und blicke zu Ben auf. Er ist mir so nahe, dass ich seine dichten Wimpern zählen könnte, ich verliere mich in dem verlockenden Gedanken. (Eine, zwei, drei, vier …)

»Zara, geht's dir gut?«

Wie oft wird einem diese Frage gestellt: Geht es dir gut?

Eine abgegriffene Floskel, hohle Phrase, nichtssagende Aneinanderreihung von Worten – was soll ich darauf sagen?

*Geht es mir gut?*

Was meine körperliche Verfassung angeht, könnte ich die Frage mit einem Ja beantworten. Ich bin unverletzt, habe keine Gliedmaßen verloren, mein Chaoskopf sitzt immer noch auf meinen schmalen Schultern. Die Schmerzen sind verebbt und ich werde keine bleibenden Schäden davontragen. (Ziemlich sicher – denke ich. Wer weiß, welche Folgeschäden noch auftauchen könnten?) Soweit geht es mir also ganz gut.

Mit meinem Herzen sieht es allerdings ganz anders aus. Ich kann Bens Frage zuerst nicht beantworten, denn in meinem Kopf herrscht blankes Chaos. Mir fällt keine Antwort ein, die nicht gelogen wäre. Dann finde ich sie plötzlich doch, die richtigen Worte.

»Ich bin gerade
etwas neben der Spur.«

»UND IST'S SCHÖN DA?«

Jetzt muss ich lächeln. Ich bemerke, dass Yosi bereits zur Tür vorgegangen ist. Vermutlich will sie uns etwas Zeit zu zweit einräumen.

Und Ben schafft es tatsächlich, dass ich mich in dem Moment der totalen Einsamkeit und Hilflosigkeit nicht alleine fühle. Er fängt mich auf, egal wo ich bin. Egal, wie es mir geht. Ja, er ist immer für mich da. Hey, als verrücktes Huhn durch die Weltgeschichte zu gehen ist ja eine Sache. Das Problem dabei ist ja nicht unbedingt, dass man eine leichte Macke hat. Das Problem liegt viel eher darin, den *Einen* mit der möglichst äquivalenten Macke zu finden.

»Komm doch mal rüber, dann zeig ich's dir.«

Ben zögert keine Sekunde, macht einen Schritt auf mich zu und tritt mir dabei um ein Haar auf die Zehen, weil er so nah an mich herankommt.

»Hier gefällt's mir«, raunt er mir gefühlvoll ins Ohr. Zärtlichkeit liegt in seinen Mundwinkeln, Liebe auf den Lippen. »Darf ich bleiben?«

»So lange du willst«, wispere ich atemlos und schlinge meine Arme um seinen Hals. Für mehr als einen raschen Kuss reicht die Zeit nicht aus, aber ich genieße den Augenblick mit all meinen Sinnen. Fühle seinen warmen Atem, der meine Lippen streift, spüre seine starken Hände, die liebevoll über meinen Rücken streicheln, und spüre sein Herz, das mit meinem im Einklang schlägt.

Als die Tür des Lehrerzimmers aufgeht, verfliegt die Romantik des Augenblicks allerdings im Nu.

»Yosephine«, höre ich die Stimme des Schulleiters. Ich schaue zum Lehrerzimmer hinüber, bemerke Ductus' Blick, wie er ihn den Korridor entlanggleiten und schließlich bei Ben und mir haltmachen lässt. Schnell löse ich mich aus Bens Umarmung und ziehe mich einen halben Schritt zurück. »Kommt herein, Kinder. Allesamt.«

Wir beide gehen die letzten Meter im Laufschritt und schließen zu Yosi auf, gerade als sie über die Schwelle tritt. Ich werde das Gefühl nicht los, dass sie sich insgeheim erhofft, Milo hier drinnen vorzufinden.

Doch der Raum ist leer.

Es riecht nach vergangenen Momenten, voller Leben und Geschichten. Erinnerungen durchdringen das Gemäuer, schleichen durch die Ritzen der Bodendielen, füllen jedes Staubkörnchen in den Bücherregalen mit abenteuerlichen Erzählungen und sagenumwobenen Märchen und spiegeln sich auf der polierten Holzplatte des Nussbaumtisches. Es sind nicht alleine unsere Erinnerungen, aber jene, die noch spürbar, beinahe greifbar in der Luft herumwirbeln. Komischerweise fühlen sie sich vertraut an.

»Macht es euch bequem«, ermuntert uns Ductus.

Die ganze Situation kommt mir zu vertraut vor – derselbe Raum, derselbe Noppen-Stuhl hinter demselben Tisch, darauf dieselbe hässliche Thermoskanne – und dennoch ist diesmal alles völlig anders.

»Wollt ihr etwas trinken? Vielleicht einen Schluck Tee?«, fragt er liebenswürdig und kassiert ein dreifaches »Nein!«, als er zu seiner tannengrünen Kanne greift.

»Nun gut, diese Reaktion erscheint mir doch ein kleinwenig übertrieben«, schmunzelt er, stellt die Kanne zurück und ein leises Scheppern ertönt, als der Boden auf der Tischplatte aufsetzt. Dann wartet er, bis wir Platz genommen haben. »Darf ich fragen, was hinter eurem Entsetzen steckt? Ich bin gespannt, was es mit meiner Kanne auf sich hat.«

»Die ist vergiftet!«, platze ich heraus und bereue es sogleich, weil jegliche Farbe aus Ductus' rotbäckigen Wangen weicht. Er sackt zurück in die Stuhllehne und ich höre, wie er scharf die Luft einsaugt. Dann beugt er sich vor, stützt seine Ellenbogen auf der Tischplatte und sein Kinn auf den Händen ab. »Vergiftet sagst du?«

»Okay, das war ein klitzekleines bisschen übertrieben formuliert«, gestehe ich und winde mich unbehaglich auf dem Stuhl hin und her.

»Es ist so, Moltino hat Ihnen seit geraumer Zeit heimlich ein Serum ins Getränk gemischt. Irgendein Gebräu, das er im Forschungslabor entwickelt hat, schätze ich. Mit dem Ziel, Ihre Gabe zu beeinträchtigen.«

»Das ist ja ein Ding!«, entfährt es dem Professor. Er starrt mich an. Eine Sekunde und noch eine. »Ich hatte ja keine Ahnung. Das würde bedeuten, dass mit mir eigentlich alles in Ordnung ist …« Verwirrt schüttelt er den Kopf und betrachtet dann eine ganze Zeit lang seine Hände. Es ist keine Frage, aber die Unsicherheit in seinen Worten lässt seine Aussage als solche wirken.

»Höchstwahrscheinlich schon«, meint Yosi kopfnickend.

»Unfassbar!« Mit einer übereilten Bewegung steht er auf, lacht einmal laut auf und verschwindet hinter dem Bücherregal. Ein Scheppern und Klirren dringt zu uns hinüber und irgendwie erinnert mich die Situation an Herrn Knorrs Bibliothek, in der alles begann. Ductus' Worte bahnen sich zwischen Buchseiten und seinem produzierten Eigenlärm zu uns hindurch. »Und ich habe bereits einen Psychiater kontaktiert, weil ich vor lauter Verzweiflung nicht mehr weiter wusste.«

Plötzlich drängt sich mir eine Frage auf. Was die Phoenicrus wohl mit Herrn Knorr anstellen werden, wenn alles vorbei ist? Lassen sie ihn wieder vergessen, sein Buch verschwinden, löschen sämtliche Erinnerungen, die er zu den Gebrannten in sich trägt?

Erst jetzt wird mir so richtig bewusst, dass auch unsere Zukunft in den Händen der Phoenicrus liegt.

Was machen sie mit uns?

Ich habe den Gedanken noch nicht weitergedacht, da huscht Ductus wieder hinter dem Regal hervor. Unter dem Arm eine stinknormale PET-Flasche, die Hände umklammern eine blaue Blechdose mit rosa Punkten und an jedem Finger steckt eine Henkeltasse, die nicht weniger bunt daherkommen.

»Sicher ist sicher«, lächelt der Schulleiter und drückt einem nach dem anderen eine leere Tasse in die Hand.

(Ich bekomme eine türkise mit Dackeln drauf.)

»Ein Serum in meinem Tee«, schüttelt Ductus immer noch ungläubig den Kopf, während er uns Wasser einschenkt. »Dass ich dies nicht habe kommen sehen, war wohl das größte Pech.« Bei diesen Worten greift er zur Dose, die mit einem blechernen Scheppern ihren Inhalt preisgibt. Es riecht köstlich!

Schon hält uns Ductus die Kekse unter die Nase.

»Leckerschmecker«, freut sich Ben und greift beherzt zu.

»Mann, die duften wie der Himmel auf Erden!«, schwärme ich. Okay, ich befürchte, ich habe schon zu lange nichts Vernünftiges mehr gegessen, denn es handelt sich um ganz gewöhnliche Butterkekse.

Ductus überlässt mir mit einem breiten Grinsen gleich die ganze Dose und setzt sich schließlich auf seinen Noppen-Sessel. Ein Nasenrümpfen ziert sein Gesicht, weil er verhindern möchte, dass seine Brille noch weiter hinunterrutscht. »Nun denn, damit wäre ein Punkt abgehakt, der eigentlich nicht auf der Liste stand, aber durchaus von angemessener Bedeutung ist.«

Es entsteht eine kurze Pause. Aber es ist keine dieser peinlich berührten Schweigeminuten, viel eher scheint es so, dass Ductus sich erst sammeln muss, um den Faden wiederzufinden.

»Also, der Zustand eures Großvaters ist nach wie vor sehr kritisch, doch soweit stabil, dass er operiert werden kann. Will heißen, eurem Opa geht es den Umständen entsprechend gut«, nimmt Ductus den Faden auf und seine Brille rutscht ihm nun dennoch von der Adlernase, weil er sich während des Sprechens noch weiter über die Tischkante lehnt. »Ward hat alles Notwendige für die Operation in die Wege geleitet. Sobald er hier eintrifft und ich bezüglich seines Genesungszustandes weitere Informationen erhalte, werde ich euch darüber informieren.«

»Professor?« Mit nachdenklicher Miene richtet sich Yosi auf und ihr Blick verliert sich zwischen den meterhohen Bücherregalen. »Haben Sie eine Erklärung, wie es Opa möglich war, Moltino zu besiegen?«

Er nickt, langsam und bedächtig. »Allem Anschein nach hat es euer Großvater dank seiner versilberten Platte geschafft, Curdins kranke Energie zurückzuspiegeln. Je aggressiver Moltino die Energie fließen ließ, desto stärker hat er sich selbst damit infiziert.«

Okay, das erklärt Opas Triumph sehr genau. Erleichtert seufze ich auf.

»Und hat sich dabei selber in Lebensgefahr gebracht«, fügt Ben matt hinzu.

»Leider, ja«, nickt Ductus abermals bedächtig, wobei sich die Falten auf der Stirn zu richtigen Furchen vertiefen. »Für mich war lange Zeit nicht klar, ob euer Großvater wirklich ein Tutamina ist, denn er erfüllt die Kriterien nicht vollständig. So hat er beispielsweise die Erinnerungen nicht als klare Bilder behalten können, wie wir mithilfe seiner Psychologin herausfinden konnten. Und Milo konnte zwar in Gedanken mit ihm kommunizieren, ihn aber nicht beeinflussen. Er ist nicht komplett immun gegen unsere Kräfte – und doch trotzte er uns allen beharrlich. Vielleicht ist er es nur zur Hälfte? Quasi ein Halb-Tutamina.«

Moment – Was sagt er über Opas Psychologin?

Auch Yosi rückt unruhig auf dem Stuhl hin und her. »Was ist mit Professor Phasmo?«, fragt sie und in ihre Stimme hat sich ein leises Schwanken geschlichen. »Geht es ihm … wird er es … ich meine …«

»Überleben?«, übernimmt Ductus und Yosi nickt hastig. »Parzival wird bereits behandelt. Die letzte Rückmeldung war zwar erschreckend, aber ich bin zuversichtlich.«

Seine Aussage ist ziemlich schwammig und ich frage mich, was Moltino dem Mann, der uns alle gerettet hat, für Verletzungen zugeführt hat. Doch bevor wir nachfragen können, setzt er seine Rede fort.

»Noch etwas. Ich habe mich mit euren Eltern in Verbindung gesetzt.«

Die Vorstellung, dass der Satz: *Zara hat ihre Schwester Yosephine an der Akademie der Gebrannten gefunden und dabei geholfen, uns alle vor einem rachedurstigen Monster zu retten* … so oder so ähnlich gefallen ist, macht mich neugierig.

»Was haben Sie Ihnen mitgeteilt?«, frage ich stutzig.

»Nur die Wahrheit«, antwortet er ruhig.

Okay, entweder ist sein Zynismus so stark ausgeprägt, dass er nicht mal zwischen den Zeilen herauszuhören ist oder er ist verrückt.

»Dass sich ihre Tochter bei uns an der Akademie befindet, weil sie geholfen hat, eine Katastrophe abzuwenden und erst morgen nach Hause kommen wird.«

Ich bin baff! Das ist die Wahrheit. Nur mit doppeldeutiger Botschaft darin … Mehr als ein höfliches Nicken bekomme ich nicht zustande.

»Auch deine Eltern habe ich kontaktiert.« Diese Worte gelten Ben.

Auf einen Schlag stiehlt sich eine energiegeladene Stille in den Raum. Ich weiß nicht, an was es liegt. An mir selber, weil ich weiß, was Ben mit seiner Mutter alles durchmachen musste, an Ductus Unterton, der mit einem Mal ernst und bedeutungsvoll klingt oder an Ben, der bei diesen Worten die Augen weit aufreißt. Als dann noch die Tür auffliegt, mache ich regelrecht einen Satz mitsamt der Keksdose.

»Entschuldigt, dass es etwas länger gedauert hat.« Es ist Milo. Mit seinem zerzausten Haar, den schmutzigen Klamotten und der ruhelosen Ausstrahlung, sieht er mächtig abgekämpft aus. »Aber nun ist alles erledigt.«

»Das sind gute Neuigkeiten.« Ductus reibt sich die Hände und deutet Milo, sich ebenfalls zu setzen. »Sehr schön, dann steht der Operation ja nichts mehr im Wege.«

Milo nickt kurz, doch seine Aufmerksamkeit gilt Yosi.

»Ward ist der Beste«, raunt er Yosi beruhigend ins Ohr. »Jetzt wird alles gut.« Nun ist es Yosi, die vor Erleichterung aufatmet.

Und auch wenn Milos Worte nur indirekt mir gelten, tun sie mir unendlich gut. Ein Teil des zähflüssigen Schleims (in meiner Vorstellung ist er übrigens giftgrün!) zerfließt und lässt es mir etwas leichter ums Herz werden.

»Nun zurück zu dir, Ben«, wirft Ductus dazwischen. Er richtet sich kerzengerade auf und der Ausdruck in seinen grünblauen Augen verändert sich. Begleitet von einem heiseren Hüsteln. Was ist los mit ihm? »Deine Mutter konnte ich leider nicht erreichen, dafür aber Boris.«

Als Ductus den Namen von Bens Vater ausspricht, ist das ganze verdrängte Wissen schlagartig zurück.

*Bens Vater ist ein Frango.*

Zumindest behauptet das Milo. Wie konnte ich das nicht mehr auf dem Schirm haben?

»Sie kennen meinen Vater?« Das Krächzen in Bens Stimme ist mehr als nachvollziehbar.

Wenn sich herausstellt, dass hinter Milos Gerede tatsächlich ein Funke Wahrheit steckt, wird alles über den Haufen geschmissen, was Ben über seinen Vater gewusst zu haben glaubte. Was und ob dies etwas an ihrer verqueren Beziehung verändern wird, ist natürlich eine völlig andere Sache.

»Boris war Student an der Akademie«, nickt Ductus. Die Ernsthaftigkeit, mit der er das ausspricht, verwischt jeden Zweifel. »Er besuchte dasselbe Studienjahr wie zwei meiner Professoren, die heute an der Akademie unterrichten. Norbert Bezold und Parzival Phasmo.«

»Nein«, haucht Ben fassungslos. »Das ist unmöglich. Unmöglich …«

Ductus redet einfach weiter. Vielleicht muss er es sich so schnell wie möglich von der Seele reden. Mit bangem Blick schaue ich zu Ben, bin nicht sicher, ob ich überhaupt noch etwas hören möchte.

»Boris war ein herausragender Susurro. Was genau schiefgelaufen ist, dass er zum Frango degradierte, weiß ich nicht mit absoluter Sicherheit. Doch ein klärendes Gespräch mit Professor Bezold und deinem Vater wird dir sicherlich Aufschluss darüber geben.«

Bezold ist der Spitzbart, so viel ist klar. Jetzt erschließt sich mir, wieso er Ben bei ihrer ersten Begegnung angestarrt hat, als hätte er einen Geist vor sich – oder eher einen Erzfeind?

»Ein Gespräch mit meinem Vater?« Ben schnaubt mürrisch. »Vergessen Sie's!«

Völlig unerwartet springt Milo auf und kommt auf Ben zu. »Weißt du Mann, einen Scheißvater zu haben ist keine Dauerkarte für eine Mitleidstour.«

*Mensch! Wieso muss er so mit Ben reden, nach allem, was wir gerade zusammen durchgemacht haben?*

Als Milo Bens Vater zum ersten Mal ins Spiel brachte, kostete ihn das schon sämtliche Sympathiepunkte, die er bei mir gesammelt hatte. Na ja, ich muss gestehen, dass er die längst wieder wettgemacht hat. Schließlich hat er alles stehen- und liegenlassen, um Opa zu retten … Doch nun?

Ben hat sein Gesicht in den Händen vergraben, doch bei Milos Worten richtet er sich auf. Mit vor Wut funkelndem Blick sieht er zu ihm hinüber. »Was weißt *du* schon davon?«

»Von deinem Vater?«, fragt Milo seelenruhig und zuckt unbeeindruckt mit den Schultern. »Nicht allzu viel. Nur dass er ein degradierter Phoenicrus ist, nie damit klarkam und vermutlich deswegen sein Leid im Alkohol ertränkt. Aber über ein Scheißleben generell? Mehr als dir lieb ist.«

»So, du weißt also Bescheid? Mach du mal fast dein ganzes Leben lang den Aufpasser für deine Mutter, immer mit der Angst im Nacken, dass das Monster wieder nach Hause kommt. In noch schlimmerer Verfassung als das Mal zuvor.«

»Das hätte ich liebend gern getan«, zischt Milo. In diesem Moment wirkt er weder arrogant noch von oben herab. »Sie dürften mich jeden

Tag anschreien, mich zur Schnecke machen und sich stundenlang streiten, wenn meine Eltern dafür noch leben würden! Lieber Scheißeltern als gar keine.« Kurz sehe ich in ihm den kleinen Jungen, der er vermutlich gewesen war. Klein, verletzlich, mit einem blutenden Herz, das seine Eltern schrecklich vermisst. »Weißt du, was der größte Unterschied ist? Du hast die Wahl, ob du den Kontakt aufrechterhalten und Boris noch eine Chance geben willst. Mir wurde die Wahl innerhalb einer Sekunde genommen.«

Als Milos letztes Wort verklingt, ist alles ruhig.

Schweigen, das im Raum steht.

Stumme Gesichter, verhaltene Bewegungen, stille Blicke.

Eine halbe Ewigkeit verstreicht, bevor Milo sich umdreht und sich auf den Stuhl neben Yosi fallenlässt. Aus dem Augenwinkel sehe ich, wie sie nach seiner Hand greift und sie mit ihrer verschränkt. Die beste Medizin für ein geschundenes Herz.

Ben wirkt verhalten. Lange schaut er Milo einfach nur an, wartend, ob er den Blick erwidert. »Sorry, das wusste ich nicht«, sagt er leise. »Wie … ich meine, wie sind sie gestorben?«

»Autounfall.«

»Tut mir echt leid.«

»Hmmm …«, brummt Milo. Was wohl so viel heißen soll, wie: *Danke, schon okay, es geht mir gut!* Oder womöglich auch: *Kein Thema, ich wollte dir nur mal ordentlich die Kappe waschen.* »Vielleicht überlegst du es dir ja noch mal und gibst euch beiden eine Chance«, murmelt er nun mit heiserer Stimme.

»Hmmm …«, kommt es nun brummelnd aus Bens Richtung.

*Männer!*

»Eine Kleinigkeit hätte ich zu dem Thema noch hinzuzufügen«, mischt sich Ductus ein.

Mit seinen Worten verflüchtigt sich die Explosivität, zumindest ein bisschen. Es fühlt sich an, als könnte ich endlich wieder gefahrlos mit den Wimpern zucken.

»Ich sage dir jetzt alles, was ich weiß, Ben. Dein Vater hat sich vor vielen Jahren bewusst gegen das bindende Versprechen entschieden. Er wusste, was er tut. Tatsächlich stand er vor der bitteren Wahl, die Frau, die er liebte, für immer aufzugeben oder das, was ihn ausmacht, für immer auszulöschen. Er hat sich für die Liebe und gegen seine Bestimmung entschieden. Ich denke, das solltest du wissen.«

»Okay, gut«, nickt Ben.

»Leider wird es an der Tatsache nichts verändern, dass er für immer ein Frango bleibt. Dafür hast du einen kleinen Teil seiner Energie abbekommen, wie ich gehört habe?«

»Hmmm …«, brummt Ben abermals.

»Wenn sich ein Phoenicrus *bewusst* gegen ein bindendes Versprechen entscheidet, kann er seine Energie an seine Nachkommen weitergeben. Der Großteil geht dabei an das erstgeborene Kind über, darauf hat man keinen Einfluss.«

Mir klappt die Kinnlade runter.

Das bedeutet …

Ich stupse Ben in die Seite. »Hey! Du hast eine Schwester oder einen Bruder!«

Ductus lächelt mich verschmitzt an. »Gut kombiniert. Willst du mehr darüber erfahren, Ben? Vielleicht, ob es ein Bruder oder eine Schwester ist? Oder den Namen? Ich überlasse die Entscheidung dir.«

»Ich … ich weiß es nicht.«

»Moment mal«, unterbricht uns Yosi, die sich nach vorne beugt und Ben eindringlich mustert. Sie scheint sein Gesicht regelrecht durch zu scannen. »Wollen Sie damit etwa sagen, dass ein Student an der Akademie Bens älteres Geschwister ist?«

»Korrekt.«

»Hm, du bist siebzehn. Nun gut, dann muss es jemand aus der Eventum oder meinem Sequiumjahrgang sein«, überlegt Yosi laut, während sie langsam aber sicher so aussieht, als wolle sie am liebsten jeden Winkel von Bens Gesicht abtasten, ausmessen und auseinandernehmen.

»Milo?«, fordert Ductus ihn auf. »Willst du etwas dazu sagen?«

»Wie jetzt? Du wusstest es schon die ganze Zeit über?« Die Frage – inklusive leicht vorwurfsvollem Unterton – kommt natürlich von meiner Schwester.

Milo schüttelt den Kopf. »Nein, ich hatte bis zu Zaras und Bens Ankunft an der Akademie keine Ahnung. Erst als Professor Bezold mit Professor Ductus im Wagen darüber sprach, dass Ben seinem Vater wie aus dem Gesicht geschnitten sei und sie erwähnten, dass Boris zum Frango degradiert wurde, fiel unter anderem eben auch der Name seiner Schwester. Da wurde es mir klar.« Plötzlich hält er inne. »Ups, sorry, ich …«

»Ich habe eine *Schwester?*«

»Maya«, fügt Milo im selben Atemzug hinzu, um gleich das gesamte Infopaket loszuwerden.

»*Maya?*«, kreischt Yosi total perplex. Es klingt viel eher nach *Maaay-aaa*, dabei sieht sie aus, als ob sie jeden Moment vom Stuhl kippen würde. »*Maya* soll Bens Schwester sein?«

»Halbschwester, um genau zu sein«, berichtigt Ductus. »Boris hat seinerzeit seine erste Frau und somit auch Maya für seine große Liebe verlassen.«

Puh! Ich muss sagen, dass ich Bens Vater nun zwangsläufig mit anderen Augen sehen muss. Ob Ben es eines Tages auch schafft, einen anderen Blickwinkel zuzulassen? Ich bin gerade zu überwältigt, um mich einzubringen. Und was ist mit seiner Mutter …?

Ben spricht genau das aus.

»Weiß meine Mutter Bescheid?« Bens Mund ist zusammengekniffen und bildet eine schmale Linie. »Über Papas verlorene Fähigkeit, meine ich.«

Eine ganze Weile schaut Ductus Ben schweigend an. Seine Fingerkuppen aneinandergelegt, wippen sie bedächtig gegeneinander. »Nein«, sagt er schließlich. »Die Ungebrannten werden niemals eingeweiht. Aber laut Norbert ahnte sie, dass sich irgendetwas verändert hatte. Sicher bekam sie den Umstand mit, dass Boris vor einer schweren Entscheidung stand.«

»Aber weiß sie von meiner Schwester? Na ja, bevor ihr die Erinnerungen genommen wurden.« Zwischen zwei Atemzügen scheint er zu begreifen, dass es ihm womöglich genauso ergeht. »Und ich? Kenne ich Maya?«

»Wie euer Familienverhältnis aussah, ehe Maya zu uns kam, weiß ich leider nicht. Nur, dass Boris den Kontakt aufrechterhalten wollte. Sicher auch, weil ihm klar war, dass sie eines Tages in seine Fußstapfen treten wird.«

»Dann ist meine Schwester also auch eine … eine …«

»… eine Susurro?«, greift ihm der Schulleiter hilfsbereit unter die Arme.

Ben nickt.

»Ja«, sagt Ductus gedehnt. »Und wenn du möchtest, darfst du sie morgen kennenlernen. Natürlich muss ich das alles erst noch in aller Ruhe mit Maya bereden. Doch in ihrer momentanen Verfassung kann sie eine so schöne Nachricht mehr als gut gebrauchen.«

»Was, wie meinen Sie das?«, fragt Ben – er ist nicht minder verwirrt als ich.

Ductus schüttelt betrübt sein Haupt. Dann seufzt er schwer. »Ihre erste große Liebe, Thaddeus, war Moltinos erstes Opfer auf seinem Rachefeldzug. Er erlag vor wenigen Stunden seinen Verletzungen.«

Ich schlucke hart.

»Wie schrecklich!«, haucht Ben entsetzt. Ich sehe, wie eschrocken er ist. Auch ich brauche dringend einen Themenwechsel. Und dann höre ich mich selber sagen (einen Tick zu laut – aber das muss sein): »Stopp! Irgendwie wird mir das hier entschieden zu viel«, seufze ich – immer noch zu laut. »Professor, ich gab meinem Opa ein Versprechen. Wenn alle einverstanden sind, würde ich gerne nun unser Problem ansprechen.«

»Es geht um das Thema Erinnerungen. Richtig?«, kommt er mir zuvor. Entweder verliert das Antisilbergebräu bereits an Wirkung und seine Kräfte kommen allmählich zurück, oder er hat auf andere Weise davon Wind bekommen. Schließlich hat Bezold auch Opas Worte gehört. »Richtig.«

Dann sagt er etwas, das ich so nicht erwartet hätte. »Das ist wahrlich eine Sache, der ich schon länger zwiespältig gegenüberstehe.«

»Was Sie nicht sagen«, rutscht es mir heraus.

»Woher der Sinneswandel?«, will meine Schwester wissen.

Ben ist auffallend still geworden. Ich kann mir vorstellen, dass seine Gedanken ganz woanders verweilen.

Ein kurzer Blick über seine Brille, dann ergreift der Schulleiter erneut das Wort. »Seit einer ganzen Weile hatte ich dieses undefinierbare Gefühl, ganz tief in mir drin. Es flüsterte mir zu, dass es Zeit sei für einen Wandel. Ihr müsst wissen, wir Sentios können nicht nur Visionen bekommen, wir sind auch sehr sensibel und fühlen gewisse Vibrationen bevorstehender Ereignisse, die in der Luft liegen. Wie Vorboten oder Weckrufe. Seit einigen Monaten war dieser Vorbote deutlich wahrzunehmen. In Träumen, in Gesprächen, auch als Randerscheinung in Visionen, – überall las ich dasselbe heraus. *Uns steht bald ein Wandel bevor.* Wie dieser Wandel jedoch aussehen sollte oder was Kern des Umbruchs sein würde, war mir schleierhaft.« Ductus schaut von mir zu Yosi, tippt sich mit dem Finger auf die Nase und sein Blick wandert auf seine Thermoskanne, die noch immer seinen Tisch schmückt. »Dummerweise sind wohl zwischenzeitlich meine Kräfte getrübt worden, deshalb musste ich die ganze Thematik bis auf weiteres auf Eis legen. Ich muss zugeben, dass ich es beinahe vergessen hätte. Als dann aber Stimmen von Phoenicrus im Außendienst laut wurden, die sich genau auf die Problematik der manipulierten Erinnerungen bezogen, begriff ich endlich, was für ein Wandel uns bevorsteht. Die Erinnerungen müssen differenzierter behandelt werden, anders, gezielter.« Während Ductus redet, sucht er den Augenkontakt zu Milo und ich bin mir fast sicher, dass *er* einer derjenigen aus dem Außendienst ist. (Nicht schlecht, der Arrow-Typ hat Rückgrat!) »Lange Rede, kurzer Sinn: Exakt diese Thematik war auch Gesprächsthema des Stillen Rats und wir sind bereit, die Vorgehensweise zu überdenken und unseren Standard dem neuen Jahrtausend anzupassen.«

»Wie jetzt, soll das heißen …« Ich fühle mich leicht überrumpelt – im positiven Sinne. Ich hab' ja mit allerlei Reaktionen gerechnet. Von *Schert euch zum Teufel* bis *Ich lass' euch sofort alles vergessen* war alles dabei.

»Das soll heißen, ich habe ein offenes Ohr für eure konstruktiven Vorschläge, Anregungen und Ideen.«

Keiner von uns sagt etwas. Offenbar geht es allen gleich. Das Gefühl, dass die ganze Sache einen Haken haben muss, macht sich in mir breit.

»Irgendein Vorschlag?«, bohrt Ductus nach. »Euch ist doch hoffentlich klar, dass wir nach wie vor im Geheimen agieren, genau wie die Akademie im Verborgenen bleiben wird? Unsere Kodexe haben sich bewährt und an denen werden wir festhalten.«

Sag ich's doch.

Immer noch herrscht eisiges Schweigen.

»Wie wäre es mit einem Kompromiss?«, schlage ich vorsichtig vor.

»Klingt vielversprechend. Lass hören.« Ductus streckt den Arm nach mir aus, als Zeichen, dass ich offen sprechen soll.

»Wenn der Tag kommt, an dem die Gabe im gebrannten Kind erwacht und ihr es zu euch an die Akademie holt, so lasst sowohl ihm wie auch den Zurückgebliebenen die Erinnerungen«, sage ich und meine Stimme schwankt ein wenig vor Nervosität.

»Ich befürchte, das wird nicht gehen«, entgegnet Ductus und kratzt sich am Kinn. »Leider plappern die Menschen zu schnell etwas aus, selbst dann, wenn sie es nicht wollen. Ein Bierchen zu viel oder ein aufbrausender Moment und erregte Gemüter sagen Dinge, die sie hinterher zwar bitter bereuen, aber nicht mehr rückgängig machen können.«

»Professor«, beginne ich und hasse mich dafür, dass meine Stimme zu zittern beginnt. Es fällt mir nicht leicht, es auszusprechen. »Ich weiß nicht genau, wie ich das höflich ausdrücken soll, aber ich glaube, Sie müssen anfangen den Ungebrannten gegenüber etwas Vertrauen aufzubauen.« Ich muss mich räuspern, weil meine Worte so heiser klingen wie ein Reibeisen. »Wie Sie vorhin selber angedeutet haben, die Zeiten haben sich gewandelt. Hexen werden nicht mehr auf dem Scheiterhaufen verbrannt, es laufen unendlich viele TV-Serien, in denen Menschen mit übersinnlichen Begabungen verehrt werden und Filme wie *X-Men* oder *Men in Black* unterstützen die offene Haltung garantiert auch positiv. Sie müssen es ja nicht gerade in die Welt hinausschreien, dass die gebrannten Kinder in einer Akademie mitten im Schwarzwald zu Phoenicrus ausgebildet werden, aber zumindest den Betroffenen zutrauen, dass sie damit umgehen können. Das wäre wirklich fair.« So, damit ist meine Rede beendet. Das musste dringend mal gesagt werden.

Auf Yosis Gesicht zeichnet sich ein leises Lächeln ab und ich bilde mir ein, dass sie mir kaum merklich zunickt.

»So so, denkst du, ich habe kein Vertrauen zu euch?«

Ich zucke unspezifisch mit den Schultern.

»Versprochen, ich nehme mir deinen Rat zu Herzen.«

»Wie wäre es denn, wenn ihr mittels eurer Gabe lediglich so viel Einfluss auf die Beteiligten ausübt, dass zwar klar vermittelt wird, dass niemals offen über die Phoenicrus und die Akademie kommuniziert werden darf, aber ihnen die Erinnerungen nicht genommen werden.« Nicht ich, sondern Ben erweitert meinen Vorschlag. Es ist das erste Mal, dass er seit der ganzen Geschichte mit seinem Vater und seiner

Schwester – Halbschwester –, wieder etwas sagt. Sein Gesicht ist immer noch gezeichnet von der erschütternden Neuigkeit, aber sein beneidenswerter Verstand arbeitet wieder auf Hochtouren. »Wir überlegen uns einfach einen anderen Namen für diesen Ort, damit dem Umfeld mitgeteilt werden kann, warum das Kind weg ist und was für eine *angebliche* Schule das Kind fortan besucht.«

»Hm …« Ductus streift sich immer noch übers Kinn. »Dieser Ansatz könnte ein Weg in die richtige Richtung sein.«

»Wie wäre es mit *Akademie für Hochbegabte?*«, schlage ich vor. »Ist ja irgendwie auch zutreffend.«

»*Akademie für Hochbegabte*, ist das dein Ernst?« Yosi kichert.

»Ist doch gar nicht so abwegig«, unterstützt mich Milo. »Im Wort *Hochbegabt* steckt das Wort *Gabe,* und *Akademie* passt sowieso.«

»Und an den Wochenenden dürfen die Studenten nach Hause«, hänge ich in meinem Eifer noch an.

»Nein, das geht zu weit«, schüttelt Ductus den Kopf. »Die Studenten kommen aus dem ganzen Land hierher und der Zeitaufwand wäre nicht angemessen. Zudem ist die Tatsache, dass sie ihre Fähigkeiten noch nicht unter Kontrolle haben, nach wie vor ein unberechenbares Risiko, das unsere Existenz auffliegen lassen könnte.« Kurz hält er inne. »Wie wäre es mit Sommer- und Weihnachtsferien?«

»Einverstanden«, sage ich und grinse zufrieden. »Aber Ausgang am Wochenende und Besuchsrecht für die Familie?«

»Also Yosephine, deine Schwester ist ganz schön hartnäckig«, sagt Ductus. »In Ordnung, ich setze den Punkt auf die Tagesordnung und bespreche alles mit dem Stillen Rat, aber ich denke, wir kommen ins Geschäft.« Ductus rückt seinen Ledersessel geräuschvoll nach hinten, steht auf und streckt mir die Hand entgegen. »Besiegeln wir es per Handschlag?«

Ich zögere. »Hat das für mich irgendwelche unliebsamen Nebenwirkungen?« (Denn mir schwirren da gewisse Konsequenzen bei einem gebrochen Versprechen durch den Kopf.)

»Eigentlich nicht«, sagt er sehr gewichtig. Wieso lächelt er so eigenartig? »Aber in deinem Fall muss ich eine Ausnahme machen.«

Ben neben mir richtet sich auf. »Wie meinen Sie das?«

»Tja, Zara wird gleich als Versuchskaninchen herhalten müssen.«

»Iiiih!«, kreische ich. »Das klingt nicht gut.«

Ben springt auf die Füße und stellt sich vor mich. »Nein, ich erlaube nicht, dass ihr Zara auch nur ein Haar krümmt«, sagt er aufbrausend.

Ductus winkt ab. »Ganz ruhig.« Dann bedenkt er ihn mit einem undefinierbaren Blick.

»Zara wird nicht zu eurem Versuchskaninchen«, empört sich jetzt auch Yosi, »dann nehmt lieber mich!«

»Oh, hab' ich das nicht erwähnt, Yosephine? Ohne dich können wir das Experiment gar nicht durchführen. Du bist nämlich Versuchskaninchen Nummer zwei«, meint er feierlich – immer noch dieses seltsame Lächeln auf den Lippen. »Milo, sei so nett und bitte Mathilda zu uns herein.«

»Mathilda?«, fragt Milo sichtlich irritiert, wenn nicht sogar ehrfürchtig. »Ist sie denn an der Akademie?«

Ich verstehe nicht, was hier gerade los ist. In mir würfeln sich die Worte zusammen.

*Besiegelter Handschlag … Versuchskaninchen … Mathilda …?*

Was für eine eigenartige Mischung. Ich verstehe kein Wort.

»Angesichts der außergewöhnlichen Umstände, ja«, lächelt Ductus. »Vermutlich findest du sie im linken Zwillingsturm. Sie sieht nach den Animis, denn sie bekam von mir einen Spezialauftrag bezüglich eines ganz bestimmten Animo.«

»Hat dieses Animo-Zeugs irgendwas mit den lebenden Versuchskaninchen zu tun?«, frage ich halb hysterisch und deute mit dem Finger nervös auf Yosi und mich.

Ductus' Antwort in Form eines Augenzwinkerns macht die ganze Sache nur noch rätselhafter und undurchschaubarer.

# Kapitel 14

## Erinnerungen liegen in der Luft

### Zara

Die Tür des Lehrerzimmers schwingt auf.

Es scheint, als hätte sich die Zeitqualität plötzlich gewandelt. Wie in Zeitlupe betritt eine Frau den Raum, mit einem Lächeln auf den Lippen, das bis zu ihren Augen strahlt. Sie schreitet mit einer Selbstsicherheit auf uns zu, die mich den Atem anhalten lässt. Jedoch nicht nur wegen ihrer atemberaubenden Ausstrahlung.

»Oh. Mein. Gott.« Ich traue meinen Augen nicht und rutsche bei jedem Wort noch weiter in die Stuhllehne hinab. »Sie!«, krächze ich schrill und mindestens eine Oktave zu hoch. Ich weiß, dass ich einst sagte, diese Frau sei eine höchst gewöhnungsbedürftige Person. Ihre Augen wären fade. Ihre ganze Ausstrahlung wirke fade. Durch und durch. Aber in diesem Augenblick scheint mir das absolut nicht mehr zu ihrer Persönlichkeit zu passen. »Opas Gedankenverdreherin von Psychologin!«

Ich bin noch immer total perplex und hingerissen zugleich, sie hingegen bricht in schallendes Gelächter aus.

»Wie nennt mich dein Opa? Oha, da hab ich wohl nicht den besten Eindruck hinterlassen«, schmunzelt sie, immer noch sichtlich belustigt, und streckt mir die Hand entgegen. »Freut mich dich wiederzusehen, Zara. Und nenn mich doch einfach Mathilda, das macht es wesentlich unkomplizierter.«

Instinktiv fasse ich nach ihrer Hand. »Freut mich ebenso«, sage ich kleinlaut und etwas zu hastig. Opas Psychologin gehört offenbar ebenfalls zu den Phoenicrus und von ihnen auf Opa angesetzt … Erst als sich mein Gehirn wieder beruhigt und diese Tatsache verarbeitet hat, bemerke ich das eierförmige Metallding in ihrer anderen Hand. Es sieht unglaublich aus. Außen abgegriffen und alt, doch die Schwärze des Metalls bildet einen faszinierenden Kontrast zu dem purpurnen Licht, das im Innern schlummert.

»Das ist ein Animo«, informiert mich Mathilda, der mein Glotzen nicht entgangen ist. »Die Möbel und die ganzen Habseligkeiten der gebrannten Kinder werden im unterkellerten Teil des Turms der Erinnerungen aufbewahrt. Die Erinnerungen aber, die sich nicht mit Händen greifen lassen, werden in ihrem Animo festgehalten. So lange, bis sie die Akademie wieder verlassen.«

»Was? In dem Ding stecken sämtliche Erinnerungen aller Studenten?«, entfährt es Ben.

»Oh, nein. Jedes Kind bekommt sein ganz persönliches Animo«, sagt sie hastig. »Dieses hier gehört zu Yosephine.«

Yosi und ich schauen uns wie auf Kommando an. Die Gedanken rattern in uns gleichermaßen. Okay, Yosis Animo, die Erinnerungen und wir beide als Versuchskaninchen. Allmählich beginne ich zu verstehen.

Yosi offenbar auch. »Ich dachte, es sei unmöglich, isolierte Erinnerungen aus dem Animo zu lösen, weil die alle miteinander vernetzt sind?«, fragt sie.

Mich überrascht, wem Yosis Augenmerk gilt – einmal mehr. Wobei, mittlerweile sollte ich daran gewöhnt sein. Es gilt natürlich Milo.

Bei der Frage scheint ihm unbehaglich zu werden. Er streift sich unruhig mit den Händen durchs Haar und sein Kiefer spannt und entspannt sich abwechselnd. »Das ist richtig«, beginnt er und seine Stimme wird mit jedem Wort leiser. »*Ich* könnte das nicht, aber vielleicht meine Mentorin. Es gibt niemanden, der besser ist als sie.«

Mathilda lächelt ihn gütig an. »Eigentlich habe ich das auch noch nie zuvor ausprobiert«, verbessert sie Milo. Aha, sie ist also Milos Mentorin, alles klar. Deshalb seine Ehrfurcht und Bewunderung. »Aber irgendwann ist bekanntlich immer das erste Mal.«

»Und wir sind die Versuchskaninchen«, stelle ich beiläufig fest. »Was könnte dabei denn so alles schiefgehen? Vielleicht Schädel, die explodieren? Oder Herzen, die irreparabel zerbrechen?«

»Das Schlimmste wäre, dass alle Beteiligten auf einen Schlag alle Erinnerungen zurückbekommen.« Es ist Milo, der mir die Frage beantwortet. »Freunde, Verwandte, Bekannte – einfach das gesamte abgespeicherte Erinnerungsnetzwerk an Leuten. Da solch ein Vorfall noch nie vorgekommen ist, können wir die Folgen nur schwer abschätzen. Doch stellt euch mal vor, was es auslösen würde. Die Aufregung wäre natürlich groß, wenn Yosis Eltern und alle, die mit ihr zu tun hatten, plötzlich merkten, dass sie verschwunden ist. Und dann noch zwei Jahre verschwunden bleiben würde, denn sie hat ja noch fast zwei Studienjahre vor sich.«

»Ist es für die Ungebrannten, wenn sie die Erinnerungen zurückbekommen so, als wäre das Kind erst gestern noch Zuhause gewesen?«, stellt Ben mal wieder die richtige Frage.

»Ja und nein«, sagt Mathilda. »Wenn der Schüler das Studium zum Nova-Phoenicrus absolviert hat, begleiten wir ihn wieder nach Hause. Erst da wird das Animo aktiviert. Neben den alten Erinnerungen wird dem ganzen abgespeicherten Erinnerungsnetzwerk mit auf den Weg gegeben, dass das Kind in der vergangenen Zeit woanders war. Ob Auslandaufenthalt, Praktikum, Musikstudium, Kunststipendium, Tanzakademie – die Absolventen dürfen selber entscheiden, was ihnen am liebsten ist. Und wird meist gemäß der kreativen Ader ausgewählt, weil es mit dieser Begabung im Umfeld problemlos anerkannt wird und funktioniert.«

»Moment mal!« Ich bin ehrlich entsetzt. »Das würde ja bedeuten, die Familie erfährt nie, dass ihr Kind eine besondere Gabe besitzt?«

»Das Kind beherrscht seine Gabe bis zur Perfektion, wenn es die Akademie verlässt, somit sind unerwünschte Fehlschläge so gut wie ausgeschlossen. Es ist dann nicht von Belang, die Existenz der Gabe kundzutun.«

Wie Mathilda das sagt, kriege ich Gänsehaut. Als rattere sie irgendwelche auswendig gelernten Zeilen aus einem ihrer schlauen Lehrbücher runter. Total emotionslos und irgendwie auch unmenschlich.

Ich bin immer noch entsetzt. »Ähm … kann ich unserem besiegelten Handschlag noch ein PS hinzufügen?« Meine Worte gelten Ductus. Er nickt bedächtig. »Sie erinnern sich bestimmt noch an die Sache mit dem Vertrauen?« Obwohl es eine Frage ist, warte ich seine Antwort nicht ab. »Bitte, überlassen Sie den Familienangehörigen künftig wenigstens die Wahl, ob sie bei der Rückkehr Bescheid wissen möchten oder nicht. Vielleicht sollten Sie auch bedenken, dass es dem Gebrannten selbst eine unheimliche Last nimmt, wenn er zumindest einen Menschen im Umfeld hat, mit dem er offen über alles sprechen kann. Und zwar jemand, der nichts mit dem ganzen Mist zu tun hat – sowas braucht man ganz dringend, um Dampf abzulassen.« So, jetzt geht es mir besser.

»Wird dem Protokoll hinzugefügt«, schmunzelt er.

»Danke«, sage ich, als Mathilda bereits weiterspricht. »Nun denn, sind die Baxa-Schwestern bereit?«

Ich fühle mich gerade alles andere als bereit, aber … » wird schon schiefgehen.«

»Dann kommt bitte mit mir in die Mitte des Raumes und stellt euch links und rechts von mir auf.«

Yosi lächelt mich an. Als sie aufsteht, streckt sie mir in einer selbstverständlichen Geste die Hand entgegen und ich ergreife sie ebenso selbstverständlich.

Wie es danach wohl sein wird, ihre Hand zu halten? Anders? Besser? Vielleicht konnten wir uns auch eigentlich überhaupt nicht ausstehen und haben früher nur rumgezankt?

»Du kommst hier hin«, zupft Mathilda uns auseinander und positioniert Yosi neben sich. »Und du gegenüber.«

»Tut es weh?«, frage ich, als sie meine Hand auf dem metallenen Animo platziert. (Ich bin kein Weichei, wirklich nicht, aber für heute ist mein Schmerz-Akku mehr als übervoll!) »Vielleicht spürst du ein leichtes Kribbeln, mehr wirst du davon nicht mitbekommen.«

Wie meint sie das jetzt wieder? Diese Bemerkung beruhigt mich kein bisschen. Okay, jetzt wird mir immerhin klar, von wem Milo diese kryptischen Andeutungen gelernt hat. Hmpf!

»Ich brauche absolute Ruhe«, ermahnt sie die Herrschaften hinter uns, dabei sind sie ohnehin schon mucksmäuschenstill. »Schließt die Augen und atmet mehrmals tief ein und wieder aus.«

Hey, das klingt wie bei Mamas Yoga-Stunde, aber Mathildas Stimme strahlt eine unglaubliche Ruhe und Entspannung aus. »Ein und wieder aus. Ein und wieder …«

Ein leises Klacken ist zu hören und ich fühle unter meiner Hand, wie das kühle Metall leicht zu vibrieren beginnt.

Die Sanftheit ihrer Worte zerfließt mit dem Metall unter meiner Haut. Wärme, sprudelnde Farben, wie ein bunter Sandsturm, so schnell wirbeln die Bilder in meinem Innern, tragen mich hinfort, an einen Ort, der nicht existiert. Einen Ort ohne Bilder, ohne Farben und ohne Worte.

*Fernes Kinderlachen stiehlt sich in die Leere, betupft sie mit grünen Farbpunkten, die sich alsbald zu Augen verformen. Wunderschönen grünen Mädchenaugen. Rote Farbkleckse kommen hinzu, zerfließen zu feuerrotem Haar, das im bunten Farbenwind weht. Das Gesicht nimmt Konturen an. Licht und Schatten. Ein Mädchen mit sonnigem Gemüt.*

*Die Farbkleckse kommen immer schneller, wie ein warmer Regenschauer. Ich lasse mich von ihnen berieseln, die Tropfen trommeln in meinem Inneren.*

*Pink und Gelb.*

*Türkis und Lila.*

*Orange und Blau.*

*Weiß und Schwarz.*

*Gold und Silber.*

*Zu jeder Farbnuance gehört eine andere Emotion und ein eigenes Bild.*

*Freudentränen, Sommerregen, Glücksstaub, Wettrennen, Umarmungen, Bitterkeit, Lobgesang, Heldenblut, Eifersucht, Flügelschlag.*

*Wie eine Explosion vervielfachen sich die Farbpartikel, wachsen an und werden kräftiger. Der chaotische Farbenstrang zerfließt mit jeder Faser meines Körpers. Es ist, als ob er die Farben schwammähnlich aufsaugt, weil dort zu lange eine Lücke war.*

*Leises Summen kommt dazu, gewinnt an Höhen und Tiefen, bis sich Worte herauskristallisieren, sich verweben mit den Bildern, die anfangen sich zu bewegen. Tanzen vor meinen Augen und erzählen mir Geschichten aus meiner Vergangenheit, die ich vor einem Jahr hatte hergeben müssen.*

*Yosis neunter Geburtstag. Wie konnte ich das bloß vergessen. Ich bin von ihrem nigelnagelneuen Rad gefallen und wir verbrachten den restlichen Tag im Krankenhaus. Sie war so traurig, enttäuscht und wütend. Wütend auf mich, weil ich ihren Ehrentag versaut habe. Bis Opa mit einem Strauß pinker Happy-Birthday-Luftballons und einer laufenden CD mit bezir-*

*zenden Flötenliedern ins Zimmer kam und verkündete, dass die Feier ins Krankenhaus verlegt werde.*

*Wieder erfasst mich der wirbelnde Bilderstrudel und katapultiert mich in eine Erinnerung, die noch weiter zurückliegt.*

*Ich renne mit gespreizten Fingern durch ein Kornfeld, summe dieses Kinderlied, lache, kichere und verkrieche mich zwischen den Halmen. Ich spiele Verstecken mit Yosi. Ich höre ihre Schritte kommen, also krabble ich mit gesenktem Kopf weiter, dann plötzlich taucht eine monströse Vogelscheuche vor mir auf. Ich erschrecke mich fürchterlich. Ich will flüchten, falle hin, und da spüre ich es, dieses ekelhafte Kribbeln im Rücken. Ängstlich werfe ich einen Blick über die Schulter und erkenne einen großen Vogel. Er wirft seinen monströsen Schatten auf mich. Verfolgt er mich? Ich krabble auf allen Vieren, will nur noch fort von hier. Wieder zu Mama und Papa, aber ich weiß nicht mehr, wo lang. Ich habe mich in der Weite des Feldes verirrt. Dann ist da plötzlich eine Mädchenstimme, die den bösen Vogel anschreit, er solle verschwinden, mich in Ruhe lassen – meine mutige große Schwester.*

*Ein erneuter Bilderwirbel trägt mich in mein Zuhause, ich stehe in dem Raum, der heute zu Mamas Arbeitszimmer ist. Die Bücherregale sind voller Fantasybücher. In dem Moment, als ich sie mir genauer anschauen möchte, schreit Yosi neben mir auf. Sie ist außer sich vor Wut, weil Elli (eigentlich ihre beste Freundin!) ihr ihren Freund Mirko ausgespannt hat. Und mit ihrem Schrei entfacht sich das Feuer in ihren Händen. Abermals schreit sie hysterisch auf, schüttelt panisch ihre Hände. Ich schreie mit ihr um die Wette, versuche den Feuerball K.O. zu schlagen und schleudere ihn dummerweise in die Richtung des Bücherregals, das innerhalb weniger Augenblicke in Flammen steht. Es dauert nicht lange, da taucht der Arrow-Typ vor unserer Wohnungstür auf. Milo. Und alles nimmt seinen Lauf …*

Die Bilder strömen immer schneller auf mich ein und plötzlich ist es wieder da, mein eigenes buntes Bilderbuch, das ich vor wenigen Tagen zerstört glaubte. Voller Farben und Bilder. Allesamt miteinander verwoben durch den Faden namens *Erinnerung.* Ich brauche kein neues Buch, es ist noch da, es existiert. Und all die Farben erzählen zusammen endlich wieder eine Geschichte. *Meine Geschichte.*

Dann beginnen die bunten Farben rund um mich herum zu wirbeln-dem Farbstaub zu zerfallen. Schon befinde ich mich wieder in dem bunten Sandsturm, der mich vorhin hergetragen hat.

Als ich die Augen aufschlage, stehe ich mitten in der Akademie, im Lehrerzimmer der Professoren. Umgeben von den Menschen, die zu meinem neuen alten Leben gehören. Ich lächle Ben an, der mich besorgt beobachtet. All seine Gesichtszüge entspannen sich innerhalb eines Wimpernschlags. Er lächelt zurück und ich wende mich dem Menschen zu, den ich viel zu lange vergessen hatte.

Ich strahle meine Schwester an, schaue in ihre unglaublich grünen Augen und fühle mich glücklich und überwältigt zugleich.

»Willkommen zurück, Yosephine Baxa.«

# Kapitel 15

## Zeitgefühl zwischen Zeitraffer und Zeitlupe

### Yosi

»Yosi?«

Milos Stimme hallt durch ihr Inneres.

Gedankenverloren lehnt sie an der breiten Fensterbank der Bibliothek und starrt durch das geschlossene Fenster. Der Himmel verfärbt sich blasszart und nimmt die Farbe von Taubengefieder an. Die längste Nacht ihres Lebens neigt sich dem Ende zu und gehört bald nur noch der Vergangenheit an. Einer Vergangenheit, die bis in ihre Gegenwart strahlt und auch die Zukunft nachhaltig beeinflussen wird – so viel steht fest. Es fühlt sich an, als wirble sie haltlos in einer Schlaufe mit gegensätzlicher Qualität, sie pendelt zwischen Zeitraffer und Zeitlupe. Zuerst drehte sich die Welt im Hyper-Schnelligkeits-Modus und nun steht alles still. Und nichts ist mehr, wie es vor wenigen Stunden noch war.

Der sanfte Händedruck auf ihrer Schulter holt ihren Blick zurück in die Bibliothek.

»Ist alles in Ordnung?«

Yosi nickt verhalten, schaut in Milos tiefbraune Augen, die schon bei ihrer ersten Begegnung einen Teil in ihr berührten und gleichzeitig einen Platz in ihrem Herzen fanden. Das ist auch heute nicht anders und sie spürt, wie ihr warm ums Herz wird. »Es geht mir gut.«

Milo macht einen Schritt, stützt sich mit seiner breiten Schulter am Bücherregal ab, jenes Bücherregal, an dem sie sich eng umschlungen geküsst hatten. Yosi kann nicht glauben, dass das alles erst wenige Stunden her sein soll. Unglaublich, was alles passiert ist.

Zara ist in diesem Augenblick im Krankenzimmer und Ben hat sie bis dorthin begleitet, ins Zimmer rein durfte er laut ärztlicher Verordnung nicht.

Auch wenn Yosi ihre Erinnerungen an Opa zurückbekommen hat und ihr Herz fast blutet vor Schmerz, weil sie weiß, wie kritisch es um ihren Großvater steht, war es nur fair, dass Zara als Erste zu ihm gehen durfte.

*Erst einmal nur Eine,* meinte der Chirurg. *Er ist noch nicht über den Berg.*

Zara und Opa hatten schon immer eine Art unsichtbare Verbindung zueinander, eine, die keiner Worte bedarf – so wie sie es mit Oma Rosie hatte.

Yosi schluckt schwer bei dem Gedanken, dass ihre Oma mittlerweile gestorben ist und sie zu diesem Zeitpunkt nicht mal zu Hause war, das schmerzt bitterlich. Sie konnte sich nicht von ihr verabschieden.

»Beschäftigen dich deine Erinnerungen?«, holt Milo sie abermals aus den Gedanken.

Nun zwingt sie sich ein Lächeln auf, stößt sich von der Fensterbank weg und schreitet zwischen den Regalen ein paar Schritte entlang. Flüchtig streift dabei ihr Blick Milos Gesicht und es ist ihr, als könne sie das erste Mal bis in sein Innerstes blicken. Keine unsichtbare Mauer, die sie fernhält. Keine Geheimnisse, die den Blick trüben. Dafür blitzt die Narbe auf seiner Seele wie der Schnitt einer Schwertklinge auf. Wie schlimm dieser Augenblick für ihn gewesen sein muss, als er die Erinnerungen zurückbekam. Erneut den Schmerz durchleben, dass er seine Familie durch einen Schicksalsschlag verloren hat. Vielleicht stand er den ganzen manipulierten Erinnerungen auch deswegen kritisch gegenüber?

Wenn er eines Tages bereit ist, sich alles von der Seele zu reden, wird sie für ihn da sein.

»Es gibt so vieles, das noch geklärt werden muss«, sagt Yosi langsam und bleibt stehen. Ohne hinzugucken fahren ihre Finger über die Buchrücken. Winzige Staubpartikel flirren auf und reflektieren in den erwachenden gleißenden Sonnenstrahlen, die durch das große Fenster fallen. »Nicht nur mit meiner Familie, den ganzen Erinnerungen und Opa. Da ist noch mehr. Ich meine all *das* hier, die ganze Akademie, die Professoren, die Umstrukturierung …« Verunsichert senkt sie den Blick und scharrt mit der Fußspitze über den Parkettboden, als sie unverhofft Milos Finger unter ihrem Kinn spürt. Zärtlich hebt er es an, so weit, dass sie ihm direkt in die Augen blickt. »Das macht mir Angst«, wispert sie.

»Wir haben in den letzten Tagen so viel durchgestanden, da werden wir uns von solchen Kleinigkeiten doch nicht einschüchtern lassen«, sagt er und lächelt. »Richtig?«

Wie soll man einem Kerl, der so verdammt hinreißend lächelt, nicht glauben – und ihm dabei, so ganz nebenbei bemerkt, nicht vollends verfallen? »Richtig.«

Und dennoch bleibt die Unsicherheit als leiser Schatten zurück. Wie wird ihr Leben weitergehen? Schafft es Ductus den Wandel zu vollziehen? Wenn ja, ist dieser Wandel wirklich zu ihrem Vorteil?

»Was ist mit Phasmo?«, spricht Yosi endlich ein Thema an, das seit dem schauderhaften Schrei, der sie auf der Turmwendeltreppe eingeholt hat, an ihr zerrt und sie bedrückt. »Hast du von Bezold noch irgendwas zu seinem Gesundheitszustand erfahren?«

Nun ist es Milo, der einen Schritt von ihr zurückweicht. Er fährt sich mit den Händen durch sein Haar, geht aufs Fenster zu und stützt sich mit beiden Händen auf dem Brett ab. »Er hat schlimme Verbrennungen am ganzen Körper«, sagt er so langsam, als müsse er jedes Wort abwägen.

»Verbrennungen? Ein Glisco?«

Milos Kiefer verkrampft sich, dann folgt ein schwaches Kopfnicken. Als er weiterspricht, klingt seine Stimme belegt. »Er kämpfte mit einem übermächtigen Tutamina … Moltino gelang es, seine Verletzungen auf Phasmo zu projizieren und ins unendliche zu verstärken und … Yosi, momentan ist noch ungewiss, ob er geheilt werden kann.«

»Wie schrecklich«, haucht Yosi betroffen. Damit hat sie nicht gerechnet. Auch wenn dieser Schmerzensschrei eigentlich Warnung genug hätte sein sollen, so hatte sie trotzdem gehofft, dass Agon ihren Mentor heilen kann. Oh Mann! Sie hatte ihm nicht mal vertraut, nein, noch schlimmer! Ihn sogar für den Verräter gehalten. Wie paradox – denn heute verdankt sie ihm ihr Leben. »Was ist in der Vergangenheit zwischen ihm und Moltino geschehen?«, spricht sie ihre nächsten Gedanken laut aus.

»So genau weiß ich das auch nicht«, weicht Milo aus, wendet den Kopf vom Fenster ab und dreht sich zu Yosi um. »Phasmo war in der Eventum, als Moltino in die Initium kam. Schon damals konnten sich die beiden nicht ausstehen. Konkurrenzkampf, sagen manche. Andere behaupten, es ginge um ein Mädchen. Fest steht, dass Phasmo schon früh als begnadeter Nova-Phoenicrus galt, weil er alle Elemente beherrschte und damit sicherlich auch prahlte. Moltino hingegen konnte nie durch besondere Leistungen brillieren, vermutlich hegte er auch deswegen ein Faible für die Forschung und das Manipulieren der DNA.«

»Aber all das hat nichts mit Camil zu tun oder ist er auch ein Gebrannter?«

»Nein«, entgegnet Milo kopfschüttelnd. »Die Sache mit seinem Bruder passierte erst Jahre später.«

»Dann kannte Phasmo Camil überhaupt nicht?«

»Ich denke nicht, dass Phasmo bei seinem Einsatz wusste, dass der Schwerverletzte Moltinos Bruder war. Aber ich weiß es nicht – niemand kann es wissen, außer Phasmo selbst.«

»Okay, noch einmal zum Mitschreiben«, unterbricht Yosi ihn. »Camil kam bei einem Brand ums Leben, den er eventuell selbst verursacht hat?«

»Vermutlich war es tatsächlich bloß ein dummes Missgeschick von Camil, aber wirklich wissen tut es keiner.« Milo wackelt mit dem Kopf. »So wie Ductus es mir geschildert hat, war das Ganze nicht so einfach. Moltinos Bruder muss in dem brennenden Haus ohnmächtig geworden sein. Bis der Brand bemerkt wurde und endlich die Feuerwehr und schließlich auch Phasmo zur Rettung kamen, war die Wohnung schon fast vollständig niedergebrannt und das Feuer hatte auf die benachbarten Wohnungen übergegriffen. Phasmo musste entscheiden: Rettet er Camils Nachbarn, die unschuldig waren oder Camil, der womöglich den Brand selbst verschuldet hat? Damals arbeitete Phasmo noch im Außendienst. Eigentlich denke ich, dass er keine Chance hatte, Moltinos Bruder zu retten. Aber er alarmierte weder den Notarzt noch einen Mederio und dieses Verhalten ließ Raum für Spekulationen. Phasmo behauptet, Camils Verbrennungen seien so schlimm gewesen, dass kein Mederio ihn hätte heilen können.«

»Nur sah Moltino das etwas anders …«

Milo nickt. »Moltino hielt ihm das sein Leben lang vor und machte ihn für diese Entscheidung über Leben oder Tod seines Bruders verantwortlich.«

*Wer entscheidet über Leben oder Tod?,* flackern die Worte erneut wie Irrlichter in Yosi auf. Mit ihnen die Erinnerung an den Schatten in Phasmos Gesicht. Ihr Mentor stand tatsächlich einst vor einer solch folgenschweren Entscheidung. Hat er wirklich richtig entschieden?

»Puh!«, entweicht es Yosi. »Ganz schön heftig.«

»Hm«, meint Milo einsilbig.

»Und keiner der Phoenicrus hatte Wind davon bekommen, dass Moltino seinen Bruder am Leben hielt?«

Es ist Yosi, als realisiere sie erst mit Milos nächsten Worten, dass sowohl Moltino als auch sein Bruder fortan für immer in die Vergangenheit gehören.

»Offenbar nicht. Camil war Moltinos kleiner Bruder. Man munkelt, dass er alles war, was er noch hatte. Seine Familie war wegen einer Erbschaft völlig zerstritten und seine Eltern gingen letztlich nach Italien zurück. Nur ihre Kinder nicht, schließlich sind sie hier groß geworden. Er setzte wohl alles daran seinen kleinen Bruder zu retten, weil er ihn nicht auch noch verlieren wollte.«

»Verstehe.« Und das tut sie wirklich. Mit den zurückerlangten Erinnerungen weiß sie nur allzu gut, wie schlimm es für sie wäre, wenn Zara etwas zustoßen würde. Sie dann nicht mal mit ihrer Gabe retten zu können – der reinste Horror. »Deshalb also die Rache mit dem Feuer an Thaddeus und Livia«, stellt sie fest.

»Ganz genau. So wie der Versuch, Phasmo durch sein eigenes Element streben zu lassen.« Milo verzieht den Mund. »Und vergiss seinen Plan B nicht. Er wollte uns *alle* in die Luft sprengen, so groß war sein Hass gegen uns alle und den Mann, der seinen Bruder auf dem Gewissen hat.«

Wie könnte sie das vergessen! Es schüttelt sie bei der bloßen Erinnerung.

»Aber wenn du es aus erster Hand erfahren möchtest, sprichst du vielleicht besser eines Tages mit deinem Mentor über die ganze Geschichte.«

*Ihr Mentor …* ob er es bleiben wird?

»Vielleicht tue ich das wirklich. Ich glaube an Phasmos Unschuld.« Yosi atmet schwer, doch es fühlt sich gut an, diese Worte auszusprechen.

Auch wenn ihr Mentor stets unsympathisch, überheblich und arrogant wirkte, seit gestern Nacht hat das Wort *phasmotisch* eine neue Bedeutung für sie bekommen. Nun steht es für *Mut* und *Tapferkeit* – eigentlich genau das, was ein Glisco verkörpert. »Zum ersten Mal, seit ich an der Akademie bin, kann ich stolz darauf sein, dass er mein Mentor ist.«

Milo lehnt mit dem Hintern an der Fensterbank und blickt zu ihr auf. Er lächelt – ein Lächeln, das voller Verständnis ist. Vermutlich denkt er ähnlich wie sie. Oder bezüglich Mathilda. Weil er mit ihr selbst eine Mentorin bekam, zu der er voller Ehrfurcht aufschauen konnte.

»Genug über andere Männer.« Sein Lächeln verwandelt sich zu einem schelmischen Grinsen. Und da ist es wieder, das Gefühl der Schwerelosigkeit in ihr, das alles andere verdrängt. Nun streckt er beide Hände nach ihr aus und Yosi lässt sich anstandslos zu ihm ziehen, so nah, bis sich ihre Körper sanft berühren. »Kein Moltino, kein Camil und auch kein Phasmo.«

Yosis Hände ruhen auf seiner muskulösen Brust und sie kann sein Herz schlagen fühlen. Es tanzt mit ihrem eigenen im Einklang.

»Jetzt gibt es nur noch dich und mich.« Milos Stimme ist kaum lauter als der Morgenwind und umspielt Yosi mit seiner Zärtlichkeit, die aus seinen Worten klingt, bevor sich ihre Lippen berühren.

»Nur noch uns beide«, haucht sie atemlos. Dann küsst sie ihn. Das erste Mal ohne die Angst einer nahenden Gefahr und ohne die quälende Ungewissheit, was mit ihrer Familie passieren könnte. Mit allen Sinnen versinkt sie in ihrem Verlangen. Und endlich zerbröckeln alle Grenzen. Sie lässt sich fallen, in die Welt der Gefühle, und verliert sich vollends darin. Sie weiß, jetzt gibt es kein Zurück mehr, doch ihr Herz hat sich schon lange in dieser Welt verirrt. Als sie den Kuss voller Leidenschaft erwidert, ist die Leichtigkeit in ihrem Herzen zurückgekehrt. Eine Leichtigkeit, die sie das letzte Mal gefühlt hat, als sie noch zu Hause lebte. Mit diesem Gefühl wächst das Wissen, dass alles gut wird.

Ja, in dem Augenblick gibt es nur noch Milo und sie.

# Kapitel 16

## Ausklingen lassen

### Zara

Erste helle Schlieren zeichnen den Himmel. Hinter den Baumwipfeln des Waldes kämpfen sich goldene Sonnenstrahlen durch das Geäst und verleihen der ganzen Umgebung eine romantische Atmosphäre. Ich überlege gerade, wann ich das letzte Mal einen Sonnenaufgang so richtig bewusst miterlebt habe. (Diese Morgenstund hier scheint tatsächlich Gold im Mund zu haben …) Es muss vor sehr langer Zeit gewesen sein, denn ich kann mich nicht mehr daran erinnern.

*Erinnern …*

Ein Wort, das nie mehr so unbeschwert von mir benutzt werden wird. Die Mission der zerpflückten Erinnerungen war geglückt. Das Animo gab Yosi all ihre Erinnerungen zurück, genau wie es mir meine gab. Nur ein kleiner Teil der Erinnerungen schimmerte noch immer Purpur im Innern des schwarzen Metallgefäßes. Mathilda erklärte uns, dass es die Erinnerungen unserer Eltern und aller Menschen unserer Umgebung sein mussten. Wir würden in Ruhe überlegen können, ob und wie wir ihnen die Wahrheit beibringen würden.

Die Pseudo-Psychologin war zufrieden und Yosi und ich haben nun einen Platz in der Ehrenriege der Versuchskaninchen sicher.

Nach dem ganzen Zeug mit den Erinnerungen und Opas Operation überkam mich das dringende Bedürfnis nach frischer Luft. Deshalb sind wir hier. Ben und ich.

Ich muss schmunzeln, als ich im Kopf die Vogelperspektive einnehme und mich selber aus luftiger Höhe betrachte. Ich in Bens Arme geschmiegt, vor unseren Augen der Sonnenaufgang, hinter uns das gläserne Kuppeldach des Gewächshauses, das mit seiner besonderen Bauart etwas Märchenhaftes ausstrahlt.

*Hier ist ganz klar eine gehörige Portion Kitsch im Spiel.*

Ich drücke eine Taste meines Handys. Zwar habe ich auf dem ganzen Akademiegelände keinen Empfang, aber um nach der Uhrzeit zu sehen reicht es allemal. Es ist kurz nach sieben.

Müdigkeit schleicht sich in meinen Geist, Erschöpfung in meinen Körper, doch an so etwas wie Schlaf ist nicht zu denken. Zu viel angestautes Adrenalin, das noch durch meine Adern schießt, dazu kommt mein aufgepeitschtes Gemüt und der Überschuss an Energie. Diese Konstellation macht es mir unmöglich von jetzt auf gleich zur Ruhe zu kommen.

Das lange Bangen und Hoffen um Opa hat sein Übrigens getan. Ich kann gar nicht mit Worten beschreiben, wie groß der Stein aka Felsbrocken gewesen war, der mir vom Herzen fiel, als der Chirurg uns im Gemeinschaftsraum der Sequium aufsuchte und verkündete: »Die Operation ist den Umständen entsprechend gut verlaufen.« Ward sprach mit ernster und erschöpfter Stimme.

Alles an ihm strahlte aus, wie viel Energie ihm der Eingriff abverlangt hatte. Seine kräftigen Hände strichen das graumelierte Haar aus der Stirn – und ich wurde den Gedanken nicht los, dass er eine gewisse Ähnlichkeit mit *Robert de Niro* in *Malavita* hatte.

»Euer Großvater hat eine Menge Blut verloren und braucht jetzt viel Ruhe, das ist vorerst das Wichtigste. Professor Agon und ich haben ihm ein Heilmittel zusammengemixt, das seine grüne Heilenergie steigert und konzentriert. Doch die Kopfpartie wurde stark in Mitleidenschaft gezogen. Durch das Entfernen und Ersetzen der Silberplatte entstand eine weitere Wunde, die heilen muss. Leider ist er nicht mehr der Jüngste. Zum Glück aber spricht er soweit gut auf die Mederiobehandlung an und wir sind guter Dinge, dass er vollständig genesen wird.« Ein raues Kratzen wurde laut, als er sich gedankenabwesend über den Bart strich.

»Dürfen wir ihn sehen?«, fragte ich ungeduldig.

»Nur ganz kurz und nicht alle auf einmal, vielleicht erst einmal nur eine«, sagte er entschieden. »Er ist noch nicht über den Berg und so oder so wird er noch ein paar Tage hierbleiben müssen.«

Keine zwei Minuten später stand ich an seinem Bett und erstarrte. Ich konnte mir nicht helfen, Opa sah plötzlich kleiner aus. Kein Bär von einem Mann. Natürlich war das bloße Einbildung und hatte sicherlich mit dem Umstand zu tun, dass ich ihn noch nie so verletzt gesehen hatte, aber sein Anblick schnürte mir die Kehle zu.

Als Professorin Agon (so heißt die Wollmantel-Frau mit der melodischen Stimme) meine Unsicherheit bemerkte, kam sie auf mich zu. »Es wird ihm gut tun, auch wenn er in der momentanen Verfassung noch nicht reagieren kann«, ermutigte sie mich. »Deine Stimme zu hören und deine Nähe zu fühlen fördert bestimmt den Genesungsprozess.«

Ich nickte stumm und wagte den Schritt an sein Bett. Vorsichtig setzte ich mich zu ihm auf die Bettkante und umschloss seine Hände.

»Opa, wir haben es geschafft«, flüsterte ich heiser. »Yosi und ich haben tatsächlich unsere Erinnerungen zurückbekommen.« Während ich erzählte, wurde mir etwas klar. Selbst wenn ich meine Schwester nie gefunden hätte, diese Reise hatte mir so viel gebracht. Es war eine Suche nach mir selbst. (Hach, wenn Mama mich jetzt hören könnte, sie würde überschäumen vor esoterischem Glück.) Ich musste grinsen bei der Vorstellung und gleichzeitig versetzte es mir einen Stich im Herzen, weil ich beim selben Atemzug realisierte, dass ich meine Eltern schrecklich vermisste. Vermutlich ist es nichts im Vergleich zu dem, was Yosi künftig in ihrem Herzen fühlen wird.

Aber es war eine unglaubliche Bereicherung, die Erinnerungen wiederzubekommen, weil ich erst mit ihnen ein ganzer Mensch bin. Mein Unterbewusstsein sandte mir zwar schon immer Hinweise in Form von Albträumen – ja, danke auch! – die sich wiederholten wie ein Teufelskreis. Sturz in die Tiefe (Sturz vom Fahrrad), Verfolgung vom Riesenvogel (Angst vor dem Vogel auf dem Kornfeld), Brand in einem engen Raum (Feuer am Bücherregal). Das alles waren wichtige Erfahrungen, die mich geprägt haben, mich fortan in gewissen Situationen anders reagieren ließen, weil ich daraus gelernt hatte. Deshalb gehören sie unzertrennlich zu mir. Ob mein *Mr-Bean*-Gen allerdings daher rührt, weil mir die Erinnerungen genommen wurden, wird wohl immer ein ungelüftetes Geheimnis bleiben. Trotz allem gibt es eine Schattenseite, nämlich jene, dass wir mit dieser Trennung auf Zeit leben müssen.

Als ich glaubte ein Zucken in meiner Hand zu spüren, blinzelte ich die kreisenden Gedanken weg und berührte Opa sanft an der Wange. »Und du hast es auch geschafft, Opa. Weißt du was? Du bist der Held der Phoenicrus. Bestimmt werden sie dir zu Ehren eine Statue errichten. Vielleicht so eine hässliche wie diese Vogelskulptur im Turmkeller unten.« Ich brach ab. Nicht weil es mir unangenehm war, viel eher realisierte ich, dass Opa diesen Teil der Geschichte noch gar nicht kannte. So begann ich zu erzählen. Ich schilderte ihm alles, von dem Eintreffen an der Akademie, dem falschen Verdacht gegen ihn und Herrn Knorr, dem Rauch, die Suche nach dem Feuer und von dem hinterhältigen Monster namens Moltino. Sogar von dem ganzen Gespräch mit Ductus, auch dass er nach unserem Versuchskaninchen-Experiment noch ein paar persönliche Worte an mich richtete. »Wenn du beginnst, dich zu vergleichen, zerbricht jedes Glücksgefühl in tausend Scherben«, gab er mir den Rat mit auf den Weg. Natürlich war mir klar, auf was er damit anspielte. Er konnte meine Zweifel spüren – ich als einziger Normalo unter allen Gebrannten. Doch dann sagte er etwas, das ich nie wieder vergessen werde. »Unter uns beiden, auch du besitzt eine besondere Fähigkeit. Die Gabe mit dem Herzen zu sehen. Bewahre sie, denn sie ist kostbar.« Worte, die mich stolz machten.

All das erzählte ich Opa und es tat gut, unendlich gut, sich einmal alles von der Seele zu reden.

Ob und wie viel Opa von meiner Schilderung wirklich mitbekommen hat, werden mir erst die nächsten Tage zeigen. Ach, vorausgesetzt ich kann Ductus überreden, dass er Ben und mich so lange hier bleiben lässt, wie Opa im Krankenzimmer bleiben muss, und er uns für diese Zeit in der Schule entschuldigen lässt. Für die Rettung seiner Akademie wäre das doch eine angemessene Gegenleistung.

Auf einmal fühle ich ein sanftes Streichen an meinem Rücken und realisiere, dass ich seit mehreren Minuten schweigend neben Ben stehe. Nun kehren meine Gedanken zurück in die Gegenwart. Das Bild vor meinen Augen klärt sich und Bens Gesicht erscheint in meinem Blickfeld. Er lächelt mich direkt (und unverschämt verführerisch) an und zwinkert.

*Wenn er mich noch lange so verdammt sexy anlächelt, falle ich garantiert in Ohnmacht. Oder ihm direkt um den Hals.*

Aber ich kann den Blick nicht von ihm wenden und frage mich ernsthaft, wie ich es geschafft habe, ihn nicht von Anfang an schon so überwältigend zu finden. Was dachte ich bei unserer ersten Begegnung – er habe eine zu große Nase? Die scheint jetzt für meine Augen unsichtbar geworden. Alles an ihm ist perfekt. Sein Lachen, sein Geruch, seine breiten Schultern, wie er sich bewegt und sein ganzes Wesen. Vielleicht ist er nicht für jeden perfekt, aber für mich auf jeden Fall!

»Hast du mir zugehört?«, fragt er schmunzelnd.

Als sich nun die ersten Sonnenstrahlen in der Glasscheibe des Gewächshauses spiegeln, entdecke ich die Reflektion unserer Silhouetten – wie ein flackerndes Zerrbild. An das Bild von mir und Ben als Paar gewöhne ich mich zwar gerade erst, aber ich muss sagen, wir passen gut zusammen – sofern man das durch ein Zerrbild behaupten kann.

»Hm …?«, frage ich. »Ich war nur gerade in Gedanken.« *Bei dir!*

Nach Opas Besuch im Krankenzimmer hielt ich es innerhalb des Schlosses nicht mehr aus. Zwischen den dicken Mauern wirkte alles so stickig und kalt. Ben, der vor dem Krankenzimmer auf mich gewartet hatte, musste ich nicht zweimal fragen, ob er mich nach draußen begleiten wollte. In den vergangenen Minuten haben wir viel geredet. Über alles, was geschehen ist, was wir noch nicht begreifen können, aber auch über das, was kommen würde. Unter anderem darüber, dass wir, sobald Opa wieder fit und munter ist, den Neuanfang feiern werden. Alle gemeinsam – in der Nähe der Akademie natürlich.

»Ich hatte soeben eine geniale Idee für den Ort unserer Neuanfangsfeier«, sagt er. Wieso schaut er mich so an, als ob er ein Geheimnis vor mir verbergen möchte? »Das wird eine richtig tolle Überraschung.«

»Was für eine Überraschung?«, bohre ich nach und pikse ihn auffordernd mit meinem Finger zwischen die Rippen.

»Du weißt doch, wie es heißt? Das Leben ist voll von

Überraschungen.« Sein Lächeln verwandelt sich zu einem herausfordernden Grinsen. »Wenn ich es dir verrate –«

»– ist es keine Überraschung mehr.« Daher also der Ich-bin-ein-wandelndes-Geheimnis-Blick. »Alles klar, Mister Ben.«

Diese strahlend grünen Augen, dass man glaubt in den Meerestiefen zu versinken. Und ich muss einfach sagen, dass ihm dieses Shirt dank seiner breiten Schultern ein noch heißeres Aussehen verleiht. Einfach himmlisch! An diese Schultern schmiege ich meinen Kopf und seufze.

»Wie jetzt, Miss Zara und Mister Ben?« er lacht auf. Ein tiefes glückliches Lachen. »Klingt irgendwie etwas schrullig, was?«

»Nicht nur irgendwie«, gebe ich glucksend zu, als mir plötzlich etwas ganz anderes in den Sinn kommt. Leider verrät meine Stimme, wie unsicher ich bin, als ich fortfahre. »Was machst du denn nun wegen deinem Vater und deiner Schwester? Hast du darüber schon nachgedacht?«

»Hm …«, grunzt Ben wenig informativ. Er schweigt eine ganze Weile, scheint zu zögern und ich frage mich, was in ihm wohl vorgehen mag. »Unfassbar. Mein Vater ist ein gebrochener Phoenicrus.« Gedankenverloren sieht Ben über die Wiese bis hin zur Mauer. Dann mustert er die Inschrift am hinteren Torbogen. Als er sich mir wieder zuwendet, wirkt er, als müsse er selber erst noch die Entscheidung abwägen, ehe er sie laut ausspricht. »Schon ein eigenartiges Gefühl, dass er vor vielen Jahren hier sein Studium zum Phoenicru absolviert haben soll. Vielleicht hat er manchmal auch neben dem Gewächshaus gestanden …«

»Wäre gut möglich«, sage ich zaghaft.

Auch wenn Ben es nicht direkt ausspricht, so zeigt sein Gesagtes doch, dass er (vermutlich das erste Mal überhaupt in seinem Leben) beginnt, neue und andere Gedanken über seinen Vater zuzulassen.

»Na ja, mal sehen, wie es mit Maya, meinem Vater und mir weitergeht. Eine unliebsame Begegnung mit ihm steht mir sowieso noch bevor, denn ich muss ihm ja eh noch etwas zurückbringen.«

»Soso«, grinse ich. »Ich hab' da so eine Ahnung.«

Endlich schaut er mir wieder direkt in die Augen. »Lass hören.«

»Ich denke da an eine alte blaue Metallkiste auf vier Rädern?«

Er lacht auf. »Worauf du deine heißgeliebte Samu-Playlist verwetten kannst!« Immer noch schaut er mich an. Auf der einen Seite nachdenklich, doch da liegt noch etwas anderes in seinem Blick. Etwas, das mich tief in mir drin berührt. »Willst du wissen, was mir unser Abenteuer gebracht hat?«

»Klar.« Ich nicke neugierig mit dem Kopf.

»Ich habe endlich herausgefunden, wer ich bin.«

»Ben Sewig, Dimicrus, Sohn eines gebrochenen Phoenicrus und Bruder einer Susurro«, fasse ich in einem Satz zusammen.

Ben streift mir eine lose Haarsträhne hinters Ohr, dabei wird sein Gesichtsausdruck mit einem Mal ernst. Hab' ich etwas Falsches gesagt? »Und ich weiß endlich, was ich will. Und das allein grenzt schon an ein siebtes Weltwunder.« Ben räuspert sich befangen und zieht mich ein Stück näher an sich heran. »Und was ich will, das bist *du!*«

Mein Herz beginnt zu schweben und diesmal gibt es keinen Grund zu zögern. Ich schlinge meine Arme um seinen Hals, ziehe ihn sanft zu mir hinunter, so dass er mir direkt in die Augen schauen muss. Und als sein Atem meine Lippen streift, fallen mir die Augen zu. Ich fühle seinen sanften Mund und wie sein seidenweiches Haar auf meinen Wangen kitzelt. Der Kuss ist gefühlvoll und zärtlich und mein ganzes Blut rauscht voller Verlangen durch den Körper.

Kurz löse ich mich von Ben und mein Blick tastet über seine Lippen, erhasche die Narbe, die plötzlich eine andere Geschichte erzählt.

»Und ich will dich, Ben Sewig!«, raune ich und fahre die Züge seines Kinns mit meinen Fingern nach.

Dann küsst er mich noch einmal. Voller Leidenschaft und demselben Verlangen, das auch in mir pocht. Und endlich gebe ich der Stimme meines Herzens nach und ziehe ihn noch näher zu mir heran. Mein Atem beschleunigt sich. Das sehnsüchtige Kribbeln, das sich meinen Bauch schnappt und bis zum Herzen hinaufwächst, dieses atemberaubende Gefühl von Schwerelosigkeit – Suchtgefahr pur!

Seine Haut riecht nach frisch gemähtem Gras, Abenteuer und Gewitterregen. Ich sauge diesen Augenblick mit jeder Faser meines Körpers ein.

»Übrigens«, raunt er mir ins Ohr und drückt mich ein winziges Stück von sich weg. »Ich finde, dass dein Name perfekt zu meinem Namen passt.«

»He, wird das jetzt eine billige Anmache?«, stichle ich. »Irgendwie hast du das mit der chronologischen Reihenfolge noch nicht so im Griff, was? Erst kommt die Anmache, dann der leidenschaftliche Kuss.«

»Nein, das hat natürlich seine Gründe. Nach unserem Abenteuer sogar eine tiefere Bedeutung, weil es perfekt passt.«

»Okay, da bin ich mal gespannt!«

»Wenn man nur die Initialen von unseren Namen nimmt, also Baxa Zara Ben Sewig, dann bilden sie jeweils den Anfangsbuchstaben der Worte: **B**is **Z**um **B**itteren **S**chluss«, meint er erwartungsvoll mit hochgezogener Augenbraue. »Na gut, deine Initialen habe ich umgedreht, aber trotzdem …«

»Das ist das Kitschigste, was je einer zu mir gesagt hat!«

»Gefällt's dir nicht?«

»Oh, weißt du, nach diesem Wochenende brauche ich Kitsch, ich liebe Kitsch!«, sage ich. Ich habe keine Ahnung, was das Leben noch für Überraschungen für mich bereithält. Und ganz ehrlich, ich will es auch gar nicht wissen. Aber eines ist nicht nur sicher, sondern ich bin felsenfest davon überzeugt: Mag das Leben auch noch so chaotisch, abenteuerlich, manchmal voll von Vollpfosten, ja sogar unberechenbar werden, ich werde es meistern, komme, was wolle. Ich kleiner Masochist freue mich sogar drauf. Mit Yosi, Milo und meinen Freunden. Und Ben – alias Dimicrus. (Lila würde Augen machen, wenn ich ihr davon erzählen könnte. Sie würde sich glatt eine Etage höher zu ihren Griechischen Göttern wünschen!) Ich schüttle meinen Kopf und Lila somit aus meinen Gedanken, dann ziehe ich Ben wieder zu mir hinunter und verliere mich abermals in seinen geheimnisvollen Dimicrus-Augen. Ich weiß, diesmal ist es für immer. »Und ich liebe dich, Ben!«

# Epilog

*Einen Monat später …*

## Milo

Milo nimmt die Kapuze und zieht sie tief über die Stirn. Instinktiv beißt er die Zähne zusammen, als er die alte abgenutzte Tür des Lokals erreicht und mit der Hand den Türgriff umklammert.

*Da hab' ich mir was Schönes eingebrockt,* seufzt er und drückt die Tür auf.

Es ist ein schmuddeliges Lokal. Von außen wie von innen. Es wirkt auch nicht wirklich geräumig, eher beengend, fast schon schäbig. Eine Schwade verpesteter Qualm hängt wie eingefroren über den Tischen und Stühlen. Es riecht nach einem Gemisch aus verqualmter und alkoholgetränkter Luft. Und überhaupt lässt die ganze Atmosphäre hier drinnen zu wünschen übrig.

Ob er hier wirklich richtig ist?

Der kleine Raum zu seiner Linken bietet gerade mal Platz für zwei Tische. In der Ecke sitzen ein paar ältere Herrschaften und läuten das Wochenende mit einem Bierchen ein. Die Leute, die sich hier tummeln, scheinen noch nie Bekanntschaft mit einer Haarbürste oder einem Rasierer gemacht zu haben. Keiner grüßt ihn, dafür beäugen ihn unzählige Augen, starren neugierig und äußerst kritisch durch den Qualm hindurch. Milo stiert zurück, bis er sich schließlich besinnt, weswegen er hier ist.

Zweifelnd tritt er über die Schwelle.

Noch könnte er umdrehen. Noch hat ihn keiner gesehen.

Doch er tut es nicht. Es ist sein Herz, das ihn drängt hier zu bleiben.

Sobald er die Tür hinter sich ins Schloss drückt – kurz überkommt ihn der Eindruck, sie zerfalle in ihre Einzelteile – kassiert er einen mürrischen Blick von dem rundlichen Mann mit Halbglatze und Winzerschürze hinter der Theke. In einer affektierten Geste hebt er das Kinn an, während er auf provozierende Art und Weise einen Zahnstocher zwischen seinen Zähnen wippen lässt und in aller Ruhe seine Gläser poliert. Milos Blick verweilt kurz auf dem stattlichen Mann, dann tut er es ihm gleich und hebt schweigend das Kinn in seine Richtung. Da bemerkt er, dass das leise Murmeln ringsum verstummt.

Was zum Henker soll das hier werden?

*Eine Überraschung,* mehr hat Ben nicht verraten. Milo konnte Yosi den Wunsch nicht abschlagen, also ist er hier.

Ein Stück weiter hinten werden Stimmen laut. Offenbar sind die Handvoll Leute im Eingangsbereich nicht die einzigen anwesenden Gäste.

Je näher er kommt, desto lauter und facettenreicher werden die Stimmen. Hier hinten tummeln sich die Leute regelrecht. Entschlossen schiebt er sich zwischen ein paar Fremden hindurch, beäugt im Vorbeigehen skeptisch die biedere Blümchentapete an den Wänden, als er im selben Augenblick eine Stimme seinen Namen rufen hört, die ihn im schmalen Zwischengang umringt von Blümchen innehalten lässt.

»Milo!«

Alleine ihre Anwesenheit lässt dieses Lokal in einem besseren Licht erscheinen. Wenn sie seinen Namen ausspricht, klingt es wie Poesie.

Ein Lächeln huscht über seinen Mund. Er liebt Poesie. Nicht zuletzt deswegen, weil sie sein musisches Talent ist. Schreiben und mit Worten zu jonglieren. Was seiner Gabe nicht mal unähnlich ist, denn auch dabei zaubert man mit Worten Emotionen. Manchmal kritzelt er Gedanken und Verse in sein Notizbuch, das er stets bei sich trägt. Dummerweise hat es kürzlich ein Vollbad im kleinen Brunnen des Hinterhofs genommen und der Großteil seiner Verse ist buchstäblich zerflossen. Kaum jemand weiß von seiner musischen Seite. Nicht mal Yosi. Doch als er sie nun auf sich zukommen sieht, regt sich der Wunsch in seiner Brust, ihr einen Vers ins Ohr zu wispern.

In diesem Augenblick fliegt sie ihm um den Hals. All seine Gedanken verflüchtigen sich mit einem Wimpernschlag und er drückt sie fest an sich.

Wie sehr er sie vermisst hat.

Im vergangenen Monat hat er sich allerhand einfallen lassen, um so oft wie möglich an der Akademie vorbeikommen zu können. Doch für mehr als ein kurzes Hallo und einen leidenschaftlichen Kuss reichte die Zeit meist nicht aus. Wobei, das stimmt nicht ganz. Seit gut einer Woche pendelt er in regelmäßigen und regen Abständen zwischen der Akademie und der Zaubernussallee hin und her. Es gibt schließlich viel zu tun. Allerhand Bücher, die in Kisten abgepackt, Möbel, die ausgeräumt und im Laster verstaut werden mussten. Zweiunddreißig Bücherkisten. Ja, zweiunddreißig Bücherkisten hat er mit dem Bibliothekar aus seinem Haus getragen. Ohne diese hätte Herr Knorrs Leben vermutlich in einen einzigen Kleinlastwagen gepasst, denn der gute Mann besitzt nicht viel. Ein paar antike Möbelstücke, wenig Kleidung, aber dafür eine wunderschöne Orgel. Milo ist sich sicher, dass das Fach *Menschliche Mythologie* mit der Neubesetzung von Herrn Knorrs den idealen Professor bekommen wird. Und von wegen Professor, Phasmos Posten ist noch unbesetzt. Der Schock saß tief, als Bezold Parzival nach Moltinos Angriff aus seinem Labor herausholte und ins Krankenzimmer brachte. Moltino hatte Phasmos Körper regelrecht mit Verbrennungsverletzungen übersät. Verletzungen, die ein Glisco eigentlich nie erfahren sollte. Mit ziemlicher Sicherheit war es Agon deshalb nicht möglich, ihn vollkommen zu heilen. Die eine Seite seines Gesichts wird für immer entstellt bleiben. Auch ein Großteil seiner linken Körperhälfte wird stets an die Rache des Schwarzen Engels erinnern. »Das Leben als Professor ist mir viel zu gefährlich«, scherzte er bei seiner Verabschiedung. Und obwohl in seinen Worten mehr als nur ein Funke Wahrheit mitschwang, wirkte Parzival doch wesentlich entspannter und irgendwie gelöster als die ganzen Monate zuvor. Vermutlich, weil er endlich wieder seinem eigenen Weg nachgehen konnte – zurück in den Außendienst.

Milo lächelt, denn in diesem Augenblick zählt nur eines. Kein Bibliothekar von der Zaubernussallee und auch kein Parzival Phasmo. Nein, nur die Eine.

»Du hast mir gefehlt«, raunt er Yosi ins Ohr, streicht ihr eine Strähne aus der Stirn, die sich sofort wieder löst, dann zieht er sie mit einer stürmischen Bewegung an sich, so nah, dass sich ihre Körper berühren. Sie riecht nach zarten Blumen und einer lauen Sommerbrise, so verführerisch, dass er sich mit allen Sinnen darin verliert.

»Endlich bist du da.« Yosi zieht ihn sanft zu sich hinunter, hebt ihren Kopf und küsst ihn. Erst langsam und zärtlich, als er sie stürmisch an sich zieht, öffnet sie ihren Mund und ihre Zungen liebkosen sich. Verlangen pulsiert durch seinen Körper, Sehnsucht durch sein Inneres. Er will, dass dieser Moment niemals endet, will sich ganz in diesen Gefühlen verlieren. Kurz verkrampft sich sein Herz, als ihn der Schreckgedanke durchzuckt, dass er seine Yosi ebenso verlieren könnte wie einst seine Eltern. Vermutlich fällt es ihm auch wegen diesem prägenden Erlebnis nicht leicht, sich einem Menschen gegenüber zu öffnen, ihn mit ganzem Herzen zu lieben. Aber seit Yosi in sein Leben gekommen ist, ist alles anders. Die Stimme seines Herzens lässt sich nicht mehr einfach zum Schweigen bringen. Und ehrlich gesagt ist er froh, dass es so ist. Denn erst mit Yosi fühlt er sich vollkommen.

Sachte drückt er sie von sich weg. »Eigentlich dachte ich, mein Herz sei mit meinen Eltern gestorben«, flüstert er und seine tiefe Stimme klingt rau. »Doch du hast mir gezeigt, dass es noch in meiner Brust schlägt. Mein Herz lebt und ich freue mich auf jeden einzelnen Tag und das gemeinsame Leben mit dir.«

Yosi schüttelt den Kopf. »Jeder Augenblick ist viel zu kurz, wenn du bei mir bist, MyLord«, lächelt sie verträumt und kommt ihm wieder näher. »Doch vielleicht schaffen wir es mit unserer Liebe bis zur Unsterblichkeit?«

Wie kann man einer Frau widerstehen, die *MyLord* und *unsterbliche Liebe* im selben Atemzug ausspricht?

Er will abermals etwas sagen, kommt aber nicht dazu. Yosi legt ihre Fingerspitze auf seine Lippen, streift seine Haare zur Seite und küsst ihn. Milo schließt die Augen und sein Herz flattert, oh ja, er hat längst die Kontrolle darüber verloren, aber es fühlt sich gut an.

»Hey!«, drängt sich eine freudige Stimme hinter seinem Rücken dazwischen. Er muss sich nicht umdrehen, um zu wissen, dass ihre Schwester hinter ihm steht. Lächelnd zieht er sich von Yosi zurück und drückt Zara kurz zur Begrüßung. »Schön, dich wiederzusehen, Zara.«

»Das sind meine Freunde: Isa, Chris, Lila und Nils. Ben kennst du hoffentlich noch und meinen Opa ja sowieso«, grinst sie und sieht dabei verdammt glücklich aus.

Milo streckt den Freunden die Hand entgegen, begrüßt einen nach dem anderen und schließlich auch Yosis Freunde Livia, Aaron und

Maya, und natürlich auch Yosis Großvater. Es tut gut, ihn so gesund zu erleben.

»Mein unsichtbarer Schatten«, scherzt Alois, zieht ihn in seine Arme und raunt ihm ins Ohr: »Willkommen in der Familie, mein Junge!«

Milo spürt, wie seine Wangen zu glühen beginnen. Vergeblich versucht er etwas zu erwidern, doch er schluckt nur beschwerlich und kann nichts anderes tun, als die Umarmung zu erwidern.

Familie … eine Familie.

Der Schritt, Yosis Eltern in alles einzuweihen, steht ihnen allen noch bevor. Genauso ist es bei Ben und Maya. Maya wirkt in diesem Moment ein wenig unbeholfen an Livias und Aarons Seite. Vielleicht auch nur deswegen, weil die beiden total verliebt zwischen all den anderen stehen. Am wahrscheinlichsten fühlt sie sich einfach nur einsam. Dass sie ihren Bruder zurückbekam, hat ihr gut getan und den grässlichen Schmerz ein bisschen erträglicher gemacht.

Wie alles mit den Erinnerungen weitergeht, die Umstrukturierung, der Wandel – darüber tagt der Stille Rat noch. Einzelheiten werden bestimmt, das weitere Vorgehen akribisch genau geplant, auch wie die gebrannten Kindern fortan an die Akademie gebracht werden. Eigentlich ist vor allem die Übergangsphase problematisch, doch sie arbeiten daran.

Nun bemerkt Milo, dass ihn Zaras Freunde alle gleichermaßen prüfend mustern. Doch allen voran das zierliche Mädchen – heute mit den türkis-pinken Haarsträhnen. Natürlich erkennt er sie alle, weiß wie sie heißen, wo sie wohnen und in welchem Zusammenhang sie zu Zara und Yosi stehen. Aber davon ahnen ihre Freunde nichts und das ist auch gut so.

»Bei Hades!«, entweicht es Lila. »Du musst echt ein Halbgott sein, so hinreißend wie du aussiehst. Auf jeden Fall etwas Überirdisches.«

»Ähm …«, beginnt Milo und ist irritiert. Zara hat doch hoffentlich nichts ausgeplaudert? Mit gerunzelter Stirn schaut er in die Runde. Als nun Nils in seinem Blickfeld erscheint, hält er inne. Täuscht er sich oder verzieht Nils abschätzig den Mund? Er konnte den Kerl noch nie leiden. Warum ist er hier?

»Hör nicht auf Lila«, sagt Yosi, die seine Sprachlosigkeit offensichtlich falsch interpretiert, dann greift sie nach seiner Hand und zieht ihn ins Innere des Raumes. Er entpuppt sich als kleiner Saal. Okay, im Vergleich zum großen Saal in der Akademie passt der Titel Zimmer-mit-Tarnnamen-Saal wohl eher dazu, aber er will ja nicht kleinlich sein. »Lilas bunte Traumwelt besteht aus griechischen Göttern und Fabelwesen. Wer glaubt denn an so was?«, hängt Yosi Augen zwinkernd noch an.

»Na, ich!«, empört sich Lila postwendend und klingt so überzeugt, dass man tatsächlich ins Grübeln geraten könnte. »Hast du noch nie *Percy Jackson* gelesen? Ich meine, hallo? Das ist doch der Beweis, dass –«

»Mensch, Lila«, unterbricht Isa das Gelaber. »Das ist bloß eine Geschichte.«

»Genau«, stimmt ihr Chris zu. »Alles Fake.«

»Leute, beruhigt euch«, mischt sich Yosis Schwester ein und schlingt gleichzeitig verliebt die Arme um Bens Taille. »Es fängt jeden Moment an!«

Milo weiß instinktiv, dass er sich die Frage besser verkneifen sollte, doch hört er sich schon fragen: »Was fängt gleich an?«

»Die Karakoe-Night!«, klatscht Zara freudig in die Hände.

Was für eine Pille hat die denn geschluckt?

»Karaoke-Night?«, fragt Milo skeptisch, hoffend, es handle sich hierbei nur um einen schlechten Scherz und bemerkt nicht, dass er dabei Yosis Hand beinahe zerquetscht. »Und was tun wir dann hier?«

Ihm ist selber klar, wie absurd seine Frage ankommen muss, aber hey, die können nicht ernsthaft in Erwägung ziehen, dass dieses Pseudo-Singen Spaß machen soll?

*Oh Mann! Die haben doch echt einen an der Waffel … nie im Leben werde ich singen!*

»Feiern, natürlich«, lächelt ihn Yosi an und in seinem Herzen geht die Sonne auf. Was ist das nur, das sie mit einem simplen Augenaufschlag in ihm auslöst. Er lächelt zurück. »Klar, feiern.«

Er war noch nie ein Mann vieler Worte, noch weniger im Aussprechen von Gefühlen oder Ängsten, sowas fällt ihm verdammt schwer. Viel lieber schreibt er sie sich von der Seele.

Immer mehr Leute drängen sich in den kleinen Saal und Milo wird es langsam entschieden zu voll. Er mag einen solchen Menschenauflauf nicht. Sollte einer hier drinnen plötzlich panisch werden, so artet das garantiert in einer hübschen Massenhysterie aus.

»Hallo? Haaaallo?« Jemand klopft auf das Mikro und dumpfe Schläge hallen von den Lautsprechern wider. »Hallo? Kann man mich hören?«

Überrascht erkennt Milo, dass es der Wirt ist, der am Mikro herumhantiert. Noch überraschter ist er jedoch, als ausgerechnet Alois ihm antwortet: »Ja, Henry!«

Wie jetzt, die kennen sich?

»Laut und deutlich«, fügt Alois noch an.

»Bestens«, ruft Henry zurück und erzeugt mit seinem Ruf einen ekelhaften Piepton in den Lautsprechern, der in den Ohren schmerzt. Dabei grinst der Mann unbeirrt in ihre Richtung und winkt ihnen zu.

Milo überkommt ein ganz eigenartiges Gefühl.

»Dann bitte ich unsere Turteltauben nach vorne.«

Milo staunt nicht schlecht, als sich Zara in Bewegung setzt und zur bühnenähnlichen Fläche hüpft, dicht gefolgt von Ben.

Und die Menge tobt.

Ein Kerl in der vordersten Reihe johlt Zara sogar mit erhobenen Daumen zu – alles klar, man kennt sich hier tatsächlich.

»Na, wisst ihr, was sie da spielen?«, schreit Henry vergnügt, während im Hintergrund erste Klänge aufleben.

Milo erkennt das Lied. Es ist ein Oldie.

»*Ich habe dich, Babe …*«, trällert Ben ins Mikro und beugt sich zu Zara hinunter, während er sie mit seinem Arm umfängt. Milo kennt diesen verträumten Blick, den er in Bens Gesicht ablesen kann. Wenn man alles andere um sich herum vergisst und das Herz nur noch für diesen einen Menschen schlägt. Ja, er kennt diesen Blick nur allzu gut – von sich. Und verdammt, der Kerl kann vielleicht singen! Das muss er ihm neidlos anerkennen.

Die beiden genießen den Auftritt sichtlich.

Nun gut, lieber die beiden als er.

Nur mit halbem Ohr bekommt Milo mit, wie die beiden zum Refrain übergehen, denn gerade spürt er eine fremde Hand auf seiner Schulter. Augenblicklich wirbelt er herum, in solchen Momenten wird ihm erst bewusst, wie tief der Schrecken der vergangenen Tage noch sitzt.

»Fass mich nicht an, Mann!«, faucht Milo und verschränkt die Arme vor der breiten Brust. Er schaut auf Nils in der karierten Reißverschlussjacke herab und schüttelt den Kopf. Der Kerl hat eindeutig etwas an sich, das ihm missfällt. Dann zieht er fragend eine Braue hoch. »Verstanden?«

»Hey, kein Problem, Mann.« Nils hebt abwehrend die Hände in die Höhe und Milo fragt sich abermals, was er hier eigentlich verloren hat. Dieser Typ gehört nicht zu der aufrichtigen Sorte Mensch. Als er über Nils Schultern hinweg den Blick von Lila auffängt, der äußerst skeptisch zwischen ihnen hin und herwandert, bildet sich die Frage in seinem Kopf, ob die beiden seit Neustem zusammengehören? Eines ist klar, so wie der Kerl Zara behandelt hat, muss er auf der Hut sein, sonst bekommt er es mit ihm zu tun.

»Gut«, raunt Milo und es klingt wie ein bedrohliches Knurren. Im selben Moment bringen ihn ganz andere Worte aus dem Konzept.

»Nun seid ihr an der Reihe.«

Zaras breites Grinsen macht Milo beinahe Angst. Im Hintergrund registriert er den Applaus, doch in seinem Kopf kreist nur ein Wort, rauscht im Gleichtakt mit seinem hämmernden Herzschlag, als wolle es ihn verhöhnen.

*Singen.*

Das gehört so gar nicht zu seinen musischen Talenten. Aber wirklich ganz und gar nicht.

»Yosi und ich sollen singen?« Er schnaubt heftig. »Willst du Tote?«

Zara lacht auf und kneift ihm schwesterlich in die Rippen. Schon spürt Milo (gefühlte) hundert Hände, die ihn beharrlich nach vorne schieben.

»Hey, nimm's locker«, meint Ben. »Es geht doch nur um den Spaß und das Dabeisein. Schließlich feiern wir hier einen Neuanfang, schon vergessen?«

»Ähm … klar.« Plötzlich liegt Yosis Hand in seiner. Das Kribbeln im Bauch steigt hoch, schnappt sich sein Herz und vermischt sich mit dem aufgewühlten Wirrwarr in seinem Innern. Glück und Unsicherheit. Flatterndes Herz und rumorende Eingeweide. Wenn Yosi ihn jetzt loslässt, ist er verloren und gleichzeitig weiß er, dass er ihr überall hin folgen würde.

»Bereit für die Bühne, MyLord?«, lächelt Yosi ihn verschmitzt und so hinreißend an. Seine Knie drohen für eine halbe Sekunde unter ihm wegzuknicken.

»Mit dir jederzeit, MyLady«, wispert er heiser – und das war nicht mal eine Lüge. Wenn Yosi bei ihm ist, ist alles gut.

Schon beginnt die Musik zu spielen. Er kennt den Song. Er mag den Song, denn es ist einer, den er immer hört, wenn er unterwegs ist. So wie damals, als er Yosi abholte.

Glücklich lächelt er sie an, legt seinen Arm um ihre Schulter und zieht sie fest an sich. Mit ihr an seiner Seite wird er so einen läppischen Auftritt wohl hinbekommen.

*Scheiß drauf! Für Yosi!,* sagt er sich und beginnt zu singen.

Während die Klänge von Samu um Yosi und ihn tanzen, sie mit den *Bye, bye*-Songzeilen bezirzen (und er ziemlich talentfrei ins Mikro singt), bemerkt Milo, wie Alois, Zara und Ben ihnen freudig zuwinken und voller Inbrunst mitsingen. Und endlich versteht er, was das alles hier mit ihm anstellt.

Das erste Mal in seinem Leben hat er so etwas wie eine Familie gefunden. Ein schönes Gefühl, das ihm leichter ums Herz werden lässt. Wenn er ehrlich zu sich selbst ist, weiß er, dass er sich schon vor langer Zeit in diese Familie verliebt hat. In den verrückten alten Kauz, der allen Phoenicrus-Fähigkeiten trotzte und zeigte, dass man nie zu alt war, um allen zu beweisen, was in einem steckt. Dieses Mädchen, das ihren Großvater über alles liebt und ohne zu zögern der Stimme ihres Herzens folgt. Auch wenn er genau deswegen immer und immer wieder aufs Neue in ihr Leben kommen musste, um ihre Erinnerungen zu löschen. Und Zaras wunderschöne Schwester, die sich vom ersten Augenblick an in sein Herz gestohlen hat.

Als die Musik verklingt, wirft er das Mikro hinter sich, vergisst das ganze Publikum rund um sich herum und schlingt seine Arme um Yosi. Er muss ihr endlich sagen, was er fühlt:

»Ich liebe dich, Yosi!«

## Noch ein paar letzte Worte …

Egal, wen du vor dir hast, ob ein kleines Kind, einen alten Mann oder einen Heranwachsenden so wie Zara, Yosi und der Rest der coolen Bande – du weißt nie, was einst aus diesem Menschen werden wird. Oder was er in seinem Leben schon alles erlebt und durchgestanden hat. Und noch weniger, ob er vielleicht nicht eine besondere Gabe in sich trägt. Also urteile nicht vorschnell. Der erste Eindruck kann trügerisch sein, denn er ist nur eine Moment-Aufnahme wie ein Schnappschuss. Darum begegne jedem Individuum mit Respekt und Toleranz, so wie du es für dich selbst erwartest und auch verdienst.

In diesem Sinne zitiere ich ein letztes Mal *Samu:*

*Bye, bye …*

# Danksagung

Viele Jahre ich es her, als ich Zara das erste Mal in meinem eigenen chaotischen Kopf begegnet bin und ich freue mich so, dass ihre Geschichte nun zwischen zwei wunderhübschen Buchdeckel ein liebevolles Zuhause gefunden hat. Darüber bin ich nicht nur glücklich, sondern auch überaus dankbar.

Ich danke …

**… Astrid, der weltbesten Drachenhüterin** – weil meine PHOENICRUS dank Dir in die weite Welt hinausfliegen dürfen.

**… meiner Agentin, Michaela** – für die richtigen Worte zur richtigen Zeit und das unaufhörliche Vertrauen in mich und mein Schreiben.

**… Alex, dem Covergott** – für das zauberhafte und edle Buchkleidchen, das die Phoenicrus-Trilogie noch epischer schimmern lässt.

**… Kerstin, mein großer Mond** – für deine unermüdliche Unterstützung und den unerschütterlichen Glauben in mich. Danke für deine Motivationsschübe in Form der täglichen Nano-Camping-Deals; deine Überraschungspäkchen, die mich immer zum Lächeln bringen; ebenso für deinen Humor, der mich aus manchem Tief geholt hat und natürlich auch, dass du Zara in dein Herz gelassen hast. Einfach Danke für dich #youknow!

**… Alex:** Ich danke dir für das Mit-mir-mit-Hibbeln und Das-Cover-lieben und natürlich, dass in dir die selbe Sarkasmus-Ader pulsiert – und ich freue mich riesig, dass Zara sich mit ihrer Art zu denken und zu handeln in dein Herz schleichen konnte. Du bist und bleibst meine Schwester im Geiste.

**… Susanne:** Sind wir mal ehrlich: Dank dir können die PHOENICRUS im wunderbaren Drachenmond Verlag erscheinen, du warst der Auslöser für diese schicksalshafte Begegnung und dafür werde ich dir immer dankbar sein!

**… Familie & Freunde** – dafür, dass ihr nie aufgehört habt, an mich zu glauben. Dass ihr für mich den Haushalt schmeißt, wenn die Helden so laut rufen, dass ich mich unmöglich von ihnen trennen kann. Aber auch, dass ihr mich aus meiner Schreibhöhle lockt und mich mit einer Tasse Kaffee verwöhnt, wenn es wieder einmal Zeit dazu wird. Danke, dass ihr hier seid!

**… meinen Testleserinnen**: Kerstin, Alex, Susanne und – für euer Feedback, eure Gedanken und eure Zeit. Mädels, ich bin so froh, dass ich euch habe!

**… meiner PHOENICRUS-Community** – für das Mitfiebern, Vorablesen, die rege Teilnahme und überhaupt das ganze Mitverfolgen, wie »PHOENICRUS – die Trilogie« von Tag zu Tag herangewachsen ist. Ihr seid einfach die beste Motivations-Glückshormone-Vorfreude-Spritze, die es gibt!

… und ich danke **DIR,** lieber Leser, weil du Zara auf der Suche nach der Stadt der Verborgenen ein Stück weit begleitet hast, mit Yosi die Akademie besuchtest und mit Milo durch alle drei Bände gereist bist. Vielleicht, ja vielleicht finden die Phoenicrus einen Platz in deinem Herzen, so wie sie in meinem für immer bleiben werden. ♥

MIRJAM
H. HÜBERLI
REBELL
GLÄSERNER
ZORN
DRACHENMOND VERLAG

# Montag-Morgen-Blues mit Albträumen, Verrückten und Hirngespinsten

Wenn ich etwas noch weniger ausstehen kann als den Montagmorgen, dann ist es diese peinlich inszenierte Dramaqueen, die den Faktor »Fremdschämen« längst hinter sich gelassen hat.

Ich ignoriere also die schrille Stimme, die man schon von Weitem hören kann, stakse die Treppe zum Uni-Eingang hinauf und zupfe mein *Carrie-Bradshaw*-Outfit zurecht.

Natürlich ist das nicht mein tägliches Styling. Aber dieser Tag kommt mir sowieso nicht normal vor. *Ich* komme mir nicht normal vor. Klar, ich war noch nie ganz normal. Zumindest haben mir das schon etliche »nette« Leute an den Kopf geworfen. Ganz falsch liegen sie damit wohl nicht …

Für den Bruchteil einer Sekunde leben die Bilder des nächtlichen Traums wieder in mir auf, und ich fahre fast unmerklich zusammen, während sich meine Finger tief in den türkisfarbenen Tüll meines Kleides krallen. Vergeblich versuche ich, die Traumfetzen der vergangenen Nacht einzufangen. Die Bilder verblassen, bevor ich sie erwischen kann.

Da war etwas mit einem Gesicht ohne Haut. Einem Kind. Einer Mutter. *Meiner Mutter …?*

Und Panik?

Aber ich kann mich nicht an dieses Haus entsinnen, auch nicht an meine Mutter. Schließlich habe ich an das Leben vor Oma kaum noch Erinnerungen. Nur an dieses kleine Mädchen auf dem Asphalt … Womöglich, weil es irgendwie mit dem Tod meiner Eltern zusammenhängt?

Das Blut. Überall war Blut … Da geschah irgendetwas Grauenhaftes.

Ist Blut nicht immer widerlich und grauenhaft?

Ich schaudere beim bloßen Gedanken an den Geruch, so … so … ekelhaft metallisch und süß.

Aber irgendwas war noch … Ein Schrei? Schreckliche Schmerzen? Furcht?

Ein kräftiger Schubs lässt mich abermals zusammenfahren und reißt mich aus meinen düsteren Gedanken. Schon überholt mich auf der rechten Seite eine ziemlich missratene Imitation von Superman. Würde das pinke S (Ja, heute trägt Mann Pink!) auf der Brust nicht so dominant ins Augen stechen, hätte ich nie im Leben erraten, was der Kerl darstellen möchte.

Ähm, ja … zurück zu *meinem* Outfit – und damit zum allmonatlichen Motto-Tag. (Eine Idee des gesamten Professoren-Kollegiums – ganz der amerikanische *Way of Life.*) Heute mit dem Thema »Mode und TV-Serien« und das ist genau mein Ding, denn ich liebe beides abgöttisch. Ausgefallene Klamotten (mein Schrank ist voll davon!) und die TV-Helden.

Trotz augenscheinlicher Kostümierung bleiben die Menschen, die darunterstecken, dieselben, und so erkenne ich die Gruppierungen auf den ersten Blick: Da sind die Sportfreaks mit ihren knielangen Schlabbershorts und zeltartigen Shirts. Die Schönheitsfanatiker, denen ihr Taschenspiegel in die Handinnenfläche eingewachsen zu sein scheint. Die Coolen und Beliebten muss ich wohl nicht noch extra erwähnen, genauso wenig wie die Möchtegerns und die Nerds, die nirgendwo so richtig reinzupassen scheinen. Natürlich darf auch die Anti-Motto-Bewegung nicht fehlen.

Wo ich selbst einzuordnen bin, darauf will ich lieber nicht näher eingehen. Nur so viel: Ich fühle mich weder den Coolen noch den Schönheitsfanatikern zugehörig und schon gar nicht bin ich so etwas wie ein Sportfreak …

Ich erklimme die letzten Stufen, was in einem solchen Kleid und noch dazu hochhackigen Schuhen gar nicht so einfach ist (zumindest nicht, wenn man galant dabei aussehen möchte), und passiere die Anti-Motto-Bewegung, als mir wieder diese hochnäsige Stimme entgegensurrt, die ich schon draußen hören konnte.

Drinnen, ein Stück weiter den Korridor entlang, erblicke ich, neben dem bereits erwähnten Superman-in-Pink-Typen, den Rest der coolen »Superhelden« und auf der gegenüberliegenden Seite, hübsch in Szene gesetzt, einige Schönheitsfanatiker.

In derselben Sekunde mache ich auch die Person aus, zu der das unangenehme Stimmorgan gehört.

Stella.

»Was soll das hier werden, wenn›s fertig ist?«, keift sie.

Eigentlich ignoriere ich solche hysterischen Auftritte gekonnt. Wem sollte das auch was bringen?

*Eigentlich …*

Denn die Worte gelten zwar nicht mir – aber indirekt irgendwie schon. Sie sind an Noah gerichtet aka verdammt heißer Typ aka so was wie mein Fast-Freund.

Noah beschenkt Stella gerade mit einem verkniffenen Lächeln. Solche Anfälle beeindrucken ihn nicht weiter. Und wie ich eben bemerke, hat er sich tatsächlich in Schale geworfen. Wenn das mal kein gutes Zeichen ist?

Fehlt nur noch die Zigarre und seine Aufmache wäre perfekt für *Mr Big*. Ich meine *meinen* Mr Big. Obwohl ich mir nicht sicher bin, ob ich diese Sorte Mann, die nie wirklich weiß, was sie will, bevorzuge.

In meiner Fantasievorstellung, die natürlich absolut perfekt ist – Hey, schließlich ist es meine Fantasie! –, ist mein Traumtyp einer der Sorte, der auf einer Höllenmaschine heranbraust und innerhalb eines Herzschlags weiß: Das Mädel gehört zu mir! Aber ähnlich kompliziert wie der Mr-Big-Kerl in der Serie ist auch Noahs und mein Beziehungsstatus. Noah leidet offensichtlich unter Bindungsängsten. Dennoch weiß ich, dass er der Richtige ist. Schließlich ist kein echter Mensch perfekt.

Seit dem Tag, als ich Noah das erste Mal über den Weg gelaufen bin, habe ich diese besondere Verbindung zwischen uns gespürt. Sie ist schwer zu beschreiben. Es war nur ein kurzer Blick – ein flüchtiger Moment, in dem unsere Augen zueinander fanden -, der mein Herz höher schlagen ließ. Unser »Wir« ist nicht greifbar. Auch nicht sichtbar, aber dennoch … Es fühlt sich an, wie … wie … Es will mir einfach kein guter Vergleich einfallen. Vielleicht wie ein romantischer Sonnenaufgang im Herzen.

Ich bin mir sicher, Noah ist das Yang zu meinem Yin. Zwar besuchen wir nicht denselben Studiengang – ich Kunst, er Mathe – aber dieselbe Uni.

Und wenn wir schon beim Thema *Kunst* sind …

Manche glauben, im Kunstkurs ist nicht das Anhäufen von Wissen und intensives Lernen gefragt, nein, Kunst zu studieren sei ein Klacks. Du brauchst nur ein Übermaß an kreativer Energie (natürlich auf Knopfdruck abrufbar) und schon bist du mittendrin, in diesem Knäuel aus abgefahrenen Studenten, die sonst nichts mit sich anzufangen wissen – so die verquere Vorstellung. Selbst die Geeks sind hier angeblich so euphorisch, wie ihr leidgeprüfter Geist es eben zulässt. Manche nehmen sogar an, in Kunstkursen seien Worte wie *Skandal, Blamage und Katastrophe* aus dem Wortschatz gestrichen.

Doch weit gefehlt!

Es ist nun mal ein ungeschriebenes Gesetz der Menschheit, dass sich in willkürlich zusammengewürfelten Gruppen automatisch verschiedene Cliquen bilden. Und wo es Cliquen gibt, gibt es auch Gerede. Mal ganz abgesehen davon, dass wir in Anbetracht der gesamten Uni-Konstellation sowieso den Platz der anormalen Außenseiter eingenommen haben. Als »Kunstfreaks« eben.

Ich betrachte kurz mein Tüllkleid und schmunzele.

Aber wer will denn schon normal sein? …

Mirjam H. Hüberli
HerzSeilAkt – Samtküsse unter den Sternen
ISBN: 978-3-95991-713-1, kartoniert, EUR 12,90

Der großen Liebe hat Mina längst abgeschworen, auch wenn ihr Horoskop etwas anderes prophezeit, alleine ist sie besser dran, dessen ist sie sich sicher. Ihr Leben ist eh schon chaotisch genug, da braucht sie nicht auch noch einen Mann, der mit ihrem Herzen spielt.

Doch gerade, als sie sowieso schon genug mit ihrer kranken Mutter, den Freundinnen und ihrem Buchclub zu tun hat, kommt ihr das Schicksal in Form von Frederic in die Quere, der ihr unverhofft vor die Füße fällt. Nicht nur ihre Gefühle, sondern auch ihr Leben werden ordentlich durcheinander gewirbelt und obwohl er genauso schnell verschwindet, wie er in ihr Leben tritt, hinterlässt er ein merkwürdiges Kribbeln in ihrem Herzen.

Wenn die
Nacht
träume
regnet
MIRJAM H. HÜBERLI
DRACHENMOND VERLAG

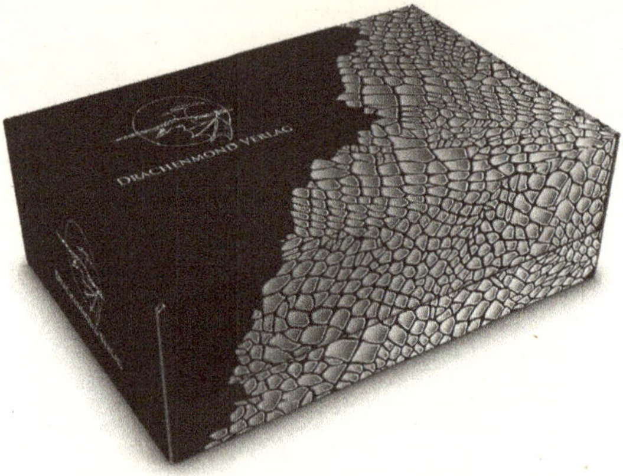
DRACHENMOND VERLAG